rororo

jojo moyes

Weit weg und ganz nah

ROMAN

Aus dem Englischen
von Karolina Fell

ROWOHLT
TASCHENBUCH VERLAG

Die Originalausgabe erschien 2014 unter dem Titel
«The One Plus One» im Verlag Michael Joseph /
Penguin Publishing Group, London.

Die deutsche Übersetzung basiert auf der
amerikanischen Ausgabe, erschienen im Verlag
Viking Penguin / Penguin Group, New York.

5. Auflage Januar 2025
Veröffentlicht im Rowohlt Taschenbuch Verlag
Rowohlt Verlag GmbH, Kirchenallee 19, 20099 Hamburg
Zuerst veröffentlicht im Rowohlt Taschenbuch Verlag,
Hamburg, Juli 2024
Copyright © 2014 by Rowohlt Verlag GmbH,
Reinbek bei Hamburg
«The One Plus One» Copyright © 2014 Jojo's Mojo Limited
Die Nutzung unserer Werke für Text- und Data-Mining
im Sinne von § 44b UrhG behalten wir uns explizit vor.
Covergestaltung SO YEAH DESIGN, Gabi Braun
Coverabbildung Silke Schmidt
Satz aus der DTL Dorian
bei Pinkuin Satz und Datentechnik, Berlin
Druck und Bindung CPI books GmbH, Leck
ISBN 978-3-499-01436-9

Kontaktadresse nach EU-Produktsicherheitsverordnung:
produktsicherheit@rowohlt.de

Für Charles,
wie alles

WEIT WEG
UND GANZ NAH

PROLOG

Ed

Ed Nicholls trank gerade im Kreativraum mit Ronan Kaffee, als Sidney hereinkam. Ein Mann, den Ed irgendwann schon einmal gesehen hatte, stand hinter ihm; noch einer von den Anzugträgern.

«Wir haben Sie gesucht», sagte Sidney.

«Tja, und jetzt haben Sie uns gefunden.»

«Nicht Ronan, nur Sie.»

Ed musterte die beiden ein paar Augenblicke abwartend, dann ließ er einen roten Schaumstoffball Richtung Decke schnellen und fing ihn wieder auf. Er warf Ronan einen Seitenblick zu. Investacorp hatte schon vor achtzehn Monaten die Hälfte der Aktienanteile ihrer Firma gekauft, aber für Ronan und Ed waren diese Männer immer noch nur die Anzugträger. Und das war eine der netteren Bezeichnungen, die sie für sie hatten.

«Kennen Sie eine Frau namens Deanna Lewis?»

«Warum?»

«Haben Sie ihr Informationen über die Markteinführung der neuen Software gegeben?»

«Wie bitte?»

«Das war eine ganz einfache Frage.»

Ed schaute von dem einen zum anderen. Die Atmosphäre war seltsam angespannt. Sein Magen fühlte sich an wie ein brechend voller Aufzug, der langsam Richtung Boden sank. «Könnte sein, dass wir mal über die Arbeit geredet haben. Ich bin nicht sicher.»

«Deanna Lewis?», sagte Ronan.

«Sie müssen uns eine klare Antwort geben, Ed. Haben Sie ihr irgendwelche Informationen über die Markteinführung von SFAX gegeben?»

«Nein. Kann sein. Worum geht's eigentlich?»

«Die Polizei ist unten und durchsucht zusammen mit zwei Typen von der Bankenaufsicht Ihr Büro. Der Bruder von Deanna Lewis ist wegen Insiderhandels verhaftet worden. Den er auf der Basis von Informationen getätigt hat, die Sie ihnen zur Markteinführung unserer Software gegeben haben.»

«Deanna Lewis? *Unsere* Deanna Lewis?» Ronan begann seine Brille zu putzen; das tat er immer, wenn er nervös war.

«Der Hedgefonds ihres Bruders hat am ersten Handelstag 2,6 Millionen Dollar Gewinn gemacht. Und sie allein hat hundertneunzigtausend auf ihr Konto erhalten.» Die Typen machten keine Witze.

«Der Hedgefonds ihres Bruders?»

«Das verstehe ich nicht», sagte Ronan.

«Das kann ich Ihnen genau erklären: Deanna Lewis hat zu Protokoll gegeben, sie habe mit ihrem Bruder darüber geredet, dass Ed ihr von der SFAX-Markteinführung erzählt hat. Sie sagt, Ed hat behauptet, es würde eine Riesensache werden.

Und jetzt raten Sie mal, was dann passiert ist! Zwei Tage später ist der Fonds ihres Bruders unter den größten Anteilskäufern. Also, was genau haben Sie ihr erzählt?»

Ronan starrte ihn an. Ed versuchte, einen klaren Gedanken zu fassen. Als er schlucken musste, war das Geräusch peinlich laut hörbar. Mittlerweile schauten alle zu ihnen. «Ich habe ihr nichts erzählt.» Er blinzelte. «Ich weiß es doch auch nicht. Kann sein, dass ich irgendetwas erwähnt habe. Es war schließlich kein Staatsgeheimnis.»

«Es *war* ein verdammtes Staatsgeheimnis, Ed», erwiderte Sidney. «Das nennt man Insiderhandel. Sie hat ihrem Bruder erzählt, Sie hätten ihr Daten und Zeiten genannt. Sie haben ihr gesagt, die Firma werde ein Vermögen machen.»

«Sie lügt! Spielt sich auf. Wir hatten … was miteinander.»

«Sie wollten die Kleine bumsen, also haben *Sie* sich aufgespielt, um sie zu beeindrucken?»

«So war es nicht.»

«Du hattest *Sex* mit Deanna Lewis?» Ed spürte Ronans bohrenden, kurzsichtigen Blick beinahe körperlich.

Sidney hob die Hände. «Sie müssen Ihren Anwalt anrufen.»

«Aber warum sollte ich Probleme bekommen? Ich habe an der Sache schließlich nichts verdient. Ich wusste nicht mal, dass ihr Bruder einen Hedgefonds hat.»

Sidney sah an ihm vorbei. Plötzlich entdeckten die Neugierigen unheimlich interessante Papiere auf ihren Schreibtischen. Er senkte die Stimme. «Sie müssen jetzt gehen. Die Polizei will Sie in der Dienststelle vernehmen.»

«Was? Das ist doch Wahnsinn. Ich habe in zwanzig Minuten ein Software-Meeting. Ich gehe auf keine Polizeidienststelle.»

«Und natürlich beurlauben wir Sie, bis klar ist, was hinter dieser Sache steckt.»

Ed musste beinahe lachen. «Soll das ein Witz sein? Sie können mich nicht beurlauben. Das hier ist meine Firma.» Er warf den Schaumstoffball hoch und fing ihn, halb von den Anzugträgern abgewandt, wieder auf. Niemand rührte sich. «Ich gehe nicht. Das ist unsere Firma. Sag es ihnen, Ronan.»

Er sah Ronan an, aber Ronan wich seinem Blick aus. Er sah zu Sidney, der nur den Kopf schüttelte. Dann bemerkte Ed die beiden uniformierten Männer, die hinter Sidney aufgetaucht waren, seine Sekretärin, die bestürzt die Hand vor den Mund schlug, man wich vor ihm zurück, und es bildete sich ein Pfad, der über den Teppichboden bis zur Bürotür führte; lautlos fiel der Schaumstoffball neben seinen Füßen zu Boden.

KAPITEL 1

Jess

Jess Thomas und Nathalie Benson saßen tief versunken in den Sitzen ihres Reinigungstransporters, der in sicherer Entfernung von Nathalies Haus stand, sodass sie von dort aus nicht gesehen werden konnten. Nathalie rauchte. Sie hatte eigentlich vor sechs Wochen damit aufgehört. Zum vierten Mal.

«Sichere achtzig Pfund die Woche waren das. Plus Urlaubsgeld.» Nathalie stieß einen Schrei aus. «Verdammt. Ich hab richtig Lust, die Schlampe zu suchen, der dieser verfluchte Ohrring gehört, und ihr eine zu knallen. Ihretwegen haben wir unseren besten Auftrag verloren.»

«Vielleicht wusste sie nicht, dass er verheiratet ist.»

«O doch, das wusste sie.» Bevor sie Dean kennengelernt hatte, war Nathalie zwei Jahre mit einem Mann zusammen gewesen, der, wie sich herausstellte, auf der anderen Seite von Southampton nicht nur eine, sondern gleich zwei Familien hatte. «Kein Single-Mann legt sich farblich abgestimmte Zierkissen aufs Bett.»

«Neil Brewster schon», sagte Jess.

«Neil Brewsters CD-Sammlung besteht ja auch aus siebenundsechzig Prozent Judy Garland und dreiunddreißig Prozent Pet Shop Boys.»

Jess und Nathalie gingen seit beinahe vier Jahren zusammen putzen, seit der Zeit, als der Ferienpark Beachfront noch teils unberührtes Paradies, teils Baugelände gewesen war. Damals hatten die Investoren den Einwohnern des benachbarten Küstenstädtchens versprochen, dass sie den Swimmingpool des Ferienparks nutzen dürften, und ihnen hoch und heilig versichert, so ein exklusives Bauprojekt würde ihrer Kleinstadt viele Vorteile bringen und ihr keineswegs die letzte Lebensenergie absaugen.

Auf ihrem kleinen weißen Transporter stand der etwas langweilige Firmenname «Benson & Thomas Reinigungsservice». Nathalie hatte mit einer Schablone daruntergeschrieben: «Geht's bei Ihnen dreckig zu? Dann nehmen Sie unsere Dienste in Anspruch!» Nach zwei Monaten hatte Jess sie allerdings darauf hinweisen müssen, dass die Hälfte der Anrufe, die sie erhielten, nicht das Geringste mit Putzaufträgen zu tun hatte.

Inzwischen arbeiteten sie fast nur noch in Beachfront. Kaum jemand in der Stadt hatte das Geld – oder wäre überhaupt auf die Idee gekommen, eine Putzfrau anzustellen, abgesehen von einigen Ärzten, Anwälten oder vereinzelten Kunden wie Mrs. Humphrey, die mit ihrer Arthritis nicht mehr selbst putzen konnte.

Einerseits war es ein guter Job. Man konnte selbständig arbeiten, sich die Arbeitszeit einteilen und sich meistens die Kundschaft aussuchen. Die Kehrseite der Medaille waren seltsamerweise nicht die nervigen Kunden (und einen davon gab es immer) oder dass einen beim Schrubben von fremden Toiletten manchmal das Gefühl überkam, man habe es auf der Karriereleiter vielleicht nicht ganz so weit nach oben geschafft, wie man es sich erträumt hatte. Jess störte es nicht, anderer Leute Haarbüschel aus dem Abfluss zu ziehen. Jess störte es nicht einmal, dass sich die meisten Mieter von Ferienhäusern anscheinend dazu verpflichtet fühlten, sich eine Woche lang wie die Schweine aufzuführen.

Die Kehrseite war, dass man viel mehr über das Leben anderer Leute erfuhr, als man jemals hatte wissen wollen.

Jess hätte ein Lied von Mrs. Eldridges heimlicher Shoppingsucht singen können; von den Designerschuh-Bons, die sie im Badezimmer in den Mülleimer warf, von ihrem Schrank voll ungetragener Kleidung, an der noch die Preisschilder hingen. Sie hätte erzählen können, dass Lena Thompson vier Jahre lang versucht hatte schwanger zu werden und pro Monat zwei Schwangerschaftstests verbrauchte (gerüchteweise machte sie sich kaum noch die Mühe, ihre Strumpfhose dabei auszuziehen). Sie hätte erzählen können, dass Mr. Mitchell, der in dem großen Haus hinter der Kirche lebte, ein sechsstelliges Jahresgehalt bezog (er ließ seine Lohnabrechnungen auf dem Tisch in der Diele liegen; Nathalie schwor, dass er das absichtlich tat) und dass seine Tochter heimlich im Bad rauchte.

Wenn sie eine Klatschbase gewesen wäre, hätte sie die Frauen entlarven können, die in blendender Aufmachung aus dem Haus gingen – mit perfekter Frisur, lackierten Fingernägeln, dezent parfümiert – und die nichts dabei fanden, zu Hause ihre schmutzigen Unterhosen mitten auf dem Boden liegen zu lassen. Oder die pubertierenden Jungs, deren steifgetrocknete Handtücher sie am liebsten nur mit der Zange aufgesammelt hätte. Da waren die Paare, die jede Nacht in getrennten Betten schliefen, auch wenn die Frauen strahlend betonten, die Bettwäsche im Gästezimmer müsse deshalb so oft gewechselt werden, weil sie zurzeit «unheimlich viel Besuch» hätten. Es gab Toiletten, in denen eine Gasmaske und eine Warnplakette vor gefährlichen Chemikalien nötig gewesen wären.

Und hin und wieder hatte man eine nette Kundin wie Lisa Ritter, bei der man nur kurz zum Staubsaugen vorbeikommen musste. Und dann konnte es passieren, dass man einen Diamantohrring entdeckte und dadurch plötzlich von Dingen erfuhr, von denen man lieber nie erfahren hätte.

«Den hat vermutlich meine Tochter verloren, als sie das letzte Mal da war», hatte Lisa Ritter gesagt, und ihre Stimme hatte vor angestrengter Selbstbeherrschung geschwankt, als sie den Ohrring in der Hand hielt. «Sie hat genau so ein Paar.»

«Da haben Sie sicher recht», sagte Jess. «Er ist vermutlich irgendwie auf den Boden gefallen und versehentlich ins Schlafzimmer gekickt worden. Oder er ist an einem Schuh hängen geblieben. Wir haben uns schon gedacht, dass es so etwas sein muss. Es tut mir leid. Wenn ich gewusst hätte, dass er nicht Ihnen gehört, hätten wir Sie gar nicht damit belästigt.» Und als sich Mrs. Ritter von ihr abwandte, hatte Jess gleich gewusst: Das war's jetzt. Niemand dankte es einem, wenn man mit schlechten Nachrichten kam.

Am Ende der Straße fiel ein dick vermummtes Kleinkind um wie ein gefällter Baum und brach nach einer kurzen Schrecksekunde in kläglisches Heulen aus. Seine Mutter, die zahlreichen Einkaufstüten in beiden Händen perfekt ausbalanciert, blieb stehen und sah das Kind bestürzt an.

«Aber denk doch mal an das, was sie letzte Woche gesagt hat – Lisa Ritter würde sich eher von ihrer Friseurin trennen als von uns.»

Nathalie setzte ein Gesicht auf, das wohl ausdrücken sollte, dass Jess selbst einer atomaren Apokalypse noch etwas Gutes abgewinnen würde.

«Sie hat gesagt, sie würde sich eher von ihrer Friseurin trennen als von ‹ihren Reinigungskräften›. Das ist ein Unterschied. Ob das jetzt wir sind oder *Speedicleanz* oder die *Putzfeen* spielt keine Rolle.» Nathalie schüttelte den Kopf. «Keine Chance. Von jetzt an sind wir für sie die Putzfrauen, die über ihren Mann Bescheid wissen. Das macht Frauen wie ihr etwas aus. Sie wollen um jeden Preis den Schein wahren.»

Die Mutter setzte ihre Tüten ab und bückte sich, um das Kind hochzuheben. Ein paar Häuser weiter tauchte Terry Blackstone unter der Motorhaube seines Ford Focus auf, einem Auto, das er seit achtzehn Monaten nicht zum Laufen gebracht hatte, und sah sich nach dem Grund für das Kindergeschrei um.

Jess stützte ihre bloßen Füße am Armaturenbrett ab und schlug ihre Hände vors Gesicht. «Verdammter Mist. Wie sollen wir das fehlende Geld ausgleichen, Nat? Das war unser bester Auftrag.»

«Das Haus war immer sauber. Wir mussten zweimal die Woche praktisch nichts weiter tun, als kurz zu saugen und abzustauben.» Nathalie starrte aus dem Fenster.

«Und sie hat immer pünktlich bezahlt.» Jess hatte immer noch den Diamantohrring vor Augen. Warum hatten sie ihn nicht einfach ignoriert? Es wäre sogar besser gewesen, wenn sie ihn gestohlen hätten. «Okay, sie wird uns kündigen. Reden wir von etwas anderem, Nat. Ich kann mir vor meiner Schicht im Pub keinen Heulanfall leisten.»

«Und? Hat Marty diese Woche angerufen?»

«Ich meinte nicht, dass wir *davon* reden sollen.»

«Und, hat er?»

Jess seufzte. «Ja.»

«Hat er gesagt, warum er letzte Woche nicht angerufen hat?» Nathalie schob Jess' Füße vom Armaturenbrett.

«Nein.» Jess fühlte Nathalies bohrenden Blick. «Und nein, er hat auch kein Geld geschickt.»

«Also ehrlich. Du musst ihm das Jugendamt auf den Hals hetzen. Du kannst nicht ewig so weitermachen. Er sollte sich wenigstens am Unterhalt seiner eigenen Kinder beteiligen.»

Darüber hatten sie schon oft gestritten. «Er ... es geht ihm immer noch nicht so gut», sagte Jess. «Ich kann ihn nicht noch mehr unter Druck setzen. Er hat noch keinen neuen Job.»

«Tja, aber jetzt wirst du das Geld brauchen. Bis wir wieder einen Auftrag wie den von Lisa Ritter bekommen. Wie geht es Nicky?»

«Ich bin bei den Fishers vorbeigegangen, um mit Jasons Mutter zu reden.»

«Ist das dein Ernst? Vor dieser Frau habe ich richtig Angst. Hat sie versprochen, Jason dazu zu bringen, Nicky in Ruhe zu lassen?»

«So in etwa.»

Ohne den Blick von Jess abzuwenden, senkte Nathalie ihr Kinn ein paar Zentimeter.

«Sie meinte, wenn ich noch mal meinen Fuß auf ihre Türschwelle setze, schlägt sie mich grün und blau. Mich und meine ... wie war das noch? ... mich und meine ‹gestörten Kinder›.» Jess klappte die Sonnenblende auf der Beifahrerseite herunter, begutachtete ihr Haar im Spiegel und band es zu einem Pferdeschwanz zusammen. «Oh, und dann hat sie mir noch erklärt, ihr Jason würde keiner Fliege was zuleide tun.»

«Typisch.»

«Ist schon okay. Ich hatte Norman dabei. Und der Gute hat einen Riesenhaufen neben ihren Toyota gesetzt, und irgendwie habe ich ganz vergessen, dass ich eine Kacketüte in der Tasche hatte.»

Jess stemmte die Füße wieder gegen das Armaturenbrett.

Nathalie schob sie wieder herunter und wischte das Armaturenbrett mit einem feuchten Lappen ab. «Jetzt mal im Ernst, Jess. Wie lange ist Marty schon weg? Zwei Jahre? Du bist jung. Du kannst nicht warten, bis er irgendwann endlich wieder klarkommt. Du musst dich wieder mal in den Sattel schwingen.»

«In den Sattel schwingen. Nett ausgedrückt.»

«Liam Stubbs steht auf dich. Da könntest du problemlos aufspringen.»

«Jedes x-beliebige Paar X-Chromosomen könnte auf Liam Stubbs aufspringen.» Jess machte das Fenster zu. «Da bin ich mit einem guten Buch noch besser dran. Davon abgesehen glaube ich, dass die Kinder schon genügend Umbrüche erlebt haben, ohne dass wir jetzt noch Heute-lernst-du-deinen-neuen-Onkel-kennen spielen. So.» Sie sah zum Himmel hinauf und rümpfte die Nase. «Ich muss das Abendessen vorbereiten und mich anschließend für den Pub fertig machen. Ich telefoniere mal ein bisschen rum, bevor ich gehe, und frage, ob einer von unseren Kunden gerade zufällig irgendwelche Extraaufträge hat. Und man weiß nie, vielleicht kündigt sie uns ja doch nicht.»

Nathalie ließ ihr Fenster herunter und blies eine lange Rauchfahne hinaus. «Klar, Dorothy, und als Nächstes putzen wir dann die Smaragdstadt am Ende des gelben Ziegelsteinwegs.»

Das Haus Nummer vierzehn in der Seacove Avenue war erfüllt von den Geräuschen ferner Explosionen. Tanzie hatte ausgerechnet, dass Nicky, seit er sechzehn geworden war, 88 Prozent seiner Freizeit in seinem Schlafzimmer verbrachte. Daraus konnte ihm Jess kaum einen Vorwurf machen.

Jess stellte die Box mit Putzmitteln im Flur ab, hängte ihre Jacke an die Garderobe, ging die Treppe hinauf ins obere Stockwerk, wobei sie wie üblich leicht über den abgenutzten Zustand des Teppichs erschrak, und drückte Nickys Zimmertür auf. Er trug Kopfhörer und war gerade dabei, jemanden zu erschießen. Der Haschgeruch war so intensiv, dass Jess leicht schwankte.

«Nicky», sagte sie, und irgendwer explodierte im Kugelhagel. «Nicky.» Sie ging zu ihm hinüber und zog ihm den Kopfhörer herunter, sodass er sich umdrehte, mit leicht benebeltem Gesichtsausdruck, wie jemand, der gerade aus dem Schlaf gerissen worden ist. «Schwer am Arbeiten, was?»

«Ich mach grade eine Lernpause.»

Sie nahm einen Aschenbecher hoch und hielt ihn Nicky unter die Nase. «Ich dachte, da hätte ich mich klar ausgedrückt.»

«Das ist von gestern Nacht. Ich konnte nicht schlafen.»

«Nicht im Haus, Nicky.» Es hatte keinen Zweck, darauf zu bestehen, dass er ganz die Finger davon ließ. In dieser Gegend kifften alle. Jess konnte froh sein, dass Nicky erst mit fünfzehn angefangen hatte.

«Ist Tanzie schon zurück?» Sie bückte sich, um Socken und Teebecher vom Boden aufzusammeln.

«Nein. Übrigens, vorhin hat die Schule angerufen.»

«Was?»

Er tippte etwas in seinen Computer, dann drehte er sich zu ihr um. «Ich weiß auch nicht.»

Sie schob ihm eine Strähne seines schwarz gefärbten Haars aus der Stirn, und da war sie: eine frische Prellung auf seinem Wangenknochen. Er duckte sich weg. «Alles in Ordnung?»

Er zuckte mit den Schultern und wandte den Blick ab.

«Waren sie wieder hinter dir her?»

«Mir geht's gut.»

«Warum hast du mich nicht angerufen?»

«Kein Guthaben mehr auf dem Handy.» Er lehnte sich zurück und feuerte eine virtuelle Granate ab. Auf dem Bildschirm explodierte ein Feuerball. «Die Nummer liegt auf dem Tisch.» Er setzte den Kopfhörer wieder auf und widmete sich seinem Spiel.

Nicky lebte seit acht Jahren bei Jess. Er war Martys Sohn von Della, einer Frau, mit der Marty als Teenager kurz zusammen gewesen war. Nicky war schweigsam und misstrauisch angekommen, mit schlaksigen Gliedern und schlechtem Appetit. Seine Mutter hatte neue Freunde gefunden und war schließlich mit Big Al in die Midlands verschwunden, einem Mann, der nie jemanden direkt anschaute und in dessen riesiger Pranke sich ständig eine Dose Tennants Extra Bier befand. Nicky war schlafend im Umkleideraum der Schulsporthalle entdeckt worden, und als die Sozialarbeiterin zum zweiten Mal anrief, hatte Jess gesagt, Nicky könne bei ihnen wohnen. «Genau, was du jetzt noch gebraucht hast», hatte Nathalie gesagt. «Ein Maul mehr zu stopfen.»

«Er ist mein Stiefsohn.»

«Du hast ihn in den letzten vier Jahren zweimal gesehen. Und du bist noch nicht mal zwanzig.»

«Na ja, so sind Familien eben heutzutage. Es ist nicht mehr unbedingt das alte Vater-Mutter-Kind.»

Später hatte sie sich manchmal gefragt, ob das der Tropfen war, der das Fass zum Überlaufen gebracht hatte; der Grund, aus dem sich Marty endgültig jeder Verantwortung für seine Familie entzog. Aber Nicky war ein guter Junge, unter all dem rabenschwarzen Haar und dem Eyeliner. Er war nett zu Tanzie, und an seinen guten Tagen redete er und lachte und erlaubte Jess eine seltene, unbeholfene Umarmung, und sie war glücklich, dass er da war, auch wenn sie sich gelegentlich fühlte, als hätte sie sich nur noch einen weiteren Kandidaten ins Boot geholt, um den sie sich Sorgen machen musste.

Jess ging mit dem Telefon in den Garten und atmete tief ein. Ihr Magen hatte sich verkrampft vor Unruhe. «Äh ... hallo? Hier spricht Jessica Thomas. Sie hatten mich um einen Rückruf gebeten.»

Stille.

«Ist etwas mit Tanzie? Ist ... ist alles in Ordnung?»

«Alles in bester Ordnung. Entschuldigen Sie. Das hätte ich gleich sagen sollen. Hier ist Mr. Tsvangarai, Tanzies Mathematiklehrer.»

«Oh.» Sie hatte ihn vor Augen. Ein schlanker Mann in einem grauen Anzug. Mit einem Gesicht wie ein Bestattungsunternehmer.

«Ich wollte mit Ihnen sprechen, weil ich vor einigen Wochen ein sehr interessantes Gespräch mit einem ehemaligen Kollegen geführt habe, der jetzt an der St. Anne's unterrichtet.»

«St. Anne's?» Jess runzelte die Stirn. «Die Privatschule?»

«Ja. Sie haben dort ein Stipendienprogramm für mathematisch hochbegabte Kinder. Und wie Sie wissen, betrachten wir Tanzie als hochbegabt.»

«Weil sie gut in Mathe ist.»

«Besser als gut. Nun, wir haben Tanzie letzte Woche die Aufgaben der Aufnahmeprüfung machen lassen. Ich weiß nicht, ob sie es erwähnt hat. Ich habe Ihnen einen Brief geschrieben, aber vielleicht haben Sie ihn noch nicht gelesen?»

Jess blinzelte in den Himmel hinauf. Möwen kreisten vor dem Grau und stießen gelegentlich unvermittelt herab. Ein paar Vorgärten weiter hatte Terry Blackstone angefangen, einen Song aus dem Radio mitzusingen. Angeblich legte er einen kompletten Rod-Stewart-Auftritt hin, wenn er glaubte, dass niemand zusah.

«Heute Vormittag haben wir die Auswertung zurückbekommen. Und sie hat es gut gemacht. Extrem gut. Mrs. Thomas, wenn Sie einverstanden sind, wird Tanzie zu einem Vorgespräch für einen geförderten Schulplatz in der St. Anne's eingeladen.»

Jess ertappte sich dabei, wie sie Mr. Tsvangarai einfach nachplapperte. «Einen geförderten Schulplatz?»

«Für einige Kinder mit außergewöhnlicher Begabung verzichtet St. Anne's auf einen erheblichen Teil des Schulgeldes. Das bedeutet, dass Tanzie eine erstklassige Schulausbildung bekommen würde, Mrs. Thomas. Ich glaube, das wäre eine sehr große Chance für sie.»

«St. Anne's? Aber ... dann müsste sie mit dem Bus durch die ganze Stadt fahren. Sie bräuchte eine Uniform und all das. Sie ... sie würde dort niemanden kennen.»

«Sie würde bald Freunde finden. Aber das sind Nebensächlichkeiten, Mrs. Thomas. Warten wir erst einmal ab, was die Schule vorschlägt. Tanzie ist ein außergewöhnlich begabtes Mädchen.» Er hielt inne. Als Jess nichts sagte, senkte er die Stimme. «Ich unterrichte jetzt seit beinahe zweiundzwanzig Jahren Mathematik, Mrs. Thomas. Und niemals ist mir ein

Kind begegnet, das ein solches Verständnis für mathematische Konzepte hat wie Tanzie. Ich glaube, sie ist schon über den Punkt hinaus, an dem ich ihr noch etwas beibringen kann. Algorithmen, Wahrscheinlichkeitsrechnung, Primzahlen ...»

«Okay. Hier kann ich Ihnen nicht mehr folgen, Mr. Tsvangarai.»

Er lachte. «Ich melde mich wieder.»

Sie legte das Telefon weg und setzte sich auf den ehemals weißen Plastikgartenstuhl, der inzwischen mit zartgrünem Moos überzogen war. Sie starrte einfach nur vor sich hin, durch die Fenster auf die Vorhänge, die Marty immer zu hell gewesen waren, auf das rote Dreirad, das sie schon ewig hatte entsorgen wollen, auf die Zigarettenkippen, die auf dem Weg zum Nachbarhaus lagen wie Konfetti, auf die Lücke in dem verrotteten Holzzaun, durch die der Hund so gern seinen Kopf steckte. Und trotz allem, was Nathalie als Jess' vollkommen irregeleiteten Optimismus bezeichnete, spürte sie, dass ihr Tränen in die Augen stiegen.

Es zog massenhaft Probleme nach sich, wenn man vom Vater seiner Kinder sitzengelassen wurde: die finanziellen Schwierigkeiten, die unterdrückte Wut im Namen der Kinder oder wie verheiratete Freundinnen einen auf einmal behandelten, als hätte man vor, ihnen den Ehemann auszuspannen. Aber schlimmer als das, schlimmer als dieser endlose, verdammt anstrengende, Geld und Kräfte zehrende Kampf, war, dass das Leben als überforderte Alleinerziehende so unfassbar einsam war.

KAPITEL 2

Tanzie

Sechsundzwanzig Autos passten auf den Parkplatz von St. Anne's. Zwei Reihen mit jeweils dreizehn glänzenden Offroadern standen einander gegenüber, und wenn einer von seinem Platz glitt, um den nächsten in die Lücke zu lassen, parkten sie mit einem durchschnittlichen Winkel von 41 Grad aus und ein.

Tanzie beobachtete die Autos, als sie an Mums Hand von der Bushaltestelle kam, sah die Fahrer verbotenerweise mit dem Handy telefonieren oder mit glubschäugigen blonden Babys auf dem Rücksitz reden. Mum hob den Kopf und klimperte mit den Hausschlüsseln in der freien Hand, als wären es ihre Autoschlüssel und als hätten sie und Tanzie irgendwo in der Nähe geparkt. Wahrscheinlich, dachte Tanzie, befürchtete Jess, einer ihrer Auftraggeberinnen über den Weg zu laufen und gefragt zu werden, was sie hier verloren hatte.

Tanzie war noch nie in der St. Anne's gewesen, obwohl sie schon mindestens zehn Mal daran vorbeigekommen war, weil ihr Zahnarzt seine Praxis in derselben Straße hatte. Von außen sah man nur eine endlose Hecke, die in exakten 90-Grad-Winkeln getrimmt war (Tanzie fragte sich, ob der Gärtner ein Geodreieck benutzte), und riesige Bäume, deren Äste niedrig über die Rasenflächen hingen, als wäre es ihre Aufgabe, die spielenden Kinder zu beschützen.

Die Schüler der St. Anne's schwangen ihre Taschen nicht am Träger herum, um andere damit am Kopf zu treffen, und sie rotteten sich nicht in der Ecke des Schulhofs zusammen, um jemanden an die Wand zu drücken und ihm das Geld fürs Mittagessen wegzunehmen. Nirgendwo waren erschöpft klingende Lehrer zu hören, die versuchten, Teenager in die Klassenzimmer zu treiben. Die Mädchen hatten den Bund ihres Rocks nicht sechsmal eingerollt, damit ein Mini daraus wurde. Kein einziger Mensch rauchte. Jess drückte Tanzies Hand ein bisschen fester. Tanzie wünschte, sie würde nicht so nervös aussehen. «Es ist schön, oder, Mum?»

Jess nickte. «Ja.» Es hörte sich an wie ein Quieken.

«Mr. Tsvangarai hat mir erzählt, dass letztes Jahr alle Schüler aus dem Abschlussjahrgang, die Mathe gewählt hatten, eine Eins oder eine Eins plus bekommen haben. Das ist gut, oder?»

«Unglaublich.»

Tanzie zog ein bisschen an der Hand ihrer Mutter, damit sie schneller ins Büro des Schulleiters kamen. «Glaubst du, dass mich Norman vermissen wird, wenn ich die langen Schultage habe?»

«Die langen Schultage?»

«Der Unterricht in der St. Anne's dauert bis sechs. Und dienstags und donnerstags ist Matheclub, da will ich unbedingt mitmachen.»

Ihre Mutter warf ihr einen Blick zu. Sie sah unheimlich müde aus. Eigentlich sah sie in letzter Zeit immer unheimlich müde aus. Sie setzte ihr Lächeln auf, das eigentlich überhaupt kein Lächeln war, und dann gingen sie hinein.

«Hallo, Mrs. Thomas. Hallo, Costanza. Es freut mich sehr, Sie und Ihre Tochter kennenzulernen, Mrs. Thomas. Bitte, nehmen Sie Platz.»

Das Büro des Schulleiters hatte eine hohe Decke mit kleinen weißen Stuckrosetten alle zwanzig Zentimeter und winzigen Rosenknospen genau in der Mitte dazwischen. Der Raum war mit altehrwürdigem Mobiliar eingerichtet, und durch ein Erkerfenster sah man einen Mann, der auf einem fahrbaren Rasenmäher saß und das Cricketfeld mähte. Auf einem Tischchen hatte jemand ein Tablett mit Kaffeegeschirr und Keksen bereitgestellt. Man sah, dass die Kekse selbstgemacht waren. Mum hatte auch solche gebacken, bevor Dad weggegangen war.

Tanzie setzte sich auf die Sofakante und sah die beiden Männer an, die ihr gegenüber Platz genommen hatten. Der mit dem Schnurrbart lächelte wie eine Krankenschwester, bevor sie einem eine Spritze gab. Mum hielt sich an der Handtasche auf ihrem Schoß fest, und Tanzie bemerkte, dass sie eine Hand über die Ecke gelegt hatte, die von Norman zerkaut worden war. Ihr Bein zitterte.

«Das ist Mr. Cruikshank. Er leitet unseren mathematischen Zweig. Und ich bin Mr. Daly. Ich bin seit zwei Jahren hier der Schulleiter.»

Tanzie sah von ihrem Keks auf.

«Machen Sie auch Graphen?»

«Machen wir.»

«Und Wahrscheinlichkeitsrechnung?»

«Das auch.»

Mr. Cruikshank beugte sich vor. «Wir haben uns deine Testergebnisse angesehen. Und wir glauben, Costanza, dass du nächstes Jahr die Mittelstufenprüfung in Mathematik ablegen solltest. Ich denke nämlich, dass du mehr Spaß an dem Stoff der Oberstufe hättest.»

Sie sah ihn an. «Haben Sie Aufgabenblätter?»

«Nebenan habe ich welche. Möchtest du sie dir ansehen?»

Sie konnte kaum glauben, dass er das noch fragte. Sie überlegte kurz, ob sie wie Nicky «Logo, Alter» antworten sollte. Aber dann nickte sie nur.

Mr. Daly schenkte Mum Kaffee ein. «Ich will nicht lange um den heißen Brei herumreden, Mrs. Thomas. Sie wissen ja selbst, dass Ihre Tochter außergewöhnlich begabt ist. Ergebnisse, die mit ihren vergleichbar sind, haben wir erst ein einziges Mal bei einem Schüler gesehen, und dieser Schüler ist anschließend Fellow am Trinity-College geworden.»

Er redete und redete, und Tanzie klinkte sich ein bisschen aus. «... für eine sehr ausgewählte Gruppe von Schülern mit nachgewiesener Hochbegabung haben wir ein neues Stipendium geschaffen, das ihnen einen gleichwertigen Zugang ermöglicht.» Bla, bla, bla. «Es bietet einem Kind, das sonst die Vorteile einer Schule wie unserer nicht nutzen könnte, die Gelegenheit, sein Potenzial auszuschöpfen ...» Bla, bla. «Obwohl wir sehr gespannt darauf sind, wie weit Costanza in den mathematischen Fächern kommen kann, wollen wir auch sicherstellen, dass sie in den anderen Fächern gut ausgebildet wird. Unser Lehrplan vernachlässigt weder Sport noch Musik.» Bla, bla, bla ... «Mathematisch begabte Kinder haben oft auch besondere sprachliche Fähigkeiten ...», bla, bla, «... und der Theaterworkshop. Der ist sehr beliebt bei Mädchen ihres Alters.»

«Ich mag eigentlich nur Mathe», erklärte ihm Tanzie. «Und Hunde.»

«Nun, was Hunde angeht, sieht es bei uns eher schlecht aus, aber was die Mathematik betrifft, könnten wir dir eine Menge Herausforderungen bieten. Allerdings wärst du vielleicht überrascht, welche anderen Dinge dir auch noch Spaß machen. Spielst du ein Instrument?»

Tanzie schüttelte den Kopf.

«Und was ist mit Fremdsprachen?»

Es wurde ziemlich still im Raum.

«Andere Interessen?»

«Freitags gehen wir schwimmen», sagte Mum.

«Wir waren nicht mehr schwimmen, seit Dad weg ist.»

Mum setzte ein Lächeln auf, aber es geriet ein bisschen schief. «Doch, waren wir, Tanzie.»

«Ein Mal. Am dreizehnten Mai. Aber jetzt gehst du freitags ja arbeiten.»

Mr. Cruikshank verließ den Raum und kam einen Moment später mit den Aufgabenblättern wieder. Tanzie steckte sich den letzten Keks in den Mund und stand auf, um sich neben Mr. Cruikshank zu setzen. Er hatte einen ganzen Stapel Aufgaben mitgebracht. Sachen, mit denen sie sich noch gar nicht beschäftigt hatte!

Tanzie ging die Aufgaben mit ihm durch, zeigte ihm, was sie schon kannte und was nicht, und im Hintergrund hörte sie Mum und den Schulleiter weiterreden.

Es klang, als würde alles gut laufen. Tanzie richtete ihre Aufmerksamkeit auf das Blatt, das vor ihr lag. «Geht es da um Erneuerungstheorie?», fragte Tanzie. «Ja», sagte Mr. Cruikshank leise, den Finger auf dem Blatt. «Aber das Besondere an Erneuerungsprozessen ist, dass wir, wenn wir eine vorgegebene Zeitspanne abwarten und dann betrachten, wie lang das darin enthaltene Erneuerungsintervall ist, es normalerweise größer sein wird als ein durchschnittliches Erneuerungsintervall.»

Das kannte Tanzie! «Dann brauchen die Affen länger, um das Wort *Macbeth* zu tippen?»

«Genau.» Er lächelte. «Ich war nicht sicher, ob du Erneuerungstheorie schon durchgenommen hast.»

«Habe ich auch eigentlich nicht. Aber Mr. Tsvangarai hat mir einmal davon erzählt, und ich habe es im Internet nachgesehen. Die Sache mit den Affen hat mir gefallen.» Sie blätterte durch die Aufgaben. Die Zahlen schienen zu ihr zu singen. Es kam Tanzie vor, als würde ihr Gehirn mitsummen, und sie wusste, dass sie unbedingt in diese Schule gehen musste. «Mum», sagte sie. Normalerweise unterbrach sie niemanden im Gespräch, aber sie war so aufgeregt, dass sie ihre Manieren vergaß. «Glaubst du, dass wir solche Aufgabenblätter besorgen könnten?»

Mr. Daly sah zu ihr herüber. Ihre schlechten Manieren schienen ihn nicht zu stören. «Mr. Cruikshank, haben wir ein paar übrig?»

«Du kannst die hier haben.»

Und er gab sie ihr. Einfach so! Draußen klingelte es, und sie hörte Schüler auf dem knirschenden Kies unter dem Bürofenster vorbeigehen.

«Und ... was passiert jetzt?», fragte Mum.

«Nun, wir würden Costanza ... Tanzie ... gern ein Stipendium anbieten.» Er hob einen glänzenden Hefter vom Tisch hoch. «Hier ist unser Prospekt mit allen wichtigen Informationen. Das Stipendium deckt neunzig Prozent des Schulgeldes. Es ist das umfassendste Stipendium, das diese Schule jemals angeboten hat. Angesichts der langen Wartelisten mit Schülern, die zu uns wollen, sind fünfzig Prozent für gewöhnlich unser Maximum.» Er hielt Tanzie den Kekstelller hin. Irgendwie hatten sie ihn wieder aufgefüllt. Das war wirklich die tollste Schule überhaupt.

«Neunzig Prozent», sagte Mum. Sie legte ihren Keks zurück auf die Untertasse.

«Mir ist bewusst, dass trotzdem noch eine ansehnliche finanzielle Verpflichtung mit dem Schulbesuch verbunden ist. Dazu kommen noch die Kosten für die Schuluniform und den Bus und andere Extras, die sie vielleicht gern möchte, wie Musikkurse oder Klassenfahrten. Aber ich will noch einmal betonen, dass es eine unglaubliche Chance wäre.» Er beugte sich vor. «Wir hätten dich sehr gerne bei uns, Tanzie. Dein Mathematiklehrer sagt, es sei eine Freude, mit dir zu arbeiten.»

«Ich mag die Schule», sagte Tanzie und griff nach dem nächsten Keks. «Viele von meinen Freunden finden Schule langweilig. Aber ich bin lieber in der Schule als zu Hause.»

Alle lachten ein wenig verkrampft.

«Nicht deinetwegen, Mum», sagte Tanzie und nahm sich noch einen Keks. «Aber meine Mum muss viel arbeiten.»

Stille breitete sich aus.

«Das müssen wir alle, heutzutage», sagte Mr. Cruikshank schließlich.

«Nun», sagte Mr. Daly. «Sie haben jetzt einigen Stoff zum Nachdenken. Und bestimmt haben Sie auch noch weitere Fragen an uns. Trinken Sie doch in Ruhe Ihren Kaffee aus, danach hole ich einen unserer Schüler, damit er Ihnen die Schule zeigt. Und später können Sie unseren Vorschlag unter sich besprechen.»

Tanzie war draußen im Garten und warf einen Ball für Norman. Sie war überzeugt, dass er ihn eines Tages holen und ihr zurückbringen würde. Tanzie hatte irgendwo gelesen, Wiederholungen würden die Wahrscheinlichkeit, dass ein Tier etwas lernt, um den Faktor vier steigern. Aber sie war nicht sicher, ob Norman zählen konnte.

Sie hatten Norman aus dem Tierheim geholt, als Dad weggegangen war und Mum elf Nächte am Stück nicht schlafen konnte, aus Angst, sie könnten alle in ihren Betten ermordet werden, wenn erst mal bekannt wurde, dass Dad nicht mehr da war. «Er kann unheimlich gut mit Kindern und ist ein großartiger Wachhund», hatten die Leute im Tierheim gesagt. Mum hatte immer nur wiederholt: «Aber er ist so riesig.»

«Umso größer die Abschreckung», hatten sie mit einem aufmunternden Lächeln erwidert. «Und haben wir schon erwähnt, dass er unheimlich gut mit Kindern kann?»

Zwei Jahre später sagte Mum, Norman sei hauptsächlich eine enorme Fress- und Kackmaschine. Er tapste durchs Haus und zog dabei eine Spur aus Hundehaaren und üblen Gerüchen hinter sich her. Er sabberte auf Kissen und jaulte im Schlaf. Mum sagte, die Leute vom Tierheim hätten recht gehabt: Niemand würde bei ihnen einbrechen, aus lauter Angst, von Norman vergast zu werden.

Sie hatte es aufgegeben, Norman aus Tanzies Zimmer zu verbannen. Wenn Tanzie morgens aufwachte, lag er immer mit weit von sich gestreckten haarigen Beinen quer über drei Vierteln des Bettes, und Tanzie zitterte unter einem winzigen Zipfel der Bettdecke. Mum murrte über Haare und Hygiene, aber Tanzie machte das nichts aus.

Nicky kam zu ihnen, als Tanzie zwei Jahre alt war. Eines Abends ging sie zu Bett, und als sie wieder aufwachte, war

Nicky im Gästezimmer, und Mum sagte einfach, er werde bei ihnen bleiben und er sei ihr Bruder. Tanzie hatte Nicky einmal gefragt, welche Gene sie seiner Meinung nach gemeinsam hätten, und er hatte gesagt: «Das Abartiger-Loser-Gen.» Sie hielt es für wahrscheinlich, dass er bloß einen Witz gemacht hatte, aber sie kannte sich mit Genetik nicht gut genug aus, um sicher zu sein.

Sie wusch sich gerade die Hände unter dem Wasserhahn im Garten, als sie Stimmen bemerkte. Nickys Fenster stand offen, und man konnte ihn und Mum bis in den Garten hören.

«Hast du die Wasserrechnung bezahlt?», fragte Nicky.

«Nein. Ich hatte keine Zeit, zur Post zu gehen.»

«Da steht, es ist die letzte Mahnung.»

«Ich weiß, dass es die letzte Mahnung ist.» Mum klang gereizt, wie immer, wenn es um Geld ging. Es gab eine Pause. Norman nahm den Ball zwischen die Zähne und ließ ihn vor Tanzies Füße fallen. Da lag er, schleimig und ekelhaft.

«Sorry, Nicky. Ich ... ich muss einfach erst mal dieses Gespräch hinter mich bringen. Ich kümmere mich morgen darum. Versprochen. Willst du mit deinem Dad reden?»

Tanzie wusste, wie die Antwort lauten würde. Nicky wollte schon lange nicht mehr mit Dad sprechen.

«Hey.»

Tanzie stellte sich genau unter das Fenster und war ganz still. Sie konnte Dads angespannte Stimme über Skype hören.

«Alles in Ordnung?», fragte er. Tanzie überlegte, ob er wohl glaubte, dass etwas Schlimmes passiert war. Wenn er dachte, Tanzie hätte Leukämie, würde er vielleicht zurückkommen. Sie hatte einmal einen Fernsehfilm gesehen, in dem sich die Eltern eines Mädchens hatten scheiden lassen, dann aber wieder zusammengekommen waren, weil das Mädchen an Leukämie erkrankt war. Tanzie wollte aber eigentlich keine Leukämie bekommen, weil sie bei Spritzen ohnmächtig wurde und ziemlich schöne Haare hatte.

«Alles in Ordnung», sagte Mum. Sie erzählte ihm nicht, dass Nicky dauernd verprügelt wurde.

«Was ist los?»

Eine Pause.

«Hat deine Mutter renoviert?», fragte Mum.

«Was?»

«Neue Tapete.»

«Oh. Das.»

Bei Grandma war neu tapeziert worden? Tanzie bekam ein merkwürdiges Gefühl. Dad und Grandma wohnten in einem Haus, das Tanzie vielleicht nicht mehr wiedererkennen würde. Es war 348 Tage her, seit sie Dad das letzte Mal gesehen hatte. Und 433 Tage, seit sie Grandma gesehen hatte.

«Ich muss mit dir über Tanzies Schulausbildung reden.»

«Warum? Macht sie Schwierigkeiten?»

«Überhaupt nicht, Marty. Man hat ihr ein Stipendium an der St. Anne's angeboten.»

«St. Anne's?»

«Sie glauben, ihre Fähigkeiten in Mathe sind weit über dem Durchschnitt.»

«*St. Anne's.*» Er schien es kaum glauben zu können. «Ich meine, ich wusste ja, dass sie intelligent ist, aber ...»

Er klang richtig erfreut. Tanzie presste ihren Rücken an die Wand und ging auf die Zehenspitzen, um besser hören zu können. Vielleicht kam er zurück, wenn sie in die St. Anne's ging.

«Unser kleines Mädchen auf einer Nobelschule, was?» Er

sprach lauter vor Stolz. Tanzie konnte sich vorstellen, dass er schon überlegte, wie er seinen Kumpeln im Pub diese Nachricht verkünden würde. Nur dass er nicht in den Pub gehen konnte. Weil er Mum immer erzählte, er habe kein Geld, um sich mal was zu gönnen. «Und wo liegt das Problem?»

«Na ja ... es ist ein hohes Stipendium. Aber es deckt nicht alle Kosten.»

«Was bedeutet?»

«Was bedeutet, dass wir trotzdem pro Halbjahr fünfhundert Pfund aufbringen müssen. Und Geld für die Schuluniform. Und die Einschreibegebühren von fünfhundert Pfund.»

Die Stille dauerte so lang, dass Tanzie sich fragte, ob der Computer abgestürzt war.

«Sie haben gesagt, wenn wir ein Jahr dabei sind, können wir einen Härtefallzuschuss beantragen. Das ist irgendeine Beihilfe, die sie in bestimmten Fällen zusätzlich gewähren können. Aber erst mal müssen wir beinahe zwei Tausender organisieren, um sie durchs erste Jahr zu bringen.»

Und dann lachte Dad. Er lachte einfach. «Das soll ein Witz sein, oder?»

«Nein, das soll kein Witz sein.»

«Wie soll ich denn zwei Tausender beschaffen, Jess?»

«Ich habe einfach gedacht, du ...»

«Ich habe bisher noch nicht mal einen richtigen Job. Hier läuft überhaupt nichts richtig. Ich ... ich komme eben erst wieder auf die Füße. Tut mir leid, Babe, aber das geht auf keinen Fall.»

«Kann deine Mutter dir nicht aushelfen? Sie hat vielleicht was zur Seite gelegt. Kann ich mit ihr sprechen?»

«Nein. Sie ist ... nicht da. Und ich will nicht, dass du ihr Geld aus der Tasche ziehst. Sie hat auch so schon genug Sorgen.»

«Ich ziehe ihr kein Geld aus der Tasche, Marty. Ich dachte, sie würde vielleicht ihre einzigen Enkelkinder unterstützen wollen.»

«Sie sind nicht mehr ihre einzigen Enkel. Meine Schwester hat einen Sohn bekommen.»

Tanzie stand da wie erstarrt.

«Ich wusste nicht mal, dass Elena schwanger war.»

«Ja, das wollte ich dir noch erzählen.»

Tanzie hatte einen kleinen Cousin. Und sie hatte es nicht einmal gewusst. Norman ließ sich vor ihren Füßen fallen. Er sah sie mit seinen großen, braunen Augen an, dann rollte er sich mit einem leisen Knurren auf den Rücken, als wäre es richtig, richtig harte Arbeit, auf dem Boden zu liegen.

«Tja, dann … wie wäre es, wenn wir den Rolls verkaufen?»

«Ich kann den Rolls nicht verkaufen. Ich will wieder mit den Hochzeitsfahrten anfangen.»

«Er rostet jetzt seit beinahe zwei Jahren in der Garage vor sich hin.»

«Ich weiß. Und ich komme und hole ihn. Ich habe hier nur noch keine sichere Unterstellmöglichkeit.»

Der Ton war schärfer geworden. So endeten ihre Unterhaltungen oft. Sie hörte Mum tief Luft holen. «Kannst du wenigstens darüber nachdenken, Marty? Sie möchte unheimlich gern dorthin. Wirklich, wirklich gern. Als der Mathelehrer mit ihr gesprochen hat, ist ein richtiges Strahlen über ihr Gesicht gegangen, wie ich es nicht gesehen habe, seit …»

«Seit ich gegangen bin.»

«So habe ich es nicht gemeint.»

«Also ist alles meine Schuld.»

«Nein, es ist nicht alles deine Schuld, Marty. Aber ich werde mich auch nicht hinstellen und behaupten, es wäre eine wahnsinnig tolle Erfahrung für sie gewesen, dass du gegangen bist. Tanzie versteht nicht, warum du sie nicht besuchst. Sie versteht nicht, warum sie dich praktisch gar nicht mehr zu sehen bekommt.»

«Ich kann mir die Fahrten nicht leisten, Jess. Das weißt du. Es hat keinen Zweck, wenn du immer wieder auf mich einredest. Ich war krank.»

«Ich weiß, dass du krank warst.»

«Sie kann mich jederzeit besuchen. Das habe ich dir gesagt. Schick sie alle beide in den Ferien.»

«Das kann ich nicht. Sie sind zu jung, um so weit allein zu fahren. Und ich kann die Fahrkarten für uns alle nicht bezahlen.»

«Ich schätze, das ist auch meine Schuld.»

«Oh, verflixt noch mal.»

Tanzie bohrte sich die Fingernägel in die Handballen. Norman sah sie weiter erwartungsvoll an.

«Ich will nicht mit dir streiten, Marty», sagte Mum, und ihre Stimme war leise und behutsam, wie bei einem Lehrer, der etwas erklärt, was man eigentlich schon wissen sollte. «Ich will einfach, dass du darüber nachdenkst, ob du zu dieser Sache auf irgendeine Art etwas beisteuern kannst. Es würde Tanzies Leben verändern. Es würde bedeuten, dass sie sich nie so abstrampeln muss, wie ... wir uns abstrampeln.»

«Das kann man so nicht sagen.»

«Was meinst du damit?»

«Siehst du keine Nachrichten, Jess? Die ganzen Uniabsolventen sind arbeitslos. Es spielt keine Rolle mehr, welche Ausbildung man hat. Sie muss sich trotzdem abstrampeln.» Er hielt inne. «Nein. Es bringt nichts, wenn wir uns bloß dafür noch weiter verschulden. Klar, dass dir die Leute von solchen

Schulen erzählen, sie wären etwas ganz Besonderes und Tanzie wäre etwas Besonderes und ihre Chancen würden sich unheimlich verbessern, wenn sie dorthin geht, und so weiter und so weiter. Das ist eben ihre Masche.»

Mum sagte nichts.

«Nein, wenn sie so intelligent ist, wie diese Leute behaupten, macht sie ihren Weg auch allein. Sie muss in die McArthur's gehen wie alle anderen auch.»

«Wie die kleinen Arschlöcher, die nur darauf warten, Nicky die nächste Abreibung zu verpassen. Und wie die Mädchen, die fingerdick Make-up auf dem Gesicht haben und keinen Sport machen wollen, weil sie sich dabei die Fingernägel abbrechen könnten. Sie würde dort nicht reinpassen, Marty. Überhaupt nicht.»

«Jetzt klingst du wie ein Snob.»

«Nein, ich klinge wie jemand, der akzeptiert, dass seine Tochter ein kleines bisschen anders ist. Und eine Schule brauchen könnte, die das fördert.»

«Ich kann das nicht, Jess. Tut mir leid.» Er klang jetzt abgelenkt, als hätte er in der Entfernung etwas gehört. «Pass auf. Ich muss Schluss machen. Tanzie soll mich am Sonntag über Skype anrufen.»

Lange Stille.

Tanzie zählte bis vierzehn.

Dann hörte sie, wie die Tür geöffnet wurde und Nickys Stimme: «Das ist ja super gelaufen.»

Tanzie beugte sich zu Norman hinunter und kraulte ihm den Bauch. Sie schloss die Augen, damit sie die Träne nicht sah, die auf sein Fell tropfte.

«Haben wir in letzter Zeit mal Lotto gespielt?»

«Nein.»

Die folgende Stille dauerte neun Sekunden. Dann wurde sie von Mums Stimme unterbrochen:

«Tja, dann fangen wir am besten mal damit an.»

KAPITEL 3

Ed

Deanna Lewis. Vielleicht nicht das hübscheste Mädchen am College, aber definitiv die Spitzenreiterin in Ed und Ronans interner Mädchen-denen-ich-eine-Chance-geben-würde-ohne-vorher-noch-ein-viertes-Bier-trinken-zu-müssen-Hitliste. Als hätte sie jemals einen von ihnen in Betracht gezogen. Sie hatte ihn während der gesamten drei Jahre nicht wahrgenommen, abgesehen von dem einen Mal, als es stark regnete und sie ihn gebeten hatte, sie in seinem Mini von der Bushaltestelle aus mit ins Studentenwohnheim zurückzunehmen. Auf der Fahrt war er so aufgeregt gewesen, weil sie auf seinem Beifahrersitz saß, dass er kaum ein Wort herausgebracht hatte, abgesehen von dem leicht erstickten «Gern geschehen», bevor sie ausstieg. Diese beiden Worte hatten drei Oktaven umspannt. Sie hatte sich gebückt, um die leere Chipstüte von ihrer Stiefelsohle abzuschälen und sie wieder in den Fußraum des Beifahrersitzes fallen zu lassen, bevor sie die Autotür zuschlug.

Ed hatte es schon schlimm erwischt, aber Ronan ging durch die Hölle. Seine Liebe zu Deanna drückte ihn nieder wie die Hantel in einem Zeichentrickfilm. Er schrieb ihr Gedichte, schickte ihr zum Valentinstag anonym Blumen, lächelte sie in der Mensaschlange an und versuchte, nicht niedergeschlagen zu wirken, wenn sie ihn nicht bemerkte. Und nach dem Examen und ihrer Firmengründung, als Ed und Ronan sich den Kopf statt über Frauen über Software zerbrachen, bis sie eines Tages tatsächlich lieber über Software nachdachten als über Frauen, verwandelte sich Deanna Lewis langsam in eine ferne Erinnerung aus Unizeiten. «Oh ... Deanna Lewis», sagten sie dann mit träumerischem Blick, als würde sie in Zeitlupe über den Köpfen der anderen Biertrinker vorbeischweben.

Und dann, drei Monate zuvor, also ungefähr ein halbes Jahr, nachdem Lara ihn verlassen, ihm das Apartment in Rom, die Hälfte seiner Aktienanteile und die letzte Lust auf eine Beziehung genommen hatte, hatte sich Deanna Lewis über Facebook bei Ed gemeldet. Sie hatte ein paar Jahre in New York gearbeitet, war jetzt aber zurückgekommen und wollte sich mit ein paar alten Freunden von der Uni verabreden. Ob er sich an Reena erinnere? Und an Sam? Ob er Zeit habe, ein Glas mit ihr zu trinken?

Danach schämte er sich dafür, dass er Ronan nichts davon erzählt hatte. Ronan war sowieso völlig mit dem neuen Software-Upgrade beschäftigt, redete Ed sich ein. Ronan hatte Jahre gebraucht, um Deanna zu vergessen. Er hatte gerade angefangen, mit einer Frau auszugehen, die in einer gemeinnützigen Suppenküche arbeitete. Warum also die alte Geschichte mit Deanna wieder anheizen? Die Wahrheit war allerdings, dass Ed schon seit Ewigkeiten keine Verabredung mehr gehabt hatte. Und irgendein Teil von ihm wollte, dass Deanna

Lewis sah, wie er sich verwandelt hatte, seit sie im Jahr zuvor die Firma verkauft hatten.

Denn mit Geld, so hatte sich herausgestellt, konnte man sich jemanden kaufen, der einen bei der Kleidung, dem Haarschnitt und überhaupt der äußeren Erscheinung beriet. Ed Nicholls sah nicht mehr aus wie der schüchterne Computerfreak in dem Mini. Er protzte nicht mit seinem Reichtum, aber er wusste, dass ihn, im Alter von dreiunddreißig Jahren, sein Wohlstand wie eine unsichtbare Aura umgab.

Sie verabredeten sich in einer Bar in Soho. Sie entschuldigte sich dafür, dass Reena – er erinnere sich doch noch an Reena? – im letzten Moment abgesagt hatte. Sie habe jetzt ein Baby. Deanna hob leicht spöttisch die Augenbraue, als sie das sagte. Sam war, wie Ed viel später auffiel, auch nicht aufgetaucht. Nach Ronan fragte Deanna überhaupt nicht.

Ed starrte sie die ganze Zeit an. Sie sah noch aus wie früher, nur besser. Sie hatte dunkelbraunes Haar, das um ihre Schultern tanzte wie in einer Shampoowerbung. Sie war netter, als er es in Erinnerung hatte, menschlicher. Vielleicht wurden ja sogar solche Traumfrauen auf den Boden der Tatsachen geholt, wenn sie die Uni hinter sich hatten. Sie lachte über all seine Witze. Er spürte ihre Überraschung darüber, dass er nicht mehr der Mensch war, an den sie sich erinnerte. Und das gab ihm ein richtig gutes Gefühl.

Nach ein paar Stunden verabschiedeten sie sich. Er rechnete eigentlich nicht damit, noch einmal von ihr zu hören, doch zwei Tage später rief sie an und schlug eine weitere Verabredung vor. Dieses Mal gingen sie in einen Club, und er tanzte mit ihr, und als sie die Hände über den Kopf hob, musste er sich ernsthaft konzentrieren, um sich nicht vorzustellen, sie wäre an ein Bett gefesselt. Sie habe gerade eine Beziehung hinter sich, erklärte sie beim dritten oder vierten Drink. Die Trennung sei grässlich gewesen. Sie glaube nicht, dass sie in absehbarer Zeit etwas Ernsthaftes anfangen wolle. Er gab bei ihrer Schilderung genau die richtigen Laute von sich. Dann erzählte er ihr von Lara, seiner Exfrau, die gesagt hatte, die größte Liebe in ihrem Leben würde immer ihre Arbeit bleiben und dass sie ihn verlassen müsste, um nicht irrsinnig zu werden.

«Klingt ziemlich melodramatisch», hatte Deanna gesagt.

«Sie ist Italienerin. Und noch dazu Schauspielerin. Da ist alles melodramatisch.»

«War», korrigierte sie ihn und sah ihm dabei tief in die Augen. Während er sprach, hielt sie den Blick auf seinen Mund gerichtet, was ihn auf eine seltsame Art ablenkte. Er erzählte ihr von der Firma: von den ersten Testversionen, die Ronan und er in seinem winzigen Zimmer programmiert hatten, den Software-Abstürzen, den Treffen mit einem IT-Mogul, der sie nach Texas hatte einfliegen lassen und auf sie fluchte, als sie sein Übernahmeangebot ablehnten.

Er erzählte ihr von dem Tag, an dem sie mit ihrem Programm auf den Markt gegangen waren und er auf dem Badewannenrand gesessen und auf seinem Handy mitverfolgt hatte, wie ihr Aktienkurs immer weiter stieg, und wie er angefangen hatte zu zittern, als er begriff, dass sich sein Leben komplett verändern würde.

«So reich bist du?»

«Ich komme klar.» Er stellte fest, dass er knapp davor war, sich komplett überheblich anzuhören. «Na ja ... vor meiner Scheidung ist es mir natürlich besser gegangen ... aber ich komme klar. Weißt du, das Geld interessiert mich eigentlich nicht besonders.» Er zuckte mit den Schultern. «Ich mag vor allem, dass ich tun kann, was ich will. Ich mag die Firma. Es gefällt mir, Ideen zu haben und sie in Programme umsetzen zu können, die den Leuten nützen.»

«Aber du hast deine Firma verkauft?»

«Sie ist zu groß geworden, und ich habe mir erklären lassen, dass nach dem Verkauf die Anzugträger den ganzen finanziellen Kram für uns erledigen. An diesem Aspekt war ich ohnehin nie interessiert. Mir gehören einfach nur haufenweise Aktienanteile.» Er starrte sie an. «Du hast wirklich sehr schönes Haar.» Er wusste nicht, warum um alles in der Welt er das gesagt hatte.

Sie küssten sich im Taxi. Deanna Lewis hatte mit schlanken, perfekt manikürten Fingern sein Gesicht zu sich gedreht und ihn geküsst. Obwohl ihre Zeit an der Universität über zwölf Jahre her war – zwölf Jahre, in denen Ed Nicholls kurz mit einer Model-/Schauspieler-/Wasauchimmer-Frau verheiratet gewesen war –, sagte eine leise Stimme in seinem Kopf immer wieder: *Deanna Lewis küsst mich.* Und sie küsste ihn nicht nur. Sie zog ihren Rock hoch und schob ein langes, schlankes Bein über seine Beine – den Taxifahrer hatte sie anscheinend ganz vergessen –, schmiegte sich an ihn und schob ihre Hand unter sein Hemd, bis er nicht mehr reden oder denken konnte. Und als sie vor seiner Wohnung ankamen, hörten sich seine Worte unbeholfen und dumm an, und er vergaß nicht nur, auf das Wechselgeld zu warten, sondern achtete nicht einmal darauf, was für Scheine er dem Taxifahrer in die Hand drückte.

Der Sex war großartig. Einfach unglaublich gut. Sie bewegte sich verdammt noch mal wie eine Pornodarstellerin. In den letzten Monaten mit Lara hatte sich der Sex angefühlt, als würde sie ihm einen Gefallen tun – und zwar abhängig von irgendwelchen Regeln, die nur sie verstand: ob er ihr genügend

Aufmerksamkeit geschenkt hatte, ob er genügend Zeit mit ihr verbracht hatte, ob er sie zum Abendessen ausgeführt hatte oder ob er verstanden hatte, wie sehr er ihre Gefühle verletzte.

Als Deanna Lewis splitternackt vor ihm stand und ihn ansah, schienen ihre Augen dagegen vor Lust zu funkeln. Wahnsinn. *Deanna Lewis.*

Am Freitagabend war sie wiedergekommen. Sie hatte so einen irren schwarzen Seidenslip mit Bändern an den Seiten getragen, die man einfach aufziehen konnte, sodass ihr das Höschen wie ein zarter Hauch vom Körper glitt. Danach drehte sie einen Joint, und obwohl er normalerweise kein Hasch rauchte, hatte er einen Zug genommen, sodass seine Gedanken angenehm verschwammen, und er hatte ihr dunkles, seidiges Haar zwischen die Finger genommen und zum ersten Mal seit der Trennung von Lara gedacht, dass das Leben doch eigentlich ziemlich gut war.

Und dann hatte sie gesagt: «Ich habe meinen Eltern von uns erzählt.»

Er hatte Konzentrationsprobleme. «Deinen Eltern?»

«Das macht dir doch nichts aus, oder? Es war nur einfach so ... ein gutes Gefühl ... wieder irgendwo dazuzugehören, verstehst du?»

Ed starrte auf einen Punkt an der Zimmerdecke. Das ist in Ordnung, sagte er sich. Viele Leute erzählen ihren Eltern alles. Sogar schon nach zwei Wochen.

«Ich war so deprimiert. Und jetzt bin ich ...», sie strahlte ihn an, «... glücklich. Richtig verrückt. Ich wache auf und denke an dich. Als ob alles schon irgendwie gut wird.»

Mit einem Mal hatte er ein komisches, trockenes Gefühl im Mund. Er war sich nicht sicher, ob es an dem Joint lag. «Deprimiert?», sagte er.

«Jetzt ist es wieder okay. Ich meine, meine Familie hat wirklich gut reagiert. Nach dem letzten Schub haben sie mich zum Arzt gebracht, und er hat mir Medikamente verschrieben, die mir sehr geholfen haben. Anscheinend senken sie die Hemmschwelle, aber ich kann nicht behaupten, dass sich irgendjemand darüber beschwert hätte! HA-HA-HA-HA!»

Er reichte ihr den Joint.

«Ich spüre alles unheimlich intensiv, verstehst du? Mein Psychiater sagt, ich bin hypersensibel. Manche Leute nehmen das Leben leicht. Ich nicht. Manchmal lese ich was über ein sterbendes Tier oder ein Kind, das in irgendeinem anderen Land ermordet worden ist, und ich muss buchstäblich den ganzen Tag weinen. Im College war ich auch schon so. Erinnerst du dich?»

«Nein.»

Sie legte ihre Hand auf seinen Penis. Aber Ed hatte plötzlich das sichere Gefühl, dass sich dort unten nichts rühren würde.

Sie sah zu ihm auf. Das Haar hing ihr ins Gesicht, und sie blies es weg. «Es ist so ein Horror, gleichzeitig seinen Job und seine Wohnung zu verlieren. Du hast keine Ahnung, wie es ist, so richtig pleite zu sein.» Sie sah ihn an, als überlegte sie, wie viel sie ihm erzählen sollte. «Ich meine ernsthaft pleite.»

«Was ... willst du damit sagen?»

«Na ja, zum Beispiel, dass ich meinem Ex einen Haufen Geld schulde. Aber ich habe ihm gesagt, dass ich es ihm nicht zurückzahlen kann. Ich habe mein Konto auch so schon bis zum Anschlag überzogen. Und er ruft trotzdem ständig an und redet wie ein Wasserfall auf mich ein. Es ist ziemlich belastend. Er hat keine Ahnung, wie sehr mich das stresst.»

«Über wie viel sprechen wir?»

Sie sagte es ihm. Und als ihm die Kinnlade herunterfiel,

sagte sie: «Und biete mir nicht an, es mir zu leihen. Ich würde von meinem Freund kein Geld nehmen. Aber es ist trotzdem ein Albtraum.»

Ed versuchte nicht darüber nachzudenken, dass sie ihn gerade als ihren «Freund» bezeichnet hatte.

Er sah sie an. Ihre Unterlippe zitterte. Er schluckte. «Äh ... alles okay bei dir?»

Ihr Lächeln kam zu schnell, war zu breit. «Mir geht's gut! Dank dir geht's mir wieder richtig gut.» Sie fuhr mit den Fingern über seine Brust. «Es war himmlisch, endlich einmal wieder in ein nettes Restaurant gehen zu können, ohne mir überlegen zu müssen, wie ich das bezahlen soll.» Sie küsste ihn auf eine Brustwarze.

In dieser Nacht legte sie ihm beim Schlafen ein Bein über die Schenkel. Ed lag hellwach da und wünschte, er könnte Ronan anrufen.

Am darauffolgenden Freitag kam sie wieder, und am Freitag danach auch. Sie reagierte nicht auf seine Bemerkungen, dass er am Wochenende einiges zu tun habe. Ihr Vater hatte ihr Geld gegeben, damit sie zusammen essen gehen konnten. «Er hat gesagt, es würde ihn unheimlich erleichtern, mich wieder fröhlich zu sehen.»

Er sei erkältet, sagte er, als sie mit der U-Bahn ankam und über die Straße auf ihn zuhüpfte, vermutlich wäre es besser, ihn nicht zu küssen.

«Das macht mir nichts aus. Was dein ist, ist mein», sagte sie und drückte ihm volle zwanzig Sekunden lang die Lippen auf den Mund.

Sie aßen in einer Pizzeria um die Ecke. Ed hatte angefangen, bei Deannas Anblick leichte Panikreaktionen zu entwickeln.

Sie hatte ständig «Gefühle». Der Anblick eines roten Busses machte sie fröhlich, beim Anblick einer welken Topfpflanze in einem Café war ihr zum Heulen. Irgendwie übertrieb sie es immer. Sie war manchmal so mit Reden beschäftigt, dass sie vergaß, mit geschlossenem Mund zu kauen. In seiner Wohnung ließ sie die Badezimmertür offen, wenn sie pinkeln musste. Es klang, als würde sich ein Pferd erleichtern.

Er war für all das nicht bereit. Ed wollte allein in seiner Wohnung sein. Er wollte die Ruhe und die Ordnung seines Alltags. Er konnte kaum glauben, dass er sich jemals einsam gefühlt hatte.

An diesem Abend sagte er ihr, er wolle keinen Sex. «Ich bin wirklich müde.»

«Da weiß ich einen unfehlbaren Wachmacher ...» Sie tauchte unter die Bettdecke. Es folgte ein Gerangel, das unter anderen Umständen hätte lustig sein können: Ihr Mund strebte in Richtung seiner Genitalien, er hielt sie unter den Achseln fest und zog sie nach oben.

«Wirklich. Deanna. Nicht ... nicht jetzt.»

«Dann kuscheln wir. Jetzt weiß ich, dass du nicht nur meinen Körper willst!» Sie zog seinen Arm um sich und stieß einen leisen Seufzer des Behagens aus, wie ein kleines Tier.

Ed Nicholls lag mit weit offenen Augen im Dunkeln. Er holte tief Luft.

«Hör mal ... Deanna ... also ... nächstes Wochenende gehe ich auf Geschäftsreise.»

«Irgendwohin, wo's nett ist?» Sie streichelte probehalber über seinen Oberschenkel.

«Na ja ... Genf.»

«Oh! Toll! Soll ich als Handgepäck mitreisen? Ich könnte im Hotelzimmer auf dich warten. Und wenn du von deinen Terminen zurück bist, könnte ich deine Sorgenfalten glätten.» Sie strich ihm über die Stirn. Er musste sich beherrschen, um sich nicht wegzudrehen.

«Wirklich? Das ist ja nett. Aber so eine Art Reise ist es nicht.»

«Du bist wirklich ein Glückspilz. Ich liebe Reisen. Wenn ich nicht so pleite wäre, würde ich augenblicklich wieder im Flugzeug sitzen.»

«Tatsächlich?»

«Das ist meine Leidenschaft. Ich habe diese Freiheit unheimlich genossen, einfach nach Lust und Laune durch die Welt reisen zu können.» Sie beugte sich über ihn, zog eine Zigarette aus dem Päckchen auf dem Nachttisch und zündete sie an.

Er hatte eine Weile nur dagelegen und nachgedacht. «Hast du eigentlich irgendwelche Aktien oder Wertpapiere?»

Sie rollte sich von ihm herunter und lehnte sich in ihr Kissen zurück. «Sag jetzt nicht, dass ich auf dem Aktienmarkt spekulieren soll, Ed. Bei dem wenigen, was ich noch habe, kann ich es mir nicht leisten, so ein Risiko einzugehen.»

Es rutschte ihm heraus, noch bevor er richtig darüber nachgedacht hatte. «Das ist kein Risiko.»

«Was ist kein Risiko?»

«Wir haben da eine Sache am Start. In ein paar Wochen. Das wird der Hammer.»

«Eine Sache?»

«Ich kann dir dazu nicht viel mehr sagen. Aber wir arbeiten schon eine ganze Weile daran. Diese Sache wird den Wert unserer Aktien ziemlich steigen lassen. Unsere Businessfritzen sind ganz heiß darauf.»

Sie schwieg.

«Ich meine, ich weiß, dass wir nicht viel übers Geschäft geredet haben, aber das wird richtig viel Geld bringen.»

Sie klang nicht überzeugt. «Du sagst also, ich soll meine letzten paar Pfund auf etwas setzen, von dem ich nicht mal den Namen kenne?»

«Du musst den Namen nicht kennen. Du musst nur ein paar Aktien meiner Firma kaufen.» Er drehte sich auf die Seite. «Du investierst ein paar tausend Pfund, und ich garantiere dir, dass du deinen Exfreund in zwei Wochen ausbezahlen kannst. Dann bist du frei! Kannst tun, was du willst! Kannst durch die ganze Welt reisen!»

Darauf trat lange Stille ein.

«Auf die Art machst du also dein Geld, Ed Nicholls? Schleppst Frauen ab und bringst sie dazu, für Tausende von Pfund Aktien deiner Firma zu kaufen?»

«Nein, so ist es n...»

Sie drehte sich um, und er sah, dass sie einen Witz gemacht hatte. Sie fuhr mit dem Finger die Kontur seines Gesichts nach. «Du bist so nett zu mir. Und es ist eine sehr reizvolle Idee. Aber ich habe gerade keine paar Tausender auf der hohen Kante.»

Die Worte kamen aus seinem Mund, bevor er wusste, was er sagte. «Ich leihe dir das Geld. Wenn es funktioniert, zahlst du es mir zurück. Wenn nicht, bin ich selber schuld, weil ich dir einen schlechten Rat gegeben habe.»

Sie fing an zu lachen und hörte gleich wieder auf, als sie bemerkte, dass er es ernst gemeint hatte.

«Du würdest das wirklich für mich tun?»

Ed zuckte mit den Schultern. «Ehrlich gesagt, fünf Tausender kann ich zurzeit verschmerzen.» *Und ich würde zehnmal so viel bezahlen, wenn ich dich damit loswerden würde.*

Sie riss die Augen auf. «Wow. Das ist das Netteste, was jemals jemand für mich getan hat.»

«Oh ... das glaube ich nicht.»

Bevor sie am nächsten Morgen ging, stellte er ihr einen Scheck aus. Sie steckte sich gerade die Haare hoch und schnitt Grimassen vor seinem Flurspiegel. Sie roch leicht nach Apfel. «Schreib keinen Empfänger drauf», sagte sie, als sie mitbekam, was er tat. «Ich lasse das meinen Bruder für mich machen. Er kennt sich mit diesen Aktien- und Beteiligungsgeschichten aus. Was kaufe ich noch mal?»

«Hast du das wirklich vergessen?»

«Ich kann nichts dafür. Ich kann mich nicht konzentrieren, wenn du in der Nähe bist.» Sie ließ die Hand zu seinen Boxershorts hinuntergleiten. «Ich zahle es dir sobald wie möglich zurück. Versprochen.»

«Das sehen wir dann. Aber am besten hängst du es nicht an die große Glocke, okay?»

Seine künstliche Fröhlichkeit hallte von den Wänden der Wohnung wider und übertönte die warnende Stimme in seinem Kopf.

Danach antwortete Ed beinahe auf jede ihrer E-Mails. Er schrieb, wie gut es war, ein wenig Zeit mit jemandem verbracht zu haben, der verstand, wie merkwürdig man sich fühlte, wenn man gerade eine ernsthafte Beziehung beendet hatte, und wie wichtig es war, Zeit für sich allein zu haben. Ihre Antworten waren kurz und unverbindlich. Merkwürdigerweise schrieb sie nichts Näheres zu der Markteinführung oder den Aktien, die durch die Decke gegangen waren. Sie musste mehr als 100 000 Pfund gemacht haben. Vielleicht hatte sie den Scheck verloren. Vielleicht machte sie Wanderurlaub auf

Guadeloupe. Jedes Mal, wenn er daran dachte, was er getan hatte, zog sich sein Magen zusammen. Er versuchte, nicht daran zu denken.

Er änderte seine Handy-Nummer und redete sich ein, er hätte nur zufällig vergessen, ihr die neue Nummer zu geben. Irgendwann wurden ihre Mails seltener. Zwei Monate vergingen. Ed ging ein paarmal mit Ronan aus, und vereint stöhnten sie über die Anzugträger; Ed hörte Ronan zu, als er die Pros und Contras seiner Suppenküchen-Flamme gegeneinander abwog, und fühlte sich, als hätte er eine wichtige Lektion gelernt. Oder als wäre er gerade noch einmal davongekommen. Er konnte sich nicht recht entscheiden.

Und dann, zwei Wochen nach der SFAX-Markteinführung hatte er im Kreativraum lässig einen Schaumstoffball hochgeworfen und Ronans Überlegungen darüber angehört, wie man einen Fehler in der Zahlungssoftware am besten beheben könnte, als Sidney, der Leiter der Finanzabteilung, hereingekommen war und Ed plötzlich verstanden hatte, dass man sich in viel schlimmere Probleme hineinreiten konnte, als eine zu anhängliche Freundin zu haben.

«Ed?»

«Was?»

Kurze Stille.

«So meldest du dich am Telefon? Ernsthaft? Was schätzt du, in welchem Alter entwickelst du endlich mal ein bisschen Sozialverhalten?»

«Hi, Gemma.» Seufzend schwang Ed die Beine vom Bett und richtete sich auf.

«Du hast gesagt, du würdest anrufen. Vor einer Woche. Deshalb dachte ich logischerweise, es müsste wohl ein

Schrank umgefallen sein und dich unter sich begraben haben.»

Er ließ den Blick durch sein Schlafzimmer wandern. Zu dem Jackett, das über der Stuhllehne hing. Zu der Uhr, die ihm sagte, dass es Viertel nach sieben war. Er rieb sich den Nacken. «Ja. Na ja. Es ist mir was dazwischengekommen.»

«Ich habe vorhin bei dir im Büro angerufen. Sie haben gesagt, du wärst zu Hause. Bist du krank?»

«Nein, ich bin nicht krank, ich … arbeite an etwas.»

«Bedeutet das, dass du Zeit hast, Dad zu besuchen?»

Er schloss die Augen. «Ich bin gerade ziemlich beschäftigt.»

Ihr Schweigen lastete schwer. Er stellte sich vor, wie seine Schwester am anderen Ende der Leitung den Mund zusammenpresste.

«Er fragt immer nach dir. Er fragt seit Ewigkeiten nach dir.»

«Ich komme, Gem. Nur … bin ich … Ich habe ein paar Sachen zu regeln.»

«Wir haben alle irgendwelche Sachen zu regeln. Ruf ihn an, okay? Auch wenn du es nicht schaffst, dich in eins von deinen achtzehn Luxusautos zu setzen und ihn zu besuchen. Ruf ihn an. Er ist auf die Victoria-Station verlegt worden. Sie geben ihm das Telefon, wenn du anrufst.»

«Zwei Autos. Aber okay.»

Er dachte, sie würde das Gespräch beenden, aber das tat sie nicht. Er hörte sie leise seufzen.

«Ich bin total erschöpft, Ed. Meine Chefin erlaubt nicht, dass ich mir frei nehme. Also muss ich an den Wochenenden rauffahren. Unter der Woche hält Mum die Stellung alleine. Wirklich, ich könnte ein bisschen Unterstützung brauchen.»

Er bekam Gewissensbisse. Seine Schwester beschwerte

sich nicht oft. «Ich hab dir doch gesagt, dass ich versuche hinzufahren.»

«Das hast du letzte Woche gesagt. In vier Stunden könntest du dort sein.»

«Ich bin nicht in London.»

«Wo bist du denn?»

Er sah aus dem Fenster in die anbrechende Dämmerung. «An der Südküste.»

«Du machst Ferien?»

«Nein. Das sind keine Ferien. Es ist kompliziert.»

«So kompliziert kann es nicht sein. Du hast schließlich null Verpflichtungen.»

«Klar. Danke, dass du mich daran erinnerst.»

«Oh, jetzt komm schon. Es ist deine Firma. Du bestimmst die Regeln, oder? Gib dir einfach zwei Wochen Extra-Urlaub.»

Wieder Stille.

«Du bist komisch heute», sagte sie schließlich.

Ed atmete tief ein, bevor er sprach. «Ich lasse mir was einfallen. Versprochen.»

«Und ruf Mum an.»

«Mach ich.»

Es folgte ein Klicken, und das Gespräch war beendet.

Ed starrte einen Moment lang sein Handy an, dann wählte er die Nummer seines Anwalts. Der Anruf wurde direkt auf den Anrufbeantworter weitergeleitet.

Die Ermittlungsbeamten hatten jedes Schubfach in seinem Londoner Apartment aufgezogen. Sie hatten den Inhalt nicht einfach ausgekippt, wie im Kino, sie aber systematisch durchsucht, hatten Handschuhe getragen und zwischen gefalteten T-Shirts herumgetastet und jeden einzelnen Aktenordner durchgeblättert. Sie hatten beide Laptops mitgenommen, seine USB-Sticks und seine zwei Handys. Er musste für all das eine Quittung unterschreiben, als wäre die Aktion zu seinem eigenen Besten. «Verlassen Sie die Stadt, Ed», hatte sein Anwalt ihm geraten. «Fahren Sie einfach weg und versuchen Sie, nicht zu viel nachzudenken. Ich rufe Sie an, wenn Sie hier gebraucht werden.»

Dieses Haus hatten sie anscheinend auch durchsucht. Aber es war so spärlich möbliert, dass sie vermutlich in weniger als einer Stunde damit fertig gewesen waren.

Ed ließ seinen Blick durch das Schlafzimmer seines Ferienhauses schweifen, über die frische Bettwäsche aus belgischem Leinen, die am Morgen von den Putzfrauen aufgezogen worden war, über die Schubladen mit der Ersatzgarderobe aus Jeans, Boxershorts, Socken und T-Shirts.

«Verlassen Sie die Stadt», hatte Sidney gesagt. «Wenn das herauskommt, versauen Sie uns nämlich ernsthaft den Aktienkurs.»

Ronan hatte seit dem Tag, an dem die Polizei ins Büro gekommen war, nicht mehr mit ihm gesprochen.

Er starrte das Handy an. Von Gemma abgesehen hatte er tatsächlich niemanden, den er anrufen konnte, ohne darüber sprechen zu müssen, was passiert war. Jeder, den er kannte, arbeitete im IT-Bereich, und mit Ausnahme von Ronan war Ed nicht sicher, ob er von diesen Leuten überhaupt jemanden als Freund bezeichnen konnte. Er starrte an die Wand. Er dachte darüber nach, dass er innerhalb der vergangenen Woche viermal nach London und wieder an die Küste zurückgefahren war, einfach weil er ohne seine Arbeit nicht wusste, was er mit sich anfangen sollte. Er dachte an den Abend zuvor, an dem er dermaßen wütend auf Deanna Lewis, auf Sidney und auf den ganzen *verdammten Scheiß* geworden war, der sein Leben zerstörte, dass er eine Flasche Weißwein an der Wand zerschmettert hatte. Er dachte darüber nach, wie leicht so etwas wieder passieren konnte, wenn er alleine in diesem Haus herumsaß.

Es blieb ihm nichts anderes übrig. Er streifte sein Jackett über, nahm seinen Schlüsselbund aus dem abschließbaren Schrank neben der Hintertür und ging hinaus zu seinem Auto.

KAPITEL 4

Jess

Tanzie war schon immer ein bisschen anders gewesen. Im Alter von einem Jahr legte sie ihre Bauklötze in Reihen aus, um Muster zu bilden, dann nahm sie bestimmte Bauklötze aus der Reihe heraus, um neue Muster zu erzeugen. Schon mit zwei Jahren war sie von Zahlen besessen. Noch bevor sie in die Schule ging, arbeitete sie sich durch alle Rechenbücher der ersten fünf Schuljahre, die der örtliche Buchladen hergab. Sie gab Erklärungen ab wie: «Multiplikation ist einfach nur eine andere Art von Addition.» Mit sechs Jahren konnte sie die Bedeutung des mathematischen Begriffs «Parkettierung» erklären.

Marty gefiel das nicht. Es bereitete ihm Unbehagen. Aber Marty bereitete alles Unbehagen, was nicht «normal» war. Tanzie jedenfalls war glücklich damit, einfach dazusitzen und Aufgaben zu lösen, die weder Jess noch Marty auch nur ansatzweise verstanden. Wenn Martys Mutter zu einem ihrer seltenen Besuche kam, nannte sie Tanzie eine Streberin. Und das klang überhaupt nicht nett.

«Und was machst du jetzt?»

«Ich kann überhaupt nichts machen.»

«Wäre das kein komisches Gefühl, sie zwischen all diese Privatschul-Kids zu stecken?»

«Keine Ahnung. Ja. Aber das wäre unser Problem, nicht ihres.»

«Und wenn sie sich von dir entfremdet? Wenn sie diese verwöhnten Gören toll findet und sich für ihre Herkunft schämt? Ich meine ja nur. Es könnte sie durcheinanderbringen. Sie könnte aus dem Auge verlieren, woher sie stammt.»

Jess sah zu Nathalie hinüber, die am Steuer saß. «Sie stammt aus der verdammten Siedlung der Perspektivlosigkeit, Nat. Was das angeht, wäre ich froh, wenn sie es aus dem Auge verliert.»

Die Stimmung war irgendwie merkwürdig geworden, seit Jess Nathalie von dem Gespräch in der St. Anne's erzählt hatte. Als würde Nathalie das persönlich nehmen. Den ganzen Vormittag hatte sie pausenlos darüber geredet, wie glücklich ihre Kinder in der staatlichen Schule waren und wie froh sie selbst war, dass ihre Kinder «normal» waren, und dass es keinem Kind guttat, «anders» zu sein.

Tanzie dagegen war so aufgeregt wie seit Monaten nicht mehr. In Mathe hatte sie 100 Prozent der Punkte bekommen und 99 für die logische Beweisführung. (Über den einen verpassten Prozentpunkt hatte sie sich richtig geärgert.) Mr. Tsvangarai, der angerufen hatte, um die Ergebnisse mitzuteilen, hatte gesagt, es gäbe noch andere Stellen, bei denen man Unterstützung beantragen könne. Nebensächlichkeiten, nannte er das immer wieder. Jess allerdings dachte, dass sich Leute, die Geld für eine «Nebensächlichkeit» hielten, noch nie Sorgen darum hatten machen müssen.

«Und außerdem müsste sie diese brave Uniform tragen», sagte Nathalie, als sie in Beachfront ankamen.

«Sie wird ja keine brave Uniform tragen», gab Jess gereizt zurück.

«Dann sticheln die anderen, weil sie nicht genauso gekleidet ist wie sie.»

«Sie wird keine brave Uniform tragen, weil sie nicht hingeht, verdammt. Ich kann mir nicht die geringsten Hoffnungen darauf machen, sie dorthin schicken zu können, Nathalie. Okay?»

Jess stieg aus, knallte die Beifahrertür zu und ging eilig auf das Haus zu, damit sie sich nicht noch mehr anhören musste.

Beachfront wurde nur von den Ortsansässigen «Ferienpark» genannt; die Investoren nannten es ein «Resort». Denn es war keine Ferienanlage wie der Sea-Bright-Wohnwagenpark auf dem Hügel, diese chaotische Ansammlung von ramponierten Caravans und Vorbauzelten. Beachfront bestand aus einer makellosen Anordnung von «Wohnräumen», die im Architektenbüro designt worden waren und zwischen sorgfältig gepflegten Wegen lagen. Es gab einen Sportclub, ein Spa, Tennisplätze, einen riesigen Pool-Komplex, ein paar überteuerte Boutiquen und einen Mini-Supermarkt, sodass die Bewohner nicht in die im Vergleich geradezu heruntergekommene Stadt fahren mussten.

Dienstags, donnerstags und freitags reinigten Benson & Thomas die beiden Vierzimmer-Mietobjekte oberhalb des Clubhauses, dann machten sie mit den neueren Eigentumshäusern weiter: sechs modernistische Glaskuben auf der Kalkklippe, mit Blick aufs Meer.

Mr. Nicholls hatte in der Auffahrt einen glänzend sauberen

Audi bereitstehen, den Jess und Nathalie noch keinen Meter hatten fahren sehen. Einmal war seine Schwester mit zwei kleinen Kindern und einem erschöpft aussehenden Ehemann da gewesen (sie hatten das Haus in tadellosem Zustand hinterlassen). Mr. Nicholls selbst kam selten und hatte in dem ganzen Jahr, in dem sie schon bei ihm putzten, noch kein einziges Mal die Küche oder die Waschmaschine benutzt. Jess verdiente sich etwas nebenbei, indem sie für Gäste, die niemals kamen, wöchentlich die Handtücher und die Bettwäsche wusch und bügelte.

Es war ein riesiges Haus. Auf den Schieferplatten des Fußbodens hallten die Schritte wider, in den Wohnbereichen lagen gewaltige Seegrasteppiche, und in die Wände war ein luxuriöses Soundsystem eingebaut. Die Fensterfront ging auf den weiten blauen Bogen des Horizonts hinaus. Aber es hingen keine Fotos an den Wänden, und auch sonst gab es keine Hinweise darauf, dass hier tatsächlich jemand wohnte. Nathalie sagte, selbst wenn der Besitzer da war, schien es, als würde er campen. Frauen mussten auch zu Besuch gewesen sein – Nathalie hatte einmal einen Lippenstift im Bad gefunden, und im Vorjahr hatten sie unter dem Bett einen winzigen Damenslip aus Seide (La Perla) entdeckt. Doch davon abgesehen ließ kaum etwas auf den Hausbesitzer schließen.

«Er ist hier», murmelte Nathalie.

Als sie die Haustür zuzogen, hallte eine laute, ärgerliche Männerstimme den Flur herunter, als würde er am Telefon mit jemandem streiten. Nathalie schnitt eine Grimasse.

«Die Reinigungsfirma ist da», rief sie. Er antwortete nicht.

Der Streit ging die ganze Zeit weiter, während sie die Küche putzten. Er hatte einen Becher benutzt, und im Abfalleimer befanden sich zwei leere Fastfood-Verpackungen. In der Ecke beim Kühlschrank lagen Glasscherben, kleine grüne Splitter, als hätte jemand die größeren Scherben aufgesammelt, sich aber nicht um den Rest kümmern wollen. Und an die Wände war Wein gespritzt. Jess wusch sie vorsichtig ab. Sie und Nathalie arbeiteten leise, unterhielten sich nur flüsternd und versuchten so zu tun, als würden sie ihn nicht hören.

Als sie mit der Küche fertig waren, machte Jess im Wohnzimmer weiter. Sie staubte die Bilderrahmen mit einem weichen Tuch ab und ließ den einen oder anderen etwas schief hängen, damit man sah, dass abgestaubt worden war. Draußen auf der Terrasse standen eine leere Flasche Jack Daniel's und ein Glas; sie brachte beides ins Haus.

Während sie arbeitete, dachte sie über Nicky nach, der am Tag zuvor mit einem Schnitt im Ohr und am Knie verdreckten Hosen aus der Schule zurückgekommen war. Er hatte jeden ihrer Versuche, darüber zu reden, mit einem Achselzucken abgetan. Seine bevorzugte Gesellschaft bestand inzwischen aus Leuten, die irgendwo anders vor dem Bildschirm saßen. Jungs, die Jess nie gesehen hatte und nie kennenlernen würde, Jungs, die er SK8RBOI und TERM-N-ATOR nannte und die sich gegenseitig aus Spaß erschossen und zerstückelten. Aber wer wollte Nicky daraus einen Vorwurf machen? Schließlich schien sein echtes Leben das eigentliche Kriegsgebiet zu sein.

Dann dachte sie an Tanzie und wie aufgeregt sie im Gespräch mit dem Lehrer ausgesehen hatte. Seit dem Besuch in St. Anne's lag Jess jede Nacht wach, rechnete hin und her, addierte und subtrahierte auf eine Art, über die Tanzie gelacht hätte. Sie verkaufte im Geiste ihren Besitz. Sie ging Listen mit sämtlichen Personen durch, von denen sie sich vielleicht Geld leihen konnte, aber die einzigen Leute, die Jess vermutlich

Geld angeboten hätten, waren die Kredithaie mit den versteckten vierstelligen Zinssätzen, die sich im Viertel herumtrieben. Sie hatte mitbekommen, wie diese verständnisvollen Finanzvertreter sich in Aasgeier mit stechendem Blick verwandelten, nachdem sich Nachbarn Geld von ihnen geliehen hatten. Und immer wieder musste sie an das denken, was Marty gesagt hatte. War die McArthur's wirklich so schlecht? Manche Kinder brachten dort gute Leistungen. Es sprach nichts dagegen, dass Tanzie zu ihnen gehören würde, wenn sie den Unruhestiftern aus dem Weg ging.

Die unerbittliche Wahrheit ragte vor ihr auf wie eine hohe Mauer. Jess würde ihrer Tochter sagen müssen, dass sie die fehlende Summe nicht aufbringen konnte. Jess Thomas, die Frau, die immer einen Weg fand, die ihren Kindern ständig vorbetete, dass sich irgendwie schon eine Lösung finden würde, fand keine Lösung.

Sie zog den Staubsauger durch den Flur, zuckte zusammen, als er gegen ihr Schienbein stieß, und klopfte an die Tür, um festzustellen, ob sie Mr. Nicholls' Büro reinigen sollte. Nichts regte sich, und als sie erneut klopfte, schrie er plötzlich: «Ja, das ist mir klar, Sidney. Das haben Sie schon fünfzehnmal gesagt, aber das heißt nicht, dass ...»

Es war zu spät. Sie hatte die Tür schon halb aufgezogen. Jess begann sich zu entschuldigen, aber ohne sie anzusehen, hob der Mann nur die Hand, als wäre sie ein Hund – *bleib weg* –, dann beugte er sich vor und knallte ihr die Tür vor der Nase zu. Das Geräusch hallte durchs Haus.

Jess stand einfach da, erstarrt vor Schreck, und ihre Haut prickelte, so peinlich war ihr die Situation.

«Ich hab's ja gesagt», meinte Nathalie, als Jess ein paar Minuten später wie wild das Gästebadezimmer scheuerte, «in diesen Privatschulen bringen sie den Kindern keine Manieren bei.»

Vierzig Minuten später sammelte Jess Mr. Nicholls' fleckenlos weiße Handtücher und Laken ein und stopfte sie mit mehr Kraft als nötig in ihre Reisetasche. Sie ging hinunter und stellte die Tasche neben die Putzmittelbox in die Diele. Nathalie polierte die Türgriffe. Das war einer ihrer Spleens. Sie konnte keine Fingerabdrücke auf Armaturen oder Türgriffen ertragen.

«Mr. Nicholls, wir gehen jetzt.»

Er stand in der Küche und starrte durchs Fenster aufs Meer hinaus, eine Hand hatte er auf seinen Kopf gelegt, und es schien, als hätte er vergessen, dass die Hand dort war. Er hatte dunkles Haar und trug eine dieser Brillen, die angeblich trendy sein sollten, mit denen man aber nur aussah, als hätte man sich als Woody Allen verkleidet. Er war schlank und durchtrainiert, aber er trug einen Anzug wie ein Zwölfjähriger, der zu einer Taufe mitgeschleppt wird.

«Mr. Nicholls.»

Er schüttelte leicht den Kopf, dann ging er seufzend Richtung Flur. «Okay», sagte er abgelenkt. Er hielt den Blick auf das Display seines Handys gerichtet. «Danke.»

Sie warteten.

«Äh, also ... wir hätten gern unser Geld, bitte.»

Nathalie war mit dem Polieren fertig, faltete das Putztuch, zog es wieder auseinander. Sie hasste es, über Geld zu reden.

«Ich dachte, die Verwaltungsgesellschaft bezahlt Sie.»

«Die haben uns schon seit drei Wochen nicht mehr bezahlt. Und das Büro ist nie besetzt. Wenn Sie wollen, dass wir weiter für Sie arbeiten, müssen die ausstehenden Rechnungen bezahlt werden.»

Er suchte seine Taschen ab und zog eine Brieftasche heraus. «Gut. Was schulde ich Ihnen?»

«Drei Wochen mit je drei Einsätzen. Und drei Wochen Wäschedienst.»

Er sah auf und zog eine Augenbraue hoch.

«Wir haben Ihnen letzte Woche eine Nachricht auf dem Anrufbeantworter hinterlassen.»

Er schüttelte den Kopf, als könnte man nicht von ihm erwarten, dass er sich an so etwas erinnerte. «Wie viel ist das?»

«Einhundertfünfunddreißig insgesamt.»

Er blätterte durch Geldscheine. «So viel habe ich nicht in bar. Hören Sie, ich gebe Ihnen sechzig und schicke Ihnen einen Scheck über den Rest. Okay?»

In einer anderen Situation hätte Jess zugestimmt. In einer anderen Situation hätte sie es auf sich beruhen lassen. Er wollte sie ja schließlich nicht übers Ohr hauen. Aber plötzlich hatte sie die Reichen satt, die nie pünktlich zahlten, für die fünfundsiebzig Pfund nichts waren und die deshalb davon ausgingen, dass sie auch für alle anderen nichts waren. Jess hatte die Kunden satt, die sie für so unbedeutend hielten, dass sie ihr die Tür vor der Nase zuschlugen, ohne sich auch nur zu entschuldigen.

«Nein», sagte sie mit seltsam klarer Stimme. «Ich brauche das Geld, bitte.»

Zum ersten Mal sah er sie direkt an. Hinter ihr rieb Nathalie manisch an einer Türklinke herum. «Ich muss Rechnungen bezahlen. Und die Leute, die sie mir geschickt haben, lassen sich nicht Woche für Woche hinhalten.»

Er nahm seine Brille ab und runzelte die Stirn, als wäre sie eine unglaublich anstrengende Person. Jetzt konnte sie ihn noch weniger leiden.

«Ich muss oben nachsehen», sagte er und verschwand.

Sie standen in unbehaglichem Schweigen da, während oben Schubladen heftig zugeschoben wurden und Kleiderbügel im Schrank klapperten. Schließlich kam er mit einer Handvoll Geldscheine wieder herunter.

Er nahm ein paar und gab sie Jess, ohne sie anzusehen. Sie war versucht etwas zu sagen – etwas darüber, dass er sich nicht benehmen musste wie ein kompletter Idiot, oder darüber, wie viel leichter das Leben wäre, wenn die Leute ein bisschen menschlich miteinander umgingen, etwas, das Nathalie dazu bringen würde, vor lauter Aufregung den halben Türgriff wegzupolieren. Doch in demselben Moment, in dem sie den Mund aufmachte, klingelte sein Handy. Wortlos drehte sich Mr. Nicholls um und ging den Flur hinunter, um das Gespräch anzunehmen.

«Was ist das da in Normans Korb?»

«Nichts.»

Jess packte die Einkäufe aus. Sie zog die Lebensmittel aus den Tüten und warf nebenbei einen Blick auf die Uhr. Sie hatte eine Drei-Stunden-Schicht im Feathers vor sich und nur noch eine Stunde Zeit, um das Abendessen vorzubereiten und sich umzuziehen. Sie schob zwei Dosen tief ins Regal und versteckte sie hinter den Cornflakesschachteln. Sie konnte die fröhlichen «Preiswert»-Etiketten des Supermarktes nicht mehr sehen.

Nicky bückte sich und zog an dem Stoffstück, sodass der Hund widerwillig aufstand. «Es ist ein weißes Handtuch, Jess, ein ziemlich teures. Normans Haare hängen überall dran. Und draufgesabbert hat er auch.» Er hielt das Handtuch zwischen zwei Fingern hoch.

«Ich wasche es später.» Sie sah ihn nicht an.

«Gehört das Dad?»

«Nein, das ist nicht von deinem Dad.»

«Versteh ich nicht ...»

«Ich fühle mich dadurch einfach ein bisschen besser, okay? Kannst du das Zeug hier in den Kühlschrank räumen?»

Er lehnte sich an die Küchenzeile. «Shona Bryant hat sich an der Bushaltestelle über Tanzie lustig gemacht. Wegen ihrer Klamotten.»

«Was ist denn damit?» Jess drehte sich zu Nicky um, eine Büchse Tomaten in der Hand.

«Weil du sie nähst. Mit den ganzen Pailletten auf der Jacke.»

«Tanzie mag Glitzerzeug. Überhaupt, woher weiß Shona denn, dass ich die Sachen nähe?»

«Sie hat Tanzie gefragt, und Tanzie hat es ihr einfach gesagt. Du weißt ja, wie sie ist.»

Er nahm Jess eine Packung Cornflakes ab und stellte sie ins Regal. «Shona Bryant ist die, die auch gesagt hat, bei uns wäre es komisch, weil wir zu viele Bücher hätten.»

«Shona Bryant ist eine Idiotin.»

Er beugte sich vor, um Norman zu streicheln. «Übrigens. Wir haben eine Mahnung wegen der Stromrechnung bekommen.»

Jess seufzte. «Wie viel?»

Er ging zu dem Stapel mit Papieren auf dem Sideboard und blätterte ihn durch. «Insgesamt sind es mehr als zweihundert.»

Sie nahm eine Packung Müsli aus der Tüte. «Das regle ich.»

Nicky öffnete den Kühlschrank. «Du solltest das Auto verkaufen.»

«Das kann ich nicht verkaufen. Es ist der einzige Besitz deines Vaters.» Manchmal wusste Jess selbst nicht, warum sie Marty immer noch verteidigte. «Er wird sich darum kümmern, wenn er wieder auf die Beine gekommen ist. Und jetzt geh nach oben. Ich erwarte jemanden.» Sie sah ihre Besucherin den Weg heraufkommen.

«Wir kaufen Sachen von Aileen Trent?» Nicky beobachtete, wie sie die Gartentür aufzog und hinter sich sorgfältig wieder schloss.

Jess wurde rot. «Nur ausnahmsweise.»

Er starrte sie an. «Du hast gesagt, wir hätten kein Geld.»

«Es ist nur, um Tanzie auf andere Gedanken zu bringen, wenn ich ihr das mit der Schule sagen muss, verstehst du?» Das hatte Jess auf dem Nachhauseweg beschlossen. Die ganze Sache war lächerlich. Sie konnten sich auch so schon kaum über Wasser halten. Es hatte keinen Zweck, sich überhaupt weiter mit der Idee zu beschäftigen.

Er starrte sie immer noch an. «Aber Aileen Trent. Du hast gesagt ...»

«Und du bist derjenige, der mir gerade erzählt hat, dass Tanzie wegen ihrer Kleidung gehänselt wird. Manchmal, Nicky ...» Jess hob die Hände. «Manchmal rechtfertigt der Zweck die Mittel.»

Nicky sah sie so lange an, dass sie begann, sich unwohl zu fühlen. Und dann verschwand er nach oben.

«Ich habe eine reizende Auswahl für die anspruchsvolle junge Dame mitgebracht. Die Jugend liebt Designermarken, wie Sie wissen. Und ich habe mir erlaubt, noch ein paar Stücke mit Strassapplikationen mitzubringen, weil ich weiß, dass es Ihre Tanzie mag, wenn es ein bisschen funkelt.»

Aileens «Verkaufston» war höflich, und sie sprach überdeutlich. Das wirkte ziemlich merkwürdig bei jemandem wie Aileen, die, wie Jess wusste, regelmäßig aus dem King's Arms geworfen wurde. Aileen setzte sich im Schneidersitz auf den Boden, zog eine Auswahl Kleidungsstücke aus ihrer schwarzen Reisetasche und legte sie sorgfältig auf dem Teppich aus.

«Das hier ist ein Oberteil von Hollister. Die Mädchen sind ja alle ganz verrückt nach Hollister. Bei den Ladenpreisen bekommt man einen Schock. Ich habe noch mehr Designerstücke in meiner anderen Tasche, auch wenn Sie nicht nach Luxusmarken gefragt haben. Oh, und ich nehme zwei Stücke Zucker, falls Sie Tee machen.»

Aileen drehte wöchentlich ihre Runde durchs Viertel, bislang hatte Jess zu Aileens Angeboten immer entschlossen nein danke gesagt. Jeder wusste, woher Aileen ihre Schnäppchen bezog, an denen noch die Preisschilder hingen.

Aber das war vor der Sache mit der Schule gewesen.

Jess hob die Tops hoch, eins hatte Glitzerstreifen, eins war zartrosa. Sie konnte Tanzie darin schon vor sich sehen. «Wie viel?»

«Zehn für das Top, fünf für das T-Shirt und zwanzig für die Turnschuhe. Sie sehen an dem Preisschildchen, dass sie im Laden fünfundachtzig kosten. Das ist ein ziemlicher Preisnachlass.»

«So viel kann ich mir nicht leisten.»

«Nun, als Neukundin kann ich Ihnen einen Willkommensbonus geben.» Aileen hielt ihren Notizblock hoch und blinzelte kurzsichtig auf die Zahlen. «Wenn Sie die drei Teile nehmen, gebe ich Ihnen die Jeans dazu. Aus Kulanz.» Sie lächelte. «Fünfunddreißig Pfund für ein komplettes Outfit, inklusive Schuhe. Und diesen Monat lege ich auch noch einen kleinen Armreif drauf. Solche Preise kriegen Sie nicht mal bei TK Maxx.»

Jess starrte auf die Kleidung. Sie wollte Tanzie lächeln sehen. Sie wollte ihr zeigen, dass es im Leben auch schöne Überraschungen gab.

Sie wollte ihr etwas schenken, durch das sie sich gut fühlen konnte, wenn sie ihr die Nachricht beibringen musste.

«Ich bin gleich wieder da.»

Sie ging in die Küche und nahm die Kakaodose aus dem Regal, in der sie das Geld für die Stromrechnung aufbewahrte. Sie zählte die Münzen und ließ sie in Aileens Hand fallen, bevor sie ausführlicher darüber nachdenken konnte, was sie da tat.

«Schön, Sie zur Kundin zu haben», sagte Aileen, faltete die übrige Kleidung und packte sie sorgfältig zurück in die Tasche. «In zwei Wochen bin ich wieder da. Falls Sie in der Zwischenzeit etwas möchten, wissen Sie ja, wo ich zu finden bin.»

«Ich glaube, das war's erst mal, danke.»

Aileen sah Jess wissend an. *Das sagen sie alle, Schätzchen.*

Nicky sah nicht von seinem Computer auf, als Jess hereinkam.

«Nathalie bringt Tanzie nach dem Matheclub zurück. Kommst du allein zurecht?»

«Klar.»

«Rauchen verboten.»

«Mm.»

«Lernst du nachher noch ein bisschen für die Schule?»

«Klar.»

Manchmal phantasierte Jess davon, wie es wäre, eine Mutter zu sein, die nicht ständig arbeiten gehen musste. Sie würde Kuchen backen, häufiger lächeln und den Kindern über die Schulter sehen, wenn sie ihre Hausaufgaben machten. Sie würde die Dinge tun, die sie von ihr wollten, statt immer nur zu sagen:

- Sorry, Liebling, ich muss das Essen aufsetzen.
- Wenn ich mit der Wäsche fertig bin.
- Ich muss los, Süße. Erzähl's mir, wenn ich von der Schicht zurück bin.

Sie sah ihn an, seine undurchdringliche Miene, und hatte eine merkwürdige, ungute Vorahnung. «Vergiss nicht, mit Norman rauszugehen. Aber bleib von dem Getränkeladen weg.»

«Ja, klar.»

«Und sitz nicht den ganzen Abend vor dem Computer.» Mit einem Ruck zog sie ihm den hinteren Hosenbund hoch. «Und zieh dir die Hose hoch, sonst könnte ich mich versucht fühlen, mal dein Unterhosengummi schnalzen zu lassen.»

Er wandte sich zu ihr um, und sie erhaschte einen Blick auf sein flüchtiges Lächeln. Als sie hinausging, wurde ihr klar, dass sie sich nicht erinnern konnte, wann sie es das letzte Mal gesehen hatte.

KAPITEL 5

Nicky

Mein Dad ist so ein Arschloch.

KAPITEL 6

Jess

Das Feathers lag zwischen der Bücherei (seit Januar geschlossen) und dem Imbiss Happy Plaice, und im Feathers konnte man sich fühlen, als befände man sich noch im Jahr 1989. Des, der Wirt, war noch nie in etwas anderem als verwaschenen Band-T-Shirts mit Tourneedaten, Jeans und, wenn es kalt war, einem Lederblouson gesehen worden. An ruhigen Abenden erklärte er seinen Opfern gern bis ins kleinste Detail die Vorzüge einer Fender Stratocaster gegenüber einer Rickenbacker 330 oder rezitierte mit der Andacht eines Dichters den kompletten Text von «Money For Nothing».

Das Feathers war nicht schick wie die Bars in Beachfront, und es wurden weder frische Meeresfrüchte noch edle Weine, noch Kinderteller für plärrende Gören angeboten. Stattdessen standen diverse Arten totes Tier mit Pommes frites auf der Speisekarte, und Salat wurde allgemein verachtet. Ansonsten bot es nichts Aufregenderes als Tom Petty aus der Musicbox und eine abgenutzte Dartscheibe.

Aber das Konzept ging auf. Das Feathers war eine Seltenheit in einer Küstenstadt: Es herrschte das ganze Jahr über Betrieb.

«Ist Roxanne da?» Jess war dabei, die Kartoffelchipstüten herauszuholen, als Des aus dem Keller auftauchte, wo er ein neues Fass Bier angeschlossen hatte.

«Nee. Die ist irgendwo mit ihrer Mutter.» Er dachte kurz nach. «Beim Heiler. Nein, Kartenleger. Psychiater. Psychologe.»

«Spiritist?»

«Die Typen, die einem Zeug erzählen, das man schon weiß, und erwarten, dass man ein beeindrucktes Gesicht macht.»

«Hellseher.»

«Dreißig Pfund pro Person haben sie bezahlt, nur damit sie ein Glas billigen Weißwein trinken und ‹Ja!› schreien können, wenn gefragt wird, ob jemand im Publikum einen Verwandten hat, dessen Name mit ‹J› anfängt.» Er bückte sich und schlug knurrend die Kellerklappe zu. «Ich wäre auch ein guter Hellseher, Jess. Und ich würde dir keine dreißig Pfund dafür berechnen. Zum Beispiel sehe ich ganz deutlich vor mir, wie dieser Kerl jetzt zu Hause sitzt, sich die Hände reibt und denkt: Wie kann man nur so doof sein.»

Jess zog den Gitterkorb mit den sauberen Gläsern aus der Spülmaschine und begann, sie auf den Regalen über der Bar einzuordnen.

«Glaubst du etwa an diesen Schwachsinn?»

«Nein.»

«Hätte mich auch gewundert. Du bist ein vernünftiges Mädchen. Manchmal weiß ich nicht, was ich zu Roxanne noch sagen soll. Und ihre Mutter ist noch schlimmer. Sie glaubt, sie hätte ihren eigenen Schutzengel. Einen Engel!» Er ahmte sie nach, schaute auf seine Schulter und klopfte sich darauf. «Sie glaubt, er beschützt sie. Hat sie jedenfalls nicht davor bewahrt, ihre gesamte Abfindung dem Shoppingkanal in den Rachen zu werfen, was? Man sollte ja denken, dazu hätte der Engel mal ein Wörtchen zu sagen gehabt. ‹He, Maureen. Diesen Luxusbügelbrettbezug mit dem Hundebild drauf willst du doch in Wahrheit gar nicht haben. Wirklich, meine Gute. Steck stattdessen lieber was in deine Altersvorsorge.›»

Obwohl sie sich so elend fühlte, musste Jess lachen.

Chelsea kam herein und schleuderte ihre Handtasche unter die Bar. «Du bist ja sehr früh dran», sagte Des und warf einen demonstrativen Blick auf die Uhr.

«Schuh-Notfall.» Sie strich sich übers Haar. «Ich habe mit einem meiner Dates gechattet», sagte sie zu Jess, als ob Des gar nicht da wäre. «Er ist absolut umwerfend.»

Sämtliche Internetbekanntschaften von Chelsea waren umwerfend. Bis sie sich mit den Typen traf.

«Er heißt David. Er sucht jemanden, der gern kocht, putzt und bügelt. Und ab und zu ausgehen will.»

«In den Supermarkt?», warf Des ein.

Chelsea ignorierte ihn. Sie nahm ein Küchenhandtuch und begann, Gläser abzutrocknen. «Das solltest du auch machen, Jess. Ein bisschen ausgehen, statt hier drin mit diesen schlaffen alten Säcken zu verschimmeln.»

«Also, *alt* würde ich mir an deiner Stelle lieber mal verkneifen», sagte Des.

Im Fernsehen lief Fußball, was bedeutete, dass Des Gratischips und Käsewürfel auf die Tische stellte und, wenn er in besonders großzügiger Laune war, auch winzige Blätterteigpasteten. Jess hatte mit Des' Segen früher immer die übrig gebliebenen Käsewürfel mit nach Hause genommen und

Käsemakkaroni gemacht, bis ihr Nathalie erzählt hatte, wie viele Männer sich – laut Statistik – nach dem Toilettengang nicht die Hände wuschen.

Die Bar füllte sich, das Fußballspiel fing an, der Abend verlief ohne Besonderheiten. Während der Sprechpausen des Kommentators schenkte Jess Bier aus und dachte wieder einmal über Geld nach. Ende Juni, hatte man ihr von der Schule aus mitgeteilt. Wenn sie Tanzie bis dahin nicht einschrieb, war es das.

Sie war so tief in Gedanken versunken, dass sie Des gar nicht bemerkte, bis er mit vernehmlichem Knall eine Schale Chips neben sie auf die Bar stellte. «Das wollte ich dir noch sagen. Nächste Woche bekommen wir eine neue Kasse. Eine, bei der man nur noch auf den Bildschirm tippen muss.»

Sie drehte sich zu ihm um. «Eine neue Kasse? Warum?»

«Unsere ist älter als du, Jess. Und nicht alle Barfrauen können so gut addieren wie du. Als Chelsea das letzte Mal allein gearbeitet hat und ich hinterher die Abrechnung gemacht habe, waren wir elf Pfund im Minus. Wenn du ihr sagst, sie soll einen doppelten Gin, ein Pint Webster's und ein Päckchen Erdnüsse zusammenrechnen, fängt sie an zu schielen. Wir müssen mit der Zeit gehen.» Seine Hand fuhr über einen imaginären Bildschirm. «Digitale Präzision. Du wirst begeistert sein. Dann musst du dein Gehirn überhaupt nicht mehr benutzen. Genau wie Chelsea.»

«Kann ich nicht so weitermachen wie immer? Ich bin ein hoffnungsloser Fall, was Computer angeht.»

«Wir machen eine Personalschulung. Einen halben Tag lang. Unbezahlt, fürchte ich. Ich lasse jemanden kommen.»

«Unbezahlt?»

«Du musst nur auf den Bildschirm tippen und die Karte

durchziehen. Das wird wie in Minority Report, bloß ohne Glatzköpfe. Na ja, bis auf Pete. Hey, Pete!»

Um Viertel nach neun kam Liam Stubbs herein. Jess stand mit dem Rücken zur Bar, als er sich über den Tresen beugte und ihr «Hey, sexy Lady» ins Ohr flüsterte.

Sie drehte sich nicht um. «Ach, du schon wieder.»

«Das ist ja eine Begrüßung. Ein Bier bitte, Jess.» Er ließ seinen Blick durch die Bar wandern. «Und was du sonst noch im Angebot hast.»

«Wir haben sehr gute geröstete Erdnüsse.»

«Ich dachte an etwas ... Feuchteres.»

«Dann bringe ich dir dein Bier.»

«Spielst immer noch die Unnahbare, was?»

Sie kannte Liam seit der Schule. Er war einer von diesen Männern, die einem das Herz brachen, wenn man es zuließ. Einer von den Jungs, die gut reden konnten und schöne blaue Augen hatten, keinen Blick an einen verschwendeten, wenn man zehn oder elf war, einen aber mit ihrem Charme ins Bett lockten, sobald man keine Zahnspange mehr trug, um sich danach mit einem fröhlichen Winken und einem Augenzwinkern zu verabschieden. Sein Haar war kastanienbraun, seine Wangenknochen hoch und seine Haut leicht gebräunt. Außer seinem Taxi hatte er auch einen Blumenstand auf dem Markt, und wenn Jess dort vorbeikam, konnte er so eindringlich flüstern: «Du. Und ich. Hinter den Dahlien, jetzt gleich», dass sie aus dem Tritt kam. Seine Frau hatte ihn ungefähr zur selben Zeit verlassen, als Marty gegangen war («Ein kleiner Fall von serieller Untreue. Manche Frauen sind da unheimlich empfindlich.»), und vor sechs Monaten, als Des trotz der Sperrstunde mal wieder für eine «geschlossene Gesellschaft» weiter ausgeschenkt hatte, waren sie auf der Damentoilette gelandet, Liams Hände unter ihrer Bluse, und danach war Jess tagelang mit einem Grinsen im Gesicht herumgelaufen.

Sie trug gerade die leeren Chipstüten zur Abfalltonne hinaus, als Liam am hinteren Tor auftauchte. Er ging direkt auf sie zu, sodass sie an die Gartenmauer des Pubs zurückweichen musste. Wenige Zentimeter vor ihr blieb er stehen und sagte leise: «Ich kann nicht aufhören, an dich zu denken.» Er hielt die Hand mit seiner Zigarette von ihr fern. Ein wahrer Gentleman.

«Ich wette, das sagst du zu allen Frauen.»

«Es gefällt mir, dich hinter dem Tresen zu sehen. Die Hälfte der Zeit schaue ich Fußball, und in der anderen stelle ich mir vor, wie du dich über den Tresen beugst.»

«Und da soll noch mal jemand sagen, es gäbe keine Romantik mehr.»

Gott, er roch so gut. Jess wand sich ein bisschen, um von ihm wegzukommen, bevor sie noch etwas tat, das sie später bereuen würde. Liam Stubbs' Nähe entfachte einen Funken in ihr, von dem sie geglaubt hatte, er sei längst erloschen.

«Dann lass uns romantisch sein. Lass dich von mir ausführen. Du und ich. Ein richtiges Date. Komm schon, Jess, versuchen wir es.»

Jess zuckte zurück. «Wie bitte?»

«Du hast mich schon verstanden.»

Sie starrte ihn an. «Du willst, dass wir eine *Beziehung* anfangen?»

«Bei dir klingt das wie ein Schimpfwort.»

Sie glitt an ihm vorbei und warf einen Blick auf die Hintertür. «Ich muss wieder hinter den Tresen, Liam.»

«Warum willst du nicht mit mir ausgehen?» Er ging einen

Schritt auf sie zu. «Du weißt, dass es großartig werden würde ...» Seine Stimme war zu einem Flüstern geworden.

«Und ich weiß auch, dass ich zwei Kinder und zwei Jobs habe und du dein ganzes Leben in deinem Taxi verbringst und dass es ungefähr drei Wochen dauern würde, bis wir auf dem Sofa sitzen und uns darüber streiten, wer den Müll rausbringt.» Sie schenkte ihm ein süßes Lächeln. «Und außerdem würden wir dadurch die atemberaubende Romantik solcher Begegnungen wie dieser gerade für immer verlieren.»

Er nahm eine ihrer Haarsträhnen und ließ sie zwischen seinen Fingern hindurchgleiten. Seine Stimme war ein sanftes Knurren. «Immer so zynisch. Du wirst mir noch das Herz brechen, Jess Thomas.»

«Und du wirst mich noch meinen Job kosten.»

«Wenn ich das richtig interpretiere, kommt ein Quickie für dich also nicht in Frage?»

Sie ließ ihn stehen und steuerte auf die Hintertür zu, während sie gegen das Erröten ankämpfte. Dann hielt sie plötzlich an. «Hey, Liam.»

Er hatte seine Zigarette ausgetreten und blickte auf.

«Du willst mir nicht zufällig fünfhundert Pfund leihen, oder?»

«Wenn ich sie hätte, Babe, würde ich sie dir sofort geben.» Er schickte ihr einen Luftkuss nach, als sie im Pub verschwand.

Sie ging durch den Gastraum und sammelte mit immer noch leicht geröteten Wangen leere Gläser ein, als sie ihn bemerkte. Sie musste zweimal hinschauen. Er saß allein in einer Ecke, und vor ihm standen drei leere Biergläser und ein halbvolles.

Er hatte sich umgezogen und trug jetzt Converse-Turnschuhe, Jeans und ein T-Shirt, und er starrte sein Handy an, wischte über das Display und sah gelegentlich auf, wenn alle über ein Tor jubelten. Während Jess ihn beobachtete, nahm er sein Bierglas und trank es in einem gierigen Zug aus. Vermutlich glaubte er, in seinen Jeans würde er nicht auffallen, aber er hätte sich genauso gut «nicht von hier» auf die Stirn schreiben können. Er sah nach zu viel Geld aus. Hatte die Art wohlkalkulierter Schlampigkeit an sich, die man sich teuer erkaufen muss. Als er zum Tresen schaute, drehte sie sich schnell weg. Ihre Laune sank abrupt.

«Ich geh mal eben runter und hole neue Chips», sagte sie zu Chelsea und verschwand dann im Keller. «Würg», murmelte sie vor sich hin. «Würg. Würg. Würg.» Als sie wieder heraufkam, hatte er ein neues Bier vor sich und sah kaum von seinem Handy auf.

Der Abend zog sich hin. Chelsea diskutierte ihre Internet-Bekanntschaften, Mr. Nicholls trank noch ein paar weitere Biere. Jess verdrückte sich jedes Mal, wenn er zum Tresen kam, und versuchte, Liams Blicken auszuweichen. Um zehn vor elf waren nur noch eine Handvoll Gäste im Pub – «Die üblichen Verdächtigen» nannte sie Des immer. Chelsea zog ihren Mantel an.

«Wohin gehst du?»

Chelsea beugte sich vor, um sich im Spiegel hinter den Schnapsflaschen den Lippenstift nachzuziehen. «Des hat gesagt, ich könnte ein bisschen früher gehen.» Sie presste die Lippen aufeinander. «Ich hab ein Date.»

«Ein Date? Wer geht denn so spät zu einem Date?»

«Es ist ein Date bei David zu Hause. Aber das ist okay», sagte Chelsea, als Jess sie anstarrte. «Meine Schwester kommt auch. Er meinte, wir hätten bestimmt einen schönen Abend zu dritt.»

«Chels, hast du schon mal den Ausdruck ‹Booty Call› gehört?»

«Was?»

Jess sah sie eine Weile schweigend an. «Ach nichts. Mach dir einfach einen schönen Abend.»

Sie räumte gerade die Geschirrspülmaschine ein, als er am Tresen auftauchte. Seine Augen waren halb geschlossen, und er schwankte leicht, als wäre er kurz davor, einen Freestyle-Tanz anzufangen.

«Bier, bitte.»

Sie schob zwei Gläser hinten in das Gestell. «Wir schenken nicht mehr aus. Es ist elf Uhr.»

Er sah zur Uhr. Mit schleppender Stimme sagte er: «Es ist eine Minute vor.»

«Sie haben schon genug gehabt.»

Er blinzelte langsam und starrte sie an. Sein kurzes, dunkles Haar stand an der einen Seite etwas vom Kopf ab. «Wer sind Sie denn, dass Sie mir erzählen wollen, wann ich genug habe?»

«Diejenige, die hier die Getränke ausschenkt. So funktioniert das nämlich normalerweise.» Jess hielt seinem Blick stand. «Sie erkennen mich nicht einmal, oder?»

«Sollte ich?»

Sie sah ihn noch einen Moment länger an. «Warten Sie.» Jess kam hinter dem Tresen hervor, ging zur Schwingtür hinüber, und während er verwirrt dastand, schob sie die Tür von außen auf, ließ sie auf sich zuschwingen, hob eine Hand und öffnete den Mund, als wollte sie etwas sagen.

Dann kam sie wieder zu ihm an die Bar. «Erkennen Sie mich jetzt?»

Er blinzelte. «Sind Sie ... Habe ich Sie gestern gesehen?»

«Die Putzfrau. Ganz genau.»

Er fuhr sich mit der Hand durchs Haar. «Ah. Die Sache mit der Tür. Ich musste bloß gerade … ein schwieriges Telefonat führen.»

«‹Jetzt nicht, danke› funktioniert auch ganz gut, finde ich.»

«Okay. Verstanden.» Er stützte sich auf dem Tresen ab. Jess versuchte eine ernste Miene zu wahren, als sein Ellbogen wegglitt.

«Das soll dann wohl eine Entschuldigung sein, oder?»

Er sah sie mit trübem Blick an. «Tut mir leid. Es tut mir wirklich, wirklich leid. Außerordentlich leid, o holde Barfrau. Kann ich jetzt noch einen Drink haben?»

«Nein. Es ist inzwischen elf.»

«Aber nur, weil Sie mich in ein Gespräch verwickelt haben.»

«Ich habe keine Zeit, hier herumzusitzen, während Sie noch ein Bier trinken.»

«Dann geben Sie mir einen Kurzen. Kommen Sie schon. Ich brauche noch was zu trinken. Geben Sie mir einen Wodka. Hier. Das Wechselgeld können Sie behalten.» Er knallte einen Zwanziger auf den Tresen. Die Wucht lief durch seinen ganzen Körper, sodass sein Kopf leicht zurückschwang. «Nur einen. Obwohl, am besten machen Sie gleich einen Doppelten daraus. Ich brauche zwei Sekunden, um ihn runterzukippen. Eine Sekunde.»

«Nein. Sie haben schon genug gehabt.»

Des' Stimme hallte aus der Küche. «Oh, zum Teufel noch mal, Jess, jetzt gib ihm schon seinen Drink.»

Jess stand einen Moment mit zusammengebissenen Zähnen da, dann drehte sie sich um und schenkte ihm einen doppelten Wodka ein. Sie tippte den Preis in die Kasse und legte schweigend das Wechselgeld auf den Tresen. Er setzte das Wodkaglas an, schluckte hörbar, während er das Glas abstellte, und wandte sich leicht schwankend ab.

«Sie haben Ihr Wechselgeld vergessen.»

«Behalten Sie es.»

«Ich will es nicht.»

«Dann stecken Sie es in Ihre Spendenbüchse.»

Sie schob das Wechselgeld zusammen und drückte es ihm in die Hand. «Des spendet bloß für das Des-Harris'-Urlaub-in-Memphis-Projekt», sagte sie. «Jetzt nehmen Sie einfach Ihr Geld.»

Er blinzelte sie an und trat zwei unbeholfene Schritte zur Seite, als sie ihm die Tür nach draußen öffnete. Im selben Moment realisierte sie, was er gerade aus seiner Tasche gezogen hatte. Und den spiegelblank glänzenden Audi auf dem Parkplatz.

«Sie setzen sich nicht hinters Lenkrad.»

«Mir geht's gut.» Er tat ihren Einspruch ab. «Außerdem sind hier nachts eh keine Autos unterwegs.»

«Sie können nicht mehr fahren.»

«Wir sind hier am Ende der Welt, falls Ihnen das noch nicht aufgefallen ist.» Er deutete zum Himmel hinauf. «Ich bin hier doch meilenweit von jeder Zivilisation entfernt, am Arsch der Welt.» Er beugte sich vor, und sein alkoholgeschwängerter Atem wehte Jess entgegen. «Ich werde ganz, ganz langsam fahren.»

Er war so betrunken, dass es mitleiderregend einfach war, ihm die Schlüssel aus der Hand zu nehmen. «Nein», sagte sie und drehte sich zum Pub um. «Ich will nicht dafür verantwortlich sein, dass Sie einen Unfall bauen. Gehen Sie wieder rein, ich rufe Ihnen ein Taxi.»

«Geben Sie mir meine Schlüssel.»

«Nein.»

«Sie stehlen mir meine Schlüssel.»

«Ich bewahre Sie vor einem Fahrverbot.» Sie hielt die Schlüssel in die Höhe und drehte sich zur Tür des Pubs um.

«Ach verdammt noch mal», fluchte er. Es klang, als wäre Jess nur das letzte in einer langen Reihe von Ärgernissen. Sie hätte ihm am liebsten einen Tritt verpasst.

«Ich rufe Ihnen ein Taxi. Bleiben Sie ... bleiben Sie einfach hier sitzen. Ich gebe Ihnen Ihre Schlüssel zurück, sobald Sie sicher im Taxi sind.»

Sie holte ihr Handy aus der Tasche, die hinten im Flur hing, und schickte Liam eine SMS.

Soll das heißen, dass ich heute zum Zug komme?, schrieb er zurück.

Wenn du sie behaart magst. Und männlich.

Als sie wieder nach vorne kam, war Mr. Nicholls verschwunden. Sein Auto stand noch auf dem Parkplatz. Sie rief zweimal nach ihm, fragte sich, ob er sich zum Pinkeln ins Gebüsch geschlagen hatte, doch dann senkte sie den Blick und sah ihn im Tiefschlaf auf der Bank vor dem Pub.

Jess überlegte kurz, ob sie ihn nicht einfach dort liegen lassen sollte. Aber es war kühl, und es konnte immer Nebel vom Meer heraufziehen, und außerdem würde er vermutlich ohne seine Brieftasche aufwachen.

«Das nehme ich nicht mit», sagte Liam durchs Fahrerfenster, als er vor dem Pub parkte.

«Dem geht's gut. Er ist nur eingeschlafen. Ich kann dir sagen, wo er wohnt.»

«Nein. Der letzte schlafende Fahrgast, den ich hatte, ist aufgewacht und hat meine neuen Sitzbezüge vollgereihert. Und dann ist er irgendwie so weit zu Bewusstsein gekommen, dass er abhauen konnte.»

«Er wohnt in Beachfront. Und abhauen kann er bestimmt nicht.» Sie warf einen Blick auf ihre Uhr. «Oh, bitte, Liam. Es ist spät. Ich will nach Hause.»

«Dann lass ihn doch da liegen. Tut mir leid, Jess.»

«Okay. Wie wäre es, wenn ich mitfahre? Wenn er sich übergibt, mache ich sauber. Und dann kannst du mich nach Hause bringen. Ich bezahle auch.» Sie sammelte Mr. Nicholls' Wechselgeld auf, das er neben die Bank hatte fallen lassen, und zählte es durch. «Dreizehn Pfund müssten genügen, oder?»

Er verzog das Gesicht. «O Jess. Mach es mir doch nicht so schwer.»

«Bitte, Liam.» Sie lächelte und legte ihm die Hand auf den Arm. «Bittebitte.»

Er warf einen Blick die Straße hinunter. «Na gut.»

Sie beugte sich dicht zu dem schlafenden Mr. Nicholls hinunter, dann richtete sie sich wieder auf und nickte. «Er sagt, er ist einverstanden.»

Liam schüttelte den Kopf. Die Flirt-Stimmung von vorhin hatte sich vollkommen in Luft aufgelöst.

«Jetzt komm, Liam. Hilf mir, ihn ins Auto zu schaffen. Ich muss nach Hause.»

Mr. Nicholls lag wie ein krankes Kind mit dem Kopf auf ihrem Schoß im Fond. Jess wusste nicht, wohin mit ihren Händen. Sie legte sie über die Rückenlehne und betete die ganze Zeit darum, dass er sich nicht übergeben musste. Jedes Mal, wenn er stöhnte, ließ sie ein Fenster herunter oder beugte sich prüfend über sein Gesicht. Wag es bloß nicht, drohte sie ihm schweigend. Wag es bloß nicht. Sie waren noch zwei Minuten von der Feriensiedlung entfernt, als ihr Handy summte. Es war eine SMS von Belinda, ihrer Nachbarin. Jess spähte auf das leuchtende Display.

> Die Jungs waren wieder hinter Nicky her. Haben ihn vor dem Imbiss erwischt. Nigel hat ihn ins Krankenhaus gebracht.

Ein großes, kaltes Gewicht senkte sich auf ihre Brust. Bin unterwegs, tippte sie.

> Nigel sagt, er wartet, bis du kommst. Ich bleibe hier bei Tanzie.

> Danke, Belinda. Ich beeile mich.

Mr. Nicholls bewegte sich leicht und stieß einen langen Schnarchlaut aus. Sie starrte ihn an, seinen teuren Haarschnitt und seine viel zu blauen Jeans, und plötzlich war sie unheimlich wütend. Wenn er nicht gewesen wäre, hätte sie jetzt schon zu Hause sein können. Sie wäre mit dem Hund rausgegangen, nicht Nicky.

«Da wären wir.»

Jess zeigte Liam den Weg zu Mr. Nicholls' Haus. Dann schleppten sie ihn zwischen sich zur Tür, seine Arme über ihre Schultern gelegt. Jess sank unter seinem erstaunlichen Gewicht etwas zusammen. Als sie die Haustür erreicht hatten, rührte er sich leicht, und sie fummelte auf der Suche nach dem richtigen Schlüssel mit seinem Schlüsselbund herum, bevor sie darauf kam, dass es einfacher war, ihren eigenen Schlüssel zu benutzen.

«Wohin willst du ihn haben?», sagte Liam keuchend.

«Aufs Sofa. Wir schleppen ihn nicht nach oben.»

«Er kann von Glück reden, dass wir ihn überhaupt bis hierher geschleppt haben.»

Jess brachte Mr. Nicholls in die stabile Seitenlage, setzte ihm die Brille ab, warf ein Jackett von der Garderobe über ihn und ließ seinen Schlüsselbund auf das Sideboard fallen, das sie am Vormittag abgestaubt hatte.

Und dann war sie imstande, es auszusprechen. «Liam, kannst du mich am Krankenhaus absetzen? Nicky hatte einen Unfall.»

Schweigend rasten sie durch die stillen Straßen. Durch Jess' Kopf wirbelten die Gedanken. Sie hatte Angst. *Wie würde sie Nicky vorfinden? Wie schwer war er verletzt? Hatte Tanzie es mit angesehen?* Und dazwischen, hinter der Angst, dumme, banale Überlegungen wie: *Muss ich wohl stundenlang im Krankenhaus bleiben? Ein Taxi von dort aus kostet mindestens fünfzehn Pfund.*

«Soll ich warten?», fragte Liam, als er vor die Notaufnahme fuhr.

Aber sie war schon aus dem Auto gesprungen und rannte zum Eingang, noch bevor Liam richtig angehalten hatte.

Nicky lag in einer Behandlungskabine. Als die Krankenschwester den Vorhang zurückzog, stand Nigel von seinem Plastikstuhl auf, das freundliche, mollige Gesicht angespannt vor Sorge. Nicky lag halb weggedreht, auf seinem Wangenknochen klebte ein Stück Verband, und um das Auge begann sich ein dunkles Veilchen auszubreiten. Eine behelfsmäßige Bandage lag am Haaransatz um den Kopf.

Jess konnte gerade noch ein Schluchzen unterdrücken.

«Sie werden es nähen. Aber sie wollen ihn hierbehalten. Feststellen, ob nichts gebrochen ist und so weiter.» Nigel sah sie unbehaglich an. «Er wollte nicht, dass ich die Polizei rufe.» Dann deutete er vage Richtung Ausgang. «Wenn es für dich okay ist, fahre ich zurück zu Belinda. Es ist ziemlich spät ...»

Jess flüsterte ihm ein Dankeschön zu und ging zu Nicky hinüber. Auf Höhe seiner Schulter legte sie die Hand auf die Decke.

«Tanzie geht's gut», sagte er leise, ohne sie anzusehen.

«Ich weiß, Liebling.»

Sie setzte sich auf den Plastikstuhl neben seinem Bett. «Was ist passiert?»

Er zuckte kaum merklich mit den Achseln. Nicky wollte nie darüber reden. Was sollte das bringen? Jeder wusste Bescheid. Wenn man wie ein Freak herumlief, wurde man eben vermöbelt. Und wenn man hinterher immer noch wie ein Freak herumlief, waren sie weiter hinter einem her. Das war die niederschmetternde, unveränderliche Logik in einer Kleinstadt.

Und ausnahmsweise wusste Jess nicht, was sie zu Nicky sagen sollte. Sie konnte ihm nicht erzählen, dass alles gut werden würde, weil es offenkundig nicht so war. Sie konnte ihm nicht erzählen, dass die Polizei die Fishers verhaften würde, weil es nie so kam. Sie konnte ihm nicht erzählen, dass sich alles viel schneller ändern würde, als er dachte, weil sich das Leben für einen Teenager nur zwei Wochen in die Zukunft erstreckt und sie beide wussten, dass sich in zwei Wochen gar nichts ändern würde. Oder überhaupt in absehbarer Zukunft.

«Ist er in Ordnung?», fragte Liam, als sie langsam auf das Auto zukam. Der Adrenalinpegel in ihrem Blut sank, und Jess ließ vor Erschöpfung die Schultern hängen. Sie öffnete die hintere Tür, um ihre Jacke und ihre Tasche herauszuholen, und Liam beobachtete sie dabei im Rückspiegel.

«Er wird es überleben.»

«Diese kleinen Bastarde. Ich habe gerade mit deinem Nachbarn gesprochen. Jemand muss was unternehmen.» Er justierte den Rückspiegel. «Ich würde ihnen selbst eine Lektion erteilen, aber ich brauche meine Lizenz. Langeweile, das ist der Grund dafür. Sie wissen nicht, was sie mit sich anfangen sollen, also suchen sie sich ein Opfer aus. Sieh zu, dass du nichts vergisst, Jess.»

Sie musste halb einsteigen, um nach ihrem Mantel zu greifen. Als sie das tat, spürte sie etwas unter ihrem Fuß. Leicht nachgiebig und zylindrisch. Sie rückte mit dem Fuß weg, tastete im Fußraum herum und holte eine dicke Rolle Banknoten hervor. Im Halbdunkel starrte sie auf das Geld, und dann auf das, was daneben heruntergefallen war. Ein laminierter Ausweis, wie man ihn in Büros benutzte. Beides musste Mr. Nicholls aus der Tasche gefallen sein, als er halb auf dem Rücksitz gelegen hatte. Ohne richtig nachzudenken, steckte sie beides ein.

«Hier», sagte sie und griff in ihr Portemonnaie, aber Liam hob die Hand.

«Nein. Schon okay. Du hast schon genügend Probleme.» Er zwinkerte ihr zu. «Ruf einen von uns an, wenn du abgeholt werden willst. Geht aufs Haus. Ist mit dem Chef abgesprochen.»

«Aber ...»

«Kein Aber. Und jetzt verschwinde, Jess. Sorg dafür, dass dein Junge in Ordnung kommt. Wir sehen uns im Pub.»

Sie hätte weinen können vor Dankbarkeit. Sie stand da, hob zum Abschied die Hand, als er auf dem Parkplatz eine Runde bis zum Ausgang fuhr, und hörte ihn aus dem Fahrerfenster rufen: «Du könntest ihm ja sagen, dass er mal versuchen soll, ein bisschen normaler auszusehen, dann würde er vermutlich nicht so oft eins auf die Mütze kriegen.»

KAPITEL 7

Jess

Während der frühen Morgenstunden döste sie auf dem Plastikstuhl, wachte gelegentlich auf, weil es so unbequem war und man die gedämpften Geräusche anderer Patienten durch den Vorhang hörte. Sie betrachtete Nicky, der endlich eingeschlafen war, nachdem man seine Platzwunde genäht hatte, und fragte sich, wie sie ihn beschützen sollte. Sie fragte sich, was in seinem Kopf vorging. Sie fragte sich mit einem Kloß im Hals, der sich einfach nicht mehr lösen wollte, was wohl als Nächstes passieren würde. Um sieben Uhr steckte eine Krankenschwester den Kopf durch den Vorhang und sagte, sie habe Tee und Toast gemacht. Diese kleine Freundlichkeit führte dazu, dass Jess mit den Tränen kämpfen musste. Der Arzt kam um kurz nach acht Uhr vorbei und sagte, Nicky solle noch einen Tag zur Beobachtung bleiben und sie würden überprüfen, ob er innere Blutungen habe. Auf dem Röntgenbild hatten sie einen Schatten gesehen, den sie sich nicht erklären konnten.

Der Arzt riet Jess, nach Hause zu gehen und sich auszuruhen. Dann rief Nathalie an und sagte, dass sie Tanzie zusammen mit ihren Kindern zur Schule gefahren habe und dass alles in Ordnung sei.

Alles in Ordnung.

Jess stieg zwei Stationen vor ihrer Haltestelle aus dem Bus, ging zum Haus der Fishers, klopfte und erklärte Leanne Fisher mit aller Höflichkeit, die sie aufbringen konnte, dass sie Jason die Polizei auf den Hals hetzen würde, wenn er sich noch einmal in Nickys Nähe blicken ließ. Darauf spuckte Leanne Fisher aus und fauchte, sie würde Jess die verdammten Scheißfenster einwerfen, wenn sie sich nicht augenblicklich vom Acker machte. Im Haus wurde vor Lachen geprustet, als Jess wegging.

Das war genau die Reaktion, mit der sie gerechnet hatte.

Sie betrat ihr leeres Haus. Sie bezahlte die Wasserrechnung mit dem Geld für die Steuer. Sie bezahlte die Stromrechnung mit ihrem Geld von dem Putzjob. Sie duschte, zog sich um und war während ihrer Mittagsschicht im Pub so in Gedanken verloren, dass Stewart Pringles Hand volle zehn Sekunden auf ihrem Hintern lag, bevor sie es überhaupt mitbekam. Dann schüttete sie ihm sein Bier langsam und sorgfältig über die Schuhe.

«Warum hast du das denn gemacht?», schimpfte Des, als sich Stewart Pringle beschwerte.

«Wenn du nichts dabei findest, kannst du ihn ja *deinen* Hintern betatschen lassen», sagte sie und begann, Gläser abzutrocknen.

«Da hat sie auch wieder recht», sagte Des.

Bevor Tanzie nach Hause kam, staubsaugte Jess im gesamten Haus. Sie war so müde, dass sie normalerweise ins Koma gefallen wäre, aber gleichzeitig derartig wütend, dass sie womöglich alles mit doppelter Geschwindigkeit tat. Sie konnte nicht aufhören. Sie putzte und faltete Wäsche und räumte auf, denn wenn sie das nicht getan hätte, dann hätte sie Martys alten Vorschlaghammer von den zwei Haken in der muffigen Garage genommen, wäre zu den Fishers rübergegangen und hätte etwas getan, was ihre Familie dann tatsächlich zerstört hätte. Sie putzte, weil sie sich sonst in ihren kleinen, verwucherten Vorgarten gestellt, den Kopf zum Himmel gehoben und geschrien und geschrien und geschrien hätte, und sie war nicht sicher, ob sie damit jemals wieder hätte aufhören können.

Als sie die Schritte auf dem Gartenweg hörte, hatte sich im gesamten Haus ein stechender Geruch nach Möbelpolitur und Küchenreiniger ausgebreitet. Jess holte ein paarmal tief Luft, musste ein bisschen husten, dann atmete sie noch einmal tief ein, bevor sie die Tür öffnete, ein beruhigendes Lächeln auf den Lippen. Nathalie stand auf dem Weg, die Hände auf Tanzies Schultern gelegt. Tanzie ging auf Jess zu, schlang die Arme um ihre Taille und drückte sich mit geschlossenen Augen an ihre Mutter

«Er ist okay, Liebling», sagte Jess und streichelte ihr übers Haar. «Es geht ihm gut. Es war nur eine dumme Prügelei unter Jungs.»

Nathalie berührte Jess am Arm, schüttelte kaum merklich den Kopf. «Pass auf sie auf», sagte sie und ging.

Jess machte Tanzie ein Sandwich und sah sie in den schattigen Teil ihres Gartens wandern, um Algorithmen zu üben. Jess beschloss, Tanzie die Sache mit der St. Anne's erst am nächsten Tag zu sagen. Morgen. Ganz bestimmt.

Und dann ging sie ins Badezimmer, schloss die Tür ab und

drehte Mr. Nicholls' Geldrolle auf, die sie im Taxi gefunden hatte. Sie sortierte die Geldscheine und legte die Stapel in eine Reihe. Vierhundertachtzig Pfund.

Jess wusste, was sie tun sollte. Natürlich wusste sie das. Dieses Geld gehörte ihr nicht. Es war eine Lektion, die sie ihren Kindern täglich einhämmerte. *Ihr dürft nicht stehlen. Man nimmt nicht, was einem nicht gehört. Tu das Richtige, und am Ende wirst du dafür belohnt.*

Tu das Richtige.

Aber da begann eine neue, dubiose Stimme in ihrem Ohr zu säuseln. *Warum solltest du es zurückgeben? Er wird es nicht vermissen. Er war auf dem Parkplatz bewusstlos und auch im Taxi und in seinem Haus. Er hätte es überall verlieren können. Es war schließlich nur Glück, dass du es überhaupt gefunden hast. Und was wäre, wenn jemand anders es gefunden hätte? Glaubst du etwa, der hätte es ihm zurückgegeben?*

Auf seinem Firmenausweis stand, dass sein Unternehmen Mayfly hieß. Sein Vorname lautete Ed.

Sie würde Mr. Nicholls das Geld zurückbringen. Ihre Gedanken drehten sich im Kreis wie die Wäsche im Wäschetrockner.

Und doch tat sie es nicht.

Jess hatte sich nie mit Geld beschäftigt. Um die Finanzen hatte sich Marty gekümmert, und normalerweise hatten sie genügend, damit er ein paarmal die Woche den Pub besuchen und sie mit Nathalie ausgehen konnte. Ab und zu fuhren sie in den Urlaub. In manchen Jahren lief es besser als in anderen, aber sie kamen zurecht.

Und dann hatte es Marty satt, nur gerade so zurechtzukommen. Sie waren in Wales zelten, und es regnete acht

Tage lang ohne Unterbrechung, und Marty wurde immer unzufriedener, als wäre das Wetter etwas, das man persönlich nehmen konnte. «Warum können wir nicht nach Spanien fahren oder irgendwohin, wo es warm ist?», murrte er und starrte durch die triefenden Zeltklappen nach draußen. «Das ist so ein Scheiß hier. Das ist kein Urlaub.» Er hatte keine Lust mehr aufs Taxifahren; er fand immer etwas Neues, über das er sich beschweren konnte. Die anderen waren gegen ihn. Der Schichtleiter betrog ihn bei der Abrechnung. Die Fahrgäste waren schwierig.

Und dann begann es mit seinen todsicheren Plänen, wie sie schnell zu Geld kommen würden. Das Schneeballsystem, dem sie sich zwei Wochen zu spät angeschlossen hatten. Der Sonderposten T-Shirts von einer Band, die in den Charts so schnell abstürzte, wie sie aufgestiegen war. Eines Abends, als er vom Pub nach Hause kam, vertraute er Jess an, das große Ding sei Import-Export. Er habe einen Typen kennengelernt, der billige Elektrogeräte aus Indien beschaffen konnte, und sie könnten die Sachen an jemanden aus seinem Bekanntenkreis weiterverkaufen. Aber dann – Überraschung! – stellte sich dieser Wiederverkäufer als doch nicht so zuverlässig heraus, wie man Marty zugesichert hatte. Und die paar Leute, die etwas kauften, beschwerten sich, dass wegen der Geräte die Sicherung herausflog, und die übrigen Geräte verrosteten, sogar in der relativ trockenen Garage, und auf diese Art verwandelten sich ihre Ersparnisse in einen nutzlosen Haufen Elektroschrott, der in unauffälligen wöchentlichen Fuhren in Martys Auto geladen und zur Müllhalde gefahren werden musste.

Und dann kam der Rolls-Royce. Darin konnte Jess zumindest einen Sinn erkennen. Marty wollte ihn metallicgrau lackieren und bei Hochzeiten und Beerdigungen Chauffeurdienste anbieten. Er kaufte den Wagen über eBay von einem Mann in den Midlands und schaffte es den halben Weg die M6 herunter, bevor er liegen blieb. Irgendwas mit dem Anlasser, sagte der Mechaniker, als er sich unter die Motorhaube beugte. Aber je genauer sie hinschauten, desto mehr schien mit dem Auto nicht zu stimmen. Als es im ersten Winter draußen in der Auffahrt stand, nisteten sich Mäuse in die Polsterung ein, sodass sie Geld brauchten, um die Rücksitze zu erneuern, bevor Marty den Wagen vermieten konnte – denn wer wollte an seinem Hochzeitstag in einem Auto sitzen, dessen Sitze mit Klebeband repariert waren? Und dann stellte sich heraus, dass Polstersitze für einen Rolls-Royce ungefähr das Einzige waren, das man nicht auf eBay kaufen konnte. Also blieb das Auto in der Garage, eine tägliche Erinnerung daran, dass sie nie vorankamen.

Jess hatte die Geldangelegenheiten übernommen, als Marty angefangen hatte, praktisch den ganzen Tag im Bett zu verbringen. Depression war eine Krankheit, das sagten alle. Nach dem, was seine Freunde erzählten, wirkte er jedoch an den beiden Abenden in der Woche, an denen er sich noch in den Pub schleppen konnte, nicht gerade leidend. Jess hatte sämtliche Kontoauszüge aus den Umschlägen gezogen und das Sparbuch aus der Flurkommode geholt und schließlich festgestellt, in welchen Schwierigkeiten sie waren. Sie hatte ein paarmal versucht, mit Marty darüber zu reden, aber er hatte sich nur die Decke über den Kopf gezogen und gesagt, er käme damit nicht klar. Ungefähr um diese Zeit hatte sie vorgeschlagen, dass er eine Weile zu seiner Mutter gehen sollte. Wenn sie ehrlich war, musste Jess zugeben, dass es sie erleichtert hatte, als er ging. Es war schon schwer genug, mit Nicky umzugehen, der immer noch eine stille, magere Erscheinung war, und dazu noch zwei Jobs zu haben und für Tanzie verantwortlich zu sein.

«Geh», hatte sie gesagt und ihm über den Kopf gestrichen. Sie wusste noch, dass sie in diesem Moment daran hatte denken müssen, wie lange sie ihn schon nicht mehr berührt hatte. «Geh für ein paar Wochen. Wenn du eine richtige Auszeit gehabt hast, fühlst du dich bestimmt besser.» Er hatte sie mit rot geränderten Augen schweigend angesehen und ihre Hand gedrückt.

Das war zwei Jahre her. Keiner von ihnen hatte jemals ernsthaft die Möglichkeit in Erwägung gezogen, dass er zurückkommen würde.

Sie versuchte, den Tag so normal wie möglich ablaufen zu lassen, bis Tanzie ins Bett ging. Sie fragte, was es bei Nathalie zu essen gegeben habe, und erzählte ihr von Normans Tag. Sie kämmte Tanzie die Haare, dann setzte sie sich auf ihre Bettkante und las ihr aus einem alten Harry-Potter-Band vor, als wäre sie ein viel jüngeres Kind, und ausnahmsweise einmal sagte Tanzie nicht, dass sie lieber ein bisschen Mathe machen würde.

Als Jess endlich sicher war, dass Tanzie schlief, rief sie im Krankenhaus an und erfuhr, dass es Nicky den Umständen entsprechend gut ging. Die Röntgenaufnahmen hatten keinen Hinweis auf einen Lungenriss geliefert, und die kleine Knochenfraktur im Gesicht würde von selbst heilen.

Sie rief Marty an, der schweigend zuhörte und dann fragte: «Hat er immer noch dieses ganze Zeug im Gesicht?»

«Er trägt ein bisschen Wimperntusche, ja.»

Lange Stille.

«Sag es nicht, Marty. Wag bloß nicht, es zu sagen.» Sie legte auf, bevor er ihr zuvorkommen konnte.

Um Viertel vor zehn rief die Polizei an, um mitzuteilen, dass die Fishers jede Kenntnis von dem Vorfall leugneten.

«Es gibt vierzehn Zeugen», sagte Jess mit gepresster Stimme, weil sie sich beherrschen musste, um nicht loszuschreien. «Einschließlich des Imbissbudenbesitzers. Sie haben meinen Sohn überfallen. Sie waren zu viert.»

«Ja, aber Zeugen nützen nur etwas, wenn sie die Täter identifizieren können, Madam. Und Mr. Brent sagt, er könne nicht mit Sicherheit sagen, wer die Schlägerei angefangen hat.» Der Mann seufzte, als müsste Jess doch wissen, wie Teenager sind. «Ich muss Ihnen mitteilen, Madam, dass die Fishers behaupten, Ihr Sohn habe angefangen.»

«Mein Sohn fängt genauso schnell eine Schlägerei an wie der verdammte Dalai Lama. Wir reden hier über einen Jungen, der nicht mal ein Kopfkissen in den Bezug stecken kann, ohne Angst zu haben, dass jemand dabei verletzt werden könnte.»

«Wir können nur nach der Beweislage handeln, Madam.»

Die Fishers. Bei dem Ruf dieser Familie konnte sie von Glück reden, wenn sich ein einziger Zeuge an das «erinnerte», was er gesehen hatte.

Für einen Moment ließ Jess den Kopf in die Hände fallen. Diese Jungs würden nie aufhören. Und als Nächste wäre Tanzie dran, wenn sie in die weiterführende Schule kam. Mit ihrer Leidenschaft für Mathematik, ihrer Seltsamkeit und ihrer unschuldigen Offenheit war sie das perfekte Opfer. Jess begann zu frösteln. Sie dachte an Martys Vorschlaghammer in der Garage und daran, wie es sich anfühlen würde, einfach zum Haus der Fishers zu marschieren und …

Das Telefon klingelte. Sie riss es hoch. «Was ist jetzt noch? Wollen Sie mir erzählen, dass er sich die Verletzungen selbst zugefügt hat? Geht es darum?»

«Mrs. Thomas?»

Sie blinzelte.

«Mrs. Thomas? Hier spricht Mr. Tsvangarai.»

«Oh. Mr. Tsvangarai. Tut mir leid. Es ... es läuft gerade einiges schief hier ...» Sie streckte die Hand vor sich aus. Ihre Finger zitterten.

«Entschuldigen Sie, dass ich so spät noch anrufe, aber es handelt sich um eine relativ dringende Sache. Ich habe etwas Interessantes entdeckt. Es nennt sich eine Mathematik-Olympiade.» Er sprach das Wort langsam und sorgfältig aus.

«Eine was?»

«Das ist eine neue Sache, in Schottland. Für begabte Schüler. Ein Mathematik-Wettbewerb. Und es wäre noch genügend Zeit, um mit Tanzie hinzufahren.»

«Ein Mathe-Wettbewerb?» Jess schloss die Augen. «Wissen Sie, das ist wirklich sehr nett von Ihnen, Mr. Tsvangarai, aber wir haben gerade eine Menge um die Ohren, und ich glaube nicht, dass ...»

«Mrs. Thomas. Die Preisgelder sind fünfhundert Pfund, tausend Pfund und fünftausend Pfund. Fünftausend Pfund. Wenn sie gewinnt, hätten Sie schon mal das Schulgeld für die ersten zwei Jahre in der St. Anne's.»

«Sagen Sie das bitte noch einmal?»

Jess setzte sich, während er die Einzelheiten erläuterte.

«Ist das eine seriöse Sache?»

«Ja, das ist eine seriöse Sache.»

«Und Sie glauben wirklich, dass sie es schaffen könnte?»

«Es gibt eine Kategorie speziell für ihre Altersgruppe. Ich wüsste nicht, warum sie keinen Erfolg haben sollte.»

Fünftausend Pfund, sang eine Stimme in ihrem Kopf. *Genug, um sie durch das erste Jahr zu bekommen.*

«Wo ist der Haken?»

«Es gibt keinen Haken. Na ja, es geht natürlich um höhere Mathematik, das versteht sich. Aber das ist meiner Meinung nach kein Problem für Tanzie.»

Jess stand auf und setzte sich wieder.

«Und Sie müssten natürlich nach Schottland fahren.»

«Das ist nebensächlich, Mr. Tsvangarai. Vollkommen nebensächlich.» In ihrem Kopf arbeitete es. «Und das ist alles wirklich so, ja? Das soll kein Scherz sein?»

«Ich bin nicht gerade als Witzbold bekannt, Mrs. Thomas.»

«Oh Shit, Mr. Tsvangarai, Sie sind ein absoluter Schatz.»

Sie hörte sein verlegenes Lachen.

«Und ... was machen wir jetzt?»

«Nun, sie haben auf den Zulassungstest verzichtet, nachdem ich ihnen ein paar von Tanzies Aufgaben geschickt habe. So wie ich es sehe, sind sie sehr darauf aus, Kinder von weniger privilegierten Schulen dabeizuhaben. Und es ist, unter uns gesagt, natürlich ein enormer Vorteil, dass sie ein Mädchen ist. Aber wir müssen uns schnell entscheiden. Die Olympiade für dieses Jahr findet schon in fünf Tagen statt.»

Fünf Tage. Die Einschreibefrist an der St. Anne's lief schon am nächsten Tag ab.

Jess stand mitten im Zimmer und dachte nach. Dann rannte sie nach oben, zog Mr. Nicholls' Geld aus dem Versteck zwischen ihren Strumpfhosen, und ohne sich Zeit für weitere Bedenken zu geben, steckte sie das Geld in einen Umschlag, kritzelte eine Nachricht dazu und schrieb sorgfältig die

Adresse der Schule auf den Umschlag und den Zusatz EIN-SCHREIBEN.

Sie würde es zurückzahlen. Jeden Penny.

Aber im Moment hatte sie einfach keine andere Wahl.

An diesem Abend saß Jess am Küchentisch, rechnete und entwarf einen groben Plan. Sie stellte fest, was Zugfahrkarten nach Edinburgh kosteten, und lachte leicht hysterisch auf, dann sah sie nach den Preisen für eine Busfahrt (187 Pfund inklusive der 13 Pfund, die es kosten würde, zur Busstation zu kommen) und addierte den Betrag, wenn sie Norman eine Woche in Pflege gab (94 Pfund). Sie legte die Handballen auf die Augen und blieb einen Moment so sitzen. Und dann, als die Kinder schliefen, kramte sie die Schlüssel des Rolls-Royce heraus, ging in die Garage, wischte den Mäusedreck vom Fahrersitz und testete den Anlasser.

Beim dritten Versuch sprang der Motor an.

Jess saß in der Garage, in der es immer feucht roch, umgeben von alten Gartenmöbeln, Autoteilen, Plastikeimern und Gartengeräten, dann beugte sie sich vor und zog die alte Steuerplakette von der Frontscheibe ab. Sie war vor beinahe zwei Jahren abgelaufen. Eine Versicherung hatte Jess auch nicht.

Sie stellte den Motor ab und saß im Dunkeln, während langsam der Ölgeruch verflog, der in der Luft gehangen hatte, und sie dachte zum hundertsten Mal: *Tu das Richtige.*

KAPITEL 8

Ed

Ed.Nicholls@mayfly.com: Vergiss nicht, was ich dir erklärt habe. Kann dir die Details noch mal sagen, wenn du die Visitenkarte verloren hast.
Deanna1@yahoo.com: Das vergesse ich nicht. Die ganze Nacht ist für immer in mein Gedächtnis gebrannt. ;-)

Ed.Nicholls@mayfly.com: Hast du gemacht, was ich dir gesagt habe?
Deanna1@yahoo.com: Bin dabei.
Ed.Nicholls@mayfly.com: Sag mir hinterher, ob es gut gelaufen ist!
Deanna1@yahoo.com: Nach der Leistungsfähigkeit, die du bisher bewiesen hast, würde es mich wundern, wenn es anders läuft als einfach WOW! ;-)

Deanna1@yahoo.com: So etwas wie du hat noch nie jemand für mich getan.

Ed.Nicholls@mayfly.com: Ist wirklich nicht der Rede wert.
Deanna1@yahoo.com: Sehen wir uns nächstes WE?
Ed.Nicholls@mayfly.com: Hab grade viel zu tun. Melde mich.
Deanna1@yahoo.com: Die Sache hat uns beiden einiges gebracht, was?

Der Ermittlungsbeamte ließ ihn die beiden ausgedruckten Seiten durchlesen, dann schob er sie Paul Wilkes hin.

«Haben Sie dazu irgendetwas zu sagen, Mr. Nicholls?»

Es war unerträglich, die eigenen privaten E-Mails in einem offiziellen Dokument auftauchen zu sehen. Wie eifrig er ihre ersten Mails beantwortet hatte, die kaum verhüllten Zweideutigkeiten, die Smileys.

«Sie müssen nichts aussagen», erklärte Paul Wilkes.

«Dieser ganze Mail-Dialog könnte sich um alles Mögliche gedreht haben.» Ed schob die Papiere von sich. «‹Sag mir hinterher, ob es gut gelaufen ist.› Dabei könnte es um etwas Sexuelles gehen, das ich vorhatte. E-Mail-Sex zum Beispiel.»

«Um elf Uhr vierzehn am Vormittag?»

«Na und?»

«In einem Großraumbüro?»

«Ich bin hemmungslos.»

Der Ermittler nahm seine Brille ab und sah Ed unnachgiebig an. «E-Mail-Sex? Wirklich? Das sollen diese Mails bedeuten?»

«Na ja, nein. Nicht in diesem Fall. Aber darum geht es nicht.»

«Ich würde sagen, es geht ganz genau darum, Mr. Nicholls. Es gibt Massen von diesen Mails. Hier schreiben Sie ...», er blätterte durch die Unterlagen, «... melde dich, wenn ich dir noch mal aushelfen soll.»

«Aber es ist nicht so, wie es klingt. Sie war depressiv. Sie hatte Probleme, ihren Ex loszuwerden. Ich wollte nur ... ich wollte es ihr nur ein bisschen einfacher machen. Das habe ich doch schon tausendmal erklärt.»

«Ich habe nur noch ein paar Fragen.»

Sie hatten Fragen, na gut. Sie wollten wissen, wie oft er Deanna getroffen hatte. Wo sie gewesen waren. Was für eine Art Beziehung sie eigentlich gehabt hatten. Sie glaubten Ed nicht, als er sagte, er wisse nicht besonders viel über Deannas Leben. Und sie glaubten ihm auch nicht, als Ed sagte, er habe nichts von dem Hedgefonds ihres Bruders gewusst.

«Jetzt ist es aber gut!», protestierte Ed. «Hatten Sie noch nie eine Beziehung, in der es nur um Sex ging?»

«Miss Lewis sagt aber nicht, dass es nur um Sex ging. Sie sagt, es sei eine ‹enge und intensive› Beziehung gewesen, Sie würden sich seit Ihrer College-Zeit kennen, und Sie hätten unbedingt gewollt, dass Miss Lewis dieses Geschäft macht, und es ihr geradezu aufgedrängt. Sie sagt, sie habe keine Ahnung gehabt, dass sie sich strafbar macht, wenn sie Ihren Rat annimmt.»

«Aber sie ... sie lässt es klingen, als hätte unsere Beziehung unheimlich viel bedeutet. So war es nicht. Und ich habe sie überhaupt nicht dazu gedrängt, irgendetwas zu tun.»

«Also geben Sie zu, ihr die Information gegeben zu haben.»

«Das habe ich nicht gesagt! Ich habe nur gesagt ...»

«Ich glaube, was mein Klient meint, ist, dass er nicht für falsche Vorstellungen verantwortlich gemacht werden kann, die Miss Lewis möglicherweise von ihrer Beziehung gehabt hat», warf Paul Wilkes ein. «Oder dafür, welche Informationen sie ihrem Bruder weitergibt.»

«Und wir hatten keine Beziehung. Jedenfalls keine richtige Beziehung.»

Der Ermittler zuckte mit den Schultern. «Wissen Sie, was? Es ist mir vollkommen egal, was für eine Art Beziehung Sie geführt haben. Es ist mir egal, ob Sie pausenlos gevögelt haben oder nicht. Was mich interessiert, Mr. Nicholls, ist, dass Sie dieser jungen Frau Informationen gegeben haben, die, wie Miss Lewis am achtundzwanzigsten Februar einer Freundin gegenüber gesagt hat, ‹richtig fette Gewinne› bringen würden. Und die, wie die Konten von Miss Lewis und ihrem Bruder zeigen, tatsächlich ‹richtig fette Gewinne› gebracht haben.»

Eine Stunde später, und mit einer Kaution von der Untersuchungshaft befreit, saß Ed in Paul Wilkes' Büro. Paul schenkte ihnen beiden einen Whisky ein. Ed gewöhnte sich langsam an den Geschmack von hochprozentigem Alkohol am helllichten Tag.

«Ich kann doch nicht dafür verantwortlich gemacht werden, was sie ihrem Bruder erzählt. Ich kann nicht herumlaufen und jede potenzielle Freundin darauf überprüfen, ob sie einen Bruder hat, der auf dem Geldmarkt arbeitet. Ich wollte ihr doch nur helfen.»

«Tja, das ist Ihnen ja im Hinblick auf den Gewinn auch bestens gelungen. Aber die SFA und die SOCA interessieren sich nicht für Ihre Motive, Ed. Deanna Lewis und ihr Bruder haben einen Haufen Geld gemacht. Und zwar illegal und auf der Basis von Informationen, die Sie Miss Lewis gegeben haben.»

«Können wir aufhören, uns in Abkürzungen zu unterhalten? Ich habe keine Ahnung, wovon Sie reden.»

«Na ja, im Grunde müssen Sie nur an jede Strafverfolgungsbehörde denken, die mit dem Finanzsektor zu tun hat. Oder organisiertem Verbrechen. Das sind die Leute, die Sie zurzeit durchleuchten.»

«Bei Ihnen klingt es, als würde ich tatsächlich verurteilt.» Ed stellte sein Whiskyglas auf dem Beistelltisch ab.

«Das halte ich für höchst wahrscheinlich, ja. Und ich denke, die Verhandlung wird recht bald stattfinden. Sie versuchen bei diesen Fällen möglichst viel Tempo zu machen.»

Ed starrte ihn an. Dann ließ er den Kopf in die Hände sinken. «Das ist ein Albtraum. Ich wollte sie nur ... ich wollte sie nur loswerden, Paul. Das ist alles.»

«Nun, das Beste, auf das wir im Moment hoffen können, ist, sie davon zu überzeugen, dass Sie einfach ein harmloser Computerfreak sind, der von der Situation überfordert war.»

«Toll.»

«Haben Sie eine bessere Idee?»

Ed schüttelte den Kopf.

«Dann heißt das Motto: Abwarten und Ruhe bewahren.»

«Ich muss irgendetwas tun, Paul. Ich muss wieder zur Arbeit. Ich weiß nicht, was ich machen soll, wenn ich nicht arbeite. In diesem gottverlassenen Provinzkaff da unten werde ich verrückt.»

«Nun, an Ihrer Stelle würde ich im Moment keinen Mucks von mir geben. Es könnte durchaus sein, dass die SFA diese Geschichte durchsickern lässt, und dann ist die Kacke richtig am Dampfen. Die Journalisten werden sich auf Sie stürzen wie die Aasgeier. Ich kann Ihnen nur raten, sich noch eine Woche oder so da unten in Ihr Provinzkaff zurückzuziehen.» Paul kritzelte etwas auf seinen Notizblock.

Ed betrachtete die flüchtig hingeworfenen Buchstaben. «Glauben Sie denn, dass es in die Zeitung kommt?»

«Ich weiß nicht. Wahrscheinlich. Es wäre vielleicht so oder so gut, wenn Sie mit Ihrer Familie reden, damit sie auf schlechte Presse vorbereitet ist.»

Ed legte die Hände auf die Knie. «Das kann ich nicht.»

«Was können Sie nicht?»

«Meinem Vater von dieser Geschichte erzählen. Er ist krank. Das würde ...» Er schüttelte den Kopf. Als er schließlich wieder aufblickte, sah ihn Paul immer noch an.

«Nun, das ist Ihre Sache. Aber, wie ich schon sagte, ich glaube, es wäre eine kluge Entscheidung, sich in sicherer Entfernung aufzuhalten, falls das alles auffliegt. Und offensichtlich will Mayfly Sie nicht im Büro haben, solange nicht alles aufgeklärt ist. Bei dieser Markteinführung geht es einfach um viel zu viel Geld. Und deshalb dürfen Sie keinerlei Kontakt mit jemandem aus der Firma aufnehmen. Keine Anrufe. Keine E-Mails. Und falls es irgendwem gelingen sollte, Sie ausfindig zu machen, dann sagen Sie um Gottes willen kein einziges Wort. Zu niemandem.» Er klopfte mit dem Stift auf seinen Notizblock und signalisierte damit das Ende ihrer Unterhaltung.

«Also soll ich mich irgendwo im Nirgendwo verstecken, die Klappe halten und Däumchen drehen, bis ich ins Gefängnis gesteckt werde.»

Paul Wilkes erhob sich wortlos und klappte den Aktenordner zu, der auf seinem Schreibtisch lag. «Wir werden diesen Fall unseren besten Leuten übertragen. Und wir tun unser Bestes, um dafür zu sorgen, dass es nicht so weit kommt.»

Ed stand auf und ging langsam zur Tür, während er verdaute, dass sein Anwalt die Möglichkeit einer Gefängnisstrafe nicht bestritten hatte. Paul öffnete die Bürotür und begleitete ihn hinaus. «Und nächstes Mal, Ed, nächstes Mal sagen Sie der betreffenden Dame einfach, dass Sie kein Interesse an einer Beziehung haben. Das spart einem eine Menge Ärger.»

Blinzelnd stand Ed auf der Treppe des Bürogebäudes, umgeben von schmutzig grauen Häusern, Fahrradkurieren, die sich die Helme von verschwitzten Haaren zogen, lachenden Frauen auf dem Weg in den Park, wo sie ihr Pausensandwich essen wollten, und plötzlich wurde ihm der Verlust seines alten Lebens schmerzhaft bewusst. Das Leben mit der Nespresso-Maschine im Büro und seiner Sekretärin, die schnell losging, um Sushi zu besorgen, und seinem Apartment mit dem Blick über die City, sein Leben, in dem das Schlimmste, was passieren konnte, war, dass er nachmittags auf dem Sofa im Kreativraum lag und sich von den Anzugträgern lange Vorträge über Gewinne und Verluste anhören musste. Er hatte sich eigentlich nie mit anderen verglichen, aber jetzt erfüllte ihn bohrender Neid auf die Leute um ihn, diese Leute mit ihren Alltagssorgen, die später mit der U-Bahn nach Hause zu ihren Familien fahren konnten. Und was hatte er in Aussicht? Wochen in einem leeren Haus, mit niemandem zum Reden, und vor sich die Anklageerhebung.

Die Arbeit fehlte ihm mehr, als ihm seine Frau je gefehlt hatte. Sie fehlte ihm wie eine Dauergeliebte, die ganze Alltagsroutine fehlte ihm. Er dachte an die vergangene Woche zurück, und daran, wie er auf dem Sofa in Beachfront aufgewacht war und keine Ahnung gehabt hatte, wie er dorthin gekommen war. Sein Mund hatte sich so trocken angefühlt, als hätte er Watte gekaut, und seine Brille hatte er sorgfältig zusammengeklappt auf dem Couchtisch gefunden. Zum dritten Mal in ebenso vielen Wochen war er so betrunken gewesen, dass er nicht wusste, wie er nach Hause gekommen war, und zum ersten Mal war er mit leeren Taschen aufgewacht.

Er überprüfte sein Handy (neu, er hatte nur drei Nummern eingespeichert). Zwei Nachrichten von Gemma auf der Mailbox. Sonst hatte niemand angerufen. Ed seufzte und drückte auf Löschen, dann ging er zum Parkplatz. Eigentlich war er kein Trinker. Lara hatte immer betont, dass man von Alkohol einen dicken Bauch bekam, und sich beschwert, dass Ed schnarchte, wenn er mehr als zwei Bier trank. Aber jetzt wollte er so dringend etwas trinken, wie er selten etwas gewollt hatte.

Ed saß eine Weile in seinem Apartment herum, ging kurz zum Essen in eine Pizzeria, saß wieder in seinem Apartment herum, und dann stieg er ins Auto und fuhr Richtung Küste. Deanna Lewis' Bild tanzte ihm den ganzen Weg aus London heraus vor den Augen herum. Wie hatte er nur so dumm sein können? Warum hatte er nicht an die Möglichkeit gedacht, dass sie mit jemand anderem darüber reden könnte? Oder übersah er etwas viel Boshafteres? Hatten sie und ihr Bruder diese Sache im Voraus geplant? War es eine Art psychotische Rache dafür, dass er sie hatte sitzenlassen?

Mit jeder Meile, die er fuhr, wurde Eds Wut größer. Er hätte ihr ebenso gut die Schlüssel zu seinem Apartment geben können, seine Bankverbindungen, wie er es bei seiner Exfrau gemacht hatte, damit sie alles plündern konnte. Sogar das wäre besser gewesen. Wenigstens hätte er seinen Job und seinen Freund behalten. Kurz vor der Ausfahrt Godalming war seine Wut so groß, dass er anhielt und ihre Handynummer wählte. Er musste die Nummer aus dem Kopf zusammenbekommen, weil die Ermittler seine alten Handys mitsamt den Kontaktdaten als Beweismittel beschlagnahmt hatten. Und seinen Eröffnungssatz hatte er auch schon parat: *Was zum Teufel hast du dir dabei gedacht?*

Aber die Nummer existierte nicht mehr.

Ed saß auf einem Parkplatz, das Handy in der Hand, und

fühlte, wie seine Wut versiegte. Er zögerte, dann wählte er Ronans Nummer. Sie gehörte zu den wenigen, die er auswendig wusste.

Es klingelte ein paarmal, bevor er abnahm.

«Ronan ...»

«Ich darf nicht mit dir reden, Ed.» Er klang erschöpft.

«Ja. Ich weiß. Ich wollte nur ... ich wollte nur sagen ...»

«Was sagen? Was wolltest du sagen, Ed?»

Der Ärger in seiner Stimme ließ Ed verstummen.

«Weißt du, was? Es geht mir nicht mal so sehr um die Sache mit dem Insider-Handel. Obwohl sie eine verdammte Katastrophe für die Firma ist. Aber du warst mein Kumpel. Mein ältester Freund. So etwas hätte ich *niemals* mit dir gemacht.»

Ein Klicken, und die Verbindung war weg.

Ed ließ seinen Kopf aufs Lenkrad sinken und blieb ein paar Minuten so sitzen. Er wartete, bis das Brummen in seinem Kopf langsam aufhörte, dann setzte er den Blinker, fädelte sich in den Verkehr ein und fuhr Richtung Beachfront.

«Was willst du, Lara?»

«Hey, Baby. Wie geht's dir?»

«Nicht so gut.»

«Oje! Was ist denn los?»

Er hatte nie so recht verstanden, ob das typisch italienisch war, aber seine Exfrau hatte eine Art, bei der man sich gleich besser fühlte. Sie zog einen an sich, fuhr einem durchs Haar, machte einen Riesenwirbel und gluckte wie eine Mutterhenne. Gegen Ende war ihm dieses Getue auf die Nerven gefallen, aber jetzt, auf einer leeren Straße in der Dunkelheit, dachte er beinahe sehnsüchtig daran.

«Es ... hat was mit der Arbeit zu tun.»

«Oh. Mit der *Arrrbeit*.» Diese unwillkürliche Gereiztheit in ihrer Stimme.

«Schon gut, Lara. Wie geht's dir?»

«Mamma macht mich verrückt. Und es gibt ein Problem mit der Wohnung, mit dem Dach.»

«Hast du Aufträge?»

Sie schnalzte mit der Zunge. «Ich war zu einem Vorsprechen in einem Theater im West End eingeladen, aber dann haben sie mir gesagt, ich würde zu alt aussehen. Zu alt!»

«Du siehst überhaupt nicht zu alt aus.»

«Ich weiß! Ich kann aussehen wie eine Sechzehnjährige! Baby, ich muss mit dir über das Dach reden.»

«Lara, die Wohnung gehört dir. Du hast eine Abfindung bekommen.»

«Aber sie sagen, es wird unheimlich viel kosten. Unheimlich viel. Und ich habe *gar nichts*.»

«Was ist denn mit der Abfindung passiert?»

«Es ist nichts mehr übrig. Mein Bruder hat Geld für seine Firma gebraucht, und du weißt, dass Papi krank ist. Dann hatte ich ja noch die Kreditkarten ...»

«Ist alles weg?»

«Ich habe nicht genug für das Dach. Diesen Winter wird es reinregnen, sagen sie. *Eduardo* ...»

«Tja, dann kannst du ja immer noch das Bild verkaufen, das du im Dezember aus meinem Apartment mitgenommen hast.» Sein Anwalt hatte angedeutet, dass es seine eigene Schuld war, weil er die Türschlösser nicht ausgetauscht hatte. Alle anderen in seiner Situation machten das anscheinend.

«Ich war traurig, Eduardo. Ich vermisse dich. Ich wollte einfach eine Erinnerung an dich.»

«Aha. An den Mann, dem du gesagt hast, du könntest seinen Anblick nicht mehr ertragen.»

«Ich war wütend, als ich das gesagt habe.» Sie sprach es *wutend* aus. Am Schluss war sie immer *wutend*. Er rieb sich über die Augen und setzte den Blinker, um auf die Küstenstraße abzubiegen.

«Ich wollte eine Erinnerung daran, dass wir *glucklich* waren.»

«Weißt du, das nächste Mal, wenn du mich vermisst, könntest du ja beispielsweise so was wie ein gerahmtes Foto von uns beiden mitnehmen, aber keine limitierte Druckgraphik von Mao Tse-tung im Wert von vierzehntausend Pfund.»

«Macht es dir denn gar nichts aus, dass ich niemanden habe, an den ich mich wenden kann?» Ihre Stimme sank zu einem beinahe unerträglich intimen Flüstern herab. Dabei spannten sich reflexartig seine Hoden an. Und das wusste sie.

Ed warf einen Blick in den Rückspiegel. «Tja, warum fragst du denn nicht Jim Leonards?»

«Wie bitte?»

«Seine Frau hat mich angerufen. Sie ist komischerweise nicht gerade begeistert.»

«Das war nur ein Mal! Ich bin ein einziges Mal mit ihm ausgegangen. Und es geht niemanden etwas an, mit wem ich mich verabrede!» Ein bühnenreifer Aufschrei der Empörung. Ed konnte Lara direkt vor sich sehen, eine perfekt manikürte Hand erhoben, die Finger gespreizt vor Ärger, weil sie sich mit «dem nervigsten Mann auf der Welt» herumschlagen musste. «Du hast mich verlassen! Und jetzt soll ich den Rest meines Lebens wie eine Nonne verbringen?»

«Eigentlich hast du mich verlassen, Lara. Am siebenundzwanzigsten Mai, auf dem Rückweg von Paris. Schon vergessen?»

«Nebensächlichkeiten! Immer drehst du mir das Wort im Mund herum mit solchen Nebensächlichkeiten! Das ist genau der Grund, aus dem ich dich verlassen habe!»

«Und ich dachte, es hätte daran gelegen, dass ich nur meine Arbeit liebe und nichts von menschlichen Gefühlen verstehe.»

«Ich habe dich verlassen, weil du einen winzigen Schwanz hast! Einen winzigen, WINZIGEN Schwanz! Wie eine Garnale!»

«Du meinst Garnele.»

«Garnele. Krebs. Was das Kleinste ist! Winzig klein!»

«Dann nehme ich an, du wolltest eigentlich Krabbe sagen. Weißt du, nachdem du mit einer ziemlich wertvollen limitierten Druckgraphik abgezogen bist, hättest du mir immerhin ‹Hummer› zubilligen können. Aber bitte. Wie du meinst.»

Ed wusste immer noch nicht genau, was diese italienischen Flüche genau bedeuteten. Er fuhr ein paar Meilen, ohne auf den Weg zu achten. Dann stellte er seufzend das Radio an und heftete seinen Blick auf die scheinbar endlose schwarze Straße vor ihm.

Gemma rief an, als er gerade die Küstenstraße herunterfuhr. Ed nahm den Anruf entgegen, bevor er lange über die Gründe nachdenken konnte, aus denen er es besser nicht tun sollte.

«Sag's nicht. Du bist im Moment unheimlich beschäftigt.»

«Ich sitze im Auto.»

«Und du hast dieses Freisprechdings. Mum will wissen, ob du an ihrem Hochzeitstag zu dem Essen kommst.»

«Was für ein Essen?»

«Oh, jetzt reicht's aber, Ed. Das habe ich dir schon vor Monaten gesagt.»

«Tut mir leid. Ich kann gerade nicht an meinen Terminkalender.»

Gemma atmete tief ein. «Sie lassen Dad nächsten Donnerstag ausnahmsweise aus dem Krankenhaus. Also kocht Mum ein tolles Essen. Sie will, dass wir kommen. Du hast gesagt, du kannst kommen.»

«Oh. Ja.»

«Was ja? Ja, du erinnerst dich? Oder ja, du kommst?»

Er trommelte mit den Fingern aufs Lenkrad. «Ich weiß nicht.»

«Hör mal, Dad hat gestern nach dir gefragt. Ich habe ihm gesagt, dass du mitten in einem Projekt steckst, aber er ist so schwach, Ed. Es ist ihm wirklich unheimlich wichtig. Allen beiden.»

«Gemma, ich hab dir doch erklärt ...»

Ihre Stimme schrillte durch das Auto. «Ja ja, ich weiß, du bist zu beschäftigt. Du hast mir erzählt, dass du irgendwas am Laufen hast.»

«Dass ich irgendwas am Laufen habe? Du hast doch keine Ahnung!»

«Ist ja klar, ich habe natürlich mal wieder keine Ahnung. Von mir kann man auch nicht erwarten, dass ich irgendetwas kapiere, oder? Ich bin ja nur die dumme kleine Sozialarbeiterin, die kein verdammtes sechsstelliges Gehalt bezieht. Es geht hier um unseren Vater, Ed. Den Mann, der alles geopfert hat, damit du deine verdammte Ausbildung machen kannst. Du bist sein Goldjunge, verflixt noch mal. Und er hat nicht mehr lange. Du musst hinfahren und dich bei ihnen sehen lassen und die Sachen sagen, die Söhne zu ihren sterbenden Vätern sagen sollten, hast du das verstanden?»

«Er stirbt nicht.»

«Woher zum Teufel willst du das denn wissen? Du hast ihn doch schon seit zwei Monaten nicht mehr gesehen!»

«Hör zu, ich fahre hin. Es ist nur so, dass ich ...»

«Schwachsinn. Du bist Geschäftsmann. Du kannst Entscheidungen treffen. Und jetzt triffst du gefälligst diese Entscheidung. Und wenn nicht, ich schwör's dir, werde ich ...»

«Ich verstehe dich nicht mehr, Gem. Sorry, der Empfang ist total schlecht hier. Ich ...» Er machte ein paar Zischlaute.

«Ein einziges Essen», sagte sie mit ihrer ruhigen, versöhnlichen Sozialarbeiterinnenstimme. «Ein kleines Essen, Ed.»

Er entdeckte das Polizeiauto vor sich, überprüfte seine Geschwindigkeit und machte sich auf den Anblick eines Unfallwagens gefasst. Ein schmutziger Rolls-Royce mit einem defekten Scheinwerfer stand halb auf dem Randstreifen unter dem orangefarbenen Schimmer einer Straßenlaterne. Ein kleines Mädchen stand neben dem Auto und hielt einen enormen Hund an der Leine. Das Mädchen drehte langsam den Kopf nach ihm um, als er vorbeifuhr.

«Ich verstehe ja, dass du viele Verpflichtungen hast und dass dein Job unheimlich wichtig ist. Das verstehen wir alle, du verdammter Software-Protz. Aber ist ein einziges unbehagliches Essen im Familienkreis wirklich zu viel verlangt?»

«Warte mal, Gem. Da ist ein Unfall.»

Neben dem Mädchen stand mit herabhängenden Schultern ein totenbleicher Teenager – Junge? Mädchen? – mit einem rabenschwarzen Schopf. Und von einem Polizisten, der damit beschäftigt war, etwas aufzuschreiben, wandte sich gerade ein weiteres Kind ab – nein, es war eine zierliche Frau mit struppigem Pferdeschwanz. Sie hob erbittert die Hände, und die Geste erinnerte Ed an Lara. *Du gehst mir dermaßen auf die Nerven!*

Er war hundert Meter weiter gefahren, bevor ihm mit einem

Ruck klarwurde, dass er diese Frau kannte. Er durchforschte sein Gedächtnis. Bar? Ferienpark? Auf einmal hatte er ein Bild von ihr vor sich, wie sie seine Autoschlüssel an sich nahm, eine Erinnerung daran, wie sie ihm in seinem Haus die Brille vom Gesicht zog. Warum war sie so spät noch mit Kindern unterwegs? Er fuhr an den Straßenrand und spähte in den Rückspiegel. Er konnte die Gruppe gerade eben noch erkennen. Das kleine Mädchen hatte sich auf den Seitenstreifen gesetzt, der Hund lag wie ein dunkles Gebirgsmassiv neben ihr.

«Ed? Alles in Ordnung?» Gemmas Stimme durchbrach die Stille.

Später war er nicht sicher, was ihn dazu gebracht hatte. Vielleicht wollte er seine Ankunft in dem leeren Haus verzögern. Vielleicht war es die ganze bizarre Situation – sich in diese Szene einzumischen, schien in seinem Leben, das so heftig aus dem Ruder gelaufen war, nichts Merkwürdiges mehr zu sein.

Oder vielleicht wollte er sich einfach bloß selbst davon überzeugen, dass er gegen allen Anschein doch kein komplettes Arschloch war.

«Gem, ich muss dich zurückrufen. Es ist jemand, den ich kenne.»

Er wendete und fuhr langsam über die schwach beleuchtete Straße zurück, bis er auf der Höhe des Polizeiautos war. Er hielt auf der anderen Straßenseite an und ließ das Fenster herunter.

«Hallo», sagte Ed. «Kann ich irgendwie behilflich sein?»

KAPITEL 9

Tanzie

Tanzies gute Laune war ziemlich gesunken, als sie Nickys verschwollenes Gesicht gesehen hatte. Er sah sich selbst nicht mehr ähnlich, und sie musste sich dazu zwingen, den Blick nicht von ihm abzuwenden, obwohl sie viel lieber irgendwo anders hingesehen hätte, sogar auf dieses dumme Bild an der Wand gegenüber, auch wenn die galoppierenden Pferde darauf nicht mal wie Pferde aussahen. Sie wollte ihm von dem Mathe-Wettbewerb und der Einschreibung in der St. Anne's erzählen, aber hier mit dem Krankenhausgeruch in der Nase und beim Anblick von Nickys verquollenem Auge fiel es ihr schwer, überhaupt daran zu denken.

Tanzie schoss immer wieder durch den Kopf: *Das waren die Fishers. Das waren die Fishers.* Sie hatte ein bisschen Angst, weil sie nicht glauben konnte, dass irgendwer, den sie kannten, einfach grundlos so etwas tat.

Als Nicky aufstand, um den Krankenhausflur hinunterzugehen, schob Tanzie ihre Hand in seine, und obwohl er normalerweise mit einem Spruch wie «Zisch ab, kleine Kröte» reagiert hätte, drückte er dieses Mal ein bisschen ihre Finger.

Mum führte wieder die üblichen Gespräche mit den Leuten vom Krankenhaus: Nein, sie war nicht seine richtige Mutter, aber so gut wie. Und nein, er hatte keinen Betreuer vom Jugendamt. Dabei fühlte sich Tanzie immer ein bisschen komisch, als würde Nicky nicht richtig zu ihrer Familie gehören, obwohl das nicht stimmte.

Er ging extrem langsam aus dem Zimmer und vergaß nicht, sich bei der Krankenschwester zu bedanken.

«Ein netter Junge, wirklich», sagte die Krankenschwester. «So höflich.»

Mum sammelte seine Sachen ein. «Das ist ja das Schlimmste daran», sagte sie. «Er will doch nichts weiter, als in Ruhe gelassen zu werden.»

«Aber so läuft das hier nicht, oder?» Die Krankenschwester lächelte Tanzie an. «Pass auf deinen Bruder auf, ja?»

Als sie hinter ihm zum Ausgang ging, fragte sich Tanzie, was es über ihre Familie aussagte, dass inzwischen jede Unterhaltung mit einem vielsagenden Blick und den Worten «Pass auf» zu enden schien.

Mum machte Abendessen und gab Nicky drei verschiedenfarbige Tabletten, und dann saßen sie zusammen auf dem Sofa vor dem Fernseher. Es lief eine Spielshow, bei der sich Nicky normalerweise kaputtlachte, aber er hatte kaum ein Wort gesprochen, seit sie nach Hause gekommen waren, und Tanzie glaubte nicht, dass sein schmerzender Kiefer der Grund dafür war.

Mum war oben beschäftigt. Tanzie hörte sie Schubladen

aufziehen und über den Flur hin- und hergehen. Sie bemerkte nicht einmal, dass längst Schlafenszeit war.

Tanzie stupste Nicky behutsam an. «Tut es weh?»

«Tut was weh?»

«Dein Gesicht.»

«Wieso denn?»

«Na ja ... es hat eine komische Form.»

«Dein Gesicht hat auch eine komische Form. Tut das weh?»

«Ha ha.»

«Mir geht's gut, Kleine.» Und dann, als sie ihn weiter ansah, sagte er: «Echt. Vergiss es einfach. Mir geht's gut.»

Mum kam herein und legte Norman die Leine an. Er lag auf dem Sofa und wollte nicht aufstehen, und sie musste viermal ansetzen, bevor sie ihn durch die Tür ziehen konnte. Tanzie wollte fragen, ob sie einen Spaziergang vorhatte, aber sie wurde durch eine besonders lustige Stelle bei der Spielshow abgelenkt und vergaß ihre Frage wieder. Dann kam Mum noch einmal herein.

«Okay, Kinder. Holt eure Jacken.»

«Jacken? Warum?»

«Weil wir wegfahren. Nach Schottland.»

Sie ließ es vollkommen normal klingen.

Nicky sah nicht einmal vom Fernseher auf. «Wir fahren nach Schottland ...»

«Genau. Wir fahren mit dem Auto.»

«Aber wir haben kein Auto.»

«Wir nehmen den Rolls.»

Nicky warf Tanzie einen Blick zu, dann sah er Mum an. «Aber du hast keine Versicherung.»

«Ich bin schon mit zwölf Jahren Auto gefahren. Und ich habe keinen einzigen Unfall gebaut. Wir bleiben auf den Landstraßen und sind vor allem nachts unterwegs. Solange uns die Polizei nicht anhält, kann nichts passieren.»

Die beiden starrten sie an.

«Aber du hast gesagt ...»

«Ich weiß, was ich gesagt habe. Aber manchmal heiligt der Zweck die Mittel.»

«Was meinst du damit?»

Mum hob die Hände. «Nicky, es gibt einen Mathe-Wettbewerb, der unser ganzes Leben verändern könnte, und er findet nun mal in Schottland statt. Momentan haben wir aber kein Geld für die Zugfahrkarten. So ist es eben. Ich weiß, dass diese Autofahrt keine Ideallösung ist, aber solange ihr keine bessere Idee habt, lasst uns einfach einsteigen und losfahren.»

«Aber ... müssen wir nicht noch was einpacken?»

«Ist schon alles im Auto.»

Tanzie wusste, dass Nicky dasselbe dachte wie sie – dass Mum jetzt endgültig verrückt geworden war. Aber sie hatte irgendwo gelesen, dass Verrückte genauso waren wie Schlafwandler. Das Beste war, sie nicht zu stören. Also nickte sie ganz langsam, als wäre dieser Plan vollkommen vernünftig, und holte ihre Jacke. Dann gingen sie durch die Hintertür in die Garage, wo Norman mit einem Ausdruck auf der Rückbank des Rolls saß, der zu sagen schien: «Ja, ich auch.» Tanzie stieg ein. Es roch ein bisschen muffig, und sie wollte ihre Hände eigentlich nicht auf den Sitzbezug legen, weil sie irgendwo gelesen hatte, dass Mäuse ständig überall hinpinkeln, sozusagen nonstop, und dass Mäusepipi ungefähr achthundert Krankheiten übertragen konnte. «Kann ich schnell noch mal rein und meine Handschuhe holen?», fragte sie. Mum sah Tanzie an, als wäre sie die Verrückte, aber sie nickte, also rannte

Tanzie los, zog die Handschuhe an und fühlte sich ein bisschen besser.

Nicky schob sich behutsam auf den Beifahrersitz und wischte mit der Hand den Staub vom Armaturenbrett.

Mum machte das Garagentor auf, ließ den Motor an und fuhr vorsichtig rückwärts auf die Zufahrt. Dann stieg sie aus, zog das Garagentor zu und schloss es ab. Anschließend saß sie eine Weile nachdenklich auf dem Fahrersitz. «Tanzie, hast du einen Stift und Papier?»

Tanzie fischte beides aus ihrer Tasche. Mum versuchte zu verdecken, was sie schrieb, aber Tanzie spähte zwischen den Vordersitzen durch.

> *FISHER, DU KLEINER VERSAGER, ICH*
> *HABE DER POLIZEI GESAGT, FALLS*
> *HIER JEMAND EINBRICHT, BIST DU ES,*
> *UND SIE BEOBACHTEN DAS HAUS*

Sie stieg wieder aus und pinnte den Zettel mit einer Reißzwecke unten an die Haustür, wo er von der Straße aus nicht gesehen werden konnte. Anschließend setzte sie sich wieder auf den Fahrersitz, der sich im fortgeschrittenen Stadium der Auflösung befand, und dann fuhr der Rolls mit einem satten, leisen Schnurren in die Dunkelheit.

Sie brauchten ungefähr zehn Minuten, um herauszufinden, dass Mum vergessen hatte, wie man Auto fuhr. Sachen, die sogar Tanzie wusste – in den Rückspiegel schauen, Blinker setzen, abbiegen –, machte sie in der falschen Reihenfolge, und sie fuhr vorgebeugt und klammerte sich ans Lenkrad wie die Omis, die im Schritttempo durchs Stadtzentrum kutschierten und sich die Autotüren an den Pollern auf dem Parkplatz zerschrammten.

Sie kamen am Rose and Crown vorbei, dem Gewerbegebiet mit der Fünf-Mann-Autowaschanlage und dem Teppichhaus. Tanzie drückte die Nase an die Fensterscheibe. Sie fuhren tatsächlich aus der Stadt. Das letzte Mal, dass Tanzie die Stadt verlassen hatte, war auf dem Schulausflug zum Durdle Door gewesen, als Melanie Abbott sich im Bus über ihre Klamotten erbrochen und damit eine Kotzkettenreaktion in der gesamten 5c ausgelöst hatte.

«Immer mit der Ruhe», murmelte Mum vor sich hin. «Immer mit der Ruhe.»

«Besonders ruhig siehst du aber nicht aus», sagte Nicky. Er spielte so schnell mit dem Nintendo, dass seine Daumen rechts und links des kleinen, leuchtenden Displays zu verschwimmen schienen.

«Nicky, du musst für mich die Karte lesen. Hör mal auf zu spielen.»

«Na ja, wir müssen einfach Richtung Norden fahren.»

«Aber wo ist Norden? Ich bin hier seit Jahren nicht Auto gefahren. Du musst mir sagen, wo es langgeht.»

Er sah ein Straßenschild. «Nützt uns die M3 was?»

«Ich weiß nicht. Deswegen frage ich dich ja.»

«Lass mich mal sehen.» Tanzie griff zwischen den Vordersitzen durch und nahm Nicky die Straßenkarte aus der Hand. «Wie rum hält man die?»

Sie fuhren zwei Runden im Kreisverkehr, während Tanzie mit der Karte kämpfte, und dann waren sie auf der Umgehungsstraße. Tanzie kamen vage Erinnerungen: Sie waren einmal hier entlanggefahren, als Mum und Dad versucht hatten, die Ventilatoren zu verkaufen. «Kannst du das Licht hinten anmachen, Mum?», sagte sie. «Ich kann so auf der Karte gar nichts erkennen.»

Mum drehte sich auf ihrem Sitz um. «Der Schalter müsste über deinem Kopf sein.»

Tanzie griff über sich und drückte mit dem Daumen auf den Schalter. Ich hätte meine Handschuhe ausziehen können, dachte sie. Mäuse konnten schließlich nicht an der Decke laufen. Nicht wie Spinnen. «Es funktioniert nicht.»

«Nicky, also musst doch du die Karte lesen.» Mum warf ihm einen genervten Blick zu. «Nicky.»

«Ja. Gleich. Ich muss nur noch die goldenen Sterne hier kriegen. Die sind fünftausend Punkte wert.» Tanzie faltete die Straßenkarte, so gut es ging, und schob sie wieder zwischen den Vordersitzen durch. Nicky beugte sich vollkommen konzentriert über sein Spiel. Und goldene Sterne waren wirklich richtig schwer zu kriegen.

«Leg jetzt endlich dieses Ding weg!»

Er seufzte und klappte das Gerät zu. Sie fuhren an einem Pub vorbei, den Tanzie nicht kannte, und danach an einem neuen Hotel. Mum sagte, sie müssten die M3 finden, aber Tanzie hatte seit Ewigkeiten kein Schild mehr gesehen, auf dem M3 stand. Neben ihr begann Norman leise zu winseln. Tanzie schätzte, dass es noch ungefähr achtunddreißig Sekunden dauern würde, bis Mum sagte, das Gewinsel werde sie noch den letzten Nerv kosten.

Sie schaffte es, bis siebenundzwanzig zu zählen.

«Tanzie, bitte sorg dafür, dass der Hund aufhört. Dabei kann ich mich unmöglich konzentrieren. Nicky. Du musst die Karte für mich lesen.»

«Er sabbert überall rum. Ich glaube, er muss mal.» Tanzie rückte von ihm ab.

Nicky spähte nach den Schildern vor ihnen. «Wenn du auf dieser Straße bleibst, landen wir in Southampton.»

«Aber das ist ja die vollkommen falsche Richtung.»

«Sag ich doch.»

Der Ölgeruch war richtig stark. Tanzie fragte sich, ob es irgendwo ein Leck gab. Sie hielt sich mit der behandschuhten Hand die Nase zu.

«Ich glaube, wir sollten am besten zurückfahren und noch mal starten», sagte Nicky.

Mit einem Ächzer bog Mum bei der nächsten Ausfahrt ab und drehte an einem Kreisverkehr. Sie versuchten alle, das knirschende Geräusch zu überhören, als sie das Lenkrad nach rechts drehte, um auf der Gegenfahrbahn der Schnellstraße zurückzufahren.

«Tanzie. Bitte mach was mit dem Hund. Bitte.» Eines der Pedale ging so schwerfällig, dass Mum sich praktisch mit ihrem ganzen Gewicht dagegenstemmen musste, um den Gang zu wechseln. Dann sah sie auf und deutete auf die Abzweigung zur Stadt. «Was soll ich machen, Nicky? Soll ich hier abfahren?»

«O Gott. Er hat gefurzt, Mum. Ich ersticke.»

«Nicky, bitte, kannst du auf der Karte nachschauen?»

Tanzie fiel wieder ein, dass Mum Autofahren hasste. Sie war nicht besonders gut darin, Informationen schnell zu verarbeiten. Sie sagte immer, dafür würden ihr ein paar Synapsen fehlen. Und der Gerechtigkeit halber musste gesagt werden, dass man bei dem echt fiesen Geruch, der jetzt durchs Auto zog, wirklich kaum einen klaren Gedanken fassen konnte.

Tanzie begann zu würgen. «Ich sterbe!»

Norman drehte ihr seinen großen alten Kopf zu, um sie traurig anzusehen, als wäre sie gerade echt gemein gewesen.

«Aber es gibt zwei Abfahrten. Soll ich die erste oder die zweite nehmen?»

«Definitiv die zweite. Oh, nein, sorry ... doch die hier.»

«Was?» Mum riss das Lenkrad herum, um von der Schnellstraße zu kommen, und verpasste nur knapp den Grasstreifen. Das Auto holperte, als sie die Bordsteinkante trafen, und Tanzie musste ihre Nase loslassen, um sich an Normans Halsband festzuhalten.

«Verflixt, kannst du nicht einfach ...»

«Ich habe die nächste gemeint. Hier lang fahren wir meilenweit in die falsche Richtung.»

«Wir waren beinahe eine halbe Stunde auf der Straße und sind weiter vom Ziel entfernt als zu Beginn unserer Fahrt. Wirklich, Nicky, ich ...»

In diesem Moment entdeckte Tanzie das flackernde Blaulicht. Sie klammerte sich an die Hoffnung, dass der Wagen vorbeirasen würde. Doch stattdessen kam das Blaulicht nur näher und näher, bis der ganze Rolls von den kalten blauen Reflexen erfüllt war.

Nicky drehte sich mit schmerzverzerrtem Gesicht auf seinem Sitz um. «Äh, Jess, ich glaube, die wollen, dass du anhältst.»

«Shit. *Shit Shit Shit.* Tanzie, das hast du nicht gehört.» Mum atmete tief ein und griff das Lenkrad fester, als sie die Geschwindigkeit verlangsamte.

Nicky rutschte tiefer in seinen Sitz. «Jess?»

«Jetzt nicht, Nicky.»

Der Einsatzwagen hielt ebenfalls an. Tanzie bekam feuchte Handflächen. *Alles wird gut.*

«Ist wohl ein schlechter Zeitpunkt, um dir zu sagen, dass ich meinen Vorrat dabeihabe, was?»

KAPITEL 10

Jess

So. Da stand sie nun um dreiundzwanzig Uhr vierzig auf dem Grünstreifen einer Schnellstraße mit zwei Polizisten, die sich nicht verhielten, als wäre sie eine Schwerverbrecherin, womit sie eigentlich gerechnet hatte, sondern schlimmer noch – als wäre sie einfach richtig, richtig dumm. Alles, was sie sagten, klang herablassend. *Machen Sie häufiger solche nächtlichen Spazierfahrten mit Ihrer Familie, Madam? Obwohl nur ein Scheinwerfer funktioniert? War Ihnen eigentlich nicht klar, Madam, dass Ihre Steuerplakette vor zwei Jahren abgelaufen ist?* Auf die Sache mit der Versicherung waren sie noch gar nicht gekommen. Also blieb Jess noch etwas, auf das sie sich freuen konnte.

Nicky schwitzte vor Angst. Er wartete auf den Augenblick, in dem sie seinen Vorrat finden würden. Tanzie hockte als blasser, stummer Geist einen Meter weiter, und ihre Paillettenjacke glitzerte im Licht der Autoscheinwerfer, als sie sich trostsuchend an Norman klammerte.

Jess wusste, dass nur sie selbst an all dem schuld war. Viel schlimmer konnte es nicht mehr werden.

Und dann tauchte Mr. Nicholls auf.

Jess fühlte, wie die letzte Farbe aus ihren Wangen wich, als er sein Fenster herunterließ und sie erkannte, wer es war. Eine Million Gedanken wirbelten ihr durch den Kopf – zum Beispiel: Wer würde sich um die Kinder kümmern, wenn sie ins Gefängnis kam, und wenn es Marty war, würde er sich an solche Sachen erinnern wie dass Tanzies Füße die Angewohnheit hatten zu wachsen, und würde er ihr neue Schuhe kaufen, bevor sich ihr die Fußnägel vorn um die Zehen krümmten? Und wer würde sich um Norman kümmern? Und warum zum Teufel hatte sie nicht getan, was sie sofort hätte tun sollen, und Ed Nicholls seine blöde Geldrolle zurückgegeben?

Aber er sagte nichts davon. Er fragte, ob er ihr helfen könne.

Polizist Nummer eins drehte sich langsam zu Ed um. Nummer eins hatte einen mächtigen Brustkorb und hielt sich äußerst aufrecht, der Typ Mann, der sich sehr ernst nimmt und gereizt reagiert, wenn das nicht auch alle anderen tun. «Und Sie sind …»

«Edward Nicholls. Ich kenne diese Frau. Worum geht's? Probleme mit dem Wagen?» Er sah den Rolls an, als könnte er nicht glauben, dass dieses Auto tatsächlich vor ihm auf der Straße stand.

«So könnte man es auch ausdrücken», sagte Polizist Nummer zwei.

«Steuerplakette abgelaufen», murmelte Jess und versuchte, das Hämmern in ihrer Brust zu ignorieren. «Ich wollte mit den Kindern weg. Aber jetzt schätze ich, dass ich einfach bloß wieder nach Hause fahre.»

«Sie fahren nirgendwohin», sagte Polizist Nummer eins.

«Ihr Wagen ist beschlagnahmt. Das Abschleppfahrzeug ist schon unterwegs. Es ist ein Verstoß gegen Paragraph dreiunddreißig des Kfz-Steuergesetzes, ohne gültige Steuerplakette zu fahren. Was bedeutet, dass auch Ihre Versicherung ungültig ist.»

«Ich habe keine.»

Sie drehten sich beide zu ihr um.

«Der Wagen ist nicht versichert. Ich bin nicht versichert.»

Sie sah, wie Mr. Nicholls sie anstarrte. Auch egal. Wenn die Polizisten anfingen, die Einzelheiten aufzunehmen, würde es sowieso herauskommen. «Wir hatten ein paar Probleme. Es war die einzige Möglichkeit, die Kinder von A nach B zu bringen.»

«Aber Ihnen ist schon bewusst, dass das Führen eines Fahrzeugs ohne Steuer und Versicherung eine Straftat ist. Die mit einer Gefängnisstrafe geahndet werden kann.»

«Und es ist nicht mein Auto.» Jess kickte einen Stein weg, der im Gras gelegen hatte. «Das werden Sie als Nächstes feststellen, wenn Sie Ihre Datenbankabfrage machen, oder wie das heißt.»

«Haben Sie das Fahrzeug gestohlen, Madam?»

«Nein, ich habe das Fahrzeug nicht gestohlen. Es hat zwei Jahre lang in meiner Garage gestanden.»

«Das ist keine Antwort auf meine Frage.»

«Der Wagen gehört meinem Exmann.»

«Weiß er, dass Sie ihn genommen haben?»

«Er würde es nicht mal mitbekommen, wenn ich eine Geschlechtsumwandlung machen und mich Sid nennen würde. Er ist seit Jahren in Nord-Yorkshire ...»

«Wissen Sie, es ist vielleicht besser, wenn Sie jetzt nichts mehr sagen.» Mr. Nicholls strich sich über den Kopf.

«Wer sind Sie, ihr Anwalt?»

«Braucht sie denn einen?»

«Ohne gültige Steuerplakette zu fahren ist ein Verstoß gegen Paragraph dreiunddreißig ...»

«Ja. Das sagten Sie schon. Nun, ich glaube, es wäre gut, sich Rat einzuholen, bevor Sie noch etwas sagen ...»

«Jess», sagte sie.

«Jess.» Er sah den Polizisten an. «Officer, muss diese Frau wirklich mit auf die Polizeiwache? Es tut ihr doch ganz offensichtlich sehr leid. Und in Anbetracht der Uhrzeit denke ich, die Kinder sollten nach Hause.»

«Sie wird eine Anzeige wegen Fahrens ohne Versicherung und Steuer erhalten. Ihren Namen und Ihre Adresse, Madam?»

Jess gab sie dem Polizisten Nummer eins. Sie schaffte es nicht, eine bedauernde Miene aufzusetzen. Sie war so wütend auf sich selbst, dass sie die Angaben kaum herausbekam. Sie sah zu, wie sich der Polizist abwendete und die Angaben in sein Funkgerät sprach. Was immer ihm über den Äther mitgeteilt wurde, schien ihn zufriedenzustellen, denn als er sich umdrehte, sah er die Kinder an und nickte.

«Der Wagen war auf diese Halteradresse eingetragen, das trifft zu. Aber Sie haben die Kfz-Steuer nicht gezahlt und sind nicht versichert, was bedeutet, dass er derzeit ohnehin ...»

«Nicht auf öffentlichen Straßen gefahren werden darf. Ich weiß.»

«Bloß schade, dass Sie nicht daran gedacht haben, bevor Sie losgefahren sind, oder?» Er warf ihr diesen Blick zu, mit dem Lehrer ihre achtjährigen Schüler einzuschüchtern versuchen. Und irgendetwas an diesem Blick brachte bei Jess das Fass zum Überlaufen.

«Jetzt hören Sie mal zu», sagte sie. «Glauben Sie wirklich,

ich wäre mit meinen Kindern um elf Uhr abends losgefahren, wenn mir irgendeine andere Lösung eingefallen wäre? Glauben Sie wirklich, ich hätte heute Abend in meinem Häuschen rumgesessen und auf einmal gedacht: Ich hab's! Ich schnappe mir einfach meine Kinder und den verdammten Hund und reite uns alle in einen Riesenhaufen Schwierigkeiten rein und ...»

«Es geht mich nichts an, was Sie gedacht haben, Madam. Meine Aufgabe ist es, ein unversichertes und womöglich unsicheres Fahrzeug von einer öffentlichen Straße zu holen.»

«Ich war verzweifelt, okay? Und Sie werden mich in Ihrer verdammten Datenbank nicht finden, weil ich in meinem ganzen Leben noch nie gegen das Gesetz verstoßen habe.»

«Oder weil Sie noch nie dabei erwischt wurden.»

Die beiden Polizisten sahen sie ungerührt an. Norman legte sich mit einem langen Seufzer auf den Randstreifen. Tanzie verfolgte die ganze Szene schweigend und mit weit aufgerissenen Augen. O Gott, dachte Jess. Sie murmelte eine Entschuldigung.

«Sie werden eine Anzeige erhalten, weil Sie ohne die erforderlichen Dokumente ein Fahrzeug geführt haben, Mrs. Thomas», sagte Polizist Nummer eins und reichte ihr ein Papier. «Ich weise Sie darauf hin, dass Sie eine gerichtliche Vorladung erhalten werden und mit einer Strafe von bis zu fünftausend Pfund rechnen müssen.»

«Fünftausend?» Jess lachte auf.

«Und Sie werden dafür bezahlen müssen, um das ...», der Officer konnte sich nicht dazu durchringen, «Auto» zu sagen, «... um das hier vom Abstellplatz der Polizei holen zu können. Ich weise Sie darauf hin, dass für jeden Tag, den der Wagen dort steht, fünfzehn Pfund Gebühren fällig werden.»

«Ausgezeichnet. Und wie soll ich es von dem Abstellplatz holen, wenn ich nicht damit fahren darf?»

«Sie bezahlen Steuer und Versicherung wie alle anderen Leute auch, und dann können Sie den Wagen holen. Oder Sie bezahlen eine Werkstatt, die ihn holt. Und ich rate Ihnen, Ihre sämtlichen Sachen aus dem Auto zu nehmen, bevor das Abschleppfahrzeug eintrifft. Sobald das Auto in Schlepp genommen wird, haften wir nicht mehr für Gegenstände, die sich in dem Fahrzeug befinden.»

«Natürlich. Es wäre ja auch zu viel erwartet, dass ein Auto auf einem Abstellplatz der Polizei sicher ist», murmelte sie.

«Mum, wie sollen wir denn jetzt nach Hause kommen?»

Kurze Stille. Die beiden Polizisten drehten sich weg.

«Ich nehme Sie mit», sagte Mr. Nicholls.

Jess trat einen Schritt von ihm weg. «Oh. Nein. Nein danke. Wir schaffen das schon. Wir laufen. Es ist nicht weit.»

Tanzie blinzelte sie an, wie um abzuschätzen, ob das ihr Ernst war, dann kam sie erschöpft auf die Füße. Jess fiel wieder ein, dass Tanzie unter ihrer Jacke nur ihren Schlafanzug anhatte. Mr. Nicholls sah die Kinder an. «Ich bin eh auf dem Weg dorthin.» Er nickte in Richtung der Stadt. «Sie wissen ja, wo ich wohne.»

Tanzie und Nicky sagten nichts, aber Jess sah Nicky zu dem Rolls hinken, wo er begann, die Reisetaschen aus dem Kofferraum zu hieven. Sie konnte ihn nicht all das Gepäck bis nach Hause schleppen lassen. Es waren mindestens zwei Meilen.

«Danke», sagte sie steif. «Das ist sehr nett von Ihnen.» Sie konnte ihn nicht direkt ansehen.

«Was ist denn mit Ihrem Jungen passiert?», fragte Polizist Nummer eins.

«Das können Sie in Ihrer Datenbank nachsehen», fauchte Jess und ging zu den Reisetaschen hinüber.

Schweigend fuhren sie von den Polizisten weg. Jess saß auf dem Beifahrersitz von Mr. Nicholls' makellosem Wagen und starrte geradeaus auf die Straße. Sie glaubte, sich noch nie so unwohl gefühlt zu haben. Obwohl sie die Kinder nicht sehen konnte, spürte sie Nickys und Tanzies Fassungslosigkeit darüber, wie sich der Abend entwickelt hatte. Sie hatte die beiden enttäuscht. Sie sah zu, wie die Heckenrosen von Zäunen und Mauern abgelöst wurden, die dunklen Landstraßen von beleuchteten Fahrbahnen. Sie konnte kaum glauben, dass sie nur anderthalb Stunden unterwegs gewesen waren. Ihr erschien es wie eine Ewigkeit. Ein Fünftausend-Pfund-Bußgeld. Ein beinahe sicheres Fahrverbot. Ein Gerichtstermin. Marty würde ausflippen. Und sie hatte Tanzies letzte Chance vertan, doch noch auf die St. Anne's zu gehen.

Jess hatte einen Kloß im Hals.

«Alles in Ordnung?»

«Bestens.» Sie hielt ihr Gesicht von Mr. Nicholls abgewandt. Er wusste es nicht. Natürlich wusste er es nicht. Einen kurzen, schrecklichen Moment lang, nachdem sie zugestimmt hatte, in sein Auto einzusteigen, hatte sie sich gefragt, ob das ein Trick war. Er würde warten, bis die Polizei sie nicht mehr sehen konnte, und dann etwas Grässliches tun, um ihr den Diebstahl heimzuzahlen.

Aber es kam schlimmer. Er versuchte einfach nur, ihr behilflich zu sein.

«Ähm, könnten Sie hier links abbiegen? Wir wohnen da runter. Fahren Sie bis zum Ende der Straße und dann noch mal links.»

Den malerischen Teil des Küstenstädtchens hatten sie schon vor einer halben Meile hinter sich gelassen. Hier in Danehall wirkten die Bäume sogar im Sommer kahl, und ausgebrannte Autos standen auf Backsteinstapeln wie Denkmäler auf niedrigen Podesten. Die Häuser waren je nach Straße entweder Reihenhäuser, Häuser mit Kieselrauputz oder winzig und aus rotbraunem Backstein mit Kunststofffenstern. Er bog nach links in die Seacole Avenue ein und fuhr langsamer, als Jess auf das Haus deutete. Sie drehte sich zur Rückbank um und sah, dass Tanzie während der kurzen Fahrt eingeschlafen war, ihr Mund stand leicht offen, und sie hatte den Kopf an Norman gelehnt, der wiederum halb auf Nicky hing. Nicky schaute teilnahmslos aus dem Fenster.

«Wohin wollten Sie eigentlich?»

«Nach Schottland.» Sie rieb sich über die Nase. «Ist eine lange Geschichte.»

Er wartete.

Ihr Bein hatte unwillkürlich angefangen zu zittern. «Ich muss meine Tochter zu einer Mathe-Olympiade bringen. Die Fahrkarten waren zu teuer. Allerdings nicht so teuer, wie sich von den Bullen anhalten zu lassen, wie sich herausgestellt hat.»

«Eine Mathe-Olympiade.»

«Ich weiß. Ich hatte bis vor kurzem auch noch nie von so etwas gehört. Wie gesagt, es ist eine lange Geschichte.»

«Und was machen Sie jetzt?»

Jess warf einen Blick nach hinten auf den Rücksitz, wo Tanzie leise schnarchte. Sie zuckte mit den Schultern. Sie konnte es nicht aussprechen.

Mr. Nicholls' Blick fiel auf Nickys Gesicht. Er starrte ihn an, als hätte er es vorher überhaupt nicht wahrgenommen.

«Tja. Das ist eine andere lange Geschichte.»

«Sie kennen ja eine Menge Geschichten.»

Jess wusste nicht, ob er nachdachte oder nur darauf wartete, dass sie ausstiegen. «Danke. Fürs Mitnehmen. Das war sehr nett von Ihnen.»

«Ich schulde Ihnen schließlich einen Gefallen. Ich bin ziemlich sicher, dass Sie es waren, die mich kürzlich vom Pub nach Hause gebracht hat. Ich bin auf dem Sofa aufgewacht, mein Auto hat sicher vor dem Pub gestanden, und ich hatte den übelsten Kater aller Zeiten.» Er hielt inne. «Außerdem erinnere ich mich vage, mich wie ein Idiot aufgeführt zu haben. Möglicherweise zum zweiten Mal.»

«Schon gut», sagte sie, und das Blut rauschte in ihren Ohren. «Wirklich.»

Nicky hatte die Autotür geöffnet, wodurch Tanzie aufwachte. Sie rieb sich die Augen und blinzelte Jess an. Dann ließ sie ihren Blick durch das Auto wandern, und die Ereignisse der letzten Stunden spiegelten sich in ihrer Miene. «Heißt das, dass wir nicht fahren?»

Jess raffte die Taschen zusammen, die vor ihr im Fußraum standen. Das war kein Gespräch, das sie vor einem Fremden führen wollte. «Lass uns reingehen, Tanzie. Es ist spät.»

«Heißt das, dass wir nicht nach Schottland fahren?»

Jess lächelte Mr. Nicholls unbehaglich an. «Noch mal vielen Dank.» Sie hievte die Taschen auf den Bürgersteig. Es war überraschend kalt. Nicky stand wartend vor der Gartentür.

Tanzies Stimme schwankte, als sie es plötzlich begriff. «Heißt das, dass ich nicht auf die St. Anne's gehen kann?»

Jess versuchte zu lächeln. «Lass uns später darüber reden, Süße.»

«Aber was können wir noch machen?», sagte Nicky.

«Nicht jetzt, Nicky. Lasst uns reingehen.»

«Du musst der Polizei fünftausend Pfund zahlen. Wie sollen wir jetzt nach Schottland kommen?»

«Kinder. Bitte. Können wir einfach reingehen, ja?»

Mit einem Stöhnen stemmte sich Norman vom Rücksitz hoch und sprang aus dem Auto.

«Du hast nicht gesagt, dass wir schon einen Weg finden.» Tanzies Stimme klang panisch. «Sonst sagst du immer, dass wir bestimmt einen Weg finden.»

«Wir finden einen Weg», sagte Jess und zog die Bettdecken aus dem Kofferraum.

«Das ist nicht die Stimme, die du hast, wenn wir wirklich einen Weg finden.» Tanzie begann zu weinen.

Das kam so unerwartet, dass Jess zuerst nur geschockt dastehen konnte. «Nimm die mal.» Sie drückte Nicky die Bettdecken in die Arme und beugte sich mit dem Oberkörper ins Auto, um Tanzie herauszuholen. «Tanzie ... Liebling. Komm raus. Es ist spät. Wir reden noch darüber.»

«Darüber, dass ich nicht in die St. Anne's gehen kann?»

Mr. Nicholls starrte das Lenkrad an, als wäre das alles zu viel für ihn. Jess begann, Entschuldigungen zu murmeln. «Sie ist müde», sagte sie und versuchte ihrer Tochter den Arm um die Schultern zu legen. Tanzie rückte weg. «Es tut mir unheimlich leid.»

In diesem Augenblick klingelte Mr. Nicholls' Handy.

«Gemma», sagte er erschöpft, als hätte er den Anruf erwartet. Jess konnte ein ärgerliches Gebrumme hören, als wäre eine Wespe in dem Gehäuse eingesperrt.

«Ich weiß», erwiderte Mr. Nicholls ruhig.

«Ich will aber auf die St. Anne's», schluchzte Tanzie. Die Brille war ihr von der Nase gerutscht – Jess hatte keine Zeit gehabt, sie beim Optiker reparieren zu lassen –, und sie hatte ihr Gesicht in den Händen vergraben. «Bitte lass mich hingehen, Mum. Ich gebe mir auch wirklich Mühe. Bitte lass mich hingehen.»

«Schsch.» Jess' Kehle fühlte sich an wie zugeschnürt. Tanzie bettelte nie um etwas. «Tanzie ...» Auf dem Bürgersteig wandte Nicky sich ab, als könnte er den Anblick nicht ertragen.

Mr. Nicholls sagte etwas in sein Handy, das Jess nicht mitbekam. Tanzie weinte nur noch und hing schlaff auf dem Rücksitz.

«Komm schon, Liebling», sagte Jess und zog sanft an ihrem Arm.

Tanzie stemmte sich gegen die Tür. «Bitte, Mum. Bitte. Bitte.»

«Tanzie, du kannst nicht im Auto bleiben.»

«Bitte ...»

«Aussteigen. Komm schon, Baby.»

«Ich fahre Sie hin», sagte Mr. Nicholls.

Jess stieß mit dem Kopf an den Türrahmen. «Wie bitte?»

«Ich fahre Sie nach Schottland.» Er hatte sein Handy weggelegt und starrte aufs Lenkrad. «Wie sich gerade herausgestellt hat, muss ich nach Northumberland. Schottland ist nicht viel weiter. Ich setze Sie dort ab.»

Alle schwiegen. Am Ende der Straße war Gelächter zu hören, und eine Autotür wurde zugeschlagen. Jess zog ihren Pferdeschwanz fest, der etwas verrutscht war. «Also, das ist wirklich ein sehr nettes Angebot, aber wir können uns nicht von Ihnen mitnehmen lassen.»

«Doch», sagte Nicky und beugte sich zum Auto herunter. «Doch, das können wir, Jess.» Er sah Tanzie an. «Das können wir.»

«Aber wir kennen Sie doch nicht mal. Ich kann nicht verlangen, dass Sie ...»

Mr. Nicholls sah sie nicht an. «Es ist nur eine Mitfahrgelegenheit. Das ist wirklich keine große Sache.»

Tanzie schniefte und rieb sich die Nase. «Bitte? Mum?»

Jess sah sie an und dann Nickys verschwollenes Gesicht, und schließlich richtete sie ihren Blick wieder auf Mr. Nicholls. Noch nie hatte sie so dringend aus einem Auto springen und weglaufen wollen. «Ich kann Ihnen nichts dafür anbieten», sagte sie mit gepresster Stimme. «Überhaupt nichts.»

Er zog eine Augenbraue hoch und hob das Kinn in Normans Richtung. «Nicht mal, dass Sie hinterher meinen Rücksitz absaugen?»

Der erleichterte Seufzer, der aus ihrem Mund kam, war vermutlich nicht sehr diplomatisch. «Na ja ... okay, das kann ich machen.»

«Gut», sagte er. «Dann schlage ich vor, dass wir alle ein paar Stunden schlafen und ich Sie morgen früh abhole.»

KAPITEL 11

Ed

Es dauerte ungefähr fünfzehn Minuten, nachdem Ed Nicholls wieder aus Danehall heraus war, bis er sich fragte, was zum Teufel er gerade getan hatte. Er hatte sich bereit erklärt, seine patzige Putzfrau, ihre beiden merkwürdigen Kinder und einen enormen stinkenden Hund den ganzen Weg bis nach Schottland zu bringen. Was hatte er sich dabei gedacht, verdammt? Gemmas Stimme hallte in seinem Kopf nach, die Skepsis, mit der sie ihren Kommentar wiederholt hatte. «Du bringst also ein kleines Mädchen, das du nicht kennst, und ihre Familie ans andere Ende des Landes, und es ist ein ‹Notfall›. Soso.» Er hatte die Anführungszeichen geradezu heraushören können. Dann eine Pause. «Ist sie hübsch?»

«Was?»

«Die Mutter? Große Titten? Lange Wimpern? Jungfrau in Nöten?»

«Darum geht es doch überhaupt nicht. Äh ...» Er hatte

nichts sagen können, weil sie sich gerade ins Auto beugte, um ihre Tochter zum Aussteigen zu bewegen.

«Das werte ich dann mal als ein Ja.» Sie seufzte tief. «Ehrlich, Ed.»

Am nächsten Morgen würde er als Erstes bei der Putzfrau vorbeifahren, sich entschuldigen und erklären, dass ihm etwas dazwischengekommen war. Sie würde es verstehen. Sie fühlte sich vermutlich auch unwohl bei dem Gedanken, mit einem praktisch Fremden im Auto zu sitzen. Sie war ja auch nicht gerade mit Begeisterung auf sein Angebot eingegangen.

Er würde ihr ein bisschen Geld geben, damit das Kind den Zug nehmen konnte. Es war schließlich nicht seine Schuld, dass diese Frau – Jess? – beschlossen hatte, mit einem Auto herumzukurven, für das weder die Steuer noch die Versicherung bezahlt war. Wenn man es genauer überdachte – Polizei, seltsame Kinder, nächtliche Vergnügungsfahrt –, brachte diese Frau vermutlich nichts als Probleme. Und wenn Ed Nicholls auf eins verzichten konnte, dann waren es noch mehr Probleme in seinem Leben.

Während ihm diese Gedanken durch den Kopf gingen, wusch er sich, putzte sich die Zähne und fiel in den ersten tiefen Schlaf seit Wochen.

Kurz nach neun zog er die Gartentür auf. Er hatte früher kommen wollen, aber nicht mehr genau gewusst, wo das Haus war, und weil dieses Viertel aus einer riesigen Ansammlung identisch aussehender Straßen bestand, war er beinahe dreißig Minuten orientierungslos herumgefahren, bis er die Seacole Avenue gefunden hatte.

Es war ein nebeliger, stiller Morgen, und die Feuchtigkeit hing schwer in der Luft. Die Straße war verlassen, abgesehen von einer bernsteinfarbenen Katze, die langsam über den Bürgersteig pirschte, den Schwanz wie ein Fragezeichen aufgestellt. Bei Tageslicht wirkte Danehall etwas freundlicher, aber er ertappte sich trotzdem dabei, wie er zweimal überprüfte, ob er das Auto auch wirklich abgeschlossen hatte.

Er sah zu den Fenstern hinauf. Hinter einem von ihnen im oberen Stock hingen rosafarbene und weiße Fähnchen, und an der Veranda bewegten sich zwei Blumenampeln im schwachen Wind. In der nächsten Auffahrt stand ein Auto, das mit einer Plane abgedeckt war. Und dann sah er den Hund. O Gott. Dieser Hund. Seine schiere Größe. Ed dachte noch einmal daran, wie er am Abend zuvor auf dem Rücksitz seines Autos gelegen hatte. Sein Geruch hatte noch immer leicht im Wagen gehangen, als Ed an diesem Morgen wieder eingestiegen war.

Vorsichtig drückte er die Klinke des Gartentürchens herunter, darauf gefasst, dass sich das Vieh auf ihn stürzen würde, aber es drehte sich nur mit mildem Desinteresse nach ihm um, tapste dann in den Schatten eines schmächtigen Baumes, rollte sich auf die Seite und hob planlos ein Vorderbein, als hoffe es darauf, am Bauch gekrault zu werden.

«Lieber nicht, vielen Dank», sagte Ed.

Er ging den Weg entlang und blieb vor der Tür stehen. Er hatte seine kleine Rede genau vorbereitet.

Hi, es tut mir sehr leid, aber mir ist etwas Wichtiges mit meiner Arbeit dazwischengekommen, und ich fürchte, dass ich mir die nächsten paar Tage nicht freinehmen kann. Trotzdem würde es mich freuen, wenn ich etwas für die Olympiade-Kasse Ihrer Tochter beisteuern dürfte. Ich finde es toll, dass sie sich beim Lernen so anstrengt. Deshalb habe ich hier das Geld für ihre Zugfahrkarte.

Und daran, dass es an diesem Vormittag nicht mehr ganz so überzeugend für ihn klang wie noch in der Nacht zuvor, war nun auch nichts mehr zu ändern. Er wollte gerade anklopfen, als er den Zettel sah, der mit einer Reißzwecke unten an der Tür befestigt war und im Wind flatterte.

> FISHER, DU KLEINER VERSAGER, ICH
> HABE DER POLIZEI GESAGT, FALLS
> HIER JEMAND EINBRICHT, BIST DU ES,
> UND SIE BEOBACHTEN DAS HAUS

Als er sich aufrichtete, wurde die Tür geöffnet. Das kleine Mädchen stand vor ihm. «Alles ist gepackt», sagte die Kleine und blinzelte mit schräg gelegtem Kopf zu ihm empor. «Mum hat gesagt, Sie würden nicht kommen, aber ich wusste, dass Sie kommen würden, und deshalb wollte ich sie vor zehn Uhr die Reisetaschen nicht auspacken lassen. Und Sie sind dreiundfünfzig Minuten früher gekommen. Was etwa dreiunddreißig Minuten besser ist, als ich geschätzt habe.»

Er blinzelte.

«*Mum!*» Sie zog die Tür auf. Jess stand im Flur, als wäre sie beim Gehen erstarrt. Sie trug eine abgeschnittene Jeans und ein Hemd mit hochgekrempelten Ärmeln. Ihr Haar war aufgesteckt. Sie wirkte überhaupt nicht wie jemand, der eine Reise quer durchs Land vorhat.

«Hi.» Ed lächelte unbeholfen.

«Oh. Okay.»

Jess schüttelte den Kopf. Und er begriff, dass das Kind die Wahrheit gesagt hatte. Jess hatte nicht damit gerechnet, dass er auftauchte. «Ich würde Ihnen ja einen Kaffee anbieten, aber wir haben gestern extra die letzte Milch verbraucht, bevor wir aufgebrochen sind.»

Dann schlurfte der Junge vorbei und rieb sich die Augen.

Sein Gesicht war immer noch angeschwollen und schimmerte inzwischen in einer impressionistischen Farbpalette aus Purpur- und Gelbtönen. Er betrachtete den Stapel aus Reisetaschen und Mülltüten in der Diele und fragte: «Was davon nehmen wir mit?»

«Alles», sagte das kleine Mädchen. «Und ich habe Normans Decke eingepackt.»

Jess sah Ed wachsam an. Er öffnete den Mund, doch kein Ton kam heraus. Die gesamte Länge des Flurs nahmen Regale mit abgegriffenen Taschenbüchern ein.

«Können Sie diese Tasche nehmen, Mr. Nicholls?» Das kleine Mädchen zog eine Reisetasche zu ihm hin. «Ich habe vorhin versucht, sie hochzuheben, weil Nicky grade nichts tragen kann, aber sie ist zu schwer für mich.»

«Klar.» Er bückte sich automatisch, hielt aber einen Moment inne, bevor er die Tasche anhob. *Wie fing er es am besten an?*

«Hören Sie, Mr. Nicholls ...» Jess stand vor ihm. Sie schien sich genauso unwohl zu fühlen wie er. «Was diese Fahrt angeht ...»

Und dann wurde hinter ihm die Haustür aufgerissen. Eine Frau stand da, in Jogginghose und T-Shirt, und in der erhobenen Hand hielt sie einen Baseballschläger.

«FALLEN LASSEN!», brüllte sie.

Ed erstarrte.

«HÄNDE HOCH!»

«Nat!», schrie Jess. «Schlag ihn nicht!»

Er hob langsam die Hände und drehte sich ganz zu der Frau um.

«Was zum ...» Die Frau sah an Ed vorbei. «Jess? O mein Gott. Ich dachte, jemand wäre in deinem Haus.»

«Es ist ja auch jemand in meinem Haus. Nämlich ich.»

Die Frau ließ den Baseballschläger sinken und sah Ed entsetzt an. «O mein Gott. Es ist ... O Gott, o Gott. Es tut mir so leid. Ich habe Sie an der Haustür gesehen und dachte, Sie wären ein Einbrecher. Ich dachte, Sie wären ... Sie wissen schon, wer.» Sie lachte nervös, dann schaute sie Jess an und verzog das Gesicht zu einer gequälten Grimasse, als könnte Ed sie nicht sehen.

Er atmete aus. Die Frau hielt den Schläger hinter ihren Rücken und versuchte zu lächeln. «Sie wissen ja, wie es hier im Viertel so zugeht ...»

Er trat einen Schritt zurück und nickte knapp. «Okay, also ... ich muss nur kurz mein Handy holen. Ist im Auto.»

Er schob sich mit erhobenen Händen an ihr vorbei und ging den Gartenweg hinunter. Er öffnete die Autotür und schlug sie wieder zu, dann schloss er sie ab, nur um etwas zu tun zu haben, während er versuchte, über das Klingeln in seinen Ohren hinweg einen klaren Gedanken zu fassen. *Fahr einfach los. Du wirst sie nie im Leben wiedersehen. So was kannst du jetzt wirklich nicht brauchen.*

Ed mochte Ordnung. Er wollte gern wissen, was auf ihn zukam. Alles an dieser Frau hatte diese ... *Grenzenlosigkeit*, die ihn nervös machte.

Er ging den Gartenweg halb zurück und versuchte, die richtigen Worte zu finden. Als er näher an das Haus kam, konnte er sie hinter der halb zugezogenen Tür reden hören.

«Ich sage es ihm jetzt.»

«Das kannst du nicht machen, Jess.» Die Stimme des Jungen. «Warum denn?»

«Weil es zu kompliziert ist. Ich arbeite für ihn.»

«Du putzt sein Haus. Das ist nicht dasselbe.»

«Dann eben, weil wir ihn nicht kennen. Wie kann ich Tanzie

sagen, dass sie nicht mit fremden Männern ins Auto steigen soll, und es anschließend selber tun?»

«Er trägt eine Brille. Er wird wohl kaum ein Serienmörder sein.»

«Das kannst du ja mal den Opfern von Dennis Nielsen erzählen. Oder denen von Harold Shipman.»

«Irgendwie kennst du dich mit Serienmördern zu gut aus, finde ich. Aber weißt du, was? Wenn er was Verdächtiges macht, hetzen wir Norman auf ihn.»

«Ja klar. Weil sich Norman ja schon so oft als Beschützer der Familie bewährt hat.»

«Das weiß Mr. Nicholls aber nicht, oder?»

«Jetzt hör mal. Er ist nur irgendein x-beliebiger Typ. Wahrscheinlich hat er sich von der dramatischen Stimmung gestern Abend anstecken lassen. Es ist doch offensichtlich, dass er es eigentlich gar nicht machen will. Wir ... wir bringen Tanzie die Enttäuschung ganz schonend bei.»

Tanzie. Ed sah sie mit flatternden Haaren um die Hausecke rennen. Und er sah, wie der Hund – halb Hund, halb Yak – wieder auf die Haustür zutrottete und dabei eine Sabberspur hinterließ.

«Ich lasse ihn draußen spielen, damit er müde wird und unterwegs die meiste Zeit schläft.» Tanzie blieb keuchend vor ihm stehen.

«Aha.»

«Ich bin richtig gut in Mathe. Wir fahren zu der Olympiade, damit ich Geld gewinnen und auf eine Schule gehen kann, in der ich höhere Mathematik lerne. Wissen Sie, wie mein Name als Binärcode lautet?»

Er sah sie an. «Ist Tanzie dein voller Name?»

«Nein. Aber mein Rufname.»

Er dachte kurz nach. «Also. Okay. 01010100 01100001 01101110 01111010 01101001 01100101.»

«Haben Sie am Ende 1010 gesagt? Oder 0101?»

«0101. Was denn sonst?» Er hatte dieses Spiel oft mit Ronan gespielt.

«Wow. Sie haben ihn tatsächlich richtig buchstabiert.» Sie ging an ihm vorbei zur Haustür. «Ich war noch nie in Schottland. Nicky will mir einreden, dort würden überall wilde Rudel eierlegende Wollmilchsäue herumstreifen. Aber das stimmt gar nicht, oder?»

«Soweit ich weiß, sind sie heutzutage alle domestiziert», sagte er.

Tanzie starrte ihn an. Dann begann sie zu strahlen, und gleichzeitig kam eine Art leises Brummen aus ihrer Kehle.

Und Ed Nicholls wurde klar, dass er nach Schottland fahren würde.

Die beiden Frauen verstummten, als er die Haustür aufschob. Ihr Blick senkte sich zu den Taschen, die er aufnahm.

«Ich muss noch etwas besorgen, bevor wir losfahren», sagte er, als die Tür hinter ihm zuschwang. «Und Sie haben Gary Ridgway vergessen. Den Killer vom Green River. Aber Sie haben Glück. Die waren alle kurzsichtig. Und ich trage eine Brille für Weitsichtige.»

Es dauerte eine halbe Stunde, bis sie aus der Stadt heraus waren. Auf dem Hügel waren die Ampeln ausgefallen, und das führte zusammen mit dem Oster-Reiseverkehr zu langen Staus und schlechter Laune. Jess saß auf dem Beifahrersitz, schweigend und merkwürdig linkisch, die Hände zwischen die Knie gesteckt.

Ed hatte die Klimaanlage angeschaltet, aber der Hundegeruch war nicht wegzubekommen, also schaltete er sie wieder ab und ließ stattdessen alle vier Fensterscheiben herunter. Tanzies fröhliches Geplapper erfüllte das Auto.

«Waren Sie schon einmal in Schottland?»

«Woher kommen Sie?»

«Haben Sie dort ein Haus?»

«Warum wohnen Sie dann auch noch hier?»

Er habe einige Arbeit zu erledigen, sagte er. Das war einfacher als «Ich warte auf meine Anklage und die Verurteilung zu einer Gefängnisstrafe von bis zu sieben Jahren».

«Sind Sie verheiratet?»

«Nicht mehr.»

«Haben Sie Ihre Frau betrogen?»

«Tanzie», sagte Jess.

Er blinzelte. Schaute in den Rückspiegel. «Nein, Euer Ehren.»

«Bei der *Jeremy Kyle Show* ist meistens jemand dabei, der untreu war. Manchmal haben sie ein Kind mit jemand anderem und müssen einen DNA-Test machen, und wenn rauskommt, dass es stimmt, sieht die Frau aus, als würde sie am liebsten jemanden verprügeln. Aber meistens fangen sie einfach an zu weinen.»

Tanzie sah aus dem Fenster.

«Die meisten Frauen dort sind ein bisschen durchgeknallt. Weil die Männer alle ein Kind mit einer anderen Frau haben. Oder haufenweise Affären. Also ist die statistische Wahrscheinlichkeit, dass sie es wieder tun, ziemlich hoch. Aber keine von den Frauen scheint sich für Statistik zu interessieren.»

«Ich schaue mir die *Jeremy Kyle Show* eigentlich nie an», sagte er und warf einen Blick auf das Navi.

«Ich auch nicht. Nur wenn ich bei Nathalie bin, während

Mum arbeitet. Nathalie nimmt die Folgen auf, wenn sie putzen ist, und schaut sie abends. Sie hat siebenundvierzig Folgen auf ihrer Festplatte.»

«Tanzie. Ich glaube, Mr. Nicholls will sich konzentrieren.»

«Schon okay.»

Jess drehte eine Haarsträhne um ihren Finger. Sie hatte die Füße auf den Sitz gezogen. Ed hasste es, wenn Leute mit ihren Füßen den Sitz berührten. Selbst wenn sie die Schuhe auszogen.

«Warum hat Ihre Frau Sie dann verlassen?»

«Tanzie.»

«Ich bin nur höflich. Du hast gesagt, es wäre gut, höfliche Konversation zu machen.»

«Tut mir leid», sagte Jess.

«Wirklich. Es ist okay.» Er sah Tanzie über den Rückspiegel an und sagte: «Sie fand, dass ich zu viel arbeite.»

«So was sagen sie bei *Jeremy Kyle* nie.»

Der Stau löste sich auf, und sie kamen auf die Schnellstraße. Ed drückte aufs Gas. Es war ein wundervoller Tag, und er war versucht, die Küstenstraße zu nehmen, aber er wollte nicht riskieren, noch einmal in einen Stau zu geraten. Der Hund winselte, der Junge spielte mit seinem Nintendo, den Kopf konzentriert gesenkt, und Tanzie wurde schweigsamer. Ed schaltete das Radio an – einen Musiksender –, und einen Moment lang oder auch zwei dachte er, diese ganze Sache könnte vielleicht doch ganz gut laufen. Wenn nicht zu viel Verkehr war, würden sie nur einen Tag brauchen. Ein Tag, der aus seinem normalen Leben herausfiel. Und es war besser, als im Haus herumzusitzen.

«Das Navi sagt, wir brauchen ungefähr acht Stunden, wenn kein Stau mehr kommt», sagte er.

«Auf der Autobahn?»

«Ja, klar.» Er warf einen Seitenblick auf Jess. «Nicht mal ein Oberklasse-Audi hat Flügel.» Er versuchte zu lächeln, um ihr zu zeigen, dass er einen Witz machte, aber Jess wirkte immer noch angespannt.

«Also ... da gibt es ein kleines Problem.»

«Ein Problem?»

«Tanzie wird es schlecht, wenn wir schnell fahren.»

«Was meinen Sie mit ‹schnell›? Achtzig Meilen pro Stunde? Neunzig?»

«Also ... eigentlich fünfzig. Okay, eher vierzig.»

Ed warf einen Blick in den Rückspiegel. Bildete er sich das ein, oder war die Kleine ein bisschen blasser geworden? Sie schaute aus dem Fenster, die Hand auf den Kopf des Hundes gelegt. Er verlangsamte das Tempo. «Das ist ein Witz, oder? Das heißt ja, dass wir den ganzen Weg bis nach Schottland über Landstraßen fahren müssen.»

«Nein. Na ja, kann sein. Vielleicht ist es ja inzwischen besser geworden. Aber sie fährt nicht sehr oft Auto, und früher hatten wir ziemliche Probleme damit und ... ich will einfach nicht, dass Ihr schönes Auto schmutzig wird.»

Ed sah wieder in den Rückspiegel. «Wir können nicht über Nebenstraßen fahren – das ist lächerlich. Es würde Tage dauern, bis wir dort sind. Sie wird es bestimmt gut vertragen. Dieses Auto ist nagelneu. Die Federung ist exzellent. In diesem Auto wird niemandem schlecht.»

Jess sah starr geradeaus. «Sie haben keine Kinder, oder?»

«Warum fragen Sie das?»

«Nur so.»

Es dauerte fünfundzwanzig Minuten, um den Rücksitz zu reinigen und zu desinfizieren, und trotzdem hatte Ed, wenn er den Kopf ins Auto steckte, das Gefühl, dass noch immer ein schwacher Geruch nach Erbrochenem in der Luft hing. Jess hatte sich bei einer Tankstelle einen Eimer ausgeliehen und schäumte den Rücksitz mit Haarshampoo ein, das sie aus einer Reisetasche der Kinder geholt hatte. Nicky saß neben der Tankstelle auf dem Grünstreifen, das Gesicht hinter einer überdimensionalen Sonnenbrille verborgen, und Tanzie hockte neben dem Hund und hielt sich ein zusammengeknülltes Papiertaschentuch vor den Mund wie eine Schwindsüchtige.

«Es tut mir so leid», sagte Jess immer wieder, während sie mit hochgekrempelten Ärmeln arbeitete, das Gesicht in grimmiger Konzentration erstarrt.

«Schon gut. Sie sind schließlich diejenige, die es wegmacht.»

«Ich zahle Ihnen auch einen professionellen Reinigungsservice.»

Er zog eine Augenbraue hoch und sah sie an. Er war gerade dabei, einen Müllsack über den Rücksitz zu legen, damit die Kinder keinen feuchten Hintern bekamen, wenn sie wieder einstiegen.

«Gut, okay. Ich mache es selbst. Es wird danach auf jeden Fall besser riechen.»

Einige Zeit später saßen sie wieder im Auto. Niemand sagte etwas zu dem Geruch. Ed ließ sein Fenster so weit herunter wie möglich und programmierte das Navi neu.

«Also», sagte er, «Schottland. Nur Landstraßen.» Er drückte auf die Ziel-Taste. «Glasgow oder Edinburgh?»

«Aberdeen.»

Er sah Jess an.

«Aberdeen. Natürlich.» Er drehte sich um und versuchte

jeden Anflug von Verzweiflung aus seiner Stimme zu verbannen. «Alles gut dahinten? Wasser? Plastiktüte auf dem Sitz? Spucktüte griffbereit? Sehr gut. Dann mal los.»

Ed hörte die Stimme seiner Schwester in seinem Kopf, als er wieder auf die Straße fuhr. *Ha ha ha, Ed. Da hast du dir ganz schön was eingebrockt.*

Kurz nach Portsmouth begann es zu regnen. Ed hielt sich auf den Nebenstraßen, fuhr nicht schneller als achtunddreißig Meilen pro Stunde und spürte den Sprühregen im Gesicht, der durch den kleinen Fensterspalt hereinwehte, weil er sich nicht imstande gefühlt hatte, das Fenster komplett zu schließen. Wie er feststellte, kostete es ihn einige Konzentration, seinen Fuß nicht zu tief auf das Gaspedal zu senken. Es war wirklich frustrierend, in diesem gemächlichen Tempo fahren zu müssen, als würde es einen jucken und man könnte sich nicht kratzen. Schließlich stellte er den Tempomat an.

Das Schneckentempo gab Ed Gelegenheit, Jess verstohlen zu mustern. Sie blieb schweigsam, und den Kopf hielt sie meist von ihm abgewandt, als hätte er sie mit irgendetwas verärgert. Es war ihm wieder eingefallen, wie sie in der Eingangshalle seines Hauses gestanden und ihr Geld verlangt hatte. Mit erhobenem Kopf (sie war ziemlich klein) und entschlossenem Blick. Sie schien ihn immer noch für ein Arschloch zu halten. Reiß dich zusammen, ermahnte er sich. Zwei, maximal drei Tage. Und danach siehst du sie nie wieder. Also sei nett.

«Und ... machen Sie in vielen Häusern sauber?»
Sie runzelte ein wenig die Stirn. «Ja.»
«Dann haben Sie eine Menge Stammkunden?»
«Es ist eine Feriensiedlung.»

«Wollten Sie denn ... Ich meine, ist das etwas, das Sie tun wollten?»

«Ob Putzfrau schon immer mein Traumberuf war?» Sie sah ihn mit hochgezogenen Augenbrauen an, als wollte sie feststellen, ob er diese Frage tatsächlich ernst gemeint hatte. «Um ehrlich zu sein, nein. Ich wollte Profi-Taucherin werden. Aber dann habe ich Tanzie bekommen und hab es nicht geschafft, ihren Kinderwagen zum Schwimmen zu bringen.»

«Ja, okay. Das war eine dumme Frage.»

Sie rieb sich die Nase. «Es ist nicht mein Traumberuf. Aber es ist in Ordnung. Ich kann mir die Zeit so einteilen, wie ich es mit den Kindern brauche, und die meisten Leute, für die ich arbeite, sind sehr nett.»

Die meisten.

«Können Sie davon leben?»

Ihr Kopf fuhr herum. «Was meinen Sie damit?»

«Nur, was ich gesagt habe. Können Sie davon leben? Bringt es was ein?»

«Wir kommen klar.»

«Nein, kommen wir nicht», sagte Tanzie auf dem Rücksitz.

«Tanzie.»

«Du sagst doch immer, dass wir nicht genug Geld haben.»

«Das ist bloß so eine Redewendung.» Jess errötete.

«Und was machen Sie, Mr. Nicholls?», sagte Tanzie.

«Ich arbeite für ein Unternehmen, das Software entwickelt. Weißt du, was das ist?»

«Natürlich.»

Nicky schaute auf. Ed sah im Rückspiegel, dass er seine Ohrstöpsel herausnahm. Als der Junge bemerkte, dass Ed ihn anschaute, wandte er den Blick ab.

«Entwerfen Sie auch Spiele?»

«Keine Spiele, nein.»

«Was dann?»

«In den letzten Jahren haben wir an einem Programm gearbeitet, das uns hoffentlich ein Stück näher an die bargeldlose Gesellschaft bringen wird.»

«Wie funktioniert das?»

«Also, wenn man etwas kauft oder eine Rechnung bezahlt, hält man einfach sein Handy hoch, auf dem es so etwas wie einen Strichcode gibt, und für jede Überweisung bezahlt man dann einen winzig kleinen Betrag, so etwas wie null Komma null eins von einem Pfund.»

«Wir würden bezahlen, um zu bezahlen?», sagte Jess. «Das würde doch kein Mensch wollen.»

«Da irren Sie sich. Die Banken lieben dieses Verfahren. Der Einzelhandel findet es auch gut, weil die ganzen Zahlungsarten – Karten, bar, Scheck – vereinheitlicht werden ... außerdem zahlt man weniger für eine Überweisung als bei einer Kreditkarte. Also hat es für beide Seiten Vorteile.»

«Es gibt Menschen, die ihre Kreditkarte nur benutzen, wenn ihnen das Wasser bis zum Hals steht.»

«Außerdem wäre der Strichcode direkt mit Ihrem Konto verbunden. Sie müssten praktisch überhaupt nichts mehr tun.»

«Wenn jede Bank und der ganze Einzelhandel dieses System einführen, haben wir ohnehin keine Wahl mehr.»

«Bis dahin ist es noch ein weiter Weg.»

Eine Weile lang sagte niemand etwas. Jess zog ihre Knie ans Kinn und umschlang sie mit den Armen. «Unterm Strich werden also die Reichen reicher – die Banken und der Handel –, und die Armen werden ärmer.»

«Na ja, vielleicht theoretisch. Aber das ist das Schöne daran. Es ist ein so winziger Betrag, dass ihn kein Mensch spürt. Und es wird unheimlich bequem.»

Jess murmelte etwas, das er nicht mitbekam.

«Wie viel war es noch mal?», sagte Tanzie.

«Null Komma null eins pro Überweisung. Es kommt also auf etwas weniger als einen Penny heraus.»

«Und um wie viele Überweisungen am Tag geht es?»

«Zwanzig? Fünfzig? Das kommt darauf an, wie viele man macht.»

«Also sind es fünfzig Pence am Tag.»

«Genau. So gut wie nichts.»

«Drei Pfund fünfzig die Woche», sagte Jess.

«Einhundertzweiundachtzig Pfund im Jahr», sagte Tanzie. «Abhängig davon, wie hoch die Gebühr ganz genau ist, und davon, ob es ein Schaltjahr ist.»

Ed hob eine Hand vom Lenkrad. «Wenn es hochkommt. Nicht einmal Sie können behaupten, das wäre viel.»

Jess drehte sich auf ihrem Sitz um. «Was können wir mit hundertzweiundachtzig Pfund kaufen, Tanzie?»

«Zwei Schulhosen, vier Schulblusen, ein Paar Schuhe, Turnzeug und ein Fünferpack weiße Socken. Wenn man sie im Supermarkt kauft. Das macht zusammen fünfundachtzig Pfund siebenundneunzig. Und mit den hundert Pfund können wir für genau 9,2 Tage Lebensmittel kaufen – wobei das davon abhängt, ob wir Besuch bekommen und ob Mum eine Flasche Wein kauft. Die Eigenmarke vom Supermarkt natürlich.» Tanzie hielt inne. «Oder einen Monat die Grundsteuer, die wir für unser Haus bezahlen müssen.»

«Die wird bestimmt bald wieder erhöht.»

«Oder einen Dreitagesaufenthalt während der Nebensaison in dem Feriendorf in Kent. Das macht einhundertfünfundsiebzig Pfund, inklusive Mehrwertsteuer.» Sie beugte sich vor. «Dort waren wir letztes Jahr. Wir haben eine kostenlose Übernachtung zusätzlich bekommen, weil Mum für den Besitzer die Vorhänge geflickt hat. *Und* sie hatten eine Wasserrutschbahn.»

Erneut trat kurze Stille ein.

Ed wollte gerade etwas sagen, als Tanzies Kopf zwischen den Vordersitzen auftauchte. «Oder einen ganzen Monat Putzen in einem Fünfzimmerhaus, Wäsche von Bettzeug und Handtüchern eingeschlossen, wenn man von Mums aktuellem Stundenlohn ausgeht.» Sie lehnte sich zurück, offenkundig sehr zufrieden mit sich.

Sie fuhren drei Meilen, bogen an einer Einmündung rechts ab und dann links auf eine schmale Straße. Ed musste feststellen, dass es ihm kurzzeitig die Sprache verschlagen hatte. Hinter ihm steckte Nicky seine Stöpsel wieder in die Ohren und wandte sich ab. Die Sonne verzog sich einen Moment hinter die Wolken.

«Trotzdem», sagte Jess, stützte ihre nackten Füße am Armaturenbrett ab und beugte sich vor, um die Musik lauter zu drehen, «hoffen wir mal, dass Sie richtig Erfolg damit haben, was?»

KAPITEL 12

Jess

Jess' Großmutter hatte oft erklärt, der Schlüssel zu einem glücklichen Leben sei ein schlechtes Gedächtnis. Das war zugegebenermaßen, bevor sie an Demenz erkrankte und vergaß, wo sie wohnte, aber Jess hatte verstanden, was gemeint war. Sie musste die Sache mit dieser Geldrolle vergessen. Sie würde es nie überleben, mit Mr. Nicholls in einem Auto eingeschlossen zu sein, wenn sie zu genau über das nachdachte, was sie getan hatte. Marty hatte immer gesagt, sie habe das schlechteste Pokerface auf der Welt und ihr stünden sämtliche Gefühle ins Gesicht geschrieben, als hätte man ein aufgeschlagenes Buch vor sich. Wenn sie etwas zu gestehen habe, würde sie innerhalb von Stunden damit herausplatzen. Oder sie würde vor Anspannung verrückt werden und anfangen, mit den Fingernägeln Stückchen aus der Sitzpolsterung herauszubohren.

Sie saß im Auto, hörte Tanzies Geplauder zu und redete sich ein, dass sie schon einen Weg finden würde, um alles zurückzuzahlen, bevor er entdeckte, was sie getan hatte. Sie würde das Geld von Tanzies Gewinn abzweigen. Sie würde es irgendwie regeln. Sie redete sich ein, dass er bloß irgendein Mann war, der ihnen eine Mitfahrgelegenheit angeboten hatte und mit dem sie ein paar Stunden täglich höfliche Gespräche führen musste.

Und manchmal warf sie einen Blick nach hinten zu den beiden Kindern und dachte: Was hätte ich denn sonst tun können?

Eigentlich hätte es ganz einfach sein müssen, sich zurückzulehnen und die Fahrt zu genießen. Die Landstraßen waren von Feldblumen gesäumt, und als es aufhörte zu regnen, gaben die Wolken den Blick auf einen Himmel frei, dessen Azurblau an Postkarten aus den fünfziger Jahren erinnerte. Tanzie wurde es nicht mehr schlecht, und mit jeder Meile, die sie sich von zu Hause entfernten, spürte Jess, wie ihre Schultern ein winziges bisschen weiter von ihren Ohren wegsanken. Sie erkannte, dass sie seit Monaten nicht einmal annähernd entspannt gewesen war. Ihr ganzes Leben wurde zurzeit von dem unaufhörlichen Getrommel ihrer Sorgen begleitet. Was würden die Fishers als Nächstes tun? Was ging in Nickys Kopf vor? Was sollte sie mit Tanzie machen? Und all das wurde unterlegt von dem grimmigen Takt einer Pauke: *Geld. Geld. Geld.*

«Alles in Ordnung mit Ihnen?», sagte Mr. Nicholls.

Aus ihren Gedanken gerissen, murmelte Jess nur: «Alles gut. Danke.» Sie nickten sich unbeholfen zu. Er hatte sich nicht entspannt. Das konnte man klar an seinem straffen Kiefer erkennen und an seinen Händen auf dem Lenkrad, deren Fingerknöchel weiß hervortraten. Jess wusste nicht, was in aller Welt hinter seinem Angebot, sie mitzunehmen, steckte, aber sie war ziemlich sicher, dass er es vom ersten Augenblick an bereut hatte.

«Ähm, wäre es vielleicht möglich, dass Sie mit dem Geklopfe aufhören?»

«Geklopfe?»

«Ihre Füße. Sie klopfen damit auf das Armaturenbrett.»

Sie betrachtete ihre Füße.

«Das ist unheimlich ablenkend.»

«Sie wollen, dass ich aufhöre, mit den Füßen zu klopfen.»

Er sah starr durch die Windschutzscheibe. «Ja. Bitte.»

Sie ließ ihre Füße heruntergleiten, aber das war unbequem, also zog sie ihre Füße gleich wieder hoch und unter sich auf den Sitz. Sie lehnte den Kopf ans Fenster.

«Ihre Hand.»

«Was?»

«Ihre Hand. Jetzt klopfen Sie sich aufs Knie.»

Das war ganz unbewusst geschehen. «Sie wollen, dass ich vollkommen still sitze, während Sie fahren.»

«Das habe ich nicht gesagt. Aber bei dem Geklopfe kann ich mich nur schwer konzentrieren.»

«Sie können also nicht fahren, wenn ich irgendeinen Körperteil bewege?»

«Das ist es nicht.»

«Was ist es dann?»

«Das Geklopfe. Ich finde Klopfen … einfach störend.»

Jess atmete tief ein. «Kinder, niemand rührt sich. Okay? Wir wollen Mr. Nicholls nicht stören.»

«Die Kinder sind es nicht», sagte er milde. «Nur Sie.»

«Du zappelst schon ziemlich viel rum, Mum.»

«Danke, Tanzie.» Jess faltete die Hände vor sich. Mit zusammengebissenen Zähnen konzentrierte sie sich darauf, ganz still zu sitzen. Sie schloss die Augen und vertrieb jeden Gedanken an Geld, Martys dummes Auto und die Sorgen um die Kinder; sie schob all diese Gedanken weit weg und versuchte sich dem ruhigen Brummen des teuren Motors und der Musik aus dem Radio hinzugeben. Und als ihr der Fahrtwind übers Gesicht strich, fühlte sie sich für einen Moment wie eine Frau aus einem komplett anderen Leben.

Mittags hielten sie bei einem Pub in der Nähe von Oxford, schälten sich aus dem Auto und seufzten erleichtert, als sie steife Gelenke und verkrampfte Glieder ausschütteln konnten. Mr. Nicholls verschwand in dem Pub, und sie setzten sich an einen Picknicktisch und packten die Brote aus, die Jess morgens hastig zurechtgemacht hatte, als sich herausstellte, dass sie tatsächlich eine Mitfahrgelegenheit hatten.

«Marmite», sagte Nicky, als er sich hingesetzt hatte und zwischen den Brotscheiben die Würzpaste entdeckte.

«Ich hatte es eilig.»

«Haben wir noch was anderes?»

«Marmelade.»

Er seufzte. Tanzie saß am Ende der Bank und hatte sich schon wieder in ihre Mathe-Aufgabenblätter vertieft. Im Auto konnte sie nicht lesen, davon wurde ihr schwindelig, also nutzte sie jede andere Gelegenheit zum Üben. Jess sah sie Gleichungen auf ihren Block kritzeln, vollkommen versunken in ihre Beschäftigung, und fragte sich zum hundertsten Mal, von welchem Stern Tanzie wohl gefallen war.

«Hier», sagte Mr. Nicholls, der mit einem Tablett auftauchte. «Ich dachte, wir könnten alle was zu trinken brauchen.» Er schob den Kindern zwei Flaschen Coca-Cola hin. «Ich wusste nicht, was Sie möchten, also habe ich eine Auswahl mitgebracht.» Er hatte eine Flasche italienisches Bier, das fast aussah wie Cider, ein Glas Weißwein, noch eine Cola, eine Limonade und eine Flasche Orangensaft besorgt. Und für sich selbst Mineralwasser. Dazwischen lag ein kleiner Hügel Chipstüten in verschiedenen Geschmacksrichtungen.

«Das haben Sie alles gekauft?», sagte Jess.

«Es gab eine Schlange. Ich wollte nicht noch mal zurück, um zu fragen, was Sie wollen.»

«Ich ... habe nicht so viel Kleingeld.»

«Ist doch nur was zu trinken. Ich habe Ihnen kein Haus gekauft.»

Und dann klingelte sein Handy. Er zog es aus der Tasche und fing, eine Hand in den Nacken gelegt, schon an zu sprechen, während er sich noch von ihnen entfernte und über den Parkplatz schritt.

«Soll ich ihn fragen, ob er eins von unseren Broten will?», fragte Tanzie.

Jess beobachtete, wie Ed an der Straße entlangging, eine Hand tief in der Hosentasche vergraben, bis er außer Sicht war. «Nicht jetzt», sagte sie.

Nicky schwieg. Als sie ihn fragte, wo es am meisten weh tat, murmelte er nur, es ginge ihm gut.

«Es wird einfacher», sagte Jess und griff nach seiner Hand. «Wirklich. Wir machen diese Pause, regeln die Sache für Tanzie, und dann überlegen wir, was wir tun können. Manchmal braucht man ein bisschen Abstand, um die Sachen zu ordnen, die einem durch den Kopf gehen. Dann bekommt man einen klareren Blick.»

«Ich glaube nicht, dass die Sachen, die mir durch den Kopf gehen, das Problem sind.»

Sie gab ihm seine Schmerztabletten und sah zu, wie er sie mit Cola hinunterspülte.

Nicky ging mit dem Hund spazieren. Seine Schultern waren gebeugt, und er schlurfte mit den Füßen. Jess fragte sich, ob er Zigaretten dabeihatte. Er war nicht besonders gut gelaunt, weil seit ungefähr zwanzig Meilen der Akku seines Nintendos leer war. Jess war nicht sicher, ob er wusste, was er mit sich anfangen sollte, wenn er nicht an einer Spielekonsole hing wie an einem lebensrettenden Tropf.

Sie sahen ihm schweigend hinterher.

Jess dachte daran, wie sein seltenes Lächeln immer seltener geworden war, an seine Wachsamkeit, daran, dass er in den paar Stunden, die er nicht in seinem Zimmer verbrachte, blass und verletzlich wirkte, wie ein Fisch auf dem Trockenen. Sie dachte an seine in sich gekehrte, undurchdringliche Miene in diesem Krankenhaus. Wer hatte noch mal gesagt, man könne immer nur so glücklich sein wie sein unglücklichstes Kind?

Tanzie beugte sich wieder über ihre Papiere. «Ich glaube, ich werde woanders hinziehen, wenn ich ein Teenager bin», sagte sie.

Jess sah sie an. «Wie bitte?»

«Ich glaube, ich würde gern auf einem Universitäts-Campus wohnen. Ich bin nicht scharf darauf, in der Nähe der Fishers zu leben.» Sie schrieb eine Zahl in ihr Notizheft, radierte eine Ziffer aus und ersetzte sie mit einer Vier. «Sie machen mir ein bisschen Angst», sagte sie leise.

«Die Fishers?»

«Ich hatte einen Albtraum von ihnen.»

Jess schluckte. «Du musst keine Angst vor ihnen haben», sagte sie. «Das sind nur dumme Jungs. Was sie gemacht haben, zeigt, dass sie Feiglinge sind. Sie sind gar nichts.»

«Fühlt sich aber nicht an wie gar nichts.»

«Tanzie, ich überlege mir, was wir unternehmen können, und dann bringen wir es in Ordnung. Okay? Du musst keine Albträume haben. Ich bringe das in Ordnung.»

Schweigend saßen sie beisammen. Auf der Straße war es still, abgesehen von dem Geräusch eines Traktors in der Ferne. Vögel segelten über ihnen durchs unendliche Blau. Mr. Nicholls kam langsam zu ihnen zurück. Er ging sehr aufrecht, als hätte er eine Entscheidung getroffen, und hielt sein Handy lose zwischen den Fingern. Jess rieb sich erschöpft über die Augen.

«Ich glaube, ich habe die Gleichungen mit komplexen Zahlen fertig. Willst du mal sehen?»

Tanzie hielt ein Blatt voller Zahlen hoch. Jess betrachtete das süße, vertrauensvolle Gesicht ihrer Tochter. Sie beugte sich vor und schob Tanzie die Brille auf der Nase hoch. «Ja», sagte sie und lächelte. «Ich würde mir wahnsinnig gern ein paar Gleichungen mit komplexen Zahlen ansehen.»

Für den nächsten Abschnitt der Fahrt brauchten sie zweieinhalb Stunden. Mr. Nicholls nahm zwei Anrufe an, einen von einer Frau namens Gemma, den er abbrach (seine Exfrau?), und einen, der offenkundig etwas mit seiner Firma zu tun hatte. Eine Frau mit italienischem Akzent rief an, als sie gerade auf eine Tankstelle fuhren, und bei den Worten «Eduardo, Baby» riss Mr. Nicholls das Handy aus der Freisprecheinrichtung, stieg aus und stellte sich neben die Zapfsäule. «Nein, Lara», sagte er und wandte dem Auto den Rücken zu. «Das haben wir schon besprochen … Tja, da irrt sich dein Anwalt. … Nein, es macht überhaupt keinen Unterschied, wenn du mich einen Hummer nennst.»

Nicky schlief eine Stunde, sein blauschwarzes Haar hing

über seine angeschwollene Wange, und im Schlaf wirkte sein Gesicht ganz sorglos. Tanzie sang leise vor sich hin und streichelte den Hund. Norman schlief, furzte mehrfach deutlich hörbar und verpestete das Auto mit seinem Gestank. Niemand beschwerte sich. So wurde immerhin der leichte Geruch nach Erbrochenem überdeckt, der immer noch in der Luft hing.

«Müssen die Kinder etwas essen?», fragte Mr. Nicholls, als sie schließlich in die Vororte einer größeren Stadt kamen. Jess hatte aufgehört, auf die Ortsschilder zu schauen. Alle halbe Meile ragten riesige, glänzende Bürohäuser empor, auf denen Namen von Firmen und IT-Unternehmen prangten, von denen sie noch nie gehört hatte. ACCSYS, TECHNOLOGICA, AVANTA. Endlose Parkplätze säumten die Straßen. Kein Mensch ging zu Fuß.

«Wir könnten uns einen McDonald's suchen. Davon müsste es hier jede Menge geben.»

«Wir gehen nicht zu McDonald's», sagte sie.

«Sie gehen nicht zu McDonald's?»

«Nein. Ich kann es auch noch einmal wiederholen, wenn Sie möchten. Wir gehen nicht zu McDonald's.»

«Sind Sie Vegetarier?»

«Nein. Könnten wir nicht einfach einen Supermarkt suchen? Ich mache belegte Brote.»

«McDonald's wäre vermutlich billiger, falls es am Geld liegt.»

«Es liegt nicht am Geld.»

Jess konnte es ihm nicht erklären. Wenn man alleinerziehend war, gab es einfach bestimmte Dinge, die man nicht machen konnte. Und das waren im Grunde genau die Dinge, die jeder von einem erwartete: Beihilfen beantragen, rauchen, in einer Sozialwohnung leben, den Kindern McDonald's-Menüs zu essen geben. Gegen manche Dinge konnte Jess nichts tun, gegen andere schon.

Er seufzte ein bisschen, den Blick geradeaus gerichtet. «Okay. Dann suchen wir uns eine Übernachtungsmöglichkeit und schauen, ob es da auch ein Restaurant gibt.»

«Ich hatte eigentlich gedacht, dass wir einfach im Auto schlafen.»

Mr. Nicholls hielt am Straßenrand und sah sie an. «Im Auto schlafen?»

Vor Verlegenheit klang ihre Stimme schärfer als beabsichtigt. «Wir haben Norman dabei. Kein Hotel wird ihn aufnehmen. Wir werden es uns hier drin schon gemütlich machen.»

Er nahm sein Handy und begann auf dem Display herumzutippen. «Ich suche ein Hotel, in dem man mit einem Hund übernachten kann. Das gibt es bestimmt, auch wenn wir noch ein Stück fahren müssen.»

Jess spürte, wie ihr das Blut in die Wangen stieg. «Ehrlich gesagt wäre es mir lieber, wenn Sie das nicht tun.»

Er tippte weiter auf dem Display herum.

«Wirklich. Wir ... wir haben kein Geld für Hotelzimmer.»

Mr. Nicholls' Finger erstarrten über dem Handy. «Das ist doch verrückt. Sie können doch nicht in meinem Auto schlafen.»

«Es sind ja nur ein paar Nächte. Das geht schon. Wir hätten auch im Rolls geschlafen. Dafür habe ich schließlich die Bettdecken mitgenommen.»

Tanzie beobachtete sie vom Rücksitz aus.

«Ich habe ein Tagesbudget. Und das möchte ich ungern überziehen. Wenn Sie nichts dagegen haben.» Zwölf Pfund am Tag für Lebensmittel. Maximum.

Er sah sie an, als wäre sie vollkommen durchgeknallt.

«Ich will Sie ja nicht davon abhalten, selbst in ein Hotel zu gehen», fügte sie hinzu. Sie wollte ihm nicht sagen, dass ihr das sogar lieber wäre.

«Das ist doch Irrsinn», sagte er schließlich.

Die nächsten paar Meilen legten sie schweigend zurück. Mr. Nicholls sah ziemlich genervt aus. Auf eine seltsame Art ging es Jess dadurch fast besser. Zwei, drei Tage höchstens, sagte sie sich. Sie würde ihm einfach sagen, er solle sie bei dem Mathe-Wettbewerb absetzen und sie würden allein zurückfahren. Wenn Tanzie bei dem Mathe-Wettbewerb so gut abschnitt, wie jeder anzunehmen schien, konnten sie einen Teil ihres Gewinns für die Zugfahrkarten ausgeben.

Der Gedanke daran, Mr. Nicholls loszuwerden, hob ihre Laune so sehr, dass sie nichts sagte, als er in die Auffahrt des Travel Inn einbog.

«Ich bin gleich wieder da», sagte er und ging über den Parkplatz. Er nahm die Schlüssel mit, ließ sie ungeduldig klimpern.

«Bleiben wir hier?», sagte Tanzie, rieb sich die Augen und sah sich um.

«Mr. Nicholls geht ins Hotel. Wir bleiben im Auto. Das wird ein richtiges Abenteuer!», sagte Jess.

Kurzes Schweigen.

«Juhu», sagte Nicky.

Jess wusste, dass es ihm nicht gutging. Aber was sollte sie tun? «Du kannst die Rückbank haben. Tanzie und ich schlafen vorne. Das wird schon gehen.»

Mr. Nicholls kam zurück. Er schirmte seine Augen mit der Hand vor der niedrig stehenden Abendsonne ab. Jess fiel auf, dass er dasselbe trug wie an dem Abend im Pub.

«Sie hatten nur noch ein Zimmer. Ein Doppelzimmer. Das können Sie haben. Ich suche mir etwas in der Nähe.»

«O nein», sagte Jess. «Ich habe es Ihnen doch erklärt. Ich kann nicht noch mehr von Ihnen annehmen.»

«Ich tue das nicht für Sie. Ich tue es für Ihre Kinder.»

«Nein», sagte sie und versuchte, ein bisschen diplomatischer zu klingen. «Das ist sehr nett von Ihnen, aber wir kommen hier draußen sehr gut zurecht.»

Er fuhr sich durchs Haar. «Wissen Sie, was? Ich kann nicht in einem Hotelzimmer schlafen, wenn ich weiß, dass ein Junge, der gerade eben erst aus dem Krankenhaus entlassen wurde, ein paar Meter weiter auf dem Rücksitz meines Autos schläft. Nicky kann das zweite Bett haben.»

«Nein», sagte sie reflexartig.

«Warum?»

Sie wusste nicht, was sie sagen sollte.

Seine Miene verfinsterte sich. «Ich bin kein Perverser.»

«Das habe ich auch nicht gesagt.»

«Wieso wollen Sie Ihren Sohn dann nicht mit mir im Zimmer schlafen lassen? Er ist so groß wie ich, verdammt.»

Jess wurde rot. «Er hat in letzter Zeit einiges durchgemacht. Ich muss ein Auge auf ihn haben.»

«Was ist ein Perverser?», fragte Tanzie.

«Ich könnte meinen Nintendo aufladen», sagte Nicky vom Rücksitz aus.

«Wissen Sie, was? Das ist eine lächerliche Diskussion. Ich habe Hunger. Ich brauche was zu essen.» Mr. Nicholls steckte seinen Kopf ins Auto. «Nicky. Willst du im Auto oder in dem Hotelzimmer schlafen?»

Nicky warf Jess einen Blick zu. «Hotelzimmer. Und ich bin auch kein Perverser.»

«Bin ich denn ein Perverser?», fragte Tanzie.

«Okay», sagte Mr. Nicholls. «Wir machen es so: Nicky und Tanzie schlafen in dem Hotelzimmer. Und Sie können dort auf dem Boden schlafen.»

«Aber ich kann nicht zulassen, dass Sie ein Hotelzimmer für uns bezahlen und dann im Auto schlafen. Davon abgesehen wird der Hund die ganze Nacht jaulen. Er kennt Sie nicht.»

Mr. Nicholls verdrehte die Augen. Er verlor eindeutig die Geduld. «Na gut. Die Kinder schlafen in dem Hotelzimmer. Sie und ich schlafen mit dem Hund im Auto. So sind alle zufrieden.» Er wirkte überhaupt nicht zufrieden.

«Ich habe noch nie in einem Hotel übernachtet. Habe ich schon mal in einem Hotel übernachtet, Mum?»

Kurze Stille. Jess nahm wahr, wie ihr die Situation entglitt.

«Ich kümmere mich um Tanzie», sagte Nicky. Er hatte Hoffnung geschöpft. Sein Gesicht war, wo es nicht durch die Prellungen verfärbt war, grau wie Kitt. «Ein Bad wäre gut.»

«Liest du mir eine Geschichte vor?»

«Nur wenn Zombies darin vorkommen.» Jess sah, wie er Tanzie schief anlächelte. Und dieses Lächeln brach ihren Widerstand.

«Okay», sagte sie. Und versuchte dagegen anzukämpfen, dass ihr bei dem Gedanken an das, womit sie sich gerade einverstanden erklärt hatte, ganz übel wurde.

Der beleuchtete Mini-Mart lag im Schatten eines Lebensmittelgroßmarkts. Seine Schaufenster waren mit grellen Ausrufezeichen und Plakaten, die auf Sonderangebote für Fischstäbchen und Limonade hinwiesen, beklebt. Jess kaufte Brötchen und Käse, Chips und überteuerte Äpfel für ein Picknick-Abendessen, das sie auf dem Rasenhang beim Parkplatz aßen. Auf der anderen Seite rauschte in violett schimmerndem Dunst der Verkehr Richtung Süden vorbei. Jess bot Mr. Nicholls etwas zu essen an, aber er musterte ihre Einkäufe und sagte, danke, er werde ins Restaurant gehen.

Sobald er außer Sicht war, entspannte sich auch Jess. Sie brachte die Kinder in das Hotelzimmer, und ein Hauch Wehmut flog sie an, weil sie nicht mit ihnen zusammen übernachten würde. Das Zimmer lag im Erdgeschoss, das Fenster ging auf den Parkplatz hinaus. Jess hatte Mr. Nicholls gebeten, so nahe wie möglich an dem Fenster zu parken, und Tanzie schickte sie dreimal raus und wieder rein, weil sie ihr hinter den Vorhängen zuwinken und sich die Nase an der Fensterscheibe platt drücken wollte.

Nicky verschwand für eine Stunde im Badezimmer und ließ die ganze Zeit das Wasser laufen. Als er wieder herauskam, schaltete er den Fernseher an, legte sich aufs Bett und sah gleichzeitig erschöpft und erleichtert aus.

Jess legte ihm seine Tabletten hin, badete Tanzie, sorgte dafür, dass sie ihren Schlafanzug anzog, und ermahnte die beiden, nicht zu lange aufzubleiben. «Und es wird nicht geraucht», sagte sie zu Nicky. «Das meine ich ernst.»

«Wie denn auch», sagte er. «Wo du meinen Vorrat hast.»

Tanzie lag auf der Seite und las in ihren Mathebüchern, versunken in die schweigende Welt der Zahlen. Jess fütterte den Hund und ging eine Runde mit ihm, dann setzte sie sich bei offener Tür auf den Beifahrersitz, aß ein Käsebrötchen und wartete darauf, dass Mr. Nicholls vom Essen zurückkam.

Es war Viertel nach neun, und sie versuchte gerade im schwindenden Licht Zeitung zu lesen, als er auftauchte. Er hielt sein Handy in der Hand, offenbar hatte er gerade einen Anruf beendet, und er wirkte genauso begeistert davon, Jess zu sehen wie umgekehrt. Er öffnete die Fahrertür, stieg ein und zog die Tür zu.

«Ich habe an der Rezeption darum gebeten, mich anzurufen, falls jemand seine Reservierung absagt.» Er starrte geradeaus auf die Windschutzscheibe. «Allerdings habe ich ihnen nicht erzählt, dass ich auf ihrem Parkplatz stehen bleibe und auf ihren Rückruf warte.»

Norman lag auf dem Asphalt und sah aus, als wäre er aus großer Höhe heruntergefallen. Jess überlegte, ob sie ihn hereinholen sollte. Ohne die Kinder auf der Rückbank und in der heraufziehenden Dunkelheit war es ein noch merkwürdigeres Gefühl, neben Mr. Nicholls im Auto zu sitzen.

«Fühlen sich die Kinder wohl?»

«Sie sind sehr zufrieden. Danke.»

«Ihr Junge hat wohl ziemlich Prügel bezogen.»

«Er erholt sich wieder.»

Darauf folgte eine lange Stille. Er sah sie an. Dann legte er beide Hände aufs Steuer und lehnte sich auf seinem Sitz zurück. Schließlich rieb er sich mit den Handballen die Augen und wandte sich ihr zu. «Also gut ... habe ich noch etwas anderes getan, um Sie zu verärgern?»

«Wie bitte?»

«Sie haben sich verhalten, als hätte ich Sie den ganzen Tag nur genervt. Ich habe mich für den Abend im Pub entschuldigt. Ich habe getan, was ich konnte, um Ihnen aus der Patsche zu helfen. Und trotzdem werde ich das Gefühl nicht los, etwas falsch gemacht zu haben.»

«Sie ... Sie haben überhaupt nichts falsch gemacht», stammelte Jess.

Er musterte sie eine Weile. «Ist das jetzt dieses typisch weibliche Es-ist-alles-in-Ordnung, mit dem Sie mir eigentlich sagen wollen, dass ich etwas Unmögliches getan habe, aber von selbst draufkommen müsste? Und Sie werden richtig böse, wenn mir nichts einfällt?»

«Nein.»

«Sehen Sie, jetzt weiß ich wieder nicht, was ich denken soll. Weil dieses ‹Nein› ja noch dazugehören könnte und dann eigentlich ‹ja› bedeutet.»

«Ich spreche keine Geheimsprache. Es ist wirklich alles in Ordnung.»

«Können wir dann einen Gang runterschalten? Sie sorgen nämlich dafür, dass ich mich ziemlich unwohl fühle.»

«Ich sorge dafür, dass *Sie* sich unwohl fühlen?»

Er schüttelte langsam den Kopf.

«Seit dem Moment, in dem wir in Ihr Auto gestiegen sind, machen Sie den Eindruck, als würden Sie es bereuen, uns die Fahrt angeboten zu haben. Eigentlich sogar schon, bevor wir eingestiegen sind.» *Halt die Klappe, Jess*, sagte ihre innere Stimme. *Halt die Klappe. Halt die Klappe.* «Ich weiß nicht mal genau, warum Sie es überhaupt getan haben.»

«Wie bitte?»

«Nichts», sagte sie und wandte den Kopf ab. «Vergessen Sie es.»

Er starrte geradeaus durch die Windschutzscheibe. Mit einem Mal sah er sehr, sehr müde aus.

«Wissen Sie, am besten setzen Sie uns einfach morgen früh an einem Bahnhof ab. Wir werden Sie nicht mehr belästigen.»

«Möchten Sie das wirklich?», sagte er.

Sie zog die Knie an die Brust. «Vielleicht wäre es das Beste.»

Langsam wurde es stockdunkel um sie herum. Zweimal öffnete Jess den Mund, um etwas zu sagen, doch es kam kein

Wort heraus. Mr. Nicholls starrte, offensichtlich tief in Gedanken versunken, durch die Windschutzscheibe auf die zugezogenen Vorhänge des Hotelzimmers.

Jess dachte an Nicky und Tanzie, die auf der anderen Seite der Vorhänge friedlich schliefen, und wünschte, sie wäre bei ihnen. Ihr war elend zumute. Warum hatte sie nicht einfach so tun können, als ob? Warum hatte sie nicht netter sein können? Sie war eine Idiotin. Sie hatte wieder alles vermasselt.

Es wurde kühl. Schließlich zog sie Nickys Bettdecke von der Rückbank nach vorn und drückte sie Mr. Nicholls in die Arme. «Hier», sagte sie.

«Oh.» Er betrachtete den riesigen Super Mario auf dem Bettbezug. «Danke.»

Sie rief den Hund ins Auto und stellte die Rückenlehne ihres Sitzes gerade so weit zurück, dass sie Norman nicht berührte. Dann zog sie Tanzies Bettdecke über sich. «Gute Nacht.» Sie starrte eine Naht des Sitzes an, atmete den Neuwagengeruch ein, und in ihrem Kopf kreisten die Gedanken. Wie weit war der nächste Bahnhof entfernt? Wie viel würden die Fahrkarten kosten? Nun würden sie doch irgendwo für Übernachtung und Frühstück zahlen müssen. Und was sollte sie mit dem Hund anfangen? Sie hörte Normans leises Schnarchen und dachte grimmig, dass sie die Rückbank jetzt ganz sicher nicht mehr absaugen würde.

«Es ist halb zehn.» Mr. Nicholls' Stimme durchbrach die Stille.

Jess rührte sich nicht.

«Halb zehn.» Er seufzte vernehmlich. Dann fügte er hinzu: «Ich hätte nie gedacht, dass ich so etwas mal sagen könnte, aber das ist sogar noch schlimmer, als verheiratet zu sein.»

«Und was genau? Atme ich zu laut?»

Abrupt öffnete er seine Tür. «Ach verdammt», sagte er und ging über den Parkplatz weg.

Jess setzte sich auf und sah ihm nach. Er ging über die Straße zu dem Mini-Mart und verschwand in dem hell beleuchteten Innenraum. Ein paar Minuten später tauchte er mit zwei Weinflaschen und einer Packung Plastikbecher wieder auf.

«Vermutlich schmeckt er grauenhaft», sagte er, als er sich wieder auf den Fahrersitz schob. «Aber das ist mir im Moment vollkommen egal.»

Sie schaute auf die Flasche.

«Friede, Jessica Thomas? Es war ein langer Tag. Und eine beschissene Woche. Und dieses Auto ist zwar sehr geräumig, aber für zwei Leute, die nicht miteinander reden, ist es trotzdem nicht groß genug.»

Er sah sie an. Seine Augen wirkten müde, und am Kinn zeigten sich Bartstoppeln. Das ließ ihn seltsam verletzlich erscheinen.

Sie nahm einen Becher von ihm. «Sorry. Ich bin nicht daran gewöhnt, dass uns jemand hilft. Es macht mich ...»

«Misstrauisch? Miesepetrig?»

«Ich wollte sagen, es macht mich nachdenklich. Es bringt mich auf den Gedanken, dass ich mehr rausgehen sollte.»

Er atmete aus. «Gut.» Dann betrachtete er eine der Flaschen. «Also lassen Sie uns ... Oh, das hat mir grade noch gefehlt!»

«Was ist denn?»

«Ich dachte, das wäre ein Schraubverschluss.» Er starrte die Flasche an, als wäre sie eines von unendlich vielen Dingen, die speziell dafür produziert worden waren, um ihn zu ärgern. «Super. Sie haben nicht zufällig einen Korkenzieher dabei?»

«Nein.»

«Glauben Sie, ich kann die Flaschen umtauschen?»

Darauf ließ er ein tiefes Seufzen folgen, das Jess unterbrach. «Nicht nötig», sagte sie und nahm ihm die Flasche ab. Dann öffnete sie ihre Tür und stieg aus. Normans Kopf fuhr mit einem Ruck nach oben.

«Sie werden die Flasche aber nicht auf meine Windschutzscheibe schmettern, oder?»

«Ganz kalt.» Sie schälte die Metallfolie von dem Verschluss ab. «Ziehen Sie einen Schuh aus.»

«Wie bitte?»

«Ziehen Sie einen Schuh aus. Mit Flipflops funktioniert es nicht.»

«Bitte verwenden Sie ihn nicht als Trinkgefäß. Meine Ex hat das einmal mit einem Stiletto gemacht, und es war sehr, sehr schwer, so zu tun, als wäre nach Fuß riechender Champagner eine aufregende erotische Erfahrung.»

Sie streckte ihm die Hand entgegen. Er zog widerwillig einen Schuh aus. Jess nahm den Schuh, stellte die Weinflasche im Fersenbereich hinein, hielt Schuh und Flasche vorsichtig zusammen, stellte sich dicht an das Hotel und schlug den Schuh mit der Flasche kräftig an die Gebäudemauer.

«Ich vermute, es hat keinen Zweck, Sie zu fragen, was Sie da machen.»

«Geben Sie mir eine Minute», sagte sie mit zusammengebissenen Zähnen und schlug den Schuh erneut an die Mauer.

Mr. Nicholls schüttelte langsam den Kopf.

Sie richtete sich auf und funkelte ihn an. «Sie sind herzlich dazu eingeladen, den Korken herauszusaugen, wenn Ihnen das lieber ist.»

Er hob die Hand. «Nein, nein. Machen Sie weiter. Glassplitter in meiner Socke sind genau das, was mir heute Abend noch gefehlt hat.»

Jess überprüfte den Korken und schlug den Schuh mit der Flasche noch einmal an die Mauer. Und da zeigte er sich – ein Zentimeter des Korkens ragte über den Flaschenhals hinaus. Rums. Noch ein Zentimeter. Sie hielt die Flasche sorgfältig in dem Schuh fest, schlug ihn ein weiteres Mal an die Mauer, und da war er. Sie drehte die übrige Länge des Korkens heraus und drückte ihm die Flasche in die Hand.

Er starrte sie an und dann wieder Jess. Sie gab ihm seinen Schuh zurück.

«Wow. Es ist ja richtig nützlich, Sie zu kennen.»

«Ich kann auch Regale aufstellen, verfaulte Dielenbretter ersetzen und aus einem Seidenstrumpf einen Keilriemen knoten.»

«Ist das wahr?»

«Nicht das mit dem Keilriemen.» Sie setzte sich ins Auto und nahm den Plastikbecher Wein entgegen, den er ihr eingoss. «Ich habe es einmal versucht. Der Strumpf ist zerrissen, als wir noch nicht mal dreißig Meter die Straße runter waren. War die reinste Verschwendung von einem Paar Marks-and-Spencer-Strumpfhosen.» Sie nippte an ihrem Becher. «Und das Auto hat noch wochenlang nach verschmorten Seidenstrümpfen gerochen.»

Hinter ihnen wimmerte Norman im Schlaf.

«Friede», sagte Mr. Nicholls und hob seinen Becher.

«Friede. Danach fahren Sie aber nicht mehr, oder?», sagte sie und hielt ihren Becher hoch.

«Nicht, wenn Sie es auch nicht tun.»

«Sehr witzig.»

Und plötzlich wurde der Abend ein bisschen entspannter.

KAPITEL 13

Ed

Ed erfuhr einiges über Jessica Thomas, nachdem sie einen oder zwei (beziehungsweise eher vier bis fünf) Becher Wein getrunken hatte und nicht mehr so schlecht gelaunt war.

1. Der Junge war gar nicht ihr leiblicher Sohn. Er war das Kind von ihrem Ex und der Ex ihres Ex, und nachdem die beiden ihn hatten sitzenlassen, war Jess so ziemlich der einzige Mensch, den Nicky noch hatte. «Nett von Ihnen, den Jungen bei sich aufzunehmen», sagte Ed.

«Eigentlich ist es nichts Besonderes», sagte sie. «Nicky ist so gut wie mein eigenes Kind. Er lebt bei mir, seit er acht Jahre alt ist. Er kümmert sich um Tanzie. Und davon abgesehen, hat sich das klassische Familienbild sowieso ziemlich geändert, oder? Es ist nicht mehr unbedingt das alte Vater-Mutter-Kind.» Die abwehrende Art, auf die sie das sagte, ließ Ed vermuten, dass sie diese Unterhaltung schon oft geführt hatte.

2. Das kleine Mädchen war zehn. Ed fing mit Kopfrechnen an, und Jess unterbrach ihn, bevor er ein Wort gesagt hatte. «Siebzehn.»

«Das ist ... jung.»

«Ich war ziemlich wild früher. Wusste schon über alles Bescheid. In Wahrheit wusste ich natürlich gar nichts. Dann lernte ich Marty kennen, hab die Schule abgebrochen und wurde schwanger. Ich hatte nicht vor, Putzfrau zu werden, wissen Sie. Meine Mutter war Lehrerin.» Ihr Blick war zu ihm gewandert, als wüsste sie, dass ihn diese Tatsache schockieren würde.

«Okay.»

«Ist jetzt im Ruhestand. Sie lebt in Cornwall. Wir kommen nicht besonders gut miteinander aus. Sie ist nicht mit dem einverstanden, was sie meine Lebensentscheidungen nennt. Ich konnte ihr nie begreiflich machen, dass man eigentlich keine freien Entscheidungen mehr treffen kann, wenn man mit siebzehn ein Baby bekommt.»

«Nicht mal jetzt?»

«Nein.» Sie drehte eine Haarsträhne zwischen den Fingern. «Weil man den Vorsprung der anderen nie aufholen kann. Wenn die alten Freunde im College sind, sitzt man selbst mit dem Baby zu Hause. Man hat nicht mal Zeit, darüber nachzudenken, was man eigentlich gerne machen würde. Während die alten Freunde ihre Karrieren starten, sitzt man beim Wohnungsamt, weil man ein Dach über dem Kopf braucht. Während die alten Freunde ihre ersten Autos und Häuser kaufen, sucht man selber nach einem Job, den man mit der Kinderbetreuung vereinbaren kann. Und sämtliche Jobs, die mit den Schulzeiten vereinbar sind, werden total mies bezahlt. Und das war noch vor der Wirtschaftskrise. Verstehen Sie mich nicht falsch. Ich bereue es nicht, Tanzie bekommen zu haben, nicht eine Minute lang. Und ich bereue es auch nicht, Nicky zu mir genommen zu haben. Aber wenn ich es noch einmal entscheiden könnte, hätte ich die Kinder gerne später bekommen, nachdem ich schon etwas mit meinem Leben angefangen habe. Es wäre schön, wenn ich ihnen ... etwas Besseres bieten könnte.»

Sie hatte den Sitz nicht aufrecht gestellt, als sie ihm das erzählte. Sie lag auf den Ellbogen gestützt neben ihm und sah unter der Bettdecke hervor, und ihre nackten Füße lagen auf dem Armaturenbrett. Ed stellte fest, dass ihn das nicht besonders störte.

«Sie können beruflich immer noch etwas aus sich machen», sagte er. «Sie sind jung. Ich meine ... Sie könnten sich doch jemanden suchen, der die Kinder nachmittags nach der Schule betreut, oder?»

Sie lachte tatsächlich. Ein lautes «Ha!» wie ein Seehundbellen, das so gar nicht zu ihrer Figur und Größe passte, explodierte unvermittelt im Auto. Sie richtete sich auf und trank einen Schluck Wein. «Aber klar, Mr. Nicholls. Selbstverständlich könnte ich das.»

3. Sie reparierte gern Sachen. Manchmal überlegte sie, ob sie daraus einen Beruf hätte machen können. Sie übernahm kleine Arbeiten in ihrer Nachbarschaft, von einem neuen Kabel für eine Lampe bis zum Fliesen von anderer Leute Badezimmer. «Im Haus habe ich alles selbst gemacht. In handwerklichen Dingen bin ich gut. Ich kann sogar Tapeten mit Hilfe selbstgemachter Stempel bedrucken.»

«Sie drucken Ihre eigene Tapete?»

«Jetzt sehen Sie mich nicht so an. Die Tapete in Tanzies Zimmer. Bis vor kurzem habe ich auch ihre Kleider genäht.»

«Sind Sie in Wahrheit im Zweiten Weltkrieg geboren? Sammeln Sie auch Marmeladengläser und Bindfadenreste?»

«Und was wollten Sie früher mal werden?»

«Was ich war», sagte er. Und dann wurde ihm klar, dass er nicht darüber reden wollte, und er wechselte das Thema.

4. Sie hatte unheimlich kleine Füße. So klein, dass sie Kinderschuhe kaufte. (Anscheinend waren die billiger.) Nachdem sie das gesagt hatte, musste er sich dazu zwingen, nicht immer heimlich auf ihre Füße zu schielen wie ein Freak.

5. Bevor sie Kinder bekommen hatte, konnte sie vier doppelte Wodka hintereinander trinken und immer noch geradeaus gehen. «Ja, ich war unheimlich trinkfest. Aber offensichtlich nicht trinkfest genug, um noch an Verhütung zu denken.»

Zu Hause trank sie praktisch nie Alkohol. «Wenn ich im Pub arbeite und mich jemand einladen will, nehme ich einfach nur das Geld. Und zu Hause mache ich mir Sorgen, dass etwas mit den Kindern sein könnte und ich schnell reagieren muss.» Sie sah aus dem Fenster. «Wenn ich so darüber nachdenke, ist das hier der erste Abend seit ... fünf Monaten, der auch nur entfernt an Ausgehen erinnert.»

«Mit einem Mann, der Ihnen eine Tür vor der Nase zugeschlagen hat, und zwei Flaschen Rachenputzer auf einem Parkplatz.»

«Ich habe mich nicht beschwert.»

Sie erklärte nicht, warum sie sich so viele Sorgen um die Kinder machte. Ed dachte an Nickys übel zugerichtetes Gesicht und beschloss, nicht zu fragen.

6. Sie hatte eine Narbe unter dem Kinn, weil sie als Kind vom Rad gefallen war und volle zwei Wochen ein Stück Splitt in der Wunde gesteckt hatte. Sie versuchte, ihm die Narbe zu zeigen, aber die Innenbeleuchtung im Auto war nicht hell genug. Außerdem hatte sie eine Tätowierung im unteren Rückenbereich. «Ein richtiges Arschgeweih, so hat Marty es genannt. Er hat zwei Wochen nicht mit mir geredet, nachdem ich es habe machen lassen.» Sie hielt inne. «Ich schätze, das war der Grund, aus dem ich es haben wollte.»

7. Ihr zweiter Vorname war Rae. Sie musste es jedes Mal buchstabieren, wenn irgendwo die Sprache darauf kam.

8. Das Putzen machte ihr nichts aus, aber sie konnte es auf den Tod nicht ausstehen, wenn die Leute sie behandelten, als wäre sie «nur» eine Putzfrau. (An dieser Stelle hatte er den Anstand, ein bisschen rot zu werden.)

9. Sie war in den zwei Jahren, seit ihr Ex weg war, mit keinem Mann mehr ausgegangen.
 «Sie hatten seit zweieinhalb Jahren keinen Sex mehr?»
 «Ich habe doch gesagt, er ist vor zwei Jahren weg.»
 «Aber die Schätzung ist trotzdem wahrscheinlich.»
 Sie richtete sich ein bisschen auf und warf ihm einen Seitenblick zu. «Dreieinhalb. Wenn man's genau nimmt. Abgesehen von einer … äh … Ausnahme letztes Jahr. Und Sie müssen mich deshalb nicht so schockiert ansehen.»
 «Ich bin nicht schockiert», sagte er und bemühte sich um einen neutralen Gesichtsausdruck. «Dreieinhalb Jahre. Was soll's, das ist schließlich nichts weiter als … warten Sie … ein Viertel Ihres Erwachsenenlebens? Fällt kaum ins Gewicht.»

«Jaja. Vielen Dank auch.» Und dann wusste er nicht, was passierte, aber die Stimmung veränderte sich völlig. Sie murmelte etwas, das er nicht verstand, zog ihr Haar in einen neuen Pferdeschwanz – ihm war aufgefallen, dass sie das immer machte, wenn sie sich unwohl fühlte – und sagte, vielleicht wäre es jetzt wirklich besser, wenn sie ein bisschen schliefen.

Ed dachte, er würde ewig wach bleiben. Es war merkwürdig verunsichernd, in einem dunklen Auto nur eine Armeslänge von einer attraktiven Frau entfernt zu liegen, mit der man sich gerade zwei Flaschen Wein geteilt hatte. Sogar, wenn diese Frau unter einem SpongeBob-Schwammkopf-Bettbezug lag. Ed schaute durch das Glasschiebedach zu den Sternen hinauf, hörte die Laster Richtung London vorbeirauschen und dachte, dass sein richtiges Leben – das Leben mit seiner Firma und seinem Büro und dem unendlichen Katzenjammer nach Deanna Lewis – jetzt gerade eine Million Meilen weit weg erschien.

«Immer noch wach?»

Er drehte den Kopf, fragte sich, ob sie ihn beobachtet hatte. «Nein.»

«Okay», kam es vom Beifahrersitz. «Wahrheit oder Pflicht.»

Er sah zum Autodach hinauf.

«Dann fangen Sie an», sagte er.

«Nein, Sie zuerst.»

Ihm fiel nichts ein.

«Sie müssen doch auf irgendeine Frage kommen.»

«Okay, warum tragen Sie Flipflops?»

«Das ist Ihre Frage?»

«Es ist eiskalt. Wir haben den kältesten, verregnetsten Frühling seit Beginn der Wetteraufzeichnung. Und Sie tragen Flipflops.»

«So sehr stört Sie das?»

«Ich verstehe es einfach nicht. Sie müssen doch frieren.»

Sie deutete auf ihre Zehen. «Es ist Frühling.»

«Und?»

«Und nichts. Es ist Frühling. Deshalb wird das Wetter besser werden.»

«Sie tragen Flipflops als Ausdruck der Hoffnung.»

«Wenn Sie so wollen.»

Er wusste nicht, was er dazu sagen sollte.

«Okay, ich bin dran.»

Er wartete.

«Haben Sie heute Morgen daran gedacht, einfach wegzufahren und uns zu Hause sitzenzulassen?»

«Nein.»

«Lügner.»

«Na gut. Vielleicht mal kurz. Aber immerhin wollte mir Ihre Nachbarin mit einem Baseballschläger den Schädel einschlagen, und Ihr Hund riecht wirklich schrecklich.»

«Pah. Schlechte Ausreden.»

Er hörte, wie sie sich auf ihrem Sitz bewegte. Ihr Fuß verschwand unter der Bettdecke. Ihr Haar roch nach Kokosnussshampoo.

«Und warum haben Sie es dann nicht gemacht?»

Er dachte kurz nach, bevor er antwortete. Vielleicht antwortete er, weil er ihr Gesicht nicht sehen konnte. Vielleicht, weil der Alkohol und die nächtliche Uhrzeit seine Verteidigung bröckeln ließen. Normalerweise hätte er ihr jedenfalls nicht so geantwortet, wie er es tat. «Weil ich in letzter Zeit ziemlichen Mist gebaut habe. Und vielleicht wollte ein Teil von mir einfach etwas tun, mit dem ich mich gut fühlen konnte.»

Ed dachte, sie würde etwas sagen. Er hoffte es beinahe. Aber sie sagte nichts.

Er lag ein paar Minuten einfach so da, sah zu den Straßenlampen hinaus, hörte Jessica Rae Thomas' Atem zu und dachte daran, wie sehr es ihm fehlte, einfach neben einem anderen Menschen zu schlafen. Meistens fühlte er sich wie der einsamste Mann auf dem Planeten. Er dachte an ihre winzigen Füße und die lackierten Fußnägel und registrierte, dass er vermutlich zu viel getrunken hatte. Sei kein Idiot, Nicholls, sagte er sich und drehte ihr den Rücken zu.

Und dann musste er eingeschlafen sein, denn auf einmal war es draußen milchig hell, und sein linker Arm fühlte sich taub an, und er war so benommen, dass er ganze zwei Minuten brauchte, um das Hämmern, das er hörte, als das Klopfen des Mannes vom Wachschutz zu identifizieren, der ihm erklärte, sie könnten hier nicht übernachten.

KAPITEL 14

Tanzie

Am Frühstücksbuffet gab es vier verschiedene Sorten Plundergebäck und drei Sorten Saft und ein ganzes Gestell mit diesen Mini-Cornflakes-Schachteln, die Mum unökonomisch fand und niemals kaufen würde. Sie hatte um Viertel nach acht ans Fenster geklopft und den Kindern gesagt, sie sollten zum Frühstück ihre Jacken anziehen und so viele Vorräte wie möglich in ihre Taschen stopfen. Ihr Haar war auf der einen Seite platt gedrückt, und sie war nicht geschminkt. Tanzie vermutete, dass die Übernachtung im Auto doch kein so tolles Abenteuer gewesen war.

«Aber keine Butterpäckchen oder Marmelade. Oder sonst was, für das man Besteck braucht. Nehmt Brötchen, Muffins, so etwas. Und lasst euch nicht erwischen.» Sie warf einen Blick hinter sich, wo Mr. Nicholls anscheinend mit einem Mann vom Wachschutz herumstritt. «Und Äpfel. Äpfel sind gesund. Und vielleicht ein paar Scheiben Schinken für Norman.»

«Und wohin soll ich den Schinken stecken?»

«Oder ein Würstchen. Wickle es in eine Serviette.»

«Ist das nicht Diebstahl?»

«Nein.»

«Aber ...»

«Du nimmst nur ein bisschen mehr, als du jetzt in diesem Augenblick gerade essen würdest. Es ist ... Stell dir einfach vor, du wärst ein Hotelgast mit Hormonstörung und hättest deshalb unheimlichen Hunger.»

«Aber ich habe keine Hormonstörung.»

«Aber du könntest eine haben. Darum geht es. Du bist eine kranke, hungrige Person, Tanzie. Du hast für dein Frühstück bezahlt, aber du musst sehr viel essen. Mehr, als du normalerweise essen würdest.»

Tanzie verschränkte die Arme. «Du hast gesagt, man darf nicht stehlen.»

«Das ist kein Stehlen. Das ist einfach dafür sorgen, dass man etwas für sein Geld bekommt.»

«Aber es ist nicht unser Geld. Mr. Nicholls hat bezahlt.»

«Tanzie, tu einfach, was ich sage, bitte. Und hör mal, Mr. Nicholls und ich müssen für eine halbe Stunde oder so von dem Parkplatz runter. Tut es einfach, dann geht ihr in euer Zimmer zurück und haltet euch um neun Uhr zur Abfahrt bereit. Okay?» Jess beugte sich durchs Fenster und küsste Tanzie, dann trottete sie in ihre Jacke gehüllt zurück Richtung Auto, blieb stehen, drehte sich um und rief: «Und vergesst nicht, euch die Zähne zu putzen. Und lasst die Mathebücher nicht liegen.»

Nicky kam aus dem Bad. Er trug seine richtig engen schwarzen Jeans und ein T-Shirt mit der Aufschrift WHEVS.

«In diese Hosentasche kriegst du nie im Leben ein Würstchen rein», sagte Tanzie.

«Wetten, dass ich mehr verstecken kann als du?», sagte er.

Ihre Blicke trafen sich. «Das werden wir ja sehen», rief Tanzie und rannte ins Bad, um sich anzuziehen.

Mr. Nicholls beugte sich mit zusammengekniffenen Augen vor, als die beiden über den Parkplatz auf das Auto zukamen. Wahrscheinlich hätte Tanzie an seiner Stelle genauso geschaut. Nicky hatte sich zwei große Orangen und einen Apfel vorne in die Jeans gesteckt und watschelte über den Parkplatz, als hätte er sich in die Hose gemacht. Tanzie trug ihre Glitzerjacke, obwohl ihr darin zu warm war, weil sie ihren Kapuzenpulli vorne mit den kleinen Cornflakesschachteln vollgestopft hatte, und ohne die Jacke hätte sie ausgesehen, als wäre sie schwanger. Mit Roboterbabys.

Sie konnten nicht aufhören zu lachen.

«Steigt ein, los, steigt ein», sagte Mum, stellte ihre Reisetaschen hastig in den Kofferraum und warf einen Blick über die Schulter. «Was habt ihr mitgebracht?»

Mr. Nicholls fuhr auf die Straße. Tanzie sah, dass er im Rückspiegel verfolgte, wie sie abwechselnd ihre Beute herauszogen und sie Jess dann nach vorne reichten.

Nicky zog ein weißes Päckchen aus seiner Jackentasche. «Drei Plunderteilchen. Aber sei vorsichtig, die Glasur klebt ein bisschen an der Serviette. Für Norman vier Würstchen und ein paar Scheiben Schinken in einem Pappbecher. Außerdem zwei Scheiben Käse, ein Joghurt und ...» Er zog seine Jacke über den Schritt, griff sich in die Hose, schnitt eine Grimasse und zog das Obst heraus. «Ich weiß selber nicht, wie das alles da reingepasst hat.»

«Dazu kann ich nichts sagen, was für ein Mutter-Sohn-Gespräch angemessen wäre», sagte Mum.

Tanzie hatte sechs Päckchen Cornflakes, zwei Bananen und ein zusammengeklapptes Brot mit Marmelade. Während Jess aß, starrte Norman sie an, und die zwei Sabberfäden an seinem Maul wurden länger und länger, bis sie die Sitzfläche der Rückbank von Mr. Nicholls' Auto erreicht hatten.

«Die Frau, die für das Rührei zuständig war, hat uns definitiv gesehen», sagte Nicky.

«Ich habe ihr erklärt, dass du eine Hormonstörung hast», sagte Tanzie. «Ich habe gesagt, dass du dreimal täglich das Doppelte deines Körpergewichts essen musst, und wenn du es nicht tust, würdest du wahrscheinlich in ihrem Speisesaal in Ohnmacht fallen und vielleicht sogar sterben.»

«Nett», sagte Nicky.

«Du gewinnst nach Zahlen», sagte sie und zählte seine Beutestücke durch. «Aber ich kriege Sonderpunkte für Geschicklichkeit.» Sie beugte sich vor, und als alle Blicke auf sie gerichtet waren, zog sie vorsichtig die beiden Styroporbecher mit Kaffee aus ihren Taschen, die sie mit zusammengeknüllten Papierservietten aufrecht gehalten hatte. Einen Becher gab sie Mum, den anderen stellte sie in den Becherhalter neben Mr. Nicholls.

«Du bist ein Genie», sagte Mum und zog den Deckel von dem Becher. «Tanzie, du hast ja keine Ahnung, wie nötig ich den habe.» Sie trank einen Schluck und schloss die Augen. Tanzie wusste nicht, ob es daran lag, dass ihr Raubzug am Buffet so erfolgreich gewesen war, oder daran, dass Nicky zum ersten Mal seit Ewigkeiten lachte, aber einen Augenblick lang sah Mum so glücklich aus wie schon lange nicht mehr.

Mr. Nicholls starrte sie alle an, als wären sie ein Haufen Aliens.

«Okay, dann können wir zum Mittagessen belegte Brote

mit Schinken, Käse und Würstchen machen. Die Plunderteile könnt ihr jetzt essen. Obst zum Nachtisch. Möchten Sie eine?» Sie hielt Mr. Nicholls eine Orange hin. «Sie ist noch ein bisschen warm. Aber ich kann sie schälen.»

«Also ... das ist sehr nett von Ihnen», sagte er und sah woandershin. «Aber ich glaube, ich halte lieber kurz beim nächsten Starbucks.»

Der folgende Teil der Reise war richtig angenehm. Es gab keine Staus mehr, und Jess brachte Mr. Nicholls dazu, im Radio ihren Lieblingssender einzustellen, und sang dann bei sechs Songs mit, wobei sie mit jedem lauter wurde. Sie brachte Tanzie und Nicky dazu mitzumachen, und zuerst sah Mr. Nicholls genervt aus, aber nach ein paar Meilen bemerkte Tanzie, dass er den Takt auf dem Lenkrad mitklopfte, als hätte er Spaß. Die Sonne schien richtig warm vom Himmel, und Mr. Nicholls fuhr das Schiebedach zurück. Norman saß ganz aufgerichtet da, um seine Nase in den Fahrtwind zu halten, und das bedeutete, dass er sie und Nicky nicht an die Türen quetschte, was auch nicht schlecht war.

Die Situation erinnerte Tanzie ein bisschen an die Zeit, als Dad noch da war und sie manchmal Ausflüge mit dem Auto unternommen hatten. Nur dass Dad immer zu schnell gefahren war und sie sich nie einigen konnten, wo sie zum Essen anhalten sollten. Dad hatte immer gesagt, er könne nicht verstehen, warum sie nicht mal ein bisschen Geld für ein Essen im Pub lockermachen sollten, und Mum hatte immer gesagt, sie habe belegte Brote gemacht und es wäre dumm, sie wegzuwerfen. Und zu Nicky hatte Dad immer gesagt, er soll den Nintendo weglegen und die verdammte Landschaft genießen, worauf Nicky murmelte, er habe sich schließlich nicht darum gerissen, mitfahren zu dürfen, was Dad noch mehr reizte.

Und dann dachte Tanzie, dass sie Dad zwar liebte, es aber besser fand, dass er auf dieser Fahrt nicht dabei war.

Nach zwei Stunden sagte Mr. Nicholls, dass er sich mal strecken müsse, und Norman musste pinkeln, also hielten sie am Rand eines Parks. Mum nahm etwas von der Beute mit, die sie am Buffet gemacht hatten, und sie setzten sich an einen richtigen Picknicktisch aus Holz und aßen. Tanzie wiederholte ein paar Übungen (Primzahlen und quadratische Gleichungen), und dann gingen sie und Norman ein bisschen in den Wald. Der Hund war offensichtlich vollkommen zufrieden, blieb alle paar Meter stehen, um an etwas zu schnuppern, und die Sonne schickte kleine, tanzende Lichtflecken durchs Laubwerk, und sie sahen ein Reh und zwei Fasane, und es war, als wären sie in den Ferien.

«Alles klar mit dir, Liebling?», fragte Mum, die mit verschränkten Armen auf sie zukam. Von wo sie standen, konnten sie zwischen den Bäumen gerade noch Nicky und Mr. Nicholls sehen, die an dem Picknicktisch saßen und sich unterhielten. «Fühlst du dich einigermaßen sicher, was diese Olympiade angeht?»

«Ich glaube schon», sagte Tanzie.

«Hast du dir gestern Abend die Übungen noch mal angesehen?»

«Ja. Ich finde die Folge der Primzahlen ein bisschen schwierig, aber dann habe ich sie aufgeschrieben, und als ich die Folge vor mir gesehen habe, war es einfacher.»

«Keine Albträume von den Fishers mehr?»

«Gestern Nacht», sagte Tanzie, «habe ich von einem Kohlkopf geträumt, der Rollschuh laufen konnte. Er hieß Kevin.»

Mum sah sie lange an. «Aha.»

Sie gingen noch ein bisschen weiter. Im Wald war es kühler, und es roch nach guter, moosiger, grüner, lebendiger Feuchtigkeit, nicht wie die Feuchtigkeit in der Kammer zu Hause, die einfach nur modrig roch. Mum blieb auf dem Weg stehen und drehte sich wieder Richtung Auto um. «Ich habe dir ja gesagt, dass auch mal etwas Gutes passieren kann, oder?» Sie wartete, bis Tanzie zu ihr aufgeholt hatte. «Morgen kommen wir an. Wir gehen früh schlafen, und dann bringen wir dich durch diesen Wettbewerb, und du fängst in deiner neuen Schule an. Und dann wird unser Leben hoffentlich ein bisschen besser. Und das hier macht doch Spaß, oder? Ist doch eine schöne Fahrt.»

Sie hielt den Blick beim Sprechen auf das Auto gerichtet, und ihre Stimme hatte diesen Klang, an dem man merkte, dass sie eigentlich an etwas anderes dachte. Tanzie war aufgefallen, dass sie sich im Auto geschminkt hatte. «Mum», sagte sie.

«Ja?»

«Wir haben das Essen von diesem Buffet eigentlich doch gestohlen, oder? Ich meine, wenn man es mal proportional betrachtet, haben wir mehr als unseren Anteil genommen.»

Mum starrte nachdenklich auf ihre Füße. «Wenn dir das wirklich Sorgen macht, dann nehmen wir fünf Pfund von deinem Preisgeld, stecken es in einen Umschlag und schicken es ihnen zu. Wie klingt das?»

«Ich glaube, wenn man überlegt, was wir alles genommen haben, wären eher sechs Pfund angemessen. Wahrscheinlich sogar sechs Pfund fünfzig», sagte Tanzie.

«Dann schicken wir ihnen sechs Pfund fünfzig. Und jetzt sollten wir uns mal richtig anstrengen, um deinen fetten alten Hund ein bisschen herumzuscheuchen, damit er (a) so müde wird, dass er auf dem nächsten Stück der Fahrt schläft, und (b) lieber hier irgendwohin kackt, als die nächsten achtzig Meilen ununterbrochen zu furzen.»

Sie fuhren weiter. Es regnete. Mr. Nicholls hatte wieder so einen Anruf bekommen. Dieses Mal war es ein Mann namens Sidney, und Mr. Nicholls hatte über Aktienpreise und Marktbewegungen geredet und ziemlich ernst ausgesehen, sodass Mum eine Zeitlang nicht sang. Tanzie versuchte, nicht heimlich in ihre Mathebücher zu schauen (Mum sagte, davon würde ihr schlecht werden). Ihre Beine klebten an Mr. Nicholls' Ledersitzen, und sie bedauerte ein bisschen, dass sie ihre Shorts anhatte. Außerdem hatte sich Norman im Wald in irgendwas gewälzt, und Tanzie bekam dauernd einen richtig schlimmen Geruch in die Nase, aber sie wollte nichts sagen, damit Mr. Nicholls nicht beschloss, dass er jetzt endgültig genug von ihnen und ihrem stinkenden Hund hatte. Also hielt sie sich die Nase zu und versuchte durch den Mund zu atmen und ließ nur bei jedem dreißigsten Leitpfosten Luft durch ihre Nasenlöcher strömen.

«Woran denkst du, Tanzie?» Mum sah zwischen den Vordersitzlehnen hindurch nach hinten.

«Ich habe an Permutationen und Kombinationen gedacht.»

Mum lächelte auf die Art, auf die sie immer lächelte, wenn sie nicht richtig verstand, worüber Tanzie redete.

«Also, ich habe an den Obstsalat vom Frühstücksbuffet gedacht. Er ist eine Kombination – es spielt keine Rolle, ob Äpfel, Birnen und Bananen in irgendeinem Ordnungszusammenhang stehen, ja? Aber bei einer Permutation wäre es so.»

Mums Blick war immer noch total verständnislos. Mr. Nicholls warf einen Blick in den Rückspiegel und wandte sich dann an Mum.

«Stellen Sie sich vor, Sie würden farbige Socken aus einer Schublade nehmen. Wenn Sie sechs Paar in unterschiedlichen Farben haben – also insgesamt zwölf Socken –, dann gibt es 6 mal 5 mal 4 mal 3 unterschiedliche Kombinationen, in denen Sie die Socken tragen können, okay?», sagte er. «Aber wenn alle zwölf einzelnen Socken unterschiedliche Farben haben, dann haben Sie eine richtig große Zahl von unterschiedlichen Kombinationsmöglichkeiten.»

«Das klingt sehr nach unserer Sockenschublade», sagte Mum.

Mr. Nicholls warf Tanzie einen Blick zu und grinste. «Also, Tanzie, wenn du eine Schublade mit zwölf Socken hast, sie aber nicht sehen kannst, wie viele musst du dann herausziehen, um festzustellen, ob es zumindest zwei zusammengehörende Paare darin gibt?»

Darüber dachte Tanzie eine Ewigkeit nach. Sie bekam gar nicht mit, dass Mr. Nicholls sich an Nicky wandte.

«Langweilst du dich? Willst du dir mein Handy leihen? Es sind nicht viele Spiele drauf, aber du kannst dich bei Twitter oder Facebook einloggen oder was du so machst.»

«Echt?» Nicky richtete sich aus seiner zusammengesackten Haltung auf.

«Klar. Es ist in meiner Jackentasche.»

«Cool.»

Als sich Nicky dem Display widmete, fingen Mum und Mr. Nicholls an, sich zu unterhalten. Es klang beinahe, als hätten sie vergessen, dass sie nicht allein im Auto saßen.

«Denken Sie immer noch über Socken nach?», fragte sie.

«O nein. Diese Problemstellungen können einen irremachen. Das überlasse ich Ihrer Tochter.»

Kurzes Schweigen.

«Also, erzählen Sie mir etwas von Ihrer Frau.»

«Exfrau. Und nein danke.»

«Warum nicht? Sie haben sie nicht betrogen. Und Ihre Frau hat sie vermutlich auch nicht betrogen, schätze ich, sonst hätten Sie dieses Gesicht gemacht.»

«Welches Gesicht?»

Erneut schwiegen sie kurz. Vielleicht zehn Leitpfosten lang.

«Ich weiß nicht, ob ich dieses Gesicht gemacht hätte. Aber nein. Sie hat mich nicht betrogen. Und nein, ich möchte eigentlich nicht darüber reden. Es ist ...»

«Privat?»

«Ich rede einfach nicht gern über persönliche Dinge. Möchten Sie über Ihren Ex reden?»

«Vor seinen Kindern? Klar, das ist immer eine gute Idee.»

Ein paar Meilen lang sagte niemand etwas. Mum begann ans Fenster zu klopfen. Tanzie sah zu Mr. Nicholls rüber. Jedes Mal, wenn Mum an die Scheibe klopfte, zuckte ein Muskel an seinem Kiefer.

«Über was sollen wir uns dann unterhalten? Ich interessiere mich nicht besonders für Software, und ich vermute, Sie haben null Interesse an dem, was ich mache. Socken-Mathematik verstehe ich nicht. Und ich kann nicht unendlich oft auf eine Weide deuten und sagen: ‹Oh, sehen Sie mal, die Kühe.›»

Mr. Nicholls seufzte.

«Jetzt kommen Sie schon. Es ist ein weiter Weg bis nach Schottland.»

Es folgte ein Dreißig-Leitpfosten-Schweigen. Nicky fotografierte mit Mr. Nicholls' Handy die Landschaft.

«Lara. Italienerin. Model.»

«Model.» Mum lachte ihr lautes, bellendes Lachen. «War ja klar.»

«Was soll das heißen?», fragte Mr. Nicholls beleidigt.

«Alle Männer wie Sie gehen mit Models aus.»

«Und was soll das schon wieder heißen: Männer wie Sie?»

Mum presste die Lippen zusammen.

«Also? Männer wie ich? Sagen Sie schon.»

«Reiche Männer.»

«Ich bin nicht reich.»

Mum schüttelte den Kopf. «Neiiin. Überhauuupt nicht.»

«Bin ich nicht.»

«Vermutlich hängt es davon ab, was man unter reich versteht.»

«Ich habe genügend reiche Leute gesehen. Ich bin nicht reich. Wohlhabend vielleicht, das stimmt. Aber das heißt noch lange nicht, dass ich reich bin.»

Mum drehte sich zu ihm. Er hatte wirklich keine Ahnung, mit wem er es zu tun hatte. «Haben Sie mehr als ein Haus?»

Er setzte den Blinker und drehte das Lenkrad herum. «Könnte sein.»

«Haben Sie mehr als ein Auto?»

Er warf ihr einen Seitenblick zu. «Ja.»

«Dann sind Sie reich.»

«Nein. Reich bedeutet Privatjets und Yachten. Reich bedeutet Personal.»

«Und was bin ich dann?»

Mr. Nicholls schüttelte den Kopf. «Kein Personal. Sie sind ...»

«Was?»

«Ich versuche nur gerade, mir Ihr Gesicht vorzustellen, wenn ich Sie als mein Personal bezeichnet hätte.»

Mum begann zu lachen. «Mein Dienstmädchen, meine Zugehfrau.»

«Genau. So was in der Art. Okay, was ist denn für Sie reich?»

Mum nahm einen der Äpfel vom Buffet aus der Tasche und biss hinein. Sie kaute eine Weile, bevor sie zu sprechen begann. «Reich ist, jede Rechnung pünktlich zu bezahlen, ohne darüber nachzudenken. Reich ist, Ferien machen zu können oder Weihnachten hinter sich zu bringen, ohne schon Geld von Januar und Februar auszugeben. Ehrlich gesagt – eigentlich ist reich, wer nicht die ganze verdammte Zeit über Geld nachdenkt.»

«Jeder denkt über Geld nach. Sogar reiche Leute.»

«Ja, aber Sie denken darüber nach, was Sie mit Ihrem Geld machen sollen, damit noch mehr Geld daraus wird. Ich dagegen denke darüber nach, wie wir genug zusammenbekommen, um die nächste Woche zu überstehen.»

Mr. Nicholls räusperte sich. «Ich kann nicht glauben, dass ich Sie bis nach Schottland chauffiere und Sie mir die Hölle heißmachen, weil Sie irrigerweise zu dem Schluss gekommen sind, ich wäre ein Donald Trump.»

«Ich mache Ihnen überhaupt nicht die Hölle heiß.»

«Nein. Kein bisschen.»

«Ich weise nur darauf hin, dass ein Unterschied zwischen dem besteht, was Sie als reich betrachten, und dem, was reich wirklich ist.»

Es entstand ein unbehagliches Schweigen. Mum wurde rot, als hätte sie zu viel gesagt, und aß ihren Apfel mit großen, geräuschvollen Bissen, obwohl Tanzie einen Rüffel von ihr geerntet hätte, wenn sie so gegessen hätte. Tanzie hatte inzwischen aufgehört, über Sockenpermutationen nachzudenken, und wollte nicht, dass Mum und Mr. Nicholls aufhörten sich zu unterhalten, weil der Tag bisher einfach so schön gewesen war, also steckte sie ihren Kopf zwischen die Vordersitzen durch. «Ich habe irgendwo gelesen, dass man, um zum reichsten Prozent der Bevölkerung gerechnet zu werden, in England mehr als hundertvierzigtausend Pfund jährlich verdienen muss», sagte sie hilfsbereit. «Wenn also Mr. Nicholls nicht so viel verdient, ist er vermutlich nicht reich.» Sie lächelte und ließ sich auf ihren Platz zurücksinken.

Mum sah Mr. Nicholls an. Und wandte den Blick nicht von ihm ab.

Mr. Nicholls rieb sich über die Stirn. «Vorschlag», sagte er nach einer Weile, «wir halten an und trinken irgendwo einen Tee.»

Moreton Marston sah aus, als wäre es speziell für Touristen erfunden worden. Alles war aus dem gleichen grauen Stein erbaut und sehr alt, und alle Gärten waren perfekt gepflegt, mit Blumenkissen aus winzigen blauen Blüten auf den Mauern und Pflanzenampeln, aus denen lange Blattranken hingen wie in einem Bilderbuch. Die Läden gehörten alle zu der Sorte, die auf Weihnachtskarten abgebildet werden, auf dem Marktplatz verkaufte eine Frau in einem viktorianischen Kostüm Brötchen, und Touristengruppen wanderten herum und fotografierten alles. Tanzie war so damit beschäftigt, aus dem Fenster zu schauen, dass ihr gar nicht auffiel, was mit Nicky vorging. Erst als sie auf einen menschenleeren Parkplatz einbogen, bemerkte sie, dass er unheimlich blass geworden war. Sie fragte ihn, ob seine Rippen weh taten, und er sagte nein, und als sie fragte, ob ihm ein Apfel so tief in die Hose gerutscht sei, dass er ihn nicht mehr herausbekam, sagte er: «Nein, Tanzie, lass gut sein.» Aber die Art, auf die er das sagte, machte eindeutig klar, dass er irgendetwas hatte. Tanzie sah Mum an, doch die war damit beschäftigt, Mr. Nicholls nicht anzusehen, und Mr. Nicholls machte viel Aufhebens darum, den besten Parkplatz zu finden. Norman hob den Kopf und sah Tanzie an, als wollte er sagen: «Frag lieber gar nicht erst.»

Alle stiegen aus und streckten ihre Glieder, und Mr. Nicholls sagte, er würde sie alle zu Tee und Kuchen einladen und es wäre ihm ein Vergnügen und ob man daraus bitte keine finanzielle Staatsaktion machen könne, denn es sei schließlich nur Tee, okay, und Mum zog die Augenbrauen hoch, als wollte sie etwas sagen, aber dann murmelte sie nur «Danke», aber nicht besonders freundlich.

Sie setzten sich in eine Teestube namens «Ye Spotted Sowe Tea Shoppe», obwohl Tanzie gewettet hätte, dass es im Mittelalter noch gar keine Teestuben gegeben hatte. Alle anderen schien das nicht zu stören. Nicky ging zur Toilette. Und Mr. Nicholls und Mum standen am Tresen und suchten den Kuchen aus, also schaltete Tanzie Mr. Nicholls' Handy an, und sofort erschien auf dem Display Nickys Facebook-Seite. Sie wartete kurz, weil Nicky ziemlich sauer werden konnte, wenn jemand seine Sachen ansah, und als sie sicher war, dass er wirklich zur Toilette gegangen war, vergrößerte sie die Seite, damit sie lesen konnte, was dort stand, und dann wurde ihr kalt. Die Fishers hatten über Nickys gesamte Timeline Nachrichten und Bilder von Männern gepostet, die anderen Männern schlimme Sachen antaten. Sie hatten ihn KRÜPPEL und SCHWUCHTEL genannt, und obwohl Tanzie nicht genau wusste, was diese Wörter bedeuteten, wusste sie, dass sie böse waren, und ihr wurde schlagartig übel. Als sie aufsah, kam Mum mit einem Tablett auf sie zu.

«Tanzie! Sei vorsichtig mit Mr. Nicholls' Telefon!»

Das Handy war bis an die Tischkante gerutscht. Tanzie

wollte es nicht mehr anfassen. Sie fragte sich, ob Nicky auf der Toilette saß und weinte. Sie hätte auf jeden Fall geweint.

Als sich ihre Blicke trafen, erstarrte Mum. «Was ist los?»

«Nichts.»

Jess setzte sich und schob einen Teller mit einem orangefarbenen Mini-Törtchen über den Tisch. Aber Tanzie hatte keinen Hunger mehr, obwohl das Törtchen mit Schokostreuseln verziert war.

«Tanzie. Was ist los? Sprich mit mir.»

Sie schob das Handy mit der Fingerspitze langsam über den Holztisch, als könnte sie sich daran verbrennen. Mum runzelte die Stirn, dann schaute sie auf das Display. «Mein Gott», sagte sie nach einem Moment.

Mr. Nicholls setzte sich neben sie. Er hatte das größte Stück Schokoladenkuchen auf dem Teller, das Tanzie je gesehen hatte. «Alle zufrieden?», fragte er. Er wirkte sehr zufrieden.

«Diese kleinen Bastarde», sagte Mum. Und ihre Augen füllten sich mit Tränen.

«Wie bitte?», sagte Mr. Nicholls mit dem Mund voller Schokoladenkuchen.

«Ist das so was wie ein Perverser?»

Mum schien sie nicht zu hören. Das Stuhlbein kreischte über den Boden, als sie den Stuhl zurückschob. Dann ging sie mit großen Schritten in Richtung der Toiletten.

«Das ist die Herrentoilette, Madam», rief eine Frau, als Mum die Tür aufmachte.

«Ich kann lesen, vielen Dank», sagte Mum, dann verschwand sie in der Herrentoilette.

«Was ist denn jetzt wieder los?» Mr. Nicholls kämpfte, um das Stück Kuchen möglichst schnell herunterzuschlucken. Er sah dorthin, wo Mum verschwunden war. Dann, als Tanzie nichts sagte, schaute er auf das Handy und tippte zweimal darauf. Wortlos starrte er auf das Display. Dann scrollte er weiter, um alles zu lesen. Tanzie fühlte sich komisch. Sie wusste nicht genau, ob Mr. Nicholls das sehen sollte.

«Hat ... hat das etwas mit dem zu tun, was deinem Bruder passiert ist?»

Sie hätte am liebsten geheult. Die Fishers hatten auch noch diesen schönen Tag kaputt gemacht. Es kam Tanzie vor, als wären ihnen die Fishers bis hierher gefolgt und als würden sie die Fishers niemals loswerden. Sie bekam kein Wort heraus.

«Hey», sagte er, als eine dicke, runde Träne auf die Tischplatte fiel. «Hey.» Er hielt ihr eine Papierserviette hin, und Tanzie wischte sich über die Augen, und als ein Schluchzer in ihrer Kehle aufstieg und sie ihn nicht unterdrücken konnte, kam er um den Tisch, legte den Arm um sie und zog sie an sich. Er war groß und stark und roch nach Zitrone und Mann. Tanzie hatte diesen Geruch nicht mehr erlebt, seit Dad weg war, und das machte sie noch trauriger.

«Hey. Wein nicht.»

«Tut mir leid.»

«Es gibt nichts, was dir leidtun müsste. Ich würde auch weinen, wenn das jemand mit meiner Schwester machen würde. Das ist ... das ist ...» Er schaltete das Telefon ab. «O Mann.» Er schüttelte nachdenklich den Kopf. «Machen sie so etwas oft mit ihm?»

«Ich weiß nicht.» Sie schniefte. «Er redet ja kaum noch.»

Mr. Nicholls wartete, bis sie aufgehört hatte zu weinen, dann setzte er sich wieder auf die andere Tischseite und bestellte heiße Schokolade mit Marshmallows, Schokoladenraspeln und besonders viel Sahne. «Das hilft bei jedem bekannten

Problem», sagte er und schob ihr den Becher hin. «Glaub mir. Ich weiß alles.»

Und das Komische war, dass das wirklich stimmte.

Bis Mum und Nicky aus der Toilette kamen, hatte Tanzie ihre Schokolade ausgetrunken. Mum hatte dieses strahlende Lächeln aufgesetzt, als wäre alles in bester Ordnung, und ihren Arm um Nickys Schultern gelegt, was eigentlich ein bisschen merkwürdig aussah, wo er doch inzwischen einen halben Kopf größer war als sie. Er ließ sich auf den Platz neben Tanzie gleiten und starrte seinen Kuchen an. Tanzie beobachtete Mr. Nicholls dabei, wie er Nicky ansah, und überlegte, ob er etwas über das sagen würde, was er auf der Facebook-Seite gesehen hatte, aber das tat er nicht. Sie dachte, vielleicht wollte er nicht, dass sich Nicky vor ihm schämen musste. Aber es war auch egal, der schöne Tag, dachte sie traurig, war vorbei.

Mum stand auf, um nach Norman zu sehen, der draußen angebunden war, und Mr. Nicholls bestellte eine zweite Tasse Kaffee und rührte langsam darin herum, als würde er über irgendetwas nachdenken. Dann sah er Nicky verschwörerisch an und sagte leise: «Also, Nicky. Weißt du, wie man sich in einen fremden Computer hackt?»

Tanzie hatte das Gefühl, dass sie nicht zuhören sollte, also starrte sie konzentriert auf das Aufgabenblatt mit den quadratischen Gleichungen.

«Nein», sagte Nicky.

Mr. Nicholls beugte sich über den Tisch und sagte noch leiser: «Also, ich habe das Gefühl, jetzt wäre ein guter Zeitpunkt, um es zu lernen.»

«Wo sind sie», fragte Mum, als sie zurückkam, und sah sich im Raum um.

«Sie haben sich in Mr. Nicholls' Auto gesetzt. Mr. Nicholls hat gesagt, sie wollen nicht gestört werden.» Tanzie sog am Ende ihres Bleistifts.

Mums Augenbrauen wanderten ungefähr bis zum Haaransatz hinauf.

«Mr. Nicholls hat mir vorausgesagt, dass du so schauen wirst. Er sagt, ich soll dir sagen, dass er sich darum kümmert. Um diese Facebook-Sache.»

«Und was will er machen? Und wie?»

«Dass du so reagieren wirst, hat er auch gesagt.» Sie radierte an einer 2 herum, die zu sehr aussah wie eine 5, und blies den Abrieb des Radierers weg. «Er sagt, ich soll dir ausrichten, dass du ihnen bitte zwanzig Minuten Zeit lassen sollst, und er hat dir noch einen Tee bestellt, und du sollst inzwischen ein Stück Kuchen essen. Sie kommen und holen uns ab, wenn sie fertig sind. Und ich soll dir sagen, dass der Schokoladenkuchen hier richtig gut ist.»

Mum gefiel die Sache nicht. Tanzie arbeitete an ihrer Übungseinheit weiter, bis sie mit den Ergebnissen zufrieden war, während Mum auf ihrem Stuhl herumrutschte, ständig aus dem Fenster sah und den Mund öffnete, als wollte sie etwas sagen, es dann aber doch nicht tat. Sie aß keinen Schokoladenkuchen. Sie ließ die fünf Pfund liegen, die Mr. Nicholls dagelassen hatte, und Tanzie legte ihr Radiergummi darauf, weil sie Angst hatte, dass der Geldschein wegfliegen könnte, wenn jemand die Tür aufmachte.

Schließlich, als die Kellnerin so dicht an ihrem Tisch den Boden fegte, dass der Wink kaum noch zu ignorieren war, ging die Tür auf, eine kleine Glocke läutete, und Mr. Nicholls kam mit Nicky herein. Nicky hatte die Hände in den Hosentaschen, und die Haare hingen ihm über die Augen, aber auf seinen Lippen lag ein leichtes Grinsen.

Mum stand auf und sah stirnrunzelnd von einem zum anderen. Man sah ihr an, dass sie wirklich unheimlich gern etwas gesagt hätte, aber nicht wusste was.

«Haben Sie den Schokoladenkuchen probiert?», fragte Mr. Nicholls. Sein Gesichtsausdruck war vollkommen nichtssagend, wie bei dem Moderator einer Gameshow.

«Nein.»

«Schade. Er war wirklich gut. Vielen Dank! Ihr Kuchen ist der beste!», rief er zu der Kellnerin hinüber, die auf einmal ihr strahlendstes Lächeln aufsetzte. Dann drehten Mr. Nicholls und Nicky um, gingen wieder hinaus und stapften nebeneinander über die Straße, als wären sie schon seit Ewigkeiten dick befreundet, und Tanzie und Mum rafften ihre Sachen zusammen und folgten ihnen.

KAPITEL 15

Nicky

In der Zeitung hatte einmal ein Artikel über ein unbehaartes Pavianweibchen gestanden. Die Haut der Pavianfrau war nicht ganz schwarz, sondern irgendwie gesprenkelt, rosa und schwarz. Ihre Augen waren schwarz umrandet, als hätte sie coolen Eyeliner benutzt, und sie hatte einen langen rosafarbenen Nippel und einen schwarzen, wie eine Art Affenverwandte von David Bowie mit Titten.

Aber sie war ganz allein. Wie sich herausstellte, mögen Paviane keine Abweichungen. Und buchstäblich kein einziger Pavian war dazu bereit, sich mit ihr abzugeben. Also wurde sie immer wieder dabei fotografiert, wie sie nach Nahrung suchte, ganz nackt und verletzlich und ohne einen einzigen Pavianfreund. Denn obwohl all die anderen Paviane ganz genau, also ... *wussten*, dass sie trotzdem ein Pavian war, wirkte sich ihre Abneigung gegen das Abweichende stärker aus als der genetische Trieb, zu ihr zu halten.

Dieser Gedanke ging Nicky ziemlich oft durch den Kopf:

Es gab nichts Traurigeres als einen einsamen, haarlosen Pavian.

Er hatte geglaubt, Mr. Nicholls wolle ihm eine Lektion zu den Gefahren sozialer Netzwerke erteilen oder sagen, er müsse das alles seinen Lehrern oder der Polizei erzählen oder so was. Aber stattdessen schloss er das Auto auf, nahm seinen Laptop aus dem Kofferraum, verband das Kabel mit einem Anschluss in der Nähe des Schaltknüppels, und dann steckte er einen Surfstick in die USB-Schnittstelle, sodass sie Internet-Zugang hatten.

«Also», sagte er, als sich Nicky auf den Beifahrersitz schob. «Erzähl mir alles, was du über diesen kleinen Charmeur weißt. Brüder, Schwestern, Geburtsdaten, Haustiere, Adresse ... alles, was dir einfällt.»

«Was?»

«Wir müssen sein Passwort knacken. Komm schon – du musst irgendetwas wissen.»

Sie saßen auf dem Parkplatz. Nirgendwo war ein Graffiti zu sehen und auch kein einfach irgendwo abgestellter Einkaufswagen. Das hier war ein Ort, wo die Leute meilenweit gingen, um ihren Einkaufswagen zurückzubringen. Nicky hätte gewettet, dass irgendwo eine goldene Unser-Dorf-soll-schönerwerden-Plakette hing. Eine grauhaarige Frau stellte neben ihnen ihre Einkäufe ins Auto, begegnete Nickys Blick und lächelte ihn an. Echt, sie lächelte ihn an. Oder vielleicht lächelte sie Norman an, dessen Riesenkopf über Nickys Schulter hing.

«Nicky?»

«Ja. Ich überlege.» Er versuchte sich zu konzentrieren. Er spulte alles herunter, was er über Fisher wusste. Seine Adresse, den Namen seiner Schwester, den Namen seiner Mutter. Er wusste tatsächlich seinen Geburtstag, weil der erst drei

Wochen her war und Fisher von seinem Vater ein Quad-Bike bekommen und es innerhalb einer Woche zu Schrott gefahren hatte.

Mr. Nicholls tippte mögliche Passwörter ein. «Nichts. Nichts. Mach weiter. Es muss noch etwas anderes geben. Was für Musik hört er? Welchen Fußballclub findet er gut? Oh, sieh mal. Er hat eine Hotmail-Adresse. Super – dann geben wir mal die ein.»

Nichts funktionierte. Und dann hatte Nicky eine Idee. «Tulisa. Die findet er toll. Die Sängerin.»

Mr. Nicholls gab etwas ein und schüttelte den Kopf. «Nein.»

«Versuchen Sie's mit Tulisas Arsch», sagte Nicky.

Mr. Nicholls tippte. «Nein.»

«IchhabsmitTulisagetrieben. In einem Wort.»

«Nein.»

«Tulisa Fisher.»

«Mmm. Auch nicht. Trotzdem netter Versuch.»

Grübelnd saßen sie nebeneinander.

«Sie könnten es einfach mit seinem Namen versuchen», sagte Nicky.

Mr. Nicholls schüttelte den Kopf. «Kein Mensch ist so blöd, einfach seinen Namen als Passwort einzusetzen.»

Nicky sah ihn nur an. Mr. Nicholls tippte eine Buchstabenfolge ein und starrte auf den Bildschirm. «Tja, was sagt man dazu?» Er lehnte sich in seinem Sitz zurück. «Du bist ein Naturtalent.»

«Und was haben Sie jetzt vor?»

«Wir erlauben uns einen kleinen Spaß mit Jason Fishers Facebook-Seite. Das heißt, ich werde es nicht selbst machen. Ich ... äh ... kann momentan keine Risiken mit meiner IP-

Adresse eingehen. Aber ich kenne jemand, der es machen kann.» Er wählte eine Telefonnummer.

«Aber wird Jason nicht wissen, dass es von mir kommt?»

«Woher denn? Im Grunde genommen sind wir jetzt er. Es gibt keine Möglichkeit, das zu dir zurückzuverfolgen. Vermutlich bekommt er es nicht mal mit. Warte mal. Jez? ... Hey. Hier ist Ed. ... Ja. Ja. Ich stehe gerade ein bisschen unter Beobachtung. Du musst mir einen Gefallen tun. Es kostet dich fünf Minuten.»

Nicky hörte zu, als Mr. Nicholls seinem Freund Jez das Passwort und die Hotmail-Adresse von Jason Fisher gab. Er sagte, Fisher habe einem Freund von ihm «ein paar Schwierigkeiten» gemacht. Bei diesen Worten warf er Nicky einen Seitenblick zu. «Mach dir einfach einen Spaß, okay? Lies seinen Müll durch. Du bekommst schnell einen Eindruck. Ich würde es ja selber tun, aber ich darf mir im Moment keinen Fehler ... Ja ... Ja. Ich erklär's dir, wenn wir uns sehen. Hast was gut bei mir.»

Nicky konnte nicht glauben, dass es so einfach war. «Wird sich Jason nicht einfach auch auf meiner Seite einhacken?»

Mr. Nicholls legte sein Smartphone weg. «Ich will jetzt nicht um dein Geld wetten, aber ein Junge, dem als Passwort nichts Besseres als sein Name einfällt, ist wahrscheinlich nicht gerade ein Computergenie.»

Sie saßen im Auto, warteten und aktualisierten von Zeit zu Zeit Jasons Fishers Facebook-Seite. Und wie durch Zauberei begann sich die Seite zu verändern. Mann, Fisher war so ein Volltrottel. Seine Pinnwand war voller Sprüche darüber, wie er es diesem oder jenem Mädchen von der Schule «besorgen» würde oder dass die-und-die eine Nutte sei oder wie er praktisch jedem, der nicht zu seiner Clique gehörte, schon mal eine ordentliche Abreibung verpasst habe. Seine Mitteilungen klangen genauso. Nicky erhaschte einen Blick auf eine Nachricht, in der sein Name vorkam, aber Mr. Nicholls las sie blitzschnell durch, sagte: «Das musst du wirklich nicht sehen», und scrollte weiter. Das einzige Mal, wo Jason nicht wie ein Volltrottel klang, war die Nachricht, in der er Chrissie Taylor schrieb, dass er sie echt mochte und ob sie Lust habe, mal bei ihm vorbeizukommen. Ihre Antwort klang nicht übermäßig begeistert, aber er schrieb ihr trotzdem weiter. Er erzählte ihr, er wolle mit ihr ausgehen, und zwar an einen Ort, der «voll geil» sei, und er könne sich das Auto seines Vaters ausleihen (von wegen). Er erzählte ihr, sie sei das hübscheste Mädchen von der Schule und dass sie ihn total irremache und dass ihn seine Kumpels, wenn sie davon wüssten, für «völlig geistesgestört» halten würden.

«Und da sag noch einer, es gäbe keine Romantiker mehr», murmelte Mr. Nicholls.

Dann fing es an. Jez schickte zwei Freunden von Fisher Nachrichten, in denen er erklärte, dass er beschlossen habe, ab jetzt gewaltfrei zu leben, und sie deshalb nicht mehr treffen wolle. Chrissie schrieb er, dass er sie immer noch mochte, aber erst mal ein Problem aus der Welt schaffen müsse, bevor sie sich verabredeten, weil «ich mir so eine blöde Infektion eingefangen hab und mein Arzt sagt, da helfen nur noch Pillen. Aber wenn wir uns dann sehen, bin ich wieder sauber, okay?»

«O Mann.» Nicky musste so sehr lachen, dass ihm der Bauch weh tat. «O Mann.»

«Jason» erklärte auch einem anderen Mädchen namens Stacy, dass er sie wirklich mochte und dass seine Mum ein paar echt schicke Klamotten für ihn ausgesucht habe, falls Stacy je mit ihm ausgehen würde, und das Gleiche schrieb er noch mal an ein Mädchen namens Angela aus seiner Stufe, das er bei anderer Gelegenheit als ungewaschene Schlampe bezeichnet hatte. Und Jez löschte eine neue Nachricht von Danny Kaye, der Karten für ein wichtiges Fußballspiel hatte, und meinte, Jason könne eine haben, müsse ihm aber bis zum Abend Bescheid sagen. Und dieser Abend war heute.

Außerdem tauschte Jez das Foto in Fishers Facebook-Profil gegen das eines schreienden Esels aus. Und da starrte Mr. Nicholls nachdenklich auf den Bildschirm und griff nach seinem Handy. «Also, Kumpel, ich glaube, wir sollten es bei den Nachrichten belassen», erklärte er Jez.

«Warum?», fragte Nicky, als Mr. Nicholls das Handy weglegte. Der schreiende Esel war doch genial.

«Weil es besser ist, es ein bisschen subtil zu halten. Wenn wir uns für den Moment nur an seine privaten Mitteilungen halten, ist es sehr wahrscheinlich, dass er es nicht einmal bemerkt. Wir schicken sie, und dann löschen wir sie in seinem Ausgangsordner. Außerdem schalten wir seine E-Mail-Benachrichtigung ab. Und auf diese Art denken seine Freunde und dieses Mädchen, dass er einfach ein noch größerer Idiot geworden ist. Er wird keine Ahnung haben, warum. Und darum geht es.»

Nicky konnte es nicht glauben. Er konnte nicht glauben, dass irgendwer einfach so in Fishers Leben herumpfuschen konnte.

Jez rief zurück, um ihnen zu sagen, dass er sich ausgeloggt hatte, und sie schlossen die Facebook-Seite. «Und das war's?», sagte Nicky.

«Für den Augenblick. Nur ein Jux. Aber du fühlst dich besser, oder? Und Jez wird deine Seite aufräumen, damit nichts mehr von dem, was Fisher geschrieben hat, dort auftaucht.»

Dann wurde es ein bisschen peinlich, denn als Nicky ausatmete, erschauerte sein ganzer Körper. Er fühlte sich wirklich besser. Die Sache hatte das Problem eigentlich nicht gelöst, aber es war schön, sich ausnahmsweise mal nicht als die Zielscheibe des Spotts zu fühlen.

Er zwirbelte den Saum seines T-Shirts zwischen den Fingern, bis sich seine Atmung normalisiert hatte. Möglicherweise bekam Mr. Nicholls das mit, denn er schaute unheimlich interessiert aus dem Fenster, obwohl es dort nichts zu sehen gab außer Autos und alten Leuten.

«Warum machen Sie das alles? Fishers Seite hacken und uns nach Schottland fahren? Ich meine, Sie kennen uns doch nicht mal.»

Mr. Nicholls starrte weiter aus dem Fenster, und ganz kurz war es so, als wäre es nicht Nicky, mit dem er redete. «Ich schulde eurer Mum einen Gefallen. Und es gefällt mir einfach nicht, wenn jemand andere schikaniert. Solche Typen gibt es nicht erst seit deiner Generation, weißt du?»

Dann saß Mr. Nicholls eine Minute lang schweigend da, und Nicky fürchtete auf einmal, dass er nun über alles reden müsste. Dass Mr. Nicholls sich verhalten würde wie der Vertrauenslehrer in der Schule, der immer so tat, als wäre er dein Kumpel, und ungefähr fünfzig Mal wiederholte, dass das alles «unter uns bleibt», bis es anfing, ein bisschen gruselig zu klingen.

«Ich erzähle dir mal was.»

Jetzt kommt's, dachte Nicky. Er wischte sich über die Schulter, wo Norman hingesabbert hatte.

«Jeder Mensch, dessen Bekanntschaft mir etwas wert ist, war in der Schulzeit ein bisschen anders als die anderen. Du musst einfach noch deine Leute finden.»

«Meine Leute.»

«Deinen Clan.»

Nicky verzog das Gesicht.

«Pass auf. Man verbringt sein ganzes Leben mit dem Gefühl, nirgends richtig hinzupassen. Und dann betritt man eines Tages irgendeinen Raum, an der Uni, in einem Büro, einem Club oder sonst wo, und sagt sich: ‹Ah. Hier sind sie.› Und auf einmal fühlt man sich zu Hause.»

«Ich fühle mich nirgends zu Hause.»

«Vorläufig.»

Nicky dachte eine Weile nach. «Und wo ist es Ihnen passiert?»

«Im Computerraum der Uni. Ich war ein ziemlicher Computerfreak. Ich habe dort Ronan kennengelernt, meinen besten Freund. Und davon abgesehen … in meiner Firma.» Er wirkte einen Moment lang sehr ernst.

«Aber ich sitze zu Hause fest, bis ich mit der Schule fertig bin. Und dort, wo wir wohnen, gibt es so was nicht, da gibt es keine Clans.» Nicky strich sich seinen Pony über die Augen. «Man macht, was die Fishers wollen, oder man läuft ihnen besser nicht über den Weg.»

«Also musst du dir deine Leute online suchen.»

«Und wie?»

«Ich weiß nicht. Such dir Chatgruppen zu Themen, die … dich interessieren … deine Lebensorientierung spiegeln.»

Nicky registrierte seinen Gesichtsausdruck. «Oh. Sie denken auch, dass ich schwul bin, stimmt's?»

«Nein, ich will bloß sagen, dass es im Internet so ungefähr alles gibt. Da draußen ist immer jemand, der die gleichen Interessen hat wie man selbst, dessen Leben genauso ist wie das Leben, das man selbst führt.»

«Niemand führt so ein Leben wie ich.»

Mr. Nicholls zog das Laptopkabel aus dem Anschluss, klappte den Laptop zu und schob ihn in eine Tasche. Dann schaute er zu dem Café hinüber.

«Wir sollten zurückgehen. Deine Mum wird sich schon fragen, was wir hier die ganze Zeit machen.» Er öffnete die Fahrertür und drehte sich dann noch einmal zu Nicky um. «Und was du immer machen kannst, ist, einen Blog zu schreiben.»

«Einen Blog?»

«Das musst du auch nicht unter deinem richtigen Namen machen. Aber es ist eine gute Art, um darüber zu reden, was in deinem Leben so vorgeht. Du setzt ein paar Schlagworte ein, und die Leute finden dich. Leute wie du, meine ich.»

«Leute, die sich die Wimpern tuschen. Und die weder auf Fußball noch auf Musicals stehen.»

«Und riesenhafte, stinkende Hunde haben und Schwestern, die Mathegenies sind. Ich wette mit dir, dass es mindestens einen solchen Menschen irgendwo gibt.» Er dachte kurz nach. «Möglicherweise. Vielleicht in Hoxton. Oder in Tupelo.»

Nicky zupfte noch ein bisschen an seinem Pony herum, um den Bluterguss zu überdecken. Er war inzwischen richtig gelb geworden. «Danke, aber Blogs sind ... nicht so mein Ding. Blogs sind was für mittelalte Frauen, die über ihre Scheidungen und Katzen und so was schreiben. Oder für Nagellackfetischisten.»

«War nur ein Vorschlag.»

«Schreiben Sie denn einen?»

«Nein.» Er stieg aus. «Aber ich würde auch am liebsten mit niemandem reden.» Nicky stieg ebenfalls aus dem Auto. Mr. Nicholls drückte auf eine Taste seines Autoschlüssels, und mit einem satten, luxuriösen Klack schloss sich die Zentralverriegelung. «Und übrigens», sagte er mit gesenkter Stimme. «Wir haben dieses Gespräch nie geführt, okay? Es würde nicht besonders gut ankommen, wenn irgendjemand erfährt, dass ich unschuldigen Kindern beibringe, wie man sich auf anderer Leute Internet-Seite einhackt.»

«Jess hätte nichts dagegen.»

«Ich rede nicht nur über Jess.»

Nicky hielt seinem Blick stand. «Regel Nummer eins des Computerfreak-Clubs: Es gibt keinen Computerfreak-Club.»

«Dieses Sockenproblem», sagte Tanzie, als die anderen zu ihnen stießen. Sie hielt eine vollgekritzelte Papierserviette in der Hand. «Ich habe es herausbekommen. Wenn man eine Anzahl N Socken hat, muss man eine Reihung des Bruchs 1 durch N zu der Größe N dazurechnen.» Sie rückte ihre Brille zurecht.

«Genau diesen Schluss hätte ich auch gezogen», sagte Mr. Nicholls. Und Mum sah Nicky an, als wären sie alle mit irgendwelchen Aliens im Bunde.

KAPITEL 16

Tanzie

Keiner von ihnen hatte große Lust, wieder einzusteigen. Der Reiz des Neuen, stundenlang in einem Auto zu sitzen, hatte sich schnell abgenutzt, selbst bei einem so schönen Wagen wie dem von Mr. Nicholls. Dieser Tag, verkündete Mum wie jemand, der eine Spritze verabreichen muss, würde der längste Reisetag werden. Alle sollten noch mal auf die Toilette gehen und es sich dann im Auto bequem machen, denn Mr. Nicholls wollte es bis kurz vor Newcastle schaffen, wo er ein Bed-and-Breakfast entdeckt hatte, in das man Hunde mitnehmen konnte. Sie würden etwa um zehn Uhr abends ankommen. Danach sollten sie mit einer weiteren Tagesfahrt Aberdeen erreichen. Mr. Nicholls würde ihnen eine Übernachtungsgelegenheit in der Nähe der Universität suchen, und Tanzie würde am darauffolgenden Tag frisch und ausgeruht zu dem Mathe-Wettbewerb gehen. Mr. Nicholls sah Tanzie an. «Es sei denn, du hast dich inzwischen so weit an das Auto gewöhnt, dass ich schneller als vierzig fahren kann.»

Sie schüttelte den Kopf.

«Nein.» Die Hoffnung wich aus seiner Miene. «Also gut.»

Sein Blick fiel zufällig auf den Rücksitz, und er musste zweimal hinschauen. Ein paar Schokolinsen waren auf den cremefarbenen Ledersitzen geschmolzen, und der Fußraum war nach ihrem Spaziergang im Wald mit Schlamm und Blättern verdreckt. Mr. Nicholls bemerkte, dass sie ihn ansah, und schenkte ihr ein schiefes Lächeln, als wäre das alles nicht so schlimm, obwohl man sah, dass es ihm vermutlich doch etwas ausmachte. Dann drehte er sich wieder nach vorne.

«Okay dann», sagte er und ließ den Motor an.

Eine Stunde lang verhielten sich alle ruhig, weil Mr. Nicholls eine Radiosendung über IT-Themen hörte. Mum las in einem ihrer Bücher. Seit die Leihbücherei geschlossen hatte, kaufte sie sich jede Woche zwei Taschenbücher im Secondhandladen, schaffte es aber immer nur, eins zu lesen.

Der Nachmittag zog sich hin, und es regnete Bindfäden. Tanzie schaute aus dem Fenster und versuchte, Matheaufgaben im Kopf durchzurechnen, aber es war schwer, sich zu konzentrieren, wenn sie nichts in ihren Unterlagen nachprüfen konnte. Um ungefähr sechs Uhr wurde Nicky immer unruhiger, als könnte er keine bequeme Sitzhaltung mehr finden.

«Wann halten wir wieder an?»

Mum war kurz eingenickt. Sie setzte sich abrupt auf, tat so, als hätte sie nicht geschlafen, und sah auf die Uhr.

«Zehn nach sechs», sagte Mr. Nicholls.

«Können wir nicht zum Essen anhalten?», fragte Tanzie.

«Ich muss echt ein paar Schritte gehen. Meine Rippen fangen an weh zu tun.»

«Suchen wir uns ein Restaurant», sagte Mr. Nicholls. «Wir könnten nach Leicester abbiegen und irgendwo ein Curry essen.»

«Ich würde lieber ein paar belegte Brote machen. Wir haben keine Zeit, um uns irgendwo hinzusetzen und Curry zu essen.»

«Ich liebe Curry», sagte Nicky trübselig.

«Dann essen wir vielleicht eins in Aberdeen.»

«Wenn ich gewinne.»

«Das solltest du besser, du kleine Kröte», sagte Nicky leise. «Wenn ich noch ein altbackenes Käsebrot esse, fange ich an zu vertrocknen.»

Mr. Nicholls fuhr durch einen kleinen Ort, dann durch den nächsten und folgte den Schildern zu einem Einkaufszentrum. Es wurde langsam dunkel. Der Audi schob sich langsam durch den Verkehr, schließlich blieben sie vor einem Supermarkt stehen, und Mum stieg mit einem lauten Seufzer aus und rannte in den Laden. Sie sahen sie durch das regennasse Schaufenster vor dem Kühlregal stehen, Sachen herausnehmen und wieder hineinlegen.

«Warum kauft sie nicht einfach die fertigen Sandwiches?», fragte Mr. Nicholls mit einem Blick auf die Uhr. «Dann wäre sie in zwei Minuten wieder draußen.»

«Zu teuer», sagte Nicky.

«Und man weiß nicht, wer sie vorher in der Hand gehabt hat.»

«Jess hat letztes Jahr drei Wochen lang für einen Supermarkt belegte Brötchen gemacht. Sie meinte, ihre Kollegin hat sich in der Nase gebohrt und dann die Hühnerstreifen für die Chicken-Wraps geschnitten.»

«Und kein Mensch hat Handschuhe getragen.»

Mr. Nicholls wurde auffällig still.

«Fünf zu eins, dass sie Eigenmarke-Schinken holt», sagte Nicky.

«Bei Eigenmarke-Schinken ist die Wahrscheinlichkeit zwei zu eins», sagte Tanzie.

«Ich gehe aufs Ganze und sage Scheiblettenkäse», sagte Mr. Nicholls. «Wie stehen die Quoten bei Scheiblettenkäse?»

«Das ist nicht genau genug», sagte Nicky. «Sie müssten auf Scheibletten einer bestimmten Marke wetten oder auf orange gefärbte Eigenmarke-Scheibletten. Mit einem tollen Phantasienamen.»

«Schlaraffenland-Schlemmerkäse.»

«Herzhafter Wiederkäu-Cheddar.»

«Das klingt ja ekelhaft.»

«Sauertopfkuh-Scheiben.»

«Oh, jetzt hört aber auf. So schlimm ist sie auch wieder nicht», sagte Mr. Nicholls.

Tanzie und Nicky lachten.

Mum öffnete die Tür und hielt ihre Einkaufstüte hoch. «Also», sagte sie strahlend. «Sie hatten Thunfischpaste im Sonderangebot. Wer möchte ein Thunfischbrot?»

«Sie möchten nie eins von unseren Broten», sagte Mum, als Mr. Nicholls durch die Stadt fuhr.

Mr. Nicholls setzte den Blinker und bog auf die Landstraße ab. «Ich mag belegte Brote nicht. Die erinnern mich an meine Schulzeit.»

«Und was essen Sie so?» Mum ließ es sich schmecken. Es hatte nur wenige Minuten gedauert, bis das ganze Auto nach Fisch roch.

«In London? Zum Frühstück Toast. Zum Mittagessen manchmal Sushi oder Nudeln. Und dann kenne ich ein Lokal, bei dem ich mir abends etwas zum Mitnehmen bestelle.»

«Zum Mitnehmen? Machen Sie das jeden Abend?»

«Wenn ich nicht ausgehe.»

«Und wie oft gehen Sie aus?»

«Zurzeit? Nie.»

Mum sah ihn streng an.

«Ja, okay, es sei denn, ich betrinke mich bei Ihnen im Pub.»

«Essen Sie wirklich jeden Abend das Gleiche?»

Mr. Nicholls schien sich ein bisschen zu winden. «Es gibt jede Menge unterschiedliche Curry-Gerichte.»

«Das muss ja ein Vermögen kosten. Und was essen Sie, wenn Sie in Beachfront sind?»

«Da hole ich mir was am Imbiss.»

«Von Raj?»

«Ja. Kennen Sie den?»

«O ja, den kenne ich.»

Darauf breitete sich Stille aus.

«Was denn?», fragte Mr. Nicholls. «Gehen Sie dort nicht hin? Woran liegt es? Zu teuer? Gleich erzählen Sie mir, dass es ganz einfach ist, sich Pellkartoffeln zu machen, oder? Nun, ich esse nicht gern Pellkartoffeln. Und ich esse nicht gern belegte Brote. Und ich koche nicht gern.» Vielleicht lag es daran, dass er Hunger hatte, aber auf einmal war er ziemlich schlecht gelaunt.

Tanzie beugte sich zwischen den Sitzen vor. «Nathalie hat einmal ein Haar in ihrem Chicken Jalfrezi gefunden.»

Mr. Nicholls öffnete den Mund, um etwas zu sagen, als sie hinzufügte: «Und es war kein Kopfhaar.»

Dreiundzwanzig Leitpfosten zogen vorbei.

«Man kann sich über diese Dinge auch zu viele Gedanken machen», sagte Mr. Nicholls.

Irgendwo hinter Nuneaton fing Tanzie an, Norman heimlich mit ihrem Brot zu füttern, weil die Thunfischpaste überhaupt nicht nach Thunfisch schmeckte und ihr das Brot am Gaumen kleben blieb. Mr. Nicholls fuhr auf eine Tankstelle, die an der einsamen Landstraße aussah wie ein gerade gelandetes UFO.

«Die Sandwiches hier sind bestimmt schrecklich», sagte Mum und spähte in den Tankstellenshop. «Die liegen garantiert schon seit Wochen in der Vitrine.»

«Ich kaufe kein Sandwich.»

«Ob die auch Teigtaschen haben?», sagte Nicky. «Ich liebe Teigtaschen.»

«Die sind noch schlimmer. Ist vermutlich lauter Hundefleisch drin.»

Tanzie legte Norman die Hände über die Ohren.

«Gehen Sie rein?», fragte Mum Mr. Nicholls und kramte in ihrem Portemonnaie herum. «Würden Sie den beiden einen Schokoriegel mitbringen? Ausnahmsweise.»

«Twix, bitte», sagte Nicky, dessen Miene sich deutlich erhellt hatte.

«Aero. Mit Pfefferminzgeschmack, bitte», sagte Tanzie. «Kann ich den großen Riegel haben?»

Mum streckte die Hand mit dem Geld aus. Aber Mr. Nicholls sah in die andere Richtung. «Können Sie selbst reingehen?», sagte er. «Ich will mal kurz über die Straße.»

«Wohin gehen Sie?»

Er klopfte sich auf den Bauch und wirkte auf einmal sehr fröhlich. «Dorthin.»

In Keith's Kebabs gab es sechs Plastikstühle, die im Boden verschraubt waren, im Schaufenster stand ein Arrangement aus vierzehn Dosen Diät-Cola, und bei dem Neonschriftzug war das erste «b» ausgefallen. Tanzie sah Mr. Nicholls durch das Autofenster nach und beobachtete, wie er fast beschwingt über die Straße ging und den von Neonröhren beleuchteten Imbiss betrat. Er starrte auf die Wand hinter der Theke und deutete anschließend auf ein riesiges Stück braunes Fleisch, das sich langsam an einem Spieß drehte. Tanzie überlegte, welchem Tier die Form des Fleischstücks entsprach, und kam nur auf Büffel. Vielleicht ein amputierter Büffel.

«O Mann», sagte Nicky, als der Mann anfing, an dem Fleisch herumzusäbeln, und seine Stimme war voll Verlangen. «Können wir nicht auch einen Döner haben?»

«Nein», sagte Mum.

«Ich wette, Mr. Nicholls würde uns einen kaufen, wenn wir ihn darum bitten», sagte er.

Mum fauchte ihn an. «Mr. Nicholls tut wirklich schon genug für uns. Wir werden ihn nicht auch noch anschnorren. Okay?»

Nicky verdrehte die Augen in Tanzies Richtung. «Okay», sagte er mürrisch.

Und dann sagte keiner mehr etwas.

«Tut mir leid», sagte Mum schließlich. «Ich will einfach nicht ... ich will einfach nicht, dass er denkt, wir würden ihn ausnutzen.»

«Aber ist es auch jemanden ausnutzen, wenn man etwas angeboten bekommt?», sagte Tanzie.

«Iss einen Apfel, wenn du noch Hunger hast», sagte Mum. «Oder einen von den Frühstücks-Muffins. Ich glaube, wir haben noch welche übrig.» Nicky sah schweigend zum Autodach. Tanzie seufzte.

Mr. Nicholls öffnete die Autotür und brachte den Geruch von heißem, würzigem Fleisch mit. Sein Döner steckte in weißem, fetttriefendem Papier, und an beiden Seiten lugte grüner, geschnitzelter Salat zwischen dem Fleisch hervor. Sofort bildeten sich zwei Sabberfäden an Normans Maul. «Seid ihr sicher, dass ihr nichts davon abhaben wollt?», fragte Mr. Nicholls gutgelaunt und drehte sich zu Tanzie und Nicky um. «Ich habe nur ein bisschen Chilisoße draufgemacht.»

«Nein. Das ist sehr nett, aber nein danke», sagte Mum entschieden und warf Nicky einen warnenden Blick zu.

«Nein danke», sagte Tanzie leise. Es roch köstlich.

«Nein danke», sagte Nicky und sah zum Fenster hinaus.

«Also. Wer möchte noch ein Brot?», sagte Mum.

Nuneaton, Market Bosworth, Coalville, Ashby de la Zouch, die Ortsschilder zogen in unregelmäßiger Abfolge vorbei. Es hätte auch Sansibar oder Tansania draufstehen können, so wenig wusste Tanzie, wo genau sie gerade waren. Sie ertappte sich dabei, wie sie immer wieder Ashby de la Zouch, Ashby de la Zouch murmelte, und versuchte sich vorzustellen, wie toll es wäre, so zu heißen. Hi – wie heißt du? Ich bin Ashby de la Zouch. Hey, Ashby! Das ist ja cool! Costanza Thomas hatte auch fünf Silben, klang aber nicht so rhythmisch. Sie sagte in Gedanken Costanza de la Zouch – sechs Silben – und dann Ashby Thomas, aber das klang im Vergleich total lahm.

Costanza de la Zouch.

Mum las wieder. Sie hatte das Licht über dem Beifahrersitz angeschaltet, und Mr. Nicholls rutschte auf seinem Sitz herum, bis er schließlich sagte: «Auf der Karte ... Ist da irgendwo in der Nähe ein Restaurant?»

Sie waren seit 389 Leitpfosten wieder auf der Landstraße.

Normalerweise war es einer von den anderen, der darum bat anzuhalten. Tanzie hatte immer Durst und trank zu viel, und dann musste sie mal. Norman winselte alle zwanzig Minuten, aber sie wussten nicht, ob er wirklich rausmusste oder sich bloß genauso langweilte wie die anderen und nur ein bisschen herumschnuppern wollte.

«Haben Sie immer noch Hunger?» Mum sah auf.

«Nein. Ich ... ich muss mal austreten.»

Mum wandte sich wieder ihrem Buch zu. «Oh, kümmern Sie sich nicht um uns. Gehen Sie einfach hinter einen Baum.»

«Nein, ich brauche eine richtige Toilette.»

«Oh.» Mum nahm die Straßenkarte aus dem Handschuhfach. «Also, wie es aussieht, ist Kegworth die nächste Stadt. Ich bin sicher, dass Sie dort etwas finden. Oder bei einer Tankstelle, wenn wir auf die Schnellstraße fahren.»

«Wie weit?»

«Zehn Minuten?»

«Okay.» Er nickte vor sich hin. «Zehn Minuten sind okay.» Sein Gesicht glänzte merkwürdig. «Zehn Minuten ist zu schaffen.»

Nicky hatte die Stöpsel seines Kopfhörers in den Ohren und hörte Musik. Tanzie streichelte Normans große, weiche Ohren und dachte über die Stringtheorie nach. Und dann riss Mr. Nicholls unvermittelt das Steuer herum und bog in eine Haltebucht ein. Alle wurden nach vorn geschleudert. Norman rollte beinahe von der Rückbank. Mr. Nicholls drückte hastig die Fahrertür auf, rannte hinten ums Auto herum, und als sich Tanzie auf ihrem Sitz umdrehte, bückte er sich gerade über einen Graben, eine Hand aufs Knie gestützt, und begann zu keuchen. Es war unmöglich, ihn nicht zu hören, sogar bei geschlossenen Fenstern.

Sie starrten alle hin.

«Wow», sagte Nicky. «Was da alles aus ihm rauskommt. Das ist ja wie ... Krass, das ist genau wie bei Alien.»

«O mein Gott», sagte Mum.

«Das ist ekelhaft», sagte Tanzie, die durch das Rückfenster spähte.

«Schnell», sagte Mum. «Wo ist die Küchenrolle, Nicky?»

Tanzie und Nicky sahen zu, wie Jess aus dem Auto stieg und losging, um Mr. Nicholls zu helfen. Er hockte dort ganz zusammengekrümmt. Als Jess sah, dass Tanzie und Nicky durch die Heckscheibe starrten, gab sie ihnen ein Zeichen, dass sie damit aufhören sollten, obwohl sie Mr. Nicholls vorher selbst angestarrt hatte.

«Na, willst du immer noch einen Döner?», sagte Tanzie zu Nicky.

«Du bist ein boshafter Wicht», erwiderte er und erschauerte.

Mr. Nicholls kam zum Wagen zurück wie jemand, der gerade erst Laufen gelernt hat. Sein Gesicht hatte diese seltsame blassgelbliche Farbe, und seine Haut war mit winzigen Schweißperlen bedeckt.

«Sie sehen schrecklich aus», sagte Tanzie.

Er setzte sich wieder auf seinen Platz. «Schon okay», sagte er. «Jetzt müsste es wieder gehen.»

Mum streckte ihre Hand zwischen den Sitzen nach hinten und sagte lautlos «Plastiktüte». «Nur für alle Fälle», verkündete sie fröhlich und öffnete ihr Fenster ein bisschen.

Die nächsten paar Meilen fuhr Mr. Nicholls sehr, sehr langsam. So langsam, dass ihn die Autos von hinten mit Lichthupe anblinkten und ein Fahrer ärgerlich auf die Hupe drückte, als er überholte. Manchmal geriet Mr. Nicholls ein bisschen über den Mittelstreifen, als würde er sich nicht richtig konzentrieren, aber Tanzie registrierte Mums entschlossenes Schweigen und beschloss, nichts zu sagen.

«Wie weit noch?», murmelte Mr. Nicholls immer wieder.

«Nicht mehr weit», sagte Mum, obwohl sie vermutlich keine Ahnung hatte. Sie klopfte ihm auf den Arm, als wäre er ein Kind. «Sie schlagen sich wirklich tapfer.»

Er warf ihr einen gequälten Seitenblick zu.

«Halten Sie durch», sagte sie leise, und es klang wie eine Anordnung.

Ungefähr eine halbe Meile weiter sagte er auf einmal «O Gott» und trat wieder auf die Bremse. «Ich brauche eine ...»

«Pub!», rief Mum und deutete nach vorn auf ein Leuchtschild, das gerade am nächsten Ortseingang aufgetaucht war. «Sehen Sie! Das schaffen Sie!»

Mr. Nicholls drückte das Gaspedal durch, sodass Tanzies Wangen von der Beschleunigungskraft nach hinten gezogen wurden. Mr. Nicholls schlitterte auf den Parkplatz, riss die Tür auf, hastete über den Platz und verschwand in dem Pub.

Sie warteten. Im Auto war es so still, dass man den abkühlenden Motor ticken hörte.

Nach fünf Minuten beugte sich Mum über den Fahrersitz und zog die Tür zu, damit es nicht zu kalt wurde. Sie drehte sich um und lächelte Tanzie und Nicky an. «Wie war der Aero-Riegel?»

«Gut.»

«Ich mag Aeros auch.»

Nicky nickte mit geschlossenen Augen zum Takt der Musik.

Ein Mann in Begleitung einer Frau mit hohem Pferdeschwanz parkte ein und musterte das Auto. Mum lächelte. Die Frau erwiderte das Lächeln nicht.

Zehn Minuten vergingen.

«Soll ich mal nachsehen?», sagte Nicky, nachdem er seine Kopfhörer aus den Ohren gezogen und auf die Uhr gesehen hatte.

«Lieber nicht», sagte Mum. Sie hatte angefangen, mit dem Fuß auf den Boden zu klopfen.

Weitere zehn Minuten vergingen. Schließlich, nachdem Tanzie mit Norman eine Runde um den Parkplatz gedreht und Mum hinter dem Auto ein paar Gymnastikübungen gemacht hatte, weil sie angeblich langsam aus der Form kam, tauchte Mr. Nicholls wieder auf.

Sein Gesicht war weißer, als es Tanzie jemals bei irgendwem gesehen hatte. Es war weiß wie Papier. Es sah aus, als hätte ihm jemand alle Farbe wegradiert.

«Ich glaube, wir müssen eine Weile hierbleiben», sagte er.

«In dem Pub?»

«Nicht in dem Pub», sagte er und warf einen Blick über die Schulter. «Ganz bestimmt nicht in dem Pub. Vielleicht ... vielleicht irgendwo ein paar Meilen weiter.»

«Möchten Sie, dass ich fahre?», fragte Mum.

«Nein», kam es von allen anderen gleichzeitig, und sie lächelte und versuchte so auszusehen, als wäre sie nicht beleidigt.

Das Bluebell Haven war die einzige Übernachtungsmöglichkeit im Umkreis von zehn Meilen, vor der noch ein Zimmerfrei-Schild hing. Es bestand aus achtzehn Wohnwagen, einem Spielplatz mit zwei Schaukeln, einem Sandkasten und einem Schild mit der Aufschrift «Keine Hunde».

Mr. Nicholls ließ seine Stirn auf das Lenkrad sinken. «Wir finden etwas anderes.» Er zuckte zusammen und krümmte sich. «In einer Minute geht es weiter.»

«Das ist nicht nötig.»

«Sie haben doch gesagt, Sie können den Hund nicht im Auto lassen.»

«Das werden wir auch nicht. Tanzie», sagte Mum. «Die Sonnenbrille.»

An einem der Wohnwagen am Eingangstor stand «Rezeption». Mum ging zuerst hinein, und Tanzie setzte die Sonnenbrille auf, wartete draußen auf der Treppe und spähte durch die Milchglastür. Der fette Mann, der sich träge von seinem Stuhl erhob, sagte zu Mum, sie habe Glück, weil nur noch ein Wohnwagen frei sei und er ihn ihr zum Sonderpreis geben würde.

«Und wie viel ist das?», sagte Mum.

«Achtzig Pfund.»

«Für eine Nacht? In einem Wohnwagen?»

«Es ist Samstag.»

«Und es ist sieben Uhr abends, und Sie haben keinen Gast dafür.»

«Es könnte immer noch jemand kommen.»

«Ja. Ich habe gehört, Madonna hat einen Überraschungsgig am anderen Ende der Straße und sucht noch einen Platz, an dem sie ihr Gefolge unterbringen kann.»

«Kein Grund, sarkastisch zu werden.»

«Kein Grund, mich abzuzocken. Dreißig Pfund», sagte Mum und zog die Geldscheine aus ihrer Tasche.

«Vierzig.»

«Fünfunddreißig.» Mum streckte die Hand aus. «Das ist alles, was ich habe. Und wir haben einen Hund.»

Er hob seine fleischige Hand. «Lesen Sie, was auf dem Schild steht. Keine Hunde.»

«Es ist ein Blindenhund. Für meine kleine Tochter. Ich erinnere Sie daran, dass es verboten ist, eine Person aufgrund einer Behinderung nicht aufzunehmen.»

Nicky öffnete die Tür und führte Tanzie am Ellbogen herein. Sie stand mit ihrer dunklen Sonnenbrille bewegungslos da, während sich Norman vor sie platzierte. Dieses Spielchen hatten sie schon zweimal gemacht, als sie den Bus nach Portsmouth nehmen mussten, nachdem Dad weg war.

«Er ist gut ausgebildet», sagte Mum. «Er macht keine Probleme.»

«Er ersetzt mir die Augen», sagte Tanzie. «Ohne ihn wäre mein Leben nichts wert.»

Der Mann starrte Tanzies Hände an und dann ihr Gesicht. Seine Wangen erinnerten Tanzie an die von Norman. Sie musste daran denken, nicht zu dem Fernseher hinaufzuschauen, der an der Wand hing.

«Sie nehmen mich doch auf den Arm, Lady.»

«Oh, das könnte ich nicht einmal, wenn ich es wollte», sagte Mum fröhlich.

Er schüttelte den Kopf, senkte seine riesige Pranke und ging schwerfällig zum Schlüsselschrank. «Golden Acres. Zweite Reihe, der vierte auf der rechten Seite. In der Nähe des Toilettengebäudes.»

Als sie bei dem Wohnwagen ankamen, ging es Mr. Nicholls so schlecht, dass er kaum mitbekam, wo sie waren. Er stöhnte leise vor sich hin, hielt sich den Bauch, und als er das Schild «Toiletten» sah, stieß er einen Schrei aus und war verschwunden. Die anderen sahen ihn beinahe eine Stunde lang nicht wieder.

Der Golden Acres war weder golden noch auch nur annähernd hundert Quadratmeter groß, aber Mum sagte, im Sturm läuft man jeden Hafen an. Es gab zwei winzige Schlafzimmer, und das Sofa im Wohnzimmer konnte in ein weiteres Bett verwandelt werden. Mum sagte, Nicky und Tanzie könnten das Zimmer mit dem Doppelbett haben, Mr. Nicholls das andere Schlafzimmer, und sie würde das Sofa nehmen. Es war ganz okay in dem Schlafzimmer, auch wenn Nickys Füße unten aus dem Bett heraushingen und es nach altem Zigarettenrauch stank. Mum öffnete ein bisschen die Fenster, dann machte sie die Betten und ließ das Wasser laufen, bis es heiß wurde, weil sie vermutete, dass Mr. Nicholls duschen wollte, wenn er wiederkam.

Tanzie inspizierte das Chemieklo im Badezimmer und drückte anschließend die Nase ans Fenster, um die Lichter in den anderen Wohnwagen zu zählen. (Anscheinend waren nur noch zwei weitere vermietet. «Dieser Lügensack», sagte Mum.)

Sie hatte ihr Handy seit gerade einmal fünfzehn Sekunden zum Laden angeschlossen, als es schon klingelte. Sie zuckte zusammen und nahm es in die Hand, ohne das Kabel aus der Steckdose an der Wand zu ziehen.

«Hallo? Des?» Ihre Hand flog vor ihren Mund. «O Gott, Des, ich schaffe es nicht, rechtzeitig zurück zu sein.»

Aus dem Handy drang gedämpft eine ärgerliche Stimme.

«Es tut mir wirklich leid. Ich weiß, was ich versprochen habe. Aber bei mir läuft alles ein bisschen durcheinander. Ich bin in …» Sie schnitt eine Grimasse in Tanzies Richtung. «Wo sind wir?»

«In der Nähe von Ashby de la Zouch», sagte Tanzie.

«Ashby de la Zouch», wiederholte Mum. Und dann, während sie sich mit einer Hand durch die Haare fuhr: «Ashby de la Zouch. Ich weiß. Es tut mir wirklich leid. Der Tag ist ganz anders gelaufen, als ich es geplant hatte, und unser Fahrer ist krank geworden, und der Akku von meinem Handy war leer, und ... Was?» Sie sah Tanzie an. «Ich weiß nicht. Vermutlich nicht vor Dienstag. Vielleicht sogar erst Mittwoch. Es dauert länger, als wir gedacht haben.»

Tanzie hörte ihn jetzt eindeutig vor Wut schreien.

«Kann mich Chelsea nicht vertreten? Ich habe schon oft genug ihre Schicht übernommen ... Ich weiß, dass Saison ist. Ich weiß. Des, es tut mir wirklich leid. Ich habe doch gesagt, dass ich ...» Sie unterbrach sich. «Nein. Ich kann nicht früher zurückkommen. Nein. Ich bin wirklich ... Was meinst du damit? Ich habe im gesamten vergangenen Jahr keine einzige Schicht gefehlt. Ich ... Des? ... Des?» Sie sagte nichts mehr und starrte das Handy an.

«War das Des aus dem Pub?» Tanzie mochte Des aus dem Pub. Einmal hatte sie an einem Sonntagnachmittag mit Norman draußen gesessen und auf Mum gewartet, und er war rausgekommen und hatte ihr eine Portion frittierte Scampis gebracht.

In diesem Moment wurde die Tür geöffnet, und Mr. Nicholls fiel beinahe herein. «Muss mich hinlegen», murmelte er und ließ sich auf die geblümten Sofakissen fallen. Er sah mit grauem Gesicht und Ringen unter den Augen zu Mum auf. «Muss mich hinlegen. Sorry», nuschelte er.

Mum saß einfach bloß da und starrte ihr Handy an.

Er sah sie blinzelnd an: «Haben Sie versucht, mich zu erreichen?»

«Er hat mich gefeuert», sagte Mum. «Ich fasse es nicht. Er hat mich gefeuert, verdammt.»

KAPITEL 17

Jess

Es wurde eine merkwürdige Nacht. Jess verlor jedes Zeitgefühl. Sie hatte noch nie erlebt, dass einem Mann derartig schlecht war. Sie fürchtete schon fast, dass er seine Organe aus dem Leib würgen würde. Sie gab den Versuch zu schlafen auf. Sie starrte die braunen, abwaschbaren Wände des Wohnwagens an, las ein bisschen, döste vor sich hin. Neben ihr stöhnte Mr. Nicholls, und gelegentlich stand er auf, um zum Toilettengebäude zu schlurfen. Sie schloss die Tür des Zimmers, in dem die Kinder schliefen, wartete im Wohnwagen auf ihn, schlief manchmal kurz auf dem Sofa ein und reichte ihm Wasser und Taschentücher, wenn er wieder hereinschwankte.

Um kurz nach drei sagte Mr. Nicholls, dass er duschen wolle. Jess ließ sich versprechen, dass er die Badezimmertür nicht abschloss, ging mit seiner Kleidung zum Waschsalon (Waschmaschine und Trockner in einem Schuppen) und gab drei Pfund zwanzig für einen Sechzig-Grad-Waschgang aus. Für den Trockner fehlte ihr das Münzgeld.

Als sie in den Wohnwagen zurückkam, war er immer noch in der Dusche. Sie hängte seine Sachen auf Kleiderbügeln vor die Heizung und hoffte, dass sie bis zum Morgen einigermaßen trocknen würden, dann klopfte sie leise an die Badezimmertür. Keine Antwort, nur das Geräusch von fließendem Wasser und eine Wasserdampfschwade, als sie die Tür einen Spalt öffnete. Sie spähte hinein. Das Glas der Duschkabine war beschlagen, aber sie erkannte, dass er auf dem Boden zusammengesunken war. Sie wartete einen Moment ab, starrte auf seinen breiten Rücken, der an der Glaswand lehnte, ein blasses, umgekehrtes Dreieck, überraschend muskulös. Dann beobachtete sie, wie er die Hand hob und sich erschöpft übers Gesicht fuhr.

«Mr. Nicholls?», flüsterte sie hinter ihm. Und als er nichts sagte, noch einmal: «Mr. Nicholls?»

Er drehte sich um und sah sie. Seine Augen waren rot umrandet, und sein Kopf war tief zwischen die Schultern gesunken.

«Verdammt. Ich kann nicht mal aufstehen. Und das Wasser wird langsam kalt», sagte er.

«Soll ich Ihnen helfen?»

«Nein. Ja. Verdammt.»

«Warten Sie.»

Sie nahm ein Handtuch hoch – ob sie damit ihn oder sich selbst abschirmen wollte, wusste sie nicht so genau –, griff in die Dusche und stellte das Wasser ab. Dann ging sie in die Hocke, damit er sich mit dem Handtuch bedecken konnte, und beugte sich anschließend vor. «Legen Sie ihren Arm um meinen Hals.»

«Sie sind winzig klein. Ich werde Sie nur mit umreißen.»

«Ich bin stärker, als ich aussehe.»

Er rührte sich nicht.

«Sie müssen mich unterstützen. Ich kann Sie nicht hochheben wie ein Feuerwehrmann.»

Sein nasser Arm glitt um sie, und er steckte sich das Handtuch um die Hüfte fest. Jess stemmte sich gegen die Wand der Dusche, und schließlich kamen sie schwankend zum Stehen. Dass der Wohnwagen so eng war, erwies sich als sehr nützlich, denn so hatte Mr. Nicholls bei jedem Schritt eine Wand in Reichweite, an der er sich abstützen konnte. Sie gingen mit unsicheren Schritten zum Sofa.

«So weit ist es also mit mir gekommen.» Er stöhnte und schielte nach dem Eimer, den sie wieder neben das Sofa gestellt hatte.

«Tja.» Jess musterte die abblätternde Tapete und die nikotinfleckigen Bilder an der Wand. «Ich habe auch schon mal einen schöneren Samstagabend erlebt.»

Es war kurz nach vier. Ihre Augen waren müde und brannten, und sie setzte sich und schloss für einen Moment die Lider.

«Danke», sagte er mit schwacher Stimme.

«Wofür?»

Er richtete sich auf. «Dafür, dass Sie mir mitten in der Nacht eine Rolle Klopapier rausgebracht haben. Dafür, dass Sie meine widerlichen Klamotten gewaschen haben. Dass Sie mir aus der Dusche geholfen haben. Und weil Sie mir kein einziges Mal unter die Nase gerieben haben, dass ich selbst schuld bin, wenn ich mir in einem Imbiss wie Keith's Kebabs einen zweifelhaften Döner kaufe.»

«Obwohl Sie tatsächlich selbst schuld sind.»

«Sehen Sie? Jetzt verderben Sie es.»

Er ließ sich zurücksinken, den Unterarm über die Augen gelegt. Sie versuchte, nicht auf die breite Brust oberhalb des strategisch platzierten Handtuchs zu schauen. Sie konnte sich nicht daran erinnern, wann sie zum letzten Mal einen nackten Männeroberkörper gesehen hatte, wenn man einmal von der schlechten Idee absah, die Des im Sommer zuvor gehabt hatte, als er einen Beach-Volleyball-Wettbewerb im Pub organisierte.

«Legen Sie sich doch ein bisschen im Schlafzimmer hin. Dort haben Sie es bequemer.»

Er schlug ein Auge auf. «Bekomme ich einen SpongeBob-Bettbezug?»

«Sie bekommen meinen mit den rosa Streifen. Aber ich schwöre, dass es in meinen Augen nichts über Ihre Männlichkeit aussagt.»

«Und wo schlafen Sie?»

«Hier. Das ist schon okay», sagte sie, als er anfangen wollte zu widersprechen. «Ich glaube ohnehin nicht, dass ich viel schlafen kann.»

Er ließ sich von ihr in das winzige Schlafzimmer führen. Stöhnend ließ er sich auf das Bett fallen, als wäre ihm sogar diese Bewegung unangenehm, und sie zog sanft die Bettdecke über ihn. Die Ringe unter seinen Augen waren aschgrau, und seine Stimme klang schläfrig. «In ein paar Stunden bin ich wieder fit.»

«Na klar», sagte sie und musterte die geisterhafte Blässe seiner Haut. «Lassen Sie sich Zeit.»

«Wo zum Teufel sind wir überhaupt?»

«Oh, irgendwo auf dem gelben Ziegelsteinweg Richtung Oz.»

«Ist das die Geschichte mit dem gottgleichen Löwen, der immer alle rettet?»

«Sie denken an die Chroniken von Narnia. Im Zauberer von Oz ist der Löwe ein unnützer Feigling.»

«Das hätte ich mir ja denken können.»

Endlich schlief er ein.

Jess ging leise aus dem Zimmer, legte sich auf das schmale Sofa und sah absichtlich nicht auf die Uhr. Am Abend, während Mr. Nicholls im Toilettengebäude war, hatten sie und Nicky sich die Karte angeschaut.

Wir haben immer noch viel Zeit, betete sie sich vor. Und dann, endlich, schlief auch sie ein.

Bis weit in den Vormittag rührte sich nichts in Mr. Nicholls' Zimmer. Jess überlegte, ob sie hineingehen sollte, aber jedes Mal, wenn sie kurz davor war, den Raum zu betreten, dachte sie wieder daran, wie er auf dem Boden der Duschkabine zusammengesackt war, und ihre Finger erstarrten auf dem Türgriff. Sie öffnete die Tür nur ein einziges Mal, als Nicky darauf hinwies, dass Mr. Nicholls immerhin an seinem Erbrochenen erstickt sein könnte. Er wirkte ein winziges bisschen enttäuscht, als sich herausstellte, dass Mr. Nicholls einfach nur tief und fest schlief. Die Kinder gingen mit Norman spazieren – Tanzie wegen der Glaubwürdigkeit mit der Sonnenbrille auf der Nase –, erledigten Einkäufe in einem Lebensmittelladen und frühstückten flüsternd. Jess machte aus den Resten des Frühstücks belegte Brote («Super», sagte Nicky), putzte den Wohnwagen, um etwas zu tun zu haben, und ging hinaus, um sich noch einmal bei Des zu entschuldigen. Er ging nicht ans Telefon. Jess musste auf den Anrufbeantworter sprechen.

Schließlich öffnete sich quietschend die Tür zu dem kleinen Schlafzimmer, und Mr. Nicholls tauchte auf, blinzelnd, in T-Shirt und Boxershorts. Zum Gruß hob er eine Hand. Er wirkte leicht verwirrt, wie ein Schiffbrüchiger, der auf einer einsamen Insel aufwacht. Über seine Wange lief eine lange

Furche, die sich durch eine Falte im Kopfkissen gebildet hatte. «Wir sind hier in …?»

«Ashby de la Zouch. Oder jedenfalls in der Nähe. Mit Beachfront ist es allerdings nicht zu vergleichen.»

«Wie spät ist es?»

«Viertel vor elf.»

«Viertel vor elf. Okay.» Er hatte Bartstoppeln, und sein Haar stand auf einer Seite vom Kopf ab. Jess tat so, als würde sie lesen. Er roch nach warmem, schläfrigem Mann. Sie hatte vergessen, wie wirkungsvoll dieser Geruch war.

«Viertel vor elf.» Er rieb sich über sein Stachelkinn, dann ging er unsicher zum Fenster und spähte hinaus. «Es kommt mir vor, als hätte ich eine Million Jahre lang geschlafen.» Er ließ sich ihr gegenüber auf das Sofa fallen und rieb sich noch einmal übers Kinn.

«Alter», sagte Nicky, der neben Jess saß, «Ausbruchsalarm.»

«Wie bitte?»

Nicky wedelte mit einem Kugelschreiber. «Sie müssen den Gefangenen in den Knast zurückbringen.»

Mr. Nicholls starrte ihn an und drehte sich zu Jess hin, als wollte er sagen: ‹Ihr Sohn ist verrückt geworden.›

Jess folgte Nickys Blick und wandte sofort den Kopf ab. «O Gott.»

Mr. Nicholls runzelte die Stirn. «O Gott was?»

«Sie hätten mich wenigstens vorher zum Abendessen ausführen können», sagte sie und stand auf, um die Frühstückssachen wegzuräumen. Sie fühlte, dass ihr das Blut ins Gesicht schoss.

«Oh.» Mr. Nicholls sah an sich herunter und zupfte seine Boxershorts zurecht. «Sorry. Tja. Okay.» Er stand auf und ging Richtung Badezimmer. «Ich ... äh ... Ist es okay, wenn ich noch mal dusche?»

«Wir haben warmes Wasser für Sie aufgespart», sagte Tanzie, die an der Ecke des Tisches über ihre Aufgabenblätter gebeugt saß. «Ehrlich gesagt haben Sie gestern ziemlich schlecht gerochen.»

Zwanzig Minuten später kam er mit feuchtem Haar, glattrasiert und nach Shampoo riechend wieder aus dem Bad. Jess beschäftigte sich angestrengt damit, etwas Salz und Zucker in einem Glas Wasser aufzulösen und nicht an nackte Körperteile von Mr. Nicholls zu denken. Sie reichte ihm das Glas.

«Was ist das?» Er verzog misstrauisch das Gesicht.

«Rehydrationslösung. Um etwas von den Elektrolyten zu ersetzen, die Sie gestern verloren haben.»

«Sie wollen, dass ich ein Glas Salzwasser trinke? Nachdem ich mich die ganze Nacht übergeben habe?»

«Trinken Sie es einfach.» Während er Grimassen schnitt und würgte, stellte sie ihm einfachen Toast und eine Tasse schwarzen Kaffee hin. Er setzte sich an den kleinen Resopaltisch, nippte an dem Kaffee und nagte zögernd an der Toastscheibe herum, und zehn Minuten später sagte er überrascht, dass er sich tatsächlich schon ein bisschen besser fühlte.

«Besser wie in Imstande-zu-fahren-ohne-dass-noch-ein-Unfall-passiert?»

«Und mit Unfall meinen Sie ...»

«Dass Sie in eine Haltebucht rasen.»

«Danke, dass Sie das klargestellt haben.» Zuversichtlicher geworden, aß er noch ein wenig Toast. «Ja. Aber geben Sie mir noch zwanzig Minuten. Ich will vorher sicher sein, dass ...»

«... alles an Ort und Stelle ist?»

«Ha.» Er grinste, und es war schön, ihn lächeln zu sehen.

«Ja. Genau. O Mann, ich fühle mich wirklich besser.» Er fuhr mit der Hand über die Kunststoffoberfläche des Tisches, trank einen Schluck Kaffee und seufzte zufrieden. Er aß den Rest Toast, fragte, ob es noch mehr gab, und ließ dann seinen Blick über die Tischrunde wandern. «Es würde mir übrigens noch besser gehen, wenn ich nicht von allen angestarrt würde, während ich esse. Dann mache ich mir nämlich Sorgen, dass wieder irgendein Körperteil von mir irgendwo herauslugt.»

«Das würden Sie schon merken», sagte Nicky. «Weil wir dann alle schreiend davonlaufen würden.»

«Mum hat gesagt, Sie hätten beinahe ein Organ hochgewürgt», sagte Tanzie. «Ich frage mich, wie sich das anfühlt.»

Er sah Jess an und rührte seinen Kaffee um. Er wandte den Blick nicht ab, bis sie rot wurde. «Wenn ich ehrlich bin? Nicht viel anders als die meisten Samstagabende zurzeit.»

Tanzie musterte das Blatt mit den Aufgaben und faltete es dann sorgfältig zusammen. «Mit Zahlen ist es so», sagte sie, als hätte sie gerade ein ganz anderes Gespräch geführt, «dass sie nicht immer Zahlen sind. Ich meine, sie können imaginär sein, Pi ist transzendent. Und e auch. Aber wenn man sie zusammennimmt, e hoch i mal Pi, kommt −1 heraus. Also bilden sie eine Zahl, die nicht da ist. Weil −1 keine Zahl ist, es ist nur ein Platzhalter für eine Zahl.»

«Klingt ja total logisch», sagte Nicky und grinste.

«Für mich schon», sagte Mr. Nicholls. «Ich fühle mich jedenfalls wie eine Leerstelle, wo ein Körper sein sollte.» Er trank den Rest Kaffee und stellte die Tasse auf den Tisch. «Okay. Mir geht's wieder gut. Fahren wir los.»

Nachmittags änderte sich die Landschaft von Minute zu Minute. Die Hügel wurden steiler und schroffer, die Hecken, die an der Straße entlangliefen, wurden zu grauen Feldsteinmauern. Der Horizont erweiterte sich, das Licht wurde strahlender, und sie kamen an den Symbolen einer Industriegegend vorbei: Fabrikgebäude aus rotem Backstein, riesige Kraftwerke, die senffarbene Rauchwolken ausstießen. Jess beobachtete Mr. Nicholls beim Fahren. Zuerst, weil sie fürchtete, er könnte plötzlich wieder Magenkrämpfe bekommen, dann aber mit einer vagen Zufriedenheit, als sie feststellte, dass die Farbe in sein Gesicht zurückkehrte.

«Ich glaube nicht, dass wir es heute bis Aberdeen schaffen», sagte er und klang leicht entschuldigend.

«Fahren wir einfach so weit, wie wir kommen, und bringen die restliche Strecke morgen Vormittag hinter uns.»

«Genau das wollte ich auch vorschlagen.»

«Wir haben immer noch massenhaft Zeit.»

«Massenhaft.»

Meile um Meile legten sie zurück, Jess döste manchmal ein und versuchte, sich keine Sorgen über all die Dinge zu machen, über die sie sich Sorgen machen müsste. Mehrfach stellte sie ihren Rückspiegel neu ein, damit sie Nicky auf der Rückbank beobachten konnte. Die Blutergüsse verblassten, trotz der kurzen Zeit, die sie erst unterwegs waren. Er schien gesprächiger als vorher. Aber ihr gegenüber war er immer noch verschlossen. Manchmal fragte sich Jess, ob das für den Rest seines Lebens so bleiben würde. Es schien keinen Unterschied zu machen, wie oft sie ihm sagte, dass sie ihn liebte oder dass sie seine Familie waren. «Du kommst zu spät», hatte ihre Mutter gesagt, als Jess ihr erzählte, dass Nicky bei ihnen leben würde. «Bei einem Kind in diesem Alter ist der Schaden schon angerichtet. Davon kann ich ein Lied singen.»

Als Lehrerin hatte ihre Mutter eine Klasse von dreißig

Achtjährigen mucksmäuschenstill halten können; sie hatte die Kinder lenken können wie ein Schäfer seine Schafherde. Aber Jess konnte sich an keine einzige Gelegenheit erinnern, bei der ihre Mutter sie mit dem liebevollen Lächeln angesehen hatte, das eine Mutter einfach manchmal beim Anblick ihres eigenen Kindes überkommt.

Ihre Mutter hatte in vielen Dingen recht gehabt. An dem Tag, an dem Jess auf die weiterführende Schule gekommen war, hatte sie gesagt: «Die Entscheidungen, die du jetzt triffst, werden dein restliches Leben bestimmen.» Aber Jess hatte nur verstanden, dass jemand sie festnageln wollte wie einen aufgespießten Schmetterling. Denn es war leider so: Wenn man jemanden immerzu nur herabsetzte, hörte er auch auf vernünftige Ratschläge nicht mehr.

Als Jess Tanzie bekommen hatte, jung und dumm, wie sie gewesen war, hatte sie trotzdem genug Klugheit besessen, ihrer Tochter jeden Tag zu sagen, wie sehr sie ihr kleines Mädchen liebte. Jess nahm Tanzie in die Arme, wischte ihr die Tränen von den Wangen und rollte sich eng umschlungen mit ihr auf dem Sofa herum. Sie baute ihr einen Kokon aus Liebe. Als Tanzie noch ganz klein gewesen war, hatte Jess sie mit in ihr Bett genommen und sie in ihren Armen schlafen lassen, sodass sich Marty murrend ins Gästezimmer verzog und sich beschwerte, dass für ihn kein Platz mehr war. Sie hatte kaum gehört, was er sagte.

Und als zwei Jahre später Nicky auftauchte und jeder zu Jess sagte, sie sei ja verrückt, ein fremdes Kind aufzunehmen, noch dazu ein Kind, das schon acht Jahre alt war und aus schwierigen Verhältnissen kam – man wisse doch, wie sich solche Jungs entwickeln –, hatte sie diese Bedenken ignoriert. Denn sie erkannte in dem skeptischen, schlaksigen Jungen, der zu allen Abstand hielt, ein bisschen von dem wieder, was sie selbst empfunden hatte. Sie wusste, dass etwas mit einem passierte, wenn man nicht von seiner Mutter in den Arm genommen wurde oder sie einem nie sagte, dass man das Beste war, was ihr hatte passieren können, oder sie nicht einmal wahrnahm, wenn man zu Hause war. Dann machte etwas in einem dicht. Du brauchst sie nicht. Du brauchst überhaupt niemanden. Und ohne dass es einem selbst bewusst war, begann man zu warten. Man erwartete, dass jeder, der einem nahekam, etwas an einem entdeckte, das er nicht mochte – etwas, das er nicht sofort bemerkt hatte –, worauf sich auch dieser Mensch von einem abwenden und verschwinden würde wie der Nebel über dem Meer. Denn es musste schließlich etwas geben, was mit einem nicht stimmte, oder? Wenn einen nicht einmal die eigene Mutter liebte?

Das war der Grund, aus dem Jess nicht zusammengebrochen war, als Marty sie verließ. Warum sollte sie auch? Er konnte sie nicht verletzen. Das Einzige, was Jess wirklich wichtig war, waren diese beiden Kinder. Und genauso wichtig war es, diese beiden Kinder spüren zu lassen, dass sie in Ordnung waren. Denn selbst wenn einen alle Welt fertigmachte, konnte einem das nichts anhaben, solange einem die Mutter den Rücken stärkte. Irgendein tiefverwurzelter Teil wusste dann immer noch, dass man trotzdem okay war. Dass man es verdiente, geliebt zu werden. Jess hatte nicht viel im Leben getan, auf das sie stolz sein konnte, auf eines aber war sie sehr stolz: nämlich darauf, dass Tanzie das wusste. Sie war eine seltsame kleine Krabbe, aber Jess wusste, dass sie es wusste.

An Nicky arbeitete sie noch.

«Haben Sie Hunger?» Mr. Nicholls' Stimme weckte sie aus dem Halbschlaf.

Sie setzte sich gerade hin. Ihr Nacken war verspannt, steif und erstarrt wie ein Kleiderbügel. «Ich verhungere», sagte sie und drehte sich ungelenk zu ihm. «Wollen Sie irgendwo zum Mittagessen halten?»

Die Sonne war herausgekommen. Sie schickte ihre Strahlen auf das weite, grüne Feld links von der Straße, sodass man an ein Stroboskop denken musste. Gottesfinger nannte Tanzie diese Strahlen. Jess griff nach der Straßenkarte im Handschuhfach, um nach der nächsten größeren Tankstelle zu suchen.

Mr. Nicholls warf ihr einen Blick zu. Er wirkte beinahe verlegen. «Ehrlich gesagt ... wissen Sie, was? Ich würde mich jetzt wirklich gern über eins von Ihren belegten Broten hermachen.»

KAPITEL 18

Ed

Das Bed-and-Breakfast Stag and Hounds wurde in keinem Touristenführer erwähnt. Es gab weder eine Webseite noch Werbeflyer. Man kam schnell darauf, warum das so war. Der Pub stand einsam am Rand eines trostlosen, windgepeitschten Moores, und die grünlich vermoosten Kunststoffgartenmöbel vor seiner grauen Fassade deuteten darauf hin, dass hier keine Gelegenheitsgäste haltmachten, oder vielleicht auch darauf, dass hier die Hoffnung über die Erfahrung gesiegt hatte. Die Schlafzimmer waren anscheinend vor mehreren Jahrzehnten zum letzten Mal renoviert worden und warteten mit rosafarbenen Glanztapeten, gerafften Übergardinen und vereinzelten Porzellanfiguren auf anstelle von nützlichen Dingen wie Shampoo oder Kosmetiktüchern. Ein kleines, kistenförmiges Fernsehgerät im Doppelzimmer ließ sich dazu herab, ganze drei Sender zu empfangen, von denen jeder mit einem leichten statischen Griesel unterlegt war. Am Ende des Flurs im oberen Stock gab es ein Gemeinschaftsbadezimmer, dessen Armaturen schon ziemlich alt aussahen und von grünlichen Kalkablagerungen überzogen waren. Als Nicky die Plastikpuppe entdeckte, deren Häkelwollkleid mit sehr weitem Rock diskret die Toilettenpapierrolle verhüllen sollte, war er ganz hingerissen. «Das ist genial», sagte er und hob die Puppe hoch, um ihren glitzernden Rocksaum zu bewundern. «Das ist so gruselig, dass es schon wieder cool ist.»

Ed konnte es kaum fassen, dass es solche Orte noch gab. Aber er war mehr als acht Stunden mit vierzig Meilen pro Stunde gefahren, das Stag and Hounds nahm fünfundzwanzig Pfund pro Zimmer – ein Preis, mit dem sogar Jess zufrieden war –, und außerdem hatten die Inhaber nichts gegen Norman.

«Oh, wir lieben Hunde.» Mrs. Deakins watete durch ein Rudel leicht erregbarer Zwergspitze. Sie fuhr sich über den Kopf, auf dem ein sorgfältig festgestecktes Gebilde thronte. «Wir lieben Hunde sogar mehr als Menschen, nicht wahr, Jack?» Von irgendwo aus dem Erdgeschoss klang ein Grunzlaut herauf. «Sie sind viel einfacher zufriedenzustellen. Sie können Ihren reizenden, großen Kerl heute Nacht bei mir lassen, wenn Sie möchten. Meine Mädchen lernen unheimlich gern mal einen neuen Mann kennen.» Bei diesen Worten warf sie Ed einen leicht anzüglichen Blick zu.

Sie öffnete die beiden Türen und winkte sie hinein.

«So, Mr. und Mrs. Nicholls, Sie bekommen dieses Zimmer. Und Ihre Kinder schlafen gleich nebenan. Sie sind heute Nacht die einzigen Gäste, sodass Sie es schön ruhig haben. Zum Frühstück können Sie Cornflakes bekommen, oder Jack macht Ihnen Eier auf Toast. Er macht vorzügliche Eier auf Toast.»

«Danke.»

Sie gab Ed die Schlüssel und sah ihn eine Millisekunde länger an als unbedingt notwendig. «Ich vermute, ein Mann wie Sie mag seine Eier pochiert. Habe ich recht?»

Ed warf einen Blick über die Schulter, um sicher zu sein, dass sie nicht mit jemandem sprach, der hinter ihm stand.

«Na? Hab ich recht?»

«Also ... ich nehm sie, wie sie kommen.»

«Wie ... sie ... kommen», wiederholte sie langsam und sah ihm dabei immer noch in die Augen. Dann zog sie eine Augenbraue hoch, lächelte ihn noch einmal an und verschwand die Treppe hinunter, wobei ihre kleinen Hunde einen aufgewühlten, haarigen See um ihre Füße bildeten. Aus dem Augenwinkel sah Ed, dass Jess grinste.

«Sagen Sie kein Wort.» Er ließ ihre Taschen aufs Bett fallen.

«Ich gehe zuerst ins Bad.» Nicky rieb sich über den unteren Rückenbereich.

«Ich muss üben», sagte Tanzie. «Ich habe noch genau siebzehneinhalb Stunden bis zur Olympiade.» Sie klemmte sich ihre Bücher unter den Arm und wollte ins Zimmer nebenan verschwinden.

«Machen wir erst noch einen Spaziergang mit Norman, Liebling», sagte Jess. «Du solltest ein bisschen an die frische Luft. Dann kannst du später auch besser schlafen.»

Sie zog den Reißverschluss der Reisetasche auf, nahm einen Kapuzenpulli heraus und streifte ihn über den Kopf. Als sie die Arme hob, wurde über ihrem Hosenbund kurz ein Streifen nackter Haut sichtbar, blasse Haut, deren Anblick in Ed ein seltsames Gefühl auslöste. Ihr Gesicht tauchte durch den Halsausschnitt des Pullis auf. «Ich bin mindestens eine halbe Stunde weg. Ich könnte ... Ihnen aber auch etwas mehr

Zeit geben.» Während sie ihren Pferdeschwanz festzog, warf sie einen Blick in Richtung der Treppe, sah dann wieder Ed an und hob die Augenbrauen. «Ich meine ja nur.»

«Sehr witzig.»

Er hörte sie lachen, als sie mit Tanzie hinausging. Ed legte sich auf die Tagesdecke aus Nylon, spürte, wie sich durch die statische Aufladung seine Haare etwas hoben, und zog sein Handy aus der Tasche.

«Also, erst mal die guten Nachrichten», sagte Paul Wilkes. «Die Polizei hat ihre ersten Ermittlungen abgeschlossen. Die vorläufigen Ergebnisse lassen auf Ihrer Seite kein Motiv erkennen. Es gibt keinen Hinweis darauf, dass Sie Gewinn aus den Aktiengeschäften von Deanna Lewis beziehungsweise ihres Bruders gezogen haben. Noch relevanter ist, dass Sie offenbar überhaupt kein Geld mit der Markteinführung von SFAX verdient haben, wenn man von dem Kursgewinn absieht, von dem auch jeder andere Angestellte profitiert hat. Selbstverständlich ist Ihr Anteil am Kursgewinn höher, weil Sie nun einmal die Mehrheit der Aktien halten, aber es wurden keine Beweise für Schwarzgeldkonten oder sonst einen Vertuschungsversuch Ihrerseits gefunden.»

«Das liegt daran, dass es so etwas nicht gab.»

«Zudem haben die Ermittler eine Reihe von Konten gefunden, die auf die Namen von Michael Lewis' Familienmitgliedern laufen, und das ist ein deutlicher Hinweis darauf, dass er seine Transaktionen verschleiern wollte. Sie haben Unterlagen gefunden, aus denen hervorgeht, dass er unmittelbar vor der Bekanntgabe der Markteinführung große Aktienvolumen verschoben hat – auch das gilt bei denen als Alarmzeichen.»

Wilkes redete weiter, aber der Empfang war schlecht, und

Ed verstand ihn kaum. Er stand auf und ging zum Fenster hinüber. Tanzie rannte fröhlich kreischend Runde um Runde im Garten des Pubs, die Meute kleiner kläffender Hunde auf den Fersen. Jess stand mit verschränkten Armen da und sah lachend zu. Norman verharrte in der Mitte und betrachtete das Geschehen; ein etwas verwirrter, bewegungsloser Hundekoloss in einem Ozean aus Wahnsinn. Ed hielt sich das andere Ohr zu. «Heißt das, dass ich jetzt zurückkommen kann? Ist die Sache ausgestanden?» Auf einmal blitzte das Bild seines Büros vor ihm auf: eine Fata Morgana in der Wüste.

«Immer langsam. Jetzt kommen noch die weniger guten Nachrichten. Michael Lewis hat nicht nur mit Aktien gehandelt, er hat auch mit Aktienoptionen gehandelt.»

«Mit was?» Ed blinzelte. «Okay. Jetzt verstehe ich nur noch Bahnhof.»

«Ernsthaft?» Kurze Stille. Ed stellte sich vor, wie Paul Wilkes in seinem getäfelten Büro saß und die Augen verdrehte. «Optionen erlauben es einem Händler, seine – beziehungsweise in diesem Fall Deanna Lewis' – Investitionen einzusetzen und so eine erhebliche Gewinnsteigerung zu erzielen.»

«Aber was hat das mit mir zu tun?»

«Nun, die Gewinne, die er mit den Optionen erzielt hat, sind erheblich, und dadurch gewinnt der ganze Fall an Bedeutung. Was mich zu den schlechten Nachrichten bringt.»

«Das war noch gar nicht die schlechte Nachricht?»

Wilkes seufzte.

«Ed, warum haben Sie mir nicht gesagt, dass Sie Deanna Lewis einen verdammten Scheck ausgestellt haben?»

Ed blinzelte. Der Scheck.

«Sie hat einen Scheck über fünftausend Pfund, den Sie ausgestellt haben, auf ihr Konto gutschreiben lassen.»

«Ja und?»

«Ja und?» Wilkes' langsame und betonte Sprechweise ließ Ed erneut vermuten, dass er dabei die Augen verdrehte. «Das stellt einen finanziellen Zusammenhang zwischen Ihnen und dem her, was Deanna Lewis getan hat. Sie selbst haben einen Teil dieses Handelsgeschäfts ermöglicht.»

«Aber es waren doch nur ein paar tausend Pfund, um ihr aus der Klemme zu helfen! Sie war pleite!»

«Ob Sie nun einen finanziellen Vorteil von dem Geschäft hatten oder nicht – Sie standen eindeutig mit Deanna Lewis in finanzieller Verbindung, und zwar kurz bevor SFAX auf den Markt kam. Bei den E-Mails konnten wir noch argumentieren, dass sie nicht beweiskräftig sind. Aber dieser Scheck bedeutet, dass jetzt nicht mehr nur Aussage gegen Aussage steht, Ed.»

Er starrte aufs Moor hinaus. Dort hüpfte Tanzie auf und ab und winkte ihrem sabbernden Hund mit einem Stöckchen zu. Die Brille war ihr halb von der Nase gerutscht, und sie lachte. Jess schlang von hinten die Arme um sie und drückte sie fest an sich.

«Was heißt?»

«Was heißt, Ed, dass es jetzt erheblich schwieriger wird, Sie zu verteidigen.»

Ed hatte seinem Vater erst einmal im Leben eine echte Enttäuschung bereitet. Was nicht bedeutete, dass er nicht ganz allgemein eine Enttäuschung für ihn war – Ed wusste, dass sein Vater lieber einen Sohn gehabt hätte, der mehr nach ihm kam: stramm, willensstark und zielstrebig. Eine Art kindlicher Marinekadett. Aber es war seinem Vater gelungen, seine Unzufriedenheit über diesen schweigsamen Stubenhocker zu überspielen, und er war zu dem Schluss gekommen, dass eine kostspielige Ausbildung das erreichen konnte, woran er selbst gescheitert war.

Dass mit den wenigen Ersparnissen, die ihre Eltern während ihrer Berufstätigkeit zur Seite gelegt hatten, Ed und nicht seine Schwester auf eine Privatschule geschickt wurde, lag als unausgesprochener Konflikt über der Familie. Ed fragte sich oft, ob seine Eltern das auch getan hätten, wenn ihnen klar gewesen wäre, welche emotionale Hürde sie damit vor seiner Schwester aufbauten. Er hatte Gemma nie davon überzeugen können, dass ihre Eltern es einfach nicht für nötig befunden hatten, sie auf eine Privatschule zu schicken, gerade weil sie so gut in allem war. Er hingegen war derjenige, der jede freie Minute in seinem Zimmer vor dem Bildschirm hing. Er war der hoffnungslose Fall in Sport. Doch gegen alle Wahrscheinlichkeit war Bob Nicholls, früher bei der Militärpolizei und dann Leiter einer Sicherheitsfirma, davon überzeugt gewesen, dass ein teures kleines Internat mit dem Leitspruch «Sport macht den Mann» auch aus seinem Sohn etwas machen würde. «Wir geben dir damit eine große Chance, Edward. Eine größere Chance, als sie deine Mutter oder ich jemals hatten», sagte er oft. «Nutze sie.» Und dann hatte er am Ende des ersten Schuljahres fassungslos auf Eds Zeugnis gestarrt, in dem Worte wie «wenig Engagement», «glanzlose Leistung» und, am schlimmsten von allem, «kein Teamgeist» standen. Und Ed hatte mit unbehaglichen Gefühlen beobachtet, wie die Farbe aus dem Gesicht seines Vaters wich.

Er hatte ihm nicht sagen können, dass er die Schule nicht mochte, mit ihren lautstarken, überprivilegierten Reicheleutesöhnen. Er konnte ihm nicht sagen, dass sie ihn so oft übers Rugbyfeld jagen konnten, wie sie wollten, und er sich trotzdem niemals für diesen Sport begeistern würde. Er konnte nicht erklären, dass das, was ihn wirklich interessierte, die Pixel auf dem Bildschirm waren und die unendlichen Möglichkeiten, was sich daraus entwickeln ließ. Das Gesicht seines Vaters war buchstäblich eingefallen vor Enttäuschung angesichts dieser schieren Verschwendung, und Ed war klargeworden, dass er keine Wahl hatte.

«Nächstes Jahr mache ich es besser, Dad», hatte er gesagt.

Und jetzt würde Ed Nicholls in ein paar Tagen von der Londoner Polizei zur Aussage einbestellt werden.

Er versuchte sich das Gesicht seines Vaters vorzustellen, wenn er hörte, dass sein Sohn – der Sohn, mit dem er jetzt vor seinen Ex-Kameraden von der Armee prahlte («Ich verstehe natürlich nicht, was er da eigentlich macht, aber anscheinend ist dieses Software-Zeug die Zukunft») –, dass dieser Sohn höchstwahrscheinlich wegen Insiderhandels angeklagt werden würde. Er versuchte sich vorzustellen, wie sich der Kopf seines Vaters auf dem zarten Hals drehen, wie sich der Schock auf seiner erschöpften Miene abzeichnen würde, obwohl er versuchte, es zu verbergen, und wie er seine Lippen ganz leicht zusammenpressen würde, wenn er begriff, dass es nichts gab, was er sagen oder tun konnte.

Und Ed traf eine Entscheidung. Er würde seinen Anwalt bitten, das Anklageverfahren so lange wie möglich hinauszuzögern. Er würde sein gesamtes Geld dafür ausgeben, um den Moment aufzuschieben, in dem sein mutmaßliches Vergehen an die Öffentlichkeit kam. Aber er konnte nicht zu dem Familienessen gehen, ganz gleich, wie krank sein Vater war. Damit würde er seinem Vater einen Gefallen tun. Dadurch, dass er nicht kam, beschützte er seinen Vater.

Ed Nicholls stand in dem kleinen, rosafarben tapezierten

Pensionszimmer, das nach Raumspray und Enttäuschung roch, und starrte hinaus auf die öde Moorlandschaft, auf das kleine Mädchen, das sich aufs feuchte Gras hatte plumpsen lassen, um den Hund an den Ohren zu ziehen, während dieser mit heraushängender Zunge dasaß, mit einem dämlich beglückten Ausdruck auf dem Riesengesicht. Und Ed fragte sich, warum er sich – wo er doch ganz klar die richtige Entscheidung getroffen hatte – trotzdem fühlte wie ein kompletter Versager.

KAPITEL 19

Jess

Tanzie war nervös. Sie wollte kein Abendessen und lehnte es ab, nach unten zu kommen und eine kleine Pause zu machen. Stattdessen rollte sie sich lieber auf der pinkfarbenen Nylondecke zusammen, ackerte ihre Matheaufgaben durch und nahm ab und zu einen Bissen von den Resten des Frühstückspicknicks. Jess war überrascht: Ihre Tochter zeigte kaum einmal Nerven, wenn es um Mathematik ging. Sie tat ihr Bestes, um Tanzie zu beruhigen, aber das war nicht leicht, wenn man keine Ahnung hatte, wovon sie eigentlich redete.

«Wir haben's fast geschafft! Es ist alles gut, Tanzie. Du musst dir keine Sorgen machen.»

«Glaubst du, dass ich heute Nacht schlafen kann?»

«Natürlich kannst du heute Nacht schlafen.»

«Aber wenn nicht, könnte es morgen schlecht laufen.»

«Auch wenn du nicht schlafen kannst, wirst du es gut machen. Und ich habe noch nie erlebt, dass du nicht schlafen kannst.»

«Ich mache mir Sorgen, dass ich mir zu viele Sorgen mache, um schlafen zu können.»

«Ich mache mir keine Sorgen, dass du dir zu viele Sorgen machst. Entspann dich einfach. Du wirst es gut machen. Alles wird gut.»

Als Jess sie küsste, sah sie, dass sich Tanzie die Fingernägel bis zum Ansatz abgekaut hatte.

Mr. Nicholls war im Garten. Er ging dort auf und ab, wo Jess und Tanzie vor einer halben Stunde mit Norman gewesen waren, und telefonierte gestenreich. Ein paarmal blieb er stehen und starrte vor sich hin, dann stieg er auf einen weißen Plastikgartenstuhl, anscheinend, um einen besseren Empfang zu bekommen. Dort stand er etwas schwankend, gestikulierte und fluchte und bekam offenkundig nichts von den neugierigen Blicken aus dem Haus mit.

Jess schaute aus dem Fenster der Bar und wusste nicht, ob sie hinausgehen und ihn stören sollte. Am Tresen saßen ein paar alte Männer zusammen, und dahinter stand die Wirtin und plauderte mit ihnen. Die Männer sahen Jess über ihre Biergläser hinweg gleichgültig an.

«Geht wohl um die Arbeit, was?» Die Wirtin war Jess' Blick durch das Fenster gefolgt.

«Oh. Ja. Das hört nie auf.» Jess setzte ein Lächeln auf. «Ich bringe ihm etwas zu trinken raus.»

Als sie nach draußen kam, saß Mr. Nicholls auf einer niedrigen Steinmauer. Er hatte die Ellbogen auf die Knie gestützt und starrte das Gras an.

Jess hielt ihm das Bier hin, und er sah es einen Moment an, bevor er es nahm. «Danke.» Er wirkte erschöpft.

«Alles okay?»

«Nein.» Er trank einen großen Schluck. «Nichts ist okay.»

Sie setzte sich ein Stückchen weiter neben ihn auf die Mauer. «Kann ich irgendetwas tun?»

«Nein.»

Schweigend saßen sie nebeneinander. Es war so friedlich hier. Man hörte nur den leichten Wind über dem Moor und das gedämpfte Gemurmel aus dem Pub. Jess wollte gerade etwas über die Landschaft sagen, als ein Ausruf die Ruhe zerriss.

«Verfluchte Scheiße», rief Mr. Nicholls heftig. «Verfluchte Scheiße noch mal!»

Jess zuckte zusammen.

«Ich fasse es einfach nicht, dass mein ganzes Leben plötzlich so ein verfluchtes ... Chaos ist.» Seine Stimme zitterte. «Ich fasse es nicht, dass ich Jahre und Jahre arbeiten kann und dann alles auf einmal zusammenbricht. Und warum? Warum zum Teufel?»

«Es ist doch bloß eine Lebensmittelvergiftung. Sie werden schon wieder ...»

«Ich rede nicht von dem verdammten Döner.» Er ließ den Kopf in die Hände sinken. «Aber ich will nicht darüber sprechen.» Er warf ihr einen warnenden Blick zu.

«Okay.»

«Es ist nämlich so: Von Rechts wegen darf ich mit keinem Menschen darüber reden.»

Sie sah ihn nicht an.

«Ich darf es keiner Menschenseele erzählen.»

Sie streckte ein Bein aus und schaute auf den Sonnenuntergang. «Na ja, ich zähle ja nicht richtig, oder? Ich bin schließlich nur die Putzfrau.»

Er atmete hörbar aus. «Scheiß drauf», sagte er.

Und dann erzählte er es ihr, mit gesenktem Kopf, die Hände in sein kurzes, dunkles Haar vergraben. Er erzählte ihr von einer Freundin und dass er nicht gewusst hatte, wie er auf eine gute Art mit ihr Schluss machen konnte, und davon, wie aus seinem Leben ein Scherbenhaufen geworden war. Er erzählte ihr von seiner Firma und dass er in diesem Augenblick eigentlich dort sein sollte, um die Markteinführung des Produkts zu feiern, an dem er sechs Jahre wie besessen gearbeitet hatte, dass er sich jetzt aber von allem und jedem, den er kannte, fernhalten musste und ihm noch dazu eine Anklage drohte. Er erzählte ihr von seinem Vater und von seinem Anwalt, der gerade angerufen hatte, um ihn darüber zu informieren, dass er sich gleich nach seiner Rückkehr von dieser Reise auf dem Polizeipräsidium in London melden musste, wo man Anklage gegen ihn erheben würde wegen Insiderhandels, eine Anklage, die ihm bis zu zwanzig Jahre Haft einbringen konnte. Als er fertig war, fühlte sich Jess vollkommen erschöpft.

«Alles, wofür ich immer gearbeitet habe. Alles, was mir etwas bedeutet. Ich darf nicht einmal mehr mein eigenes Büro betreten. Ich kann nicht mal mehr in meine Wohnung, weil die Presse Wind davon bekommen könnte und mir dann vielleicht herausrutscht, was passiert ist. Und ich kann meinen Vater nicht besuchen, weil es ihn umbringen würde, wenn er erfährt, was sein Sohn für ein verdammter Idiot ist. Und das Dumme ist, dass er mir fehlt. Er fehlt mir wirklich.»

Jess dachte schweigend über all das nach. Er lächelte bitter zum Himmel hinauf. «Und wollen Sie noch das Beste hören? Ich habe Geburtstag.»

«Wie bitte?»

«Heute. Ich habe heute Geburtstag.»

«Heute? Warum haben Sie denn nichts gesagt?»

«Weil ich vierunddreißig Jahre alt bin und sich ein vierunddreißigjähriger Mann wie ein Weichei anhört, wenn er von seinem Geburtstag anfängt.» Er nahm einen großen Schluck Bier. «Und nach der Sache mit der Lebensmittelvergiftung war mir nicht so recht zum Feiern zumute.» Er warf Jess einen Seitenblick zu. «Noch dazu hätten Sie womöglich angefangen, im Auto ‹Happy Birthday› zu singen.»

«Dann singe ich es hier draußen.»

«Bitte nicht. Es ist auch so schon alles schlimm genug.»

In Jess' Kopf überschlugen sich die Gedanken. Sie konnte kaum glauben, was Mr. Nicholls alles mit sich herumtrug. Jedem anderen hätte sie den Arm um die Schultern gelegt und versucht, etwas Tröstliches zu sagen. Aber Mr. Nicholls war gereizt.

«Es wird auch wieder besser, wissen Sie», sagte sie, weil ihr nichts Besseres einfiel. «Das Karma wird die Frau erwischen, die Sie über den Tisch gezogen hat.»

Er zog eine Grimasse. «Das Karma?»

«Das sage ich den Kindern immer. Guten Menschen wird auch Gutes passieren. Sie müssen einfach nur daran glauben ...»

«Tja, dann muss ich in meinem letzten Leben wirklich ein totales Arschloch gewesen sein.»

«Jetzt kommen Sie. Sie haben immer noch ein Vermögen. Sie haben Autos. Sie haben Ihren Verstand. Sie haben teure Anwälte. Sie finden eine Lösung.»

«Wie kommt es, dass Sie so eine Optimistin sind?»

«Weil sich am Ende immer alles zum Guten wendet.»

«Und das von einer Frau, die nicht genügend Geld hat, um den Zug zu nehmen.»

Jess hielt ihren Blick auf die zerklüfteten Hügel gerichtet. «Das lasse ich Ihnen durchgehen, weil Sie heute Geburtstag haben.»

Mr. Nicholls seufzte. «Tut mir leid. Ich weiß, dass Sie nur versuchen, mir zu helfen. Aber im Moment finde ich Ihren Optimismus ziemlich anstrengend.»

«Nein, Sie finden eine Autofahrt von mehreren hundert Meilen mit drei Leuten, die Sie nicht kennen, und einem riesigen Hund anstrengend. Gehen Sie nach oben und legen Sie sich in die Badewanne. Danach fühlen Sie sich besser. Na los.»

Er trottete hinein wie ein verurteilter Schwerverbrecher, und sie saß da und schaute über die grüne Moorlandschaft. Sie versuchte sich vorzustellen, wie es war, wenn einem Gefängnis drohte, wenn man nicht in der Nähe der Dinge oder Menschen sein durfte, die man liebte. Sie versuchte sich jemanden wie Mr. Nicholls im Gefängnis vorzustellen.

Eine Weile später ging sie mit den leeren Gläsern wieder hinein. Die Wirtin sah sich eine Heimwerkersendung an, und die Männer saßen schweigend an der Bar, blickten ebenfalls zum Fernseher oder starrten mit wässrigen Augen in ihre Biergläser, als Jess sich über den Tresen beugte.

«Mrs. Deakins? Mein Mann hat heute Geburtstag. Würden Sie mir einen Gefallen tun?»

Als Mr. Nicholls um halb neun wieder herunterkam, trug er die gleichen Sachen, die er am Nachmittag angehabt hatte. Und am Tag zuvor. Jess wusste aber, dass er gebadet hatte, denn sein Haar war feucht, und er hatte sich rasiert.

«Was haben Sie eigentlich in Ihrer Reisetasche? Eine zerstückelte Leiche?»

«Wie bitte?» Er trat zu ihr an den Tresen. Er verströmte einen leichten Geruch nach Rasierwasser.

«Sie tragen dieselbe Kleidung, seit wir losgefahren sind.»

Er sah an sich herunter, als müsse er das überprüfen. «Ach so. Nein. Das sind frische Sachen.»

«Sie haben lauter identische T-Shirts und Jeans? Für jeden Tag?»

«Dann muss man nicht darüber nachdenken, was man anziehen soll.»

Sie sah ihn an und beschloss dann herunterzuschlucken, was ihr auf der Zunge lag. Immerhin hatte er Geburtstag.

«Oh. Sie sehen gut aus», sagte er plötzlich, als hätte er sie eben erst richtig wahrgenommen.

Sie hatte sich mittlerweile umgezogen und trug ein blaues Trägerkleid und eine Strickjacke. Das hatte sie sich für die Mathe-Olympiade aufheben wollen, aber nun fand sie, dass Mr. Nicholls' Geburtstag auch ein wichtiger Anlass war. «Danke. Man muss sich ja auch ein bisschen seinem Umfeld anpassen, oder?»

«Haben Sie Ihre Schirmmütze und die Jeans mit den Hundehaaren etwa irgendwo verloren?»

«Ihr Spott wird Ihnen gleich leidtun. Ich habe nämlich eine Überraschung.»

«Eine Überraschung.» Augenblicklich wurde er misstrauisch.

«Eine gute Überraschung.» Jess reichte ihm eines von zwei Gläsern, die sie zu Mrs. Deakins' Belustigung vorbereitet hatte. Den verstaubten Flaschen nach zu urteilen, hatte hier seit einer Ewigkeit niemand mehr einen Cocktail gemixt. «Ich schätze, dass es Ihnen dafür schon wieder gut genug geht.»

«Was ist das?» Er beäugte argwöhnisch sein Glas.

«Scotch, *triple sec* und Orangensaft.»

Er nippte an dem Glas. Dann trank er einen größeren Schluck. «Nicht schlecht.»

«Ich wusste, dass Sie ihn mögen würden. Den habe ich speziell für Sie gemacht. Er heißt Nervender Bastard.»

Mitten auf dem abgetretenen Rasen stand der weiße Plastiktisch, darauf zwei Besteckgarnituren aus rostfreiem Stahl und dazwischen eine Kerze, die in einer alten Weißweinflasche steckte. Jess hatte mit einem Lappen den grünlichen Belag von den Stühlen abgewischt und zog einen für ihn zurecht.

«Wir essen im Freien. Ein Geburtstagsessen.» Sie achtete nicht auf den Blick, den er ihr zuwarf. «Wenn Sie sich schon einmal setzen möchten, sage ich in der Küche Bescheid, dass Sie da sind.»

«Es gibt aber keine Frühstücksmuffins, oder?»

«Natürlich gibt es keine Frühstücksmuffins.» Sie tat so, als wäre sie beleidigt. Während sie in die Küche ging, murmelte sie: «Die restlichen haben nämlich Tanzie und Nicky aufgegessen.»

Als sie wieder zum Tisch zurückkam, hatte sich Norman auf Mr. Nicholls' Füße gelegt. Jess nahm an, dass Mr. Nicholls seine Füße gern bewegt hätte, aber sie wusste aus Erfahrung, wie es war, wenn Norman einem auf den Füßen lag. Dann konnte man nur beten, dass er sich wegbewegte, bevor sie einem abfielen.

«Wie war Ihr Aperitif?»

Mr. Nicholls warf einen Blick auf sein leeres Cocktailglas. «Köstlich.»

«Der Hauptgang ist unterwegs. Ich fürchte, heute Abend müssen wir zwei allein essen, da die anderen Gäste dringendere Verpflichtungen haben.»

«Fernsehen und absurd komplizierte Matheaufgaben?»

«Sie kennen uns zu gut.» Jess setzte sich, und gleich darauf kam Mrs. Deakins über den Rasen, die kläffenden Zwergspitze im Gefolge. Sie balancierte zwei Teller mit Pasteten und Pommes frites.

«Bitte schön», sagte sie und stellte die Teller auf den Tisch. «Von Ian oben an der Straße. Er macht wundervolle Fleischpasteten.»

Jess war inzwischen so hungrig, dass sie glaubte, sie hätte ebenso gut Ian verspeisen können. «Phantastisch. Danke», sagte sie und breitete die Papierserviette auf ihrem Schoß aus.

Mrs. Deakins ließ ihren Blick umherschweifen, als sähe sie ihren Garten zum ersten Mal. «Wir essen nie hier draußen. Reizende Idee. Vielleicht biete ich das demnächst meinen Gästen an. Und diese Cocktails. Daraus könnte ich ein Angebotspaket machen.»

Jess dachte an die alten Männer in der Bar. «Auf jeden Fall», sagte sie und reichte Mr. Nicholls den Essig über den Tisch. Anscheinend hatte es ihm kurzzeitig die Sprache verschlagen.

Mrs. Deakins strich sich die Schürze glatt. «Nun, Mr. Nicholls, Ihre Frau ist offenbar fest entschlossen, dafür zu sorgen, dass Sie sich an Ihrem Geburtstag bestens amüsieren», sagte sie und zwinkerte ihm zu.

Er sah zu ihr auf. «Ach, mit Jess hat man eigentlich nie einen ruhigen Moment», sagte er und ließ seinen Blick zu ihr zurückwandern.

«Wie lange sind Sie denn schon verheiratet?»

«Zehn Jahre.»

«Drei Jahre.»

«Die Kinder sind aus meiner ersten Ehe», sagte Jess und schnitt ihre Pastete an.

«Oh! Das ist …»

«Ich habe sie gerettet», sagte Mr. Nicholls. «Direkt vom Straßenrand weg.»

«Das stimmt.»

«Sehr romantisch», sagte Mrs. Deakins. Ihr Lächeln war nun schon ein wenig zögerlicher.

«Eigentlich nicht. Man wollte sie gerade verhaften.»

«Ich war dabei, das zu klären. Wow, die Pommes schmecken ja köstlich.»

«Das hast du. Und die Polizisten waren auch sehr verständnisvoll. In Anbetracht der Umstände …»

Mrs. Deakins hatte begonnen, sich zurückzuziehen. «Nun, das ist wirklich reizend. Wie schön, dass Sie immer noch zusammen sind.»

«Wir kommen zurecht.»

«Im Moment bleibt uns auch keine andere Wahl.»

«Das stimmt auch wieder.»

«Könnten Sie uns ein bisschen scharfe Soße herausbringen?»

«Oh, gute Idee, meine Liebe.»

Als sie verschwand, deutete Mr. Nicholls mit einem Nicken auf Kerze und Teller, seine schlechte Laune schien verflogen. «Das ist, ehrlich gesagt, die beste Pastete mit Pommes, die ich jemals in einem seltsamen Bed-and-Breakfast irgendwo am Rand der Moorlandschaft von Nord-Yorkshire gegessen habe.»

«Das freut mich. Herzlichen Glückwunsch zum Geburtstag.»

Sie aßen in einträchtigem Schweigen. Es war erstaunlich, wie viel besser man sich durch eine warme Mahlzeit und einen starken Cocktail fühlen konnte. Norman rollte sich mit einem

Stöhnen auf die andere Seite, und Mr. Nicholls testete vorsichtig, ob er sein Bein noch bewegen konnte.

Er sah sie an und hob sein nachgefülltes Cocktailglas. «Im Ernst. Danke.» Er trug seine Brille nicht, und Jess fiel auf, dass er irritierend lange Wimpern hatte. Das rief ihr merkwürdigerweise sehr deutlich die Kerze ins Bewusstsein, die mitten auf dem Tisch stand. Sie hatte es mehr als Scherz gesehen, als sie darum gebeten hatte.

«Na ja ... das war das Mindeste, was ich tun konnte. Sie haben uns schließlich gerettet. Direkt vom Straßenrand weg. Ich weiß nicht, was wir sonst gemacht hätten.»

Er spießte eine Pommes auf und hielt sie hoch. «Tja, ich muss mich doch um meine Angestellten kümmern.»

«Ich glaube, es hat mir besser gefallen, als wir verheiratet waren.»

«Prost.» Er grinste sie an, und seine Lachfältchen um die Augen vertieften sich. Und das kam so echt und unerwartet, dass sie unwillkürlich zurückgrinste.

«Auf morgen. Auf Tanzies Zukunft.»

«Und darauf, dass nicht noch mehr Mist passiert.»

«Amen.»

Allmählich wurde es dunkel, der Alkohol machte sie entspannter, und es war beruhigend zu wissen, dass diesmal niemand in einem Auto schlafen musste oder häufigen und eiligen Zugang zu einer Toilette brauchte. Nicky kam die Treppe herunter und musterte durch seine Haarsträhnen hindurch misstrauisch die Männer im Pub, die misstrauisch zurückstarrten, worauf er sich wieder in sein Zimmer vor den Fernseher verdrückte. Jess trank drei Gläser sauren Wein, dann sah sie nach Tanzie und brachte ihr etwas zu essen. Sie ließ sich versprechen, dass

Tanzie spätestens um zehn Uhr mit den Matheübungen aufhören würde. «Kann ich weiter in deinem Zimmer arbeiten? Nicky hat den Fernseher laufen.»

«Ist gut», sagte Jess.

«Du riechst nach Wein», sagte Tanzie vorwurfsvoll.

«Das liegt daran, dass wir quasi Urlaub machen. Mütter dürfen nach Wein riechen, wenn sie quasi Urlaub machen.»

«Hmm.» Sie sah Jess streng an und widmete sich dann wieder ihren Büchern.

Nicky lag auf einem der zwei Einzelbetten und sah fern. Jess zog die Tür hinter sich zu und schnupperte in die Luft.

«Du hast doch nicht geraucht, oder?»

«Du hast immer noch meinen Vorrat.»

«Oh. Stimmt.» Das hatte sie vollkommen vergessen. «Aber du konntest auch so schlafen. Gestern Nacht und in der Nacht vorher auch.»

«Mm.»

«Also, das ist doch gut, oder?»

Er zuckte mit den Schultern.

«Ich glaube, du wolltest sagen: ‹Ja, es ist echt super, dass ich keine illegalen Drogen mehr brauche, um einschlafen zu können.› So. Jetzt steh auf. Ich brauche dich, um meine Matratze hier herüberzutragen.» Als er sich nicht rührte, sagte sie: «Ich kann nicht mit Mr. Nicholls in einem Zimmer schlafen. Wir machen hier noch ein Bett auf dem Boden, okay?»

Er seufzte, aber er stand auf und half ihr. Jess stellte fest, dass er nicht mehr vor Schmerz zusammenzuckte, wenn er sich bewegte. Als die Matratze auf dem Teppich neben Tanzies Bett lag, blieb gerade noch genügend Platz, dass man sich aus der Tür schieben konnte, die sich nur noch einen Spaltbreit weit öffnen ließ.

«Das wird ja unheimlich lustig, wenn ich nachts aufs Klo muss.»

«Geh noch mal vor dem Schlafengehen. Du bist schließlich ein großer Junge.» Sie ermahnte Nicky, um zehn den Fernseher auszumachen, damit Tanzie schlafen konnte, und ging wieder hinunter.

Die Kerze war in der steifen, abendlichen Brise schon längst ausgegangen, und als sie sich beim Reden nicht mehr sehen konnten, gingen sie hinein und setzten sich in eine Ecke des Pubs. Ihre Gesprächsthemen hatten von Eltern und ersten Jobs zu Beziehungen gewechselt. Jess erzählte ihm von Marty und wie er ihr einmal ein Verlängerungskabel zum Geburtstag geschenkt und auf ihre beleidigte Nachfrage erwidert hatte: «Aber du hast gesagt, du brauchst eins!» Im Gegenzug berichtete Ed von Lara, seiner Exfrau, und wie er zu ihrem Geburtstag einen Wagen mit Chauffeur organisiert hatte, der sie zu einem Überraschungsfrühstück mit ihren Freunden in ein Nobelhotel fuhr, wonach sie den Vormittag mit einer Kreditkarte ohne Limit und einer persönlichen Shoppingberaterin im Harvey Nichols verbrachte. Und wie sie sich dann beim gemeinsamen Mittagessen bitter darüber beklagte, dass Ed sich nicht den ganzen Tag für sie freigenommen hatte. Jess dachte, sie hätte nicht wenig Lust, Lara der Ex eine Ohrfeige ins überschminkte Gesicht zu knallen. (Sie malte sich aus, wie dieses Gesicht aussah – vermutlich hatte es in der Realität etwas weniger von einer Dragqueen als in Jess' Vorstellung.)

«Mussten Sie ihr Unterhalt zahlen?»

«Musste ich nicht, aber ich habe es trotzdem getan. Bis sie zum dritten Mal heimlich in mein Apartment gegangen ist und sich an meinen Sachen bedient hat.»

«Haben Sie sich die Sachen zurückgeholt?»

«Das lohnt sich doch nicht. Wenn ein Mao-Tse-tung-Siebdruck so wichtig für sie ist, soll sie ihn eben behalten.»

«Was ist es wert?»

«Was?»

«Das Bild?»

Er zuckte mit den Schultern. «Ein paar tausend.»

«Sie und ich sprechen unterschiedliche Sprachen, Mr. Nicholls.»

«Finden Sie? Okay, wie viel Unterhalt zahlt Ihnen denn Ihr Ex?»

«Gar keinen.»

«Gar keinen?» Er zog die Augenbrauen bis ungefähr zum Haaransatz hoch. «Überhaupt nichts?»

«Er ist total am Ende. Sie können jemanden nicht dafür verurteilen, dass er mit den Nerven fertig ist.»

«Auch nicht, wenn es bedeutet, dass Sie und die Kinder kaum zurechtkommen?»

Wie konnte sie das erklären? Sie hatte ja selbst zwei Jahre gebraucht, um es zu verstehen. Sie wusste, dass die Kinder ihn vermissten, aber Jess war im Stillen erleichtert darüber, dass Marty gegangen war. Sie war erleichtert, weil sie sich keine Sorgen darüber machen musste, ob er sie alle mit seinem nächsten schlecht durchdachten Plan wieder in Schwierigkeiten bringen würde. Sie hatte seine deprimierte Stimmung satt und dass er sich ständig von den Kindern überfordert fühlte. Am meisten aber störte es sie, dass sie ihm niemals etwas recht machen konnte. Marty hatte sich in die sechzehnjährige Jess verliebt – die wilde, impulsive, verantwortungsfreie Jess. Dann hatte er ihr immer mehr Verantwortung aufgebürdet und den Menschen, zu dem sie dadurch geworden war, nicht mehr gemocht. «Wenn er wieder auf die Füße gekommen ist, sorge ich dafür, dass er seinen Beitrag leistet, bestimmt. Aber wir kommen klar.» Jess warf einen Blick zur Treppe ins Obergeschoss, wo Nicky und Tanzie schliefen. «Ich glaube, das hier wird unser Wendepunkt. Und auch wenn Sie das vermutlich nicht verstehen und obwohl ich weiß, dass die Leute meine beiden Kinder ein bisschen seltsam finden: Ich bin unheimlich glücklich, sie zu haben. Sie sind lieb und lustig.» Sie schenkte sich ein weiteres Glas Wein ein und nahm einen Schluck. So langsam trank sich der Wein leichter.

«Es sind nette Kinder.»

«Danke», sagte sie. «Mir ist heute außerdem etwas aufgefallen. Ich kann mich nicht erinnern, wann ich vor dieser Reise das letzte Mal wirklich Zeit mit den beiden verbracht habe. Keine Arbeit, kein Herumgerenne, um mit der Hausarbeit fertig zu werden oder den Einkäufen oder um irgendetwas nachzuholen, was ich nicht geschafft habe. Es war schön, einfach nur mit ihnen zusammen zu sein, ohne etwas zu tun zu haben, falls das nicht zu bescheuert klingt.»

«Überhaupt nicht.»

«Und Nicky kann schlafen. Er kann nie schlafen. Ich weiß nicht genau, was Sie für ihn getan haben, aber anscheinend ...»

«Oh, wir haben nur das allgemeine Gleichgewicht wiederhergestellt.»

Jess hob ihr Glas. «Dann ist doch wenigstens eine gute Sache an Ihrem Geburtstag passiert: Sie haben meinen Jungen aufgemuntert.»

«Das war gestern.»

Sie dachte einen Moment lang nach. «Aber immerhin haben Sie sich heute kein einziges Mal übergeben.»

«Okay. Hören Sie jetzt lieber auf.»

Mr. Nicholls wirkte endlich etwas entspannter. Er hatte sich zurückgelehnt, die langen Beine unter dem Tisch ausgestreckt. Eines seiner Beine berührte schon eine ganze Zeitlang ihres. Sie hatte überlegt, ob sie ihr Bein wegziehen sollte, und es nicht getan, und jetzt konnte sie es nicht mehr machen, ohne dass es wirkte, als wollte sie damit ein Statement abgeben. Sie spürte sein Bein auf ihrer bloßen Haut, als wäre es elektrisch aufgeladen.

Es fühlte sich ziemlich gut an.

Denn irgendetwas war zwischen dem Essen und dem letzten Glas Wein passiert, und das lag nicht nur am Alkohol. Sie wollte nicht, dass Mr. Nicholls wütend und ohne Hoffnung war. Sie wollte dieses breite, träge Grinsen auf seinem Gesicht sehen, das Grinsen, das all die unterdrückte Wut in seiner Miene verlöschen ließ.

«Wissen Sie, ich habe noch nie jemanden wie Sie kennengelernt», sagte er, den Blick auf die Tischplatte gerichtet.

Jess wollte einen Witz über Putzfrauen und Bardamen und Angestellte machen, aber auf einmal hatte sie dieses Gefühl in der Magengrube, und vor ihren Augen erschien das blasse V seines Rückens in der Dusche, und sie fragte sich, wie es wäre, mit Mr. Nicholls Sex zu haben.

Dieser Gedanke kam so überraschend, dass sie ihn vor Schreck beinahe laut ausgesprochen hätte – *Ich glaube, es wäre schön, mit Mr. Nicholls Sex zu haben*. Sie wandte den Blick ab, ihre Wangen wurden rot, und sie trank hastig das halbvolle Weinglas leer.

Mr. Nicholls sah sie an. «Nehmen Sie es mir nicht übel. Ich habe es als Kompliment gemeint.»

«Ich nehme es Ihnen nicht übel.» Sogar ihre Ohren waren rot geworden.

«Sie sind einfach der optimistischste Mensch, der mir je begegnet ist. Sie scheinen sich nie selbst zu bemitleiden. Wenn Sie auf ein Hindernis stoßen, klettern Sie einfach drüber.»

«Und zerreiße mir dabei die Hosen und falle auf der anderen Seite runter.»

«Aber Sie gehen trotzdem weiter.»

«Wenn mir jemand aufhilft.»

«Okay. Diese Metapher wird langsam ziemlich verworren.» Er trank einen Schluck Bier. «Ich wollte einfach ... wollte Ihnen das einfach sagen. Ich weiß, dass die Fahrt beinahe zu Ende ist. Aber sie hat mir gefallen. Mehr, als ich erwartet habe.»

Es rutschte ihr heraus, bevor sie darüber nachdenken konnte. «Ja, geht mir genauso.»

Sie schwiegen. Er betrachtete ihr Bein. Sie fragte sich, ob er dasselbe dachte wie sie.

«Wissen Sie, was, Jess?»

«Was?»

«Sie haben mit dem Herumgezappel aufgehört.»

Sie sahen sich an. Sie wollte den Blick abwenden, aber sie konnte es nicht. Am Anfang war Mr. Nicholls nichts weiter als eine Möglichkeit gewesen, aus einem unglaublichen Durcheinander herauszukommen. Aber jetzt sah Jess nur noch seine großen, braunen Augen, seine kräftigen Hände und wie sich sein Oberkörper unter dem T-Shirt bewegte.

Du musst dich mal wieder in den Sattel schwingen.

Er sah zuerst weg.

«Oh! Wissen Sie, wie spät es ist? Wir sollten wirklich ein bisschen schlafen. Sie haben gesagt, wir müssen früh aufstehen.» Seine Stimme war ein bisschen zu laut. «Ja, schon kurz vor elf. Ich habe ausgerechnet, dass wir morgen früh ungefähr um sieben Uhr losfahren müssen, wenn wir mittags dort sein wollen. Ist Ihnen das recht?»

«Äh ... klar.»

Sie schwankte ein bisschen, als sie aufstand, und griff nach seinem Arm, aber er hatte sich schon vom Tisch weggedreht.

Sie bestellten ein zeitiges Frühstück, wünschten Mrs. Deakins etwas zu herzlich gute Nacht und gingen langsam die Treppe hinauf in den ersten Stock. Jess bekam kaum mit, was er sagte. Ihr war viel zu bewusst, dass er dicht hinter ihr ging. Dass sich ihre Hüften wiegten. Dass ihre Schultern nackt waren. *Sieht er mich an?* Ihre Gedanken wanderten in unerwartete Richtungen. Sie fragte sich, wie es wäre, wenn er sich vorbeugen und ihre nackten Schultern küssen würde. Es kam ihr so vor, als hätte sie bei diesem Gedanken unwillkürlich ein leises Geräusch von sich gegeben.

Auf dem Treppenabsatz blieben sie stehen, und sie drehte sich zu ihm um. Es war, als würde sie ihn trotz der drei gemeinsamen Tage zum ersten Mal sehen.

«Gute Nacht dann, Jessica Rae Thomas. Mit einem a und einem e.»

Sie legte ihre Hand auf die Türklinke, und ihr blieb fast die Luft weg. Es war so lange her. Wäre es wirklich so eine schlechte Idee? Sie drückte die Türklinke herunter und lehnte sich gegen die Tür. «Bis morgen früh dann.»

«Ich würde ja anbieten, Ihnen Kaffee zu machen. Aber Sie sind immer vor mir auf.»

Sie wusste nicht, was sie sagen sollte. Möglicherweise starrte sie ihn einfach nur an.

«Ähm ... Jess?»

«Ja?»

«Danke. Für alles. Für Ihre Hilfe, als es mir schlecht geworden ist, für die Geburtstagsüberraschung ... Und falls ich morgen keine Gelegenheit habe, das noch zu sagen ...», er lächelte sie schief an, «... unter den Exfrauen sind Sie eindeutig meine Favoritin.»

Jess drückte gegen die Tür. Sie wollte etwas sagen, wurde aber von der Tatsache abgelenkt, dass sich die Tür nicht bewegte. Sie drehte sich ganz zur Tür und versuchte es noch einmal. Jetzt öffnete sich die Tür ein paar Zentimeter, aber mehr nicht.

«Was ist?»

«Ich kriege die Tür nicht auf», sagte sie und drückte mit beiden Händen dagegen. Nichts.

Mr. Nicholls stellte sich neben sie und drückte. Der Türspalt vergrößerte sich ein winziges bisschen. «Es ist nicht abgeschlossen», sagte er. «Irgendetwas blockiert die Tür von innen.»

Sie ging in die Hocke, versuchte etwas zu erkennen, und Mr. Nicholls schaltete das Licht im Treppenhaus an. Durch den schmalen Türspalt konnte Jess gerade eben Normans Riesenkörper auf der anderen Seite der Tür sehen. Er lag auf der Matratze, den enormen Rücken der Tür zugedreht.

«Norman», zischte sie. «Beweg dich.»

Nichts.

«*Norman.*»

«Wenn ich drücke, wacht er bestimmt auf.» Mr. Nicholls lehnte sich mit seinem gesamten Gewicht gegen die Tür und drückte. «Meine Güte», ächzte er.

Jess schüttelte den Kopf. «Sie kennen meinen Hund nicht.»

Er ließ die Türklinke los, und die Tür schloss sich mit einem sanften Klicken. Sie starrten sich an.

«Also ...», sagte er schließlich. «In meinem Zimmer stehen zwei Einzelbetten. Das wird schon gehen.»

Sie verzog das Gesicht. «Norman schläft auf der Matratze des zweiten Einzelbetts. Ich habe sie heute Abend in das Zimmer der Kinder gebracht.»

Er sah sie müde an. «Sollen wir klopfen?»

«Tanzie steht so unter Druck. Ich will sie nicht aufwecken. Es ist okay. Ich ... ich schlafe auf dem Sessel.»

Jess ging zum Badezimmer, bevor er widersprechen konnte. Sie wusch sich und putzte sich die Zähne, betrachtete ihr vom Alkohol erhitztes Gesicht im Spiegel und versuchte ihre Gedanken davon abzubringen, sich immer nur im Kreis zu drehen.

Als sie in das Zimmer kam, hielt Mr. Nicholls eines seiner dunkelgrauen T-Shirts hoch. «Hier», sagte er und warf es ihr zu, während er an ihr vorbei zum Bad ging. Jess zog sich aus, streifte das T-Shirt über und versuchte, die vage Erotik zu ignorieren, die von dem Geruch des T-Shirts ausging, dann zog sie das zusätzliche Bettzeug aus dem Schrank und rollte sich im Sessel zusammen, wobei sie ziemliche Schwierigkeiten hatte, eine bequeme Position für ihre Knie zu finden. Es würde eine lange Nacht werden.

Ein paar Minuten später öffnete Mr. Nicholls die Tür und schaltete das Deckenlicht aus. Er trug ein weißes T-Shirt und dunkelblaue Boxershorts. Jess sah an seinen Beinen die langen, leicht erhabenen Muskelstränge eines Menschen, der regelmäßig trainierte. Sie wusste sofort, wie sich diese muskulösen Beine bei der Berührung mit ihren eigenen anfühlen würden. Bei diesem Gedanken musste sie schlucken.

Das schmale Bett sank hörbar ein, als er sich hinlegte.

«Haben Sie es bequem dort?»

«Sehr bequem!», sagte sie zu laut. «Und Sie?»

«Wenn mich eine von diesen Bettfedern durchbohrt, erteile ich Ihnen hiermit die Erlaubnis, den Rest der Strecke selbst zu fahren.»

Er sah sie noch einen Moment lang quer durch den Raum hinweg an, dann knipste er die Nachttischlampe aus.

Es war stockdunkel. Draußen zog ein leichter Wind klagend durch unsichtbare Mauerritzen, Bäume rauschten, und eine Autotür wurde zugeschlagen, gleich darauf heulte ein Motor auf. Im Zimmer nebenan winselte Norman im Schlaf, das Geräusch wurde von der dünnen Gipskartonwand nur schlecht gedämpft. Jess hörte Mr. Nicholls atmen, und obwohl sie die Nacht zuvor in seiner nächsten Nähe verbracht hatte, war sie sich seiner Anwesenheit jetzt viel bewusster als vierundzwanzig Stunden zuvor. Sie dachte daran, wie er Nicky zum Lächeln gebracht hatte, wie seine Hände auf dem Lenkrad lagen.

Sie dachte an einen Ausdruck, den sie vor ein paar Wochen von Nicky gehört hatte – You Only Live Once: Man lebt nur einmal –, und erinnerte sich daran, wie sie Nicky erklärt hatte, nach ihrer Meinung sei das nichts weiter als eine Entschuldigung, die Idioten benutzten, um tun zu können, was sie wollten, ganz egal, welche Konsequenzen es hatte.

Sie dachte an Liam und wusste irgendwie tief in ihrem Inneren, dass er in genau diesem Moment Sex hatte – vielleicht mit dieser blonden Kellnerin aus dem Blue Parrot oder mit der Holländerin, die den Blumenlaster fuhr. Jess dachte an ein Gespräch mit Chelsea, bei dem Chelsea ihr erklärt hatte, sie solle lügen, was ihre Kinder anginge, weil sich kein Mann je in eine Single-Mutter von zwei Kindern verlieben würde, und wie wütend sie auf Chelsea geworden war, weil sie im Grunde wusste, dass sie recht hatte.

Und sie dachte daran, dass sie Mr. Nicholls, selbst wenn er nicht ins Gefängnis musste, nach dieser Fahrt wahrscheinlich nie wiedersehen würde.

Und dann, bevor sie lange darüber nachdenken konnte, stand Jess leise auf und ließ die Decke auf den Boden gleiten. Nur vier Schritte und sie war bei seinem Bett angelangt. Sie zögerte, die nackten Zehen in den Kunstfaserteppich gebohrt, weil sie noch immer unsicher war, ob sie es wirklich wagen sollte. Man lebt nur einmal. Und dann bewegte sich etwas in der beinahe vollkommenen Dunkelheit, und sie sah, dass sich Mr. Nicholls zu ihr umdrehte, als sie die Bettdecke hob und darunterschlüpfte.

Jess lag Brust an Brust mit ihm, ihre kühlen Beine an seinen warmen Beinen. In diesem schmalen Bett gab es keinerlei Ausweichmöglichkeit, und die durchhängende Matratze ließ sie noch enger zusammenrutschen, während sich die Matratzenkante wie eine Steilklippe nur wenige Zentimeter hinter ihrer Schulter befand. Sie lagen so dicht beieinander, dass sie den schwachen Geruch seines Aftershaves und seiner Zahnpasta wahrnahm. Sie spürte, wie sich seine Brust hob und senkte und wie sich ihr flatternder Herzschlag gegen seinen abhob. Sie legte den Kopf ein wenig schräg, um in seiner Miene zu lesen. Er legte seinen rechten Arm über die Bettdecke, ein überraschend schweres Gewicht, und zog sie enger an sich. Mit der anderen Hand suchte er ihre und umschloss sie sanft. Seine Hand war weich und zart, sie lag nur Zentimeter von ihrem Mund entfernt. Sie wollte mit ihrem Kopf noch näher an seine Hand rücken, seinen Fingerknöcheln mit den Lippen folgen. Sie wollte ihren Mund zu seinem heben.

Man lebt nur einmal.

Sie lag im Dunkeln, wie gelähmt von ihrem eigenen Verlangen.

«Willst du mit mir schlafen?», sagte sie in die Dunkelheit hinein.

Eine lange Stille.

«Hast du gehört, was ...»

«Ja», sagte er. «Und ... nein.» Er sprach weiter, bevor sie komplett erstarren konnte. «Ich glaube, das würde alles zu kompliziert machen.»

«Es ist nicht kompliziert. Wir sind beide jung, einsam und ein bisschen angetrunken. Und nach dieser Nacht werden wir uns nie wiedersehen.»

«Und wieso nicht?»

«Weil du nach London zurückgehst und dein Großstadtleben weiterführst und ich unten an der Küste mein Leben lebe. Es muss keine große Sache sein.»

Er schwieg für eine Minute. «Jess ... lieber nicht.»

«Du findest mich nicht attraktiv.» Ihre Haut kribbelte vor Beschämung, als sie sich plötzlich daran erinnerte, was er über seine Ex gesagt hatte. Lara war Model, verdammt noch mal. Sie rückte von ihm weg, doch er schloss seine Hand fester um ihre.

«Du bist schön.» Seine Stimme war nur noch ein Murmeln.

Sie wartete. Sein Daumen strich über ihre Handfläche. «Aber ... warum willst du nicht mit mir schlafen?»

Er sagte nichts.

«Pass auf, es ist so: Ich habe seit drei Jahren keinen Sex gehabt. Ich muss mich sozusagen mal wieder in den Sattel schwingen, und ich glaube, es wäre ... also, *du* wärest toll.»

«Ich soll also ein Pferd sein.»

«Ein symbolisches Pferd.»

«Da wären wir wieder bei sonderbaren Metaphern.»

«Eine Frau, von der du sagst, sie sei schön, bietet dir Sex ohne weitere Verpflichtungen an. Ich verstehe nicht, wo das Problem liegt.»

«So etwas wie Sex ohne weitere Verpflichtungen gibt es nicht.»

«Was meinst du damit?»

«Irgendjemand will immer etwas.»

«Ich will gar nichts von dir.»

Sie spürte, wie er mit den Schultern zuckte.

«Jetzt vielleicht nicht.»

«Wow.» Sie drehte sich von ihm weg. «Sie hat dich wirklich kalt erwischt, oder?»

«Ich will nur ...»

Jess ließ ihren Fuß an seinem Bein entlanggleiten. «Du denkst also, ich will dich in eine Falle locken? Du denkst, ich versuche dich mit meinen weiblichen Reizen zu überlisten? Mit meinen weiblichen Reizen, einem Kunstfaserbettbezug, Pastete und Pommes frites?» Sie verschränkte ihre Finger mit seinen. Sie ließ ihre Stimme zu einem Flüstern werden. Sie fühlte sich losgelöst, leichtsinnig. Sie glaubte, sie könnte glatt ohnmächtig werden, so sehr begehrte sie ihn. «Ich will keine Beziehung, Ed. Mit dir oder sonst jemandem. In meinem Leben ist kein Platz für dieses Du-und-ich-Ding.» Sie legte ihren Kopf zurück, sodass ihr Mund ganz dicht vor seinem war. «Ich dachte, das ist offensichtlich.»

Er bewegte seine Hüfte unbeholfen ein Stückchen von ihrer weg. «Du bist ... unglaublich überzeugend.»

«Und du bist ...» Sie legte das Bein über ihn und zog ihn

näher an sich. Er war so hart, dass ihr einen Moment lang schwindelig wurde.

Er schluckte.

Ihre Lippen waren nur noch Millimeter von seinen entfernt. Irgendwie schienen sich sämtliche Nervenenden ihres Körpers in ihrer Haut konzentriert zu haben. Oder vielleicht in seiner Haut. Das war nicht mehr zu unterscheiden.

«Es ist die letzte Nacht. Im schlimmsten Fall wechseln wir einen Blick über den Staubsauger hinweg, und ich erinnere mich an eine schöne Nacht mit einem netten Kerl, der tatsächlich mal ein netter Kerl war.» Sie ließ ihre Lippen über sein Kinn gleiten und spürte die Andeutung von Bartstoppeln. Sie wollte sanft in sein Kinn beißen. «Aber du wirst dich an den besten Sex erinnern, den du je hattest.»

«Und das war's?» Seine Stimme klang belegt, unkonzentriert.

Jess schob sich näher an ihn. «Das war's», murmelte sie.

«Du würdest eine gute Unterhändlerin abgeben.»

«Hörst du eigentlich nie auf zu reden?» Sie bewegte den Kopf vor, bis ihre Lippen auf seine trafen. Sie spürte den Druck seines Mundes auf ihrem, als seine Lippen nachgaben, seine Süße, und wollte über nichts mehr nachdenken. Sie wollte ihn. Sie brannte vor Verlangen.

Und dann zog er sich von ihr zurück. Sie spürte mehr, als dass sie es sah, wie Ed Nicholls sie anstarrte. Seine Augen waren schwarz in der Dunkelheit, unergründlich. Er bewegte seine Hand von ihr herunter, und als sie ihren Bauch streifte, überlief sie ein Schauer.

«Verdammt», sagte er. «Verdammte Scheiße.» Und dann fügte er mit einem Stöhnen hinzu: «Morgen wirst du mir für das, was ich jetzt tue, dankbar sein.»

Und dann löste er sich sanft aus ihrer Umarmung, stieg aus dem Bett, ging zu dem Sessel hinüber, setzte sich, zog mit einem lauten Seufzer die Decke über sich und drehte sich von ihr weg.

KAPITEL 20

Ed

Ed Nicholls hatte geglaubt, acht Stunden auf einem feuchten Parkplatz sei die schlimmste Art, auf die man eine Nacht verbringen konnte. Dann war er zu dem Schluss gekommen, die schlimmste Art, eine Nacht zu verbringen, wäre, sich auf einem Campingplatz in der Nähe von Derby die Eingeweide aus dem Leib zu kotzen. Er hatte sich zweimal geirrt. Die schlimmste Art, eine Nacht zu verbringen, war, wie sich herausstellte, in einem winzigen Zimmer drei Meter entfernt von einer leicht betrunkenen, attraktiven Frau zu sitzen, die mit einem schlafen wollte und die man wie der letzte Idiot zurückgewiesen hatte.

Jess schlief ein oder tat wenigstens so, das war nicht zu erkennen. Ed saß auf dem unbequemsten Sessel der Welt, starrte durch den Vorhangspalt auf den Nachthimmel, sein rechtes Bein schlief ein, sein linker Fuß dagegen war eiskalt, weil er nicht unter die Decke passte. Ed versuchte, nicht daran zu denken, dass er jetzt dort mit ihr liegen könnte, engumschlungen, seine Lippen auf ihrer Haut, ihre schlanken Beine um seine ...

Nein.

Entweder wäre (a) der Sex schrecklich gewesen, sie hätten sich hinterher vor Verlegenheit gewunden, und die letzten fünf Stunden Fahrt zu der Olympiade wären unerträglich geworden. Oder (b) der Sex wäre gut gewesen, sie wären verlegen aufgewacht, und die Fahrt wäre trotzdem unerträglich geworden. Oder noch schlimmer, es hätte auch mit (c) enden können: Der Sex wäre phantastisch gewesen (er neigte zu dieser Variante, weil er schon steif wurde, wenn er nur an ihren Mund dachte), sie hätten Gefühle füreinander entwickelt, die nur auf Sex beruhten, und hätten dann entweder (d) feststellen müssen, dass sie keine Gemeinsamkeiten hatten und auch sonst in keiner Hinsicht zusammenpassten, oder (e) gefunden, dass sie doch irgendwie zueinander passten, aber dann würde er ins Gefängnis gehen müssen. Und nichts davon berücksichtigte (f) die Tatsache, dass Jess Kinder hatte. Kinder, die Stabilität in ihrem Leben brauchten und niemanden wie ihn: Er mochte Kinder als Vorstellung, ungefähr so, wie er den indischen Subkontinent mochte – das heißt, es war schön zu wissen, dass es ihn gab, aber er wusste nichts darüber und hatte noch nie wirklich Lust gehabt, dort hinzufahren.

Und zu all dem kam noch Faktor (g) hinzu: dass er nämlich erwiesenermaßen eine Null in Beziehungen war, gerade zwei der verheerendsten Erfahrungen hinter sich gebracht hatte, die man sich vorstellen konnte, und die Chancen, dass er es mit jemand anderem schaffen konnte, und zwar auf der Basis einer langen Autofahrt, die nur zustande gekommen war, weil er keine Möglichkeit gefunden hatte, sich aus der Affäre zu ziehen, standen nun wirklich schlechter als schlecht.

Außerdem war ihre gesamte Unterhaltung im Bett, offen gesagt, reichlich merkwürdig gewesen.

Und zu all diesen Punkten konnten noch krassere Möglichkeiten kommen, über die er noch gar nicht nachgedacht hatte. Was, wenn Jess doch durchgeknallt war und all das Gerede darüber, dass sie keine Beziehung wollte, nur ein Trick, um ihn an sich zu fesseln? Okay, auf den ersten Blick schien sie nicht dieser Typ Frau zu sein.

Aber das war bei Deanna auch so gewesen.

All das ging Ed durch den Kopf und auch noch viele andere Gedanken, und er wünschte sich, wenigstens ein einziges dieser Themen mit Ronan durchsprechen zu können. Und schließlich färbte sich der Himmel rötlich und dann neonblau, und sein Bein fühlte sich komplett abgestorben an, und sein Kater, der sich zuerst nur als vager Druck auf seine Schläfen geäußert hatte, wurde zu einem bohrenden, schädelspaltenden Kopfschmerz. Ed versuchte, nicht zu Jess hinüberzusehen, als die Umrisse ihres Gesichts und ihres Körpers unter der Bettdecke im Morgenlicht erkennbar wurden.

Und er versuchte, sich nicht nach einer Zeit zurückzusehnen, in der Sex mit einer Frau, die man mochte, einfach nichts weiter gewesen war als Sex mit einer Frau, die man mochte, und keine derart lange und komplexe Folge von Gleichungen beinhaltete, dass vermutlich nur Tanzie imstande gewesen wäre, sie annähernd zu verstehen.

«Beeil dich. Wir sind spät dran.» Jess scheuchte Nicky – ein bleicher, T-Shirt-tragender Zombie – zum Auto.

«Ich habe noch nicht mal gefrühstückt.»

«Weil du nicht aufgestanden bist, als ich dich geweckt habe. Dann isst du eben unterwegs. Tanzie, war der Hund draußen?»

Der Morgenhimmel war bleigrau und schien ungefähr auf Ohrenhöhe zu hängen. Feuchtigkeit lag in der Luft. Ed saß auf dem Fahrersitz, während Jess in wildem Aktionismus hin und her eilte, organisierte, schimpfte und Versprechungen machte. So war sie, seit er nach gefühlt zwanzig Minuten Schlaf total übernächtigt aufgewacht war. Er glaubte, dass sie ihn kein einziges Mal direkt angesehen hatte. Tanzie stieg schweigend hinten ein.

«Alles okay mit dir?» Er gähnte und sah sie über den Rückspiegel an.

Sie nickte nur.

«Nervös?»

Sie sagte nichts.

«Ist dir schlecht?»

Sie nickte.

«Damit bist du auf dieser Fahrt ja in guter Gesellschaft. Du wirst es toll machen. Ehrlich.»

Sie sah ihn mit demselben Blick an, mit dem sie jeden Erwachsenen angesehen hätte, der so etwas sagte. Dann drehte sie sich weg und sah aus dem Fenster, ihr rundliches Gesicht war blass. Ed fragte sich, wie lange sie nachts aufgeblieben war, um zu üben.

«So.» Jess schob Norman auf den Rücksitz. Er brachte einen überwältigenden Geruch nach nassem Hund mit ins Auto. Jess überprüfte, ob Tanzie ihren Sicherheitsgurt angelegt hatte, dann setzte sie sich auf den Beifahrersitz und wandte sich endlich an Ed.

Ihre Miene war undurchdringlich. «Fahren wir.»

Eds Auto sah nicht mehr aus wie sein Auto. In nur drei Tagen hatte die makellose Innenausstattung Flecken bekommen und neue Gerüche angenommen, Hundehaare klebten überall, Pullover und Schuhe lagen auf und unter den Sitzen. Im Fußraum trat man auf Bonbonpapiere oder heruntergefallene Chips. Die Radiosender waren verstellt.

Aber es war noch etwas passiert, während Ed mit vierzig Meilen pro Stunde über die Landstraßen fuhr. Das schwache Gefühl, dass er eigentlich ganz woanders sein sollte, hatte sich verflüchtigt, beinahe ohne dass er es bemerkte. Er stellte fest, dass er die Passanten wahrnahm, die auf dem Weg zum Einkaufen waren, die Autofahrer, die Eltern, die ihre Kinder zur Schule brachten oder sie abholten, und die in Welten lebten, die so vollkommen anders waren als seine, und die nichts von dem Drama wussten, das sich ein paar hundert Meilen weiter südlich abspielte. Und diese neue Sicht auf die Dinge ließ alles viel kleiner erscheinen, verwandelte das drohende Verhängnis in ein fernes Spielzeugdorf von Problemen.

Trotz der betonten Schweigsamkeit der Frau neben ihm, trotz Nickys geschlossener Augen im Rückspiegel («Teenager sind vor elf Uhr vormittags nicht zu gebrauchen», erklärte Tanzie) und trotz des gelegentlichen üblen Darmwinds des Hundes dämmerte es Ed langsam, während sie ihrem Ziel näher kamen, dass er bei der Aussicht, endlich sein Auto und eigentlich auch sein Leben wieder für sich allein zu haben, nicht die erwartete Erleichterung verspürte. Seine Gefühle waren vielschichtiger. Ed drehte an der Lautsprecherregelung herum, sodass die Musik hinten laut und vorne leise war.

«Alles okay?»

Jess sah ihn nicht an. «Mir geht's gut.»

Ed warf einen Blick über die Schulter, um sicher zu sein, dass die beiden Kinder nicht zuhörten. «Was gestern Abend angeht», fing er an.

«Vergiss es.»

Er wollte ihr sagen, dass er es bereute. Er wollte ihr sagen, dass sein ganzer Körper förmlich geschmerzt hatte von der Anstrengung, die es ihn kostete, nicht in dieses kleine, durchhängende Einzelbett zurückzukommen. Aber was hätte das gebracht? Wie sie am Abend zuvor gesagt hatte: Sie waren zwei Menschen, die keinen Grund hatten, sich je wiederzusehen.

«Ich kann das nicht vergessen …»

«Es gibt nichts zu erklären. Du hattest recht. Es war eine dumme Idee.» Sie zog die Beine unter sich und starrte von ihm abgewandt durch das Beifahrerfenster.

«Es ist nur, dass mein Leben so …»

«Wirklich. Es ist unwichtig. Ich will nur …», sie atmete hörbar aus, «… ich will nur, dass wir rechtzeitig zu dieser Olympiade kommen.»

«Aber ich möchte nicht, dass es so zwischen uns endet.»

«Es gibt nichts zu beenden.» Sie stellte ihre Füße auf das Armaturenbrett. Es wirkte, als wollte sie damit ihre Worte bekräftigen. «Fahren wir einfach.»

«Wie weit ist es bis Aberdeen?» Tanzies Gesicht tauchte zwischen den Vordersitzen auf.

«Meinst du, wie weit noch von hier aus?»

«Nein. Insgesamt. Von Southampton aus.»

Ed zog sein Handy aus der Jacke und gab es ihr. «Sieh auf der Karten-App nach.»

Sie tippte auf dem Display herum und zog die Augenbrauen zusammen. «Ungefähr fünfhundertachtzig Meilen?»

«Klingt richtig.»

«Wenn wir also immer vierzig Meilen pro Stunde fahren, ergibt das mindestens sechs Stunden Fahrt pro Tag. Und wenn es mir nicht schlecht geworden wäre, hätten wir es in …»

«In einem Tag geschafft. Wenn wir durchgefahren wären.»

«Ein Tag.» Das musste sie erst einmal verdauen. Sie ließ ihren Blick über die schottischen Hügel wandern, die in der Ferne vor ihnen aufgetaucht waren. «Aber dann hätten wir keine so schöne Zeit zusammen gehabt, oder?»

Ed warf Jess einen Seitenblick zu. «Nein, hätten wir nicht.»

Es dauerte einen Moment, bis Jess seinen Blick erwiderte. «Nein, Liebling», sagte sie nach einer kurzen Pause. Ihr Lächeln wirkte eigentümlich betrübt. «Nein, hätten wir nicht.»

Ruhig und gleichmäßig legte das Auto Meile um Meile zurück. Sie kamen über die Grenze nach Schottland, und Ed versuchte – vergeblich –, die anderen zum Jubeln zu animieren. Einmal hielten sie an, damit Tanzie zur Toilette gehen konnte, zwanzig Minuten später für Nicky («Kann ich doch nichts dafür. Als Tanzie gegangen ist, musste ich noch nicht.») und dreimal für Norman (zweimal war es falscher Alarm). Jess saß schweigend neben Ed, sah von Zeit zu Zeit auf die Uhr und kaute an ihren Fingernägeln. Nicky betrachtete müde die menschenleere Landschaft und die wenigen Steinhäuser auf den Hügeln. Ed überlegte, wie es Nicky wohl nach dieser Reise ergehen würde. Er wollte ihm noch fünfzig weitere Ratschläge geben, aber er versuchte sich daran zu erinnern, wie unerbetene Ratschläge bei ihm selbst in diesem Alter angekommen waren. Vermutlich hatte er sie einfach ignoriert. Trotzdem konnte er sich nicht vorstellen, wie Jess Nicky beschützen sollte, wenn sie wieder zu Hause waren.

Das Telefon klingelte, und beim Blick auf das Display sank schlagartig seine Laune. «Lara.»

«Eduardo. Babe. Ich muss mit dir über dieses Apartment reden.»

Er war sich bewusst, dass Jess auf einmal wie erstarrt neben ihm saß und ihm einen kurzen Seitenblick zuwarf. Er wünschte, er hätte das Gespräch nicht angenommen.

«Lara, ich werde jetzt nicht mit dir darüber diskutieren.»

«Es ist nicht viel Geld. Jedenfalls nicht für dich. Ich habe mit meinem Anwalt gesprochen, und er sagte, du würdest es nicht mal merken, wenn du es bezahlst.»

«Ich habe es dir schon einmal erklärt, Lara. Du hast einer Abfindung zugestimmt und sie auch bekommen.»

Plötzlich wurde ihm bewusst, wie still die anderen im Auto waren.

«Eduardo. Baby. Ich muss das mit dir besprechen.»

«Lara ...»

Doch bevor er noch etwas sagen konnte, streckte Jess den Arm aus und griff sich das Handy. «Hallo, Lara», sagte sie. «Hier spricht Jess. Es tut mir wahnsinnig leid, aber er kann nichts mehr für das Apartment bezahlen, also hat es auch keinen Zweck, dass Sie noch einmal anrufen.»

Kurzes Schweigen. Dann die Explosion. «Wer ist da?»

«Ich bin seine neue Frau. Oh – und er hätte gern sein Bild vom Großen Vorsitzenden Mao zurück. Vielleicht geben Sie es einfach in der Kanzlei seines Anwalts ab. Okay? Es eilt nicht. Aber vielen Dank schon mal.»

Die anschließende Stille wirkte wie die Sekunden vor der Detonation einer Atombombe. Doch bevor einer von ihnen hören konnte, was als Nächstes geschah, unterbrach Jess die Verbindung und reichte Ed das Handy zurück. Er nahm es und schaltete es aus.

«Danke», sagte er, «schätze ich.»

«Gern geschehen.» Sie sah ihn nicht an.

Ed warf einen Blick in den Rückspiegel. Er war nicht ganz

sicher, aber er hatte den Eindruck, dass es Nicky sehr schwerfiel, nicht zu lachen.

Irgendwo zwischen Edinburgh und Dundee, auf einer schmalen Straße durch ein Waldgebiet, mussten sie anhalten, weil eine Kuhherde auf der Straße war. Die Tiere liefen um das Auto herum, musterten träge seine Insassen, ein Meer aus schwarzen Körpern mit großen Augen unter wolligem Stirnfell. Norman starrte zurück.

«Aberdeenrinder», sagte Nicky.

Plötzlich, ohne jede Vorwarnung, sprang Norman knurrend und zähnefletschend ans Fenster. Das Auto schwankte zur Seite, Normans ohrenbetäubendes Bellen hallte durch den Innenraum und wurde durch die Enge noch verstärkt. Auf der Rückbank entstand ein Durcheinander aus Armen und Beinen und wild gewordenem Hund. Nicky und Jess versuchten, Norman vom Fenster wegzuziehen.

«Mum!»

«Norman! Aus!» Der Hund stand auf Tanzie, das Gesicht dicht vor der Fensterscheibe. Ed konnte unter ihm gerade noch Tanzies pinkfarbene Jacke und ihre rudernden Arme erkennen.

Jess hängte sich über die Rücklehne ihres Sitzes und packte Norman am Halsband. Gemeinsam zogen sie den Hund vom Fenster weg. Er jaulte, schrill und hysterisch, stemmte sich gegen ihren Griff, spritzte Sabber durchs Auto.

«Norman, du Riesenidiot! Was zum Teufel ...»

«Er hat noch nie im Leben eine Kuh gesehen.» Tanzie kämpfte sich hoch. Wie immer nahm sie Norman in Schutz.

«Echt, Norman.»

«Alles klar mit dir, Tanzie?»

«Mir geht's gut.»

Die Kuhherde umfloss weiter das Auto. Die Tiere blieben von Normans Ausbruch völlig unbeeindruckt. Durch die mittlerweile beschlagenen Fenster konnten sie den Bauern hinter der Herde ausmachen, der langsam und gelassen dahinschritt, mit dem gleichen schwerfälligen Gang wie seine Schützlinge. Im Vorbeigehen deutete er ein Nicken an und trottete so langsam weiter, als hätte er alle Zeit der Welt. Norman winselte und wehrte sich gegen den Zug an seinem Halsband.

«So habe ich ihn ja noch nie erlebt. Vielleicht hat er Rindfleisch gerochen.»

«So etwas hätte ich ihm nie zugetraut», sagte Ed.

«Meine Brille.» Tanzie hielt ein verdrehtes Metallgestell hoch. «Mum. Norman hat meine Brille kaputt gemacht.»

Es war Viertel nach zehn.

«Ohne meine Brille sehe ich nichts.»

Jess sah Ed an. *Mist.*

«Okay», sagte er. «Schnapp dir eine Kotztüte. Jetzt muss ich Gas geben.»

Sie rasten dahin, fröstelten bei offenen Fenstern, und der dröhnende Fahrtwind machte jedes Gespräch unmöglich. Die schottischen Straßen waren breit und leer, und Ed fuhr so schnell, dass das Navi die Ankunftszeit ständig neu berechnen musste. Bei jeder gewonnenen Minute jubelte er in Gedanken. Tanzie wurde es zweimal kotzübel, aber Ed wollte nicht anhalten, damit sie sich am Straßengraben erbrechen konnte.

«Ihr geht es richtig mies.»

«Mir geht's gut», sagte Tanzie immer wieder, den Kopf über eine Plastiktüte gebeugt. «Wirklich.»

«Sollen wir nicht doch lieber anhalten, Liebling? Nur für eine Minute.»

«Nein. Weiterfahren. Böarks ...»

Sie hatten keine Zeit zum Anhalten. Die Autofahrt wurde dadurch nicht gerade einfacher. Nicky hatte sich von seiner Schwester weggedreht und die Hand über die Nase gelegt. Sogar Norman hatte den Kopf so weit wie möglich aus dem Fenster gestreckt, um frische Luft zu bekommen.

Er würde sie rechtzeitig dorthin bringen. Ed fühlte sich so entschlossen wie schon seit Monaten nicht mehr. Und endlich tauchte vor ihnen Aberdeen auf, mit seinen riesigen, silbergrauen Gebäuden und den hoch aufragenden, unpassend modernen Wolkenkratzern. Er fuhr Richtung Zentrum, durch zusehends engere und dann kopfsteingepflasterte Straßen. Sie kamen durch die Hafenanlagen, rechts von ihnen lagen die enormen Tanker, und an dieser Stelle verdichtete sich der Verkehr, und langsam, aber unaufhörlich begann Eds Zuversicht zu schwinden. Sie mussten noch langsamer fahren, und das Schweigen im Auto wurde immer angespannter. Ed tippte Alternativrouten ins Navi ein, die aber keinen Zeitgewinn zu bringen schienen und auch ansonsten sinnlos waren. Das Navi begann, gegen ihn zu arbeiten. Rechnete die Zeit wieder drauf, die es zuvor heruntergerechnet hatte. Es waren noch fünfzehn, dann neunzehn, dann zwanzig Minuten bis zur Universität. Fünfundzwanzig Minuten. Zu lange.

«Warum geht das so langsam voran?», sagte Jess zu niemand im Besonderen. Sie schaltete das Radio an und versuchte, den Verkehrsfunk zu finden. «Was ist bloß der Grund für diesen Stau?»

«Wahrscheinlich liegt es nur an dem vielen Verkehr. Was soll es denn sonst sein?»

«Es könnte einen Unfall gegeben haben», sagte Tanzie.

«Aber dann wäre der Stau trotzdem Bestandteil des vielen Verkehrs», sagte Ed. «Also wäre das Grundproblem genau genommen weiterhin der viele Verkehr.»

«Nein, wenn das gesamte Verkehrsaufkommen zum Stillstand kommt, ist das etwas ganz anderes.»

«Aber das Ergebnis ist dasselbe.»

«Aber es ist eine ungenaue Beschreibung.»

Jess schaute auf das Navi. «Können wir uns bitte aufs Wesentliche konzentrieren? Sind wir hier überhaupt richtig? Ich hätte nicht gedacht, dass die Universität in der Nähe des Hafens ist.»

«Wir müssen durch die Docks, um zur Universität zu kommen.»

«Sicher?»

«Sicher.» Ed versuchte die Anspannung in seiner Stimme zu unterdrücken. «Das sieht man doch auf dem Navi.»

Kurzes Schweigen. Vor ihnen schaltete eine Ampel zweimal um, ohne dass sich auch nur ein Auto rührte. Jess dagegen rutschte ständig auf ihrem Sitz herum und sah sich um, als könnte es eine freie Straße geben, die sie übersehen hatten. Ed konnte ihr keinen Vorwurf daraus machen. Er war genauso unruhig.

«Ich glaube nicht, dass wir noch Zeit haben werden, um eine neue Brille zu kaufen», murmelte er Jess zu, als sie beim vierten Ampelzyklus immer noch auf demselben Fleck standen.

«Aber sie kann ohne Brille nicht sehen.»

«Wenn wir erst noch nach einer Drogerie suchen müssen, schaffen wir es nicht bis zwölf.»

Jess biss sich auf die Unterlippe, dann drehte sie sich auf ihrem Sitz um. «Tanzie? Kannst du halbwegs durch das Brillenglas sehen, das nicht gesprungen ist? Geht das irgendwie?»

Ein blassgrünes Gesicht tauchte aus der Plastiktüte auf. «Ich versuch's», sagte sie.

Der Verkehr war komplett zum Stillstand gekommen. Sie schwiegen, und die Anspannung im Auto stieg immer weiter. Als Norman winselte, knurrten sie wie aus einem Mund: «Halt's Maul, Norman!» Ed spürte, wie sein Blutdruck anstieg. Warum waren sie nicht eine halbe Stunde früher losgefahren? Warum hatte er das nicht besser geplant? Was würde passieren, wenn sie zu spät kamen? Er warf Jess einen Seitenblick zu. Sie klopfte nervös auf ihr Knie, und Ed vermutete, dass ihr die gleichen Gedanken durch den Kopf gingen wie ihm. Und dann endlich und ohne ersichtlichen Grund, so als hätten die Götter bloß mit ihnen gespielt, floss der Verkehr wieder.

Ed raste über die kopfsteingepflasterten Straßen, während Jess immerzu «LOS! LOS!» rief und sich vorbeugte, als wäre sie ein Kutscher, der die Zugpferde antreibt. Der Wagen schleuderte um die Kurven, beinahe zu schnell für das Navi, das nur noch Informationsbruchstücke lieferte, und bog auf zwei Rädern in die Zufahrt des Universitätsgeländes ein, wo Ed den kleinen Schildern folgte, die hier und da an Pfosten befestigt waren, bis sie das Downes-Gebäude erreichten, einen hässlichen 70er-Jahre-Büroklotz in demselben Granitgrau wie alles andere.

Mit quietschenden Reifen fuhr das Auto in eine Parklücke vor dem Gebäude, und als Ed den Motor abstellte, kam alles zum Stillstand. Er stieß hörbar den Atem aus und warf einen Blick auf die Uhr. Es war sechs Minuten vor zwölf.

«Ist es hier?», fragte Jess und musterte das Gebäude

«Hier ist es.»

Jess wirkte mit einem Mal wie gelähmt, als könne sie nicht glauben, dass sie wirklich angekommen waren. Sie löste ihren Sicherheitsgurt und starrte auf den Parkplatz, über den gerade ein paar Jungen schlenderten, als hätten sie noch massenhaft Zeit. Im Gehen spielten sie auf ihren Smartphones, neben sich ihre angespannt wirkenden Eltern. Alle trugen Uniformen von elitären Privatschulen. «Ich dachte, es wäre … größer», sagte sie.

Nicky schaute in den grauen Nieselregen hinaus. «Klar. Weil höhere Mathematik ja auch so ein Publikumsmagnet ist.»

«Ich kann überhaupt nichts sehen», sagte Tanzie.

«Also, ihr geht und meldet Tanzie an. Und ich besorge ihr eine Brille.»

Jess drehte sich zu ihm um. «Aber die wird nicht die richtige Sehstärke haben.»

«Aber es ist immer noch besser als gar nichts. Und jetzt los. LOS.»

Er sah, wie sie ihm hinterherschaute, als er vom Parkplatz raste und wieder Richtung Stadtzentrum fuhr.

Er brauchte sieben Minuten und drei Versuche, um eine Drogerie zu finden, die groß genug war, um einen Ständer mit Lesebrillen zu haben. Ed stieg so unvermittelt auf die Bremse, dass Norman nach vorn rutschte und mit seinem großen Kopf an Eds Schulter stieß. Knurrend schob sich der Hund wieder auf die Rückbank.

«Du bleibst hier», erklärte ihm Ed und rannte in die Drogerie.

Bis auf eine alte Frau mit einem Korb, die sich leise mit zwei Verkäuferinnen unterhielt, waren keine Kunden in dem Geschäft. Ed hastete um Regale mit Tampons und Zahnpasta,

Hühneraugenpflastern und reduzierten Weihnachtswaren, bis er den Ständer in der Nähe der Kasse entdeckte. Er wusste nicht mehr, ob sie weit- oder kurzsichtig war. Er griff nach seinem Handy, um zu fragen, dann fiel ihm ein, dass er Jess' Nummer nicht hatte.

«Verdammt. Verdammt. Verdammt.» Ed dachte fieberhaft nach. Tanzies Brille hatte ziemlich stark gewirkt. Er hatte Tanzie nie ohne die Brille gesehen. Wies das eher darauf hin, dass sie kurzsichtig war? Tendierten nicht alle Kinder zur Kurzsichtigkeit? Es waren doch die Erwachsenen, die etwas weit von sich weg hielten, um es richtig erkennen zu können, oder? Er zögerte ungefähr zehn Sekunden lang, und dann zog er sämtliche Brillen aus dem Gestell, die für Weitsichtige und die für Kurzsichtige, die schwachen und die extra starken, und legte sie aufs Kassenband.

Die Verkäuferin unterbrach ihr Gespräch mit der alten Frau. Sie sah auf die Brillen hinunter und hob dann ihren Blick zu ihm. Ed bekam mit, dass sie den Hundesabber auf seinem Hemdkragen registrierte, und versuchte hastig, ihn mit dem Ärmel wegzuwischen. Mit dem Erfolg, dass er ihn über sein Revers schmierte.

«Alle. Ich nehme alle», sagte er. «Aber nur, wenn Sie es schaffen, die Preise in weniger als dreißig Sekunden einzugeben.»

Sie sah zu ihrer Vorgesetzten hinüber, die Ed eindringlich musterte, dann aber kaum merklich nickte. Ohne ein Wort begann die Verkäuferin die Preise einzugeben und die Brillen sorgfältig einzeln in Tüten zu stecken. «Nein. Keine Zeit. Schmeißen Sie einfach alle zusammen in eine», sagte er und griff an der Verkäuferin vorbei, um die Brillen selbst in eine Plastiktüte zu schieben.

«Haben Sie eine Kundenkarte?»

«Nein. Keine Kundenkarte.»

«Wir haben heute ein Drei-für-zwei-Angebot bei den Diätschokoriegeln. Möchten Sie ...»

Ed bückte sich nach den Brillen, die vom Band gefallen waren. «Keine Diätschokoriegel», sagte er. «Keine Sonderangebote. Danke. Ich will nur bezahlen.»

«Das wären dann hundertvierundsiebzig Pfund», sagte sie schließlich. «Sir.»

Sie warf einen Blick über die Schulter, als würde sie damit rechnen, dass gleich das Fernsehteam der Versteckten Kamera auftauchte. Aber Ed unterschrieb den Kreditkartenbeleg, schnappte sich die Tüte und rannte zum Auto. Beim Hinauslaufen hörte er noch «Kein Benehmen» mit starkem, schottischem Akzent.

Als er zur Universität zurückkam, war niemand mehr auf dem Parkplatz. Direkt vor dem Eingang machte er eine Vollbremsung, überließ es Norman, mit Duldermiene auf die Rückbank zurückzuklettern, und rannte in das Gebäude und durch einen hallenden Flur. «Mathe-Wettbewerb? Mathe-Wettbewerb?», rief er jedem zu, an dem er vorbeikam. Ein Mann deutete wortlos auf ein laminiertes Schild. Ed rannte eine Treppe hinauf, nahm dabei immer zwei Stufen auf einmal, hastete einen weiteren Flur entlang bis zu einer großen Saaltür. Davor saß ein Mann hinter einem Tisch. Gegenüber an der Wand standen Jess und Nicky. Sie ging einen Schritt auf ihn zu. «Hab sie.» Er hielt triumphierend die Tüte hoch. Er war so außer Atem, dass er kaum sprechen konnte.

«Sie ist reingegangen», sagte Jess. «Sie haben schon angefangen.»

Er sah keuchend auf die Uhr. Sieben Minuten nach zwölf.

«Entschuldigung», sagte er zu dem Mann am Tisch. «Ich muss einem Mädchen da drin seine Brille geben.»

Der Mann blickte langsam auf. Er beäugte die Plastiktüte, die ihm Ed vor die Nase hielt.

Ed beugte sich über den Tisch und schob dem Mann die Tüte hin. «Ihr ist auf dem Weg hierher die Brille kaputtgegangen. Sie kann ohne Brille nichts sehen.»

«Es tut mir leid, Sir. Ich kann jetzt niemanden mehr hineinlassen.»

Ed nickte. «Doch. Doch, das können Sie. Hören Sie, ich versuche hier nicht, zu schummeln oder etwas hineinzuschmuggeln. Ich wusste nur einfach nicht, welche Dioptrien sie hat, also musste ich alle Brillen kaufen. Sie können sie überprüfen. Alle. Sehen Sie. Keine Geheimcodes. Nur Brillen.» Er hielt dem Mann die Tüte hin. «Sie müssen ihr die Brillen hineinbringen, damit sie sich eine heraussucht, mit der sie sehen kann.»

Der Mann schüttelte langsam den Kopf.

«Sir. Wir dürfen nichts zulassen, was die anderen Schüler stört ...»

«Doch. Doch, dürfen Sie. Das ist ein Notfall.»

«So lauten eben die Regeln.»

Ed starrte ihn volle zehn Sekunden an. Dann richtete er sich auf, fuhr sich über die Stirn und entfernte sich ein paar Schritte von dem Tisch. Er spürte, wie sich in ihm ein unbekannter Druck aufbaute, wie in einem Kessel, der auf einer Herdplatte herumruckelt. «Wissen Sie, was?», sagte er und drehte sich um. «Wir haben drei ganze Tage und Nächte gebraucht, um hierherzukommen. Drei Tage, in denen mein wirklich sehr schönes Auto mit Erbrochenem beschmiert und der Polsterung von einem Hund unaussprechliche Dinge angetan wurden. Und ich mag Hunde nicht mal. Ich habe mit einer Fremden in meinem Auto übernachtet. Es war keine sehr bequeme Nacht. Ich musste mich an Orten aufhalten, an denen sich kein vernünftiger Mensch längere Zeit aufhalten sollte. Ich habe einen Apfel gegessen, der in den viel zu engen Hosen eines Teenagers gesteckt hat, und einen Döner, der nach meiner Überzeugung Menschenfleisch enthielt. Ich habe in London eine große, eine riesige persönliche Krise zu bewältigen und bin stattdessen mit Leuten, die ich nicht kenne – allerdings sehr netten Leuten –, fünfhundertachtzig Meilen gefahren, weil sogar ich begriffen habe, wie wichtig dieser Wettbewerb für sie ist. Lebenswichtig. Denn alles, was für dieses Mädchen zählt, ist Mathematik. Und wenn die Kleine keine Brille bekommt, mit der sie etwas sehen kann, bekommt sie keine faire Chance in Ihrem Wettbewerb. Und wenn sie keine faire Chance bekommt, verliert sie die Möglichkeit, auf eine Schule zu gehen, auf die sie wirklich unbedingt gehen muss. Und wenn das passiert, wissen Sie, was ich dann tue?»

Der Mann starrte ihn an.

«Dann gehe ich in diesen Raum und schnappe mir jedes einzelne Aufgabenblatt von den Schülern und reiße es in winzige Stücke. Und all das tue ich sehr, sehr schnell, sodass Sie keine Gelegenheit haben, den Wachschutz zu rufen. Und wissen Sie, warum ich das tun werde?»

Der Mann schluckte. «Nein.»

«Weil all das einen Sinn gehabt haben muss.» Ed beugte sich dicht zu dem Mann. «Einfach muss.»

Irgendetwas war mit Eds Gesicht passiert. Er spürte selbst, dass es sich auf eine Art verzerrte, wie er es noch nie erlebt hatte. Und er sah es in dem Blick, mit dem ihn der Mann anstarrte. Und er bemerkte es an der Art, auf die Jess zu ihm trat, ihm sanft die Hand auf den Arm legte.

Sie reichte dem Mann die Tüte mit den Brillen.

«Wir wären Ihnen wirklich sehr, sehr dankbar, wenn Sie ihr die Brillen hineinbringen würden», sagte sie.

Der Mann stand auf und ging um den Tisch herum zur Tür. Dabei ließ er Ed nicht aus den Augen. «Ich werde sehen, was ich tun kann», sagte er. Und dann zog er leise die Tür hinter sich zu.

Schweigend gingen sie zum Auto hinaus. Der Regen störte sie nicht. Jess räumte die Reisetaschen aus dem Kofferraum. Nicky stand daneben und hatte die Hände so tief in seine Jeanstaschen gerammt, wie es nur ging. Und das war angesichts der engen Hose nicht besonders tief.

«Tja, wir haben es geschafft.» Jess erlaubte sich ein kleines Lächeln.

«So wie ich es gesagt habe.» Ed nickte zum Auto. «Soll ich hier warten, bis sie fertig ist?»

Sie zog die Nase kraus. «Nein. Schon gut. Wir haben Sie schon lange genug aufgehalten.»

Ed spürte, wie sein Lächeln absackte. «Wo werdet ihr heute übernachten?»

«Wenn sie gewinnt, spendiere ich uns vielleicht ein schickes Hotel. Wenn sie verliert ...» Sie zuckte mit den Schultern. «Bushaltestelle.» So, wie sie es sagte, glaubte sie nicht an diese zweite Möglichkeit.

Sie ging um das Auto herum zur hinteren Beifahrertür. Norman, der den Regen gesehen und beschlossen hatte, im Auto zu bleiben, sah zu ihr auf.

Jess beugte sich in den Wagen. «Norman, Zeit zum Aussteigen.»

Ein kleiner Stapel Reisetaschen stand hinter dem Auto auf

dem feuchten Boden. Sie zog eine Jacke aus einer der Taschen und gab sie Nicky. «Komm, zieh die an. Es ist kalt.»

Salziger Tanggeruch vom Meer hing in der Luft. Auf einmal musste Ed an Beachfront denken. «Also ... das ... war's?»

«Das war's. Vielen Dank fürs Mitnehmen. Ich ... wir ... wissen das wirklich zu schätzen. Die Brillen. Alles.»

Sie sahen sich zum ersten Mal an diesem Tag richtig an, und es gab eine Milliarde Dinge, die er sagen wollte.

Nicky hob ungelenk die Hand. «Ja. Mr. Nicholls. Danke.»

«Oh. Hier.» Ed zog das Handy aus der Tasche, das er aus dem Handschuhfach genommen hatte, und warf es Nicky zu. «Es ist ein Reservegerät. Ich ... äh ... brauche es nicht mehr.»

«Echt jetzt?» Nicky fing es mit einer Hand auf und betrachtete es ungläubig.

Jess runzelte die Stirn. «Das können wir nicht annehmen. Sie haben schon genug für uns getan.»

«Es ist nichts Besonderes. Wirklich. Wenn Nicky es nicht nehmen will, muss ich es zu einer von diesen Recyclingstellen schicken. Sie würden mir einfach nur Arbeit ersparen.»

Jess sah auf ihre Füße hinunter, als wollte sie gleich noch etwas dazu sagen. Aber dann sah sie auf und zog ihre Haare in einen unnötig straffen Pferdeschwanz.

«Also. Dann noch mal danke.» Sie streckte ihm die Hand entgegen. Nach kurzem Zögern ergriff Ed sie und versuchte die plötzliche Erinnerung an den vorherigen Abend zu ignorieren.

«Viel Glück mit Ihrem Vater. Und bei dem Essen. Und mit der ganzen Arbeitssache. Ich bin sicher, dass es gut ausgeht. Denken Sie dran: Es passieren auch gute Dinge.» Als sie ihre Hand zurückzog, fühlte er sich seltsamerweise, als habe er etwas verloren. Sie drehte sich um und sah ihn, jetzt schon mit den Gedanken woanders, noch einmal an. «Also. Suchen wir uns ein trockenes Plätzchen, um unsere Sachen unterzustellen.»

«Warten Sie.» Ed zog eine Visitenkarte aus dem Jackett, kritzelte eine Nummer darauf und ging ihr nach. «Rufen Sie mich an.»

Eine der Zahlen war verschmiert. Er sah, wie sie stirnrunzelnd daraufschaute.

«Das ist eine Drei.» Er schrieb die Zahl noch einmal deutlicher, dann steckte er die Hände in die Hosentaschen und war auf einmal so verlegen wie ein Teenager. «Ich würde gern wissen, wie es für Tanzie ausgeht. Bitte.»

Sie nickte. Ihre Miene war undurchdringlich. Und dann ging sie, scheuchte den Jungen vor sich her wie ein besonders wachsamer Schäfer. Ed sah ihnen nach, wie sie ihre übergroßen Reisetaschen schleppten und den hechelnden, unwilligen Hund hinter sich herzogen, bis sie hinter der Ecke des grauen Betonbaus verschwunden waren.

Es war still im Auto. Sogar in den Phasen, in denen nichts geredet worden war, hatte sich Ed an schwach beschlagene Fenster und die halbbewusste Wahrnehmung von ständiger Bewegung gewöhnt, die entstand, wenn man auf engem Raum mit anderen Menschen zusammen war. Das gedämpfte Pling von Nickys Spielekonsole. Das Herumgerutsche von Jess. Jetzt ließ Ed den Blick durch das Wageninnere wandern, und er kam sich vor, als stünde er in einem verlassenen Haus. Er sah Kekskrümel und das Kerngehäuse eines Apfels, das in den hinteren Aschenbecher gesteckt worden war, die Spuren geschmolzener Schokolade, die zusammengefaltete Zeitung in der Tasche des Sitzes. Seine feuchten Kleidungsstücke hingen an Drahtkleiderbügeln an den hinteren Fenstern. Er sah die Mathematik-Bücher, die halb in die Spalte neben dem Rücksitz gerutscht waren und die Tanzie offenkundig vergessen hatte, als sie hastig ausgestiegen war. Er überlegte, ob er sie ihr nach oben bringen sollte. Aber wozu? Es war zu spät.

Es war zu spät.

Er saß auf dem Parkplatz, sah die letzten Eltern zu ihren Autos gehen, die jetzt die Zeit totschlagen mussten, während sie auf ihre Schützlinge warteten. Er beugte sich vor und ließ seinen Kopf auf dem Lenkrad ruhen. Eine Weile später, als sein Auto das einzige war, das noch auf dem Parkplatz stand, steckte er den Schlüssel ins Zündschloss und fuhr los.

Ed war etwa zwanzig Meilen gefahren, als ihm bewusst wurde, wie müde er war. Die Kombination aus drei Nächten mit wenig Schlaf, einem Kater und einem Fahrpensum von mehreren hundert Meilen schien plötzlich auf ihn zu wirken wie eine Abrissbirne. Seine Augenlider wurden schwer. Er schaltete das Radio ein, öffnete das Fenster, und als das nichts half, hielt er an einer Raststätte, um einen Kaffee zu trinken.

Trotz der Mittagszeit war das Restaurant halb leer. Ein paar Männer im Anzug saßen am anderen Ende des Raumes, mit Handys und Papierkram beschäftigt, und an der Wand hinter ihnen wurden sechzehn verschiedene Variationen Würstchen, Eier, Schinken, Pommes frites und Bohnen angeboten. Ed nahm sich eine Zeitung aus dem Ständer und ging zu einem Tisch. Dann bestellte er bei der Bedienung einen Kaffee.

«Es tut mir leid, Sir, aber um diese Tageszeit sind die Tische für Gäste reserviert, die etwas essen wollen.» Ihr Akzent war so stark, dass er genau überlegen musste, was sie da gesagt hatte.

«Oh. Ach so. Also, ich …»

FÜHRENDES BRITISCHES IT-UNTERNEHMEN IN INSIDER-HANDEL VERSTRICKT

Er starrte auf die Schlagzeile.

«Sir?»

«Mmh?» Seine Haut begann zu prickeln.

«Sie müssen etwas zu essen bestellen, wenn Sie hier sitzen bleiben möchten.»

«Oh.»

Wie die Finanzaufsicht gestern Abend bestätigte, wird aufgrund von Insidergeschäften in Höhe von mehreren Millionen Pfund gegen ein börsennotiertes britisches IT-Unternehmen ermittelt. Die Untersuchung läuft auf internationaler Ebene und bezieht neben der Londoner auch die New Yorker Börse ein sowie die SEC, das amerikanische Äquivalent der britischen Finanzaufsicht.

Bislang ist noch keine Verhaftung erfolgt, aus Londoner Polizeikreisen wurde jedoch verlautbart, das sei nur noch eine Frage der Zeit.

«Sir?»

Sie musste es zweimal sagen, bevor er es wahrnahm. Ed sah auf. Die Kellnerin war jung, mit Sommersprossen auf der Nase, ihr Haar hatte sie zu einer Art filzigem Arrangement hochtoupiert. «Was möchten Sie essen?»

«Egal.» Sein Mund war so trocken, als bestünde er aus Gips.

Es entstand eine Pause.

«Ähm. Soll ich Ihnen sagen, was heute auf der Tageskarte steht? Oder möchten Sie eins von den Gerichten, die sonst gern gegessen werden?»

Nur noch eine Frage der Zeit.

«Es gibt auch den ganzen Tag Rührei und Speck.»

«Gut.»

«Und wir ... Sie möchten das Rührei?»

«Ja.»

«Möchten Sie dazu Weißbrot oder Schwarzbrot?»

«Egal.»

Sie starrte ihn an. Und dann kritzelte sie etwas auf ihren Block, steckte ihn sorgfältig unter ihren Schürzenbund und ging weg. Und er saß da und starrte die Zeitung auf dem Resopaltisch an. Auch wenn er sich die vergangenen zweiundsiebzig Stunden so gefühlt hatte, als würde die ganze Welt kopfstehen, war das erst ein Vorgeschmack auf das gewesen, was noch kommen sollte.

«Ich bin bei einer Klientin.»

«Es dauert keine Minute.» Er atmete ein. «Ich werde nicht zu Dads Essen kommen.»

Kurzes, unheilvolles Schweigen.

«Bitte sag, dass ich akustische Halluzinationen habe.»

«Ich kann nicht. Es braut sich etwas zusammen.»

«Etwas.»

«Ich erklär's dir später.»

«Nein. Du wartest. Bleib am Telefon.»

Er hörte, wie sie die Sprechmuschel ihres Telefons mit der Hand verdeckte. Wahrscheinlich war es eine geballte Faust. «Sandra. Ich muss mal kurz rausgehen. Bin gleich wieder da.»

Schritte. Und dann, als hätte jemand plötzlich die Lautstärke voll aufgedreht. «Ist das dein Ernst? Willst du mich auf den Arm nehmen, verdammt? Ist das wirklich dein Ernst?»

«Es tut mir leid.»

«Ich glaube es einfach nicht, Ed. Ich glaub's einfach nicht. Hast du irgendeine Vorstellung davon, wie sich Mum angestrengt hat, damit dieses Essen zustande kommt? Kannst du dir vorstellen, wie sehr sie sich darauf freuen, dich zu sehen? Dad hat sich letzte Woche hingesetzt und überlegt, seit wann sie dich nicht mehr gesehen haben. Dezember, Ed. Das sind vier Monate. Vier Monate, in denen sein Zustand immer schlechter geworden ist und dir verdammt noch mal nichts Besseres eingefallen ist, als ihm irgendwelche dummen Zeitschriften zu schicken.»

«Er hat gesagt, er mag den New Yorker. Ich dachte, damit hat er ein bisschen Unterhaltung.»

«Er kann kaum noch etwas sehen, verdammt. Wie du selber wüsstest, wenn du dir die Mühe gemacht hättest, ihn zu besuchen. Und Mum langweilt es dermaßen, diese endlosen Artikel vorzulesen, dass es ihr langsam zu den Ohren herauskommt.»

Und so ging es immer weiter. Es war, als hielte er sich einen auf höchster Stufe laufenden Föhn ans Ohr.

«Sie hat sogar dein Lieblingsgericht für Dads Geburtstagessen vorbereitet und nicht seins. So dringend will sie dich sehen. Und jetzt, vierundzwanzig Stunden vorher, verkündest du einfach, dass du nicht kommen kannst? Einfach so? Ohne Erklärung? Was zum Teufel denkst du dir eigentlich?»

Er bekam tatsächlich rote Ohren. Er saß da und schloss die Augen. Als er sie wieder öffnete, war es zwanzig vor zwei. Die Olympiade musste jetzt zu drei Vierteln vorbei sein. Er dachte an Tanzie in diesem Universitätssaal, wie sie den Kopf über die Papiere beugte und auf dem Fußboden um sie herum lauter Brillen lagen. Er hoffte für sie, dass sie es geschafft hatte, sich zu entspannen und das zu tun, wozu sie so offensichtlich geboren war. Er dachte an Nicky, wie er draußen herumschlurfte und vielleicht nach einer Ecke suchte, in der er heimlich einen Joint rauchen konnte.

Und er dachte an Jess, wie sie auf einer Reisetasche saß, den Hund neben sich, die Hände auf den Knien gefaltet, als würde sie beten, obwohl sie überzeugt davon war, dass ihr Gutes passieren würde, wenn sie nur fest genug daran glaubte.

«Du bist eine verdammte Schande für die Menschheit, Ed. Das meine ich im Ernst.» Die Stimme seiner Schwester war tränenerstickt.

«Ich weiß.»

«Oh, und denk nicht, dass ich es bin, die es ihnen sagt. Ich erledige nicht die Drecksarbeit für dich.»

«Gem. Bitte ... es gibt einen Grund.»

«Vergiss es. Wenn du ihnen das Herz brechen willst, dann tu es selbst. Ich bin fertig mit dir, Ed. Ich kann nicht glauben, dass du mein Bruder bist.»

Ed schluckte schwer, als sie die Verbindung unterbrach. Und dann stieß er einen langen, bebenden Atemzug aus. Welchen Unterschied machte es? Und wenn sie die Wahrheit wüssten, würden sie noch viel schlimmere Dinge über ihn sagen.

Und dort, in diesem halb leeren Restaurant, auf einer Sitzbank, die mit rotem Kunstleder bezogen war, und vor sich das langsam kalt werdende Essen, das er nicht wollte, begriff Ed endlich, wie sehr ihm sein Vater fehlte. Er hätte alles dafür gegeben, das aufmunternde Nicken seines Vaters zu sehen und zu erleben, wie sich dieses merkwürdig zurückhaltende

Lächeln langsam über sein Gesicht ausbreitete. Fünfzehn Jahre lang hatte Ed sein Elternhaus nicht vermisst, doch plötzlich packte ihn überwältigendes Heimweh. Er saß in dem Restaurant, schaute aus dem leicht schmierigen Fenster auf vorbeifahrende Autos, und etwas, das er nicht recht beschreiben konnte, überrollte ihn wie eine riesige Welle. Zum ersten Mal in seinem Erwachsenenleben – trotz der Scheidung, der Ermittlung und der Sache mit Deanna Lewis – musste Ed Nicholls mit den Tränen kämpfen.

Er saß da, drückte die Handballen auf seine Augen und spannte den Kiefer an, bis er nichts anderes mehr spürte als seine fest zusammengebissenen Zähne.

«Alles in Ordnung mit Ihnen?»

Die junge Kellnerin sah ihn leicht skeptisch an, als würde sie überlegen, ob von diesem Mann Probleme zu erwarten waren.

«Alles okay», sagte er. Er hatte beruhigend klingen wollen, aber seine Stimme zitterte. Und dann, als sie nicht überzeugt schien, fügte er hinzu: «Migräne.»

Ihre Miene entspannte sich augenblicklich. «Oh. Migräne. Das kenne ich. Migräne ist furchtbar. Haben Sie etwas dagegen?»

Ed schüttelte nur den Kopf. Er traute seiner Stimme nicht.

«Ich wusste ja, dass irgendetwas ist.» Sie überlegte kurz. «Warten Sie.» Sie ging zum Tresen hinüber, wobei sie sich mit einer Hand an den Hinterkopf fasste und den Sitz ihrer komplizierten Hochsteckfrisur prüfte. Sie beugte sich über den Tresen, kramte außerhalb seines Sichtfeldes herum und kam dann langsam zurück. Sie warf einen Blick über die Schulter, dann ließ sie einen Folienstreifen mit zwei Tabletten vor ihn auf den Tisch fallen.

«Ich soll unseren Gästen keine Tabletten geben, das ist

klar, aber die hier sind sehr gut. Die einzigen, die gegen meine Migräne helfen. Und trinken Sie keinen Kaffee mehr – davon wird es bloß schlimmer. Ich hole Ihnen ein Glas Wasser.»

Er blinzelte sie an, dann sah er auf die beiden Tabletten hinunter.

«Die sind okay. Sie haben keine komischen Nebenwirkungen. Man wird nur einfach die Migräne los.»

«Das ist sehr nett von Ihnen.»

«Es dauert ungefähr zwanzig Minuten, bis die Wirkung einsetzt. Aber dann, die pure Erleichterung!» Sie lächelte und bekam dadurch kleine Falten auf dem Nasenrücken. Wie Ed jetzt feststellte, hatte sie einen freundlichen Blick hinter all der Wimperntusche.

Sie nahm seinen Kaffeebecher vom Tisch, als wollte sie ihn vor sich selbst schützen. Ed musste an Jess denken. Es passieren auch gute Sachen. Und manchmal sogar, wenn man am wenigsten damit rechnet.

«Danke», sagte er leise.

«Gern geschehen.»

Und dann klingelte sein Handy. Das Geräusch hallte durch das Restaurant, und noch während er den ersten Blick aufs Display warf, fuhr er die Lautstärke herunter. Er erkannte die Nummer nicht.

«Mr. Nicholls?»

«Ja?»

«Hier ist Nicky. Nicky Thomas. Ähm. Also, es tut mir wirklich leid, Sie zu stören. Aber wir brauchen Ihre Hilfe.»

KAPITEL 21

Nicky

Schon von dem Augenblick an, in dem sie auf den Parkplatz eingebogen waren, hatte Nicky gewusst, dass es nicht gut laufen würde. Alle anderen Teilnehmer – abgesehen von ein oder höchstens zwei Ausnahmen – waren Jungs. Und jeder von ihnen war mindestens zwei Jahre älter als Tanzie. Die meisten wirkten wie typische Kandidaten für das Asperger-Syndrom. Sie trugen Blazer aus Wollstoff, schlechte Haarschnitte, Zahnspangen und die viel zu schlampigen Hemden der echten Mittelschicht. Ihre Eltern fuhren Volvos. Tanzie wirkte in ihrer pinkfarbenen Jacke, auf die Jess Pailletten und Filzblumen genäht hatte, so deplatziert, als wäre sie vom Himmel gefallen.

Nicky wusste, dass sie sich auch schon unwohl gefühlt hatte, bevor das mit der Brille passiert war. Sie war stiller und stiller geworden, eingeschlossen in ihre eigene kleine Welt aus Nervosität und Reisekrankheit. Er hatte versucht, sie aus ihrer Isolation herauszulocken – was ein unheimlicher Akt der Selbstlosigkeit war, weil sie total schlecht roch –, aber bis sie in Aberdeen angekommen waren, hatte sie sich so weit in sich selbst zurückgezogen, dass niemand mehr an sie herankam. Jess war so konzentriert darauf, rechtzeitig anzukommen, dass sie nichts davon bemerkte. Sie achtete nur auf Mr. Nicholls, die Brille und die Kotztüten. Sie hatte keinen Augenblick darüber nachgedacht, dass Kinder von Privatschulen genauso gemein sein konnten wie die Kinder von der McArthur's.

Jess hatte Tanzie am Anmeldetisch in die Liste eingetragen und ihr Namensschild und die Unterlagen abgeholt. Nicky hatte sich etwas abseits gestellt und sich dann mit seinem Nintendo beschäftigt. Diese goldenen Sterne waren wirklich schwer zu bekommen. Deshalb hatte er nicht richtig darauf geachtet, als sich zwei Jungs zu Tanzie gestellt hatten, die angestrengt auf den Plan der Sitzordnung am Eingang des Saals spähte. Und hören konnte er sie nicht, weil er seine Ohrstöpsel drin hatte und Depeche Mode lauschte, sodass er nichts mitbekam. Bis er einen Blick auf Tanzies niedergeschlagenes Gesicht warf. Er zog einen der Ohrstöpsel heraus.

Der Junge mit der Zahnspange starrte Tanzie an, musterte sie langsam von oben bis unten. «Glaubst du wirklich, dass du hier richtig bist? Die Justin-Bieber-Fans treffen sich weiter unten an der Straße.»

Der schlankere Junge lachte.

Tanzie sah sie mit großen Augen an.

«Warst du schon mal bei so einer Olympiade?»

«Nein», sagte sie.

«Quelle surprise. Ich glaube nicht, dass besonders viele Olympioniken mit Schlampermäppchen aus Plüsch antreten. Hast du ein Schlampermäppchen aus Plüsch, James?»

«Ich glaube, ich habe meins zu Hause vergessen. Ach du Schreck.»

«Meine Mum hat es für mich gemacht», sagte Tanzie steif.

«Deine Mum hat es für dich gemacht.» Sie wechselten einen Blick. «Soll es dir Glück bringen?»

«Weißt du irgendwas über Stringtheorie?»

«Ich glaube, sie weiß eher was über Stinktheorie … Hey, James, riechst du das auch? Ziemlich übel. Wie Kotze. Könnte es sein, dass hier jemand ein bisschen nervös ist?»

Tanzie zog den Kopf ein und rannte an den beiden vorbei zu den Toiletten.

«Das ist die Herrentoilette!», riefen sie ihr nach und bogen sich vor Lachen.

Nicky hatte mit fliegenden Fingern seinen Nintendo in die Tasche gesteckt. Und dann, als die Jungs gerade in den Saal gehen wollten, hatte er Zahnspange am Nacken gegriffen. «Hey, Kleiner. HEY.»

Der Junge wirbelte herum. Er riss die Augen auf. Nicky beugte sich dicht zu ihm. Auf einmal war er froh darüber, dass er einen merkwürdig gelblichen Teint hatte und eine Narbe auf der Wange. Er flüsterte: «Alter. Hör genau zu. Red noch ein einziges Mal so mit meiner Schwester – oder mit der Schwester von sonst irgendwem –, und ich komme zurück und knote dir die Beine zu einer komplexen Gleichung zusammen. Kapiert?»

Der Junge nickte mit offenem Mund.

Nicky bedachte ihn mit seinem besten Fisher-Psycho-Starren. Und zwar so lange, bis der Junge dermaßen schwer schlucken musste, dass sein Adamsapfel unter der Haut hüpfte. «Kein schönes Gefühl, wenn man nervös wird, was?»

Der Junge schüttelte den Kopf.

Nicky klopfte ihm auf die Schulter. «Gut. Bin froh, dass wir das geklärt haben. Jetzt könnt ihr eure Rechenaufgaben machen.» Er drehte sich um und ging in Richtung der Toiletten.

Einer der Lehrer stellte sich ihm in den Weg und hob mit fragender Miene die Hand. «Entschuldige mal. Habe ich da etwa gerade gesehen, wie du ...»

«... ihm Glück gewünscht hast? Ja. Toller Junge. Echt toller Junge.» Nicky schüttelte den Kopf, wie vor Bewunderung, und ging dann weiter zu den Herrentoiletten.

Als Jess und Tanzie aus der Damentoilette auftauchten, war Tanzies Oberteil feucht, wo Jess es mit Wasser und Seife abgerieben hatte, und ihr Gesicht war blass und fleckig.

«Du wirst dich doch von so einem kleinen Scheißer nicht einschüchtern lassen, Tanzie, oder?», sagte Nicky. «Der hat nur versucht, dich nervös zu machen.»

«Welcher war es?» Jess' Miene war wie versteinert. «Sag's mir, Nicky.»

Logisch. Weil es für Tanzie genau der richtige Auftakt wäre, wenn Jess mit fliegenden Fahnen in den Saal rauschen würde, um einen Schüler fertigzumachen. «Ich ... also ... ich glaube, ich würde ihn nicht wiedererkennen. Aber ich habe das sowieso schon geklärt.»

Irgendwie gefielen ihm diese Worte. Das habe ich geklärt.

«Aber ich kann nichts sehen, Mum. Was soll ich machen, wenn ich nichts sehen kann?»

«Mr. Nicholls besorgt dir eine Brille. Mach dir keine Sorgen.»

«Aber was ist, wenn er es nicht macht? Was ist, wenn er überhaupt nicht zurückkommt?»

Ich würde an seiner Stelle jedenfalls nicht zurückkommen,

dachte Nicky. Sie hatten sein schönes Auto verwüstet. Und er sah ungefähr zehn Jahre älter aus als vor ihrer Abfahrt.

«Er kommt bestimmt zurück», sagte Jess.

«Mrs. Thomas. Wir müssen anfangen. Ihre Tochter hat noch dreißig Sekunden, um ihren Platz einzunehmen.»

«Hören Sie, könnten wir den Anfang vielleicht ein paar Minuten verschieben? Wir müssen ihr wirklich unbedingt eine Brille beschaffen. Ohne Brille kann sie nichts sehen.»

«Leider nein. Wenn sie nicht in dreißig Sekunden an ihrem Platz ist, müssen wir ohne sie anfangen, fürchte ich.»

«Kann ich dann mit hineingehen? Ihr die Aufgaben vorlesen?»

«Aber ich kann ohne meine Brille auch nicht schreiben.»

«Dann schreibe ich für dich.»

«Mum ...»

Jess wusste, dass sie geschlagen war. Sie sah Nicky an und schüttelte leicht den Kopf, als wollte sie sagen: Ich weiß nicht, was ich noch machen soll.

Nicky ging neben Tanzie in die Hocke. «Du schaffst das, Tanzie. Du kannst es. Du schaffst dieses Zeug sogar, wenn du auf dem Kopf stehst. Halt einfach die Zettel ganz nah vor deine Augen und lass dir Zeit.»

Sie starrte blind in den Saal. Durch die Tür sah man die Schüler, die zu ihren Plätzen schlenderten, Stühle unter den Tischen herauszogen und Stifte vor sich legten.

«Und sobald Mr. Nicholls kommt, bringen wir dir die Brille.»

«Geh einfach rein, gib dein Bestes, und wir warten hier. Gleich auf der anderen Seite der Wand. Du bist nicht allein. Und danach essen wir etwas. Es gibt keinen Grund, sich aufzuregen.»

Die Frau mit dem Klemmbrett kam zu ihnen. «Nimmst du nun an dem Wettbewerb teil oder nicht, Costanza?»

«Sie heißt Tanzie», sagte Nicky. Die Frau schien ihn nicht zu hören. Tanzie nickte stumm und ließ sich an ihren Platz führen. Sie sah so verdammt klein und zart aus.

«Du schaffst es, Tanzie!» Nicky platzte damit laut heraus, sodass es durch den ganzen Saal hallte und der Mann vorne am Pult missbilligend mit der Zunge schnalzte. «Du schaffst die volle Punktzahl, Kleine!»

«O Mann», murmelte jemand.

«Die volle Punktzahl!», rief Nicky noch einmal, sodass ihm Jess einen entgeisterten Blick zuwarf.

Und dann schrillte eine Klingel unangenehm laut, die Tür schloss sich vor ihnen mit einem satten Klack, und Nicky und Jess standen draußen und mussten ein paar Stunden Zeit totschlagen.

«Tja», sagte Jess, als sie ihren Blick endlich von der Tür lösen konnte. Sie steckte die Hände in die Taschen, zog sie wieder heraus, strich sich über die Haare und seufzte. «Tja.»

«Er wird schon kommen», sagte Nicky, der auf einmal gar nicht mehr so sicher war.

«Das weiß ich.»

Das Schweigen, das darauf folgte, dauerte so lange, dass sie sich schließlich unbehaglich anlächelten. Der Flur leerte sich allmählich bis auf einen der Organisatoren, der vor sich hin murmelnd mit einem Stift über der Teilnehmerliste saß.

«Steht wahrscheinlich im Stau.»

«War ja auch viel Verkehr.»

Nicky stellte sich Tanzie auf der anderen Seite der Tür vor, wie sie blinzelnd auf die Unterlagen schaute und sich nach Hilfe umsah, die nicht kommen würde. Jess starrte zur Decke hinauf, fluchte leise und zog mehrmals ihren Pferdeschwanz fest. Nicky vermutete, dass es ihr genauso ging wie Tanzie.

Und dann hörten sie etwas, und gleich darauf tauchte Mr. Nicholls auf, der wie ein Verrückter den Flur entlangrannte und eine Plastiktüte hochhielt, die aussah, als wäre sie voller Brillen. Und als er geradewegs auf den Tisch der Organisatoren zusteuerte und anfing, sich mit dem Mann dahinter herumzustreiten – die Art Streit, die jemand anfängt, der weiß, dass er um keinen Preis nachgeben wird –, war Nickys Erleichterung so überwältigend, dass er hinausgehen musste, um sich an eine Mauer zu lehnen, sich daran herunterrutschen zu lassen und seinen Kopf auf seine Knie zu legen, bis keine Gefahr mehr bestand, dass sein heftiges Atmen zu einem lauten Schluchzen wurde.

Es war merkwürdig, sich von Mr. Nicholls zu verabschieden. Sie standen im Nieselregen an seinem Auto, und Jess zog die Mir-doch-egal-Nummer ab, obwohl das ganz klar nicht stimmte. Und Nicky wollte ihm wirklich für die Hacker-Sache danken und dafür, dass er sie den ganzen Weg bis hierher gefahren hatte und sich dabei die ganze Zeit unheimlich okay benommen hatte, aber dann gab ihm Mr. Nicholls sein Ersatzhandy, und Nicky hatte nur dieses komische erstickte «Danke» herausgebracht. Und das war's dann. Er und Jess gingen mit Norman über den Parkplatz und taten so, als würden sie es nicht hören, als Mr. Nicholls den Motor anließ und losfuhr.

Sie blieben im Flur stehen, und Jess verstaute ihre Taschen im Garderobenraum. Dann drehte sie sich zu Nicky um und strich ihm imaginären Staub von der Schulter. «Gut», sagte sie, «gehen wir eine Runde mit dem Hund, okay?»

Es stimmte, dass Nicky nicht besonders gesprächig war. Es lag nicht daran, dass er nichts zu sagen hatte. Es lag eher daran, dass es niemanden gab, dem er es wirklich erzählen wollte. Seit dem Tag, an dem er mit acht Jahren zu Dad und Jess gezogen war, hatten die Leute versucht, ihn dazu zu bringen, über seine ‹Gefühle› zu sprechen, als wären Gefühle ein großer Rucksack, den er mit sich herumtrug und den er für jeden öffnen konnte, der seinen Inhalt begutachten wollte. In Wahrheit wusste er die halbe Zeit selbst nicht, was er dachte. Er hatte keine Meinung zu politischen oder wirtschaftlichen Themen oder dazu, was ihm passierte. Er hatte nicht einmal eine Meinung zu seiner biologischen Mutter. Sie war suchtkrank. Sie liebte Drogen mehr als ihn. Was gab es dazu weiter zu sagen?

Nicky ging eine Weile zur Therapie, weil man ihm dazu riet. Die Frau wollte, dass er Wut auf all das entwickelte, was ihm passiert war. Nicky erklärte ihr, dass er nicht böse war, weil er verstanden hatte, dass sich seine Mutter nicht um ihn kümmern konnte. Sie meinte es ja nicht persönlich. Sie hätte ihn genauso im Stich gelassen, wenn er ein anderes Kind gewesen wäre. Sie war einfach ... traurig. Als er klein war, hatte er sie so selten gesehen, dass er nicht einmal das Gefühl hatte, sie hätte wirklich etwas mit ihm zu tun.

Aber die Therapeutin hatte immer wieder gesagt: «Du musst es herauslassen, Nicholas. Es ist nicht gut, das, was passiert ist, in deinem Inneren einzuschließen.» Sie gab ihm zwei kleine Plüschfiguren und wollte, dass er mit ihnen nachspielte, «wie es sich angefühlt hat, als dich deine Mutter verließ».

Nicky wollte ihr nicht sagen, dass das Einzige, was ihn aggressiv machte, eigentlich bloß der Gedanke daran war, dass er in ihrem Büro sitzen, mit Puppen spielen und sich Nicholas nennen lassen musste. Er war eben kein besonders streitlustiger Mensch. Nicht, wenn es um seine Mutter ging, und nicht einmal, wenn es um Jason Fisher ging, auch wenn er nicht damit rechnete, dass irgendjemand das nachvollziehen konnte. Fisher war einfach ein Idiot, dem das Hirn fehlte, um etwas anderes tun zu können, als Schläge auszuteilen. Fisher wusste auf irgendeiner unbewussten Ebene, dass er nichts war. Und dass niemals irgendetwas aus ihm werden würde. Er wusste, dass er ein Großmaul war und dass ihn in Wahrheit niemand mochte. Also kehrte er alles nach außen und übertrug seine schlechten Gefühle auf den Nächstbesten (offensichtlich hatte die Therapie doch etwas gebracht).

Und deswegen war Nicky ein bisschen auf der Hut, als Jess den Spaziergang vorschlug. Er hatte keine Lust auf ein bedeutsames Gespräch über seine Gefühle. Er wollte nicht darüber diskutieren. Er war total auf Abwehr eingestellt, und dann kratzte sie sich am Kopf und sagte: «Liegt es nur an mir, oder ist es wirklich ein bisschen komisch ohne Mr. Nicholls?»

Und das waren ihre Gesprächsthemen:

Die unerwartete Schönheit einiger Gebäude von Aberdeen.
Der Hund.
Ob einer von ihnen daran gedacht hatte, eine Tüte für die Hundekacke mitzunehmen.
Wer von ihnen den Haufen mit dem Fuß unter das parkende Auto schieben würde, damit niemand reintrat.
Wie man am besten seine Schuhe auf einem Grasstreifen säuberte.
Ob es überhaupt möglich war, seine Schuhe auf einem Grasstreifen sauber zu bekommen.
Nickys Gesicht, wie in: Tut es weh? (Antwort: Nein, nicht mehr.)

Andere Körperteile von ihm, wie in: Tun sie weh? (Nein, nein, oder ein bisschen, aber es wird besser.)

Seine Jeans, wie in: Warum konnte er sie nicht so hochziehen, dass man nicht ständig seine Unterhose sehen musste?

Dass seine Unterhosen nur ihn etwas angingen.

Ob sie Dad von dem Rolls erzählen sollten. Nicky meinte, sie solle behaupten, er sei gestohlen worden. Er würde nie erfahren, was wirklich passiert war. Außerdem würde es ihm recht geschehen. Aber Jess sagte, sie könne ihn nicht anlügen, weil das unfair wäre. Und dann war sie eine Weile ziemlich schweigsam.

Ob es ihm gutging? Fühlte er sich weit weg von zu Hause besser? Machte er sich Sorgen darüber, wie es nach ihrer Rückkehr werden würde? An dieser Stelle hörte Nicky auf zu reden und zuckte nur noch mit den Schultern. Was gab es dazu schon zu sagen?

Und darüber redeten sie nicht:

Wie es wohl wäre, wenn sie tatsächlich mit fünftausend Pfund nach Hause fahren würden.

Wie es laufen würde, wenn Tanzie diese Schule besuchte und er vor der Oberstufe abging; würde Jess dann wollen, dass er Tanzie jeden Tag von der St. Anne's abholte?

Über das Essen, mit dem sie das Ereignis am Abend feiern würden. Höchstwahrscheinlich kein Döner.

Über die Tatsache, dass Jess offenkundig unheimlich fror, auch wenn sie darauf bestand, dass alles okay war. Die feinen Härchen auf ihren Armen standen senkrecht in die Luft.

Über Mr. Nicholls. Und vor allem, wo Jess in der Nacht zuvor geschlafen hatte. Und warum sie und Mr. Nicholls sich vormittags ständig verstohlene Blicke zugeworfen hatten wie zwei Teenager, obwohl sie anscheinend sauer aufeinander waren. Nicky glaubte wirklich, dass Jess ihn und Tanzie manchmal für komplett bescheuert hielt.

Aber es war irgendwie in Ordnung. Das mit dem Reden. Er dachte sogar, dass er das in Zukunft öfter machen könnte.

Als die Tür um zwei endlich wieder aufging, warteten sie schon. Tanzie kam mit den ersten Schülern heraus, ihr plüschiges Schlampermäppchen an sich gedrückt, und Jess breitete die Arme aus, um ihr zu gratulieren.

«Und? Wie war's?»

Tanzie sah sie schweigend an.

«Hast du's ihnen gezeigt, Kleine?», fragte Nick grinsend.

Und dann verzog Tanzie auf einmal das Gesicht, so wie damals, wenn sie als kleines Kind hingefallen war und es eine drei Sekunden lange Verzögerung zwischen der Katastrophe und dem entsprechend lauten Katastrophengeheul gegeben hatte.

Jess beugte sich zu ihr und zog sie an sich, vielleicht, um den Schreck in ihrem Gesicht zu verstecken, und Nicky legte ihr von der anderen Seite den Arm um die Schultern, und Norman setzte sich auf ihre Füße. Während die anderen Kinder vorbeigingen, erzählte Tanzie über ersticktes Schluchzen hinweg, was passiert war.

«Ich habe die ganze erste halbe Stunde verloren. Und ich habe manchmal ihre Aussprache nicht verstanden. Und ich konnte nicht richtig sehen. Ich bin richtig nervös geworden und habe immer nur auf die Aufgabenblätter gestarrt, und als ich die Brillen bekommen habe, hat es noch mal eine Ewigkeit gedauert, bis ich eine gefunden habe, mit der ich was sehen konnte, und dann habe ich gleich die erste Frage überhaupt nicht verstanden.»

Jess sah sich im Flur nach den Organisatoren um. «Ich rede mit ihnen. Ich erkläre, was passiert ist. Ich meine, du konntest schließlich nicht richtig sehen. Das müssen sie doch berücksichtigen. Vielleicht bringen wir sie dazu, das bei der Berechnung der Punkte einzubeziehen.»

«Nein. Ich will nicht, dass du mit ihnen redest. Ich hätte die erste Frage auch mit der richtigen Brille nicht verstanden. Ich konnte die Aufgabe nicht auf die Art berechnen, wie es verlangt wurde.»

«Aber vielleicht …»

«Ich hab's verpatzt», jammerte Tanzie. «Ich will nicht darüber reden. Ich will einfach nur weg.»

«Du hast überhaupt nichts verpatzt, Liebling. Wirklich. Du hast dein Bestes getan. Und nur darauf kommt es an.»

«Aber das stimmt doch nicht, oder? Weil ich ohne das Geld nicht auf die St. Anne's gehen kann.»

«Na ja, es muss noch … Mach dir keine Sorgen, Tanzie. Ich denk mir was aus.»

Ein weniger überzeugendes Lächeln konnte man sich nicht vorstellen. Und Tanzie war nicht dumm. Sie weinte wie jemand, dem man gerade das Herz gebrochen hatte. Nicky hatte sie noch nie so gesehen. Er hätte beinahe selbst angefangen zu weinen.

«Gehen wir nach Hause», sagte er, als er es nicht mehr aushielt.

Aber das brachte Tanzie nur noch mehr zum Weinen.

Jess sah zu ihm auf, sie wirkte vollkommen verloren, und es war, als würde sie ihn fragen, Nicky, was soll ich jetzt machen? Und die Tatsache, dass jetzt nicht einmal Jess wusste, was zu tun war, vermittelte ihm das Gefühl, dass irgendetwas komplett falsch lief. Und dann dachte er: Wenn bloß Jess nicht meinen ganzen Vorrat konfisziert hätte. Er glaubte nicht, dass er in seinem ganzen Leben schon einmal so dringend einen Joint hatte rauchen wollen.

Sie warteten im Korridor, während die anderen Teilnehmer nach und nach mit ihren Eltern in den Autos verschwanden, und plötzlich wurde Nicky klar, dass er doch wütend werden konnte. Er war auf die unterbelichteten Jungs wütend, die seine kleine Schwester aus dem Gleichgewicht gebracht hatten. Er war wütend auf diesen verdammten Mathe-Wettbewerb mit seinen Regeln, die sich kein bisschen verbiegen ließen für ein kleines Mädchen, das nichts sehen konnte. Er war wütend, weil sie quer durchs ganze Land gefahren waren, nur um die nächste Niederlage zu erleben. Es war, als könnte seine Familie überhaupt nichts tun, was gut ausging. Überhaupt nichts.

Als der Korridor schließlich leer war, zog Jess eine kleine Karte aus ihrer hinteren Hosentasche. Sie streckte Nicky die Karte hin. «Ruf Mr. Nicholls an.»

«Aber der muss jetzt schon halb zu Hause sein. Und was könnte er schon tun?»

Jess biss sich auf die Unterlippe. Sie wandte sich leicht ab und drehte sich dann wieder zu Nicky um. «Er kann uns zu Marty bringen.»

Nicky starrte sie an.

«Bitte. Ich weiß, dass es seltsam ist, aber mir fällt nichts ein, was ich sonst machen könnte. Tanzie braucht jemanden, der ihr wieder auf die Füße hilft, Nicky. Sie muss ihren Dad sehen.»

Innerhalb einer halben Stunde war er zurück. Er sei noch nicht weit gefahren, sagte er, und habe angehalten, um etwas zu essen. Nicky dachte später, wenn er seine Gedanken beisammengehabt hätte, wäre es ihm vermutlich seltsam vorgekommen, dass Ed noch ganz in der Nähe war und dass er so lange gebraucht haben sollte, um kurz etwas zu essen. Aber er war zu sehr damit beschäftigt gewesen, ein paar Schritte vom Auto entfernt mit Jess herumzustreiten.

«Ich weiß, dass du deinen Dad nicht sehen willst, aber ...»

«Ich gehe nicht dorthin.»

«Es ist wichtig für Tanzie.» Ihr Gesicht hatte diesen entschlossenen Ausdruck, bei dem man wusste, dass sie nur so tat, als würde sie auf die Gefühle anderer Rücksicht nehmen, obwohl sie einen in Wirklichkeit nur dazu bringen wollte, das zu tun, was ihr passte.

«Davon wird überhaupt nichts besser.»

«Für dich vielleicht nicht. Hör mal, Nicky, ich weiß, dass du ziemlich gemischte Gefühle hast, was deinen Dad angeht, und das verstehe ich. Ich weiß, dass es eine komplizierte Phase war, die einen durcheinanderbringen kann ...»

«Ich bin nicht durcheinander.»

«Tanzie ist am Boden zerstört. Sie braucht etwas, das sie aufmuntert. Und Marty wohnt nicht besonders weit weg.» Sie streckte die Hand aus und berührte seinen Arm. «Hör zu. Wenn du ihn wirklich nicht sehen willst, kannst du einfach im Auto sitzen bleiben, okay? ... Es tut mir leid», sagte sie, als er schwieg. «Ehrlich gesagt, bin ich selbst nicht besonders wild darauf, ihn zu sehen. Aber wir müssen das machen.»

Was hätte er sagen können? Was hätte er sagen können, das sie geglaubt hätte? Und vermutlich gab es da auch noch fünf Prozent von ihm, die sich fragten, ob er sich nicht vielleicht irrte.

Jess ging zu Mr. Nicholls zurück, der am Auto lehnte und sie beobachtet hatte. Tanzie saß schon schweigend im Wagen.

«Bitte. Würden Sie uns zu Marty fahren? Zu seiner Mutter, meine ich. Es tut mir leid. Ich weiß, dass Sie vermutlich genug von uns haben und wir Ihnen auf die Nerven gehen, aber ... aber ich habe sonst niemanden, den ich darum bitten kann. Tanzie ... sie braucht ihren Vater. Ganz egal, was ich ... wir ... von ihm halten, sie muss ihren Vater sehen. Es sind nur ein paar Stunden von hier.»

Er sah sie an.

«Okay, vielleicht länger, wenn wir langsam fahren. Aber bitte ... ich muss das ausgleichen. Ich muss das für Tanzie ausgleichen.»

Mr. Nicholls trat zur Seite und öffnete die Beifahrertür. Dann beugte er sich vor, damit er Tanzie anlächeln konnte. «Fahren wir.»

Sie wirkten alle erleichtert. Aber es war eine schlechte Idee. Eine richtig schlechte Idee. Wenn sie ihn doch bloß nach der Tapete gefragt hätten, dann hätte ihnen Nicky erklären können, warum.

KAPITEL 22

Jess

Das letzte Mal hatte Jess ihre Schwiegermutter Maria Costanza gesehen, als Jess Marty im Transporter von Liams Bruder zu ihr gebracht hatte. Die letzten hundert Meilen nach Glasgow hatte Marty unter einer Decke schlafend verbracht, und als Jess in dem makellosen Wohnzimmer stand und versuchte, ihrer Schwiegermutter den Nervenzusammenbruch ihres Sohnes zu erklären, hatte diese sie angesehen, als habe Jess versucht, ihn umzubringen.

Maria Costanza hatte Jess nie gemocht. Sie war von Anfang an der Meinung gewesen, ihr Sohn hätte etwas Besseres verdient als eine sechzehnjährige Schülerin mit selbstgefärbten Haaren und Glitzernagellack, und nichts, was Jess seither getan hatte, konnte ihre absolut schlechte Meinung von ihr ändern. Sie fand es absonderlich, wie Jess das Haus einrichtete. Sie hielt die Tatsache, dass Jess die meiste Kinderkleidung selbst nähte, für exzentrisch. Es kam ihr nie in den Sinn zu fragen, warum Jess das tat oder warum sie niemanden dafür bezahlen konnten, sich um die Renovierung und Inneneinrichtung zu kümmern. Oder warum es Jess war, die unter der Küchenspüle mit dem Siphon kämpfte, wenn es eine Verstopfung gab.

Jess hatte es versucht. Sie hatte es wirklich versucht. Sie war höflich, sie fluchte nicht. Sie war Marty treu. Sie bekam das süßeste Baby auf der ganzen Welt und sorgte dafür, dass es immer sauber, satt und fröhlich war. Es dauerte beinahe fünf Jahre, bis Jess verstand, dass es nicht an ihr lag. Maria Costanza gehörte einfach zu den Menschen, die ihre Lebensenergie aus Bitterkeit zogen. Jess war nicht sicher, ob sie Maria Costanza jemals hatte spontan lächeln sehen, es sei denn, wenn sie etwas Neues über ihre Freunde oder Nachbarn zu berichten hatte: von einem aufgestochenen Reifen zum Beispiel oder einer tödlichen Krankheit.

Jess hatte mit Mr. Nicholls' Handy zweimal versucht, bei ihr anzurufen, aber es meldete sich niemand.

«Granny ist vielleicht noch bei der Arbeit», erklärte sie Tanzie. «Oder vielleicht sind sie weggefahren, um das neue Baby zu besuchen.»

«Wollen Sie trotzdem, dass ich hinfahre?» Mr. Nicholls warf ihr einen Blick zu.

«Bitte. Ich bin sicher, dass sie zu Hause sind, bis wir ankommen. Sie geht abends eigentlich nie aus.»

Sie sah in den Rückspiegel und begegnete Nickys Blick. Er wandte den Kopf ab. Jess machte ihm keinen Vorwurf daraus, dass er sich so ablehnend verhielt. Wenn man Maria Costanzas Reaktion auf Tanzie lauwarm nennen konnte, dann hatte sie die Eröffnung, dass sie einen Enkel besaß, von dem sie bisher nichts wusste, mit ungefähr derselben Begeisterung aufgenommen, als wäre ihr verkündet worden, dass die ganze

Familie die Krätze habe. Jess wusste nicht, ob Maria Costanza beleidigt war, weil sie so lange nicht erfahren hatte, dass es Nicky gab, oder ob ihre Unfähigkeit, seine Existenz zu erklären, ohne die uneheliche Geburt und die Beziehung ihres Sohnes mit einer Drogensüchtigen zu erwähnen, dazu führte, dass sie es einfacher fand, Nicky komplett zu ignorieren.

«Freust du dich darauf, Daddy zu sehen, Tanzie?» Jess drehte sich auf ihrem Sitz um. Tanzie lehnte an Norman, ihr Gesicht war ernst und erschöpft. Ihr Blick glitt zu Jess, und sie nickte kaum merklich.

«Es wird bestimmt schön, ihn wiederzusehen. Und Granny», sagte Jess fröhlich. «Ich weiß gar nicht, warum wir nicht schon früher auf diese Idee gekommen sind.»

Schweigend fuhren sie dahin. Tanzie döste. Nicky saß einfach nur da und betrachtete den langsam dunkler werdenden Himmel. Jess hatte keine Lust, Musik zu hören. Sie wagte es nicht, die Kinder merken zu lassen, wie sie über das dachte, was in Aberdeen passiert war. Sie wagte kaum selbst, darüber nachzudenken. Eins nach dem anderen, sagte sie sich. Als Erstes muss Tanzie wieder ins Lot kommen. Und dann überlege ich, was ich als Nächstes tun soll.

«Alles in Ordnung?»

«Ja.» Sie sah, dass er ihr nicht glaubte. «Es wird ihr besser gehen, wenn sie erst einmal ihren Vater sieht. Das weiß ich.»

«Sie könnte nächstes Jahr wieder an einer Mathe-Olympiade teilnehmen. Dann weiß sie auch, was sie erwartet.»

Jess versuchte zu lächeln. «Mr. Nicholls. Das klingt verdächtig nach Optimismus.»

Er sah sie an, und sein Blick war voller Anteilnahme.

Sie war erleichtert, wieder in seinem Auto zu sitzen. Sie hatte angefangen, sich in seinem Auto merkwürdig sicher zu fühlen, als könnte nichts wirklich Schlimmes passieren, solange sie alle hier drinsaßen. Jess stellte sich vor, wie sie im Wohnzimmer von Maria Costanzas kleinem Haus stand und zu erklären versuchte, welche Ereigniskette sie hierhergebracht hatte. Sie stellte sich Martys Gesicht vor, wenn sie ihm die Sache mit dem Rolls-Royce erklärte. Sie sah sich und die Kinder am nächsten Morgen an der Bushaltestelle sitzen, der ersten Station einer unendlich langen Heimfahrt. Sie überlegte kurz, ob sie Mr. Nicholls bitten konnte, sich um Norman zu kümmern, bis sie zurück waren. Das erinnerte sie daran, wie viel dieser Ausflug gekostet hatte, und sie schob den Gedanken schnell beiseite. Eins nach dem anderen.

Und dann musste sie eingenickt sein, denn jemand berührte sie am Arm.

«Jess?»

«Mmh?»

«Jess? Ich glaube, wir sind da. Das Navi sagt, das hier ist die Adresse. Erkennen Sie es wieder?»

Sie setzte sich aufrecht hin und ließ den Kopf im Nacken kreisen. Die Fenster des gepflegten, weißen Reihenhauses wirkten wie ausdruckslose Augen. Unwillkürlich zog sich ihr Magen zusammen.

«Wie viel Uhr ist es?»

«Kurz vor sieben.» Er wartete, während sie sich über die Augen rieb. «Na ja, es brennt Licht», sagte sie. «Ich schätze, sie sind zu Hause.»

Er drehte sich auf seinem Sitz um. «Hey, Kinder, wir sind da. Zeit, euren Dad zu besuchen.»

Tanzie klammerte sich an Jess' Hand, als sie den Gartenweg hinaufgingen. Nicky hatte sich geweigert, das Auto zu verlassen, und gesagt, er würde mit Mr. Nicholls warten. Jess beschloss, Tanzie ins Haus zu bringen und dann zurückzukommen, um Nicky umzustimmen.

«Bist du aufgeregt?»

Tanzie nickte, ihr kleines Gesicht war auf einmal voller Hoffnung, und ganz kurz spürte Jess, dass sie das Richtige getan hatte. Sie würden etwas aus dieser Fahrt herausholen, und wenn es sie umbrachte. Ganz gleich, welche Probleme Marty und sie hatten, diese Probleme konnten später gelöst werden. Sie blieben stehen, um den Rosenbusch mit den pfirsichfarbenen Blüten anzuschauen, der auf halbem Weg zur Haustür stand. Zwei neue Blumenkübel standen an der Eingangstreppe, bepflanzt mit purpurfarbenen Blumen, die Jess nicht kannte. Sie zog ihre Jacke gerade, strich Tanzie das Haar aus dem Gesicht, beugte sich zu ihr und wischte ihr etwas aus dem Mundwinkel, und dann klingelte sie.

Maria Costanzas Blick fiel zuerst auf Tanzie. Sie betrachtete das Mädchen, dann hob sie die Augen zu Jess, und ihr Gesichtsausdruck wechselte mehrere Male rasch hintereinander.

Jess reagierte mit ihrem fröhlichsten Lächeln. «Hallo, Maria. Wir waren, ähm, gerade in der Gegend, und ich dachte, wir können nicht vorbeifahren, ohne Marty gesehen zu haben. Und dich.»

Maria Costanza starrte sie an.

«Wir haben versucht anzurufen», fuhr Jess mit einer Singsang-Stimme fort, die sogar in ihren eigenen Ohren merkwürdig klang. «Mehrere Male. Ich hätte eine Nachricht hinterlassen, aber ...»

«Hi, Granny.» Tanzie rannte los und umschlang die Taille ihrer Großmutter. Maria Costanza senkte die Hand und ließ sie lose auf Tanzies Rücken liegen. Sie hatte ihr Haar eine Nuance zu dunkel gefärbt, wie Jess nebenbei auffiel. Maria Costanza rührte sich einen Augenblick lang nicht, dann warf sie einen Blick auf das Auto, in dem Nicky teilnahmslos durchs hintere Seitenfenster schaute.

Also wirklich, würde es dich umbringen, ausnahmsweise einmal ein bisschen Freude zu zeigen?, dachte Jess. «Nicky kommt gleich nach», sagte sie und lächelte entschlossen weiter. «Er ist nur gerade erst aufgewacht. Ich ... ich lasse ihm einen Moment Zeit.»

Abwartend standen sie voreinander.

«Also ...», sagte Jess und schaute an der älteren Frau vorbei in den Flur.

«Er ... er ist nicht hier», sagte Maria Costanza.

«Ist er bei der Arbeit?» Jess hatte eifriger geklungen, als sie wollte. «Ich meine, es ist natürlich wunderbar, wenn er sich ... gut genug fühlt, um arbeiten zu gehen.»

«Er ist nicht hier, Jessica.»

«Ist er krank?» O Gott, dachte sie. Es ist etwas passiert. Und dann erkannte sie es. Ein Gefühl, das sie wahrscheinlich noch nie in Maria Costanzas Miene gesehen hatte. Beschämung.

Jess beobachtete ihren Versuch, dieses Gefühl zu verstecken.

«Und wo ist er?»

«Du ... ich denke, du solltest mit ihm reden.» Maria Costanza hob die Hand an den Mund, als wollte sie sich daran hindern, noch mehr zu sagen, und dann befreite sie sich sanft von ihrer Enkelin. «Warte. Ich hole dir seine Adresse.»

«Seine Adresse?»

Sie ließ Tanzie und Jess vor der Tür stehen, zog die Tür halb zu und verschwand in dem kleinen Flur. Tanzie sah fragend zu Jess auf. Jess lächelte beruhigend. Das kostete sie inzwischen einige Anstrengung.

Die Tür wurde wieder geöffnet. Maria Costanza gab Jess einen Zettel. «Ihr braucht ungefähr eine Stunde bis dorthin, vielleicht auch anderthalb, das kommt auf den Verkehr an.» Jess fiel ihre steife Haltung auf, dann schaute sie an ihr vorbei in den kleinen Flur, wo sich in den fünfzehn Jahren, die sie Maria Costanza kannte, nichts verändert hatte. Nicht das Geringste. Und in diesem Moment begann irgendwo in Jess' Hinterkopf eine kleine Glocke zu läuten.

«Aha», sagte sie und lächelte nicht mehr.

Maria Costanza konnte Jess nicht anschauen. Sie beugte sich zu Tanzie hinunter und legte ihr die Hand auf die Wange. «Du kommst bald zurück und besuchst deine Nonna, ja?» Dann sah sie wieder zu Jess auf. «Bringst du sie wieder zu mir? Wir haben uns so lange nicht gesehen.»

Die stumme Bitte in Maria Costanzas Blick, dieses stille Eingeständnis ihrer Doppelzüngigkeit, war beinahe schlimmer als alles, was sie Jess in den Jahren zuvor angetan hatte.

Jess hastete mit Tanzie zum Auto.

Mr. Nicholls sah auf. Er sagte nichts.

«Hier.» Jess gab ihm den Zettel. «Wir müssen dorthin.» Ohne ein Wort begann er, die Adresse in das Navigationsgerät einzugeben. Ihr Herz raste.

Sie sah in den Rückspiegel. «Du hast es gewusst», sagte sie, als sich Tanzie endlich die Stöpsel ihres Kopfhörers in die Ohren gesteckt hatte.

Nicky zupfte an seinem Pony herum und schaute zum Haus seiner Großmutter. «Es ist mir die letzten paar Male aufgefallen, als wir über Skype mit ihm gesprochen haben. Granny hätte sich nie so eine Tapete ausgesucht.»

Sie fragte ihn nicht, wo genau Marty war. Aber sie hatte auch so schon eine gewisse Vorstellung davon.

Sie fuhren eine Stunde schweigend durchs Land. Jess konnte nichts sagen. Eine Million Möglichkeiten gingen ihr durch den Kopf. Gelegentlich sah sie über den Rückspiegel Nicky an. Seine Miene war in sich gekehrt, und er blickte entschlossen aus dem Seitenfenster. Langsam begann Jess, Nickys Unwilligkeit, zu Marty zu fahren oder in der letzten Zeit auch nur mit ihm zu sprechen, in einem anderen Licht zu sehen.

Sie fuhren in der Abenddämmerung durch die Vororte einer Stadt und kamen zu einer nagelneuen Wohnsiedlung mit sorgfältig angelegten, geschwungenen Straßen und Häusern, vor denen neue Autos schimmerten wie Absichtserklärungen.

Mr. Nicholls bog in die Straße Castle Court ein, wo vier Kirschbäume wie Wächter an einem schmalen Bürgersteig standen, auf dem vermutlich nie jemand zu Fuß ging. Das Haus war ein Neubau. Seine Fenster im Regency-Stil blitzten, das schiefergedeckte Dach glänzte im Nieselregen.

Jess starrte aus dem Beifahrerfenster.

«Alles okay?» Das waren die einzigen zwei Worte auf der gesamten Fahrt, die Mr. Nicholls gesagt hatte.

«Ihr wartet hier eine Minute, Kinder», sagte Jess und stieg aus.

Sie ging zur Eingangstür, überprüfte die Adresse auf dem Zettel und betätigte den Messingklopfer. Der Ton eines Fernsehers war aus dem Haus zu hören, und sie sah, wie sich im hellerleuchteten Inneren ein Schatten bewegte.

Sie klopfte noch einmal. Den Regen nahm sie kaum noch wahr.

Schritte in der Diele. Die Tür wurde geöffnet, und eine blonde Frau stand vor Jess. Sie trug ein dunkelrotes Wollkleid und Pumps, und ihre Haare hatten den Schnitt von Frauen, die im Einzelhandel oder bei einer Bank arbeiteten, aber trotzdem noch ein bisschen nach Rockerbraut aussehen wollten.

«Ist Marty da?», fragte Jess. Die Frau schien etwas sagen zu wollen, dann musterte sie Jess von oben bis unten, ihr Blick wanderte über ihre Flipflops, über ihre zerknitterten weißen Hosen, und in den paar Sekunden, die darauf folgten, verhärtete sich ihr Gesichtsausdruck, und daran erkannte Jess, dass sie Bescheid wusste. Die Frau wusste von ihr.

«Warten Sie hier», sagte die Frau.

Die Tür wurde halb geschlossen, und Jess hörte sie durch den Flur rufen. «Mart? Mart?»

Mart.

Sie hörte seine Stimme, gedämpft, sein Lachen, er hatte wohl eine Bemerkung zu der Fernsehsendung gemacht, und dann die flüsternde Stimme der Frau. Jess sah ihre Umrisse durch die Milchglasscheiben der Eingangstür. Und dann wurde die Tür geöffnet, und da stand er.

Marty hatte seine Haare wachsen lassen. Er hatte einen langen, glatten Pony, den er sorgfältig zur Seite gekämmt hatte, wie ein Teenager. Er trug indigoblaue Jeans, die Jess nicht kannte, und er hatte abgenommen. Er sah aus wie jemand, den sie nicht kannte. Und er war sehr, sehr blass geworden. «Jess.»

Sie bekam kein Wort heraus.

Sie starrten sich an. Er schluckte. «Ich wollte es dir noch sagen.»

Bis zu diesem Moment hatte sich ein Teil von ihr geweigert

zu glauben, dass es wahr sein konnte. Bis zu diesem Moment hatte sie gedacht, es würde ein riesiges Missverständnis vorliegen. Sie hatte sich eingeredet, dass Marty bei einem Freund oder wieder krank geworden war und Maria Costanza das aus unangebrachtem Stolz nicht zugeben wollte. Aber jetzt war jeder Irrtum ausgeschlossen.

Sie brauchte einen Moment, um ihre Stimme wiederzufinden. «Hier? Hier ... hast du also gewohnt?»

Fassungslos trat sie ein paar Schritte zurück, und jetzt nahm sie den makellosen Vorgarten wahr, das Wohnzimmer, das man gerade eben durchs Fenster sehen konnte. Sie stieß mit der Hüfte an ein Auto, das in der Einfahrt stand, und stützte sich mit der Hand darauf ab. «Die ganze Zeit? Wir müssen seit zwei Jahren jeden Penny zusammenkratzen, bloß um heizen zu können und etwas zu essen zu haben, und du hast hier ein Luxuseigenheim und einen fabrikneuen Toyota?»

Marty warf unbehaglich einen Blick über seine Schulter. «Wir müssen miteinander reden, Jess.»

Und dann sah sie die Tapete im Esszimmer. Die breiten Streifen. Und auf einmal ergab alles Sinn. Dass er nur zu festgelegten Zeiten hatte telefonieren wollen. Dass er ihr keine Festnetznummer geben wollte. Dass Maria Costanza immer behauptet hatte, er würde schlafen, wenn sie außerhalb der abgesprochenen Zeit anrief. Die Entschiedenheit, mit der sie Jess am Telefon so schnell wie möglich abgewimmelt hatte.

«Wir müssen miteinander reden?» Jess musste beinahe lachen. «Ja, reden wir, Marty. Wie wäre es, wenn ich zuerst was sage? Zwei Jahre lang habe ich nicht das Geringste von dir verlangt – weder Geld noch Zeit, noch, dass du dich um die Kinder kümmerst oder sonst irgendeine Unterstützung. Weil ich geglaubt habe, du wärst krank. Weil ich geglaubt habe, du hättest eine Depression. Weil ich geglaubt habe, du wohnst bei deiner MUTTER.»

«Ich habe auch bei Mum gewohnt.»

«Bis wann?»

Er presste die Lippen zusammen.

«Bis wann, Marty?» Ihre Stimme war schrill.

«Fünfzehn Monate.»

«Du hast fünfzehn Monate bei deiner Mum gewohnt?»

Er starrte auf seine Füße.

«Du meinst, du wohnst schon seit fünfzehn Monaten hier? Du wohnst schon länger als ein Jahr hier in diesem Haus?»

«Ich wollte es dir sagen. Aber ich wusste, dass du ...»

«Was? Dass ich ausrasten würde? Weil du hier ein Luxusleben führst, während deine Frau und deine Kinder zu Hause in der Scheiße sitzen, die du hinterlassen hast?»

«Jess ...»

Sie wurde kurz zum Schweigen gebracht, als die Haustür plötzlich ganz aufgezogen wurde. Ein Mädchen tauchte hinter ihm auf. Die Kleine hatte langes, blondes Engelshaar und trug ein Hollister-Sweatshirt und Turnschuhe von Converse. Sie zupfte ihn am Ärmel. «Deine Sendung fängt an, Marty», begann sie, aber dann sah sie Jess und sprach nicht weiter.

«Geh zu deiner Mum, Liebes», sagte er leise, und sein Blick wanderte nervös umher. Er legte dem Kind sanft die Hand auf die Schulter. «Ich bin hier in einer Minute fertig.»

Die Kleine sah Jess misstrauisch an. Sie war im gleichen Alter wie Tanzie. «Geh schon.» Das Mädchen ging ins Haus, und er zog die Tür bis auf einen kleinen Spalt zu.

Und da brach Jess wirklich das Herz.

«Sie ... hat Kinder?»

Er schluckte. «Zwei.»

Sie schlug die Hände vors Gesicht, drehte sich um und stolperte blind die Zufahrt hinunter. «O Gott. O Gott.»

«Jess ... ich hatte nie vor ...»

Sie wirbelte herum und rannte zurück. Sie wollte ihn schlagen. Sie wollte ihm in sein dummes Gesicht schlagen und seinen teuren Haarschnitt zerstören. Sie wollte, dass er den Schmerz kennenlernte, dem er seine Kinder ausgesetzt hatte. Sie wollte, dass er dafür zahlte. Er duckte sich hinter das Auto, und beinahe ohne zu wissen, was sie tat, begann Jess an den Wagen zu treten, an seine übergroßen Reifen, seine schimmernden Kotflügel, an das verdammte perlmuttweiß glänzende verdammt perfekte verdammte Auto.

«Du hast gelogen! Du hast uns alle belogen! Und ich habe dich in Schutz genommen. Ich glaube es nicht ... ich glaube es einfach nicht!» Sie trat wieder zu und empfand schwache Befriedigung, als eine Beule im Metall erschien, obwohl ihr der Schmerz ins Bein schoss. Sie trat wieder und wieder zu, jetzt war alles egal, und ihre Fäuste trommelten auf das Auto.

«Jess! Der Wagen! Bist du verrückt?»

Sie trommelte mit den Fäusten auf das Auto, weil sie nicht Marty mit den Fäusten bearbeiten konnte. Sie schlug zu und trat gegen das Auto, ohne nachzudenken, schluchzend vor Wut, ihren keuchenden Atem im Ohr. Und als er sie stoppte, sich zwischen sie und das Auto schob, sie fest an den Oberarmen packte, hatte sie einen Moment lang Panik, dass ihr Leben jetzt völlig außer Kontrolle geraten war. Und dann sah sie ihm in die Augen, in seine Feiglingsaugen, und ihr Kopf dröhnte. Sie wollte zuschlagen. Ihm ...

«Jess.»

Mr. Nicholls' Arm lag um ihre Hüfte, er zog sie nach hinten.

«Loslassen!»

«Die Kinder sehen zu. Jetzt komm schon.» Eine Hand auf ihrem Arm.

Sie konnte nicht atmen. Ein Stöhnen ließ ihren ganzen Körper erbeben. Sie ließ sich ein paar Schritte nach hinten ziehen. Marty schrie etwas, das sie durch das Dröhnen in ihrem Kopf nicht hören konnte.

«Komm ... komm da weg.»

Die Kinder. Sie drehte sich zum Auto um und sah Tanzies Gesicht, die Augen weit aufgerissen vor Schreck, und dahinter Nicky als bewegungslose Silhouette. Sie schaute auf die andere Seite, zu dem Haus, wo zwei kleine, blasse Gesichter vom Wohnzimmerfenster aus zuschauten. Hinter den Kindern stand die Mutter. Als sie bemerkte, dass Jess sie ansah, ließ sie die Jalousie herunter.

«Du bist verrückt», brüllte Marty und starrte auf die Dellen in der Karosserie seines Autos. «Total verrückt, verdammt noch mal.»

Sie hatte angefangen zu zittern. Mr. Nicholls legte ihr den Arm um die Hüfte und führte sie zum Auto. «Steig ein. Setz dich», sagte er und drückte die Tür zu, als sie eingestiegen war. Marty kam langsam die Einfahrt herunter auf sie zu, jetzt, wo Jess im Unrecht war, hatte er wieder seinen angeberischen Gang drauf. Sie dachte, er wollte weiter streiten, aber als er noch ungefähr fünf Meter entfernt war, beugte er sich vor und spähte in das Auto, und Jess hörte, wie die hintere Beifahrertür geöffnet wurde, und dann war Tanzie ausgestiegen und rannte auf ihn zu.

«Daddy!», rief sie, und er fing sie in seinen Armen auf und wirbelte sie herum, und Jess wusste nicht mehr, was sie denken sollte.

Sie wusste nicht, wie lange sie so dagesessen und in den Fußraum gestarrt hatte. Sie konnte nicht denken. Sie konnte nichts fühlen. Sie hörte Gemurmel auf dem Bürgersteig, und irgendwann beugte sich Nicky nach vorn und berührte sie leicht an der Schulter. «Es tut mir leid», sagte er mit schwankender Stimme.

Sie griff nach hinten und nahm ihn fest an der Hand. «Nicht. Deine. Schuld», flüsterte sie.

Schließlich wurde die Tür geöffnet, und Mr. Nicholls steckte den Kopf ins Auto. Sein Gesicht war feucht, und von seinem Kragen tropfte der Regen. «Okay. Tanzie bleibt ein paar Stunden hier.»

Sie starrte ihn an, augenblicklich wieder alarmiert. «O nein», fing sie an. «Er kann sie nicht haben. Nicht nach dem, was er ...»

«Es geht nicht um ihn und dich, Jess.»

Jess drehte sich zu dem Haus um. Die Eingangstür stand halb offen. Tanzie war schon hineingegangen. «Aber sie kann nicht hierbleiben. Nicht bei ...»

Er setzte sich auf den Fahrersitz und nahm ihre Hand. Seine Hand war eiskalt und feucht.

«Tanzie hat einen schlimmen Tag gehabt, und sie hat darum gebeten, ein bisschen bei ihm bleiben zu dürfen. Und Jess, wenn das jetzt wirklich sein Leben ist, dann muss sie wohl ein Teil davon werden.»

«Aber das ist nicht ...»

«Fair. Ich weiß.»

So saßen sie zu dritt im Auto und schauten zu dem hell erleuchteten Haus hinüber. Ihre Tochter war dort drin. Mit Martys neuer Familie. Es war, als hätte jemand in ihren Brustkorb gegriffen und ihr das Herz herausgerissen.

Sie konnte den Blick nicht von den erleuchteten Fenstern abwenden. «Was ist, wenn sie es sich anders überlegt? Dann ist sie allein. Und wir kennen sie nicht. Ich kenne diese Frau nicht. Sie könnte ...»

«Tanzie ist bei ihrem Vater. Es wird ihr gutgehen.»

Jess starrte Mr. Nicholls an. Man sah, dass er Mitleid mit ihr hatte, aber er klang trotzdem sehr entschieden. «Warum bist du auf seiner Seite?», flüsterte sie.

«Ich bin nicht auf seiner Seite.» Seine Finger schlossen sich um ihre. «Hör mal, wir gehen irgendwo zusammen essen. In ein paar Stunden sind wir zurück. Wir bleiben in der Nähe, und wir können jederzeit herkommen, wenn sie uns braucht.»

«Nein. Ich bleibe hier», sagte eine Stimme im Fond. «Ich bleibe bei ihr. Dann ist sie nicht allein.»

Jess drehte sich um. Nicky sah aus dem Fenster. «Bist du sicher, dass du das willst?»

«Ich schaffe das schon.» Seine Miene war ausdruckslos. «Und außerdem will ich wissen, was er zu sagen hat.»

Mr. Nicholls ging mit Nicky zur Haustür. Jess betrachtete ihren Stiefsohn, wie er mit seinen langen, schlaksigen Beinen in den hautengen Jeans auf seine befangene, unbeholfene Art dastand, bis die Tür geöffnet wurde. Die blonde Frau rang sich ein Lächeln ab. Sie sah mehrfach an ihm vorbei zum Auto. Möglicherweise, ging es Jess durch den Kopf, fürchtete sich diese Frau richtig vor ihr. Die Tür fiel hinter ihnen zu. Jess schloss die Augen, wollte sich nicht vorstellen, was hinter der Tür vorging.

Und dann stieg Mr. Nicholls wieder ein und brachte einen Schwall kühle Luft mit. «Komm schon», sagte er. «Es ist okay. Wir sind ja gleich wieder zurück.»

Sie saßen in einem Café. Jess konnte nichts essen. Sie trank Kaffee, und Mr. Nicholls besorgte Sandwiches, und dann saß er ihr einfach am Tisch gegenüber. Vermutlich wusste er nicht, was er sagen sollte. Zwei Stunden, wiederholte sie in Gedanken immer wieder. Zwei Stunden, dann habe ich sie zurück. Sie wollte wieder mit ihren Kindern in dem Auto sitzen, sie wollte weg von hier. Weg von Marty und seinen Lügen und seiner neuen Freundin und seiner verheimlichten Zweitfamilie. Sie beobachtete, wie die Zeiger der Uhr übers Zifferblatt wanderten, und ließ ihren Kaffee kalt werden. Jede Minute erschien ihr wie eine Ewigkeit.

Und dann, zehn Minuten, bevor sie losfahren wollten, klingelte das Handy. Jess riss es hoch. Sie kannte die Nummer nicht. Martys Stimme. «Kannst du sie über Nacht bei mir lassen?»

Sie war sprachlos.

«O nein», sagte sie, als sie ihre Stimme wiedergefunden hatte. «Du kannst sie nicht einfach so dort behalten.»

«Ich versuche nur ... ihnen alles zu erklären.»

«Tja, viel Glück dabei. Ich verstehe es nämlich verdammt noch mal überhaupt nicht.» Ihre Stimme hallte durch den kleinen Raum. Sie sah, dass sich die Leute an den Tischen in der Nähe nach ihr umdrehten.

«Ich konnte es dir nicht sagen, Jess, okay? Weil ich wusste, dass du so reagieren würdest.»

«Oh, es ist also meine Schuld. Natürlich!»

«Es war vorbei mit uns. Das hast du genauso gut gewusst wie ich.»

Sie war inzwischen aufgestanden, ohne dass sie es gemerkt hatte. Aus irgendeinem Grund erhob sich auch Mr. Nicholls. «Ich scheiß drauf, was mit dir und mir war, okay? Aber wir haben am Existenzminimum gelebt, seit du weg warst, und jetzt finde ich heraus, dass du mit jemand anderem zusammenwohnst und dass du ihre Kinder unterstützt. Obwohl du behauptet hast, du könntest für unsere keinen Finger krumm machen. Ja, es wäre möglich, dass ich darauf ein bisschen heftig reagiere, Marty.»

«Ich lebe hier nicht von meinem Geld. Es ist Linzies Geld. Ich kann nicht von ihr verlangen, dass sie für deine Kinder zahlt.»

«Meine Kinder? *Meine* Kinder?» Sie hatte sich hinter dem Tisch herausgeschoben und ging Richtung Tür. Am Rande bekam sie mit, dass Mr. Nicholls die Kellnerin rief.

«Hör mal», sagte Marty. «Tanzie möchte wirklich gern hier übernachten. Sie ist wegen dieser Mathe-Sache anscheinend ziemlich niedergeschlagen. Sie hat mich gebeten, dich zu fragen. Bitte.»

Jess konnte nicht sprechen. Sie stand auf dem kalten Parkplatz und hatte die Augen geschlossen. Ihre Fingerknöchel waren weiß, so fest umklammerte sie das Handy.

«Außerdem möchte ich das mit Nicky einrenken.»

«Du bist ... unglaublich.»

«Lass mich ... lass mich einfach mit den Kindern reden und alles in Ordnung bringen. Bitte. Du und ich, wir können uns später unterhalten. Nur heute Abend, während sie hier sind. Sie haben mir gefehlt, Jess. Ich weiß, ich weiß, es ist alles meine Schuld. Ich weiß, dass ich ziemlichen Mist gebaut habe. Aber jetzt bin ich froh, dass alles herausgekommen ist. Ich bin froh, dass du weißt, was los ist. Und ich will ... ich will jetzt einfach in die Zukunft schauen.»

Sie starrte vor sich hin. In der Ferne fuhr ein Einsatzwagen mit Blaulicht. Schmerzen pulsierten durch ihren Fuß. Schließlich sagte sie: «Gib mir Tanzie.»

Es folgte kurze Stille, dann das Geräusch, mit der eine Tür geöffnet wurde. Jess atmete tief ein.

«Mum?»

«Tanzie? Liebling? Alles in Ordnung?»

«Mir geht's gut, Mum. Sie haben Wasserschildkröten. Eine hat ein lahmes Bein. Sie heißt Mike. Können wir auch eine Wasserschildkröte haben?»

«Darüber reden wir später.» Im Hintergrund hörte sie Geschirrgeklapper und einen laufenden Wasserhahn. «Also, sag mal, willst du wirklich dort übernachten? Das musst du nicht, weißt du? Du machst ... einfach das, was dir Spaß macht.»

«Ich würde richtig gern hierbleiben. Suzie ist nett. Sie leiht mir ihren *High-School-Musical*-Schlafanzug.»

«Suzie?»

«Linzies Tochter. Es wird wie eine Pyjama-Party. Und sie hat diese Perlen, mit denen man ein Bild macht, das man dann mit einem Bügeleisen festschmelzen kann.»

«Aha.»

Es folgte ein kurzes Schweigen. Im Hintergrund hörte Jess gedämpfte Unterhaltung.

«Um wie viel Uhr holst du mich morgen ab?»

Jess schluckte und versuchte, ihre Stimme gleichmäßig klingen zu lassen. «Nach dem Frühstück. Um neun Uhr. Und wenn du es dir anders überlegst, ruf mich einfach an, okay? Jederzeit. Dann hole ich dich sofort ab. Auch wenn es mitten in der Nacht ist. Das spielt keine Rolle.»

«Ich weiß.»

«Ich komme jederzeit. Ich liebe dich, Süße. Du kannst immer anrufen.»

«Okay.»

«Gibst du ... gibst du mir mal Nicky?»

«Ich liebe dich auch. Tschüs.»

Nickys Stimme war nicht zu deuten. «Ich habe ihm gesagt, dass ich auch bleibe», sagte er. «Aber nur, um auf Tanzie aufzupassen.»

«Okay. Ich sorge dafür, dass wir irgendwo in der Nähe bleiben. Ist sie ... die Frau ... ist sie in Ordnung? Ich meine, geht es euch gut?»

«Linzie. Sie ist okay.»

«Und du ... kommst du damit klar? Versucht er nicht ...»

«Ich komme klar.»

Lange Stille.

«Jess?»

«Ja?»

«Ist mit dir alles okay?»

Da verzog sich ihr Gesicht. Sie atmete leise ein und wischte sich die Tränen weg, die über ihre Wangen liefen. Sie hatte nicht gewusst, dass sie so viele Tränen weinen konnte. Sie wartete mit der Antwort, bis sie sicher war, dass sie ihre Stimme beherrschen konnte. «Alles okay, Schatz. Lass es dir gutgehen und mach dir keine Sorgen um mich. Wir sehen uns morgen früh.»

Mr. Nicholls stand hinter ihr. Er nahm ihr schweigend sein Handy aus der Hand, ohne sie aus den Augen zu lassen. «Ich habe eine Übernachtungsgelegenheit gefunden, wo wir den Hund mitbringen können.»

«Gibt's da auch eine Bar?», fragte Jess und wischte sich mit dem Handrücken über die Augen.

«Wie bitte?»

«Ich muss mich betrinken, Ed. Und zwar so richtig.» Er streckte den Arm aus, und sie hängte sich bei ihm ein. «Außerdem könnte es sein, dass ich mir den Zeh gebrochen habe.»

KAPITEL 23

Ed

Eines Tages hatte Ed eine Frau kennengelernt, die sich als der optimistischste Mensch herausgestellt hatte, dem er je begegnet war. Eine Frau, die Flipflops trug, weil sie auf den Frühling hoffte. Eine Frau, die wie der Tigger aus Pu der Bär durchs Leben zu hüpfen schien und sich von Dingen, die andere umgehauen hätten, anscheinend nicht berühren ließ. Oder wenn es sie umhaute, sprang sie gleich wieder auf die Füße. Und wenn sie wieder fiel, setzte sie ein Lächeln auf, klopfte sich den Staub von der Kleidung und machte weiter. Ed wusste nicht, ob es das heldenhafteste oder das idiotischste Verhalten war, das er sich vorstellen konnte.

Und dann stand er am Straßenrand vor einem Fünfzimmer-Eigenheim in der Nähe von Carlisle und sah mit an, wie diese Frau erfuhr, dass sich alles, woran sie geglaubt hatte, in Luft auflöste, bis nichts mehr von ihr übrig war als ein Geist, der auf seinem Beifahrersitz saß und blicklos durch die Windschutzscheibe starrte. Es war beinahe mit Händen zu greifen, wie ihr Optimismus versiegte. Und das berührte ihn im Innersten.

Er mietete eine Ferienhütte an einem See, die nur zwanzig Minuten von Martys Haus – besser gesagt, dem Haus seiner Freundin – entfernt lag. Er hatte im Umkreis von hundert Meilen kein einziges Hotel ausfindig machen können, in das sie den Hund hätten mitnehmen dürfen, und die letzte Rezeptionistin, mit der er gesprochen hatte – eine herzliche Frau, die ihn achtmal «Schätzchen» nannte –, hatte ihm von einer neuen Ferienanlage erzählt, die von der Schwiegertochter ihres Freundes betrieben wurde. Er musste für drei Übernachtungen zahlen – das war der Mindestaufenthalt –, aber das war ihm gleich. Jess fragte nicht nach. Ed glaubte nicht, dass sie überhaupt mitbekam, wo sie waren.

Sie holten die Schlüssel an der Rezeption ab, er fuhr einen Weg zwischen hohen Bäumen entlang, sie hielten vor der Ferienhütte, und Ed sorgte dafür, dass Jess und der Hund ins Haus gingen. Inzwischen hinkte sie stark. Er dachte an die Wildheit, mit der sie gegen das Auto getreten hatte. In Flipflops.

«Am besten legst du dich in die Badewanne», sagte er, während er Lampen anschaltete und Vorhänge zuzog. Draußen war es mittlerweile zu dunkel, um noch irgendetwas erkennen zu können. «Versuch, dich zu entspannen. Ich besorge uns inzwischen etwas zu essen. Und vielleicht einen Eisbeutel.»

Sie drehte sich um und nickte. Das Lächeln, mit dem sie sich bedankte, konnte man kaum als Lächeln bezeichnen.

Der nächste Supermarkt war nur dem Namen nach ein Supermarkt. Es gab zwei Körbe mit welkem Gemüse und Regale voller Fertiggerichte von Firmen, deren Namen Ed noch nie gehört hatte. Er griff sich ein paar der Gerichte, dazu Brot,

Kaffee, Milch, Chips, Tiefkühlerbsen und ein paar Flaschen Wein. Er brauchte etwas zu trinken.

Er stand an der Kasse, als sein Handy piepte. Er kramte es aus seiner Tasche und überlegte, ob es Jess sein könnte. Dann fiel ihm wieder ein, dass ihr Guthaben schon vor zwei Tagen aufgebraucht gewesen war.

> Hallo, Liebling. Es tut mir so leid, dass du es morgen nicht schaffst. Wir hoffen, dich bald zu sehen. Ich liebe dich, Mum. PS Dad sendet dir Grüße. Heute geht es ihm nicht so besonders.

«Zwanzig Pfund achtzig.»

Die Kassiererin musste sich zweimal wiederholen, bevor er sie wahrnahm.

«Oh. Entschuldigung.» Er fischte seine Kreditkarte heraus und reichte sie ihr.

«Der Apparat funktioniert nicht. Da vorne hängt das Schild.»

Ed folgte ihrem Blick. «Nur Bar oder Scheckzahlung möglich», stand mit mühsam gemalten Kugelschreiberbuchstaben darauf. «Das soll ein Witz sein, oder?»

«Wie kommen Sie denn darauf?» Sie kaute meditativ auf dem herum, was auch immer sie im Mund haben mochte.

«Ich weiß nicht, ob ich genug Bargeld bei mir habe», sagte Ed.

Sie sah ihn ungerührt an.

«Karten nehmen Sie also wirklich nicht?»

«Wir nehmen, was auf dem Schild steht.»

«Dann ... haben Sie auch keinen von diesen kleinen manuellen Kreditkartenlesern?»

«Die meisten Leute hier zahlen bar», erklärte sie. Ihr Gesichtsausdruck sagte, dass er offenkundig nicht von hier war.

«Okay. Wo ist der nächste Geldautomat?»

«Carlisle.» Sie blinzelte ihn träge an. «Wenn Sie kein Geld haben, müssen Sie die Sachen zurücklegen.»

«Ich habe Geld. Warten Sie kurz.»

Er durchsuchte seine sämtlichen Taschen, ohne auf die kaum unterdrückten Seufzer und verdrehten Augen der anderen Kunden zu achten, und wie durch ein Wunder bekam er aus der Innentasche seines Jacketts und sämtlichem Kleingeld aus seinem Portemonnaie genug für alles außer den Chips zusammen. Er zählte ihr das Geld vor, und sie hob demonstrativ die Augenbrauen, als sie es einkassierte und die Chips zur Seite legte. Ed steckte seine Einkäufe in eine Plastiktüte, die schon riss, noch bevor er beim Auto angekommen war, und versuchte, nicht an seine Mutter zu denken.

Als Jess die Treppe herunterhinkte, war er gerade mit Kochen beschäftigt. Besser gesagt ließ er zwei Plastikteller lärmend in der Mikrowelle kreisen, was ungefähr den höchsten Gipfeln der Kochkunst entsprach, die er in seinem bisherigen Leben erklommen hatte. Jess trug einen Frottébademantel und hatte ihr Haar in einen weißen Handtuchturban eingeschlagen. Er hatte nie verstanden, wie Frauen das machten. Seine Exfrau hatte es auch gemacht. Er hatte sich gefragt, ob das zu den Dingen gehörte, die Frauen beigebracht wurden, so wie das Verhalten bei der Periode oder dass man sich die Hände waschen sollte. Ihr ungeschminktes Gesicht war eigentümlich schön.

«Hier.» Ed reichte ihr ein Glas Wein.

Sie nahm das Glas. Er hatte Feuer im Kamin gemacht, und

sie setzte sich davor, offenkundig tief in Gedanken versunken. Er gab ihr den Beutel mit den Tiefkühlerbsen für ihren Fuß, dann beschäftigte er sich wieder mit dem Mikrowellenessen, indem er die Anleitung auf den Verpackungen befolgte.

«Ich habe Nicky eine SMS geschickt», erklärte er ihr, während er die Plastikfolie mit einer Gabel durchlöcherte. «Damit er weiß, wo wir sind.»

Sie nippte an ihrem Wein. «Geht es ihm gut?»

«Es geht ihm gut. Sie waren gerade beim Essen.» Bei diesen Worten zuckte sie leicht zusammen, und Ed bedauerte es augenblicklich, ihr dieses heimelige Bild vor Augen gerufen zu haben. «Wie geht's deinem Fuß?»

«Tut weh.»

Sie trank einen großen Schluck Wein, und er sah, dass sie ihr Glas schon geleert hatte. Sie stand mit verzerrter Miene auf, wobei der Beutel mit den Erbsen auf den Boden fielen, und schenkte sich nach. Dann, als wäre ihr gerade wieder etwas eingefallen, griff sie in die Tasche des Bademantels und zog ein durchsichtiges Plastiktütchen heraus.

«Nickys Vorrat», sagte sie. «Ich habe beschlossen, dass dies der geeignete Moment ist, um mir seine Drogen anzueignen.»

Sie sagte es beinahe herausfordernd, als würde sie auf Widerspruch warten. Als er nichts sagte, nahm sie eine der Tourismusbroschüren vom Tisch, legte sie sich auf den Schoß und begann einen Joint darauf zu drehen. Sie zündete ihn an und inhalierte tief. Sie versuchte ein Husten zu unterdrücken, dann inhalierte sie noch einmal. Ihr Handtuchturban war ihr halb vom Kopf gerutscht, und sie zog ihn ärgerlich herunter, sodass ihr das nasse Haar über die Schultern fiel.

Wieder inhalierte sie, schloss die Augen und streckte ihm den Joint hin.

«Ist es das, was ich beim Hereinkommen gerochen habe?»

Sie öffnete ein Auge. «Du findest mich peinlich, stimmt's?»

«Nein. Ich denke nur, einer von uns sollte imstande sein zu fahren, falls Tanzie abgeholt werden will.»

Sie sah ihn erschrocken an.

«Ist schon okay», sagte er. «Wirklich. Mach ruhig weiter. Ich glaube, du brauchst jetzt …»

«Ein neues Leben? Mehr Selbstdisziplin? Eine Runde ordentlichen Sex?» Sie lachte bitter. «Ach nein. Hab ich ja ganz vergessen. Nicht mal das kann ich richtig.»

«Jess …»

Sie hob die Hand. «Sorry. Okay. Essen wir.»

Sie aßen an dem kleinen, laminatbeschichteten Tisch neben der Küchenzeile. Das Curry war essbar, aber Jess rührte ihren Teller trotzdem kaum an.

Als er die Teller wegstellte und den Abwasch vorbereitete, drehte sie sich zu ihm um. «Ich habe mich wie eine komplette Idiotin benommen, oder?»

Ed lehnte sich an die Küchenzeile, einen Teller in der Hand. «Ich wüsste nicht, wie …»

«Ich habe mir im Bad alles genau überlegt. Die ganzen Jahre habe ich vor den Kindern getönt, dass alles gut wird, wenn man aufeinander achtet und sich richtig verhält. Du sollst nicht stehlen. Du sollst nicht lügen. Du sollst das Richtige tun. Irgendwie wird einem dann das Universum beistehen. Tja, das ist alles totaler Schwachsinn, oder? Kein Mensch denkt so.» Ihre Aussprache war leicht schleppend.

«Das ist doch nicht …»

«Nein? Ich war zwei Jahre lang völlig pleite. Zwei Jahre lang habe ich ihn in Schutz genommen, habe ihm nicht noch zusätzlichen Druck machen wollen, habe ihn nicht mit seinen Kindern belästigt. Und die ganze Zeit hat er sorgenfrei gelebt, mit seiner neuen Freundin.» Sie schüttelte den Kopf vor Fassungslosigkeit. «Ich habe nicht das Geringste geahnt. Keinen einzigen Augenblick lang. Und im Bad habe ich mir überlegt, wie dieses ‹Behandle andere, wie du selbst behandelt werden möchtest› eigentlich funktioniert. Tja, es funktioniert nur, wenn sich alle dementsprechend verhalten. Und das macht kein Mensch mehr. Die Welt ist voller Leute, die sich einen Dreck um andere scheren. Sie trampeln einfach über einen weg, wenn sie dadurch bekommen, was sie haben wollen. Sogar wenn es ihre eigenen Kinder sind, über die sie wegtrampeln.»

«Jess ...»

Er ging um den Tisch herum, bis er ganz dicht vor ihr stand. Er wusste nicht, was er sagen sollte. Er wollte sie in die Arme nehmen, aber irgendetwas an ihr hielt ihn davon ab. Sie schenkte sich das nächste Glas Wein ein und hob es in seine Richtung.

«Diese Frau ist mir egal, weißt du? Daran liegt es nicht. Mit Marty und mir war es schon lange vorbei. Aber all der Scheiß von wegen, dass er seine Kinder nicht unterstützen kann. Er hat es sogar abgelehnt, auch nur darüber nachzudenken, ob er etwas zu Tanzies Schulgeld beisteuern kann.» Sie trank einen Schluck und blinzelte langsam. «Hast du das Oberteil gesehen, das dieses Mädchen angehabt hat? Weißt du, was ein Sweatshirt von Hollister kostet? Siebenundsechzig Pfund. Ich habe das Preisschild gesehen, als Junkie Aileen bei mir war.» Sie fuhr sich wütend über die Augen. «Und weißt du, was er Nicky im Februar zum Geburtstag geschickt hat? Einen Zehn-

Pfund-Gutschein für ein Computerspiel. Es gibt überhaupt kein Computerspiel für zehn Pfund. Höchstens secondhand. Und das Bescheuerte ist, dass wir uns alle richtig gefreut haben. Wir dachten, dieser Gutschein bedeutet, dass es Marty langsam besser geht. Ich habe den Kindern erklärt, dass zehn Pfund richtig viel Geld ist, wenn man nicht arbeitet.»

Sie fing an zu lachen. Es hörte sich schrecklich und trostlos an. «Und die ganze Zeit ... die ganze Zeit hat er in diesem Haus gesessen, auf seinem tollen Sofa in dem Zimmer mit farblich abgestimmten Gardinen und mit seinem schwachsinnigen Boygroup-Haarschnitt. Und dann hat er sich nicht mal getraut, es mir zu erzählen.»

«Er ist ein Feigling», sagte Ed.

«Ja. Aber ich bin der Idiot. Ich habe die Kinder für ein aussichtsloses Unternehmen quer durchs Land geschleppt, weil ich geglaubt habe, ich könnte irgendwie ihre Zukunftsaussichten verbessern. Ich habe uns Schulden in Höhe von ein paar tausend Pfund aufgehalst. Ich habe meinen Job im Pub verloren. Ich habe Tanzies Selbstvertrauen so ziemlich komplett zerstört, indem ich sie einer Situation ausgesetzt habe, die ich ihr niemals hätte zumuten dürfen. Und weshalb? Weil ich mich geweigert habe, die Wahrheit anzuerkennen.»

«Die Wahrheit?»

«Dass Leute wie wir niemals vorwärtskommen. Wir steigen nie auf. Wir strampeln uns immer nur auf der untersten Stufe ab.»

«So ist es nicht.»

«Was verstehst du schon davon?» Sie klang nicht ärgerlich, nur verwirrt. «Wie könntest du das verstehen? Du wirst für eines der schwersten Vergehen im Aktienhandel verantwortlich gemacht. Und genau genommen hast du es wirklich getan.

Du hast deiner Freundin erzählt, welche Aktien sie kaufen soll, damit sie einen Haufen Geld macht. Aber du wirst davonkommen.»

Er erstarrte mit dem Glas in der Hand, aus dem er gerade hatte trinken wollen.

«Doch, wirst du. Sie werden dir ein paar Wochen Haft aufbrummen, vielleicht sogar auf Bewährung, und eine fette Geldbuße. Du hast teure Anwälte, die dich aus jedem ernsthaften Ärger heraushalten werden. Du hast Leute, die für dich aussagen, für dich kämpfen. Du hast Häuser, Autos, Rücklagen. Im Grunde musst du dir keine Sorgen machen. Wie könntest du unsere Situation verstehen?»

«Das ist nicht fair», sagte er sanft.

Sie wandte sich ab und inhalierte, schloss die Augen und atmete nach oben aus, sodass der süße Rauch zur Decke aufstieg.

Ed setzte sich neben sie und nahm ihr den Joint aus der Hand. «Ich glaube, das ist keine so gute Idee.»

Sie holte sich den Joint zurück. «Erzähl mir nicht, was eine gute Idee ist.»

«Ich glaube nicht, dass dir das hilft.»

«Ist mir doch egal, was du ...»

«Ich bin hier nicht der Feind, Jess.»

Sie funkelte ihn an, dann drehte sie sich von ihm weg und starrte ins Feuer. Er wusste nicht, ob sie darauf wartete, dass er aufstand und von ihr wegging. Oder darauf, dass er sie anbrüllte.

«Tut mir leid», sagte sie schließlich etwas steif.

«Schon gut.»

«Nein. Nicht schon gut.» Sie seufzte. «Ich sollte ... ich sollte das nicht an dir auslassen.»

«Es ist okay. Es war ein Scheißtag. Hör mal, ich lege mich

jetzt in die Badewanne, und wir sollten zusehen, dass wir ein bisschen Schlaf bekommen.»

«Ich geh rauf, wenn ich fertig geraucht habe.» Sie inhalierte wieder.

Ed wartete einen Moment, dann ging er hinauf und ließ sie weiter ins Feuer starren. Wie müde er war, konnte man daran ablesen, dass er nicht weiter als bis zu seinem Bad dachte.

Er musste im Wasser eingenickt sein. Er hatte die Badewanne volllaufen lassen, etwas von den Badezusätzen hineingeschüttet, die daneben bereitstanden, und sich dann dankbar hineingleiten lassen, damit die Wärme wenigstens ein bisschen die Verspannungen lösen konnte, die dieser Tag verursacht hatte. Er versuchte, an gar nichts zu denken. Nicht an Jess, die unten saß und niedergeschlagen in den Kamin starrte, nicht an seine Mutter, die nur ein paar Stunden entfernt war und auf einen Sohn wartete, der nicht kommen würde. Er brauchte einfach ein paar Minuten, in denen er an nichts denken musste. Er ließ seinen Kopf so tief ins Wasser sinken, dass er gerade noch atmen konnte.

Er döste ein wenig. Aber eine seltsame Unruhe schien sich in seinem Körper eingenistet zu haben; er konnte sich nicht richtig entspannen, auch nicht, wenn er die Augen schloss. Und dann wurde ihm das Geräusch bewusst; ein entferntes, hochtourig klingendes Geräusch, ungleichmäßig und misstönend, eine kreischende Kettensäge oder ein Autofahrer, der lernte, wie man schnell beschleunigt. Ed öffnete ein Auge, wünschte, das Geräusch würde einfach aufhören. Er hatte geglaubt, dass er hier wenigstens ein winziges bisschen Ruhe finden könnte. Nur eine einzige Nacht ohne Lärm und Katastrophen. War das wirklich zu viel verlangt?

«Jess?», rief er, als das Geräusch noch lauter und nerviger wurde. Er fragte sich, ob es unten eine Stereoanlage gab. Etwas, das sie einfach abstellen konnte.

Und dann wurde ihm die Ursache für sein vages Unbehagen klar: Es war sein eigenes Auto, das er da hörte.

Er richtete sich jäh auf, saß den Bruchteil einer Sekunde wie erstarrt da, dann sprang er aus dem Wasser und schlang sich ein Handtuch um die Hüften. Er rannte die Treppe hinunter, zwei Stufen auf einmal nehmend, vorbei an dem leeren Sofa und an Norman, der vor dem Feuer lag und fragend den Kopf hob, und riss die Haustür auf. Kalter Wind blies ihm ins Gesicht. Er sah gerade noch, wie sein Auto von dem Stellplatz vor der Hütte wegholperte wie ein Kaninchen und auf den geschwungenen Kiesweg einbog. Mit einem Satz war er von der Zugangstreppe herunter, und als er losrannte, erkannte er Jess hinter dem Steuer, die vorgebeugt dasaß und angestrengt durch die Windschutzscheibe spähte. Sie hatte die Scheinwerfer nicht angeschaltet.

«Mein Gott. JESS!» Er sprintete übers Gras, noch immer tropfend, hielt mit einer Hand das Handtuch um seine Hüfte fest und versuchte ihr über den Rasen den Weg abzuschneiden, bevor sie auf die Straße fahren konnte. Kurz wandte sie ihm ihr Gesicht zu und riss die Augen auf, als sie ihn sah. Es krachte weithin hörbar, als sie mit der Gangschaltung kämpfte.

«JESS!»

Er hatte das Auto erreicht. Er warf sich auf die Kühlerhaube, sodass es einen lauten Schlag gab, dann arbeitete er sich zur Seite des Wagens vor und riss am Griff der Fahrertür. Sie ging auf, bevor Jess die Verriegelung aktivieren konnte, und Ed wurde mit der sich öffnenden Tür zur Seite geschwungen.

«Was zum Teufel machst du da?»

Aber sie hielt nicht an. Er rannte inzwischen, mit unnatürlich langen Schritten, die Schulter an die offene, schwankende Tür gestützt, eine Hand auf dem Lenkrad und der Kies spitz unter seinen Füßen. Das Handtuch hatte er schon längst verloren.

«Lass los!»

«Halt an! JESS, HALT DEN WAGEN AN!»

«Lass los, Ed! Du wirst dich verletzen!» Sie schlug auf seine Hand, und das Auto schlingerte gefährlich nach links.

«Was zum …» Es gelang ihm, den Schlüssel aus dem Zündschloss zu ziehen. Das Auto bockte und blieb abrupt stehen. Die Tür schlug heftig an seine rechte Schulter. Jess' Nase traf mit einem Knacken aufs Lenkrad.

«VERFLUCHT.» Ed stürzte schwer auf die Seite und stieß sich irgendwo den Kopf an. «VERFLUCHT NOCH MAL!» Er lag völlig außer Atem auf dem Boden, und in seinem Kopf drehte sich alles. Er brauchte einen Moment, um wieder klar denken zu können, dann kam er unsicher auf die Füße, indem er sich an der offenen Autotür hochzog. Er erkannte mit noch leicht getrübtem Blick, dass sie ganz knapp vor dem See standen, das tintenschwarze Wasser schwappte in Richtung der Autoreifen. Jess hatte die Arme auf das Lenkrad gelegt und ihren Kopf dazwischen versenkt. Ed griff über Jess hinweg und zog die Handbremse an, bevor es ihr noch irgendwie gelang, das Auto wieder in Bewegung zu setzen.

«Was zum Teufel hast du dir dabei gedacht? Was hast du dir dabei gedacht, VERDAMMT NOCH MAL?» Adrenalin und Schmerz jagten durch seinen Körper. Diese Frau war ein Albtraum. «O Gott, wo ist mein Handtuch? Wo ist das verdammte Handtuch?»

In anderen Hütten gingen Lichter an. Ed sah auf und erkannte Schattengestalten an den Fenstern, Menschen, die ihn anstarrten. Er bedeckte sich, so gut es ging, mit einer Hand und hastete zu dem Handtuch, das schlammverdreckt auf dem Weg lag. Beim Gehen hob er die freie Hand in Richtung der Leute, als wollte er sagen: ‹Hier gibt es nichts zu sehen› (das war angesichts der kalten Nachtluft wohl auch wahr), und ein paar Gaffer zogen eilig die Vorhänge zu.

Sie saß noch auf dem Fahrersitz, als er zu ihr zurückkam. «Weißt du, wie viel du heute Abend getrunken hast?», brüllte er durch die offene Tür. «Wie viel Hasch du geraucht hast? Du hättest dich umbringen können. Du hättest uns alle beide umbringen können.»

Er hätte sie am liebsten geschüttelt. «Willst du dich wirklich unbedingt in immer größere Schwierigkeiten bringen? Was zum Teufel stimmt bloß nicht mit dir?»

Und dann hörte er es. Sie hatte den Kopf in die Hände gelegt und weinte leise und verzweifelt. «Es tut mir leid.»

Ed atmete tief aus und steckte das Handtuch um seine Hüfte fest. «Was hattest du vor, Jess?»

«Ich wollte sie abholen. Ich kann sie nicht dort lassen. Bei ihm.»

Er holte tief Luft, ballte die Faust und öffnete sie wieder. «Aber darüber haben wir doch schon gesprochen. Es geht ihnen gut dort. Nicky hat gesagt, dass er sich meldet, falls es Probleme gibt. Und wir holen sie gleich morgen früh ab. Das weißt du. Also was zum Teufel ...»

«Ich habe Angst, Ed.»

«Angst? Wovor denn?»

Sie hatte Nasenbluten, ein dunkelrotes Rinnsal lief zu ihrem Mund hinab. «Ich habe Angst, dass ... Ich habe Angst, dass es ihnen bei Marty gefällt.» Ihr Gesicht verzog sich. «Ich habe Angst, dass sie nicht zurückkommen wollen.»

Und dann beruhigte sich Jess Thomas langsam, lehnte sich an ihn und vergrub ihr Gesicht an seiner nackten Brust. Und schließlich legte Ed die Arme um sie, hielt sie ganz fest und ließ sie weinen.

Er hatte von Erweckungserlebnissen religiöser Menschen gehört. Es klang immer so, als hätte es wirklich diesen einen Moment gegeben, in dem ihnen alles klarwurde und sich sämtlicher Stress und alle Nichtigkeiten auflösten. Das war ihm immer ziemlich unglaubwürdig erschienen. Doch dann erlebte Ed Nicholls selbst einen solchen Moment, bei einer Blockhütte am See, oder vielleicht war es auch bloß ein Kanal, irgendwo in der Nähe von Carlisle.

Denn in diesem Moment wurde Ed klar, dass er etwas tun musste, um das alles in Ordnung zu bringen. Er empfand die Ungerechtigkeiten, die Jess erlebt hatte, stärker als alles, was ihm selbst je zugestoßen war. Er erkannte, als er Jess an sich drückte und sie auf den Kopf küsste, dass er alles tun würde, um sie glücklich zu machen und ihren Kindern Sicherheit und eine faire Chance zu verschaffen.

Er fragte sich nicht, wie er das nach nur vier Tagen wissen konnte. Es schien ihm einfach klarer als alles, worauf er in den vergangenen Jahrzehnten gekommen war.

«Es wird alles gut», murmelte er leise in ihr Haar. «Es wird alles gut, weil ich es in Ordnung bringen werde.»

Und er sagte ihr, mit der leisen Stimme eines Menschen, der ein Bekenntnis ablegt, dass sie die überwältigendste Frau war, die er je getroffen hatte. Und als sie ihre verquollenen Augen zu ihm hob, wischte ihr Ed das Blut von der Nase, senkte seine

Lippen sanft auf ihre und tat, was er schon seit achtundvierzig Stunden hatte tun wollen, auch wenn er am Anfang zu dämlich gewesen war, um es selbst zu wissen. Er küsste sie. Und als sie seinen Kuss erwiderte – zuerst zögernd, dann mit stürmischer, befriedigender Leidenschaft, wobei ihre Hand an seinem Rücken hinaufwanderte und ihre Augen sich schlossen –, da hob er sie vorsichtig hoch, trug sie zum Haus zurück und zeigte ihr seine Gefühle auf die einzige Art, die sie nicht missverstehen konnte.

Denn in diesem einen Moment hatte Ed Nicholls erkannt, dass er mehr wie Marty und weniger wie Jess war. Auch er war ein Feigling gewesen und vor den Problemen in seinem Leben davongelaufen, statt sich ihnen zu stellen. Und das musste sich ändern.

«Jess?», murmelte er leise, die Lippen auf ihrer Haut, als er einige Zeit später über die erstaunliche 180-Grad-Wendung nachdachte, die das Leben nehmen konnte.

«Noch mal?», sagte sie schläfrig. Ihre Hand lag leicht auf seiner Brust. «Meine Güte.»

«Nein. Morgen.» Er lehnte seinen Kopf an ihren.

Sie bewegte sich, und ihr Bein glitt über seines. Er spürte ihre Lippen auf seiner Haut. «Klar. Was wolltest du fragen?»

Er sah zur Decke hinauf. «Kommst du mit zu meinem Dad?»

KAPITEL 24

Nicky

Also, der Lieblingsspruch von Jess (abgesehen von ‹Alles wird gut› und ‹Wir finden eine Lösung› und ‹O Gott, NORMAN›) dreht sich darum, dass Familien heutzutage ganz unterschiedlich sein können. ‹Es ist nicht mehr unbedingt das alte Vater-Mutter-Kind›, sagt sie immer, als ob wir das alle glauben werden, wenn sie es nur oft genug wiederholt.

Tja, bis vor kurzem war unsere Familie bloß ein bisschen bizarr, aber jetzt ist sie total verrückt.

Ich habe keine richtige Vollzeit-Mutter, nicht so eine, wie ihr wahrscheinlich habt, aber jetzt sieht es so aus, als hätte ich noch eine Teilzeit-Version dazubekommen. Linzie. Linzie Fogarty. Ich weiß nicht so genau, was sie von mir hält. Ich kriege mit, wie sie mich heimlich beobachtet und überlegt, ob ich wohl irgendwas Gemeines und Gruseliges vorhabe, wie einer von den Wasserschildkröten den Kopf abbeißen oder so was.

Dad sagt, sie ist ein hohes Tier im Gemeinderat. Er hat es gesagt, als wäre er echt stolz und hätte selber einen Aufstieg hingelegt. Ich weiß nicht, ob er Jess jemals so angesehen hat, wie er Linzie ansieht.

Die erste Stunde, nachdem wir hier angekommen sind, habe ich mich richtig komisch gefühlt, so als wäre ich einfach an den nächsten Ort gekommen, an den ich nicht passe. Das Haus ist unheimlich aufgeräumt, und sie haben überhaupt keine Bücher wie bei uns, wo Jess ungefähr jedes Zimmer außer dem Bad damit vollgestopft hat, und sogar da liegt gewöhnlich eins neben dem Klo. Und ich musste Dad andauernd anstarren, weil ich es einfach nicht glauben konnte, dass er hier total normal gelebt hat und wir von ihm die ganze Zeit lauter Lügen zu hören bekommen haben. Deswegen musste ich sie auch hassen, so wie ich ihn hasse.

Aber dann hat Tanzie beim Abendessen was gesagt, und Linzie musste lachen, und es war so eine richtig alberne, trötende Lache – LINZIE NEBELHORN FOGARTY hab ich gedacht –, und dann hat sie sich die Hand über den Mund gelegt und mit Dad einen Blick gewechselt, als wäre es ein Geräusch, das sie wirklich, wirklich nicht von sich geben sollte. Und irgendwas an ihren Lachfalten um die Augen hat mich auf die Idee gebracht, dass sie vielleicht ganz okay ist.

Ich meine, ihre Familie ist jetzt auch ein bisschen bizarr geworden. Sie hat zwei Kinder, Suzie und Josh, und Dad. Und plötzlich bin da noch ich – Gruftiboy, wie mich Dad nennt, als wäre das witzig – und Tanzie, die zurzeit zwei Brillen übereinander trägt, weil sie sagt, sie kann weder mit der einen noch mit der anderen allein richtig sehen, und dann flippt Jess noch auf ihrer Zufahrt aus, tritt lauter Beulen in ihr Auto, und Mr. Nicholls, der garantiert auf Mum steht, läuft rum und versucht, alle zu beruhigen, als wäre er der einzige Erwachsene hier. Und ganz bestimmt hat Dad ihr von meiner biologischen Mum erzählen müssen, die auch eines Tages hier auf der Zufahrt auftauchen und rumbrüllen könnte, wie an dem ersten Weihnachten, als ich zu Jess gezogen bin, wo sie Flaschen auf unsere Fenster geschmissen und sich heiser gebrüllt hat, bis die Nachbarn die Polizei gerufen haben. Und wenn man all das bedenkt, wäre es ziemlich nachvollziehbar, wenn Nebelhorn Fogarty das Gefühl hätte, dass auch ihre Familie jetzt ein bisschen anders ist, als sie es sich vorgestellt hat.

Ich weiß nicht genau, warum ich euch das erzähle. Es ist bloß so, dass es halb vier Uhr nachts ist und alle anderen hier schlafen, und ich bin mit Tanzie in Joshs Zimmer, und er hat einen eigenen Computer (alle beide haben einen Computer, und es sind auch noch Macs), und ich kann mich an seine Zugangscodes für die Spiele nicht erinnern. Aber ich habe über das nachgedacht, was Mr. Nicholls übers Bloggen gesagt hat und darüber, dass man, wenn man was schreibt und es ins Netz stellt, seine eigenen Leute finden kann.

Ihr seid wahrscheinlich nicht meine Leute. Ihr seid wahrscheinlich Leute, die sich vertippt haben, als sie einen Satz Billigreifen oder Pornos oder sonst was suchen wollten. Aber ich stelle es trotzdem ins Netz. Nur für den Fall, dass zufällig doch jemand ein bisschen so ist wie ich.

Ich hab nämlich in diesen letzten vierundzwanzig Stunden was kapiert. Ich passe vielleicht nicht so gut in meine Familie wie ihr in eure, so wie eine kleine Reihe runder Dübel perfekt in runde Löcher passt. In unserer Familie haben alle Dübel zuerst woanders hingehört, und deswegen sind bei uns alle ein bisschen schief und krumm eingepasst. Aber jetzt kommt's. Ich weiß nicht, ob es daran liegt, dass ich eine Weile von zu Hause weg war, oder daran, wie heftig die letzten Tage waren, aber als Dad sich hingesetzt und mir gesagt hat, dass es gut ist, mich zu sehen, und er echt feuchte Augen gekriegt hat, da hab ich eins kapiert: Mein Dad ist vielleicht ein Scheißkerl, aber er ist mein Scheißkerl und der einzige Scheißkerl, den ich habe. Und da ist mir wieder Jess' Hand auf meiner Schulter eingefallen, als sie sich an mein Krankenhausbett gesetzt hat, oder wie ich am Telefon gehört habe, dass sie versucht hat, nicht zu weinen, als ich hierbleiben wollte – um auf meine kleine Schwester aufzupassen, die wirklich richtig, richtig tapfer ist, was diese Sache mit der Schule angeht, obwohl ich genau weiß, dass für sie praktisch die Welt untergegangen ist –, und durch all das hab ich kapiert, dass ich doch irgendwo dazugehöre.

Ich glaub, ich gehöre irgendwie zu ihnen.

KAPITEL 25

Jess

Ed lag an die Kissen gelehnt auf dem Bett und sah ihr beim Schminken zu. Sie versuchte, die Prellungen in ihrem Gesicht mit einem Abdeckstift zu kaschieren. Den blauen Fleck an ihrer Schläfe, wo ihr Kopf auf das Lenkrad geknallt war, hatte sie überdeckt. Aber ihre Nase war violett verfärbt, und die Haut spannte sich straff über eine Schwellung, die vorher nicht da gewesen war, und ihre Oberlippe sah so geschwollen und überdimensional aus wie bei einer Frau, die sich mit Billigbotox hat aufspritzen lassen. «Du siehst aus, als hätte dir jemand die Nase eingeschlagen.»

Jess rieb sich zart über den Mund. «Du auch.»

«So war's ja auch. Mein eigenes Auto, dank dir.»

Sie legte den Kopf schräg und betrachtete ihn im Spiegel. Er hatte dieses zögernde, schiefe Grinsen im Gesicht, und um sein Kinn lag ein dunkler Bartschatten. Sie konnte sein Lächeln nicht erwidern.

«Jess, ich weiß nicht, ob es überhaupt einen Sinn hat, das

abdecken zu wollen. Du siehst so oder so aus, als hätte dich jemand verprügelt.»

«Ich dachte mir, ich erzähl deinen Eltern, ich sei versehentlich gegen eine Tür gelaufen. Möglicherweise werfe ich dabei einen verstohlenen Seitenblick in deine Richtung.»

Seufzend schloss er die Augen und streckte sich. «Wenn es das Schlimmste ist, was sie heute Abend von mir denken, kann ich froh sein.»

Sie gab die Versuche mit dem Abdeckstift auf und machte ihr Make-up-Täschchen zu. Er hatte recht: Außer den Tag mit einem ans Gesicht gepressten Eisbeutel zu verbringen, gab es kaum etwas, das sie gegen die Prellungen tun konnte. Sie fuhr sich vorsichtig mit der Zunge über die schmerzende Oberlippe. «Ich verstehe nicht, warum ich das nicht gespürt habe, als wir ... also letzte Nacht.»

Letzte Nacht.

Sie drehte sich um, kroch auf das Bett, bis sie der Länge nach neben ihm lag, und genoss das Gefühl, seinen Körper zu spüren. Sie fand es unglaublich, dass sie sich in der Woche davor noch nicht einmal begegnet waren. Er schlug träge die Augen auf und ließ eine ihrer Haarsträhnen zwischen seinen Fingern hindurchgleiten.

«Du warst eben so überwältigt von meiner animalischen Anziehungskraft.»

«Oder von den beiden Joints und den anderthalb Flaschen Merlot.»

Er schob seinen Arm unter ihre Schultern und zog sie an sich. Sie schloss für einen Moment die Augen, atmete den Duft seiner Haut ein. Er roch angenehm nach Sex. «Sei nett zu mir», knurrte er leise. «Ich bin heute ein bisschen fertig.»

«Ich lasse dir ein Bad ein.» Sie fuhr mit dem Finger über die

Beule an seinem Kopf, wo er an die Autotür geschleudert worden war. Sie küssten sich, lange und langsam und süß, und eine Möglichkeit erhob sich.

«Alles okay?»

«Mir ist es noch nie besser gegangen.»

«Nein. Ich meine das Mittagessen.»

Er wurde ernst und ließ seinen Kopf auf das Kissen zurückfallen. Sie bereute, dass sie davon angefangen hatte. «Nein, damit geht es mir nicht gut. Aber ich glaube, ich werde mich wohler fühlen, wenn ich es hinter mir habe.»

Sie saß auf der Toilette, kämpfte mit sich und rief schließlich um Viertel vor neun Marty an, um ihm zu sagen, dass sie etwas regeln müsse und die Kinder erst zwischen drei und vier abholen könne. Sie fragte nicht, ob ihm das recht war. Von jetzt an, hatte sie beschlossen, würde sie ihm einfach erklären, wie es zu laufen hatte. Er gab Tanzie den Hörer, die wissen wollte, wie Norman ohne sie zurechtgekommen war. Der Hund lag vor dem Kamin wie ein dreidimensionaler Teppich. Jess war nicht sicher, ob er sich innerhalb der letzten zwölf Stunden überhaupt bewegt hatte, einmal abgesehen von seinem Fressen zum Frühstück.

«Er hat es überlebt. So gerade eben.»

«Dad sagt, er macht Schinkenbrote. Und dann gehen wir vielleicht in den Park. Nur er und ich und Nicky. Linzie bringt Suzie zum Ballett. Sie hat zweimal in der Woche Ballettunterricht.»

«Das klingt toll», sagte Jess. Sie fragte sich, ob ihre Fähigkeit, fröhliche Kommentare über Dinge abzugeben, bei denen sie am liebsten gegen irgendetwas getreten hätte, ein Anzeichen für übernatürliche Kräfte war.

«Ich komme um kurz nach drei», sagte sie zu Marty, als er den Hörer wieder übernommen hatte. «Bitte sorg dafür, dass Tanzie ihre Jacke anzieht.»

«Jess», sagte er, als sie gerade das Gespräch beenden wollte.

«Was?»

«Sie sind toll. Alle beide. Ich bin einfach ...»

Jess schluckte. «Kurz nach drei. Ich rufe an, falls es später wird.»

Sie ging eine Runde mit dem Hund, und als sie zurückkam, war Ed aufgestanden und hatte gefrühstückt. Die eine Stunde Fahrtzeit bis zum Haus seiner Eltern verbrachten sie schweigend. Ed hatte sich rasiert und zweimal das T-Shirt gewechselt, obwohl die T-Shirts ganz genau gleich aussahen. Sie saß neben ihm, ohne etwas zu sagen, und spürte, wie im Laufe des Vormittags und mit den Meilen, die sie zurücklegten, die vertraute Stimmung vom Abend zuvor langsam schwand. Wiederholt öffnete sie den Mund, um etwas zu sagen, und stellte dann fest, dass sie nichts zu sagen hatte. Sie fühlte sich, als hätte ihr jemand eine Hautschicht abgezogen, sodass all ihre Nervenenden freilagen. Ihr Lachen war zu laut, ihre Bewegungen unnatürlich und befangen. Es kam ihr vor, als hätte sie eine Million Jahre lang geschlafen und wäre mit einem Knall geweckt worden.

Was sie wirklich wollte, war, ihn zu berühren, ihre Hand auf seinen Oberschenkel zu legen. Aber sie war unsicher, ob das jetzt, wo sie nicht mehr im Schlafzimmer, sondern im hellen Tageslicht unterwegs waren, noch passend war. Sie wusste nicht genau, wie er über das dachte, was passiert war.

Jess hob ihren verletzten Fuß und legte wieder den Beutel mit Erbsen darauf, den sie über Nacht noch einmal eingefroren hatte. Nahm den Beutel weg und legte ihn wieder auf den Fuß.

«Alles okay mit dir?»

«Ja.» Sie hatte das vor allem gemacht, um überhaupt irgendetwas zu tun. Sie lächelte ihn kurz an, und er erwiderte das Lächeln.

Sie dachte daran, sich zu ihm hinüberzubeugen und ihn zu küssen. Sie dachte daran, ihre Finger sanft über seinen Nacken gleiten zu lassen, sodass er sie wieder so anschauen würde wie in der Nacht zuvor. Sie dachte daran, ihren Sicherheitsgurt zu lösen und zu ihm hinüberzurücken, damit er anhalten musste und sie ihn zwanzig Minuten ablenken konnte. Und dann fiel ihr Nathalie ein, die vor drei Jahren mal versucht hatte, Dean spontan einen zu blasen, während er seinen Transporter fuhr. Er hatte gebrüllt: «Bist du noch ganz bei Trost?», und war in einen Mini hineingefahren, und noch bevor er seine Hose wieder zumachen konnte, war Nathalies Tante Doreen aus dem Supermarkt gerannt, um nachzusehen, was da passiert war. Seitdem sah sie Nathalie immer ein bisschen seltsam an.

Also vielleicht besser nicht. Immer wieder sah Jess verstohlen zu Ed. Sie konnte seine Hände nicht anschauen, ohne sich vorzustellen, wie sie über ihre Haut strichen, ganz sanft über ihren nackten Bauch nach unten glitten. O Gott. Sie schlug die Beine übereinander und sah aus dem Fenster.

Aber Ed war mit den Gedanken woanders. Er war still geworden, sein Kiefer war angespannt, und seine Hände hielten das Lenkrad fester als nötig umklammert.

Sie sah wieder nach vorn, rückte den Beutel mit den Erbsen zurecht und dachte an Züge. Und an Leitpfosten. Und an Mathematik-Olympiaden.

Eds Eltern wohnten in einem grauen, viktorianischen Reihenhaus am Ende einer Straße. Es war die Art Straße, in der sich die Nachbarn gegenseitig mit ihren blitzblank geputzten Fenstern zu übertreffen versuchten. Ed parkte vor dem Haus, und beim Ticken des abkühlenden Motors sah er durchs Fenster auf das Zuhause seiner Kindheit, auf das frisch gestrichene Vorgartentürchen und den Rasen, der aussah, als hätte ihn jemand mit der Nagelschere getrimmt. Er rührte sich nicht.

Beinahe ohne nachzudenken, streckte sie die Hand aus und berührte seine. Er drehte sich zu ihr hin, als hätte er vergessen, dass sie neben ihm saß. «Bist du sicher, dass es dir nichts ausmacht, mit reinzukommen?»

«Natürlich bin ich sicher», antwortete sie hastig.

«Ich bin dir wirklich dankbar dafür. Ich weiß, dass du eigentlich zu den Kindern wolltest.»

Sie ließ ihre Hand kurz auf seiner liegen. «Es ist okay.»

Sie gingen durch den Vorgarten, dann blieb Ed stehen, und schließlich klopfte er an die Eingangstür. Sie sahen sich an, lächelten angespannt und warteten. Und warteten noch ein bisschen länger.

Nach etwa dreißig Sekunden klopfte er noch einmal, dieses Mal lauter. Und dann bückte er sich, um durch den Briefschlitz zu spähen.

Er richtete sich auf und zog sein Handy heraus. «Komisch. Ich bin sicher, dass Gem gesagt hat, das Essen ist heute. Ich seh noch mal nach.» Er las ein paar alte SMS durch, nickte und klopfte noch einmal.

«Ich bin ziemlich sicher, dass uns jemand gehört hätte, wenn sie im Haus wären», sagte Jess. Flüchtig ging ihr durch den Kopf, dass es eigentlich ganz nett gewesen wäre, ausnahmsweise einmal an eine Tür zu klopfen, bei der man wusste, was dahinter los war.

Sie fuhren zusammen, als plötzlich im ersten Stock des

Nachbarhauses ein Fenster geöffnet wurde. Ed trat einen Schritt zurück und sah nach oben.

«Bist du das, Ed?»

«Hallo, Mrs. Harris. Ich wollte zu meinen Eltern. Wissen Sie, wo sie sind?»

Die Frau verzog das Gesicht. «Oh, Ed, mein Lieber, sie sind ins Krankenhaus gefahren. Ich fürchte, deinem Vater ging es heute Morgen auf einmal schlechter.»

Ed beschirmte seine Augen mit der Hand. «Welches Krankenhaus?»

Sie zögerte. «Das Royal, mein Lieber. Es sind ungefähr vier Meilen Richtung Schnellstraße bis dorthin. Am Ende der Straße musst du links abbiegen ...»

«Danke, Mrs. Harris. Ich weiß, wo es ist.»

«Richte ihm gute Besserung von mir aus», rief sie, und Jess hörte, wie das Fenster wieder geschlossen wurde. Ed stieg schon ins Auto.

Wenige Minuten später waren sie beim Krankenhaus. Jess schwieg. Sie wusste nicht, was sie sagen sollte. Schließlich meinte sie: «Deine Eltern werden sich auf jeden Fall freuen, dich zu sehen.» Aber das war eine dumme Bemerkung, und er war so tief in Gedanken versunken, dass er sie anscheinend gar nicht hörte. An der Information nannte er den Namen seines Vaters, und die Rezeptionistin fuhr mit dem Finger an einer Liste auf dem Bildschirm ihres Computers entlang. «Sie wissen, wo die Onkologie ist, oder?», fragte die Frau und schaute von ihrem Bildschirm auf.

Sie betraten einen stählernen Lift und fuhren zwei Stockwerke nach oben. Ed nannte an der Gegensprechanlage seinen Namen, reinigte sich die Hände mit der Desinfektionslösung, die in einem Flüssigkeitsspender neben der Tür hing, und als sich die Tür mit einem Klicken öffnete, folgte ihm Jess in die Station.

Eine Frau kam ihnen durch den Korridor entgegen. Sie trug einen Filzrock und bunte Strumpfhosen und hatte einen fedrigen Kurzhaarschnitt.

«Hey, Gem», sagte er und wurde langsamer, als sie näher kam.

Sie sah ihn ungläubig an. Sie öffnete den Mund, und einen Augenblick lang glaubte Jess, sie würde etwas sagen.

«Schön, dich zu …», fing er an. Plötzlich schoss die Hand der Frau vor und versetzte ihm eine saftige Ohrfeige. Das Geräusch hallte richtig durch den Korridor.

Ed taumelte ein paar Schritte zurück und hielt sich die Wange. «Was zum …»

«Du verfluchter Mistkerl», sagte sie. «Du verfluchter, verfluchter Mistkerl.»

Die beiden starrten sich an. Ed senkte die Hand und betrachtete sie, als suche er nach Blutspuren.

Dann schüttelte die Frau ihre Hand aus und starrte sie an, als hätte sie sich selbst überrascht, und nach einem weiteren Augenblick streckte sie ihre Hand behutsam Jess entgegen. «Hallo, ich bin Gemma», sagte sie.

Jess zögerte, dann schüttelte sie vorsichtig Gemmas Hand. «Äh … Jess.»

Sie runzelte die Stirn. «Die mit dem Kind, das dringend Hilfe brauchte?»

Als Jess nickte, musterte Gemma sie langsam von oben bis unten. Ihr Lächeln wirkte eher erschöpft als unfreundlich. «Ja, das habe ich mir fast schon gedacht. Also. Mum ist völlig am Ende, Ed. Du gehst jetzt besser rein und zeigst dich.»

«Ist er hier? Ist es Ed?» Das Haar der Frau war grau wie ein Revolverlauf und zu einem ordentlichen Knoten hochgesteckt. «Oh, Ed! Du bist es. Oh, Liebling. Wie schön. Aber was ist dir passiert?»

Er umarmte sie, dann trat er einen Schritt zurück, drehte das Gesicht weg, als sie seine Nase berühren wollte, und warf Jess einen kurzen Seitenblick zu. «Ich ... ich bin gegen eine Tür gelaufen.»

Sie zog ihn wieder an sich und klopfte ihm auf den Rücken. «Oh, es ist so schön, dich zu sehen.»

Er ließ sich eine Weile von ihr drücken, dann befreite er sich sanft aus ihren Armen. «Mum, das ist Jess.»

«Ich bin ... eine Freundin von Ed.»

«Hallo, schön, Sie kennenzulernen. Ich bin Anne.» Ihr Blick glitt über Jess' Gesicht, ihre geprellte Nase und die leichte Schwellung ihrer Lippen. Sie zögerte kurz, entschied sich dann aber offensichtlich, lieber nicht nachzufragen. «Ich muss gestehen, dass mir Ed nicht wahnsinnig viel von Ihnen erzählt hat, aber er erzählt eigentlich über nichts wahnsinnig viel, also freue ich mich darauf, in Zukunft mehr von Ihnen zu erfahren.» Sie legte ihre Hand auf Eds Arm, und für den Bruchteil einer Sekunde verschwand ihr Lächeln. «Wir hatten ein schönes Mittagessen geplant, aber ...»

Gemma trat einen Schritt näher und begann in ihrer Handtasche herumzukramen. «Aber Dad ging es schlechter.»

«Er hat sich so auf das Essen gefreut. Wir mussten Simon und Deirdre absagen. Sie wollten sich gerade auf den Weg machen.»

«Das tut mir leid», sagte Jess.

«Ja. Nun. Es ist nicht zu ändern.» Sie schien sich zusammenzunehmen. «Wissen Sie, es ist eine wirklich schreckliche

Krankheit. Es fällt mir schwer, das alles nicht persönlich zu nehmen.» Sie lächelte Jess kläglich an. «Manchmal gehe ich in unser Schlafzimmer und verfluche diese Krankheit mit den schlimmsten Ausdrücken. Bob wäre entsetzt.»

Jess erwiderte ihr Lächeln. «Wenn Sie möchten, leg ich noch ein paar von meinen drauf.»

«Oh, bitte, tun Sie das! Das wäre wundervoll. Je schmutziger, desto besser. Und laut. Laut muss es sein.»

«Jess kann sehr gut laut werden», sagte Ed.

Darauf herrschte kurze Stille.

«Ich habe einen ganzen Lachs gekauft», sagte Anne zu niemand im Besonderen.

Jess spürte, dass sie von Gemma gemustert wurde. Automatisch zog sie an ihrem T-Shirt, damit man das Tattoo über ihrem Hosenbund nicht sah. Schon das Wort «Sozialarbeiterin» rief in ihr das Gefühl hervor, prüfend unter die Lupe genommen zu werden.

Und dann war Anne an ihr vorbei und breitete die Arme aus. Bei der sehnsüchtigen Art, auf die sie Ed erneut an sich zog, wand sich Jess ein wenig. «O Liebling. Mein süßer Junge. Ich weiß, dass ich eine Mutter bin, die schrecklich klammert, aber das musst du mir nachsehen. Es ist so wunderbar, dich zu sehen.» Ed erwiderte ihre Umarmung und warf Jess einen kurzen, schuldbewussten Blick zu.

«Mich hat meine Mutter 1997 zum letzten Mal umarmt», murmelte Gemma. Jess war nicht sicher, ob ihr klar war, dass sie das laut ausgesprochen hatte.

«Ich weiß nicht, ob mich meine überhaupt jemals in den Arm genommen hat», sagte Jess.

Gemma sah sie an. «Also ... was die Ohrfeige angeht. Er hat Ihnen wahrscheinlich erzählt, was ich beruflich mache. Vermutlich sollte ich betonen, dass ich normalerweise niemanden schlage.»

«Ich glaube, Brüder zählen da nicht.»

In Gemmas Blick flackerte Sympathie auf. «Das ist eine sehr vernünftige Regel.»

«Kein Problem», sagte Jess. «Davon abgesehen hätte ich es in den vergangenen Tagen ziemlich oft selbst gern getan.»

Bob Nicholls lag in einem Krankenhausbett, das Laken bis zum Kinn hochgezogen und die Hände darauf ruhend. Seine blasse Haut wirkte gelblich und wächsern und ließ beinahe seine Schädelknochen durchschimmern. Er wandte den Kopf nur langsam um, als sie hereinkamen. Eine Atemmaske lag auf dem Nachttisch, und zwei schwache Abdrücke auf seinen Wangen verrieten, dass sie vor kurzem benutzt worden war. Sein Anblick war schwer zu ertragen.

«Hey, Dad.»

Jess beobachtete, wie Ed versuchte, seinen Schock zu verbergen. Er beugte sich über seinen Vater und zögerte, bevor er ihn sanft an der Schulter berührte.

«Edward.» Seine Stimme war ein Krächzen.

«Sieht er nicht gut aus, Bob?»

Sein Vater musterte ihn unter schweren Lidern. Als er sprach, tat er es langsam und mit Bedacht, als stünde ihm nur eine bestimmte Anzahl Wörter zur Verfügung.

«Nein. Er sieht aus, als hätte ihn jemand verprügelt.»

Jess sah die frische Rötung auf Eds Wange, wo ihn seine Schwester geschlagen hatte. Unbewusst tastete sie nach ihrer geschwollenen Lippe.

«Wo war er überhaupt?»

«Dad, das ist Jess.»

Der Blick seines Vaters glitt zu ihr. Seine Augenbrauen hoben sich ein winziges Stückchen. «Und was zum Teufel ist mit Ihrem Gesicht passiert?», flüsterte er.

«Ich hab mich mit einem Auto angelegt. Meine eigene Schuld.»

«Sieht er deshalb so aus?»

«Ja.»

Sein Blick ruhte noch einen Moment länger auf ihr. «Sie sehen aus, als würde man sich mit Ihnen Probleme einhandeln», sagte er. «Handelt man sich mit Ihnen Probleme ein?»

Gemma beugte sich vor. «Dad! Jess ist eine Freundin von Ed.»

Er beachtete sie nicht. «Wenn es einen einzigen Vorteil dabei gibt, nur noch sehr wenig Lebenszeit zu haben, ist es der, dass ich sagen kann, was ich will. Sie scheint auch nicht beleidigt zu sein. Sind Sie beleidigt? Tut mir leid, ich habe Ihren Namen vergessen. Anscheinend habe ich überhaupt keine Gehirnzellen mehr.»

«Jess. Nein. Ich bin nicht beleidigt.»

Er sah sie weiter an.

«Und ja, wahrscheinlich handelt man sich mit mir Probleme ein.»

Sein Lächeln kam ganz langsam, aber als es da war, erkannte Jess für einen Moment, wie er vor seiner Krankheit ausgesehen haben musste. «Freut mich zu hören. Unruhestifterinnen habe ich schon immer gemocht. Und dieser Kandidat hier hat ohnehin viel zu lange vor dem Computerbildschirm gehockt.»

«Wie geht's dir, Dad?»

Bob Nicholls blinzelte. «Ich sterbe.»

«Wir müssen alle sterben, Dad», sagte Gemma.

«Hör auf mit deinen Sozialarbeiter-Spitzfindigkeiten. Ich

sterbe auf eine unschöne Art, und ich sterbe schnell. Mir sind nur noch wenige Fähigkeiten geblieben und sehr wenig Würde. Ich werde vermutlich das Ende der Cricket-Saison nicht mehr erleben. Beantwortet das deine Frage?»

«Es tut mir leid», sagte Ed ruhig. «Es tut mir leid, dass ich nicht da war.»

«Du hattest zu tun.»

«Was das angeht ...», fing Ed an. Er hatte die Hände tief in die Hosentaschen gebohrt. «Dad. Ich muss dir was sagen. Ich muss euch allen etwas sagen.»

Jess stand hastig auf. «Ich könnte losgehen und ein paar Sandwiches besorgen. Dann können Sie sich in Ruhe unterhalten.»

Jess spürte, dass Gemma sie musterte. «Ich besorge auch etwas zu trinken. Tee? Kaffee?»

Bob Nicholls wandte ihr den Kopf zu. «Sie sind gerade erst gekommen. Bleiben Sie.»

Sie suchte Eds Blick. Er zuckte ganz leicht mit den Schultern.

«Was ist, mein Lieber?» Seine Mutter legte ihm die Hand auf den Arm. «Geht es dir gut?»

«Mir geht's gut. Na ja. Auf eine Art. Ich meine, ich bin gesund. Aber ...» Er schluckte. «Nein, es geht mir nicht gut. Da ist etwas, das ich euch sagen muss.»

«Was?», fragte Gemma.

«Okay.» Er atmete tief ein. «Also. Folgendes.»

«Was ist denn?», sagte Gemma. «Meine Güte, Ed. Was ist?»

«Es wird wegen Insiderhandels gegen mich ermittelt. Ich bin von meiner Firma beurlaubt worden. Nächste Woche muss ich mich bei der Polizei melden, ich werde aller Wahrscheinlichkeit nach angeklagt, und danach muss ich vielleicht ins Gefängnis.»

Zu sagen, dass es still im Raum wurde, wäre eine Untertreibung. Es war, als hätte man die gesamte Luft aus dem Zimmer gesaugt. Jess befürchtete, sie könnte in Ohnmacht fallen.

«Soll das ein Witz sein?», fragte seine Mutter.

«Nein.»

«Ich könnte wirklich losgehen und uns einen Tee besorgen», sagte Jess.

Niemand achtete auf sie. Eds Mutter ließ sich langsam auf einem Plastikstuhl nieder.

«Insiderhandel?», sagte Gemma. «Das ist ... das ist ernst, Ed.»

«Ja, das ist mir bewusst, Gem.»

«Richtiger Insiderhandel? Wie man es aus den Nachrichten kennt?»

«Genau das.»

«Er hat gute Anwälte», sagte Jess.

Niemand schien sie zu hören.

«Teure Anwälte.»

Seine Mutter hatte die Hand halb zum Mund gehoben. Nun ließ sie ihre Hand wieder sinken. «Ich verstehe das nicht. Wann ist das passiert?»

«Vor ungefähr einem Monat. Jedenfalls die Sache mit dem Insiderhandel.»

«Vor einem Monat? Aber warum hast du uns nichts davon gesagt? Wir hätten dir helfen können.»

«Hättet ihr nicht, Mum. Dabei kann mir niemand helfen.»

«Aber Gefängnis? Wie ein Krimineller?» Anne Nicholls war sehr blass geworden.

«Ich schätze, wenn man ins Gefängnis gesteckt wird, ist man wohl tatsächlich ein Krimineller, Mum.»

«Aber das muss sich doch klären lassen. Sie werden feststellen, dass es sich um irgendein Missverständnis handelt, aber es wird sich klären lassen.»

«Nein, Mum. Ich glaube, so wird es nicht ausgehen.»

Erneut herrschte lange Stille.

«Und wirst du das schaffen?»

«Es wird schon gehen. Wie Jess sagte, ich habe gute Anwälte. Ich habe Rücklagen. Sie haben schon festgestellt, dass ich keinen finanziellen Vorteil davon gehabt habe.»

«Du hast nicht mal Geld dabei verdient?»

«Ich habe einen Fehler gemacht.»

«Einen Fehler?», sagte Gemma. «Ich kapier's nicht. Wie kann man durch einen Fehler Insiderhandel betreiben?»

Ed straffte sich und sah sie direkt an. Er atmete ein und warf Jess einen kurzen Seitenblick zu. Und dann sah er zur Decke hinauf. «Also, ich hatte Sex mit einer Frau. Ich dachte, ich mag sie. Und dann wurde mir klar, dass sie nicht so war, wie ich geglaubt hatte, und ich wollte, dass sie geht, ohne dass es im Chaos endet. Und sie wollte in der Welt herumreisen. Also habe ich ihr spontan gesagt, wie sie vermutlich ein bisschen Geld machen und damit ihre Schulden und ihre Reisen bezahlen kann.»

«Du hast ihr Insiderinformationen gegeben.»

«Ja. Über SFAX. Unsere große Produkteinführung.»

«Meine Güte.» Gemma schüttelte den Kopf. «Ich glaub's einfach nicht.»

«Mein Name ist noch nicht an die Presse gegeben worden. Aber das wird noch passieren.» Er steckte die Hände in die Taschen und sah seine Familie an. Jess fragte sich, ob sie die Einzige war, die bemerkte, dass seine Hände zitterten. «Und … deswegen … deswegen bin ich nicht gekommen. Ich habe gehofft, dass ich euch damit verschonen könnte, es vielleicht sogar irgendwie regeln könnte, damit ihr es gar nicht erfahren müsst. Aber wie sich herausgestellt hat, ist das unmöglich. Und ich wollte sagen, dass es mir leidtut. Ich hätte es euch gleich sagen sollen, und ich hätte mehr Zeit mit euch verbringen sollen. Aber ich … ich wollte nicht, dass ihr es erfahrt. Ich … wollte nicht, dass ihr wisst, wie ich alles verbockt habe.»

Jess' rechtes Bein hatte unwillkürlich zu zittern begonnen. Sie entdeckte eine höchst interessante Bodenfliese und versuchte, das Zittern zu stoppen. Als sie endlich wieder aufsah, schaute Ed seinen Vater an. «Und?»

«Und was?»

«Willst du nichts dazu sagen?»

Bob Nicholls hob langsam den Kopf vom Kissen. «Was willst du denn, dass ich sage?»

Ed und sein Vater sahen sich an.

«Soll ich sagen, dass du ein Idiot warst? Ich sage, dass du ein Idiot warst. Soll ich sagen, dass du dir eine großartige Karriere versaut hast? Das sage ich auch.»

«Bob …»

«Und was wirst …» Plötzlich begann er zu husten, es klang hohl und rau. Anne und Gemma hasteten ihm zu Hilfe, holten Papiertücher und ein Glas Wasser, flatterten um ihn herum wie aufgescheuchte Hühner.

Ed stand am Fußende des Bettes.

«Gefängnis?», sagte seine Mutter noch einmal. «Richtiges Gefängnis?»

«Setz dich, Mum. Tief einatmen.» Gemma steuerte ihre Mutter zu einem Stuhl.

Niemand ging auf Ed zu. Warum nahmen sie ihn nicht in die Arme? Warum sahen sie nicht, wie einsam er sich in diesem Moment fühlte?

«Es tut mir leid», sagte er leise.

Jess hielt es nicht mehr aus. «Kann ich etwas sagen?» Sie hörte ihre Stimme, klar und ein bisschen zu laut. «Ich möchte Ihnen einfach nur sagen, dass Ed meinen beiden Kindern geholfen hat, als ich nicht dazu imstande war. Er hat uns durchs ganze Land gefahren, weil wir so verzweifelt waren. Soweit es mich betrifft, ist Ihr Sohn ... wunderbar.»

Sie sahen alle auf. Jess wandte sich an seinen Vater. «Er ist gutmütig, klug und einfallsreich, auch wenn ich nicht mit allem einverstanden bin, was er macht. Er ist nett zu Leuten, die er kaum kennt. Insiderhandel oder nicht, wenn mein Sohn nur zur Hälfte an ihn herankommt, wenn er erwachsen ist, wäre ich sehr glücklich. Mehr als glücklich. Ich wäre völlig begeistert.»

Alle starrten sie an.

Sie fügte hinzu: «Und das habe ich schon gedacht, bevor ich mit ihm geschlafen habe.»

Niemand sagte ein Wort. Ed starrte auf seine Füße.

«Nun», Anne nickte leicht, «das ist, ähm, also das ist ...»

«Aufschlussreich», sagte Gemma.

Von Anne kam mit versagender Stimme: «Oh, Edward.»

Bob seufzte und schloss die Augen. «Wir wollen aus der Sache keine hollywoodreife Szene machen.» Er schlug die Augen wieder auf und wies Gemma mit einer Geste an, das Kopfteil seines Bettes etwas hochzufahren. «Komm her, Ed. Damit ich dich richtig sehen kann. Ich sehe nur noch miserabel.» Mit einer weiteren Geste deutete er auf das Wasserglas, und seine Frau setzte es ihm an die Lippen.

Er schluckte mühsam und klopfte dann neben sich aufs Bett, sodass sich Ed hinsetzte. Bob streckte die Hand aus und legte sie leicht auf die seines Sohnes. Er war unglaublich schwach.

«Du bist mein Sohn, Ed. Vielleicht bist du ein unverantwortlicher Idiot, aber das ändert nicht das Geringste an meinen Gefühlen für dich.» Er runzelte die Stirn. «Es ärgert mich, dass du gedacht hast, es könnte anders sein.»

«Tut mir leid, Dad.»

Sein Vater schüttelte schwach den Kopf. «Ich fürchte, dass ich dir keine große Hilfe sein kann. Ich kann ja nicht mal mehr richtig atmen ...» Er verzog das Gesicht, und erneut schluckte er mühsam. Er umfasste Eds Hand mit mehr Kraft. «Wir alle machen Fehler. Also geh und sitz deine Strafe ab. Und danach fängst du noch mal von vorne an.»

Ed sah ihn an.

«Mach es nächstes Mal noch besser. Ich weiß, dass du das kannst.»

Bei diesen Worten begann Anne zu weinen, unvermittelte, hilflose Tränen, die sie mit ihrem Ärmel abwischte. Bob wandte ihr langsam den Kopf zu. «Ach Liebling», sagte er leise. Und da fand Jess, dass sie nun wirklich überflüssig war. Sie öffnete die Tür und glitt lautlos aus dem Zimmer.

Sie lud im Zeitungsladen des Krankenhauses ihr Handyguthaben auf, schrieb Ed in einer SMS, wo sie war, und setzte sich in die Notaufnahme, um ihren Fuß untersuchen zu lassen. Schwere Prellung, sagte ein junger polnischer Arzt, der nicht mit der Wimper zuckte, als sie ihm erzählte, wie es passiert war. Er verband den Fuß, schrieb ein Rezept für Schmerzmittel, reichte ihr ihren Flipflop und empfahl Schonung. «Versuchen Sie, in nächster Zeit nicht gegen Autos zu treten», sagte er, ohne von seinem Klemmbrett aufzusehen.

Jess hinkte zur Victoria-Station zurück, setzte sich auf einen der Plastiksitze im Korridor und wartete. Es war warm, und die Leute um sie herum unterhielten sich im Flüsterton. Vielleicht nickte sie kurz ein. Doch sie wachte abrupt auf, als Ed aus dem Zimmer seines Vaters kam. Sie streckte ihm sein Jackett entgegen, und er nahm es ohne ein Wort. Einen Augenblick später kam Gemma auf den Korridor. Sie standen sich schweigend gegenüber. Dann legte ihm seine Schwester sanft eine Hand an die Wange. «Du verdammter Idiot.»

Er senkte den Kopf, die Hände tief in den Taschen vergraben. Wie Nicky.

«Du dummer verdammter, dummer Idiot. Ruf mich an.»

Er zog sich zurück. Seine Augen waren ganz rot.

«Ich meine es ernst. Ich gehe mit dir zu der Verhandlung. Ich kenne ein paar Leute von der Bewährungshilfe, die es vielleicht schaffen, offenen Vollzug für dich durchzusetzen. Immerhin bist du kein Gewaltverbrecher, wenn du nichts anderes getan hast.» Ihr Blick zuckte zu Jess und wieder zurück zu ihm. «Du hast doch nichts anderes getan, oder?»

Er beugte sich zu ihr und umarmte sie, und möglicherweise bekam nur Jess mit, wie fest er die Augen schloss, als er sich wieder von Gemma zurückzog.

Als sie das Krankenhaus verließen, tauchten sie in einen strahlenden Frühlingstag ein. Das echte Leben schien dort draußen unerklärlicherweise ohne sie weitergegangen zu sein. Autos wurden in enge Parklücken manövriert, Kinderwagen aus Bussen gehievt, ein Handwerker, der in der Nähe ein Geländer lackierte, hörte bei der Arbeit laute Musik aus einem tragbaren Radio. Jess registrierte, dass sie tief Atem holte, froh, der abgestandenen, nach Desinfektionsmitteln riechenden Luft der Station entkommen zu sein, dem beinahe greifbaren Schatten des Todes, der über Eds Vater hing. Ed ging aufrecht und hielt den Blick geradeaus gerichtet. Als sie beim Auto angekommen waren, blieb er stehen, und die Zentralverriegelung öffnete sich mit einem Klacken. Dann erstarrte er. Es war, als könnte er sich nicht mehr bewegen. Er stand da, einen Arm leicht ausgestreckt, und schaute ausdruckslos auf sein Auto.

Jess wartete eine Minute, dann ging sie langsam um das Auto herum. Sie nahm ihm die Schlüssel aus der Hand. Und dann, als er ihr schließlich den Blick zuwandte, legte sie sanft die Arme um ihn. Sie hielt ihn fest, bis er den Kopf senkte und ihn schwer auf ihrer Schulter ruhen ließ.

KAPITEL 26

Tanzie

Nicky begann beim Frühstück tatsächlich ein Gespräch. Sie hatten wie eine Familie aus dem Fernsehen um den Tisch gesessen und gegessen – Tanzie aß Müsli, Suzie und Josh bekamen Schokoladencroissants, weil sie die Suzie zufolge am liebsten aßen –, und es war ein bisschen komisch, mit Dad und seiner anderen Familie am Tisch zu sitzen, aber nicht so schlimm, wie Tanzie gedacht hatte. Dad aß eine Schale Kleieflocken, sagte, er müsse jetzt in Form bleiben, und klopfte sich dabei auf den Bauch. Tanzie verstand nicht genau, warum er das sagte, schließlich hatte er zurzeit ja keinen Job. «Hab ein paar Eisen im Feuer, Tanzie», sagte er, als sie ihn wiederholt fragte, was er eigentlich gerade machte. Sie überlegte, ob Linzie auch eine Garage voller Ventilatoren hatte, die nicht funktionierten. Linzie schien gar nichts zu essen. Nicky spielte mit einem Toast herum – er frühstückte nur selten; Tanzie war sich gar nicht sicher, ob er vor dieser Reise überhaupt schon mal zur Frühstückszeit aufgestanden war –, und dann sah er

Dad an und sagte: «Jess muss die ganze Zeit arbeiten. Die ganze Zeit. Ich finde, das ist nicht fair.»

Dads Löffel blieb auf halbem Weg zu seinem Mund in der Luft stehen, und Tanzie fragte sich, ob er gleich einen Wutanfall bekommen würde, so wie früher, wenn Nicky irgendetwas gesagt hatte, was ihm respektlos vorkam. Eine Weile lang sagte niemand etwas. Dann legte Linzie ihre Hand auf die von Marty und sagte mit einem Lächeln: «Er hat recht, Liebling.»

Und Dad wurde ein bisschen rot und sagte, ja, na ja, von jetzt an würde sich alles ändern, und wir alle machen Fehler, und weil sie jetzt ein bisschen mutiger war, sagte Tanzie, nein, genau genommen machen wir nicht alle Fehler. Sie hatte einen Fehler bei den Aufgaben der Mathe-Olympiade gemacht, und Norman hatte wegen der Kühe einen Fehler gemacht und ihr Brillenglas zerbrochen, und Mum hatte einen Fehler mit dem Rolls-Royce gemacht und war angehalten worden, aber Nicky war derjenige in der Familie, der überhaupt keinen Fehler gemacht hatte. Noch bevor sie ganz fertig war, trat Nicky sie unter dem Tisch ans Schienbein und sah sie mit diesem Blick an.

Was denn?, fragte sie ihn stumm.

Halt die Klappe, antworteten seine Augen.

GRRR, sag nicht zu mir, ich soll die Klappe halten, gaben ihre zurück.

Und dann sah er sie nicht mehr an.

«Möchtest du ein Schokoladencroissant, Schätzchen?», fragte Linzie und legte ihr eins auf den Teller, bevor Tanzie überhaupt antworten konnte.

Linzie hatte über Nacht Tanzies Kleider gewaschen und in den Trockner gesteckt, und sie rochen nach Orchideen- und Vanille-Weichspüler. In diesem Haus roch alles nach irgendetwas. Es war, als dürfte nichts einfach nur nach sich selbst riechen. In mehreren Steckdosen über der Fußleiste steckten kleine Lufterfrischer, die einen «eleganten Duft nach exotischen Blüten und Regenwald» verströmten, überall gab es Schalen mit Blütenpotpourris, und im Bad standen ungefähr eine Milliarde Kerzen («Ich liebe meine Duftkerzen.»). Tanzies Nase juckte während der ganzen Zeit, die sie drinnen im Haus waren.

Nach dem Frühstück brachte Linzie Suzie zum Ballett. Dad ging mit Tanzie auf den Spielplatz, obwohl sie seit ungefähr zwei Jahren nicht mehr auf den Spielplatz ging, weil sie dafür jetzt irgendwie zu alt war. Aber sie wollte Dads Gefühle nicht verletzen, also setzte sie sich auf die Schaukel und ließ sich ein paarmal von ihm anstoßen. Nicky stand dabei, die Hände tief in den Taschen vergraben, und schaute zu. Er hatte seinen Nintendo in Mr. Nicholls' Auto gelassen, und Tanzie wusste, dass er echt gern eine geraucht hätte, aber sie glaubte, er war nicht mutig genug, um vor Dad zu rauchen.

Mittags aßen sie an einer Imbissbude («Erzählt das bloß nicht Linzie», sagte Dad und klopfte sich wieder auf den Bauch), und Dad stellte Fragen über Mr. Nicholls, die ganz beiläufig klingen sollten. «Wer ist dieser Typ? Ist das der Freund von eurer Mum?»

«Nein», sagte Nicky auf eine Art, die es Dad schwer machte, noch weitere Fragen zu stellen. Tanzie glaubte, dass Dad ein bisschen geschockt von der Art war, auf die Nicky mit ihm umging. Nicht, dass er grob gewesen wäre, nicht direkt jedenfalls, es war einfach so, dass es ihn nicht zu kümmern schien, was Dad dachte. Außerdem war Nicky jetzt größer als er, aber als Tanzie ihn darauf hinwies, tat Dad so, als wäre das gar nichts Besonderes.

Und dann begann Tanzie zu frieren, weil sie ihre Jacke nicht mitgenommen hatte, also gingen sie zurück, und Suzie war schon vom Ballett zurück, also spielten sie ein bisschen, und Nicky ging rauf an den Computer. Dann gingen Tanzie und Suzie in ihr Zimmer, und Suzie meinte, sie könnten eine DVD anschauen, weil sie einen DVD-Player hatte, und dass sie sich jeden Abend vor dem Schlafengehen einen Film ansah.

«Liest dir deine Mum nicht vor?», fragte Tanzie.

«Dazu hat sie keine Zeit. Deswegen hat sie mir den DVD-Player gekauft», sagte Suzie. Sie hatte ein ganzes Regal voller Filme, alle ihre Lieblingsfilme, die sie oben schauen konnte, wenn unten im Fernsehen etwas lief, was ihr nicht gefiel.

«Marty mag Gangsterfilme, also gucken sie die», sagte Suzie und rümpfte die Nase, und es dauerte kurz, bis Tanzie verstand, dass Suzie über ihren Vater sprach. Und dann wusste sie nicht, was sie sagen sollte.

«Deine Jacke gefällt mir», sagte Suzie, die in Tanzies Reisetasche spähte.

«Die hat mir Mum zu Weihnachten gemacht.»

«Die hat deine Mum wirklich selbst gemacht?» Sie hielt die Jacke hoch, sodass die Pailletten, die Mum auf die Ärmel genäht hatte, im Licht glitzerten. «Oh, Wahnsinn, ist sie Modedesignerin oder so was?»

«Nein», sagte Tanzie. «Sie ist Putzfrau.»

Suzie lachte, als wäre das ein Witz.

«Und was ist das alles?», fragte sie, als sie die Mathebücher in der Tasche sah.

Dieses Mal sagte Tanzie nichts.

«Ist das Mathe? O Gott, das sind ja lauter ... Schnörkel. Sieht aus wie ... Griechisch.» Sie kicherte, blätterte durch die Aufgabenbögen und streckte sie dann zwischen zwei Fingern von sich, als wären sie etwas total Widerliches. «Gehören die deinem Bruder? Ist er so was wie ein Mathefreak?»

«Ich weiß nicht», sagte Tanzie und wurde rot, weil sie nicht besonders gut lügen konnte.

«Bäh! Was für eine Intelligenzbestie. Schräg. Ein richtiger Nerd.» Sie warf die Aufgabenblätter zur Seite und zog Tanzies andere Kleidung aus der Tasche. «Hast du auf allen Sachen Pailletten?»

Tanzie sagte nichts. Sie ließ die Aufgabenblätter auf dem Boden liegen, weil sie keine Lust auf Erklärungen hatte. Und sie wollte nicht an die Olympiade denken. Und sie dachte, vielleicht wäre alles leichter, wenn sie ab jetzt versuchte, so wie Suzie zu sein, denn Suzie wirkte richtig zufrieden, und Dad wirkte hier auch richtig zufrieden. Und dann sagte Tanzie, dass sie vielleicht lieber nach unten gehen und fernsehen sollten, weil sie über nichts mehr nachdenken wollte.

Sie waren drei Viertel durch *Fantasia*, als Tanzie Dad rufen hörte: «Tanzie, deine Mutter ist da.» Mum stand mit erhobenem Kinn vor der Tür, als wäre sie auf Streit aus. Als Tanzie stehen blieb und sie anstarrte, hob Mum die Hand an die Lippen, als wäre ihr die Prellung eben erst wieder eingefallen, und sagte: «Ich bin hingefallen.» Und als Tanzie an ihr vorbei zu Mr. Nicholls schaute, der im Auto saß, sagte Mum hastig: «Er ist auch hingefallen.» Obwohl Tanzie sein Gesicht überhaupt nicht hatte sehen können und nur feststellen wollte, ob sie mit dem Auto zurückfahren würden oder den Bus nehmen mussten.

Und Dad sagte: «Kriegt zurzeit eigentlich alles, was in deine Nähe kommt, einen Schaden ab?» Mum sah ihn nur an, und er murmelte etwas von Reparatur, dann sagte er, dass er Tanzies Reisetasche holen würde, und Tanzie atmete erleichtert aus und rannte zu Mum, um in die Arme genommen zu werden, denn obwohl es bei Linzie ganz nett gewesen war, hatte sie Norman vermisst, und sie wollte bei Mum sein, und sie war auf einmal richtig, richtig müde.

Die Hütte, die Mr. Nicholls gemietet hatte, sah aus wie aus einer Werbung für das, was alte Leute nach der Pensionierung machen wollen, oder für Inkontinenzpillen oder so was. Sie stand an einem See, und es gab noch ein paar andere Hütten, aber die meisten standen etwas hinter Bäumen oder schräg versetzt, sodass kein Fenster einer Hütte direkt auf eine andere hinausblickte. Auf dem Wasser schwammen sechsundfünfzig Enten und zwanzig Gänse, und bis auf drei waren alle noch da, als sie Tee tranken. Tanzie dachte, Norman würde vielleicht die Enten jagen, aber er ließ sich nur ins Gras fallen und beobachtete sie.

«Hammermäßig hier», sagte Nicky, obwohl er eigentlich überhaupt nicht gern draußen war. Er atmete tief ein und machte zwei Fotos mit Mr. Nicholls' Handy. Tanzie wurde klar, dass er seit vier Tagen keine Zigarette geraucht hatte.

«Ja, oder?», sagte Mum. Sie schaute auf den See hinaus. Dann murmelte sie etwas darüber, dass sie ihren Anteil bezahlen würde, und Mr. Nicholls hob die Hände und machte dieses Nein-nein-nein-Geräusch, als wollte er überhaupt nichts davon hören, und Mum wurde ein bisschen rot und hörte mit dem Thema auf.

Abends grillten sie draußen – obwohl eigentlich kein Wetter zum Grillen war –, weil Mum sagte, das wäre doch ein schöner Abschluss ihrer Fahrt und sie habe sonst ja nie Zeit zum Grillen. Sie schien entschlossen, alle glücklich zu machen, und redete doppelt so viel wie alle anderen, und sie sagte, sie habe die Kasse gesprengt, weil man manchmal dankbar für das sein muss, was man hat, und ein bisschen leben soll. Es schien ihre Art zu sein, sich bei Mr. Nicholls zu bedanken. Also gab es Würstchen und Hühnchenschenkel mit scharfer Soße und Frühlingsrollen und Salat, und Mum hatte zwei Sorten gute Eiscreme gekauft, nicht das billige Zeug. Sie stellte keine einzige Frage zu Dads neuem Haus, aber sie umarmte Tanzie oft und sagte ihr, wie sehr sie ihr gefehlt hatte und ob das nicht dumm sei, wo es doch nur eine einzige Nacht war.

Sie erzählten Witze, und obwohl sich Tanzie nur an den erinnern konnte, der ging «Was hat vier Beine und kann fliegen?» (Antwort: Zwei Vögel), lachten alle darüber, und dann spielten sie das Spiel, bei dem man sich einen Besen vor die Stirn hält und dann im Kreis um ihn herumrennt, bis man hinfällt, wobei sowieso immer alle lachen. Mum machte es auch einmal, obwohl sie kaum laufen konnte mit ihrem verbundenen Fuß und dabei ständig «Autsch, autsch, autsch» sagte. Und das brachte Tanzie zum Lachen, weil es einfach so schön war, Mum zur Abwechslung einmal herumalbern zu sehen. Und Mr. Nicholls sagte: «Nein danke, ich nicht», und wollte lieber bloß zuschauen. Und dann humpelte Mum zu ihm rüber und sagte ihm ganz leise etwas ins Ohr, und er zog die Augenbrauen hoch und sagte: «Wirklich?» Und sie nickte. Und er sagte: «Tja dann, also gut.» Und als er hinfiel, bebte sogar ein kleines bisschen der Boden. Und selbst Nicky, der nie irgendetwas mitmachte, versuchte es und streckte seine dürren Beine von sich wie ein Weberknecht, und als er lachte, war sein Lachen so ein komisches *hö hö hö*, und Tanzie stellte fest, dass sie ihn schon seit Ewigkeiten nicht mehr so sehr hatte lachen hören. Oder vielleicht auch noch nie.

Und sie machte es ungefähr sechsmal, bis der Boden unter

ihr zu buckeln schien wie ein Pferd und sie rücklings auf die Wiese fiel und beobachtete, wie sich der Himmel langsam um sie drehte, und da dachte sie, dass es ein bisschen wie das Leben in ihrer Familie war, wo auch immer alles drunter und drüber ging und die Welt manchmal kopfzustehen schien.

Dann aßen sie, und Mum und Mr. Nicholls tranken ein bisschen Wein, und Tanzie zupfte die ganzen Fleischfetzen von den Knochen ab und gab sie Norman, weil Hunde sterben, wenn man ihnen Hühnerknochen zu fressen gibt. Und dann zogen sie ihre Jacken an und saßen einfach draußen auf den Korbsesseln, die zu der Hütte gehörten, alle in einer Reihe mit Blick auf den See, und beobachteten die Vögel auf dem Wasser, bis es dunkel wurde. «Ich liebe diesen Ort», sagte Mum in das Schweigen. Tanzie war nicht sicher, ob das irgendjemand sehen sollte, aber Mr. Nicholls streckte den Arm aus und drückte Mum die Hand.

Mr. Nicholls wirkte den ganzen Abend ein bisschen traurig. Tanzie wusste nicht, warum. Sie fragte sich, ob es daran lag, dass ihre kleine Reise bald zu Ende war. Aber dann hörte sie dem Geschnatter der Gänse und Enten zu und dem Geplätscher der Wellen, die auf das Ufer des Sees liefen, und es war richtig ruhig und friedlich, und dann musste sie eingeschlafen sein, weil sie sich irgendwie daran erinnerte, dass Mr. Nicholls sie hinauftrug und Mum die Decke um sie feststeckte und ihr sagte, dass sie ihre Tanzie liebte. Aber woran sie sich bei diesem Abend am besten erinnerte, war, dass niemand etwas von der Olympiade sagte, und darüber war sie einfach unheimlich froh.

Es war nämlich so. Während Mum die Grillsachen besorgte, fragte Tanzie, ob sie sich Mr. Nicholls' Computer ausleihen könnte, und suchte dann nach Statistiken über Kinder aus einkommensschwachen Familien in Privatschulen. Und innerhalb von ein paar Minuten hatte sie herausgefunden, dass die Wahrscheinlichkeit, mit der sie auf die St. Anne's gehen würde, schon immer im einstelligen Prozentbereich gelegen hatte. Und sie verstand, dass es nicht darauf ankam, wie gut sie den Aufnahmetest bestanden hatte; stattdessen hätte sie diese Statistik lesen sollen, noch bevor sie überhaupt aus dem Haus gegangen waren, weil man im Leben immer alles falsch macht, wenn man nicht auf die Zahlen achtet. Nicky kam nach oben, und als er sah, was sie machte, stand er eine Zeitlang schweigend neben ihr, dann klopfte er ihr auf den Arm und sagte, er würde mit ein paar Leuten reden, die er an der McArthur's kannte, damit sie ein bisschen auf Tanzie aufpassten.

Als sie bei Linzie waren, hatte Dad gesagt, eine Privatschule würde einem auch keine Erfolgsgarantie verschaffen. Das hatte er dreimal gesagt. «Erfolg hängt nur von dem ab, was man in sich selbst hat», sagte er. «Von der eigenen Entschlossenheit.» Und dann hatte er gesagt, Tanzie solle sich von Suzie zeigen lassen, wie sie ihre Frisur machte, weil sie Tanzie vielleicht auch gut stehen würde.

Mum sagte, sie würde auf dem Sofa übernachten, sodass Tanzie und Nicky das zweite Schlafzimmer haben konnten, aber Tanzie glaubte nicht, dass sie das gemacht hatte, weil sie mitten in der Nacht vor Durst aufwachte und runterging, und da hatte Mum nicht auf dem Sofa gelegen. Und am Morgen trug Mum das graue T-Shirt von Mr. Nicholls, das er jeden Tag trug, und Tanzie beobachtete zwanzig Minuten lang seine Tür, weil sie neugierig darauf war, in was er herauskommen würde.

Am Vormittag hing schwacher Nebel über dem See. Er schwebte über dem Wasser wie bei einem Zaubertrick, während alle ihre Taschen ins Auto packten. Norman schnupperte im Gras herum und wedelte träge mit dem Schwanz. «Kaninchen», sagte Mr. Nicholls (er trug ein anderes graues T-Shirt). Der Morgen war kühl und grau, und in den Bäumen gurrten die Tauben, und Tanzie hatte dieses traurige Gefühl, das man bekommt, wenn man an einem richtig schönen Ort war und wieder dort wegmuss.

«Ich will nicht nach Hause», sagte sie leise, als Mum den Kofferraum zumachte.

Sie zuckte zusammen. «Wie bitte, Schatz?»

«Ich will nicht zurück nach Hause», sagte Tanzie.

Mum warf Mr. Nicholls einen Blick zu, und dann versuchte sie zu lächeln, während sie langsam zu Tanzie herüberkam. «Meinst du damit, dass du bei deinem Dad bleiben willst, Tanzie? Weil, wenn du das wirklich willst ...»

«Nein. Ich mag einfach diese Hütte, und es ist schön hier.» Sie wollte sagen: «Und es gibt nichts, auf das wir uns daheim freuen könnten, weil alles verdorben ist, und davon abgesehen gibt es hier keine Fishers.» Aber sie konnte Mum ansehen, dass sie das Gleiche dachte, denn sie warf Nicky sofort einen Blick zu, und er zuckte mit den Schultern.

«Wisst ihr, es ist keine Schande, es versucht zu haben, okay?» Mum sah sie beide an. «Wir haben alle unser Bestes getan, damit etwas Wirklichkeit wird, und es ist nicht Wirklichkeit geworden, aber trotzdem sind ein paar gute Sachen dabei herausgekommen. Wir haben ein paar Regionen gesehen, die wir sonst nie kennengelernt hätten. Wir haben einiges gelernt. Wir haben das Verhältnis mit eurem Dad geklärt. Wir haben Freunde gefunden.» Möglicherweise meinte sie damit Linzie und ihre Kinder, aber ihr Blick ruhte auf Mr. Nicholls, als sie das sagte. «Also denke ich, alles in allem war es gut, den Versuch zu wagen, auch wenn es nicht so ausgegangen ist, wie wir wollten. Und wisst ihr, vielleicht ist es gar nicht so schlimm, wenn wir erst mal zu Hause sind.»

Nickys Miene verriet nichts. Tanzie wusste, dass er über Geld nachdachte.

Und dann ging Mr. Nicholls, der den ganzen Morgen schon kaum etwas gesagt hatte, um das Auto herum, öffnete die Tür und sagte: «Ja. Also. Ich habe mir dazu so meine Gedanken gemacht. Und wir werden einen kleinen Umweg einlegen.»

KAPITEL 27

Jess

Sie waren eine ziemlich schweigsame Gruppe auf ihrer Fahrt nach Hause. Sogar der Hund winselte nicht mehr, als hätte er sich damit abgefunden, dass dieses Auto jetzt sein Zuhause war. Die ganze Zeit, in der sie auf dieser seltsamen, turbulenten Reise gewesen waren, hatte Jess nicht weiter gedacht, als Tanzie zu der Olympiade zu bringen. Sie würde sie hinbringen. Tanzie würde sich in die Prüfung setzen, und alles wäre gut. Sie hatte nicht über die Möglichkeit nachgedacht, dass die Fahrt drei Tage länger dauern könnte als geplant. Oder dass sie am Ende noch genau 13 Pfund 81 in bar besitzen würde und eine Kreditkarte, die sie lieber nicht in einen Automaten stecken wollte, weil sie befürchtete, die Karte könnte eingezogen werden.

Jess erwähnte Ed gegenüber nichts von alldem. Er war ganz still, hielt den Blick geradeaus auf die Straße gerichtet und dachte vermutlich an seinen Vater.

Ed. Jess wiederholte seinen Namen im Kopf so lange, bis

er keine eigentliche Bedeutung mehr hatte. Wenn er lächelte, konnte Jess nicht anders, als auch zu lächeln. Wenn seine Miene vor Traurigkeit erstarrte, fühlte sie mit ihm. Sie beobachtete seinen Umgang mit ihren Kindern, die unbefangene Art, auf die er ein Foto bewunderte, das Nicky mit seinem Handy gemacht hatte, die Ernsthaftigkeit, mit der er eine hingeworfene Bemerkung Tanzies überdachte – die Art Bemerkung, die Marty dazu gebracht hätte, die Augen zu verdrehen –, und sie wünschte, sie hätte ihn schon viel früher kennengelernt. Wenn sie allein waren und er sie an sich drückte, während seine Hand eine Spur besitzergreifend um ihre Hüfte lag und sein Atem sanft ihr Ohr streifte, erfüllte sie die stille Überzeugung, dass alles in Ordnung kommen würde. Es war nicht Ed, der dafür sorgen würde, dass alles in Ordnung kam – er hatte seine eigenen Probleme zu lösen –, aber irgendwie ergab die Summe aus ihnen beiden etwas Besseres. *Sie gemeinsam* würden alles in Ordnung bringen.

Denn sie wollte Ed Nicholls. Sie wollte im Dunkeln ihre Beine um ihn schlingen und ihn in sich spüren, wollte sich zurückwölben, während er sie festhielt. Sie wollte seinen Schweiß und seine Anziehungskraft und seinen festen Körper, seinen Mund auf ihrem, seinen Blick in ihrem. Sie fuhren, und Jess rief sich die beiden vergangenen Nächte in einzelnen, träumerischen Fragmenten ins Gedächtnis, seine Hände, seinen Mund, die Art, auf die er ihr Stöhnen zurückhalten musste, als sie kam, damit sie die Kinder nicht aufweckte, und es gelang ihr kaum, sich zu beherrschen, sich nicht zu ihm hinüberzubeugen und ihren Kopf an seinen Hals zu schmiegen und ihre Hände unter seinem T-Shirt hinaufgleiten zu lassen, einfach weil es sich so gut anfühlte, wenn sich seine und ihre Haut berührten.

Sie hatte so lange immer nur an die Kinder gedacht, an die Arbeit und an Rechnungen und Geld. Jetzt hatte sie nur noch ihn im Kopf. Wenn er sich zu ihr drehte, wurde sie rot. Wenn er ihren Namen sagte, hörte sie ihn als Murmeln im Dunkeln. Wenn er ihr einen Kaffee reichte und sich dabei ihre Finger kurz berührten, schoss ein elektrischer Impuls durch ihren Körper. Es gefiel ihr, wenn sie seinen Blick auf sich spürte, und sie überlegte, woran er wohl gerade dachte.

Jess hatte keine Ahnung, wie sie ihm irgendetwas davon verständlich machen sollte. Sie war so jung gewesen, als sie Marty kennenlernte, und abgesehen von dem einem Abend im Feathers mit Liam Stubbs' Händen unter ihrem T-Shirt hatte sie seit Marty nicht einmal andeutungsweise eine andere Beziehung angefangen.

Jess Thomas hatte seit ihrer Schulzeit kein richtiges Date mehr gehabt. Das klang wirklich jämmerlich, sogar in ihren eigenen Ohren. Sie wollte ihm einfach zeigen, was in ihr vorging. Sie musste ihm klarmachen, dass er alles verändert hatte.

«Wir fahren weiter Richtung Nottingham, wenn alle einverstanden sind», sagte er und drehte ihr den Kopf zu, um sie anzusehen. Die Prellung seitlich an seiner Nase war immer noch ganz schwach zu sehen. «Wir suchen uns spät etwas zum Übernachten. Dann schaffen wir es am Donnerstag in einem Rutsch bis nach Hause.»

Und dann?, wollte Jess fragen. Aber sie stützte nur ihren Fuß am Armaturenbrett ab und sagte: «Klingt gut.»

Zum Mittagessen hielten sie an einer Raststätte mit Supermarkt. Die Kinder hatten es aufgegeben zu fragen, ob sie etwas anderes als belegte Brote essen durften, und betrachteten die Fastfood-Läden und Restaurants, an denen sie vorbeikamen, beinahe mit Gleichgültigkeit. Bei der Raststätte stiegen sie alle aus und streckten sich erst einmal.

«Wie wäre es mit Würstchen im Blätterteig?», sagte Ed und deutete auf einen Imbiss. «Kaffee und warme Blätterteigtaschen. Oder gefüllte Teigtaschen. Geht auf meine Rechnung. Los!»

Jess sah ihn an.

«Ach komm schon, du Ernährungsnazi! Wir essen hinterher auch Obst.»

«Hast du gar keine Angst? Nach diesem Döner?»

Er schirmte mit der Hand seine Augen vor der Sonne ab, damit er sie besser sehen konnte. «Ich habe beschlossen, dass ich gerne gefährlich lebe.»

Er war in der Nacht zuvor zu ihr gekommen, nachdem Nicky, der schweigend in der Ecke gesessen und auf Eds Laptop geschrieben hatte, endlich ins Bett gegangen war. Jess hatte sich gefühlt wie ein Teenager, als sie ihm auf dem Sofa gegenübersaß und so tat, als würde sie fernsehen. Doch als Nicky schließlich abgezogen war, hatte Ed den Laptop aufgeklappt, statt sich zu ihr zu setzen.

«Was macht Nicky da eigentlich?», hatte sie gefragt, als Ed auf den Bildschirm schaute.

«Kreatives Schreiben», sagte er.

«Keine Spiele? Keine Kanonen? Keine Explosionen?»

«Überhaupt nicht.»

«Er kann schlafen», hatte sie geflüstert. «Er hat jede Nacht durchgeschlafen, seit wir losgefahren sind.»

«Freut mich für ihn. Ich dagegen fühle mich, als hätte ich seit mehreren Jahren kein Auge zugetan.»

Er schien in der kurzen Zeit, in der sie unterwegs waren, um zehn Jahre gealtert. Und dann hatte er die Hand nach ihr ausgestreckt und sie an sich gezogen. «Also», hatte er leise gesagt, «Jessica Rae Thomas. Wirst du mich heute Nacht schlafen lassen?»

Sie betrachtete seine Unterlippe, genoss das Gefühl seiner Hand auf ihrer Hüfte. Hatte plötzlich ein unglaubliches Glücksgefühl. «Nein», sagte sie.

«Ausgezeichnete Antwort.»

Jetzt wendeten sie sich von dem Supermarkt ab und schoben sich stattdessen zwischen schlechtgelaunten Reisenden durch, die auf der Suche nach Geldautomaten oder einer Toilette waren. Jess versuchte, sich nicht anmerken zu lassen, wie froh sie war, nicht noch eine Runde belegte Brote machen zu müssen. Sie konnte die fettigen Teigtaschen schon mehrere Meter vor dem Eingang des Imbisses riechen.

Die Kinder hatten ein paar Geldscheine in der Hand, die ihnen Ed mit seiner Bestellung übergeben hatte, und verschwanden in dem Laden. Ed stellte sich dicht zu Jess, sodass sie von den anderen Leuten, die in der Schlange standen, verdeckt wurden.

«Was machst du da?»

«Ich schaue dich bloß an.» Jedes Mal, wenn er dicht bei Jess stand, wurde es ihr ein paar Grad wärmer.

«Du schaust bloß?»

«Ich finde es unmöglich, so nah bei dir zu sein.» Seine Lippen waren nur Zentimeter von ihrem Ohr entfernt, seine Stimme vibrierte durch ihren Körper.

Jess bekam eine Gänsehaut. «Was?»

«Ich stelle mir nur vor, was ich am liebsten mit dir machen würde. Eigentlich die ganze Zeit. Lauter schamlose Sachen.»

Er schob seine Hand vorn in den Bund ihrer Jeans und zog sie an sich. Sie schob sich ein bisschen von ihm zurück und verdrehte den Hals, um sicher zu sein, dass die Kinder sie nicht sehen konnten. «Daran hast du gedacht? Während du gefahren bist? Die ganze Zeit, in der du nichts gesagt hast?»

«Ja.» Er warf einen Blick an ihr vorbei zu dem Laden. «Tja, daran und ans Essen.»

«Würstchen im Blätterteig und gefüllte Teigtaschen esse ich auch am liebsten.»

Seine Finger glitten über die nackte Haut unter ihrem Oberteil. Ihre Bauchmuskeln spannten sich an. Ein gutes Gefühl. Ihre Beine dagegen schienen merkwürdig schwach geworden zu sein. Sie hatte Marty nie so begehrt wie Ed.

«Abgesehen von belegten Broten.»

«Lass uns nicht über belegte Brote reden. Nie mehr.»

Und dann legte er seine flache Hand knapp über ihrem Hosenbund auf ihren Rücken, sodass sie so nahe voreinander standen, wie man es sich in der Öffentlichkeit gerade noch erlauben konnte. «Ich weiß, dass ich es nicht sein sollte», murmelte er, «aber als ich aufgewacht bin, war ich richtig glücklich.» Er musterte ihr Gesicht. «Ich meine, so richtig, irrsinnig glücklich. Obwohl mein ganzes Leben eine einzige Katastrophe ist, fühle ich mich … einfach gut. Ich sehe dich an, und ich fühle mich gut.»

Ihre Kehle war wie zugeschnürt. «Ich auch», flüsterte sie.

Er blinzelte in die Sonne und versuchte ihren Gesichtsausdruck zu deuten. «Also bin ich nicht nur … ein Pferd?»

«Du bist so was von kein Pferd. Na ja. Wenn ich es gut mit dir meine, könnte ich sagen, du bist …»

Er senkte den Kopf und küsste sie. Er küsste sie, und es war ein Kuss der vollkommenen Gewissheit, die Art Kuss, bei dem Könige sterben und ganze Kontinente untergehen können, ohne dass man es überhaupt mitbekommt. Als sich Jess von ihm löste, war es nur, weil sie vermeiden wollte, dass die Kinder erlebten, wie ihre Beine unter ihr nachgaben.

«Sie kommen», sagte er.

Jess starrte ihn verständnislos an.

«Mit dir handelt man sich Probleme ein.» Er warf einen Blick über die Schulter, als die Kinder auftauchten und weiße Papiertüten hochhielten. «Das hat mein Dad gesagt.»

«Als wärst du darauf nicht schon selbst gekommen.» Ihre Lippen kribbelten. Ihre Gedanken schwammen durch ihren Kopf, süß und klebrig wie Honig. Jess hatte das Gefühl, überall Eds Handabdrücke auf dem Körper zu tragen. Sie hielt sich ein wenig im Hintergrund, sah zu, wie Ed und Nicky miteinander sprachen, die Papiertüten aufmachten, um zu begutachten, was Nicky ausgesucht hatte, und wartete darauf, dass die Röte aus ihren Wangen wich. Sie spürte die Sonne auf der Haut, hörte Vogelgezwitscher über den Gesprächen der Leute, beschleunigende Autos, roch Benzindämpfe und billiges Essen, und plötzlich hallten ein paar Worte durch ihren Kopf: So fühlt sich Glück an.

Langsam gingen sie zum Auto zurück, die Gesichter über die Papiertüten gebeugt. Tanzie ging ein paar Schritte vor Jess, trottete mit ihren mageren Beinen lustlos voran, und in diesem Moment fiel Jess auf, dass etwas fehlte.

«Tanzie? Wo sind denn deine Mathe-Bücher?»

Sie drehte sich nicht um. «Ich habe sie bei Dad gelassen.»

«Oh. Soll ich ihn anrufen?» Jess kramte in ihrer Tasche nach ihrem Handy. «Er kann sie bestimmt gleich zur Post bringen. Dann kommen sie vermutlich noch vor uns zu Hause an.»

«Nein», sagte Tanzie. Sie drehte sich etwas um, sah Jess aber nicht in die Augen. «Danke.»

Nickys Blick wanderte zu Jess und dann zu seiner Schwester. Und Jess hatte das Gefühl, plötzlich einen Stein im Magen zu haben.

Bis sie ihre letzte Übernachtungsgelegenheit erreicht hatten, war es beinahe neun Uhr, und sie waren völlig erschöpft. Die Kinder, die auf dem letzten Stück der Fahrt Kekse und Süßigkeiten genascht hatten, waren müde und gereizt und verschwanden sofort nach oben, um die Zimmer in Augenschein zu nehmen. Norman folgte ihnen, und dahinter kam Ed mit den Taschen.

Das Hotel war riesig und weiß und sah teuer aus, es war die Art Hotel, die Mrs. Ritter Jess auf ihrer Handykamera zeigte und über die Jess und Nathalie später sehnsüchtige Bemerkungen wechselten. Ed hatte das Hotel über sein Handy gebucht, und als Jess Widerspruch einlegen wollte, sagte er leicht ungehalten: «Wir sind alle müde, Jess. Und es kann sehr gut sein, dass ich demnächst auf Staatskosten schlafe. Lass uns einfach die Nacht heute an einem schönen Ort verbringen, okay?»

Es waren drei ineinander übergehende Zimmer auf einem Flur, der zu einem Anbau des Hotels gehörte. «Ein eigenes Zimmer», seufzte Nicky erleichtert, während er die Nummer dreiundzwanzig aufschloss. Als Jess die Tür aufschob, senkte er die Stimme: «Ich hab sie ja lieb und so, aber du hast keine Ahnung, wie laut die Kleine schnarcht.»

«Das wird Norman gefallen», sagte Tanzie, als Jess die Tür zum Zimmer Nummer vierundzwanzig öffnete. Der Hund legte sich, als wollte er ihr zustimmen, sofort neben dem Bett auf den Boden. «Es macht mir nichts aus, das Zimmer mit Nicky zu teilen, Mum, aber er schnarcht wirklich schrecklich.»

Die beiden schienen sich nicht zu fragen, wo Jess schlafen

würde. Jess war nicht sicher, ob sie es wussten und es sie nicht störte oder ob die beiden davon ausgingen, dass entweder sie oder Ed immer noch im Auto übernachteten.

Nicky lieh sich Eds Laptop aus. Tanzie fand heraus, wie die Fernbedienung ihres Fernsehers funktionierte, und sagte, sie würde sich einen Film anschauen und dann ins Bett gehen. Die Mathematik-Bücher erwähnte sie mit keinem Wort. Sie sagte sogar: «Ich möchte nicht darüber reden.» Jess glaubte nicht, dass sie diesen Satz schon einmal von Tanzie gehört hatte.

«Nur weil einmal etwas nicht klappt, Liebling, heißt das nicht, dass du es nicht noch mal versuchen kannst», sagte sie und legte Tanzies Schlafanzug aufs Bett.

Tanzies Miene schien ein Wissen auszudrücken, das sie vorher nicht gehabt hatte. Und ihre nächsten Worte brachen Jess das Herz. «Ich glaube, es ist am besten, wenn ich mich mit dem zufriedengebe, was wir haben, Mum.»

«Was soll ich jetzt machen?»

«Nichts. Sie hat erst einmal genug. Das kannst du ihr nicht vorwerfen.» Ed stellte die Taschen in die Ecke des Zimmers. Jess saß auf dem Rand des enormen Betts und versuchte, das Pochen in ihrem Fuß zu ignorieren.

«Aber das passt nicht zu ihr. Sie liebt Mathematik. Schon immer. Und jetzt verhält sie sich, als wollte sie überhaupt nichts mehr damit zu tun haben.»

«Es ist erst zwei Tage her, Jess. Lass sie einfach ... Sie wird es überwinden.»

«Da scheinst du dir ja sehr sicher zu sein.»

«Diese Kinder sind sehr klug.» Er ging durch den Raum und drehte an dem Dimmer für das Licht, bis es ihm dunkel genug war. «Genau wie ihre Mutter. Aber bloß, weil du sofort weitermachst, wenn etwas schiefgelaufen ist, heißt das nicht, dass sie es immer genauso machen müssen.»

Sie sah ihn an.

«Das ist keine Kritik. Ich sage nur, dass es eine ziemlich ereignisreiche Woche war. Ich glaube, wenn du ihr ein bisschen Zeit lässt, um die Spannung abzubauen, kommt wieder alles in Ordnung mit ihr. Sie ist, wer sie ist. Ich sehe nicht, dass sich daran etwas ändert.»

Mit einer flüssigen Bewegung zog er sich das T-Shirt über den Kopf und ließ es auf einen Stuhl fallen. Sofort kam sie durcheinander. Sie konnte seinen nackten Oberkörper nicht vor sich haben, ohne ihn berühren zu wollen.

«Wie bist du nur so weise geworden?», sagte sie.

«Keine Ahnung. Vielleicht hat mein Vater auf mich abgefärbt.» Mit zwei Schritten war er bei ihr, dann kniete er sich hin und zog ihr die Flipflops von den Füßen, wobei er besonders sanft mit dem verletzten Fuß umging. «Wie fühlt es sich inzwischen an?»

«Es tut noch weh. Aber es ist okay.»

Er streckte die Hand nach ihrem Oberteil aus. Langsam und ohne zu fragen zog er den Reißverschluss auf, den Blick auf die Haut gerichtet, die nach und nach sichtbar wurde. Er wirkte dabei fast abwesend, als wäre er in Gedanken bei ihr und zugleich meilenweit entfernt. Der Reißverschluss blieb kurz vor dem Ende hängen, und sie legte sanft ihre Hände über seine und trennte die beiden Reißverschlusshälften, sodass er ihr das Oberteil über die Schultern herunterstreifen konnte. Einen Moment lang sah er sie einfach nur an.

Er griff nach ihrem Gürtel, öffnete ihn, dann ihre Jeans, mit langsamen, genauen Bewegungen. Sie beobachtete seine Hände, und das Blut rauschte in ihren Ohren.

«Es ist Zeit, Jessica Rae Thomas, dass sich jemand um dich kümmert.»

Edward Nicholls wusch ihr das Haar, seine Beine um ihre Taille gelegt, während Jess sich in der überdimensionierten Badewanne mit dem Rücken an seine Brust lehnte. Er spülte ihr das Haar sorgfältig aus, strich es glatt und wischte ihr mit einem Waschlappen über die Augen, damit kein Shampoo hineinlief. Sie wollte selbst nach dem Waschlappen greifen, aber das verhinderte er behutsam. Niemand hatte ihr je die Haare gewaschen, abgesehen von ihren Besuchen im Friseursalon. Sie fühlte sich dabei merkwürdig verletzlich und gerührt. Als er fertig war, blieb er in dem dampfenden, duftenden Wasser liegen, schlang seine Arme um sie und küsste sie auf die Ohren. Und dann kamen sie gemeinsam zu dem Schluss, dass es jetzt genügte mit der Romantik, vielen Dank, sie spürte, wie er unter ihr steif wurde, drehte sich um und ließ sich auf ihn herab. Und sie vögelten, bis das Wasser aus der Wanne schwappte, und sie war sich nicht sicher, ob der Schmerz in ihrem Fuß heftiger war als ihr Bedürfnis, Ed in sich zu spüren.

Einige Zeit später lagen sie halb untergetaucht mit verschränkten Beinen im Wasser. Und dann fingen sie an zu lachen. Weil es ein Klischee war, in der Dusche zu vögeln, aber es in der Badewanne zu tun, war irgendwie lachhaft, und es war noch lachhafter, so viele Probleme zu haben und trotzdem so glücklich zu sein. Jess drehte sich so, dass sie der Länge nach neben ihm lag, legte ihm die Arme um den Hals und drückte ihre feuchte Brust an ihn, und sie spürte mit absoluter Sicherheit, dass sie nie mehr einem anderen Menschen so nahe kommen würde. Sie hielt seinen Kopf zwischen ihren Händen, und sie küsste sein Kinn und seine geprellte Schläfe und seine

Lippen, und sie dachte, dass sie sich für immer an dieses Gefühl erinnern würde, ganz gleich, was noch kam.

Zärtlich wischte er ihr die Feuchtigkeit aus dem Gesicht. Plötzlich wirkte er vollkommen ernst. «Glaubst du, das hier ist eine Seifenblase?»

«Ähm, hier sind unzählige Seifenblasen. Das ist doch …»

«Nein. Das alles hier. Eine Seifenblase. Wir sind auf dieser merkwürdigen Fahrt, auf der die üblichen Regeln nicht gelten. Auf der das echte Leben nicht gilt. Diese ganze Fahrt war … wie eine Auszeit vom echten Leben.»

Auf dem Badezimmerfußboden standen Wasserpfützen.

«Sieh mich nicht so an. Sag was.»

Nachdenklich senkte sie die Lippen auf sein Schlüsselbein. «Also», sagte sie und hob den Kopf wieder, «in etwas mehr als fünf Tagen haben wir es mit Übelkeit, verzweifelten Kindern, kranken Verwandten, überraschenden Gewaltausbrüchen, geprellten Zehen, der Polizei und Autounfällen zu tun gehabt. Ich würde sagen, das ist auch für die anspruchsvollsten Menschen genügend echtes Leben.»

«Es gefällt mir, wie du das siehst.»

«Und mir gefällt an dir alles, was ich sehe. Und was ich nicht sehe auch.»

«Wir verbringen anscheinend eine Menge Zeit damit, uns blödsinnige Sachen zu sagen.»

«Ja, und auch das gefällt mir.»

Das Wasser begann kalt zu werden. Sie wand sich aus seinen Armen, stand auf und griff nach der beheizten Handtuchstange. Sie gab ihm ein Handtuch und wickelte sich selbst in eines. Sie genoss das Gefühl des flauschigen Hotelhandtuchs auf ihrer Haut. Ed rubbelte sich mit dem Handtuch in einer Hand energisch die Haare trocken.

Sie überlegte kurz, ob Ed so sehr an flauschige Hotelhandtücher gewöhnt war, dass er sie gar nicht mehr wahrnahm. Sie betrachtete ihn und war mit einem Mal todmüde. Sie putzte sich die Zähne, schaltete das Licht im Badezimmer aus, und als sie sich umdrehte, lag er schon in dem enormen Hotelbett und hielt mit einer Hand die Decke hoch, damit sie darunterschlüpfen konnte. Er knipste die Nachttischlampe aus, und sie lag neben ihm in der Dunkelheit, spürte seine feuchte Haut an ihrer und überlegte, ob sie wohl jemals imstande wäre, ruhig neben ihm zu liegen, ohne ihr Bein über seins legen zu wollen.

«Ich weiß nicht, was demnächst mit mir passieren wird, Jess», sagte er ins Dunkel, als hätte er ihre Gedanken gehört. In seiner Stimme lag eine Warnung.

«Es wird schon gutgehen.»

«Im Ernst. Bei dieser Sache funktioniert dein Optimismus-Trick nicht. Was immer auch geschieht, ich werde höchstwahrscheinlich alles verlieren.»

«Und? Das ist bei mir die Standardsituation.»

«Aber möglicherweise muss ich weg.»

«Dazu kommt es nicht.»

«Es ist möglich, Jess.» Seine Stimme klang unbehaglich entschieden.

Und sie sprach es aus, noch bevor sie sich klarmachte, was sie da sagte. «Dann warte ich.»

Sie spürte, wie er ihr den Kopf zuwandte, als würde er ihr eine Frage stellen. «Ich warte auf dich. Wenn du es willst.»

Auf der letzten Strecke nach Hause führte er über die Freisprechanlage drei Telefonate. Sein Anwalt, ein Mann mit einer derartig akzentuierten Aussprache, dass er die königliche Familie beim Empfang hätte ausrufen sollen, erklärte ihm, dass er sich am folgenden Donnerstag auf der Polizeidienststelle melden musste. Nein, es hatte sich nichts geändert. Ja, sagte Ed, ihm sei klar, was jetzt passieren würde. Und ja, er hatte mit seiner Familie gesprochen. Bei der Art, auf die er das sagte, bekam Jess einen leichten Magenkrampf. Nach dem Telefonat konnte sie einfach nicht anders. Sie streckte die Hand aus und nahm seine. Er drückte ihre Hand, aber er sah sie dabei nicht an.

Seine Schwester rief an, um zu sagen, dass sein Vater die Nacht in besserer Verfassung verbracht hatte. Sie unterhielten sich lange über Versicherungsobligationen, über die sich sein Vater Sorgen machte, über fehlende Schlüssel zu einem Aktenschrank und darüber, was Gemma zum Mittagessen gegessen hatte. Über den Tod sprachen sie nicht. Sie ließ Jess Grüße ausrichten, und Jess rief ihr laut Hallo zu und fühlte sich dabei gleichzeitig befangen und fröhlich.

Nach dem Mittagessen erhielt er einen Anruf von einem Mann namens Lewis, und sie diskutierten über Handelswerte und Prozente und die Lage auf dem Hypothekenmarkt. Es dauerte einen Moment, bis Jess begriff, dass er über Beachfront redete.

«Zeit zu verkaufen», sagte er, als er das Gespräch beendet hatte. «Wie du gesagt hast, wenigstens habe ich Eigentum, das ich veräußern kann.»

«Was wird dich das alles kosten? Die ganze Strafverfolgung?»

«Ach. Dazu sagt natürlich niemand etwas. Aber wenn man zwischen den Zeilen liest, kommt vermutlich ‹das meiste› heraus.»

Er versuchte, noch bei jemand anderem anzurufen, aber dort schaltete sich der Anrufbeantworter ein. «Hier ist Ronan.

Hinterlassen Sie eine Nachricht.» Ed unterbrach die Verbindung, ohne etwas gesagt zu haben.

Mit jeder Meile rückte das echte Leben näher auf sie zu, wie eine ansteigende Flut, kalt und unaufhaltsam.

Sie kamen schließlich um kurz nach vier an. Aus dem Regen war feines Nieseln geworden, die breiten Straßen von Danehall wirkten ölig vor Feuchtigkeit und ließen kaum eine Ahnung von Frühling erkennen. Und da war ihr Haus. Es wirkte irgendwie kleiner und schäbiger als in Jess' Erinnerung und seltsamerweise wie etwas, das nichts mit ihr zu tun hatte. Ed hielt vor dem Haus an, und sie sah durchs Beifahrerfenster auf die abblätternde Farbe der Fensterrahmen im ersten Stock. Marty war nie dazu gekommen, sie neu zu lackieren, weil er gesagt hatte, wenn schon, dann müsse man es richtig machen und die Rahmen abschleifen, um die alte Farbe herunterzubekommen, und mit Holzkitt die Löcher füllen, und er war immer entweder zu beschäftigt oder zu müde gewesen, um damit anzufangen. Einen Augenblick lang hatte Jess das Gefühl, von einer Depression überrollt zu werden, als sie an all die Probleme dachte, die sie hier zurückgelassen hatte und die sie nun erwarteten. Und die noch größeren Probleme, die sie in ihrer Abwesenheit geschaffen hatte. Und dann sah sie zu Ed hinüber, der Tanzie mit ihrer Tasche half und über etwas lachte, das Nicky sagte, wobei er sich zu ihm hinüberbeugte, um ihn besser zu hören, und das Gefühl ging vorbei.

Ed hatte ungefähr eine Stunde vor der Stadt seinen angekündigten Umweg gemacht, war zu einem Baumarkt gefahren und mit einem großen Karton voller Sachen wieder herausgekommen, die er zu ihren Taschen in den Kofferraum zwängte. Möglicherweise musste er ja noch etwas an seinem

Ferienhaus machen, bevor er es verkaufte. Auch wenn sich Jess nicht vorstellen konnte, was man an diesem Haus noch verbessern könnte.

Er ließ die letzte Reisetasche vor der Haustür fallen und stand dort mit dem Karton in den Händen. Die Kinder waren augenblicklich in ihre Zimmer verschwunden, wie Tiere in einer Art Nestinstinkt-Experiment. Jess war das vollgestopfte kleine Haus ein bisschen peinlich, die Raufasertapete, die langen Reihen abgegriffener Taschenbücher.

«Morgen fahre ich zu meinem Dad zurück.»

Der Gedanke, dass er wegfahren würde, versetzte ihr unwillkürlich einen Stich. «Gut. Das ist gut.»

«Nur für ein paar Tage. Bis ich zur Polizei muss. Aber ich dachte, ich werde vorher noch die hier aufhängen.»

Jess schaute auf die Schachteln in dem Karton.

«Überwachungskamera und Bewegungsmelder. Das dauert höchstens zwei Stunden.»

«Das hast du für uns gekauft?»

«Nicky ist zusammengeschlagen worden. Tanzie fühlt sich offensichtlich nicht sicher. Ich dachte, damit fühlt ihr euch alle besser. Du weißt schon ... wenn ich nicht da bin.»

Sie starrte den Karton an, dachte an das, was er bedeutete. Plötzlich fühlte sie sich völlig überwältigt von der Tatsache, dass dieser Mann an all das gedacht hatte und sie beschützen wollte. Sie redete los, ohne groß darüber nachzudenken. «Das ... das musst du nicht machen», stammelte sie. «Ich bin handwerklich ziemlich begabt. Ich mache es selbst.»

«Auf einer Leiter. Mit einem verstauchten Fuß.» Er hob eine Augenbraue. «Weißt du, Jessica Rae Thomas, irgendwann musst du dir auch mal helfen lassen.»

«Also, was soll ich stattdessen machen?»

«Setz dich hin. Schon dich. Leg deinen Fuß hoch. Und danach gehe ich mit Nicky in die Stadt, und wir werfen das Geld für lauter ekelhaftes, ungesundes Fastfood-Zeug zum Fenster hinaus, weil es vielleicht lange dauert, bis ich so etwas wieder kriege. Und dann setzen wir uns hierher und essen es, und danach liegen du und ich herum und starren ungläubig unsere dicken Bäuche an.»

«O mein Gott, ich liebe es, wenn du so unanständige Sachen sagst.»

Also saß sie da. Ohne irgendetwas zu tun. Auf ihrem eigenen Sofa. Und Tanzie kam und setzte sich eine Weile zu ihr, und Ed stieg draußen auf eine Leiter und winkte ihr durchs Fenster mit dem Bohrer zu und tat so, als würde er von der Leiter fallen, bis sie wirklich Angst bekam. «Ich war innerhalb von acht Tagen schon in zwei Krankenhäusern», schrie sie ihm verärgert durchs Fenster zu. «Und ich habe keine Lust auf ein drittes.» Und dann, weil sie im Stillsitzen nicht besonders gut war, sortierte sie Schmutzwäsche und stellte die Waschmaschine an, aber danach setzte sie sich wieder hin und ließ alle anderen machen, denn sie musste zugeben, dass sie viel weniger Schmerzen hatte, wenn sie den Fuß hochlegte, statt damit herumzulaufen.

Und es war so ein gutes Gefühl, einfach nichts zu tun und die anderen werkeln zu lassen. Das Geräusch von Eds Bohrmaschine zu hören und durchs Fenster seinen Blick aufzufangen, als er die Kamera anschloss und ihr zurief, sie solle mal kommen und es sich ansehen. Sie wusste nicht mehr, wann das letzte Mal jemand anderes als sie etwas an dem Haus gemacht hatte.

«Ist das okay?», fragte Ed.

Sie hinkte nach draußen. Er stand auf dem Weg durch den

Vorgarten und schaute an der Fassade hinauf. «Ich dachte, wenn ich sie dort installiere, nimmt sie nicht nur jeden auf, der durch den Vorgarten zum Haus kommt, sondern auch die Straßenumgebung. Es ist eine Sammellinse, siehst du?» Sie versuchte, einen interessierten Blick aufzusetzen. Sie fragte sich, ob sie ihn dazu bringen könnte, über Nacht zu bleiben, wenn die Kinder im Bett waren.

«Und oft ist es so, dass es schon abschreckend wirkt, wenn die Kamera einfach nur da hängt.»

Wäre das wirklich so schlimm? Er könnte sich ja hinausschleichen, bevor die Kinder wach wurden. Andererseits, wem wollten sie hier eigentlich noch etwas vormachen? Nicky und Tanzie mussten schon längst erraten haben, dass zwischen ihr und Ed etwas lief.

«Jess?»

Er stand vor ihr.

«Mm?»

«Ich muss nur noch dort oben ein Loch bohren und die Drähte durch die Mauer ziehen. Ich denke, dass ich auf der Innenseite die Kabel verbinden kann, und dann ist es ganz einfach, alles anzuschließen. Ein bisschen was habe ich doch von Dad gelernt.»

Er hatte den zufriedenen Ausdruck auf dem Gesicht, den Männer mit einem Elektrowerkzeug in der Hand häufig an sich haben. Er klopfte sich auf die Tasche, in die er einen Schraubenvorrat gesteckt hatte, und dann sah er sie prüfend an. «Hast du auch nur ein Wort von dem gehört, was ich gerade gesagt habe?»

Jess grinste ihn schuldbewusst an.

«Du bist unverbesserlich», sagte er. «Wirklich.»

Mit einem Blick über die Schulter versicherte er sich, dass

niemand zusah, dann legte er ihr sanft einen Arm um den Nacken, zog sie an sich und küsste sie. Sein Kinn kratzte vor Bartstoppeln. «Und jetzt lass mich weitermachen. Ohne mich abzulenken. Du hast doch bestimmt ein paar Prospekte von einem Pizza-Lieferservice oder so. Geh und such sie.»

Jess hinkte lächelnd in die Küche und begann in den Schubladen herumzuwühlen. Sie wusste nicht mehr, wann sie das letzte Mal etwas zu essen bestellt hatte. Sie war ziemlich sicher, dass keiner der Prospekte mehr aktuell war. Ed ging nach oben, um die Kabelverbindung herzustellen. Er rief ihr über die Treppe zu, dass er ein paar Möbel umstellen müsse, um an die Sockelleiste zu kommen.

«Kein Problem», rief sie zurück. Sie hörte ihn rumoren und mit dumpfem Dröhnen Möbelstücke über den Boden ziehen, um an die Verteilerdose zu kommen, und konnte es erneut kaum fassen, dass jemand anders als sie etwas an dem Haus machte.

Und dann lehnte sie sich auf dem Sofa zurück und begann die Prospekte durchzugehen, die sie in der Schublade mit den Geschirrhandtüchern entdeckt hatte. Manche Seiten klebten zusammen, weil Soße daraufgespritzt war, andere waren vergilbt, so alt waren sie. Jess war ziemlich sicher, dass es den Chinesen nicht mehr gab. Irgendwelche Probleme mit der Hygieneaufsicht. Die Preisliste des Pizza-Lieferservices war nicht mehr zu entziffern. Das Angebot im Curry-Imbiss wirkte ganz okay, aber Jess wurde den Gedanken an das kleine, krause Haar nicht los, das Nathalie in ihrem Chicken Jalfrezi entdeckt hatte. Trotzdem. Hähnchencurry. Pilaf-Reis. Papadum.

Sie war so abgelenkt, dass sie seine Schritte nicht hörte, als er langsam die Treppe herunterkam. «Jess?»

«Ich glaube, das hier geht.» Sie hielt den Prospekt hoch. «Ich habe beschlossen, dass ein Haar unbekannter Herkunft kein zu hoher Preis ist für ein gutes …»

In diesem Augenblick sah sie seinen Gesichtsausdruck. Und was er ungläubig in der Hand hielt.

«Jess?», sagte er, und seine Stimme klang, als würde sie jemand anders gehören. «Wie kommt mein Firmenausweis in deine Sockenschublade?»

KAPITEL 28

Nicky

Als Nicky herunterkam, saß sie einfach auf dem Sofa und starrte wie in Trance vor sich hin. Die Black-und-Decker-Bohrmaschine lag auf dem Fensterbrett, und die Leiter lehnte noch vorn am Haus.

«Ist Mr. Nicholls schon los, um etwas zu essen zu holen?» Nicky war ein bisschen genervt, weil er sich nichts hatte aussuchen können.

Sie schien ihn nicht zu hören.

«Jess?»

Ihr Gesicht war wie eingefroren. Sie schüttelte leicht den Kopf und sagte: «Nein.»

«Er kommt aber wieder, oder?», sagte er nach einer Weile. Er zog die Kühlschranktür auf. Er wusste nicht, was er darin gesucht hatte. In dem Kühlschrank befanden sich eine Packung vertrocknete Zitronen und ein halbleeres Glas Essiggurken.

Sie ließ sich lange Zeit mit ihrer Antwort. «Ich weiß es nicht», sagte sie. Und dann noch einmal. «Ich weiß es nicht.»

«Also ... wird es nichts mit dem Essen?»

«Nein.»

Nicky stöhnte enttäuscht. «Tja, aber ich schätze, dass er irgendwann doch zurückkommen muss. Ich habe oben noch seinen Laptop.»

Offenbar hatten sie gestritten, aber sie benahm sich nicht so wie damals, wenn sie sich mit Marty gestritten hatte. Da hatte sie mit Türen geknallt und «Arschloch» vor sich hin gemurmelt oder diesen richtig fertigen Ausdruck im Gesicht gehabt, der bedeutete: *Warum muss ich mit diesem Idioten zusammenleben?* Aber jetzt sah sie aus wie jemand, der gerade erfahren hat, dass ihm noch sechs Monate Lebenszeit bleiben.

«Alles okay mit dir?»

Sie blinzelte und legte sich die Hand an die Stirn, als wollte sie fühlen, ob sie Fieber hatte. «Ähm. Nicky. Ich muss ... ich muss mich hinlegen. Kannst du ... kannst du dich um dich selbst kümmern? Da ist noch was. Essen. Im Gefrierschrank.»

In all den Jahren, die Nicky bei Jess wohnte, hatte sie ihn nie gebeten, sich um sich selbst zu kümmern. Nicht einmal, als sie zwei Wochen lang Grippe gehabt hatte. Bevor er irgendetwas sagen konnte, war sie aufgestanden, dann hinkte sie ganz langsam die Treppe hinauf.

Zuerst hatte Nicky gedacht, Jess würde einfach bloß aus einem kleinen Streit ein Riesendrama machen. Er und Tanzie drückten sich flüsternd vor ihrem Schlafzimmer herum. Dann brachten sie ihr einen Tee mit Toast hinein, aber sie starrte einfach nur an die Wand. Das Fenster stand offen, obwohl es draußen langsam kalt wurde. Sie schien es nicht mitzubekommen. Nicky machte es zu und brachte die Leiter und die Bohrmaschine zurück in die Garage, die ohne den Rolls auf einmal riesig groß wirkte. Und als er ein paar Stunden später zu Jess zurückkam, um das Geschirr zu holen, standen der Tee und der Toast unberührt und kalt geworden auf ihrem Nachttisch.

«Sie ist wahrscheinlich erschöpft von der Reise», sagte Tanzie wie eine alte Dame.

Aber am nächsten Tag blieb Jess im Bett. Als Nicky zu ihr hineinkam, war die Bettdecke kaum zerknittert, und sie trug immer noch dieselben Kleider, in denen sie sich am Vortag hingelegt hatte.

«Bist du krank?», fragte er und zog die Vorhänge auf. «Soll ich einen Arzt rufen?»

«Ich brauche einfach einen Tag im Bett, Nicky», sagte sie leise.

«Nathalie war da. Ich habe ihr gesagt, du rufst sie an. Es geht um irgendeinen Putzjob.»

«Sag ihr, ich bin krank.»

«Aber du bist nicht krank. Und die von der Polizei haben angerufen, um zu fragen, wann du das Auto abholst. Und Mr. Tsvangarai hat angerufen, aber ich wusste nicht, was ich ihm sagen soll, also habe ich ihn einfach auf den Anrufbeantworter sprechen lassen.»

«Nicky. Bitte.» Sie sah so traurig aus, dass er sich schlecht fühlte, weil er überhaupt etwas gesagt hatte. Sie wartete einen Augenblick, dann zog sie sich die Decke bis ans Kinn und drehte ihm den Rücken zu.

Nicky machte für Tanzie das Frühstück. Er kam sich an diesen beiden Vormittagen merkwürdig nützlich vor. Er vermisste nicht einmal seinen Vorrat. Er ließ Norman in den Garten hinaus und machte hinter ihm sauber. Mr. Nicholls hatte die Sicherheitsleuchte draußen beim Fenster liegen lassen. Sie war noch in der Schachtel, die vom Regen feucht geworden war, aber niemand hatte sie gestohlen. Nicky brachte die Lampe ins Haus, setzte sich an den Küchentisch und betrachtete sie.

Er überlegte, ob er Mr. Nicholls anrufen sollte, aber er wusste nicht, was er sagen konnte. Und es kam ihm ein bisschen komisch vor, Mr. Nicholls ein zweites Mal darum zu bitten, dass er zu ihnen zurückkam. Außerdem sorgte jemand, der wirklich bei einem sein wollte, dafür, dass er auch da war. Nicky wusste das besser als irgendwer sonst. Was auch immer zwischen Mr. Nicholls und Mum vorgefallen war, war so ernst, dass er nicht mal zurückgekommen war, um sich seinen Laptop abzuholen. Ernst genug, dass Nicky dachte, er sollte sich besser nicht einmischen.

Er räumte sein Zimmer auf. Er ging eine Weile online, aber das Spielen langweilte ihn. Er starrte aus dem Fenster auf die Dächer der Hauptstraße und die orangefarbenen Backsteinmauern des Freizeitzentrums, das ein gutes Stück entfernt lag, und erkannte, dass er keine Lust mehr darauf hatte, ein waffenstarrender Android zu sein, der Aliens abschoss. Er wollte nicht mehr in diesem Zimmer hocken. Er dachte an die freie Straße, an das Gefühl, als Mr. Nicholls' Auto sie weit weggebracht hatte, an die scheinbar endlose Zeit, in der sie nicht gewusst hatten, in welchen Ort sie als Nächstes kommen würden, und da wurde Nicky mehr als alles andere klar, dass er aus dieser Kleinstadt wegwollte.

Er wollte seinen Clan finden.

Nicky hatte genau darüber nachgedacht und war zu dem Schluss gekommen, dass er am Nachmittag von TAG ZWEI das Recht hatte, ein bisschen durchzudrehen. Bald würde die Schule wieder anfangen, und er wusste nicht, wie er sich gleichzeitig um Jess und die Kleine und den Hund und alles andere kümmern sollte. Er staubsaugte im ganzen Haus und wusch die Wäsche noch einmal, nachdem er sie feucht und muffig in der Maschine entdeckte. Er ging mit Tanzie in den Lebensmittelladen, und sie kauften ein bisschen Brot und Milch und Hundefutter. Er versuchte, sich nichts anmerken zu lassen, aber er war ziemlich erleichtert, dass niemand vor dem Laden herumhing und ihn Schwuchtel oder Freak oder sonst was nannte. Und Nicky dachte, dass Jess vielleicht, aber nur vielleicht, recht gehabt hatte und sich die Dinge ändern konnten. Und dass vielleicht endlich eine neue Phase in seinem Leben begann.

Kurz danach, als er gerade die Post durchsah, kam Tanzie in die Küche. «Können wir noch mal in den Laden zurück?»

Er sah nicht auf. Er fragte sich, ob er den offiziell aussehenden Brief aufmachen sollte, der an Mrs. J. Thomas gerichtet war. «Wir waren doch gerade erst im Laden.»

«Kann ich dann alleine gehen?»

Da sah er auf und erschrak ein bisschen. Sie hatte irgendetwas mit ihrem Haar gemacht, es an einer Seite mit Massen von Glitzerspängchen hochgesteckt. Sie sah überhaupt nicht mehr aus wie Tanzie.

«Ich will eine Karte für Mum kaufen», sagte sie. «Um sie aufzumuntern.»

Nicky war ziemlich sicher, dass eine Karte dafür nicht ausreichen würde. «Warum bastelst du ihr nicht selbst eine Karte, Kleine? Dann sparst du dir dein Geld.»

«Ich mache ihre Karten immer selbst. Manchmal ist es schön, eine gekaufte Karte zu bekommen.»

Er sah sie an. «Hast du dich geschminkt?»

«Nur Lippenstift.»

«Jess würde dir keinen Lippenstift erlauben. Wisch ihn ab.»

«Suzie benutzt auch welchen.»

«Ich glaube nicht, dass Jess es deswegen besser finden würde, Kleine. Los, wisch ihn ab, und wenn du zurückkommst, zeig ich dir, wie man sich richtig schminkt.»

Sie zog ihre Jacke vom Garderobenständer. «Ich wisch ihn unterwegs ab», rief sie über die Schulter.

«Nimm Norman mit», schrie er ihr nach, denn das hätte Jess auch gesagt. Dann machte er eine Tasse Kaffee und trug sie hinauf. Es wurde Zeit, Jess wieder auf die Beine zu bringen. Bei dieser Überlegung fühlte sich Nicky seltsam erwachsen. Es wurde Zeit, Jess wieder auf die Beine zu bringen.

Das Zimmer war dunkel. Es war Viertel vor drei am Nachmittag. «Stell die Tasse auf den Nachttisch», murmelte sie. Es roch nach ungewaschenem Mensch und abgestandener Luft. Nicky zog die Vorhänge ein Stück auf.

«Es hat aufgehört zu regnen.»

«Schön.»

«Jess, du musst aufstehen.»

Sie sagte nichts.

«Wirklich. Du musst aufstehen. Hier drin mieft's allmählich.»

«Ich bin müde, Nicky. Ich brauche eine ... Pause.»

«Du brauchst keine Pause. Du ... du bist doch sonst immer in Aktion wie das Duracell-Häschen.»

«Bitte, Liebling.»

«Ich verstehe es nicht, Jess. Was ist los?»

Sie drehte sich um, ganz langsam, und stützte sich auf die Ellbogen. Unten hatte der Hund angefangen zu bellen, und er bellte immer weiter. Jess rieb sich über die Augen. «Wo ist Tanzie?»

«Zum Laden gegangen.»

«Hat sie etwas gegessen?»

«Ja. Aber fast nur Cornflakes. Ich kann ja nichts anderes als Fischstäbchen machen, und die hat sie schon satt.»

Sie betrachtete Nicky und schaute dann zum Fenster. Und dann sagte sie: «Er kommt nicht zurück.» Und ihr Gesicht verzog sich.

Der Hund bellte inzwischen wie irre im Vorgarten herum, das blöde Vieh. Nicky versuchte, auf das konzentriert zu bleiben, was Jess gesagt hatte. «Wirklich? Nie mehr?»

Eine dicke Träne rollte über ihre Wange. Sie wischte sie mit der flachen Hand weg und schüttelte den Kopf. «Und weißt du, was das Dümmste ist, Nicky? Ich hatte es vergessen. Ich hatte vergessen, was ich gemacht habe. Ich war so glücklich unterwegs, es war, als wäre mein ganzes Leben davor einem anderen Menschen passiert. Oh, dieser verdammte Hund.»

Was sie sagte, ergab keinen Sinn. Nicky überlegte, ob sie vielleicht doch krank war.

«Du könntest ihn anrufen.»

«Ich hab's versucht. Er geht nicht dran.»

«Willst du, dass ich zu ihm rübergehe?»

Noch während er es sagte, bereute er es schon. Denn obwohl er Mr. Nicholls wirklich mochte, wusste Nicky schließlich besser als irgendwer sonst, dass man niemanden dazu bringen konnte, bei einem zu bleiben. Es hatte keinen Sinn, sich an jemanden zu hängen, der einen nicht haben wollte.

Vielleicht erzählte sie es ihm nur, weil sie niemand anderen hatte, dem sie es erzählen konnte. «Ich habe ihn geliebt, Nicky. Ich weiß, das klingt dumm nach einer so kurzen Zeit, aber ich habe ihn geliebt.» Es war ein Schock, sie diese Worte sagen zu hören. All die Gefühle brachen einfach aus ihr heraus. Aber das führte trotzdem nicht dazu, dass Nicky einfach nur fortlaufen wollte. Er setzte sich auf die Bettkante, beugte sich zu ihr, und obwohl er sich immer ein bisschen komisch fühlte, wenn es um Körperkontakt ging, umarmte er sie. Und sie fühlte sich in seine Armen ziemlich klein an, obwohl er sie auf eine gewisse Art immer als größer als sich selbst wahrgenommen hatte. Und sie lehnte ihren Kopf an seine Brust, und er wurde traurig, weil er ausnahmsweise einmal etwas sagen wollte, aber nicht wusste was.

In diesem Augenblick wurde Normans Bellen richtig hysterisch. Ungefähr so wie in Schottland, als er die Kühe gesehen hatte. Nicky war abgelenkt und richtete sich auf. «Er klingt, als würde er gleich verrückt.»

«Dieser verdammte Hund. Wahrscheinlich ist es der Chihuahua aus der sechsundfünfzig.» Jess schniefte und wischte sich über die Augen. «Ich bin sicher, dass der ihn mit Absicht ärgert.»

Nicky stand vom Bett auf und ging zum Fenster. Norman war im Garten und bellte wie verrückt, den Kopf durch eine Zaunlücke gesteckt, wo zwei Latten halb weggefault waren. Nicky brauchte einen Augenblick, um festzustellen, dass er nicht mehr wie Norman aussah. Dieser Hund stand hoch aufgerichtet, und sein Fell sträubte sich. Nicky zog den Vorhang etwas weiter auf, und da sah er Tanzie auf der anderen Straßenseite. Zwei Fishers und ein Junge, den er nicht kannte, hatten sie mit dem Rücken an eine Hauswand gedrückt. Während Nicky hinsah, packte einer von ihnen Tanzie an der Jacke, und sie versuchte, seine Hand wegzuschlagen. «Hey! Hey!», brüllte Nicky, aber sie hörten ihn nicht. Sein Herz raste. Nicky kämpfte mit dem Schiebefenster, aber es rührte sich nicht. Er schlug an die Scheibe, wollte, dass sie aufhörten. «HEY! Scheiße. HEY!»

«Was ist?», sagte Jess und schwang die Beine aus dem Bett.
«Die Fishers.»

Sie hörten Tanzies schrillen Schrei. Als Jess vom Bett aufsprang, war Norman für den Bruchteil einer Sekunde still, dann warf er sich gegen den schwächsten Abschnitt des Zauns. Er brach durch wie ein Hunde-Rammbock, und Holzstücke flogen um ihn herum in die Luft. Nicky verfolgte mit, wie die Fishers herumwirbelten, sahen, wie dieses riesige schwarze Geschoss auf sie zukam, und den Mund aufrissen. Und dann hörte er quietschende Bremsen und einen überraschend lauten Aufprall und das *O Gott, o Gott* von Jess und dann eine Stille, die ewig anzuhalten schien.

KAPITEL 29

Tanzie

Tanzie hatte beinahe eine Stunde lang in ihrem Zimmer gesessen und versucht, ihrer Mum eine Karte zu malen. Aber sie wusste nicht, was sie daraufschreiben sollte. Mum benahm sich, als wäre sie krank, aber Nicky sagte, sie wäre nicht richtig krank, nicht wie Mr. Nicholls auf ihrer Fahrt, also passte eine Gute-Besserung-Karte nicht. Tanzie überlegte, ob sie «Sei glücklich!» schreiben sollte, aber das klang zu sehr nach Befehl. Oder sogar nach Kritik. Und dann dachte sie daran, einfach nur «Ich liebe dich» zu schreiben, aber sie wollte es in Rot schreiben, und all ihre roten Filzstifte waren verbraucht. Also beschloss sie, eine Karte zu kaufen, weil Mum immer sagte, Dad habe ihr keine einzige Karte gekauft, außer diesem gefütterten Umschlag mit einer total kitschigen Karte zum Valentinstag, als er ihr den Hof gemacht hatte. Und bei den Worten «den Hof machen» musste sie jedes Mal lachen.

Aber vor allem wollte Tanzie sie aufmuntern. Eine Mum sollte sagen, was gemacht wurde, sollte sich um alles kümmern und unten zu tun haben und nicht da oben im Dunkeln liegen, als wäre sie eine Million Meilen weit weg. Das machte Tanzie Angst. Seit Mr. Nicholls weggegangen war, kam ihr das Haus zu still vor, und sie hatte einen Klumpen im Bauch, als ob bald etwas Schlimmes passieren würde. Sie war morgens nach dem Aufwachen in Mums Zimmer geschlichen und zum Kuscheln in ihr Bett gekrochen, und Mum hatte sie in die Arme genommen und sie auf den Scheitel geküsst.

«Bist du krank, Mum?», hatte sie gefragt.

«Ich bin bloß müde, Tanzie.» Mums Stimme klang so traurig und erschöpft, wie man es sich gar nicht vorstellen konnte. «Ich stehe bald auf. Versprochen.»

«Ist es ... meinetwegen?»

«Wie bitte?»

«Weil ich kein Mathe mehr machen will. Bist du deswegen traurig?»

Und da stiegen Mum Tränen in die Augen, und Tanzie bekam das Gefühl, dass sie irgendwie alles noch schlimmer gemacht hatte. «Nein, Tanzie», sagte Jess und zog sie an sich. «Nein, Liebling. Es hat absolut nichts mit dir und der Mathematik zu tun. Das darfst du wirklich nicht denken.»

Aber sie war trotzdem nicht aufgestanden.

Also war Tanzie allein an der Straße entlanggegangen, in der Tasche die zwei Pfund fünfzehn, die ihr Nicky gegeben hatte, obwohl sie genau wusste, dass er eine Karte für eine dumme Idee hielt, und sie überlegte, ob es besser wäre, eine billige Karte und dafür auch noch ein bisschen Schokolade zu kaufen, oder ob eine billige Karte die ganze Idee mit der Karte verdarb, als ein Auto neben ihr hielt. Sie glaubte, jemand wollte fragen, wie man nach Beachfront kam (die Leute fragten immer, wie man nach Beachfront kam), aber es war Jason Fisher.

«He, Missgeburt», sagte er, und sie ging weiter. Er hatte eine Gelfrisur, bei der die Haare in Spitzen vom Kopf hochstanden, und seine Augen waren zu Schlitzen verengt, als würde er sein ganzes Leben damit verbringen, mit verkniffener Miene Sachen anzuschauen, die ihm nicht gefielen.

«Ich hab gesagt: Missgeburt.»

Tanzie versuchte, ihn nicht anzusehen. Ihr Herzschlag beschleunigte sich. Sie ging ein bisschen schneller.

Er fuhr ein Stück weiter, sodass sie dachte, er würde vielleicht wegfahren. Aber dann hielt er wieder an und stieg aus, kam um das Auto herum und blieb angeberisch vor ihr stehen, sodass sie nicht weitergehen konnte, ohne sich an ihm vorbeizuschieben. Er legte den Kopf zur Seite, als müsste er einem Dummkopf etwas erklären.

«Es ist unhöflich, nicht zu antworten, wenn jemand mit dir redet. Hat deine Mum dir das nicht beigebracht?»

Tanzie fürchtete sich so, dass sie nicht reden konnte.

«Wo ist dein Bruder?»

«Weiß nicht.» Ihre Stimme war nicht mehr als ein Flüstern.

«Doch, du weißt es, Brillenschlange. Dein Bruder ist sich vermutlich oberschlau vorgekommen, als er auf meiner Facebook-Seite rumgepfuscht hat.»

«Hat er gar nicht», sagte sie. Aber sie war eine richtig schlechte Lügnerin, und sie wusste in dem Moment, in dem sie es sagte, dass er ihre Lüge durchschaute.

Er ging zwei Schritte auf sie zu. «Du kannst ihm sagen, dass ich ihn noch erwische, diesen verdammten Scheißkerl. Er hält sich für wahnsinnig schlau. Sag ihm, dass ich ihm sein echtes Profil versaue.»

Der andere Fisher, der Cousin, dessen Name sich Tanzie nie merken konnte, murmelte ihm etwas zu, was sie nicht hören konnte. Sie waren jetzt alle aus dem Auto gestiegen und kamen auf sie zu.

«Also», sagte Jason. «Eins muss dein Bruder wirklich kapieren. Wenn er sich an etwas von mir vergeht, dann vergehe ich mich an etwas von ihm.» Er hob das Kinn, zog geräuschvoll den Rotz hoch und spuckte auf den Bürgersteig. Der grünliche Klumpen landete direkt vor Tanzies Füßen.

Sie überlegte, ob die Fishers mitbekamen, wie angestrengt sie atmete.

«Steig ein.»

«Was?»

«Steig in das Scheißauto.»

«Nein.» Sie ging rückwärts von ihnen weg. Sie sah sich nach anderen Fußgängern um. Ihr Herz schien gegen ihre Rippen zu pochen wie ein Vogel im Käfig.

«Steig in das verdammte Auto, Costanza.» Er sagte es, als wäre ihr Name etwas Ekelhaftes. Sie wollte wegrennen, aber im Rennen war sie total schlecht, und sie wusste, dass die Fishers sie fangen würden. Sie wollte über die Straße und zurück nach Hause, aber es war zu weit. Und dann landete eine Hand auf ihrer Schulter.

«Sieh dir bloß mal ihre Haare an.»

«Kennst du dich mit Jungs aus, Brillenschlange?»

«Die kennt sich natürlich nicht mit Jungs aus. Guck doch mal, wie sie aussieht.»

«Sie hat aber Lippenstift drauf, die kleine Schlampe. Ist trotzdem potthässlich.»

«Ja, aber man muss ihnen dabei ja nicht ins Gesicht sehen, oder?» Sie lachten. Tanzies Stimme klang, als würde sie jemand anderem gehören. «Lasst mich in Ruhe. Nicky hat nichts gemacht. Wir wollen einfach bloß in Ruhe gelassen werden.»

«Wir wollen einfach bloß in Ruhe gelassen werden», wiederholten sie spöttisch. Fisher kam einen Schritt näher. Mit gesenkter Stimme sagte er: «Steig in das verdammte Auto, Costanza.»

«Lass mich in Ruhe!»

Da packte er sie an der Kleidung. Panik überrollte sie wie eine eisige Welle und schnürte ihr die Kehle zu. Sie versuchte, ihn wegzustoßen. Vielleicht schrie sie auch, aber es kam niemand. Die beiden Fishers packten sie an den Armen und zerrten sie zu dem Auto. Sie hörte sie vor Anstrengung keuchen, roch ihr Deo, während sie mit den Füßen auf dem Bürgersteig Halt suchte. Und sie wusste ganz genau, dass sie auf keinen Fall einsteigen durfte. Denn als sich die Tür vor ihr öffnete wie das Maul eines Riesentiers, fiel ihr plötzlich eine Statistik aus Amerika wieder ein, in der es um Mädchen ging, die in die Autos fremder Männer einstiegen. Die Überlebenschancen der Mädchen sanken um 72 Prozent, sobald sie mit einem Fuß im Fußraum standen. Diese Statistik stieg wie ein fester Halt vor Tanzie auf. Sie klammerte sich daran, und sie schlug und trat um sich, und sie biss, und sie hörte jemanden fluchen, als ihr Fuß auf weiches Fleisch traf, und dann traf sie etwas an der Schläfe, und sie wirbelte herum und verlor das Gleichgewicht, und dann knackte etwas, als sie auf den Boden fiel. Alles kippte seitlich weg. Sie hörte ein Krachen, einen Ruf in der Ferne. Und sie hob den Kopf, und alles war verschwommen, aber sie glaubte Norman zu sehen, der mit einer Geschwindigkeit, die sie bei ihm noch nie erlebt hatte, über die Straße auf sie zurannte und der mit seinen gefletschten Zähnen und schwarzen Augen überhaupt nicht wie Norman aussah, sondern wie irgendein Dämon, und dann war da ein roter Blitz, und Bremsen quietschten, und Tanzie sah nur noch, wie etwas Schwarzes durch die Luft flog, als wäre es ein Wäschebündel. Und sie hörte nur noch diesen Schrei, der überhaupt nicht mehr endete und sich anhörte, als würde die Welt untergehen. Es war das schlimmste Geräusch, das sie je gehört hatte, und dann wurde ihr klar, dass dieses Geräusch von ihr selbst kam. Es war der Klang ihrer eigenen Stimme.

KAPITEL 30

Jess

Er lag auf dem Boden. Jess rannte, barfuß und keuchend, auf die Straße, wo der Autofahrer stand. Der Fahrer hatte die Hände an seine Schläfen gelegt, wippte leicht vor und zurück und sagte: «Ich habe ihn nicht gesehen. Ich habe ihn überhaupt nicht gesehen. Er ist einfach auf die Straße gerannt.»

Nicky, der leichenblass neben Norman kauerte und ihm den Kopf kraulte, murmelte: «Komm schon, Kumpel. Komm schon.» Tanzie stand unter Schock. Sie starrte mit weit aufgerissenen Augen auf Norman; ihre Arme hingen starr an ihren Seiten herunter.

Jess kniete sich hin. Normans Augen sahen aus wie Glasmurmeln. Blut rann aus seinem Maul und seinem Ohr. «O nein, du dummer alter Hund. O Norman. O nein.» Sie legte das Ohr an seine Brust. Nichts. Sie konnte ihren Schluchzer nicht unterdrücken.

Sie spürte Tanzies Hand auf der Schulter, ihre Faust, die

sich in ihrem T-Shirt verkrallte und wieder und wieder daran zog. «Mum, mach, dass es wieder gut wird. Mum, mach, dass es wieder gut wird.» Tanzie fiel auf die Knie und vergrub das Gesicht in seinem Fell. «Norman. Norman.» Und dann begann sie laut zu weinen.

Über ihr Schluchzen hinweg kamen abgehackt und durcheinander Nickys Erklärungen. «Sie wollten Tanzie in das Auto zerren. Ich wollte was machen, aber das Fenster ging nicht auf. Es ging einfach nicht auf, und ich habe gebrüllt, und er ist einfach durch den Gartenzaun. Bevor ich hingekommen bin. Er wusste es. Er ist einfach mittendurch. Er wollte ihr helfen.»

Nathalie kam die Straße heruntergerannt, die Bluse falsch zugeknöpft und die Hälfte ihrer Haare auf Lockenwicklern. Sie schlang ihre Arme um Tanzie, zog sie an sich, wiegte sie und versuchte, sie zu beruhigen.

Normans Blick war erstarrt. Jess senkte ihren Kopf zu seinem; ihre Gefühle drohten sie zu überwältigen.

«Ich habe den tierärztlichen Notdienst angerufen», sagte jemand.

Sie streichelte Normans großes, weiches Ohr. «Danke», flüsterte sie.

«Wir müssen etwas unternehmen, Jess.» Nicky wiederholte es noch einmal. «Jetzt gleich.»

Sie legte Nicky eine zitternde Hand auf die Schulter. «Ich glaube, er ist tot, Liebling.»

«Nein. Sag das nicht. Du bist diejenige, die gesagt hat, dass wir so etwas nicht sagen. Wir geben nicht auf. Du bist diejenige, die sagt, dass alles gut wird. Du sagst so etwas nicht.»

Und als Tanzie wieder zu schluchzen begann, verzog sich auch Nickys Gesicht. Er fing an zu weinen, das Gesicht in die

Ellenbogenbeuge gelegt, und stieß laute, keuchende Schluchzer aus, als wäre ein Damm gebrochen.

Jess saß mitten auf der Straße, Autos fuhren langsam an ihr vorbei, neugierige Nachbarn standen auf den Eingangstreppen ihrer Häuser, und Jess hielt den enormen, blutbesudelten Kopf ihres alten Hundes im Schoß, hob das Gesicht zum Himmel und sagte tonlos: Was jetzt? WAS ZUM TEUFEL SOLL ICH JETZT MACHEN?

KAPITEL 31

Tanzie

Mum brachte sie ins Haus. Tanzie wollte Norman nicht allein lassen. Sie wollte nicht, dass er dort draußen auf der Straße starb, allein, während ihn Fremde angafften und flüsternd Bemerkungen wechselten, aber Jess wollte nichts davon wissen. Nigel von nebenan rannte heraus und sagte, er würde sich um alles kümmern, und als Nächstes hatte Mum die Arme um Tanzie geschlungen, und als sie schrie und strampelte, sagte Mum ihr ins Ohr: «Liebling, schon gut, Liebling, komm ins Haus, schau nicht hin, alles wird gut.» Doch noch während Mum die Eingangstür zuzog, ihren Kopf eng an Tanzies Kopf gedrückt, deren Augen tränenblind waren, hörte Tanzie hinter sich im Flur Nicky schluchzen, es waren heftige, zerrissene Schluchzer, als wäre Schluchzen etwas, das er nicht konnte. Und jetzt hatte Mum sie doch noch angelogen, denn es würde nicht alles gut werden, das konnte es gar nicht, weil jetzt alles aus war.

KAPITEL 32

Ed

«Manchmal», sagte Gemma und warf einen Blick hinter sich auf das puterrot angelaufene, brüllende Kind, das am nächsten Tisch saß und den Rücken im Protest weit durchgedrückt hatte, «manchmal glaube ich, die schlimmsten Fälle von falscher Kindererziehung erleben nicht Sozialarbeiter, sondern Bedienungen im Café.» Sie rührte gereizt ihren Kaffee um, als müsste sie den Impuls unterdrücken, einen lauten Kommentar abzugeben.

Die Mutter, eine Blondine mit modischen Korkenzieherlocken, versuchte mit sanften Tönen das Kind zu beruhigen und dazu zu bringen, seinen «Babycino» zu trinken. Das Kind beachtete sie nicht.

«Warum konnten wir denn nicht in den Pub gehen?»

«Um Viertel nach elf am Vormittag? O Gott, warum sagt sie dem Kind nicht einfach, dass es mit dem Geschrei aufhören soll? Oder bringt es raus? Weiß heutzutage kein Mensch mehr, wie man ein Kind ablenkt?»

Das Kind brüllte noch lauter. Ed bekam davon langsam Kopfschmerzen.

«Wir könnten ja auch rausgehen.»

«Wohin?»

«In den Pub. Da wäre es wenigstens leiser.»

Sie starrte ihn an, dann fuhr sie ihm mit dem Finger übers Kinn. «Ed, wie viel hast du gestern Abend getrunken?»

Er war völlig fertig aus dem Kommissariat gekommen. Anschließend hatten sie gemeinsam mit Paul Wilkes und zwei weiteren Juristen, von denen einer auf Fälle von Insiderhandel spezialisiert war, seinen offiziellen Strafverteidiger getroffen – den Namen hatte Ed schon wieder vergessen. Sie hatten um den Mahagonitisch der Kanzlei gesessen und geredet, als hätten sie zuvor eine Gesprächschoreographie eingeübt. Sie hatten unverblümt dargestellt, was die Details der Anklage bedeuteten, sodass Ed keinen Zweifel mehr daran hatte, was ihn erwartete. Gegen ihn sprach: der E-Mail-Verkehr, Deanna Lewis' Zeugenaussage, die Telefonate mit ihrem Bruder und die neue Entschlossenheit der Finanzaufsicht, die Akteure von Insidergeschäften hart zu bestrafen. Und dazu kam noch der Scheck mit seiner Unterschrift.

Deanna hatte geschworen, nicht gewusst zu haben, dass sie etwas Verbotenes tat. Sie sagte, Ed habe ihr das Geld aufgedrängt. Und dass sie es niemals getan hätte, wenn ihr bewusst gewesen wäre, dass ihr Ed etwas Illegales vorgeschlagen hatte. Genauso wenig hätte sie dann ihrem Bruder davon erzählt.

Für ihn sprach, dass er bei der Transaktion offenkundig keinen einzigen Cent verdient hatte. Sein Verteidigerteam sagte – nach Eds Meinung ein bisschen zu fröhlich –, dass sie seine Ahnungslosigkeit betonen würden, seine Ungeschicktheit, und dass er ein Neuling war, wenn es um Geld sowie die komplexen Zusammenhänge und Verantwortungen in einer Führungsposition ging. Sie würden behaupten, dass Deanna Lewis sehr wohl gewusst habe, was sie tat. Dass die kurze Beziehung zwischen ihm und Deanna Lewis sogar als Beweis für die Falle gelten müsse, die sie und ihr Bruder Ed gestellt hatten. Die Polizei hatte Eds sämtliche Konten überprüft und die Ermittlung dankenswert unergiebig gefunden. Er hatte jedes Jahr die volle Steuer bezahlt. Er hatte keine Kapitalanlagen. Es hatte ihm immer gefallen, alles einfach zu halten.

Und der Scheck war nicht auf ihren Namen ausgestellt. Er war in ihrem Besitz, aber ihren Namen hatte sie selbst eingesetzt. Sie würden behaupten, dass sie irgendwann während ihrer Beziehung einen Blankoscheck von ihm zu Hause mitgenommen hatte.

«Aber das hat sie nicht», wandte Ed ein.

Niemand schien ihn zu hören.

Möglicherweise würde eine Haftstrafe dabei herauskommen, erklärten sie ihm, aber in jedem Fall müsse er mit einem saftigen Bußgeld rechnen. Und natürlich sei seine Zeit bei Mayfly vorbei. Er würde keinen Direktorenposten mehr annehmen dürfen, jedenfalls für eine beträchtliche Zeit. Auf all das musste sich Ed gefasst machen. Die Anwälte fingen wieder an, untereinander zu diskutieren.

Und dann hatte er es gesagt: «Ich will mich schuldig bekennen.»

«Wie bitte?»

Schlagartig kehrte Ruhe ein.

«Ich habe ihr gesagt, dass sie es machen soll. Ich habe nicht darüber nachgedacht, dass es illegal ist. Ich wollte sie einfach loswerden, also habe ich ihr gesagt, wie sie ein bisschen Geld machen kann.»

Sie starrten sich an.

«Ed», fing seine Schwester an.

«Ich will die Wahrheit sagen.»

Einer der Rechtsanwälte beugte sich vor. «Wir haben eine sehr starke Verteidigungsposition, Mr. Nicholls. Ich glaube, dadurch, dass Sie den Empfänger nicht selbst auf den Scheck geschrieben haben – der das einzige echte Beweismittel ist –, können wir mit Erfolg geltend machen, dass sich Mrs. Lewis an Ihrem Konto bedient hat, um Profit zu machen.»

«Aber ich habe ihr den Scheck gegeben.»

Nun beugte sich Paul Wilkes vor. «Ed, Ihnen muss klar sein, was Sie da vorhaben. Wenn Sie sich schuldig bekennen, erhöhen Sie die Wahrscheinlichkeit einer Haftstrafe beträchtlich.»

«Das ist mir egal.»

«Das wird dir nicht mehr egal sein, wenn du in Winchester dreiundzwanzig Stunden Einzelhaft zu deiner eigenen Sicherheit hinter dir hast», sagte Gemma.

Ed hörte sie kaum. «Ich will einfach nur die Wahrheit sagen. So wie es war.»

«Ed», seine Schwester legte ihm die Hand auf den Arm, «vor Gericht ist kein Platz für die Wahrheit. Du machst damit alles noch schlimmer.»

Aber er schüttelte den Kopf und lehnte sich auf seinem Stuhl zurück. Und danach sagte er nichts mehr.

Er wusste, dass sie ihn für verrückt hielten, aber das kümmerte ihn nicht. Er saß einfach nur wie betäubt da, während seine Schwester die meisten Fragen stellte. Er hörte *Finanzdienstleistungs- und Börsengesetz 2000 blablabla*. Er hörte *Offener Vollzug und Geldstrafe und Strafrechtsgesetz 1993 blablabla*. Das alles war ihm so gleichgültig wie nur irgendetwas. Er würde also eine Weile ins Gefängnis gehen. Na und? Er hatte sowieso alles verloren. Und das gleich zweifach.

«Ed, hast du gehört, was ich gesagt habe?»

«Tut mir leid.»

Tut mir leid. Mehr schien er zurzeit nicht von sich zu geben. Tut mir leid, ich habe dich nicht verstanden. Tut mir leid, ich habe nicht zugehört. Tut mir leid, ich habe alles verbockt. Tut mir leid, dass ich so dumm war, mich in jemanden zu verlieben, der mich in Wahrheit für einen Trottel hält.

Und da war es wieder: die schon vertraute Anspannung beim bloßen Gedanken an sie. Wie hatte sie ihn nur belügen können? Wie hatten sie beinahe eine Woche lang nebeneinander im Auto sitzen können, ohne dass sie sich auch nur ansatzweise anmerken ließ, was sie getan hatte?

Wie hatte sie ihm von ihren finanziellen Ängsten erzählen können? Wie hatte sie mit ihm über Vertrauen reden können, sich in seine Arme sinken lassen können, wo sie doch die ganze Zeit wusste, dass sie ihm direkt aus seiner Tasche Geld gestohlen hatte?

Am Ende hatte sie gar nichts mehr sagen müssen. Es war ihr Schweigen, das ihm alles sagte. Die winzige Verzögerung zwischen dem Moment, in dem sie erkannte, dass es sein eigener Firmenausweis war, den er da ungläubig in der Hand hielt, und ihrem gestammelten Erklärungsversuch.

Ich wollte es dir erzählen.

Es ist nicht so, wie du denkst. Die Hand zum Mund gehoben.

Ich habe nicht nachgedacht.

O Gott. Es ist nicht ...

Sie war noch schlimmer als Lara. Lara war auf ihre Art wenigstens ehrlich gewesen, was seine Anziehungskraft auf sie anging. Sie hatte das Geld gemocht. Sie hatte sein Aussehen gemocht, nachdem sie ihn erst einmal so umgemodelt hatte, wie sie ihn haben wollte. Er dachte, Lara und er hatten im Innersten gewusst, dass ihre Ehe im Grunde ein Handel war. Er hatte sich gesagt, auf die eine oder andere Art wären wohl alle Ehen so.

Aber Jess? Jess hatte sich benommen, als wäre er der einzige Mann, den sie je wirklich begehrt hatte. Jess hatte ihn glauben lassen, dass sie sein wahres Selbst liebte, auch wenn er sich erbrach und sogar mit den Prellungen im Gesicht oder wenn er Angst vor der Begegnung mit seinen Eltern hatte. Sie hatte ihn denken lassen, es ginge um ihn.

«Ed?»

«Ja?» Er hob seinen Kopf aus seinen Händen.

«Ich weiß, dass es schwer ist. Aber du wirst es überleben.» Seine Schwester griff über den Tisch und drückte seine Hand. Irgendwo hinter ihr brüllte das Kind. Sein Kopf dröhnte.

«Klar», sagte er.

Sie hatte sich kaum verabschiedet, da war er schon auf dem Weg in den Pub.

Sie hatten die Verhandlung beschleunigt angesetzt, nachdem er seine überarbeitete Erwiderung auf die Klage eingereicht hatte, und Ed verbrachte die letzten paar Tage vor der Verhandlung mit seinem Vater. Einerseits wollte er es so, andererseits gab es in seinem Apartment in London keine Möbel mehr. Alles war zur Einlagerung verpackt worden, und die Wohnung war bereits verkauft.

Jemand hatte den geforderten Preis gezahlt, ohne dass es auch nur eine Besichtigung gegeben hätte. Der Makler fand das nicht ungewöhnlich. «Wir haben Wartelisten für diesen Straßenzug», sagte er, als Ed ihm die Ersatzschlüssel gab.

«Investoren, die ihr Geld sicher parken wollen. Höchstwahrscheinlich wird die Wohnung einfach ein paar Jahre lang leer stehen, bis sie wieder verkaufen wollen.»

Ed blieb drei Tage bei seinen Eltern, schlief in seinem alten Kinderzimmer, wachte in der Morgendämmerung auf, fuhr mit den Fingern über die Raufasertapete über dem Kopfende seines Bettes und dachte daran, wie seine Schwester als Teenager die Treppen heraufgestürmt und türenknallend in ihrem Zimmer verschwunden war, weil ihr Vater irgendetwas Gemeines zu ihr gesagt hatte.

Morgens saß er mit seiner Mutter beim Frühstück und begriff langsam, dass sein Vater nie mehr nach Hause kommen würde. Dass sie ihn nie mehr hier sitzen sehen würden, wie er seine Zeitung beim Umblättern gereizt aufschüttelte, damit die Seiten ordentlich aufeinanderlagen, und wie er, ohne hinzusehen, nach seinem Becher mit starkem schwarzen Kaffee griff (kein Zucker). Hin und wieder brach Eds Mutter in Tränen aus und schickte Ed mit einer Handbewegung weg, während sie mit der anderen eine Serviette an die Augen drückte. *Es geht schon. Wirklich, Schatz. Achte einfach nicht auf mich.*

In dem überheizten Zimmer drei der Victoria-Station redete Bob Nicholls immer weniger, aß weniger, tat weniger. Ed musste nicht mit dem Arzt sprechen, um zu sehen, was passierte. Das Fleisch schien sich von seinen Knochen zurückzuziehen, wegzuschmelzen, sodass sich seine Haut wie eine durchsichtige Hülle über seinen Schädel spannte und seine Augen in tiefen, dunklen Höhlen lagen.

Sie spielten Schach. Sein Vater schlief allerdings oft mitten in der Partie ein, manchmal, wenn er gerade dabei war, einen Zug zu machen, und dann saß Ed geduldig an seinem Bett und wartete darauf, dass er aufwachte. Und wenn er die Augen aufschlug und ein oder zwei Momente brauchte, um sich zu orientieren, den Mund zu schließen und sich zu konzentrieren, bewegte Ed eine Figur und tat so, als wäre es eine Minute und keine Stunde her, dass sein Vater ausgesetzt hatte.

Sie redeten. Aber nicht über die wichtigen Dinge. Ed war nicht sicher, ob das überhaupt einer von ihnen beiden gekonnt hätte. Sie redeten über Cricket und das Wetter. Eds Vater sprach von der Krankenschwester mit den Grübchen, die sich immer etwas Lustiges einfallen ließ, das sie ihm erzählen konnte. Er bat Ed, sich um seine Mutter zu kümmern. Er machte sich Sorgen darüber, dass sie sich zu viel auflud. Er machte sich Sorgen darüber, dass der Mann, der die Regenrinnen reinigte, zu viel berechnen würde, wenn er nicht da war. Er ärgerte sich, weil er im Herbst viel Geld ausgegeben hatte, um das Moos aus dem Rasen entfernen zu lassen, und er nun das Ergebnis nicht mehr sehen würde. Ed widersprach ihm nicht. Er wollte ihm nicht das Gefühl geben, ihn zu bevormunden.

«Und wo ist der Kracher?», fragte Bob eines Abends. Er würde noch zwei Züge brauchen, um Ed schachmatt zu setzen. Ed überlegte, wie er ihn daran hindern könnte.

«Der was?»

«Dein Mädchen.»

«Lara? Dad, du weißt doch, dass wir ...»

«Nicht sie. Die andere.»

Ed holte tief Luft. «Jess? Sie ... äh ... sie ist zu Hause, denke ich.»

«Sie hat mir gefallen. Sie hat dich auf so eine gewisse Art angesehen.» Er schob langsam seinen Turm vorwärts auf ein schwarzes Feld. «Ich bin froh, dass du sie hast.» Er nickte leicht. «Diese Unruhestifterin», murmelte er beinahe zu sich selbst und lächelte.

Eds Strategie war ein kompletter Fehlschlag. Sein Vater schlug ihn mit drei Zügen.

KAPITEL 33

Jess

Der bärtige Mann trat durch die Schwingtür und wischte sich die Hände an seinem weißen Kittel ab.

«Norman Thomas?»

Jess hatte sich nie überlegt, dass ihr Hund einen Nachnamen haben könnte.

«Norman Thomas? Groß, unbestimmbare Rasse?», sagte er, senkte das Kinn und sah sie direkt an.

Sie rappelte sich von ihrem Plastikstuhl auf. «Er hat schwere innere Verletzungen», sagte er ohne jede Einleitung. «Die Hüfte und mehrere Rippen sind gebrochen, außerdem hat er eine Fraktur des Vorderbeinknochens, und wir wissen nicht, welche organischen Verletzungen sonst noch vorliegen, bevor die Schwellung nicht zurückgegangen ist. Und ich fürchte, dass er sein linkes Auge verloren hat.» Sie bemerkte hellrotes Blut, das auf seinen blauen Kunststoffschuhen verschmiert war.

Jess spürte, wie Tanzie ihre Hand fester packte. «Aber er lebt noch?»

«Ich will Ihnen keine falschen Hoffnungen machen. Die nächsten achtundvierzig Stunden sind entscheidend.»

Neben Jess gab Tanzie ein Stöhnen von sich, das sowohl Freude als auch Angst ausdrücken konnte, es war schwer zu sagen.

«Kommen Sie bitte kurz ein paar Schritte mit.» Er nahm Jess am Ellbogen, drehte den Kindern den Rücken zu und senkte die Stimme. «Ich muss Ihnen sagen, dass ich in Anbetracht seiner Verletzungen nicht recht weiß, ob es nicht gnädiger wäre, ihn gehen zu lassen.»

«Und wenn er die nächsten achtundvierzig Stunden überlebt?»

«Dann hat er vielleicht eine Chance, sich zu erholen. Aber wie gesagt, Mrs. Thomas, ich möchte Ihnen keine falschen Hoffnungen machen. Es geht ihm wirklich nicht gut.»

Die anderen Klienten im Wartezimmer beobachteten sie schweigend, ihre Katzen in Transportboxen oder auf dem Schoß, ihre kleinen Hunde leise hechelnd unter ihrem Sitzplatz. Nicky starrte den Tierarzt mit zusammengebissenen Zähnen an. Seine Wimperntusche war um die Augen verschmiert.

«Und wenn wir weitermachen, wird es nicht billig. Eine Operation genügt vielleicht nicht. Möglicherweise werden es mehrere Operationen. Haben Sie eine Versicherung für ihn?»

Jess schüttelte den Kopf.

Nun wurde der Tierarzt nervös. «Ich muss Sie darauf hinweisen, dass die Fortsetzung der Behandlung eine beträchtliche Summe kosten wird. Und es ist trotzdem nicht garantiert, dass er sich erholt. Es ist sehr wichtig, dass Sie das verstehen, bevor wir irgendeine Entscheidung treffen.»

Wie Jess später erfuhr, war es ihr Nachbar Nigel, der

Norman gerettet hatte. Nigel war mit zwei Decken aus dem Haus gerannt, eine, um die zitternde Tanzie einzuwickeln, die andere, um sie über den toten Hund zu legen. Geh rein, hatte er Jess angewiesen. Bring die Kinder ins Haus. Doch als er die karierte Decke sanft über Norman legen wollte, hatte er innegehalten und zu Nathalie gesagt: «Hast du das gesehen?»

Jess hatte ihn nicht gleich gehört, denn es hatten sich Schaulustige angesammelt, Tanzie schluchzte krampfhaft, und einige Kinder hatten angefangen zu weinen, denn auch wenn sie Norman nicht kannten, verstanden sie, wie traurig es war, dass ein Hund reglos auf der Straße lag.

«Nathalie? Seine Zunge. Sieh mal. Ich glaube, er hechelt. Los, heben wir ihn hoch. Wir müssen ihn ins Auto schaffen. Schnell!» Es waren drei von Jess' Nachbarn nötig gewesen, um Norman hochzuheben. Vorsichtig hatten sie ihn auf die Rückbank des Autos gelegt, und Nigel war so schnell wie möglich zu der großen Tierarztpraxis am Stadtrand gefahren. Jess liebte Nigel dafür, dass er keine einzige Bemerkung über all das Blut auf seiner Rückbank gemacht hatte. Er hatte Jess von der Tierarztpraxis aus angerufen und ihr gesagt, sie müsse so schnell wie möglich kommen. Unter der Jacke trug Jess immer noch ihren Schlafanzug.

«Wie lautet Ihre Entscheidung?»

Lisa Ritter hatte Jess einmal von einem riesigen Geschäftsabschluss ihres Mannes erzählt, der schiefgelaufen war. «Wenn du dir fünftausend leihst und sie nicht zurückzahlen kannst, ist es dein Problem», hatte Lisa Ritter ihren Mann zitiert, «aber wenn du dir fünf Millionen leihst, hat die Bank das Problem.»

Jess schaute in die flehende Miene ihrer Tochter. Sie betrachtete Nickys angespannten Gesichtsausdruck: den Kummer und die Liebe und die Angst, die er endlich zeigen konnte.

Sie war der einzige Mensch, der das hier in Ordnung bringen konnte. Sie war der einzige Mensch, der jemals imstande wäre, das hier in Ordnung zu bringen.

«Tun Sie alles, was nötig ist», sagte sie. «Ich treibe das Geld auf. Setzen Sie die Behandlung fort.»

Sein kurzes Schweigen sagte ihr, dass sie eine Närrin war. Aber eine von der Sorte, mit denen er eine Menge Erfahrung hatte. «Dann kommen Sie bitte kurz mit», sagte er. «Sie müssen mir ein paar Formulare unterschreiben.»

Nigel fuhr sie nach Hause. Jess wollte ihm ein bisschen Geld geben, aber das lehnte er schroff ab und sagte: «Wozu hat man denn Nachbarn?» Nigels Frau Belinda weinte, als sie herauskam, um ihnen Hallo zu sagen.

«Es geht schon», murmelte Jess erschöpft, den Arm um Tanzie gelegt, die immer noch von einem gelegentlichen Zittern erfasst wurde. «Es geht schon. Danke.»

Der Tierarzt hatte gesagt, die Praxis würde sich melden, wenn es Neuigkeiten gebe.

Jess schickte die Kinder nicht ins Bett. Irgendwie wollte sie nicht, dass sie in ihren Zimmern allein waren. Sie machte die Haustür zu, schloss zweimal ab, stellte den Fernseher an und fand einen Sender, auf dem ein alter Spielfilm wiederholt wurde. Anschließend machte sie drei Becher Kakao, brachte ihre Bettdecke ins Wohnzimmer herunter und setzte sich mit den Kindern rechts und links von sich unter die Bettdecke aufs Sofa, wo sie fernsahen, ohne etwas wahrzunehmen, alle in ihre Gedanken verloren. Und Jess betete, betete darum, dass das Telefon nicht klingelte.

KAPITEL 34

Nicky

Das hier ist die Geschichte einer Familie, die nicht so richtig dazugehörte. Von einem kleinen Mädchen, das ein bisschen oberschlau war und sich mehr für Mathe als für Make-up interessierte. Und von einem Jungen, der sich für Make-up interessierte und zu keinem Clan passte. Und davon, was mit Familien passiert, die nicht richtig dazugehören – am Schluss sind sie kaputt und pleite und depressiv. Also rechnet nicht mit einem Happy End, Leute.

Mum liegt jetzt nicht mehr die ganze Zeit im Bett, aber ich beobachte sie dabei, wie sie sich die Tränen abwischt, wenn sie spült oder Normans Korb anschaut. Sie ist dauernd beschäftigt: arbeiten, putzen, das Haus aufräumen. Dabei hält sie immer den Kopf gesenkt und beißt die Zähne zusammen. Sie hat drei Kartons mit Büchern vollgepackt und sie in den Secondhandladen gebracht. Dazu meinte sie, dass sie ja sowieso nie Zeit zum Lesen hätte, und davon abgesehen würde es nichts bringen, an erfundene Geschichten zu glauben.

Norman fehlt mir. Es ist komisch, dass einem etwas fehlen kann, über das man sich die ganze Zeit bloß beschwert hat. In unserem Haus ist es unheimlich still ohne ihn. Aber seit diese ersten achtundvierzig Stunden vorbei sind und der Tierarzt gesagt hat, Norman hätte eine Chance, und wir alle ins Telefon gejubelt haben, mache ich mir über anderes Zeug Sorgen. An dem Abend haben wir nämlich auf dem Sofa gesessen, nachdem Tanzie ins Bett gegangen ist und das Telefon nicht geklingelt hat, und da hab ich zu Mum gesagt: «Und was machen wir jetzt?»

Sie hat mich angeschaut.

«Ich meine, wenn er überlebt.»

Sie hat ganz langsam ausgeatmet, als wäre das ein Thema, das ihr auch schon durch den Kopf gegangen war. Und dann sagte sie: «Weißt du, was, Nicky? Wir hatten keine Wahl. Er ist Tanzies Hund, und er hat sie gerettet. Wenn man keine Wahl hat, ist eigentlich alles ganz einfach.»

Ich hab gesehen, dass sie das wirklich glaubt, und vielleicht ist es ja wirklich ganz einfach, aber die zusätzlichen Schulden haben sich wie ein Gewicht auf ihre Schultern gesenkt. Und ich habe gesehen, dass sie mit jedem neuen Problem ein bisschen älter aussieht und fertiger und erschöpfter.

Über Mr. Nicholls redet sie nicht.

Ich hab nie kapiert, wie es einfach so enden konnte zwischen ihnen. Als könnte man in der einen Minute richtig glücklich sein und in der nächsten Minute ist null davon übrig. Ich dachte, so was hat man hinter sich, wenn man älter wird, aber das stimmt eindeutig nicht. Also noch was, auf das man sich freuen kann.

Da hab ich mich zu ihr herübergelehnt und hab sie in den Arm genommen. Das ist vielleicht in eurer Familie nichts Besonderes, aber in meiner schon, das kann ich euch sagen. Das ist so ungefähr das Einzige, was ich verdammt noch mal tun kann, damit es ihr zumindest etwas besser geht.

Und jetzt kommt das, was ich nicht verstehe. Ich verstehe nicht, dass wir in unserer Familie eigentlich das Richtige machen und trotzdem immer in der Scheiße landen. Ich verstehe nicht, wie meine kleine Schwester so schlau und lieb und ein verdammtes Genie sein kann und jetzt trotzdem immer weinend aufwacht, weil sie Albträume hat, und ich wach liege und höre, wie Mum um vier Uhr morgens über den Flur schleicht und versucht sie zu beruhigen, und dass sie jetzt die ganze Zeit im Haus bleibt, obwohl es endlich warm und sonnig geworden ist, weil sie vor lauter Angst, dass die Fishers wieder auftauchen und sie holen, nicht mehr rausgeht. Und dass sie in einem halben Jahr auf eine Schule gehen wird, deren Hauptbotschaft ist, dass man sein muss wie alle anderen oder man kriegt eins auf die Fresse, wie ihr Freak-Bruder. Ich stelle mir Tanzie ohne Mathe vor, und das ist, als wäre das gesamte Universum verrückt geworden. Es ist wie Ernie ohne Bert oder wie Jaffa-Kekse ohne Orangen. Ich kann mir überhaupt nicht vorstellen, wer Tanzie sein soll, wenn sie kein Mathe mehr macht.

Ich verstehe nicht, warum ich mich gerade daran gewöhnt hatte, nachts durchzuschlafen, und jetzt wach liege und auf eingebildete Geräusche von unten lausche, und wieso mir, wenn ich in den Laden gehe, um Papier oder Süßigkeiten zu kaufen, schlecht wird und ich mich beherrschen muss, um nicht dauernd Blicke über meine Schulter zu werfen.

Ich verstehe nicht, wieso ein großer, nutzloser, gutmütiger Hund, der eigentlich nie was Schlimmeres gemacht hat, als alle Leute vollzusabbern, ein Auge verlieren und seine Organe geflickt bekommen muss, bloß weil er versucht hat, den Menschen zu beschützen, den er liebt.

Und vor allem verstehe ich nicht, wieso die Schläger und Betrüger und die Leute, die einfach alles zerstören – die Arschlöcher –, damit durchkommen. Die Jungs, die einem in die Nieren boxen, damit sie an dein Taschengeld kommen, und die Polizei, die es lustig findet, dich wie einen Idioten zu behandeln, und die Kids, die über jeden lästern, der nicht wie sie ist. Oder die Väter, die einfach abhauen, um woanders noch mal neu anzufangen, in einem Haus, das nach Febreze riecht, und mit einer Frau, die einen Luxus-Toyota fährt und eine dreiteilige Couchgarnitur ohne den kleinsten Fleck im Wohnzimmer stehen hat und über jeden seiner bescheuerten Witze lacht, als wären sie höhere Eingebung und kämen nicht von einem Schleimscheißer, der zwei ganze Jahre lang alle angelogen hat, die ihn geliebt haben. Zwei ganze Jahre.

Tut mir leid, wenn dieser Blog inzwischen ziemlich deprimierend ist, aber so ist unser Leben zurzeit. Meine Familie, die ewigen Loser. Keine besonders tolle Geschichte, was?

Mum hat uns immer erzählt, guten Menschen würde auch Gutes passieren. Stellt euch mal vor, jetzt sagt sie es nicht mehr.

KAPITEL 35

Jess

Die Polizei kam am vierten Tag nach Normans Unfall. Jess sah durchs Wohnzimmerfenster, wie die Beamtin durch den Vorgarten auf das Haus zuging, und in einem kurzen Moment geistiger Verwirrung glaubte Jess, sie würde kommen, um ihr Normans Tod mitzuteilen. Es war eine junge Frau, die ihr rotes Haar zu einem ordentlichen Pferdeschwanz zusammengebunden hatte. Jess hatte sie noch nie gesehen.

Nachdem ihr Jess die Tür geöffnet hatte, erklärte die Beamtin, dass sie Meldungen nachgehe, die nach einem Verkehrsunfall erstattet worden seien.

«Lassen Sie mich raten», sagte Jess und ging mit der Polizistin in die Küche. «Der Fahrer will uns verklagen, weil er eine Beule am Auto hat.» Nigel hatte sie davor gewarnt, dass so etwas passieren könnte. Als er es sagte, hatte sie bloß gelacht.

Die Beamtin warf einen Blick in ihr Notizbuch. «Das ist es nicht, jedenfalls noch nicht. Der Schaden an dem Auto scheint minimal zu sein. Und es gab widersprüchliche Angaben darüber, ob er möglicherweise die Geschwindigkeitsbegrenzung überschritten hat. Es wurden allerdings unterschiedliche Aussagen zu den Abläufen im Vorfeld des Unfalls gemacht. Könnten Sie mir da etwas Klarheit verschaffen?»

«Wozu?», sagte Jess und wandte sich wieder ihrem Abwasch zu. «Die Polizei kümmert sich doch ohnehin nie darum.»

Sie wusste, wie sie klang. Wie die Hälfte der Bewohner dieses Viertels – feindselig, auf Streit aus, mit dem ständigen Gefühl, ungerecht behandelt zu werden. Es war ihr egal. Aber die Beamtin war zu neu, zu eifrig, um sich auf das Spielchen einzulassen.

«Könnten Sie mir vielleicht trotzdem erzählen, was passiert ist? Ich nehme auch nicht mehr als fünf Minuten Ihrer Zeit in Anspruch.»

Also erzählte Jess es ihr, auf die ausdruckslose Art eines Menschen, der ohnehin nicht erwartet, dass ihm jemand glaubt. Sie erzählte ihr von den Fishers und von der Vorgeschichte, die sie mit ihnen hatten, und davon, dass sich ihre Tochter inzwischen davor fürchtete, in ihrem eigenen Garten zu spielen. Sie erzählte von dem dummen Riesenhund, der nun Tierarztrechnungen in einer Höhe verursachte, als hätte sie ihm eine Suite in einem Luxushotel gemietet. Sie erzählte, dass ihr Sohn nur noch darauf aus war, so schnell wie möglich aus dieser Stadt wegzukommen, ihm das aber wohl kaum gelingen würde, weil ihm die Fishers das Abschlussjahr in der Schule zur Hölle gemacht hatten.

Die Beamtin wirkte nicht gelangweilt. Sie stand an die Küchenzeile gelehnt und machte sich Notizen. Dann bat sie Jess darum, ihr den Zaun zu zeigen. «Dort», sagte Jess und deutete durchs Fenster. «Man erkennt an dem helleren Holz, wo ich ihn repariert habe. Und der Unfall, wenn man es denn so nennen will, ist ungefähr fünfzig Meter weiter rechts passiert.» Sie sah, wie die Beamtin durch den Garten ging, und machte sich wieder an den Abwasch. Aileen Trent kam mit ihrem Rollkoffer die Straße hinunter, winkte ihr schon von weitem zu, aber als sie bemerkte, wer da in Jess' Garten stand, zog sie den Kopf ein und verschwand hastig in die entgegengesetzte Richtung.

Police Constable Kenworthy blieb beinahe zehn Minuten draußen. Jess räumte gerade die Waschmaschine aus, als die Beamtin wieder hereinkam.

«Darf ich Ihnen eine Frage stellen, Mrs. Thomas?», sagte sie und zog die Hintertür zu.

«Das ist schließlich Ihr Job», sagte Jess.

«Ihre Überwachungskamera. Ist da ein Film drin?»

Nachdem PC Kenworthy Jess aufs Revier gerufen hatte, setzte sie sich im Verhörraum drei neben Jess auf einen Plastikstuhl und führte ihr die Filmaufnahme mehrmals hintereinander vor. Jess fröstelte es immer wieder. Die winzige Gestalt, deren paillettenbestickte Ärmel in der Sonne glitzerten und die sich langsam in den Aufnahmebereich bewegte und stehen blieb, um ihre Brille hochzuschieben. Das Auto, das langsamer fuhr und anhielt, die Türen, die geöffnet wurden. Ein Kerl, zwei, drei Kerle, die ausstiegen. Tanzies Schritt zurück, der ängstliche Blick über die Schulter und die Straße hinauf und hinunter. Die erhobenen Hände. Und dann packten die Kerle sie. Jess konnte nicht mehr hinschauen.

«Ich würde sagen, das sind ziemlich eindeutige Beweise, Mrs. Thomas. Und die Aufnahmequalität ist sehr gut. Die Staatsanwaltschaft wird begeistert sein», sagte PC Kenworthy gutgelaunt, und es dauerte ein paar Sekunden, bis Jess begriff, dass sie meinte, was sie sagte. Dass sie tatsächlich von jemandem ernst genommen wurden.

Zuerst hatte Fisher natürlich geleugnet. Er behauptete, dass sie sich mit Tanzie «nur einen Spaß» erlaubt hätten. «Aber wir haben Tanzies Aussage. Und es haben sich zwei Zeugen gemeldet. Und wir haben Screenshots von Jason Fishers Facebook-Seite, auf der er beschreibt, wie er es machen wird.»

«Was machen?»

Ihr Lächeln erlosch. «Etwas nicht sehr Nettes mit Ihrer Tochter.»

Jess fragte nichts mehr.

Sie hatten einen anonymen Tipp erhalten, dass Jason Fisher seinen Namen als Passwort benutzte. «So ein Schwachkopf», sagte PC Kenworthy. Sie sagte tatsächlich «Schwachkopf». «Unter uns», sagte sie, als sie Jess hinausbegleitete, «da seine Facebook-Seite dafür gehackt worden ist, ist dieses Indiz vor Gericht möglicherweise nicht zulässig. Aber sagen wir einfach, es hat uns ein gutes Stück weitergebracht.»

Anfänglich wurde nur allgemein über den Fall berichtet. Mehrere Jugendliche aus dem Viertel, hieß es in der Zeitung. Verhaftet aufgrund eines Übergriffs auf eine Minderjährige und eines Entführungsversuchs. Doch dann kam es erneut in die Zeitung, und dieses Mal standen die Namen dabei. Offenbar war die Familie Fisher angewiesen worden, aus ihrer Sozialwohnung auszuziehen. Die Thomas' waren nicht die Einzigen gewesen, die unter ihren Schikanen gelitten hatten. Die Verwaltungsgesellschaft wurde mit der Aussage zitiert, die Familie habe schon vor langem ihre letzte Mahnung erhalten.

Nicky hielt die Zeitung über seiner Teetasse hoch und las den Artikel laut vor. Danach waren sie alle einen Moment lang sprachlos, weil sie kaum glauben konnten, was sie eben gehört hatten.

«Bedeutet das wirklich, dass die Fishers woanders hinziehen müssen?», sagte Jess, die Gabel immer noch auf halbem Weg zum Mund.

«So steht es da», sagte Nicky.

«Aber was passiert jetzt mit ihnen?», fragte Jess.

«Also, hier steht, dass sie nach Surrey ziehen, um bei Verwandten zu wohnen.»

«Surrey? Aber ...»

«Die Verwaltungsgesellschaft ist nicht mehr für sie zuständig. Für keinen von ihnen. Nicht für Jason Fisher. Und auch nicht für seinen Cousin und seine Familie.» Er überflog den Artikel. «Sie ziehen zu irgendeinem Onkel. Und, noch besser, es gibt ein Aufenthaltsverbot, sodass sie nicht mehr in die Siedlung zurückkommen können. Seht mal, hier sind zwei Bilder von seiner Mutter, wie sie unter Tränen sagt, dass sie missverstanden worden sind und Jason keiner Fliege etwas zuleide tun würde.» Er reichte Jess die Zeitung über den Tisch.

Jess las den Artikel zweimal, nur um sicher zu sein, dass Nicky ihn richtig verstanden hatte. Dass sie selbst ihn richtig verstanden hatte. «Sie werden tatsächlich verhaftet, wenn sie wieder hierher zurückkommen?»

«Siehst du, Mum?», sagte er kauend. «Du hattest recht. Es kann sich etwas ändern.»

Jess saß bewegungslos auf ihrem Stuhl. Sie betrachtete die Zeitung, dann wanderte ihr Blick wieder zu Nicky, bis er realisierte, wie er sie genannt hatte, und sie sah, dass er rot wurde und hoffte, sie würde keine große Sache daraus machen. Also schluckte sie nur und wischte sich mit dem Handballen über die Augen, und dann starrte sie eine Weile auf ihren Teller, bevor sie weiteraß. «Okay», sagte sie mit erstickter Stimme. «Also. Das sind gute Neuigkeiten. Sehr gute Neuigkeiten.»

«Glaubst du wirklich, dass sich etwas ändern kann?» Tanzies Augen wirkten sehr groß und dunkel und wachsam.

Jess legte ihr Besteck auf den Teller. «Ich glaube schon, Schatz. Ich meine, wir alle haben unsere Tiefpunkte. Aber trotzdem, ja, ich glaube es.»

Und Tanzie sah Nicky an und dann wieder Jess, und dann aß sie ihren Teller leer.

Das Leben ging weiter. An einem Samstagmittag ging Jess zum Feathers, versuchte, auf dem letzten Stück nicht zu hinken, und bat darum, ihren Job zurückzubekommen. Des erklärte ihr, er habe ein Mädchen aus Paris angestellt. «Nicht dem richtigen Paris, das wäre unrentabel, sie kommt aus Paris, Texas.»

«Kann sie den Zapfhahn auseinandernehmen, wenn er nicht mehr funktioniert?», fragte Jess. «Oder den Wasserkasten im Herrenklo reparieren?»

Des beugte sich über den Tresen. «Vermutlich nicht, Jess.» Er fuhr sich mit seiner fleischigen Hand über seinen Vokuhila. «Aber ich brauche jemanden, der zuverlässig ist. Du bist nicht zuverlässig.»

«Jetzt hör aber auf, Des. Wegen einer Woche, die ich in zwei Jahren gefehlt habe. Bitte. Ich brauche den Job. Ich brauche ihn wirklich.»

Er sagte, er würde darüber nachdenken.

Die Kinder gingen wieder in die Schule. Tanzie wollte jeden Nachmittag von Jess abgeholt werden. Nicky stand auf, ohne dass sie ihn sechsmal wecken musste. Und wenn sie aus der Dusche kam, saß er tatsächlich am Tisch und frühstückte. Er wollte kein neues Rezept für das Medikament gegen seine Angstzustände. Der Schwung seines Eyeliners war perfekt.

«Ich habe nachgedacht. Vielleicht gehe ich doch nicht von der Schule ab und mache noch die Oberstufe. Dann könnte ich ein Auge auf Tanzie haben, wenn sie auf die McArthur's kommt, weißt du.»

Jess blinzelte. «Das ist eine sehr gute Idee.»

Sie ging mit Nathalie putzen und ließ sich den Klatsch über die letzten Tage der Fishers erzählen – wie sie jede Steckdose herausgerissen und in der Küche Löcher in den Wandverputz geschlagen hatten, bevor sie aus dem Haus in der Pleasant View Street ausgezogen waren. Irgendjemand – Nathalie schnitt eine Grimasse – hatte am Sonntagabend vor dem Bürogebäude der Verwaltungsgesellschaft eine Matratze in Brand gesetzt.

«Du bist bestimmt unheimlich erleichtert, was?», fragte Nathalie.

«Allerdings.»

«Und? Erzählst du mir von der Fahrt?» Nathalie richtete sich auf und rieb sich über den unteren Rücken. «Ich meine: Wie war es denn auf dem ganzen Weg bis rauf nach Schottland mit Mr. Nicholls? Das muss doch ganz schön merkwürdig gewesen sein.»

Jess, die über die Spüle gebeugt stand, unterbrach ihre Arbeit, um durchs Fenster auf den weiten Horizont über dem Meer zu schauen. «Es war okay.»

«Sind dir nicht die Gesprächsthemen ausgegangen, als du so lange mit ihm im Auto gesessen hast? Mir wäre das garantiert passiert.»

Jess stiegen Tränen in die Augen, und sie tat so, als würde sie an einem Fleck auf der Edelstahl-Spüle herumreiben. «Nein», sagte sie. «Schon komisch. So war es nicht.»

In Wahrheit war es so: Jess empfand die Abwesenheit von Ed wie eine dicke Decke, die alles erstickte. Sie vermisste sein Lächeln, seine Lippen, seine Haut, die Stelle, an der eine Spur aus weichen, dunklen Härchen zu seinem Nabel führte. Sie vermisste das Gefühl, das sie gehabt hatte, als sie mit ihm zusammen gewesen war, das Gefühl, irgendwie attraktiver zu sein, mehr Sex-Appeal zu haben, überhaupt interessanter und anziehender zu sein. Sie vermisste das Gefühl, dass alles möglich war. Sie konnte nicht begreifen, dass man sich so fühlen konnte, wenn man jemanden verlor, den man nur so kurze Zeit gekannt hatte, als hätte man einen Teil von sich selbst verloren, dass einem sogar das Essen nicht mehr schmeckte und einem alle Farben trüb erschienen.

Jess begriff nun, dass es, als Marty gegangen war, bei all ihren Gefühlen nur um praktische Fragen gegangen war. Sie hatte sich Sorgen darüber gemacht, wie die Kinder ohne ihn zurechtkommen würden. Sie hatte sich Sorgen um das Geld gemacht, darüber, wer sich um die Kinder kümmern würde, wenn sie eine Abendschicht im Pub hatte, darüber, wer donnerstags die Mülltonnen hinausstellen würde. Aber ihr vorherrschendes Gefühl war Erleichterung darüber gewesen, dass sie Martys Launen nicht mehr ausgeliefert war.

Ed war anders. Eds Abwesenheit war jeden Morgen wie ein Tritt in den Magen und in den Nächten wie ein schwarzes Loch. Ed war wie ein ständiges Gespräch, das in ihrem Hinterkopf ablief. *Es tut mir leid, das wollte ich nicht, ich liebe dich.*

Aber am schlimmsten war die Tatsache, dass ein Mann, der anscheinend immer nur ihre besten Seiten gesehen hatte, jetzt das Schlechteste von ihr dachte. Für Ed war sie jetzt nicht besser als die anderen Leute, die ihn enttäuscht oder fertiggemacht hatten. Im Grunde war sie vermutlich sogar noch schlimmer. Und das war allein ihre Schuld. Und diesen Gedanken wurde sie niemals los. Es war ganz allein ihre Schuld.

Sie dachte drei Nächte lang nach, dann schrieb sie ihm einen Brief.

> *Jetzt bin ich durch eine einzige unüberlegte Handlung zu dem Menschen geworden, vor dem ich meine Kinder immer gewarnt habe. Wir werden alle irgendwann auf die Probe gestellt, und ich habe versagt.*
> *Es tut mir leid.*
> *Du fehlst mir.*
>
> *PS Ich weiß, dass du mir das niemals glauben wirst. Aber ich wollte dir das Geld immer zurückzahlen.*

Sie schrieb ihre Telefonnummer dazu und legte zwanzig Pfund in einen Umschlag mit der Aufschrift «Erste Rate». Sie gab den Umschlag Nathalie und bat sie, ihn an der Rezeption von Beachfront in sein Postfach legen zu lassen. Am nächsten Tag erzählte Nathalie, dass vor seinem Haus ein Zu-verkaufen-Schild aufgestellt worden war. Sie warf Jess einen Seitenblick zu, und dann hörte sie auf, Fragen über Mr. Nicholls zu stellen.

Nach fünf Tagen wurde Jess klar, dass er nicht antworten würde. Sie lag eine Nacht lang wach, und dann nahm sie sich zusammen. Sie konnte nicht länger einfach herumliegen und ihr Elend pflegen. Es war an der Zeit, mit dem Leben weiterzumachen. Liebeskummer war ein zu kostspieliger Luxus für eine alleinerziehende Mutter.

Am Montag setzte sie sich mit einer Tasse Tee an den Küchentisch und rief ihre Bank an. Man erklärte ihr, dass ihre monatliche Mindestrate für die Kreditrückzahlung fällig sei. Sie öffnete einen Brief von der Polizei, in dem stand, dass sie mit einer Geldbuße von tausend Pfund für das Führen eines Fahrzeugs ohne Steuer und Versicherung belegt wurde und dass sie, wenn sie den Bescheid anfechten wolle, in den kommenden Tagen eine Anhörung beantragen könne. Sie öffnete einen Brief von der Verwahrstelle für Autos, in dem stand, dass sich die Abstellgebühren des Rolls bis zum vergangenen Donnerstag auf einhundertzwanzig Pfund beliefen. Sie öffnete die erste Rechnung des Tierarztes und schob sie wieder in den Umschlag zurück. Man konnte eben nur ein gewisses Quantum an Neuigkeiten auf einmal verkraften. Dann bekam sie eine SMS von Marty, der wissen wollte, ob er in den Schulferien kommen könnte, um die Kinder zu besuchen.

«Was meint ihr?», fragte sie die beiden beim Frühstück.

Sie zuckten nur mit den Schultern.

Nachdem sie am Dienstag mit ihren Putzjobs fertig war, ging sie in die Stadt zu einer Sozialanwältin und bezahlte fünfundzwanzig Pfund dafür, dass sie einen Brief an Marty aufsetzte, in dem Jess die Scheidung und rückwirkende Unterhaltszahlungen für die Kinder forderte.

«Welcher Zeitraum?», fragte die Frau.

«Zwei Jahre.»

Die Anwältin sah nicht einmal auf. Jess fragte sich, was sie wohl jeden Tag für Geschichten zu hören bekam. Die Anwältin tippte ein paar Zahlen in ihre Rechenmaschine und drehte dann das Display um, damit Jess das Ergebnis sehen konnte. «Darauf beläuft es sich. Eine ziemliche Summe. Er wird um Ratenzahlung bitten. Das machen sie gewöhnlich.»

«Gut.» Jess nahm ihre Tasche. «Leiten Sie alles Notwendige in die Wege.»

Sie ging systematisch die Liste mit Problemen durch, die sie lösen musste, und sie versuchte, hinter ihrem Leben in dieser Kleinstadt ein größeres Muster zu erkennen. Hinter einer kleinen Familie mit Geldsorgen und einer kurzen Liebesgeschichte, die zu Ende war, noch bevor sie richtig begonnen hatte. Manchmal, sagte sie sich, bestand das Leben einfach aus einer Reihe von Hürden, die überwunden werden mussten, vielleicht durch reine Willenskraft. Sie starrte hinaus auf das verwaschene Blau des endlosen Ozeans, atmete in tiefen Zügen die Seeluft ein, hob das Kinn und beschloss, dass sie diese Situation überstehen konnte. Sie konnte beinahe alles überstehen. Schließlich hatte kein Mensch ein Recht darauf, glücklich zu sein.

Jess ging an dem Kiesstrand entlang, ihre Füße sanken ein, sie stieg über die Wellenbrecher und zählte an drei Fingern ab, wofür sie dankbar sein konnte, so als würde sie in ihrer Tasche Klavier spielen: Tanzie war sicher. Nicky war sicher. Norman erholte sich langsam. Das war alles, worauf es unterm Strich ankam, oder? Alles andere waren Nebensächlichkeiten.

Zwei Abende später saßen sie auf den alten Plastikstühlen im Garten. Tanzie hatte ihre Haare gewaschen, saß auf Jess' Schoß und ließ sich von ihr die feuchten Strähnen durchkämmen. Und da erzählte Jess ihnen, warum Mr. Nicholls nicht zurückkommen würde.

Nicky starrte sie an. «Aus seiner Tasche?»

«Nein. Es war ihm aus der Tasche gefallen. Im Taxi. Aber ich habe gewusst, wem es gehört.»

Die Kinder schwiegen geschockt. Tanzies Gesicht konnte Jess nicht sehen. Und sie war nicht sicher, ob sie Nicky anschauen wollte. Jess kämmte sanft weiter, glättete das Haar ihrer Tochter und achtete darauf, dass ihre Stimme ruhig und vernünftig klang, als ob das etwas besser machen könnte an dem, was sie getan hatte.

«Was hast du mit dem Geld gemacht?» Tanzie hielt ihren Kopf ungewöhnlich still.

Jess schluckte. «Das weiß ich nicht mehr so genau.»

«Hast du es für meine Aufnahmegebühr an der Schule genommen?»

Jess kämmte weiter. Glätten und kämmen. Ein Strich, noch einer, die nächste Haarsträhne, loslassen. «Ich kann mich wirklich nicht erinnern, Tanzie. Außerdem, was ich damit gemacht habe, spielt keine Rolle.»

Jess fühlte die ganze Zeit Nickys Blick auf sich.

«Und warum erzählst du es uns dann jetzt?»

Kämmen, glätten, loslassen.

«Weil ... weil ich will, dass ihr wisst, was für einen schrecklichen Fehler ich gemacht habe und dass es mir leidtut. Auch wenn ich vorhatte, das Geld zurückzuzahlen, hätte ich es niemals nehmen dürfen. Dafür gibt es keine Entschuldigung. Und Ed ... Mr. Nicholls ist mit gutem Grund gegangen, als er es herausgefunden hat, weil ... weil das Wichtigste, was man mit einem anderen Menschen haben kann, gegenseitiges Vertrauen ist.» Sie bemühte sich darum, ausgeglichen und überlegt zu klingen. Es wurde immer schwerer. «Ich wollte euch sagen, wie leid es mir tut, dass ich euch beide enttäuscht habe. Ich weiß genau, dass ich euch immer gesagt habe, wie man sich verhalten soll, und ich habe das komplette Gegenteil davon getan. Ich erzähle es euch, weil ich eine Heuchlerin wäre, wenn ich es nicht erzählen würde. Aber ich erzähle es euch auch, damit ihr seht, dass es Folgen hat, wenn man sich falsch verhält. In meinem Fall heißt das, dass ich jemanden verloren habe, an dem mir viel gelegen hat. Sogar sehr viel.»

Die beiden schwiegen.

Nach einer Weile streckte Tanzie eine Hand nach hinten, suchte die Hand von Jess und drückte sie kurz. «Es ist okay, Mum», sagte sie. «Wir machen alle Fehler.»

Jess schloss die Augen.

Als sie die Augen wieder aufschlug, hob Nicky den Kopf. Er wirkte vollkommen verwirrt. «Er hätte es dir gegeben», sagte er, und in seiner Stimme lag eine schwache, aber unüberhörbare Spur Ärger.

Jess starrte ihn an.

«Er hätte es dir gegeben. Wenn du ihn darum gebeten hättest.»

«Ja», sagte sie, und ihre Hände lagen bewegungslos auf Tanzies Haaren. «Ja, und das ist das Schlimmste. Ich glaube, das hätte er vermutlich getan.»

KAPITEL 36

Nicky

Eine Woche verging. Sie fuhren jeden Tag mit dem Bus zu Norman. Der Tierarzt hatte seine Augenhöhle vernäht. Es war kein richtiges Loch zu sehen, aber der Anblick war trotzdem ziemlich furchtbar. Als Tanzie ihn das erste Mal so sah, brach sie in Tränen aus. Der Arzt sagte, am Anfang würde Norman vielleicht beim Herumlaufen anstoßen. Aber er sagte auch, dass er vermutlich zunächst viel schlafen würde. Nicky sagte ihm nicht, dass in dieser Hinsicht wahrscheinlich niemand einen Unterschied zu vorher feststellen würde. Jess streichelte Norman den Kopf und erklärte ihm, was er für ein wundervoller, tapferer Junge sei, und als er mit dem Schwanz ganz schwach auf den Fliesenboden der Box schlug, in der man ihn untergebracht hatte, blinzelte sie hastig und wandte sich ab.

Am Freitag bat Jess Nicky, mit Tanzie zu warten, und ging zu der Frau an der Anmeldung, um mit ihr über die Rechnung zu sprechen. Jedenfalls vermutete Nicky, dass es um die Rechnung ging. Die Frau druckte eine Seite aus, dann eine zweite und dann, unglaublich, eine dritte, und Jess fuhr auf jeder Seite mit dem Zeigefinger eine Spalte entlang und gab ein ersticktes Geräusch von sich. An diesem Tag gingen sie zu Fuß nach Hause, obwohl Jess immer noch hinkte.

In der Stadt herrschte wieder mehr Betrieb, jetzt, wo die Farbe des Meeres von bleigrau zu glitzerndem Blau gewechselt hatte. Und es fühlte sich zuerst beinahe seltsam an, dass die Fishers nicht mehr da waren. Es war, als könnte es niemand so recht glauben. Es wurden keine Autoreifen mehr zerstochen. Mrs. Worboys spazierte wieder jeden Abend zu Fuß zum Bingo. Nicky gewöhnte sich daran, zum Laden und zurück gehen zu können, ohne dabei ein mulmiges Gefühl haben zu müssen. Er sagte seinem mulmigen Gefühl also, dass er es nicht mehr gebrauchen könne. Aber es wollte nicht hören. Tanzie ging überhaupt nicht aus dem Haus, wenn Jess nicht dabei war.

Nicky hatte beinahe zehn Tage lang nicht nach seinem Blog gesehen. Er hatte seinen Post mit dem Titel «Meine Loser-Familie» geschrieben, nachdem Norman verletzt worden war, weil er eine solche Wut im Bauch gehabt hatte, dass er sie irgendwo loswerden musste. Er war vorher eigentlich noch nie wütend geworden, so richtig wütend, dass er etwas zerstören oder Leute schlagen wollte, aber noch Tage nachdem die Fishers getan hatten, was sie eben getan hatten, hatte Nicky diese Wut gehabt. Sie hatte in ihm gebrodelt wie Gift. Er hatte schreien wollen. Und in diesen paar furchtbaren Tagen hatte es ihm tatsächlich geholfen, aufzuschreiben, was passiert war, und es ins Netz zu stellen. Es war ihm vorgekommen, als würde er es jemandem erzählen, auch wenn ihn dieser Jemand eigentlich nicht kannte und er ihm vermutlich auch egal war. Nicky hoffte einfach, dass jemand erfuhr, was passiert war, dass irgendjemand diese Ungerechtigkeit wahrnahm.

Und dann, als er sich wieder beruhigt hatte und sie erfuhren, dass die Fishers bestraft wurden, kam sich Nicky auf einmal wie ein Idiot vor. Er kam sich vor wie in einer Situation, in der man jemandem zu viel offenbart hat und sich bloßgestellt fühlt und die nächsten paar Wochen darum betet, dass die anderen vergessen, was man erzählt hat, damit sie es nicht irgendwann gegen einen verwenden. Und was hatte es überhaupt für einen Zweck, so etwas ins Netz zu stellen? Die einzigen Leute, die so ein elendes, emotionales Zeug lasen, waren garantiert solche, die bei einem Autounfall langsamer fuhren, damit sie besser gaffen konnten.

Als er auf die Seite mit dem Blog ging, wollte er ihn einfach nur löschen. Aber dann dachte er: Nein, die Leute haben es gelesen. Wenn ich es jetzt lösche, wirkt es noch idiotischer. Also beschloss er, kurz zu schreiben, dass die Fishers aus ihrem Haus geworfen worden waren, und es damit dann gut sein zu lassen. Er würde ihren Namen nicht nennen, aber er wollte etwas Gutes posten, damit Leute, die zufällig auf die Seite gerieten, nicht dachten, seine Familie wäre komplett peinlich. Er las durch, was er geschrieben hatte – ungefilterte Gefühle und total direkt –, und wand sich vor Scham. Er fragte sich, wer da draußen im Cyberspace das wohl gelesen hatte. Er fragte sich, wie viele Leute auf der Welt ihn jetzt nicht nur für einen Freak, sondern auch noch für einen Idioten hielten.

Und dann kam er am Ende der Seite an. Und er sah die Kommentare.

Halt durch, Gruftiboy. Solche Leute sind echt zum Kotzen.

Ein Freund hat mir den Link zu deinem Blog geschickt, und ich musste echt heulen. Ich hoffe, deinem Hund geht es wieder besser. Bitte halt uns auf dem Laufenden, wenn du Zeit hast.

Hey Nicky. Ich bin Viktor aus Portugal. Ich kenne dich nicht, aber ein Freund hat einen Link zu deinem Blog auf Facebook gestellt, und ich wollte bloß sagen, dass ich mich vor einem Jahr genauso scheiße gefühlt habe wie du und dass es auch wieder besser wird. Mach dir keine Sorgen. Peace!

Er scrollte weiter herunter. Da war ein Kommentar nach dem anderen. Er gab seinen Blog bei Google ein: Er war hundertfach, dann tausendfach verlinkt worden. Nicky sah sich die Statistik an, lehnte sich auf seinem Stuhl zurück und starrte ungläubig auf die Seite. 2876 Leute hatten seinen Blog gelesen. In einer einzigen Woche. Beinahe dreitausend Leute hatten seine Worte gelesen. Mehr als vierhundert hatten sich die Mühe gemacht, ihm einen Kommentar zu schicken. Und nur zwei davon hatten ihn als Wichser bezeichnet.

Aber das war noch nicht alles. Manche Leute hatten Geld geschickt. Richtiges Geld. Jemand hatte ein Online-Spendenkonto eröffnet und ihm eine Nachricht geschickt, in der stand, wie er durch ein PayPal-Konto an das Geld kommen konnte.

Hey Gruftiboy (heißt du wirklich so???), hast du schon mal daran gedacht, einen Rettungshund aus ihm zu machen? Auf die Art kommt vielleicht noch was Gutes dabei raus. Anbei ein kleiner Beitrag! Rettungsstellen brauchen immer Spenden. ;-)

Eine kleine Spende, um euch bei den Tierarztrechnungen zu unterstützen. Umarme deine Schwester für mich. Ich bin so sauer, wenn ich an das denke, was euch passiert ist.

Mein Hund ist von einem Auto angefahren worden und wurde von einem ehrenamtlichen Tierarzt gerettet. Ich schätze, so jemanden gibt es in eurer Nähe nicht. Weil mir jemand geholfen hat, dachte ich, es wäre schön, jetzt euch ein bisschen zu helfen. Bitte nimm meine 10 Pfund für seine Heilung an.

Von einem Mädchen, das auch ein Mathefreak ist. Bitte sag deiner kleinen Schwester, sie soll weitermachen. Lasst die anderen nicht gewinnen!

Der Blog war rasend schnell bekannt geworden. Allein bei Facebook war er 459-mal geteilt worden. Auf der Spendenliste zählte Nicky hundertdreißig Namen. Zwei Pfund war die kleinste, zweihundertfünfzig die höchste Spende. Ein völlig Fremder hatte tatsächlich zweihundertfünfzig Pfund gespendet. Insgesamt waren es schon 932,50 Pfund, und die letzte Spende war erst eine Stunde zuvor hereingekommen. Nicky aktualisierte die Seite, starrte auf die Summe und überlegte, ob sich da irgendwo ein Kommafehler eingeschlichen haben konnte.

Sein Herz machte komische Sprünge. Er legte die Hand auf seine Brust und fragte sich, ob es sich so anfühlte, wenn man einen Herzinfarkt hatte. Er fragte sich, ob er gleich sterben würde. Aber auf einmal stellte er fest, dass er eigentlich laut loslachen wollte. Er wollte lachen, weil diese total fremden Leute so sagenhaft waren. Weil sie so mitfühlend waren und so hilfsbereit und weil es da draußen anscheinend tatsächlich Menschen gab, die gut und nett waren und Leuten Geld schickten, die sie nie gesehen hatten und auch nie kennenlernen würden. Und weil, und das war das Verrückteste daran, all diese großartigen Reaktionen, all dieses Sagenhafte nur durch seine Worte ausgelöst worden war.

Jess stand mit einer rosafarbenen Taschentuchbox neben dem Schrank, als er ins Wohnzimmer raste. «Hier», sagte er. «Sieh dir das an.» Er zog sie am Arm zum Sofa.

«Was denn?»

«Leg das weg.»

Nicky klappte den Laptop auf und legte ihn auf ihren Schoß. Sie zuckte beinahe zusammen, als würde es ihr körperlich weh tun, etwas so dicht vor sich zu haben, was Mr. Nicholls gehörte.

«Sieh mal.» Er deutete auf die Spenderliste. «Sieh dir das an. Da haben Leute Geld geschickt. Für Norman.»

«Was meinst du damit?»

«Schau es dir einfach an, Jess.»

Sie sah auf den Bildschirm, scrollte beim Lesen nach unten und las es noch einmal. «Aber ... das können wir nicht annehmen.»

«Es ist nicht für uns. Es ist für Tanzie. Und für Norman.»

«Das verstehe ich nicht. Warum sollten uns Leute, die wir nicht kennen, Geld schicken?»

«Weil ihnen leidtut, was passiert ist. Weil sie finden, dass es nicht fair war. Weil sie uns helfen wollen. Ich weiß auch nicht.»

«Aber woher wissen sie davon?»

«Ich habe einen Blog darüber geschrieben.»

«Du hast was?»

«So was hat mir Mr. Nicholls geraten. Ich habe es ... einfach ins Netz gestellt. Was uns passiert ist.»

«Zeig mir das mal.»

Nicky rief den Blog auf. Sie las ihn langsam und mit konzentriert zusammengezogenen Augenbrauen, und Nicky fühlte sich plötzlich unbehaglich, als würde er ihr einen Teil von sich selbst offenbaren, den er sonst niemandem offenbarte. Irgendwie war es schwerer, all dieses emotionale Zeug jemandem zu zeigen, den man kannte.

«Wie hoch ist die Tierarztrechnung?», fragte er, als er sah, dass sie mit Lesen fertig war.

Sie klang, als wäre sie leicht benommen. «887 Pfund. Und 42 Pence. Bis jetzt.»

Nicky stieß die Fäuste in die Luft. «Also sind wir aus dem Schneider. Sieh dir die Summe an. Wir sind aus dem Schneider!»

Sie sah ihn an und hatte denselben Gesichtsausdruck, den er selbst vor einer halben Stunde gehabt haben musste.

«Das sind gute Neuigkeiten, Jess! Freu dich!» Und einen Moment lang glänzten ihre Augen vor Tränen. Und sie wirkte so verwirrt, dass er sich zu ihr beugte und sie umarmte. Es war seine dritte freiwillige Umarmung innerhalb von drei Jahren.

«Wimperntusche», sagte sie, als sie sich voneinander lösten.

«Oh.» Er wischte unter seinen Augen entlang. Sie wischte sich auch über die Augen.

«Gut?»

«Bestens. Soll ich?»

Sie fuhr mit dem Zeigefinger unter seinem äußeren Augenwinkel entlang.

Dann atmete sie hörbar aus und war auf einmal wieder ein bisschen wie die alte Jess. Sie stand auf und strich sich über die Jeans. «Wir müssen es ihnen natürlich zurückzahlen.»

«Die meisten Spenden belaufen sich auf so etwas wie drei Pfund. Viel Spaß dabei.»

«Tanzie wird das regeln.» Jess nahm die rosa Taschentuchbox in die Hand, und dann, als wäre es ihr gerade wieder eingefallen, legte sie sie in den Schrank. Dann strich sie sich das Haar aus dem Gesicht. «Und du musst ihr den Kommentar zu ihrer Mathematik zeigen. Es ist wichtig, dass sie das liest.»

Nicky sah die Treppe hinauf zu Tanzies Zimmer. «Mach ich», sagte er, und einen Moment lang verdüsterte sich seine Laune. «Aber ich weiß nicht, ob das irgendwas ändert.»

KAPITEL 37

Jess

Norman kam nach Hause. «Es ist Zeit, mich von unserem Helden zu verabschieden, was, alter Kumpel?», sagte der Tierarzt und klopfte Norman die Flanke. So wie er mit ihm sprach und wie sich Norman sofort auf den Boden fallen ließ, um sich den Bauch kraulen zu lassen, vermutete Jess, dass der Tierarzt Norman nicht zum ersten Mal so verhätschelte. Als er sich neben Norman kauerte, erhaschte sie einen Blick auf den Mann hinter der professionellen Erscheinung. Sein breites Lächeln, die Art, auf die sich die Fältchen um seine Augen vertieften, wenn er den Hund ansah. Und da gingen ihr wieder Nickys Worte durch den Kopf, wie seit Tagen schon so oft, über die Freundlichkeit von Fremden.

«Ich bin froh über Ihre Entscheidung, Mrs. Thomas», sagte der Arzt und kam wieder auf die Füße, während sie diskret das laute Knacken seines Kniegelenks überhörte. Norman blieb auf dem Rücken liegen und ließ die Zunge aus dem Maul hängen; ein Abbild der Hoffnung. Aber vielleicht war er auch bloß zu fett, um auf die Pfoten zu kommen. «Er hat seine Chance verdient. Wenn ich gewusst hätte, wie er verletzt worden ist, wäre ich ein bisschen weniger zögerlich gewesen, was die Behandlung angeht.»

Tanzie hielt sich dicht bei Normans enormem schwarzen Körper, als sie langsam nach Hause gingen, und sie hatte sich seine Leine zweimal um die Hand geschlungen. Auf dem Rückweg vom Tierarzt bestand sie zum ersten Mal seit drei Wochen nicht darauf, an Jess' Hand zu gehen.

Jess hatte gehofft, dass Normans Rückkehr Tanzie aufmuntern würde. Aber Tanzie schlich weiter wie ein kleiner Schatten durchs Haus und wich nicht von der Seite ihrer Mutter, spähte vorsichtig um Straßenecken und wartete nach jedem Schultag ängstlich neben ihrer Klassenlehrerin, bis Jess am Schultor auftauchte. Zu Hause saß sie lesend in ihrem Zimmer oder lag schweigend auf dem Sofa und sah sich Trickfilme an, während eine Hand immer auf dem Hund ruhte. Mr. Tsvangarai war seit Schulbeginn abwesend – irgendein Notfall in seiner Familie –, und Jess wurde automatisch traurig, wenn sie an den Moment dachte, in dem er entdecken würde, dass Tanzie sich dazu entschlossen hatte, die Mathematik aus ihrem Leben zu verbannen, und dass es das einzigartige, leicht verschrobene kleine Mädchen, das Tanzie gewesen war, jetzt nicht mehr gab. Manchmal kam es Jess so vor, als hätte sie einfach ein unglückliches, schweigsames Kind gegen das andere ausgetauscht.

Eine Sekretärin von der St. Anne's rief an, um Tanzies Orientierungstag in der Schule zu besprechen, und Jess musste ihr sagen, dass Tanzie nicht kommen würde. Die Worte wollten ihr in der Kehle stecken bleiben.

«Nun, wir empfehlen den Besuch des Orientierungstags

sehr, Mrs. Thomas. Wir stellen immer wieder fest, dass sich die Kinder schneller eingewöhnen, wenn sie vorher schon einmal hier waren. Es ist auch gut, wenn sie ein paar künftige Mitschüler kennenlernen. Liegt es daran, dass sie von ihrer derzeitigen Schule nicht freigestellt wird?»

«Nein ... ich wollte sagen, sie wird nicht kommen.»

«Überhaupt nicht?»

«Nein.»

Kurze Stille.

«Oh», sagte die Sekretärin. Jess hörte sie durch Papiere blättern. «Aber sie ist doch das kleine Mädchen mit dem Neunzig-Prozent-Stipendium, oder? Costanza?»

Jess spürte, wie ihr die Röte ins Gesicht stieg. «Ja.»

«Geht sie stattdessen auf die Petersfield Academy? Hat sie von dort auch ein Stipendium angeboten bekommen?»

«Nein. Das ist es nicht», gab Jess zurück. Sie schloss die Augen, bevor sie weitersprach. «Sagen Sie ... ich vermute nicht ... dass die Möglichkeit besteht, das Stipendium noch weiter zu erhöhen, oder?»

«Weiter erhöhen?» Sie klang verblüfft. «Mrs. Thomas, das ist schon das großzügigste Stipendium, das unsere Schule jemals einem Kind angeboten hat. Es tut mir leid, aber das steht außer Frage.»

Jess sprach weiter, froh, dass niemand sehen konnte, wie peinlich ihr dieses Telefonat war. «Wenn ich das Geld bis nächstes Jahr zusammenhabe, käme es dann für Sie in Betracht, meiner Tochter den Platz im nächsten Schuljahr noch einmal anzubieten?»

«Ich bin nicht sicher, ob das möglich ist. Oder ob es den anderen Bewerbern gegenüber fair wäre.» Sie zögerte, vielleicht war ihr plötzlich aufgefallen, dass von Jess kein Laut mehr kam.

«Aber wir werden bestimmt wohlwollend reagieren, wenn Sie noch einmal einen Aufnahmeantrag für Ihre Tochter stellen.»

Jess starrte auf den Fleck im Teppich, der entstanden war, als Marty ein Öl leckendes Motorrad ins Wohnzimmer geschoben hatte. Ein riesiger Klumpen hatte sich in ihrer Kehle gebildet. «Tja, also, danke für die Auskunft.»

«Hören Sie, Mrs. Thomas», sagte die Frau und klang mit einem Mal versöhnlich, «es ist immer noch eine Woche Zeit, bevor wir die Schülerliste schließen müssen. Ich halte den Platz für Sie bis zum letztmöglichen Moment.»

«Danke. Das ist sehr freundlich von Ihnen. Aber wirklich, es hat keinen Zweck.»

Jess wusste es, und die Frau wusste es auch. Der Traum würde für Tanzie nicht wahr werden. Manche Sprünge waren einfach zu hoch.

Die Frau bat Jess, Tanzie viel Erfolg in ihrer neuen Schule zu wünschen. Als sie auflegte, hörte Jess, dass sie mit Papieren raschelte; vermutlich war sie schon auf der Suche nach dem nächsten passenden Kandidaten.

Jess erzählte Tanzie nichts davon. Zwei Abende zuvor hatte sie festgestellt, dass Tanzie ihre sämtlichen Mathematik-Bücher aus ihrem Regal geräumt und zu Jess' Büchern gestellt hatte. Tanzie hatte ihre Bücher einzeln zwischen Thriller und historische Romane geschoben, damit Jess nichts davon mitbekam. Aber Jess zog Tanzies Bücher wieder heraus und legte den Stapel in ihren Schrank, wo niemand ihn sehen konnte. Sie wusste nicht genau, ob sie damit Tanzies oder ihre eigenen Gefühle schonen wollte.

Marty erhielt den Brief der Anwältin und rief tobend an, um zu erklären, warum er nicht zahlen konnte. Jess sagte ihm, dass sie nun keinen Einfluss mehr auf das Verfahren nehmen könne. Und dass sie hoffe, Marty und sie würden die Sache auf einvernehmliche Art hinter sich bringen. Sie erklärte ihm, dass seine Kinder Schuhe brauchten. Er redete nicht mehr davon, in den Schulferien zu Besuch zu kommen.

Sie bekam ihren Job im Pub zurück. Die junge Frau aus Paris, Texas, war anscheinend nach drei Schichten zum Texas Rib Shack gewechselt. Dort war das Trinkgeld besser, und es gab keinen Stewart Pringle, der versuchte, den Bedienungen an den Hintern zu grabschen.

«Das ist kein großer Verlust. Sie hat nicht mal gewusst, dass man beim Gitarrensolo von ‹Layla› die Klappe hält», sinnierte Des. «Welche Barfrau weiß nicht, dass man während des Gitarrensolos von ‹Layla› den Mund halten muss?»

An vier Tagen in der Woche ging Jess mit Nathalie in Beachfront putzen und machte dabei einen Bogen um das Haus mit der Nummer zwei. Sie erledigte am liebsten Aufgaben wie den Herd zu schrubben, weil es sehr unwahrscheinlich war, dabei das Haus mit dem blau-weißen Zu-verkaufen-Schild ins Blickfeld zu bekommen. Falls Nathalie ihr Verhalten ein bisschen merkwürdig fand, sagte sie jedenfalls nichts dazu.

Sie hängte im Zeitungskiosk einen Zettel auf, auf dem sie ihre Dienste als Heimwerkerin anbot. KEIN AUFTRAG ZU KLEIN. Ihr erster Auftrag kam weniger als vierundzwanzig Stunden später herein. Sie sollte für eine Rentnerin in Aden Crescent einen Badezimmerschrank aufhängen. Die alte Frau war so zufrieden mit dem Ergebnis, dass sie Jess fünf Pfund Trinkgeld gab. Sie sagte, sie habe nicht gern Männer im Haus und dass ihr eigener Mann sie in ihrer zweiundvierzigjährigen Ehe ausschließlich in ihrem guten Wollunterhemd gesehen habe. Sie empfahl Jess an eine Freundin weiter, die in einer

Apartmentanlage für betreutes Wohnen lebte und sich von Jess einen Dichtungsring und ein paar Teppichnägel auswechseln ließ. Zwei weitere Aufträge folgten, ebenfalls von Rentnerinnen. Jess schickte eine zweite Rate in bar an die Nummer zwei Beachfront. Nathalie warf den Brief ein. Das Zu-verkaufen-Schild stand immer noch vor dem Haus.

Nicky war das einzige Familienmitglied, dem es richtig gut zu gehen schien. Es war, als hätte er durch den Blog eine neue Zielstrebigkeit gewonnen. An den meisten Abenden schrieb er, postete Mitteilungen über Normans Erholung und Fotos, chattete mit neuen Freunden. Mit einem von ihnen hatte er sich schon IRL getroffen, erzählte er und übersetzte für Jess: ‹In Real Life› – im echten Leben. Der sei ganz in Ordnung, sagte er. Und nein, jetzt nicht auf die Art. Er wollte zu Schnuppertagen an zwei Colleges gehen. Er fragte seinen Klassenlehrer, wie man eine Beihilfe beantragen konnte. Er recherchierte dazu im Internet. Er lächelte, oft sogar mehrmals täglich, und fiel vor Vergnügen auf die Knie, wenn er Norman in der Küche mit dem Schwanz wedeln sah, winkte einfach so Lola zu, dem Mädchen aus Nummer siebenundvierzig, das, wie Jess auffiel, ihr Haar in genau demselben Ton gefärbt hatte wie Nicky und manchmal in dem Zimmer, das zur Straße ging, Luftgitarre spielte. Er ging oft in die Stadt, schien mit seinen mageren Beinen längere Schritte zu machen, hatte die Schultern zwar nicht direkt zurückgenommen, aber sie hingen auch nicht mehr vor Niedergeschlagenheit herunter, wie noch wenige Wochen zuvor. Einmal trug er sogar ein gelbes T-Shirt.

«Wohin ist der Laptop verschwunden?», fragte Jess, als sie einmal nachmittags in sein Zimmer kam und ihn wieder vor dem alten Computer sitzen sah.

«Hab ihn zurückgebracht.» Er zuckte mit den Schultern. «Nathalie hat mich reingelassen.»

«Hast du ihn gesehen?», rutschte ihr heraus, bevor sie sich beherrschen konnte.

Nicky wandte den Blick von ihr ab. «Nein. Tut mir leid. Sein Zeug ist noch da, aber alles in Kartons verpackt. Ich weiß nicht, ob er überhaupt noch hier ist.»

Das hätte sie nicht überraschen sollen, aber als Jess nach unten kam, musste sie sich trotzdem den Bauch halten, als hätte sie einen Schlag in die Magengrube bekommen.

KAPITEL 38

Ed

Seine Schwester begleitete ihn ein paar Wochen später zur Gerichtsverhandlung. Der Tag begann schwül und heiß. Ed hatte seine Mutter gebeten, nicht mitzukommen. Inzwischen konnten sie an keinem Tag mehr sicher sein, ob es eine gute Idee war, Dad für längere Zeit allein zu lassen. Als sie durch London krochen, beugte sich seine Schwester im Taxi vor, trommelte mit den Fingern auf ihr Knie und sah verbissen vor sich hin. Ed fühlte sich paradoxerweise recht entspannt.

Der Verhandlungsraum war beinahe leer. Dank einer besonders schaurigen Mordverhandlung in Old Bailey, einem Sexskandal in politischen Kreisen und dem öffentlichkeitswirksamen Zusammenbruch einer jungen englischen Schauspielerin waren die zwei Verhandlungstage nicht als große Story eingeordnet worden. Es hatte gerade für den Gerichtsreporter einer Nachrichtenagentur und einen Praktikanten von der *Financial Times* gereicht. Außerdem hatte sich Ed gegen den Rat seiner Anwälte schon schuldig bekannt.

Deanna Lewis' Behauptung, sie sei unschuldig, war etwas von der Aussage einer befreundeten Bankerin unterminiert worden, die Deanna anscheinend in aller Deutlichkeit darauf hingewiesen hatte, dass das, was sie vorhatte, tatsächlich Insiderhandel war. Die Freundin hatte eine E-Mail vorgelegt, die sie in dieser Sache an Deanna geschickt hatte, und auch Deannas Antwort, in der sie ihre Freundin als «pingelig» und «nervig» bezeichnete und «ehrlich gesagt ein bisschen zu sehr an meinem Vorhaben interessiert. Bist du vielleicht der Meinung, dass ich keine Chance haben soll, ein bisschen weiterzukommen?»

Ed beobachtete den Gerichtsschreiber, der alles mitschrieb, die Anwälte, die ihre Köpfe zusammensteckten und auf Papiere deuteten, und seltsamerweise erschien ihm das alles überhaupt nicht aufregend.

«Ich habe zur Kenntnis genommen, dass Sie ein Schuldeingeständnis abgelegt haben und dass, soweit es Mrs. Lewis und Sie betrifft, dies als einmaliges kriminelles Verhalten zu bewerten ist, das auf anderen als finanziellen Motiven beruht. Was man im Fall von Michael Lewis nicht sagen kann.»

Die Finanzaufsicht hatte, wie sich herausstellte, weitere verdächtige Spuren verfolgt, die Deannas Bruder hinterlassen hatte, als er Wetten auf Aktienkurse abschloss.

«Dennoch ist es notwendig, dass wir ein Zeichen setzen, um zu demonstrieren, dass dieses Verhalten vollkommen inakzeptabel ist, ganz gleich, welche Gründe es ausgelöst haben. Es zerstört das Vertrauen der Anleger, und es schwächt die gesamte Struktur unseres Finanzsystems. Aus diesem Grund bin ich dazu verpflichtet, eine Strafe auszusprechen, die als klare Abschreckung für diejenigen wirkt, die einen solchen Vorgang als ‹Verbrechen ohne Opfer› bezeichnen.»

Ed stand in der Anklagebank, wusste nicht, wohin er schauen sollte, und wurde zu 750 000 Pfund Geldbuße und der Übernahme der Gerichtskosten verurteilt sowie zu sechs Monaten Haft, die auf zwölf Monate zur Bewährung ausgesetzt wurden.

Und damit war es vorbei.

Gemma stieß einen langen, bebenden Atemzug aus und ließ ihren Kopf in die Hände sinken. Ed fühlte sich wie betäubt. «Das war's?», sagte er leise, und sie sah ungläubig zu ihm auf. Ein Gerichtsdiener öffnete die Tür der Anklagebank und scheuchte ihn heraus. Paul Wilkes klopfte ihm auf den Rücken, als sie in den Gang hinaustraten.

«Danke», sagte Ed. Das schien ihm angemessen.

Auf dem Gang sah er Deanna Lewis im lebhaften Gespräch mit einem rothaarigen Mann. Anscheinend wollte ihr der Mann etwas erklären, aber sie schüttelte immerzu den Kopf und fiel ihm ins Wort. Einen Moment lang betrachtete Ed die Szene, und dann, beinahe ohne nachzudenken, ging er durch die Menge und direkt zu Deanna. «Ich wollte noch sagen, dass es mir leidtut», sagte er. «Wenn ich ein bisschen nachgedacht hätte ...»

Sie wirbelte zu ihm herum und riss die Augen auf. «Ach, verpiss dich doch», sagte sie, das Gesicht rot vor Zorn, und schob sich an ihm vorbei. «Du blöder Versager.»

Die Leute, die sich bei ihrer erhobenen Stimme umgedreht hatten, nahmen Ed wahr und drehten sich peinlich berührt wieder weg. Jemand kicherte. Als Ed so dort stand, die Hand noch halb erhoben, um seine Worte zu unterstreichen, hörte er eine Stimme neben seinem Ohr.

«Sie ist nicht dumm, weißt du. Sie hat genau gewusst, dass sie es ihrem Bruder nicht hätte erzählen dürfen.»

Ed drehte sich um und hatte Ronan vor sich. Er musterte sein kariertes Hemd und sein schwarzes Brillengestell, die Laptoptasche, die er über der Schulter trug, und wurde von Erleichterung durchflutet. «Du ... du warst den ganzen Vormittag hier?»

«Hab mich im Büro gelangweilt, um ehrlich zu sein. Da habe ich gedacht, ich gehe mal raus und sehe mir einen Real-Life-Gerichtsfall an.»

Ed konnte kaum den Blick von ihm abwenden. «Die werden ziemlich überbewertet.»

«Ja. Genau das hab ich auch gedacht.»

Eds Schwester hatte sich von Paul Wilkes verabschiedet und kam nun zu ihnen. Sie zog ihr Jackett gerade. «Okay. Sollen wir Mum anrufen und ihr die guten Neuigkeiten erzählen? Sie hat gesagt, dass sie ihr Handy angeschaltet lässt. Wenn wir Glück haben, hat sie daran gedacht, es aufzuladen. Hey, Ronan.»

Er beugte sich vor und küsste sie auf die Wange. «Schön, dich zu sehen, Gemma. Ist lange her.»

«Viel zu lange! Gehen wir zu mir», sagte sie an Ed gewandt. «Es ist Ewigkeiten her, dass du die Kinder gesehen hast. Ich habe Bolognesesoße im Kühlschrank, die können wir heute Abend essen. Hey, Ronan. Du kannst auch kommen, wenn du willst. Wir können noch ein paar Spaghetti mehr in den Topf werfen.»

Ronans Blick wich ihr aus, wie schon damals, als er und Ed achtzehn Jahre alt gewesen waren. Er schubste irgendetwas Unsichtbares auf dem Boden an. Ed wandte sich an seine Schwester. «Sag mal ... Gemma ... würde es dir was ausmachen, wenn ich heute nicht komme?» Er versuchte nicht darauf zu achten, wie ihr Lächeln erlosch. «Ich komme ganz bestimmt ein anderes Mal. Ich möchte nur ... es gibt da ein paar Dinge, über die ich mit Ronan gern reden würde. Es war in letzter Zeit ...»

Ihr Blick wanderte zwischen ihnen hin und her. «Klar», sagte sie strahlend und schob sich den Pony aus den Augen. «Also. Ruf mich an.» Sie hängte sich ihre Tasche über die Schulter und ging Richtung Treppe.

Er rief durch den Gang, so laut, dass mehrere Leute von ihren Papieren aufsahen. «Hey! Gem!»

Sie drehte sich um, die Tasche unterm Arm.

«Danke. Für alles.»

Sie stand einfach da, halb der Treppe, halb ihm zugewandt.

«Wirklich. Ich weiß das zu schätzen.»

Sie nickte, ein schwaches Lächeln zog über ihr Gesicht. Und dann war sie weg, verschwunden zwischen den Menschen auf der Treppe.

«Also. Ähm. Wie wär's mit einem Drink?» Ed versuchte, nicht so zu klingen, als würde er betteln. Er war nicht sicher, ob es ihm vollständig gelang. «Ich zahle.»

Ronan spannte ihn auf die Folter. Aber nur eine Sekunde lang. Der Bastard. «Tja, wenn das so ist ...»

Es war Eds Mutter, die ihm einmal erklärt hatte, dass man echte Freunde daran erkannte, dass man mit ihnen sofort wieder anschließen konnte, wo man aufgehört hatte, ganz gleich, ob das letzte Treffen eine Woche oder zwei Jahre her war. Ed hatte nie genügend Freunde gehabt, um das zu testen. Er und Ronan setzten sich mit ihren Biergläsern an einen wackligen Holztisch in einem betriebsamen Pub. Am Anfang waren sie etwas befangen, aber bald wurde die Stimmung entspannter, sie machten ihre gewohnten Scherze und genossen die Vertrautheit miteinander. Ed hatte das Gefühl, als wäre er monatelang im Boot auf dem offenen Wasser getrieben und endlich hätte ihn jemand an Land gezogen. Er ertappte sich mehrfach dabei, wie er seinen Freund beobachtete – sein Lachen, seine Riesenfüße, seine Art, selbst an einem Kneipentisch vorgebeugt dazusitzen, als würde er auf einen Bildschirm schauen – und die Dinge, die ihm an Ronan neu waren: dass er entspannter lachte, seine neue Designerbrille und eine Art ruhiges Selbstvertrauen. Als er sein Portemonnaie öffnete, um nach Kleingeld zu suchen, erhaschte Ed einen Blick auf das Foto einer jungen Frau, die Ronans Kreditkarten anstrahlte.

«Und … wie geht es deiner Suppenköchin?»

«Karen? Es geht ihr gut.» Er lächelte. «Es geht ihr gut. Wir ziehen übrigens zusammen.»

«Wow. So schnell?»

Ronan sah beinahe trotzig auf. «Wir sind schon ein halbes Jahr zusammen. Und bei den Mieten in London machen gemeinnützige Suppenküchen nicht gerade ein Vermögen.»

«Das ist super», stotterte Ed hastig. «Tolle Neuigkeiten.»

«Ja. Na ja. Es ist gut. Sie ist großartig. Ich bin richtig glücklich.»

Sie schwiegen einen Moment lang. Ronan hatte sich die Haare schneiden lassen, wie Ed auffiel. Und diese Jacke war neu. «Ich freue mich wirklich für dich, Ronan. Ich habe immer gefunden, dass ihr sehr gut zusammenpasst.»

«Danke.»

Er lächelte ihn an, und Ronan grinste zurück und schnitt eine Grimasse, denn dieses ganze Gerede übers Glücklichsein war ein bisschen peinlich.

Ed starrte in sein Bierglas und versuchte sich nicht abgehängt zu fühlen, während sein ältester Freund einer glücklicheren, strahlenderen Zukunft entgegensegelte. Der Pub füllte sich inzwischen mit Angestellten, die ihren Arbeitstag hinter sich hatten. Ed hatte mit einem Mal das Gefühl, dass ihm die Zeit davonlief, dass es wichtig war, ein paar Dinge klar und deutlich vor Ronan auszusprechen.

«Es tut mir leid», sagte er.

«Was?»

«Ungefähr alles. Die Sache mit Deanna Lewis. Ich weiß auch nicht, warum ich das gemacht habe.» Seine Stimme klang heiser. «Ich finde es furchtbar, wie ich alles versaut habe. Ich meine, es tut mir um meinen Job leid, das stimmt, aber am schlimmsten finde ich, was ich mit unserer Freundschaft gemacht habe.» Er konnte Ronan nicht anschauen, aber es war eine Erleichterung, das einmal auszusprechen.

Ronan trank einen Schluck Bier. «Nimm's nicht so tragisch. Ich habe in den letzten Wochen ziemlich viel darüber nachgedacht, und obwohl ich es eigentlich nicht zugeben will, ist es ziemlich wahrscheinlich, dass ich das Gleiche getan hätte, wenn Deanna bei mir angetanzt wäre.» Er lächelte kläglich. «Es war schließlich Deanna Lewis.»

Eine Weile saßen sie schweigend zusammen. Ronan lehnte sich auf seinem Stuhl zurück. Er knickte einen Bierdeckel in der Mitte durch, dann viertelte er ihn. «Weißt du ... es war ziemlich interessant zu erleben, wie es in der Firma zuging, nachdem du nicht mehr da warst», sagte er schließlich. «Dadurch ist mir etwas klargeworden. Es gefällt mir überhaupt nicht mehr besonders bei Mayfly. Es hat mir besser gefallen, als wir zwei noch allein gearbeitet haben. All die Anzugträger, all das Gewinn-und-Verlust-Zeug, die Anteilseigner, das bin ich nicht. Das ist nicht, was ich an unserer Firma gut fand. Dafür hatten wir sie nicht gegründet.»

«Geht mir genauso.»

«Diese endlosen Meetings ... und dass man den Marketingleuten jede Idee vorlegen muss, selbst wenn es um die einfachsten Dinge geht. Dass man jede Stunde Arbeitszeit belegen muss. Jetzt wollen sie sogar Arbeitszeiterfassungsbögen für alle einführen. Stell dir das mal vor!»

Ed wartete ab.

«Du verpasst nicht viel, das kann ich dir sagen.» Ronan schüttelte den Kopf, als ob er noch mehr sagen wollte, aber das Gefühl hatte, dass er es besser nicht tun sollte.

«Ronan?»

«Ja?»

«Ich hatte da so eine Idee. Vor einer Woche oder zwei. Zu einer neuen Software. Ich habe ein bisschen rumprobiert, es ist eine Art prognostische Anwendung – aber ganz einfach gemacht –, um die Leute bei ihrer Finanzplanung zu unterstützen. So eine Art Kalkulationstabelle für Leute, die keine Kalkulationstabellen mögen. Für Leute, die nicht mit Geld umgehen können. Bei dem Programm sollen Warnfelder aufpoppen, wenn der Nutzer davor steht, sich bei seiner Bank Überziehungszinsen aufzuladen. Und es soll eine Möglichkeit zur Alternativenberechnung haben, damit man sehen kann, worauf sich unterschiedliche Zinssätze über einen bestimmten Zeitraum am Ende belaufen. Nichts zu Kompliziertes. Ich dachte an ein Programm, das in Bürgerberatungsstellen ausgegeben werden könnte.»

«Klingt interessant.»

«Es müsste auf billigen Computern laufen. Also kein zu aufwendiges Programm. Und auf billigen Smartphones. Ich weiß nicht genau, ob man damit viel Geld verdienen kann, aber es ist einfach etwas, über das ich nachgedacht habe. Ich habe es schon mal grob zusammengefasst. Aber ...»

Ronan dachte nach. Ed sah ihm an, wie es hinter seiner Stirn arbeitete, wie er schon über Variablen brütete.

«Die Sache ist die: Ich bräuchte jemanden, der richtig gut programmieren kann. Um das Programm zu erstellen.»

Ronan hielt den Blick auf sein Bierglas gerichtet. Seine Miene war nicht zu deuten. «Du weißt, dass du nicht zu Mayfly zurückkommen kannst, oder?», sagte er.

Ed nickte. Sein bester Freund seit Unitagen. «Ja. Das weiß ich.»

Ronan sah ihn direkt an, und plötzlich grinsten sie alle beide.

KAPITEL 39

Ed

In all den Jahren hatte Ed immer noch nicht die Telefonnummer seiner eigenen Schwester auswendig gelernt. Sie wohnte schon zwölf Jahre im gleichen Haus, und er musste immer noch ihre Adresse nachschlagen. Es schien eine immer länger werdende Liste von Dingen zu geben, wegen denen sich Ed schäbig fühlte.

Er hatte allein vor dem King's Head gestanden, als sich Ronan auf den Weg zur U-Bahn machte, um zu einem netten, Suppe kochenden Mädchen zu fahren, das ganz neue Seiten an seinem Freund zum Vorschein brachte, seit es in sein Leben getreten war. Ed wusste, dass er jetzt nicht nach Hause in eine leere Wohnung gehen konnte, in der er nur noch von gepackten Kisten umgeben war.

Er musste es sechsmal klingeln lassen, bis sie ans Telefon ging. Und bevor sie sich meldete, hörte er im Hintergrund jemanden schreien.

«Gem?»

«Ja?», sagte sie atemlos. «LEO, HÖR AUF, DAS DIE TREPPE RUNTERZUWERFEN.»

«Steht das Angebot mit den Spaghetti bolognese noch?»

Sie freuten sich so über seinen Besuch, dass er verlegen wurde. Die Tür des kleinen Hauses in Finsbury Park öffnete sich, und er zwängte sich zwischen Fahrrädern und Schuhen und einer überladenen Garderobe hindurch, die sich beinahe den gesamten Flur entlangzuziehen schien. Von oben ließ der unaufhörliche Beat eines Popsongs die Wände wackeln. Er konkurrierte mit dem donnernden Sound eines Kriegsspiels.

«Hey, du!» Seine Schwester zog ihn an sich und umarmte ihn fest. Sie hatte ihr Kostüm ausgezogen und trug Jeans und Pulli. «Ich weiß schon gar nicht mehr, wann du das letzte Mal hier warst. Wann war er das letzte Mal hier, Phil?»

«Mit Lara», rief Phil durch den Flur.

«Vor zwei Jahren?»

«Wo ist der Korkenzieher, Schatz?»

In der Küche wehten ihm Kochdämpfe und Knoblauchgeruch entgegen. Am anderen Ende des Raumes hingen zwei Wäscheständer unter mehreren Ladungen Wäsche durch. Auf jeder Oberfläche, die meisten davon aus Kiefernholz, stapelten sich Bücher, Papiere oder Kinderzeichnungen. Phil stand auf, gab Ed die Hand und entschuldigte sich dann. «Ich muss vor dem Essen noch ein paar Mails beantworten. Das stört euch doch nicht, oder?»

«Du musst entsetzt sein», sagte seine Schwester und stellte Ed ein Glas hin. «Entschuldige dieses Durcheinander. Ich hatte die letzten Tage Spätschicht, und Phil hat viel zu viel Arbeit, und wir haben keine Putzhilfe mehr, seit Rosario weg ist. Die anderen waren uns zu teuer.»

Ed aber hatte dieses Durcheinander sogar vermisst. Er vermisste das Gefühl, in ein lautes, lebhaftes Haus zu gehören. «Ich liebe das Chaos hier», sagte er, und sie prüfte mit einem Blick, ob das ein sarkastischer Spruch sein sollte. «Nein. Im Ernst. Ich liebe es. Es ist so ...»

«Schlampig.»

«Das auch. Aber es ist gut.» Er lehnte sich auf dem Küchenstuhl zurück und atmete tief aus.

«Hey, Onkel Ed.»

Ed blinzelte. «Wer bist du?»

Ein Teenagermädchen mit goldglänzendem Haar und mehreren dicken Schichten Wimperntusche um die Augen grinste ihn an.

«Sehr lustig.»

Er warf seiner Schwester einen hilfesuchenden Blick zu. Sie hob die Hände. «Tja, es ist ein Weilchen her, Ed. Sie wachsen. Leo! Komm und sag Onkel Ed guten Tag.»

«Ich dachte, Onkel Ed muss ins Gefängnis», rief eine Stimme aus einem anderen Zimmer.

«Entschuldige mich mal eben.»

Seine Schwester ließ die Pfanne mit der Soße auf dem Herd stehen und verschwand in die Diele. Ed versuchte, den kleinen Aufschrei zu überhören, der gleich darauf ertönte.

«Mum sagt, du hast dein ganzes Geld verloren», sagte Justine, setzte sich Ed gegenüber an den Tisch und fing an, die Kruste von einem Baguette zu schälen.

Eds Gehirn mühte sich verzweifelt, das linkische, spindeldürre Kind, das er bei seinem letzten Besuch hier gesehen hatte, mit diesem goldhaarigen Wunder in Einklang zu bringen, das ihn mit leichter Belustigung anstarrte, als stammte er aus einem Kuriositätenkabinett. «So ziemlich.»

«Bist du auch deine protzige Wohnung los?»

«Die Kisten sind schon gepackt.»

«Mist. Ich wollte dich fragen, ob ich dort die Party zu meinem sechzehnten Geburtstag machen kann.»

«Tja, dann bleibt es mir erspart, deine Bitte ablehnen zu müssen.»

«Genau das hat Dad auch gesagt. Und, bist du froh, dass sie dich nicht weggesperrt haben?»

«Oh, ich glaube, ich bleibe auch so noch lange genug das schwarze Schaf der Familie.»

Sie lächelte. *«Benimm dich nicht wie der böse Onkel Edward.»*

«Das ist jetzt also meine Rolle, ja?»

«Ach, du kennst Mum doch. In diesem Haus wird keine moralische Lektion ausgelassen. ‹*Seht ihr, wie leicht man auf Abwege gerät? Er hatte absolut alles, was man sich nur vorstellen kann, und jetzt …*›»

«Jetzt bettle ich um Einladungen zum Essen und fahre ein sieben Jahre altes Auto.»

«Netter Versuch. Unser Auto ist noch drei Jahre älter.» Sie sah Richtung Diele, wo ihre Mutter leise auf ihren Bruder einredete. «Aber du solltest lieber nichts Schlechtes über Mum sagen. Weißt du, dass sie gestern den ganzen Tag am Telefon gehangen hat, um sich dafür einzusetzen, dass du offenen Vollzug kriegst?»

«Wirklich?»

«Sie war richtig gestresst deswegen. Ich hab gehört, wie sie zu jemandem gesagt hat, du würdest in Pentonville keine fünf Minuten durchhalten.»

Ein Gefühl, das er nicht recht beschreiben konnte, stieg in ihm auf. Er hatte so sehr im Selbstmitleid gebadet, dass ihm gar nicht in den Sinn gekommen war, was es für andere bedeuten könnte, wenn er ins Gefängnis musste. «Da hatte sie vermutlich recht.»

Justine kaute an einer Haarsträhne. Sie schien sich gut zu unterhalten. «Und was hast du jetzt vor, als Schande der Familie ohne Job und vermutlich ohne ein Dach über dem Kopf?»

«Keine Ahnung. Vielleicht werde ich drogensüchtig, was meinst du? Bloß um den Eindruck noch ein bisschen abzurunden.»

«Bloß nicht. Zugedröhnte Leute sind dermaßen langweilig.» Sie schob ihre langen Beine vom Stuhl. «Und Mum hat auch so schon mehr als genug zu tun. Obwohl, eigentlich sollte ich ja sagen. Du hast Leo und mich nämlich echt aus der Schusslinie gerückt. Im Vergleich zu dir sind wir jetzt fast schon vorbildliche Kinder.»

«Freut mich, wenn ich euch behilflich sein kann.»

«Und wie. Schön, dich zu sehen, übrigens.» Sie beugte sich vor und flüsterte: «Du hast Mum heute echt glücklich gemacht. Sie würde das natürlich nie zugeben, aber sie hat sich total gefreut, dass du kommst. War schon fast peinlich. Sie hat sogar die Toilette unten geputzt, für den Fall, dass du auftauchst.»

«Tja, also, dann werd ich mal zusehen, dass ich jetzt öfter komme.»

Sie kniff die Augen zusammen, als wollte sie abschätzen, ob er das ernst meinte, dann drehte sie sich um und verschwand nach oben.

«Und wie läuft's sonst so?» Gemma nahm sich grünen Salat. «Was ist mit deiner Freundin, die im Krankenhaus dabei war? Joss? Jess? Ich dachte, sie würde heute mitkommen.»

Es war das erste selbstgekochte Essen, das er seit Ewigkeiten gegessen hatte, und es war köstlich. Die anderen waren schon fertig und aus der Küche gegangen, aber Ed saß über seiner dritten Portion, weil anscheinend sein Appetit zurückgekehrt war, nachdem er drei Wochen lang keinen richtigen Hunger gehabt hatte. Seine letzte Gabel war ein bisschen zu voll gewesen, und er musste eine Weile kauen, bevor er antworten konnte. «Ich will nicht darüber reden.»

«Du willst nie über irgendwas reden. Komm schon. Das ist der Preis für ein selbstgekochtes Essen.»

«Wir haben uns getrennt.»

«Was? Warum denn?» Drei Gläser Wein hatten sie redselig und dickköpfig werden lassen. «Du hast richtig glücklich gewirkt. Glücklicher als mit Lara jedenfalls.»

«War ich auch.»

«Und? Wirklich, du bist manchmal ein richtiger Idiot, Ed. Da taucht endlich eine Frau auf, die normal zu sein scheint, die offenbar mit dir umgehen kann, und du suchst das Weite.»

«Ich will wirklich nicht darüber reden, Gem.»

«Woran hat es gelegen? Hattest du Angst, dich festzulegen? War es zu früh nach deiner Scheidung? Du trauerst Lara doch nicht mehr nach, oder?»

Er nahm ein Stück Brot und wischte damit ein bisschen Soße von seinem Teller auf. Er kaute länger als nötig daran. «Sie hat mich bestohlen.»

«Sie hat was?»

Es auszusprechen, hatte sich angefühlt wie eine Trumpfkarte. Oben stritten sich die Kinder. Ed musste an Nicky und Tanzie denken, wie sie auf der Rückbank Wetten abgeschlossen hatten. Wenn er es nicht irgendjemandem erzählte, würde er noch verrückt werden.

Eds Schwester schob ihren Teller von sich. Sie beugte sich vor, stützte ihr Kinn auf die Hand und hörte mit leichtem

Stirnrunzeln zu. Er erzählte ihr von der Überwachungskamera und wie er die Schubladen aus der Kommode gezogen hatte, um das Möbelstück herumschieben zu können, und was ihm dabei zwischen sorgfältig zusammengelegten blauen Socken begegnet war – sein eigenes laminiertes Gesicht.

Ich wollte es dir erzählen.

Es ist nicht so, wie es aussieht. Die Hand, die sie vor den Mund geschlagen hatte.

Ich meine, es ist so, wie es aussieht, aber, o Gott, o Gott ...

«Ich dachte, sie wäre anders. Ich dachte, sie wäre einfach nur großartig, so tapfer, mit all ihren Grundsätzen, so unglaublich ... Aber, verdammt, sie war genau wie Lara. Genau wie Deanna. Nur an dem interessiert, was sie aus mir herausschlagen konnte. Wie konnte sie das nur tun, Gem? Warum erkenne ich solche Frauen nicht eine Meile gegen den Wind?» Er hörte auf zu reden, lehnte sich auf seinem Stuhl zurück und wartete auf die Reaktion seiner Schwester.

Sie schwieg.

«Was ist? Willst du nichts dazu sagen? Über meine schlechte Menschenkenntnis? Über die Tatsache, dass ich mich mal wieder von einer Frau habe ausnehmen lassen? Darüber, dass ich auch in dieser Hinsicht ein Idiot bin?»

«Das hätte ich ganz bestimmt nicht gesagt.»

«Und was wolltest du sagen?»

«Ich weiß nicht.» Sie starrte auf ihren Teller. Sie zeigte keinerlei Überraschung. Er fragte sich, ob man das nach zehn Jahren Sozialarbeit konnte, ob es ihr in Fleisch und Blut übergegangen war, einen neutralen Gesichtsausdruck beizubehalten, ganz gleich, welche schrecklichen Geschichten man ihr erzählte. «Dass ich schon Schlimmeres gehört habe?»

Er starrte sie an. «Als dass ich bestohlen werde?»

«Oh, Ed. Du hast keine Ahnung, was es heißt, wirklich verzweifelt zu sein.»

«Aber es ist trotzdem keine Entschuldigung für Diebstahl.»

«Nein, ist es nicht. Aber ... ähm ... einer von uns hat gerade einen Gerichtstermin hinter sich, bei dem er Insiderhandel gestanden hat. Da weiß ich nicht, ob ausgerechnet du jetzt der Richtige bist, um hier moralische Urteile zu verkünden. Manchmal passieren solche Dinge eben. Menschen machen Fehler.» Sie stand auf und begann, die Teller abzuräumen. «Willst du einen Kaffee?»

Er starrte sie immer noch an.

«Das nehme ich mal als ja. Und während ich aufräume, kannst du mir ein bisschen mehr von ihr erzählen.» Sie bewegte sich mit anmutiger Effizienz in der kleinen Küche hin und her, während er redete und ihren Blicken auswich.

Als er endlich mit Erzählen fertig war, hielt sie ihm ein Geschirrhandtuch hin. «Also, ich sehe es so: Sie ist verzweifelt, stimmt's? Ihre Kinder werden gemobbt. Ihr Sohn wird verprügelt. Sie fürchtet, dass dem kleinen Mädchen demnächst das Gleiche passiert. Sie findet einen Batzen Geld im Pub oder sonst wo. Sie nimmt ihn.»

«Aber sie wusste, dass es mir gehört, Gem.»

«Aber sie kannte dich nicht.»

«Und das macht einen Unterschied?»

Seine Schwester zuckte mit den Schultern. «Eine Nation von Versicherungsbetrügern würde das vermutlich so sehen.»

Bevor er erneut widersprechen konnte, sagte sie: «Ehrlich. Ich kann dir nicht sagen, was sie gedacht hat. Aber ich kann dir sagen, dass Leute, die in der Klemme stecken, dumme, impulsive, überhaupt nicht durchdachte Sachen machen. Das sehe ich jeden Tag. Sie machen idiotische Sachen aus Gründen, die sie für richtig halten, und manche kommen damit durch und andere nicht.»

Als er nichts dazu sagte, fuhr sie fort: «Okay, du nimmst also nie einen Kugelschreiber aus dem Büro mit.»

«Es waren fünfhundert Pfund.»

«Du ‹vergisst› nie, Geld in die Parkuhr zu werfen, und freust dich nicht, wenn du hinterher keinen Strafzettel unterm Scheibenwischer hast?»

«Das ist nicht dasselbe.»

«Du überschreitest nie die Geschwindigkeitsbeschränkung? Hast nie einen Auftrag ‹nebenbei› gemacht? Hast dich nie in das WLAN von irgendwem eingewählt?» Sie beugte sich zu ihm. «Nie bei der Steuer deine Betriebsausgaben ein bisschen höher angegeben?»

«Das ist alles nicht dasselbe, Gem.»

«Ich will nur darauf hinaus, dass es häufig vom Standpunkt abhängt, wie man ein Unrecht beurteilt. Und du, kleiner Bruder, warst heute ein sehr schönes Beispiel dafür. Ich sage nicht, dass es richtig von ihr war, das zu machen. Ich sage bloß, dass sie nicht nur nach dieser einen Handlung beurteilt werden sollte. Und deine Beziehung mit ihr auch nicht.»

Sie beendete den Abwasch, zog die Gummihandschuhe aus und legte sie ordentlich über das Abtropfgestell. Dann schenkte sie ihnen zwei Becher Kaffee ein und lehnte sich an die Küchenzeile. «Ich weiß nicht. Vielleicht glaube ich einfach daran, dass jeder eine zweite Chance verdient hat. Vielleicht würdest du das auch tun, wenn du jeden Tag bei der Arbeit erleben würdest, in was für elende Situationen man geraten kann.» Sie richtete sich auf und sah ihn an. «Vielleicht würde ich an deiner Stelle wenigstens wissen wollen, was sie dazu zu sagen hat.»

Sie gab ihm seinen Becher.

«Vermisst du sie?»

Ob er sie vermisste? Ed vermisste sie, wie er eine fehlende Gliedmaße vermissen würde. Er verbrachte den ganzen Tag damit, den Gedanken an sie zu verdrängen, wehrte sich gegen die Bilder, die sein Kopf produzierte. Versuchte der Tatsache auszuweichen, dass ihn praktisch alles – Essen, Autos, Bett – an sie erinnerte. Schon vor dem Frühstück hatte er sich im Geist ein Dutzend Mal mit ihr gestritten und vor dem Schlafengehen tausend leidenschaftliche Versöhnungen mit ihr gefeiert.

Dröhnende Bässe aus einem der Zimmer im ersten Stock unterbrachen die Stille. «Ich weiß nicht, ob ich ihr vertrauen kann», sagte er.

Gemma sah ihn mit dem Blick an, mit dem sie ihn schon immer angesehen hatte, wenn er erklärte, dass er irgendetwas nicht konnte. «Ich glaube, du tust es, Ed. Ich glaube, irgendwo tust du es.»

Er trank den restlichen Wein und leerte dann noch ganz allein die Flasche, die er selbst zum Essen mitgebracht hatte, bevor er schließlich auf dem Sofa seiner Schwester einschlief. Um Viertel nach fünf Uhr morgens wachte er verschwitzt und zerzaust auf, schrieb seiner Schwester einen Zettel, mit dem er sich bedankte, verließ das Haus und fuhr nach Beachfront, um die letzte Abrechnung mit der Verwaltungsgesellschaft zu regeln. Den Audi hatte er in der Woche zuvor zu einem Händler gebracht und auch den BMW, den er in London gehabt hatte, und jetzt fuhr er einen gebrauchten Mini mit eingedellter hinterer Stoßstange. Es störte ihn nicht so sehr, wie er gedacht hatte.

Es war ein lauer Morgen, die Straßen waren frei, und schon

als er um halb elf ankam, herrschte Betrieb im Ferienpark, und in den Cafés und Restaurants saßen viele Gäste, die das schöne Wetter ausnutzten. Andere gingen mit Sonnenschirmen und Taschen voller Handtücher zum Strand. All das löste eine irrationale Wut in ihm aus – auf diese sterile Nachahmung einer Gemeinde, in der jeder derselben Einkommensgruppe angehörte und das Chaotischste, was vom echten Leben hierherdrang, die bunten Blumen in ihren perfekt aufgereihten Kübeln waren. Er fuhr bis zu dem Bereich mit den Ferienhäusern, hielt auf der makellosen Zufahrt von Nummer zwei und blieb nach dem Aussteigen einen Moment stehen, um dem Rauschen der Wellen zuzuhören.

Er schloss die Haustür auf, und wie er feststellte, machte es ihm nichts aus, dass er nun zum letzten Mal hierhergefahren war. In etwa einer Woche wäre der Verkauf seiner Londoner Wohnung abgeschlossen. Danach wollte er zu seinem Vater, um die Zeit mit ihm zu verbringen, die ihm noch blieb. Darüber hinaus hatte er keine Pläne gemacht.

In der Eingangshalle standen Kartons, die den Namen der Einlagerungsfirma trugen, die er mit dem Packen beauftragt hatte. Er zog die Tür hinter sich zu, hörte seine Schritte durch die Leere hallen. Er ging langsam nach oben, vorbei an den kahlen Räumen. Am nächsten Donnerstag würde der Laster kommen, und die Kartons würden eingelagert, bis Ed wusste, was er mit seinen Sachen anfangen sollte.

Vermutlich, dachte Ed, hatte er gerade die schlimmsten paar Wochen seines Lebens hinter sich gebracht. Von außen betrachtet wirkte er grimmig entschlossen, seine Strafe auf sich zu nehmen. Er hatte den Kopf eingezogen und durchgehalten. Vielleicht hatte er ein bisschen zu viel getrunken, aber hey, dafür dass er in einem Zeitraum von etwas mehr als einem Jahr seine Arbeit, seine Wohnung und seine Frau verloren hatte und ihm bald noch ein Elternteil genommen würde, fand Ed, dass er sich ganz gut hielt.

Und dann entdeckte er auf der Arbeitsfläche in der Küche die vier braunen Umschläge, auf die mit Kugelschreiber sein Name geschrieben worden war. Zuerst dachte er, es wären Schreiben von der Verwaltung, aber dann öffnete er einen und hatte das filigrane, blasslilafarbene Druckbild eines Zwanzig-Pfund-Scheins vor sich. Er zog ihn heraus, danach den beigefügten Zettel, auf dem einfach nur stand: DRITTE RATE.

Er öffnete die anderen Umschläge, riss den ersten besonders vorsichtig auf. Als er ihre Mitteilung las, hatte er plötzlich ein Bild von ihr vor sich, und er erschrak beinahe bei ihrem unvermittelten Auftauchen, bei der Art, auf die sie hier die ganze Zeit gewartet hatte. Ihr Ausdruck war angespannt und unbehaglich, während sie schrieb, vielleicht ein paar Worte ausstrich und von vorne anfing. Zuvor würde sie ihren Pferdeschwanz aus dem Haargummi ziehen und ihn neu zusammennehmen.

Es tut mir leid.

Ihre Stimme in seinem Kopf. *Es tut mir leid.* Und in diesem Moment begann etwas in ihm nachzugeben. Ed hielt das Geld in der Hand und wusste nicht, was er damit anfangen sollte. Er wollte ihre Entschuldigung nicht. Er wollte überhaupt nichts davon.

Er ging aus der Küche und zurück in die Eingangshalle, die Geldscheine immer noch in der Hand. Er wollte sie wegwerfen. Er wollte sie nie wieder aus der Hand geben. Er ging durchs ganze Haus und zurück, wieder und wieder, und versuchte zu entscheiden, was er tun sollte. Er sah auf die Wände, die zu verschrammen er nie eine Gelegenheit gehabt hatte, und auf den Seeblick, den kaum einmal ein Gast genossen hatte. Plötzlich drohte ihn der Gedanke zu überwältigen, dass er sich nie irgendwo wohl fühlen würde, dass er nie irgendwohin gehören würde. Er ging wieder mit langen Schritten in der Eingangshalle auf und ab, müde und ruhelos. Er öffnete ein Fenster, hoffte, sich beim Rauschen der Wellen zu beruhigen, aber die Rufe der glücklichen Familien draußen erschienen ihm wie ein Vorwurf.

Eine Gratiszeitung lag gefaltet auf einem der Kartons und verdeckte etwas. Erschöpft von dem endlosen Kreisen seiner Gedanken, blieb er stehen und hob abwesend die Zeitung hoch. Darunter lagen ein Laptop und ein Handy. Er musste einen Moment nachdenken, bis er darauf kam, warum diese beiden Gegenstände auf dem Karton lagen. Ed zögerte, dann nahm er das Handy und drehte es um. Es war das Ersatzhandy, das er Nicky in Aberdeen gegeben hatte und das unter die Zeitung gelegt worden war, um es vor zufälligen Blicken durchs Fenster zu verbergen.

Wochenlang hatte sich Ed von der Wut über den Vertrauensbruch getrieben gefühlt. Als sich diese Erbitterung etwas gelegt hatte, war ein ganzer Bereich seiner Gefühlswelt einfach erstarrt, als wäre eine innere Eiszeit ausgebrochen. Er hatte sich zurückgezogen auf seinen gerechten Zorn, sein unanfechtbares Gerechtigkeitsempfinden. Und jetzt hielt Ed ein Mobiltelefon in der Hand, von dem ein Teenager, der praktisch nichts besaß, geglaubt hatte, er müsse es ihm zurückgeben. Die Worte seiner Schwester klangen durch Eds Kopf, und in seinem Inneren begann sich etwas zu öffnen. Was zum Teufel wusste er denn schon? Wer war er, dass er glaubte, über andere urteilen zu können?

Verdammt, murmelte er vor sich hin. Ich kann nicht zu ihr gehen. Ich kann einfach nicht.

Und warum sollte ich?

Was könnte ich überhaupt zu ihr sagen?

Er ging erneut durch sein leeres Haus, seine Schritte hallten auf den Holzböden wider, und in der Faust hielt er immer noch die zerdrückten Geldscheine.

Er starrte aus dem Fenster aufs Meer und wünschte sich plötzlich, man hätte ihn ins Gefängnis geschickt. Dann wäre er so mit den unmittelbaren Problemen von Sicherheit, Organisation und Durchhalten beschäftigt gewesen, dass er an nichts anderes mehr hätte denken können.

Er wollte nicht an sie denken.

Er wollte ihr Gesicht nicht jedes Mal vor sich sehen, wenn er die Augen schloss.

Er würde gehen. Er würde von hier weggehen und sich eine neue Stadt suchen, einen neuen Job, und er würde von vorn anfangen. Und er würde all das hinter sich lassen. Und dann würde alles einfacher werden.

Ein schriller Ton – ein Klingelton, den er nicht kannte – durchbrach die Stille. Sein altes Handy, das Nicky nach seinen Vorlieben eingestellt hatte. Ed starrte das Gerät an, das rhythmisch aufschimmernde Display. Unbekannter Anrufer. Nach dem fünften Klingeln wurde das Geräusch unerträglich, und er nahm das Gespräch doch noch an.

«Ist dort Mrs. Thomas zu sprechen?»

Ed hielt das Handy kurz von sich weg, als wäre es radioaktiv verstrahlt. «Soll das ein Witz sein?», gab er zurück.

Er hörte eine nasale Stimme und ein Niesen. «Entschuldigen Sie. Ich habe schrecklichen Heuschnupfen. Habe ich mich verwählt? Ist dort die Familie von Costanza Thomas?»

«Wer ... wer ist am Apparat?»

«Mein Name ist Andrew Prentiss. Ich gehöre zu den Organisatoren der Mathematik-Olympiade.»

Ed brauchte einen Moment, um seine Gedanken zu sammeln. Er setzte sich auf die Treppe.

«Die Olympiade? Entschuldigen Sie ... woher haben Sie diese Nummer?»

«Sie stand auf der Kontaktliste. Sie wurde während des Wettbewerbs eingetragen. Habe ich die richtige Nummer?»

Ed fiel wieder ein, dass Jess kein Guthaben mehr auf ihrem Prepaid-Handy gehabt hatte. Sie musste die Nummer des Handys angegeben haben, das Nicky von Ed bekommen hatte. Er ließ die Stirn in die freie Hand sinken. Irgendwer da oben hatte einen ziemlich schrägen Sinn für Humor.

«Ja.»

«Oh, Gott sei Dank. Wir versuchen schon seit Tagen, Sie zu erreichen. Haben Sie denn unsere Nachrichten nicht abgehört? Ich rufe wegen des Wettbewerbs an ... Es ist nämlich so: Wir haben bei der Auswertung der Ergebnisse eine Abweichung entdeckt. Die erste Aufgabe enthielt einen Druckfehler, sodass sie unmöglich zu lösen war.»

«Wie bitte?»

Er sprach, als hätte er diese Sätze schon allzu oft wiederholt. «Wir haben es festgestellt, als die Endresultate verglichen wurden. Die Tatsache, dass jeder Schüler bei dieser ersten Aufgabe versagt hat, war zu auffällig. Es wurde nicht sofort bemerkt, weil die Korrektur auf mehrere Personen verteilt war. Es tut uns jedenfalls sehr leid – und wir würden Ihrer Tochter gern die Gelegenheit geben, den Wettbewerb zu wiederholen. Wir machen das Ganze noch einmal.»

«Die Olympiade wiederholen? Wann?»

«Nun ja, das ist es ja gerade. Es ist heute Nachmittag. Wir mussten es auf ein Wochenende legen, weil wir natürlich nicht wollen, dass die Schüler deswegen Unterricht versäumen. Wir haben schon die ganze Woche versucht, Sie unter dieser Nummer zu erreichen, aber keinen Rückruf erhalten. Ich habe es eben nur noch ein letztes Mal auf gut Glück versucht.»

«Sie erwarten, dass sie nach Schottland kommt? Innerhalb von wenigen Stunden?»

Mr. Prentiss hielt inne, weil er erneut niesen musste. «Nein, es ist dieses Mal nicht in Schottland. Wir mussten uns nach den Örtlichkeiten richten, die so kurzfristig verfügbar waren. Aber wenn ich auf die Liste mit Ihren Angaben schaue, könnte das für Sie sogar ein Vorteil sein, wo Sie doch an der Südküste wohnen. Der Wettbewerb wird in Basingstoke stattfinden. Wären Sie so freundlich, Costanza unsere Mitteilung auszurichten?»

«Äh …»

«Vielen Dank. Ich gehe davon aus, dass uns so etwas nur im ersten Jahr des Wettbewerbs passiert. Immerhin, ein Name mehr, den ich abhaken kann! Jetzt muss ich nur noch einen Teilnehmer erreichen! Die übrigen Informationen können Sie auf unserer Webseite nachlesen.»

Ein ohrenbetäubendes Niesen. Und dann war die Verbindung unterbrochen.

Und Ed stand in seinem leeren Haus und starrte auf das Handy.

KAPITEL 40

Jess

Jess hatte versucht, Tanzie dazu zu bringen, an die Tür zu gehen, wenn es klingelte. Die Schulpsychologin hatte Jess erklärt, das wäre ein guter Anfang, um Tanzies Vertrauen in die Außenwelt wiederaufzubauen, solange sie nicht aus dem Haus gehen wollte. Sie würde an die Tür gehen und die Sicherheit haben, dass Jess direkt hinter ihr stand. Dieses Vertrauen würde sich mit der Zeit auf andere Menschen und auf die Umgebung, wie zum Beispiel den Garten, ausdehnen. Es wäre ein Anfang. So etwas ginge nur Schritt für Schritt.

Es war eine schöne Theorie. Wenn Tanzie bloß mitmachen würde.

«Mum, es hat geklingelt.»

Ihre Stimme übertönte den Trickfilm im Fernsehen. Jess fragte sich, wann sie strenger werden musste, was den Fernsehkonsum anging. Sie hatte in der vergangenen Woche ausgerechnet, dass Tanzie mittlerweile über fünf Stunden täglich auf dem Sofa lag. «Sie hat einen Schock hinter sich», hatte die

Psychologin gesagt. «Aber ich glaube, es ginge ihr schneller wieder besser, wenn sie etwas Konstruktiveres tun würde.»

«Ich kann nicht aufmachen, Tanzie», rief Jess durchs Treppenhaus hinunter. «Ich wasche gerade eine Bluse aus.»

Wieder Tanzies Stimme, die neuerdings ständig quengelig klang. «Kannst du nicht Nicky schicken?»

«Nicky ist einkaufen gegangen.»

Stille.

Blechernes Gelächter von dem Trickfilm hallte die Treppe herauf. Jess konnte die Anwesenheit desjenigen, der unten vor der Tür stand und einen Schatten auf das Glas warf, geradezu spüren. Sie fragte sich, ob es Aileen Trent war. Sie war in den letzten beiden Wochen viermal ungebeten mit «einmaligen Sonderangeboten» für Kinderkleidung aufgetaucht. Jess fragte sich, ob sie von Nickys Geld aus dem Blog gehört hatte. In der Wohnsiedlung schien alle Welt davon zu wissen.

Jess rief zu Tanzie herunter: «Pass auf, ich stelle mich hier oben an die Treppe. Du musst einfach nur die Tür aufmachen.»

Es klingelte erneut.

«Bitte, Tanzie. Es wird nichts Schlimmes passieren. Weißt du, was, nimm doch einfach Norman an die Leine und geh zusammen mit ihm an die Tür.»

Stille.

Jess ließ den Kopf hängen und wischte sich heimlich mit der Ellenbogenbeuge über die Augen. Es war nicht zu übersehen: Es ging Tanzie schlechter, nicht besser. Seit zwei Wochen hatte sie sich angewöhnt, zu Jess ins Bett zu kommen. Sie wachte zwar nicht mehr weinend auf, schlich aber in den frühen Morgenstunden durch den Flur und kroch vorsichtig zu ihr ins Bett, sodass Jess morgens neben ihr aufwachte und nicht wusste, wie lange sie schon da war. Jess brachte es nicht über sich, Tanzie das zu verbieten, aber die Schulpsychologin hatte deutlich darauf hingewiesen, dass Tanzie zu alt war, um immer so weiterzumachen.

«Tanzie?»

Nichts. Es wurde ein drittes Mal geklingelt, inzwischen merklich ungeduldiger.

Jess wartete. Sie würde wohl doch selbst hinuntergehen und die Tür aufmachen müssen.

«Moment noch», rief sie erschöpft. Sie fing an, sich die Gummihandschuhe auszuziehen, und hörte wieder damit auf, als sie unten in der Diele Schritte hörte. Normans fiependes Keuchen, wenn er an der Leine gezogen wurde. Und Tanzie, die ihn mit süßer Stimme vorwärtslockte, ein Ton, den sie dieser Tage allein für Norman reserviert hatte.

Und dann wurde die Haustür geöffnet. Die Zufriedenheit, die Jess bei diesem Geräusch empfand, wurde etwas von der plötzlichen Erkenntnis gedämpft, dass sie Tanzie nicht gesagt hatte, sie solle Aileen wegschicken. Wenn Aileen auch nur die geringste Chance witterte, wäre sie mit ihrem schwarzen Rollkoffer sofort an Tanzie vorbei und hätte im Handumdrehen ihre «Sonderangebote» auf dem Wohnzimmerboden ausgebreitet, die genau auf Tanzies Geschmack ausgerichtet waren, sodass Jess nicht mehr nein sagen konnte.

Aber es war nicht Aileens Stimme, die Jess hörte.

«Hallo, Norman.»

Jess erstarrte.

«He! Was ist denn mit seinem Gesicht passiert?»

«Er hat jetzt nur noch ein Auge.» Tanzies Stimme.

Jess schlich sich oben an den Treppenabsatz. Sie konnte seine Füße sehen. Seine Converse-Turnschuhe. Ihr Herz begann zu rasen.

«Hatte er einen Unfall oder so etwas?»

«Er hat mich gerettet. Vor den Fishers.»

«Er hat *was*?»

Dann wieder Tanzies Stimme – die Worte brachen geradezu aus ihr heraus. «Die Fishers haben versucht, mich in ein Auto zu ziehen, und Norman ist durch den Zaun gebrochen, um mich zu retten, aber dann hat ihn ein Auto angefahren, und wir hatten kein Geld ...»

Ihre Tochter. Redete wie ein Wasserfall.

Jess ging eine Stufe hinunter. Dann noch eine.

«Er ist fast gestorben», sagte Tanzie. «Er ist fast gestorben, und der Tierarzt wollte ihn nicht mal operieren, weil er so viele innere Verletzungen hatte, und er dachte, wir sollten ihn einfach gehen lassen. Aber Mum hat gesagt, das will sie nicht und dass wir ihm eine Chance geben sollten. Und dann hat Nicky diesen Blog darüber geschrieben, wie alles schiefgegangen ist, und ein paar Leute haben ihm einfach Geld geschickt. Und wir hatten genug, um ihn zu retten. Also hat Norman mich gerettet, und Leute, die wir nicht mal kennen, haben ihn gerettet, und das ist schon cool. Aber er hat jetzt nur noch ein Auge und ist sehr schnell müde, weil er sich noch erholen muss, und er macht eigentlich nicht viel.»

Sie konnte ihn jetzt ganz sehen. Er hatte sich neben Norman gekauert und streichelte seinen Kopf. Und Jess konnte den Blick nicht mehr von ihm abwenden; das dunkle Haar, die Art, wie seine Schultern das T-Shirt ausfüllten. Dieses graue T-Shirt. Irgendetwas stieg in ihr auf, und ein ersticktes Schluchzen kam durch ihre Kehle, sodass sie den Arm auf ihren Mund drücken musste. Und dann sah er aus seiner Kauerstellung zu ihrer Tochter auf, und seine Miene war todernst. «Alles klar mit dir, Tanzie?

Sie hob eine Hand und drehte eine Haarsträhne zwischen den Fingern, als müsste sie überlegen, wie viel sie ihm erzählen konnte. «Geht so.»

«Ach, Süße.»

Tanzie zögerte, ihr Zeh zog hinter ihr Kreise auf den Boden, und dann ging sie einfach ein paar Schritte und in seine Arme. Er schloss sie in seine Umarmung, als hätte er die ganze Zeit nur darauf gewartet, ließ sie ihren Kopf an seine Schulter legen, und so verharrten sie einfach. Jess sah, wie er die Augen schloss, und sie musste wieder eine Stufe höher gehen, damit sie nicht gesehen werden konnte, denn sie hatte Angst, dass sie, wenn er sie sah, nicht mehr aufhören konnte zu weinen.

«Also, weißt du, ich wusste es», sagte er schließlich, als er sich von Tanzie löste, und seine Stimme klang seltsam entschlossen. «Ich wusste, dass dieser Hund etwas Besonderes ist. Ich konnte es sehen.»

«Wirklich?»

«O ja. Du und er. Ein Team. Jeder mit der geringsten Spur Wahrnehmungsvermögen konnte das sehen. Und weißt du, was? Er sieht einäugig ziemlich cool aus. Er sieht aus wie ein harter Bursche. Keiner legt sich mit Norman an.»

Jess wusste nicht, was sie tun sollte. Sie wollte nicht nach unten gehen, weil sie es nicht ertragen würde, wenn er sie so wie früher ansah. Sie konnte sich nicht bewegen. Sie konnte nicht nach unten gehen, und sie konnte sich nicht bewegen.

«Mum hat uns erzählt, warum Sie nicht mehr zu uns gekommen sind.»

«Hat sie das?»

«Es war, weil sie Ihr Geld genommen hat.»

Ein quälend langes Schweigen.

«Sie hat gesagt, sie hat einen großen Fehler gemacht und sie will nicht, dass wir das Gleiche machen.» Wieder Schweigen. «Sind Sie gekommen, um das Geld zurückzuverlangen?»

«Nein. Deswegen bin ich nicht gekommen.» Er sah über Tanzies Schulter in den Flur. «Ist sie da?»

Sie würde nicht um die Begegnung herumkommen. Jess ging eine Stufe hinunter. Und dann noch eine, die Hand auf dem Geländer. Sie stand auf der Treppe mit ihren Gummihandschuhen und wartete ab, bis er den Blick zu ihr hob. Und was er dann sagte, war das Letzte, was sie erwartet hätte.

«Wir müssen Tanzie nach Basingstoke bringen.»

«Wie bitte?»

«Die Mathe-Olympiade. Es gab einen Fehler in der Aufgabenstellung. Und sie wiederholen die Olympiade. Heute.»

Tanzie drehte sich um und schaute zu Jess auf der Treppe hinauf. Sie hatte die Stirn gerunzelt und war genauso verwirrt wie Jess. Und dann, als wäre in ihrem Kopf plötzlich eine Glühbirne angegangen, sagte sie: «War der Fehler in der ersten Aufgabe?»

Er nickte.

«Ich wusste es!» Und sie lächelte, ein unvermitteltes, strahlendes Lächeln. «Ich wusste, dass irgendwas damit nicht gestimmt hat!»

«Sie wollen den ganzen Wettbewerb wiederholen?»

«Heute Nachmittag.»

«Aber das ist unmöglich.»

«Nicht in Schottland. In Basingstoke. Das ist zu schaffen.»

Jess wusste nicht, was sie sagen sollte. Sie dachte daran, wie sie das Selbstbewusstsein ihrer Tochter in mehrfacher Hinsicht untergraben hatte, indem sie Tanzie das erste Mal zu dieser Olympiade gedrängt hatte. Sie dachte an die wahnwitzigen Pläne, die sie geschmiedet hatte, und daran, welchen

Schaden allein die Reise nach Schottland angerichtet hatte. «Ich weiß nicht ...»

Er hockte immer noch auf den Fersen. Er streckte den Arm aus und nahm Tanzies Hand. «Willst du es versuchen?»

Jess sah ihre Unsicherheit. Tanzie packte Normans Halsband ein bisschen fester. Sie verlagerte ihr Gewicht von einem Fuß auf den anderen. «Du musst nicht, Tanzie», sagte Jess. «Es macht überhaupt nichts, wenn du lieber nicht willst.»

«Aber du sollst wissen, dass niemand diese Aufgabe richtig gelöst hat.» Eds Stimme war ruhig und sicher. «Der Mann hat mir gesagt, es war unmöglich. Kein Einziger in dem Wettbewerb hatte die richtige Lösung für Aufgabe eins.»

Nicky war hinter ihm aufgetaucht, eine Plastiktüte mit Schreibzeug in der Hand, das er eingekauft hatte. Es war schwer zu sagen, wie lange er schon an der Tür stand.

«Also, es stimmt, deine Mum hat ganz recht, und du musst überhaupt nicht dorthin», sagte Ed. «Aber ich muss zugeben, dass es mir persönlich ziemlich gefallen würde, wenn du diesen Jungs mal zeigst, was sie in Mathe für Versager sind. Und ich weiß, dass du das kannst.»

«Los, Kleine», sagte Nicky. «Geh und zeig ihnen, was du wirklich draufhast.»

Tanzie drehte sich zu Jess um. Und dann drehte sie sich wieder zu den anderen um und schob ihre reparierte Brille höher auf die Nase.

Es ist möglich, dass in diesem Moment alle vier den Atem anhielten.

«Okay», sagte sie. «Aber nur, wenn ich Norman mitnehmen kann.»

Jess legte die Hand an den Mund. «Du willst es wirklich machen?»

«Ja. Alle anderen Aufgaben hätte ich lösen können, Mum. Ich bin nur nervös geworden, weil gleich die erste nicht funktioniert hat. Und dadurch ist alles ein bisschen schiefgelaufen.»

Jess kam noch zwei weitere Stufen die Treppe herunter. Ihr Herz raste. Ihre Hände in den Gummihandschuhen hatten angefangen zu schwitzen. «Aber wie sollen wir pünktlich dorthin kommen?»

Ed Nicholls richtete sich auf und sah ihr in die Augen. «Ich fahre euch hin.»

Es ist nicht leicht, vier Menschen und einen großen Hund in einen Mini zu zwängen, und ganz besonders nicht, wenn der Tag warm ist und der Wagen keine Klimaanlage hat. Und noch dazu, wenn der Verdauungsapparat des Hundes noch schlechter funktioniert als zuvor und wenn der Zeitdruck den Fahrer zu Geschwindigkeiten von mehr als vierzig Meilen pro Stunde zwingt. Mit all den unvermeidlichen Folgen. Sie fuhren, sämtliche Fenster heruntergelassen, in beinahe vollkommenem Schweigen. Tanzie murmelte vor sich hin, während sie sich an all die Dinge zu erinnern versuchte, die sie ihrer eigenen Überzeugung nach vergessen hatte, und unterbrach sich dabei nur gelegentlich, um ihren Kopf in eine strategisch platzierte Plastiktüte zu stecken.

Jess las die Karte, weil Eds neues Auto kein eingebautes Navigationsgerät hatte, und versuchte eine Route zu finden, auf der sie nicht in Autobahnstaus und verstopfte Einkaufsgebiete gerieten. Innerhalb von eindreiviertel Stunden waren sie angekommen. Es war ein Glas-Beton-Würfel aus den siebziger Jahren. Davor flatterte ein Zettel an einem Rasen-betretenverboten-Schild, auf dem OLYMPIADE stand.

Dieses Mal waren sie vorbereitet. Jess schrieb Tanzie ein

und gab ihr eine Ersatzbrille («Sie geht jetzt nirgends mehr ohne eine Ersatzbrille hin», erklärte Nicky Ed), einen Kugelschreiber, einen Bleistift und ein Radiergummi. Alle umarmten Tanzie und versicherten ihr, dass es überhaupt nichts ausmachte, nicht das kleinste bisschen, wie das hier ausging, und dann standen sie schweigend da und sahen Tanzie nach, als sie sich auf den Weg in den Kampf mit einem Haufen abstrakter Zahlen machte und vermutlich auch mit den Dämonen in ihrem eigenen Kopf.

Jess beugte sich über einen Tisch und unterschrieb noch ein paar Papiere, wobei ihr sehr bewusst war, dass sich Nicky und Ed draußen auf dem Rasenstreifen vor der offenen Tür unterhielten. Sie beobachtete die beiden mit verstohlenen Blicken. Nicky zeigte Mr. Nicholls etwas auf Mr. Nicholls' altem Handy. Ab und zu schüttelte Mr. Nicholls den Kopf. Jess fragte sich, ob er gerade Nickys Blog las.

«Sie wird es ganz locker nehmen, Mum», sagte Nicky fröhlich, als Jess herauskam. «Mach dir keinen Stress.» Er hielt Norman an der Leine. Er hatte Tanzie versprochen, dass sie sich nicht weiter als fünfhundert Meter von dem Gebäude entfernen würden, sodass sie ihre spezielle Verbindung auch durch die Mauern des Prüfungssaals spüren konnte.

«Ja, sie wird es richtig gut machen», sagte Ed, der die Hände tief in seinen Hosentaschen versenkt hatte.

Nickys Blick wanderte zwischen ihnen hin und her und dann zu Norman. «Also. Wir machen mal Pinkelpause. Der Hund. Nicht ich», sagte er. «Ich bin gleich wieder da.» Jess sah ihn langsam auf den nächsten Häuserblock zugehen und unterdrückte den Impuls zu sagen, dass sie mitkommen würde.

Und dann waren sie allein.

«So», sagte sie. Sie kratzte an einem kleinen Farbfleck auf

ihrer Jeans herum. Sie wünschte, sie hätte etwas Schickeres angezogen.

«So.»

«Und wieder einmal kommst du zu unserer Rettung.»

«Du scheinst es ziemlich gut selbst hinbekommen zu haben, euch zu retten.»

Schweigend standen sie voreinander. Auf der anderen Seite des Parkplatzes bog mit quietschenden Reifen ein Auto ein, eine Mutter und ein Sohn stürzten aus den hinteren Türen und rannten auf die Eingangstür zu.

«Wie geht's dem Fuß?»

«Wird schon.»

«Keine Flipflops.»

Sie sah auf ihre weißen Turnschuhe hinunter. «Nein.»

Er fuhr sich mit der Hand über den Kopf und sah zum Himmel hinauf. «Ich habe deine Umschläge bekommen.»

Sie konnte nicht sprechen.

«Ich habe sie erst heute Morgen gefunden. Ich habe dich nicht absichtlich ignoriert. Wenn ich das alles ... gewusst hätte, hätte ich dich nicht allein damit sitzenlassen.»

«Es ist okay», sagte sie hastig. «Du hattest schon genug getan.» Ein großer Stein war mit der Erde vor ihren Füßen verbacken. Sie scharrte mit der Schuhkante Erde weg, um den Stein zu lockern. «Und es war sehr nett von dir, uns auch noch zu der Olympiade hier zu bringen. Egal, was passiert, ich werde immer ...»

«Hörst du jetzt mal damit auf?»

«Wie bitte?»

«Hör auf, an diesen Stein zu treten. Und hör auf, so zu reden, als ob ...» Er sah sie an. «Komm. Setzen wir uns ins Auto.»

«Wie bitte?»

«Und sprechen miteinander.»

«Nein ... danke.»

«Wie bitte?»

«Ich ... Können wir nicht einfach hier miteinander sprechen?»

«Warum sollen wir uns nicht ins Auto setzen?»

«Mir ist es lieber, wenn wir das nicht machen.»

«Das verstehe ich nicht. Warum können wir uns nicht ins Auto setzen?»

«Tu nicht so, als wüsstest du das nicht.» Plötzlich hatte sie Tränen in den Augen. Und wischte sie wütend mit dem Handballen weg.

«Ich weiß es nicht, Jess.»

«Dann kann ich es dir nicht sagen.»

«Oh, das ist lächerlich. Komm, Jess, setz dich ins Auto.»

«Nein.»

«Warum? Ich lasse dich nicht in Ruhe, bevor du mir einen guten Grund genannt hast.»

«Weil ...», ihre Stimme brach, «... weil wir dort glücklich waren. Weil ich dort glücklich war. So glücklich wie seit Jahren nicht mehr. Und ich kann es einfach nicht. Ich kann nicht so im Auto sitzen, ganz allein mit dir, jetzt, wo ...»

Ihre Stimme versagte. Sie drehte sich von ihm weg, wollte ihn nicht sehen lassen, wie sie sich fühlte. Wollte ihn ihre Tränen nicht sehen lassen. Sie hörte, wie er zu ihr kam und dicht hinter ihr stehen blieb. Er stand so dicht bei ihr, dass sie kaum noch Luft bekam. Sie wollte ihm sagen, dass er gehen sollte, aber sie wusste, dass sie es nicht ertragen würde, wenn er ging.

Seine Stimme drang leise in ihr Ohr. «Ich versuche die ganze Zeit, dir etwas zu sagen.»

Sie starrte auf den Boden.

«Ich will mit dir zusammen sein. Ich weiß, dass wir es so ziemlich in den Sand gesetzt haben, aber selbst wenn du was Falsches machst, fühlt sich das mit dir immer noch richtiger an, als wenn scheinbar alles stimmt, nur du nicht dabei bist.» Er hielt inne. «Ach, Scheiße. Ich bin einfach nicht gut in solchen Sachen.»

Jess drehte sich langsam um. Sein Blick war auf seine Füße gerichtet, doch dann sah er unvermittelt auf.

«Sie haben mir erzählt, worum es in Tanzies falscher Aufgabe ging.»

«Was?»

«Es ging um die Emergenztheorie. Die starke Emergenzthese besagt, dass das Ganze mehr sein kann als die Summe seiner Teile. Verstehst du, was ich meine?»

«Nein. Ich bin eine Null in Mathe.»

«Es heißt, dass ich nicht mehr daran denken will. Was du getan hast. Was wir beide getan haben. Aber ich ... ich will es einfach probieren. Du und ich. Es könnte sich als riesiger Schlamassel herausstellen. Aber darauf lasse ich es ankommen.»

Dann streckte er die Hand aus und hakte sanft einen Finger in eine Gürtelschlaufe ihrer Jeans ein. Er zog sie zu sich. Sie konnte ihren Blick nicht von seinen Händen lösen. Und dann, als sie endlich ihr Gesicht zu ihm hob, sah er ihr in die Augen, und Jess weinte und lächelte gleichzeitig.

«Ich will wissen, was unsere Summe für ein Ganzes ergibt, Jessica Rae Thomas. Die Summe aus uns allen. Was sagst du dazu?»

KAPITEL 41

Tanzie

Die Schuluniform der St. Anne's ist königsblau mit einem gelben Streifen. In einem Blazer von der St. Anne's kann man sich nicht verstecken. Ein paar Mädchen aus meiner Klasse ziehen ihn auf dem Nachhauseweg aus, aber mich stört er nicht. Wenn man sich angestrengt hat, um etwas zu erreichen, ist es sogar richtig schön, den Leuten zu zeigen, wohin man gehört. Das Witzige daran ist dieser Brauch: Wenn man außerhalb der Schule einen anderen Schüler von der St. Anne's sieht, winkt man ihm zu. Manchmal ist es ein auffälliges Winken, so wie bei Sriti, meiner besten Freundin, die immer aussieht, als stünde sie auf einer einsamen Insel und würde versuchen, ein vorbeifliegendes Flugzeug auf sich aufmerksam zu machen, und manchmal besteht der Gruß nur in einem winzigen Heben des Fingers unten an der Schultasche, wie bei Dylan Carter, der verlegen wird, wenn er mit irgendwem reden soll, sogar mit seinem eigenen Bruder. Aber alle machen es. Man kennt den anderen, der winkt, vielleicht nicht mal, aber wenn er die Uniform trägt, winkt man. So haben sie es an dieser Schule schon immer gemacht. Es zeigt anscheinend, dass wir alle zusammengehören.

Ich winke immer, besonders wenn ich im Bus sitze.

Ed holt mich dienstags und donnerstags ab, weil ich da Matheclub habe und Mum lange mit ihrem Heimwerker-Ding zu tun hat. Sie hat inzwischen drei Leute, die für sie arbeiten. Sie selber sagt, «mit ihr arbeiten», aber sie erklärt ihnen immer, wie sie etwas machen sollen und welche Aufträge sie erledigen sollen, und Ed meint, sie fühlt sich immer noch ein bisschen unwohl bei der Vorstellung, eine Chefin zu sein. Er meint, sie wird sich bestimmt schnell daran gewöhnen. Er verzieht das Gesicht, wenn er so etwas sagt, so als wäre Mum auch seine Chefin, aber man sieht, dass es ihm gefällt.

Seit dem Schulanfang im September hat sich Mum freitags nachmittags immer freigenommen und mich von der Schule abgeholt, und dann haben wir zusammen Kekse gebacken, nur sie und ich. Das ist immer schön gewesen, aber ich muss ihr bald sagen, dass ich lieber länger in der Schule bleiben möchte, besonders jetzt, wo ich im Frühling meinen Jahrgangsabschluss mache. Dad hat uns noch nicht besuchen können, aber wir skypen jede Woche, und er sagt, er kommt ganz bestimmt. Er hat den Rolls-Royce verkauft und nächste Woche zwei Vorstellungsgespräche und überhaupt eine Menge Eisen im Feuer.

Nicky geht in Southampton auf die Oberschule. Danach will er Kunst studieren. Er hat eine Freundin, die Lola heißt und die laut Mum in jeder Hinsicht eine Überraschung war. Er trägt immer noch viel Eyeliner, aber er lässt seine natürliche Haarfarbe herauswachsen, und die ist so ein Dunkelbraun. Er ist inzwischen einen ganzen Kopf größer als Mum, und manchmal, wenn sie in der Küche sind, findet er es lustig, seinen Ellenbogen auf ihrer Schulter abzulegen, als wäre sie ein Tresen oder so was. Er schreibt immer noch ab und zu seinen Blog, aber meistens meint er, dass er zu viel zu tun hat und lieber twittert und dass es okay wäre, wenn ich den Blog für eine Weile übernehme. Nächste Woche schreibe ich weniger über persönliches Zeug und mehr über Mathe. Ich hoffe, dass viele von euch Mathe mögen.

Wir haben siebenundsiebzig Prozent von den Leuten, die uns Geld für Norman geschickt haben, die Zahlung zurückerstattet. Vierzehn Prozent haben gesagt, wir sollen das Geld lieber einer gemeinnützigen Einrichtung spenden, und die anderen neun Prozent konnten wir nicht ausfindig machen. Mum sagt, das ist in Ordnung, weil das Wichtigste war, dass wir es versucht haben, und dass es manchmal okay ist, die Großzügigkeit der Leute anzunehmen, solange man sich bedankt. Sie hat gesagt, ich soll euch Danke sagen, falls ihr dazugehört, und dass sie die Freundlichkeit von fremden Menschen niemals vergessen wird.

Ed ist praktisch DIE GANZE ZEIT hier. Er hat sein Haus in Beachfront verkauft, und jetzt hat er ein richtig kleines Apartment in London, und Nicky und ich müssen auf einem Ausziehsofa schlafen, wenn wir dort sind, aber die meiste Zeit ist er bei uns. Er arbeitet am Küchentisch an seinem Laptop und telefoniert mit seinem Londoner Freund, und wenn er Termine hat, fährt er mit dem Mini nach London. Er meint immer, dass er ein anderes Auto braucht, weil er uns alle nur mit Mühe darin unterkriegt, wenn wir irgendwohin wollen, aber irgendwie will das keiner von uns. Es ist schön in dem kleinen Auto, wenn wir alle so zusammengedrängt sind, und außerdem habe ich in diesem Auto kein so schlechtes Gewissen, wenn Norman sabbert.

Norman geht's gut. Er tut alles, von dem der Tierarzt gesagt hat, dass er es noch kann, und Mum sagt, das genügt uns. Die Wahrscheinlichkeitstheorie sagt in Kombination mit dem Gesetz der großen Zahlen aus, dass man, wenn man etwas gegen alle Wahrscheinlichkeit schaffen will, einen Vorgang in einer ansteigenden Rate von Wiederholungen durchführen muss, um das gewünschte Ergebnis zu erzielen. Je öfter man es macht, desto dichter ist man dran. Oder, wie ich es Mum erkläre: Manchmal muss man eben einfach immer weitermachen.

Ich habe Norman mit in den Garten genommen und diese Woche sechsundachtzig Mal den Ball für ihn geworfen. Er bringt ihn immer noch nicht zurück.

Aber ich glaube, das schaffen wir auch noch.

DANK

Wie immer gilt mein Dank den umwerfenden Teams vom Penguin-Verlag beiderseits des Atlantiks. Bei Penguin in Großbritannien bin ich vor allem Louise Moore, Clare Bowron, Francesca Russell, Elizabeth Smith sowie Mari Evans und Viviane Basset verpflichtet. In den USA gilt mein Dank Pamela Dorman, Kiki Koroshetz, Louise Braverman, Rebecca Lang, Annie Harris und Carolyn Coleburn. Mein Dank geht auch an all diejenigen, die mich in den USA zu meinen Medienterminen und Lesungen begleitet und im letzten Jahr so viel Zeit mit mir verbracht haben – Cindy Hamel Sellers, Carolyn Kretzer, Debb Flynn Hanrahan, Esther Levine, Larry Lewis und Mary Giclow. In Deutschland danke ich Katharina Dornhöfer, Marcus Gärtner, Grusche Juncker und dem gesamten übrigen Team von Rowohlt für ihre großartige Arbeit.

Bei Curtis Brown gilt mein Dank erneut meiner unermüdlichen Agentin Sheila Crowley ebenso wie Rebecca Ritchie, Katie McGowan, Sophie Harris, Rachel Clements, Alice Lytyens sowie Jessica Cooper, Kat Buckle, Sven van Damme und natürlich Jonny Geller.

Ich danke Robin Oliver und Jane Foran für ihre Hinweise zu den gesetzlichen Bestimmungen in puncto Insiderhandel. Ich musste die Abläufe des Gerichtsverfahrens für die Romanhandlung etwas verändern, alle eventuellen Irrtümer und Abweichungen sind allein mir zuzuschreiben.

Für ihre generelle Unterstützung bedanke ich mich bei Pia Printz, Damien Barr, Alex Heminsley, Polly Samson, David Gilmour, Cathy Runciman, Jess Ruston und Emma Freud sowie der Truppe vom Writersblock für befruchtende Erzählpausen. Und darüber hinaus für ein unglaubliches Maß an Hilfe, Rat und Liebenswürdigkeit Ol Parker und Jonathan Harvey – vielen Dank.

Ein Dank näher an zu Hause geht an Jackie Tearne, Chris Luckley, Claire Roweth, Vanessa Hollis und Sue Donovan, ohne die ich nie zum Schreiben kommen würde.

Ich danke Kieron und Sharon Smith und ihrer Tochter Tanzie, nach der eine Hauptfigur in diesem Roman benannt wurde, und Dank auch für ihr großzügiges Gebot bei einer Wohltätigkeitsauktion zugunsten der Downsyndrom-Selbsthilfegruppe Stepping Stones.

Und ich danke meiner Familie – Jim Moyes, Lizzie und Brian Sanders – und vor allem Charles, Saskia, Harry und Lockie, die einfach alles für mich sind.

WEITERE TITEL VON JOJO MOYES

Das Haus der Wiederkehr
Der Klang des Herzens
Die Frauen von Kilcarrion
Die Tage in Paris
Ein Bild von dir
Eine Handvoll Worte
Im Schatten das Licht
Kleine Fluchten
Mein Leben in deinem
Nachts an der Seine
Nächte, in denen Sturm aufzieht
Über uns der Himmel, unter uns das Meer
Weit weg und ganz nah
Wie ein Leuchten in tiefer Nacht

LOU

Ein ganzes halbes Jahr
Ein ganz neues Leben
Mein Herz in zwei Welten
Auf diese Art zusammen

Jojo Moyes
Das Haus der Wiederkehr

496 Seiten

Lottie und Celia sind in dem Küstenstädtchen Merham wie Schwestern aufgewachsen. Während Celia gegen die Enge der Kleinstadt aufbegehrt, liebt Lottie den idyllischen Ort und vor allem das Meer. Besonders fasziniert sie ein prächtiges Art-déco-Haus direkt am Strand, in dem eine bunte Gruppe von Künstlern lebt.
Gemeinsam tauchen die beiden ein in eine aufregende, unkonventionelle Welt. Bis Celia eines Tages ihren Verlobten Guy mit nach Hause bringt – und vom ersten Augenblick an weiß Lottie, dass er ihre große Liebe ist.
Ein halbes Jahrhundert später erwacht das Haus am Strand wieder zum Leben – und mit ihm seine Geheimnisse ...

Die charmante Wiederentdeckung von Bestsellerautorin Jojo Moyes! Ein kleines Küstenstädtchen in den 1950er Jahren, zwei Schwestern, eine tragische Liebe, die bis in die Gegenwart wirkt.

Weitere Informationen finden Sie unter **rowohlt.de**